KB174209

낯설음의 시학

이민호

국학자료원

낯설음의 시학

이민호

책머리에

날짜변경선 위에서

태평양 먼 바다 어디 쯤 서쪽에서 동쪽으로 가는 중입니다. 세월호에 갇힌 어린 목숨들이 수장된 이후 시간은 같은 날짜 4월 16일을 반복하고 있습니다. 내 공부 또한 이십여 년 전 뒤늦게 접어든 이래 결실 없이 늘 같은 날을 지내고 있습니다. 구원받지 못한 삶은 처연합니다. 뿌리내리지 못한 생활은 못내 부끄럽습니다. 그만 두고자 멀리 떠났다 되돌아온 이 자리 남은 흔적들을 정리해야 하지 않을까 하여 책을 묶습니다. 그래야 이 되풀이 되는 나날에서 벗어날 수 있을 것 같습니다.

공부 시작부터 "시를 어떻게 읽고 쓸까."를 염두에 두었습니다. 우리는 시의 어느 곳에서 걸려 넘어져 헤맬까 궁금하였습니다. 인간 삶이 싱크홀sinkhole과 같은 구렁에 빠졌다가도 훌훌 털고 헤어나길 거듭하는 것이라면 시에도 그런 간극gap이 있을 겁니다. 좀체 이해할 길 없는 그 지점을 읽어내는 일이 곧 시 공부이며 인간 탐구라 여기며 예까지 왔습니다. 그 지점을 담화론discourse에서는 '불확정적indeterminate'이라 말합니다. 그런데 '불확실성uncertainty'처럼 '한 치 앞을 볼 수 없는' 상태는 아닙니다. 아직 결정되지 않았을 뿐이지 이해되기를 기다리고 있는 변화무쌍한 모습이라 할 수 있습니다. 시는 읽히기를 기다리고 있습니다. 이 책은 그러한 시의 변화를 담았습니다. 시인이 시 속 깊이 심어 둔 삶의 질곡을 읽어 보여주고자 하였습니다.

읽히기 위해 이 책은 3부로 구성하였습니다. 1부 '시 텍스트의 불확정성과 담화론적 해석'은 시에 나타난 불확정성을 어떻게 포착하고 이해할까 기제를 제시하였습니다. 특히 전후 현대시의 불확정적 양상을 김수영, 김춘수, 김종삼의 시를 대상으로 풀었습니다. 시가 생산되고 소통되는 전 과정을 살펴 시 읽기의 전범을 보이고자 하였습니다. 2부 '한국 현대시의 불확정적 양상'에서는 한용운, 정지용, 김기림, 이효석, 신동엽의 시를 대상으로 한국 시의 불확정적 양상의 흐름을 통시적으로 가늠해 보고자 하였습니다. 이들 시인들은 한국 현대시의 대표격으로 그동안 읽히지 않은 부분들에 초점을 맞추었습니다. 3부 '한국 현대시의 담화론적 이해'는 우리 시의 배경인 식민지시대와 해방기, 전후 시대를 공간화하여 접근하였습니다. 이 공간 속에서 현대시에 내재된 우리 사회의 근대성, 탈식민성, 민중성, 역사성을 담론화하여 살폈습니다.

　프로메테우스의 나날은 고통의 연속이었습니다. 세월호 참극의 사슬을 끊기 위해 헤라클레스를 기다리기에는 삶이 너무 참혹합니다. 이제 날짜 변경선 위에서 시 공부의 걸음을 동쪽에서 서쪽으로 돌리고자 합니다. 기수를 돌리도록 도와준 국학자료원 김진솔 선생에게 고마움을 전합니다.

2016년 1월 16일
무수울에서

차 례

/2부/ 한국 현대시의 불확정적 양상

/1부/

시 텍스트의 불확정성과 담화론적 해석

I. 시의 불확정성과 이해

시의 본질적 특성의 하나는 독자로 하여금 그의 의식을 자극하는데 있다. 자극함으로써 독자의 관습적 태도에 충격을 가한다.[1] 이 낯설음의 시학은 현대시에 와서 그 모호하고 복잡하고 그리고 난해한 불확정성으로 해서 시 이해의 문제와 결부되어 시 논의의 중심적 과제가 되고 있다. 그러한 양상은 복잡성, 모호성, 신기성, 난해성 등의 비평용어를 통해 현대시를 설명하려는 데서 드러나고 있다. 그러나 현대시의 이해 불가능성에 대해 그 선택적 용어가 어떤 것이든 문제는 그 해석에 있다. 언어적이고 방법적인 측면에서 시인이 넌센스nonsense를 언급하지 않고 넌센스처럼 보인 것을 언급하였다면 그들의 진술은 그것이 어떠한 문제이든 불확정적이라는 이유만으로 허위가 아님은 분명한 것이다. 오직 그들에게 주어진 대상(현실)을 어떠한 시각 위에서 보았고 어떠한 문제를 제기하였으며 그것을 어떻게 다양하게 나타냈는가를 검토하는 것이 오늘의 시학적 과제가 되고 있다.[2]

야콥슨Roman Jakobson은 시의 필연적 자질로서 다의성을 들고 있다.[3] 나아가 프라이N. Frye는 문학 예술 작품이 다양성과 의미의 연쇄sequence를 함유하고 있다는 결론은 피할 수 없는 것 같다고 말하고 이러한 문학 텍스트의 다의성으로 해서 모호성을 보인다고 말한다.[4] 그처럼 문학 텍스트의 다의성은 여러 연구자들로 하여금 모호성을 시의 중심에 놓게 한다.

---

1) 박철희, 『문학개론』, 형설출판사, 1986, 120쪽.
2) 위의 책, 133~134쪽 참조.
3) Roman Jakobson, 김태옥 역, 「언어학과 시학」, 이병근외 편, 『언어과학이란 무엇인가』, 문학과 지성사, 1977, 172쪽.
4) Northrop Frye, 『비평의 해부』, 한길사, 1982, 105쪽 참조.

엠프슨은 모호성ambiguity의 기제machination가 시의 근원이라고 말하고 있으며5), 브룩스C. Brooks와 같은 신비평가들은 문학 텍스트를 근본적으로 모호한 것으로서 생각한다.6) 유사하게 웰렉과 워랜 Wellek and Warren은 모호성이 많은 것이 문학이라고 생각한다.7) 이처럼 시의 본질로서 모호성을 언급하는 것은 독자에게 선택적 해석의 여지를 남기는 것이며 그럴 때 시는 그 의미가 파악될 때까지 불확정적 상태에 있다는 담화론적 이해의 상황8)과 관련이 된다. 즉 "하나의 체계 내에서 모든 단일 事象event은 그 기능에 의해 중요성을 획득하는데 그 체계 내의 특정 事象의 표면상 불일치는 사실상 그 체계 운용에 있어 필수불가결한 동력이다."9) 만약 이처럼 모호성이 시적 장치로서 고려된다면 그때 하나의 기능으로 수행될 수 있을 것이다. 이러한 기능은 대개 언어의 시적 사용과 관련해서 미적 경험을 풍부하게 하는 것으로 간주된다.10)

시적 장치로서 모호성은 불확정성으로 특성화된다. 다시 말해 시의 다의미성은 일종의 '해석적 종결closure의 부재'의 양상으로서 불확정성을 일반적인 모호성으로 특성화한다11). 그러나 불확정성의 경우에 이러한 종결의 부재는 독자가 자신의 개인적 지식 혹은 지각 속에서 채워야만 하는 텍스트에서 흔히 텍스트의 간극 혹은 공백 때문에 초래된다. 그래서 그 불확정성은 항상 달리 채워져야 할 것이다. 모호한 독서 속에서 그 불

---

5) William Empson, *Seven Types of Ambiguity,* London : Chatto and Windus, 1977, p. 3.
6) C. Brooks, 『잘빚어진 항아리』, 문예출판사, 1997 참조.
7) R. Wellek and A. Warren, 『문학의 이론』, 문예출판사, 1999, 21~33쪽 참조.
8) '담화론적 이해의 상황'이라는 것은 '생산자가 의도한 의의를 발견하고 모호함을 배제, 해소하는 의사소통과정'이라고 할 수 있다(Robert de Beaugrande · Wolfgang U. Dressler, 김태호 · 이현호 공역, 『텍스트 언어학입문』, 한신문화사, 1995, 128쪽.
9) Robert de Beaugrande, "Suprised by syncretism : Cognition and literary criticism exemplified by E.D Hirsh, Stanley Flish and J. Hillis Millen", *Poetics* 12, 1983, p. 84.
10) Soon Peng Su, *Lexical Ambiguity in Poetry*, New York : Longman Publishing, 1994, p. 5 참조.
11) *Ibid.*, p. 2, pp. 113~114 참조.

확정성에는 확실한 '개방성'이 있다. 그것은 두 개 혹은 그 이상의 의미를 확정하는 것이다. 그러므로 시적 의사소통의 측면에서 엠프슨의 '모호성'은 '불확정성'이라 부르는 것이 타당하다. 불확정성은 제한인 동시에 개방이다. 모호성은 시의 다의미적 측면에서 선택적 성격을 말하는 텍스트적 상황이지만 불확정성은 독자의 해석적 투사를 유도하는 담화론적 이해의 상황이다. 이때 시 텍스트의 구조와 기능을 생각하지 않을 수 없다.12) 그 것은 "어떤 하나의 시적 진술에서 낱말이 대치되거나 어순이 바뀌면 구조가 바뀌고 각 요소간의 기능이 변화해서 정보의 양과 질이 달리 지각되기 때문이다. 그러므로 한 텍스트의 내용을 이해하려면 이에 사용된 실질적 운용·operation을 따져야 할 것이다."13)

결국 시학적 측면에서 어떻게 시적 의사소통의 모델을 만들 수 있는가를 생각할 때 우선 고려되어야 할 것이 시적 담화의 층위14)이다. 시적 담

---

12) 여기서 '텍스트'는 시작과 끝이 있고 한정된 길이를 가지며 더욱 하나의 전체로서 이루는 '과정'이며 보다 넓은 틀이나 맥락에서 살아 숨쉬며 기능을 발휘한다. 또한 '텍스트의 기능'은 의사를 전달하는 데 있고 이는 하나의 話題나 話題命題를 중심 으로 하는 구조체 topical structure로서 문법적 범주 만으로는 결코 기술될 수 없는 논리적 연계성이 중요한 구조를 갖는다(김태옥, 「시의 형상화 과정과 Diseourse Analysi」s, 『영어영문학』 31권4호, 1985, 677쪽).
또한 '기능 function'이라는 용어는 '수용자를 위한 기능'과 '생산자를 위한 기능' 모두를 의미할 수 있다. 즉 둘은 반드시 동일할 필요는 없다. 달리 말해 '기능'이라는 말은 담화 이면의 의도라기 보다는 담화(시)를 가지고 사용자(시인과 독자)가 무엇을 하려는가(담화의 효과, 즉 그것은 무엇을 하는가)와 관계가 있을 수 있다(Guy Cook, *Discourse and Literature—The Interplay of Form and Mind*, Oxford : Oxford University Press, 1994, p. 37 참조).
13) 김태옥(1985), 앞의 글.
14) Guy Cook, 앞의 글, pp. 1~197참조.
우리가 사용하는 '텍스트text'와 '담화discourse'의 개념은 다음과 같다. 텍스트는 인 간이 의사소통을 목적으로 활용하는 자연 언어의 구성체, 즉 통화단위이다. 그래 서 시 텍스트는 언어의 직조물texure로서의 표층구조와 거기에 실려있는 개념적 의미의 심층구조를 포함하고 있다. 이때 텍스트는 담화의 구성요소이며 상호 연결 된 텍스트 뭉치, 즉 텍스트들의 집합체가 담화라 할 수 있다. 그러므로 시적 담화를 구성하는 요소는 시 텍스트와 시인과 독자가 된다.

화는 언어의 층위, 텍스트 구조의 층위, 세계 지식의 층위로 나눌 수 있다. 언어의 층위는 시인의 언어적 인식이 반영된 형식적 연결로서 독자는 문법으로서의 언어학적 자질을 통해 연속성을 추구하게 된다. 텍스트 구조의 층위는 텍스트의 기능적 구조로서 실제 독자가 접하게 되는 시 이해의 대상이 된다. 세계 지식의 층위는 언어의 층위와 텍스트 구조의 층위를 점검하는 데 있어서 시인과 시 텍스트에 개입되는 독자의 지식을 말한다. 문학이론에서 이러한 시적 담화의 층위에 접근하는 일은 각각 배타적으로 강조되었다. 즉 언어를 강조한 야콥슨, 텍스트 구조를 강조한 구조주의, 독자에 대해 배타적으로 강조한 독자반응이론이 그러하다. 그러나 이러한 층위는 상호배타적인 것이 아니라 의사소통의 과정에서 상호의존적이며 상호작용적이다.

문학 작품의 '세계'는 그것이 어떤 외부 세계에서 나온 것이든 아니면 외부 세계가 내면화되어 있든 언어와 텍스트 구조를 통해 만들어낸 환상illusion이다. 이러한 두 층위를 통해서 환기되는 시의 의미는 또한 이러한 두 층위를 통해 새로워지는 것이 타당하다. 그러므로 언어적이고 텍스트 구조적 층위에서의 일탈과 패턴화에만 배타적으로 집중하는 문학 이론적

'담화'라는 용어 문제에 있어 일반적으로 'discourse'를 '담화(언술)'와 '담론'으로 번역하고 있다. 그 차이는 텍스트와 맥락context의 두 가지 요소 중 어느 것이 선행되는가에 의해 텍스트로부터 맥락으로 방향이 잡히면 '담화'라는 용어를 그 역이면 '담론'이라는 용어를 사용하는 것이 일반적이다. 이때 'discourse'논의의 근원은 크게 넷으로 대별된다. 첫째, 언어학적 배경을 바탕으로 문장 언어학의 한계를 극복하고자 한 텍스트 언어학. 둘째, 의사소통의 과정에서 맥락적 요소가 중시되면서 그것이 텍스트에 반영되는 속성을 추출해 내고자하는 바르트, 쥬네트 등을 중심으로하는 프랑스 구조주의자들. 셋째, 마르크시스트적인 사회학적 안목에서 생산력과 생산관계에 의해 결정되어 한 사회의 지배적인 이데올로기로 사회 각 구성 요소들에 잠재적으로 작용하는 관계의 틀을 확인하고자 하는 데 발단을 둔 알튀세 등으로 대표되는 일련의 유파. 넷째, 라보프, 롯지 등 영미 계열의 사회언어학. 이들은 특정 계층의 언어적 특성이 어디서 기인하는지 계층 언어를 통계학적으로 분석한다(김현(金顯), 『현대소설의 담화론적 연구』, 계명문화사, 1995, 9~10쪽 참조).

접근은 모두 어떻게 하나의 층위의 패턴화와 일탈이 다른 층위의 패턴화와 일탈에 영향을 미치는지 보여주는데 실패한다. 일상 담화에서 결속성을 유지시키는 담화적 자질은 고립된 층위에서가 아니라 각 층위의 상호작용으로서 기술될 수 있는 것처럼 시적 담화에서 유지되는 결속성은 '시성15)'의 배타적 자질일 수 있다. 그것은 언어적이고 텍스트-구조적 층위 모두에서 일탈이 있다는 것이고 이러한 일탈이 새로운 의미를 수용하는데 있어서 독자가 갖고 있는 기존의 의미지식과 상호작용한다는 것을 말하는 것이다. 결국 언어적이고 텍스트 구조적 일탈은 세계의 재현에 영향을 미친다. 이를 통해 볼 때 전후 현대시의 새로운 언어와 텍스트 구조는 세계의 재현을 새롭게 하고 있다고 볼 수 있다. 그럼으로 기존 시와 비교해서 보다 더 한 복잡성은 새로운 의미찾기에 영향을 미치는 것이고 언어적이고 텍스트구조적 층위들에서의 그러한 일탈이 단지 바로 그 층위에서의 일탈일 수만은 없다는 것이다. 그것은 어느 정도 다른 층위 중 하나와 관계된 층위에서의 선택이다.

그러므로 시의 불확정성에 대해 연구하는 일은 어떻게 시인의 의도가 언어와 텍스트 구조를 통해 영향을 미치는가를 보여주어야만 한다. 그러나 이러한 관계의 완벽한 기술에는 한계가 있다. 첫째는 관계의 양이 명백하게 광범위하기 때문이다. 게다가 그러한 관계 기술이 독자의 의미지

---

15) 문학성처럼 시성도 텍스트 자질이라기 보다는 처리 성향이다. 일탈 언어는 많은 학자들이 제시하는 시의 한정적 자질이 될 수 없다. 그 간헐적인 일탈은 징후 symptom다. 일탈 행위는 대치성의 원리를 전체 텍스트에 적용하기 위한 신호cue가 된다. 즉 현실이 텍스트 모델로 대치되었음을 말하는 것이다. 이러한 신호는 텍스트 처리를 위한 정상적이고 자동적인 절차가 개정될 수 있고 정지될 수 있음을 뜻한다. 그러므로 일탈적 언어 형식, 통사적 불일치, 개념의 이상한 결합 등등은 그것들이 공헌하는 통합적 경험의 효과를 처리하도록 자극한다. 비록 이러한 반응이 실제적으로 독자에게 힘이 될 수 없을지라도 이러한 반응이 그 텍스트에 대한 경험을 설명하는 데 있어 가장 만족스런 방법의 하나라는 것을 생각할 수 있다(Robert de Beaugrande(1983), *Op.cit.*, pp.92~93).

식을 포함해야 한다는 것이다. 잠재 독자의 숫자와 특정 독자의 의미지식의 숫자는 사실상 무한하고 접근이 불가능하다. 둘째는 그러한 관계는 문학의 완고한 성질에서 추론할 수 없는 것이다. 시적 담화에서 시인의 시적 전략은 인지적이다. 그럼에도 불구하고 시의 전개과정과 더불어 언어적이고 텍스트 구조적인 일탈의 상호작용의 일반적 효과에 대해 그리고 기존 문학 텍스트와의 특정 상호작용에 대해 깊이 생각해야만 한다.

시적 담화의 불확정성을 통해 의미를 새롭게 인식하려는 것은 본질적으로 러시아 형식주의의 낯설게 하기 개념이다. 담화가 고립된 어떤 것이 아니라 관계된 지식, 텍스트 구조, 그리고 언어에 대해 독자가 개입되어 있고, 변하기 쉬운 과정이라는 관념에서 그러하다. 비록 형식주의자들이 텍스트 구조와 언어 형식의 층위에서만 낯설게 하기를 취급했지만 문학 메시지의 발송자와 수신자의 존재는 텍스트 구조에 집약되어 있다. 그것은 역설적으로 자족적인 텍스트의 형식에서 벗어나 텍스트 구조와 독자의 상호 작용을 기술한다. 즉 세계에 대한 독자의 재현에서 초래되는 변화의 방식에 주목한다. 그 텍스트는 '누군가를 위해' '무엇인가'를 낯설게 한다. 그 '무엇인가'는 세계(비록 텍스트와 언어를 포함하는 의미 속에서 이지만)이다. 그리고 '그 누군가'는 독자이어야만 한다. 사실, 낯설게 하기는 독자 의존적이다. 마치 지각의 대상이 또 다른 텍스트나 혹은 언어 그 자체이듯이 독자와 지각 대상 간의 관계이다. 이것은 많은 형식주의적 장치가 특정 독자를 위해 정의될 수 있는 이유가 된다.

시적 담화의 층위를 바탕으로 시 텍스트를 다음과 같은 단계를 통해 분석할 수 있다.[16] 가능한 기술적 틀거리는 시에서 드러나는 불확정성에 기초하고 있다. 이때 시의 구조를 기술한다는 것은 보편적이고 미학적인 작

---

16) 이러한 분석의 기술적 틀거리는 Alexander Zholkovsky, "Poems", Teun A. Van Dijked., *Discourse and Literature*, Amsterdam/Philadelphia : John Benjamins Publishing Co., 1985, pp.105~114를 참조함.

용의 측면에서, 즉 표현적 장치에서 텍스트의 구성 요소가 어떻게 수사학적으로 주제로부터 도출되었는가, 즉 그 시적 다양성을 보여주는 것이다. 이상적인 도출의 주요 단계는 표층구조, 심층구조, 주제와 시적 구도이다. 여기서 주제와 시적 구도는 반 다이크의 '거시—구조[17]'에 포함된다. 혹은 주제와 시적 구도 그리고 심층구조는 '추상적 구조'로서 텍스트의 구성적 직조물texture인 표층 구조에 대립되는 것이다. 리파테르[18]는 이를 모두 포함하는데 세 단계로 구별될 수 있다. 즉 메트릭스(주제), 모델(시적 구도), 텍스트(심층구조와 표층구조)가 그것이다.

표층구조surface structure는 시의 구조적 요소와 패턴을 설명한다. 그것은 필수불가결하게 시 표층의 불확정적 요소와 관련되어 있다. 그리고 표층구조에서 탐색하는 것은 리듬이나 운율과 같은 전통적 형식의 단순한 존재유무가 아니라 심층구조를 성공적으로 구체화시키는 형식적 기능이다. 이러한 기능은 주제, 시적 구도, 심층구조 등의 상위 층위에 대한 표현적 역할로서 그러한 상위 층위를 강조하거나 아니면 그것을 위해 도상적으로 표층에 투사된다. 다시 말해 표층의 변화는 그러한 상위 층위를 위해 쓰여져야 한다는 것이다. 여기에 통사론적 층위와 의미론적 층위[19]에서 불확정성을 초래하는 인지소에 대해 몇가지 탐색 유형을 살펴보면 다음과 같다.

첫째, 통사의 지연과 의미의 임의성을 들 수 있다. 통사의 지연은 문장 성분의 도치와 반복과 삽입의 구조에서 비롯된다. 어휘 순서의 도치적 혹

---

17) Teun A.Van Dijk, 정시호 역, 『텍스트학』, 민음사, 1995, 73~112쪽 참조.

18) Michael Riffaterre, Terese Lyons trans, *Text Production*. New York : Columbia University Press, 1983.

19) 울만Ullmann은 의미의 변화가 초래되어 발생하는 불확정성을 '희미해진 가장자리(blurred edges)' 라고 표현한다. 이는 단어들의 논리적 정확성보다 암시적이고 환기적인 힘을 높이 평가하는 것으로서 의미론적 병리현상이나 다의성이라고도 언급한다. 그러한 의미 변화의 생성 요인을 단어들의 추상성, 국면의 다양성, 친숙함의 결여, 명확한 경계선의 부재에서 찾고 있다(Stephen Ullmann, 남성우 역, 『의미론—의미과학입문』, 탑출판사, 1987, 159~164쪽 참조).

은 변환적 사용은 반복적으로 절 구조의 주요 요소를 연기한다. 그것은 주어 혹은 목적어로서 한 행의 문장의미가 종속되는 행을 읽을 때까지는 완성되지 않는다.[20] 즉, 동일한 주제 내용을 갖고있는 상이한 통사의 배열을 가리키는 것이다. 그때 각각의 문장이 텍스트의 구조에 연쇄 효과를 갖고 있으며 독자가 알기 원하리라고 생각되는 정보를 시인이 가정해서 진술하게 된다.[21] 그러한 점에서 통사의 지연은 시인이 개인적으로 소유하고 있는 개념적 지식과 개인적 상황이 갖는 특수성이나 개별성이라 할 수 있는 의미의 임의성[22]과 만나게 된다. 이는 상이한 의미요소의 파편적이고 급진적인 결합으로 의미의 연결성, 혹은 견고한 결속을 기할 수 없게 만드는 우연적 특질이라 할 수 있다.[23]

---

20) Geoffrey Leech, "STYLISTICS", Teun A. Van Dijk ed., *Discourse and Literature*, Amsterdam/Philadelphia : John Benjamins Publishing Co., 1985, pp. 51~52.

21) Guy Cook, *Op.cit.*, pp. 49~51.

22) 오그든Ogden과 리차즈Richards는 임의성과 관련하여 다음과 같이 언급한다. 심적 사건으로서의 사상과 그 사상이 관계하는 사물과의 사이에는 독자적인 관계가 인정되고 있다. 이러한 독자관계를 인위적이라고 말 할 수 있다. 그러므로 시인이 사상과 사물과의 관계를 임의적으로 설정할 때 시인과 독자 간에 의미의 불일치를 불러오게 된다. 시인과 독자 간의 의미의 불일치는 어떤 맥락이 과거에 있어서 우리들에게 영향을 준 적이 있는 경우에는 그 맥락의 작은 일부가 다시 일어나도 우리들은 전과 똑같이 반응한다는 해석의 특이성에서 볼 때 맥락적 파괴를 뜻하는 것이다. 이처럼 해석 작용은 '어떤 종류의 심리적인 맥락의 하나라고 하는 것'이다. 이때 심리적 맥락은 우리들이 인식하든지, 추리한다든지 할 때에는 반드시 일어나는 것이다. 일반적으로 그것은 독특한 형태로 외적 맥락과 결합한다. 그렇지 않을 때에는 우리들은 틀렸다고들 한다. 이 외적 맥락이 결여되고 시인 개인의 내적 맥락이 시를 지배할 때 그 시는 임의성이 강하다 할 것이다. 다시 말해 맥락의 개연성이나 포괄성이 차단될 때 의미의 임의성이 드러난다(C. K. Ogden & I. A. Richards, 김봉주 역, 『의미의 의미』, 한신문화사, 1986, 45~53쪽 참조).

23) 로티는 우리의 언어는 사실상 역사적 우연성들의 산물이라고 주장한다. 그래서 합리성이란 현재 손안에 있는 언어에서 논증들을 함께 배열하는 일이다. 반면에 상상력은 그러한 언어를 넘어서는 능력, 바꿔 말해서 새롭고, 낯설며, 패러독스적이고, '비합리적인' 것들을 나타내는 낱말들과 이미지들을 꿈꾸는 것이다. 그런 면에서 김수영 시의 의미론적 임의성은 언어의 우연과 자아의 우연성, 자유주의 공

둘째는 통사의 해체와 의미의 파편화이다. 통사의 해체는 단일한 통사 구조를 고립된 파편이나 혹은 부분으로 분리하는 행위이다. 이렇게 분리된 문장성분들은 다른 통사 안에서 다시금 구성되어 반복됨으로써 해체 이전의 통사에 대해 정보가 없는 경우 그 의미는 파편화될 수밖에 없다.[24] 이러한 자기 복제의 극단적 양상은 일차적으로 쥬네트Genette Gérard가 수용하여 정의하고 있는 텍스트의 초월성인 상호텍스트성Intertextuality이라 할 수 있다. 이러한 텍스트의 초월성은 의심할 바 없이 제한적인 태도이다. 둘 혹은 더 많은 텍스트 간의 상호−존재co-presence의 관계는 직관적으로 그리고 아주 흔히 또 다른 텍스트 안에서 한 텍스트의 자구적인

통체의 우연성을 포괄하고 있다. 언어의 우연성은 어휘 선택의 객관적 기준이 주관적 기준들로 대체되는 것이 아니라, 어휘 선택의 의지나 느낌으로 대체되는 것을 말한다. 즉 언어란 발견되는 것이 아니라 만들어진다는 것이다. 그런 점에서 김수영 시의 독자적 언어의 창조는 임의적이라는 측면에서 언어의 우연성을 내포하고 있다. 그리고 김수영 시에서 보이는 개인적 삶의 미완성이 때때로 영웅적인 것으로 다시 짜여가는 것을 볼 때, 비록 주변적일지도 자기 자신의 용어로 서술하려는, 즉 스스로 자아를 만들려는 갈망이라고 하는 자아의 우연성을 만나게 된다. 이러한 언어와 자아의 우연성은 뿌리깊은 형이상학적인 유토피아의 세계에서 벗어나려는 주체적 자각이다. 자신의 언어, 자신의 양심, 자신의 도덕성 그리고 자신의 최고의 희망이 우연적인 산물이라고, 한때 우연하게 안출된 메타포가 문자화된 것이라고 보는 일은 그러한 이상적인 자유주의 사회의 시민에게 적합한 자기정체성을 채용하는 일이다(Richard Rorty, 김동석·이유선 역, 『우연성 아이러니 연대성』, 민음사, 1996, 29~141쪽 참조).

24) Hillis J. Miller, *Deconstruction and criticism*, New York : Seabury, 1979, p.251.
울만Ullmann은 파편화와 유사한 개념으로 유의적 경쟁synonymic rivalry에 대해 언급하고 있다. 유의 구조는 '랑그'의 수준에서의 의의sense간의 연상군associative group의 형성을 뜻한다. 이러한 연상들의 견고와 일정성은 그것들이 일으킬 수 있는 통시적 전개에서 가장 잘 측정될 수 있다. 이때 의미의 변화를 초래하는 형태적 변화는 잠재적으로 유의의 병리적인 국면을 보여준다. 김춘수 시의 통사론적 해체와 의미론적 파편화는 이러한 관점에서 일치점이 있다. 다시 말해 이러한 징후적 변화는 비유의적 연상에서 생긴 일이다. 그러므로 유의적 경쟁은 유사어를 서로 결합하는 연상적 유대가 극단으로 나타난 것이다. 그러므로 김춘수 시에서 보이는 이미지의 파편적 결합은 유의적 경쟁의 극단이라 할 수 있다.(Stephen Ullmann, 남성우 역, 『의미론의 원리』, 탑출판사, 1981, 120~123쪽 참조).

literal 출현에서 확인된다. 그것은 다양한 종류의 표절과 인유를 포함하고 있다. 다음으로 쥬네트는 그러한 양상을 하이퍼텍스트성Hypertextuality으로 수용한다. 다시 말해 초기 텍스트에 후기 텍스트가 갖는 초월적 부과superimposition로서 분명함이 덜한 초월적 부과뿐만 아니라 모방, 혼성모방, 패러디의 모든 형식을 포함한다.25) 마찬가지로 이합 핫산Ihab Hassan26)은 '파편화fragment'를 불확정성의 한 양상으로 보고 있다. 그러므로 총체화된 의미는 파편화되어 단편적이며 불연속적인 자기반영적 형식을 함께 공유한다.

셋째는 통사의 단절과 의미의 공백화이다. 통사의 단절은 문장성분의 삭제를 통한 생략과정과 시제의 불연속에서 비롯된다.27) 후속되는 구조에 생략된 문장 성분은 의미의 공백화를 가져오며, 불연속적인 시제의 사용은 모든 서술어가 사용되는 경우마다 하나의 장면에 대해 하나의 특정 관점을 지닌다는 측면에서 텍스트 세계의 단절을 가져온다. 이때 의미의 공백은 '의심스럽고, 문제적이고, 불분명하고, 모호하고, 확실히 정의되지 않는 것'으로 통합된다. 이처럼 단절된 통사 구조에 따라 의미의 경계는 불확실하다. 다시 말해 의미론적 정보는 대상물 혹은 지시물에 대응하는 용어를 결정하는데 있어서 공백상태에 놓이게 된다. 그러나 비록 의미를 구축할 수 있는 구성요소를 인식할 수 있는 것이 단절되었을지라도 공백은 단절된 통사의 주변에 초점을 맞추게 한다. 다시 말해 독자는 생략된 통사의 구조와 의미의 단절에서 의미의 선명함을 기할 수는 없지만 맥락 안에서 의의sense 간의 선택적 결정을 통해 의미의 경계를 지을 수 있게 된다.28)

---

25) Richard Macksey, "Foreword—Pausing on the threshold", In Genette Gérard, *Paratexts: threshholds of interpretation*, translated by Jane E. Lewin, Cambridge : Cambridge uni. press, 1997 참조.

26) Ihab Hassan, 정정호·이소영 편, 『포스트모더니즘개론』, 한신문화사, 1993, 109~161 쪽 참조

27) Robert de Beaugrande·Wolfgang U. Dressler(1995), 앞의 책, 103~111쪽 참조.

28) Soon Peng Su, *Op. cit.*, pp. 114~116참조.

시의 심층구조deep structure는 표층구조에 비해 추상적이다. 그러나 그 선적 패턴은 시적 구도를 인식하게 한다. 따라서 여기서 쓰이는 원칙적 기법은 변이, 증가, 대비 혹은 대위법적 발전, 갑작스런 전복, 순환 종결 등이다. 또한 여기서 시인의 가장 중요한 비유(은유, 환유, 과장, 아이러니 그리고 다른 대응 방정식)가 소개되고 시적 구도를 실행하는 역할을 부여 받는다. 결국 심층구조는 구성적 윤곽을 갖고 있는 추상적인 구도 혹은 모티브다. 한 시인의 구성적 패턴은 주제와 조응하여 시적 구도에 따라 심층구조에서 드러난다. 표층구조에서 드러난 텍스트의 불확정성이 어떠 한 기능을 하고 있는가를 심층구조에서 구체적으로 살펴볼 수 있다.

먼저 통사론적 정보의 불연속은 다양한 결속구조cohesion 장치를 통해 연속성을 기할 수 있다. 결속구조는 '서로 응집됨'을 뜻하는데 '응결성'이 라고도 한다. 시를 시답게 만드는 시 텍스트의 언어적 측면으로서 텍스트 표층의 구성요소들, 즉 우리가 보고 듣는 실제 낱말들이 서로 연관되는 방식을 말한다. 이 방식을 살펴봄으로써 시인의 수사적이며 문법적인 특 질을 발견할 수 있다. 현대 텍스트 언어학에서 '결속구조'라는 용어를 사 용할 때는 의사소통 행위에서 통사론적 기능을 강조하는 것이다. 특히 통 사 구조 개념보다 본질적으로 더 넓은 층위에서 문법적, 통화적 도구들 및 구조와 양식을 결속구조적 장치로 볼 수 있다.[29] 시인은 독자에게 의 미 내용을 효과적으로 전달하기 위해 형식적인 고려를 하게 된다. 텍스트 의 안정성을 생각해서 형식 패턴을 반복한다든지 특정 문장에 중요성을 부가한다든지 혹은 텍스트의 간결성을 기하기 위해 형식 패턴의 압축이 나 생략을 한다.

텍스트의 의미론적 정보의 불일치는 의미론적 결속성coherence[30]을 복 구하는 가운데 해소될 수 있다. 결속구조가 텍스트의 형식적인 측면에서

---

29) 이현호, 『한국현대시의 담화 · 화용론적 연구』, 한국문화사, 1994, 32쪽.
30) 위의 책 참조.

의 일관성이라면 결속성은 텍스트의 내용적 측면에서의 일관성을 말한다. '응집성'이라고도 부르는데 간단히 말해 한 텍스트가 문법적으로 이상이 없다 하더라도 의미상 의사소통에 문제를 보일 때는 결속성이 없다고할 수 있다. 그것은 축자적 의미의 연속성에 비추어 문제 상황이며 시의경우 다음과 같이 이해할 수 있다. 즉 시인이 자신의 의도를 효과적으로전달하기 위해 독자의 해석을 요하는 장치를 마련했다고 볼 수 있다. 그러므로 파괴된 결속성을 복구해 가는 과정이 시의 내용을 이해하는 과정이며 시인의 시 세계를 경험하는 과정이라 할 수 있다.

시적 구도deep design는 시 구조의 가장 일반적인 미학적 윤곽을 잡는 것으로 독자에게 미치는 중점적인 효과를 언급하는 것이다. 그래서 심층과표층구조에서 도구로 쓰일 수 있는 표현적 해결의 계획으로서 주제를 구체화하려는 기획이다. 시의 특정 주제와 혹은 장르, 경향 등의 주제와 결부된다. 시적 구도를 탐색함으로써 시인의 시학적 방어의 기제로서 취급한 언어와 형식에 기초해서 일탈하는 중심 효과를 인지할 수 있다. 그러므로 시인이 보다 기술적인 코드의 배열을 통해 시적 전략을 유지한다고볼 수 있다.

시적 담화의 주제는 다른 층위와 비교해서 추상적인 재현의 층위로서시의 메시지에서 표현성이 제거되고 공식화된 것이다. 다시 말해 특별한화제의 주장으로서 특정 의미의 숙주를 실어 나르고 있다. 그래서 시의불확정적 기능은 보다 특별한 형식적 범주를 전경화한다. 즉 기존의 지배력을 전경화한 것이다. 또한 시의 주제는 상호텍스트적 메시지이다. 즉 다른 시(시인, 문체 등)와 비교된 시에 따라 드러나는 것이다. 즉 그 시를 모방하고, 발전시키고, 다시 조합하고, 패러디하고 혹은 거부하는 '관념' 혹은 '코드'에 따라 드러난다. 상호텍스트적 대화는 때때로 어떤 주제와 문학적 진화의 큰 태엽의 절대적인 부분처럼 보인다. 그러므로 상호텍스트적 대화는 리파테르[31]가 말한 언어적, 문화적 그리고 시적 하이포그램hypogram의 반전이라 할 수 있다.

이처럼 시적 담화는 시인의 의도를 통해 주제가 구체화된다. 그러한 주제는 심층구조와 표층구조에서 표출이 되는 하향식 전개를 보인다. 그러나 이러한 상위와 하위 층위는 선적인 구조가 아니라 서로 영향을 미치는 대화적 구조이다. 그러므로 한 편의 시를 이해한다는 것은 담화론적 측면에서 시인의 의도를 역추적하는 과정이라 할 수 있다.

---

31) Michael Riffaterre, *Op.cit.*, pp.79~81 참조.

II. 전후 시의 생산과정

1. 전후 시의 모색

한국 전쟁은 해방 후 한국시의 양상을 바꾸는데 커다란 역사적 사건이며 한국시의 현대적 성격을 특징짓는 가장 중요한 계기다.[1] 전쟁 때문에 겪은 상실감과 현실 모순에 대해 자각하게 됨으로써 종래와는 다른 시적 양상을 보인다. 서구적 모더니즘에 경도되거나 전통의식을 구체화하는 양상으로 나타난다. 이때 한국시의 현대적 성격은 전쟁 상황이 자극이 되어 서정의 새로운 자각인 시의 실험성과 현실 참여로 표출된다. 즉 종래의 서정은 내면의식의 추구로 전환되며 감상위주의 서정시의 전통은 적극적으로 쇄신되어 인간의 감각으로 파악된 삶의 현실을 노래하게 된다. 사실 60년대와 70년대로 이어지는 한국 문학 또한 대부분이 분단이라는 에피포르epiphor의 서로 다른 표현에 불과하다. 그 만큼 한국 전쟁은 과거 완료형이 아니라 현재 진행형이며 또한 미래완료형이다.[2] 그러므로 해방과 분단 그리고 전쟁은 현대문학이 강박화되어 있는 가장 대표적인 문제적 상황이며 거기에 대응하는 초극적인 삶의 광채를 탐조하는 소망의 인간 벽화를 제시하는 것이 바로 전후 문학이라 할 수 있다.[3]

전후 한국시의 주류를 이룬 것은 전통적인 순수 서정시였다. 박두진, 박목월, 조지훈, 유치환, 서정주 등은 그 이전 조선문학가동맹을 중심으로 전개된 정치적 이데올로기시에 대해 정치적 색채의 배제를 강조했다.

---

1) 박철희, 「한국시와 고향상실」, 『귤림문학』 제4호, 1995, 133쪽.
2) 박철희, 「통일을 위한 문학 – 분단의 주제론」, 『자하』 2월호, 1986, 77쪽.
3) 이재선, 『현대 한국소설사』, 민음사, 1991, 11~19쪽.

다시 말해 시의 독자성을 주장하며 순수문학을 표방하였고 현실에는 소극적이었다. 전쟁을 체험하면서 이러한 전통적 순수서정의 소극성과 그 이전의 이데올로기시에 반기를 들고 시의 영역을 내면으로 확대해 나갔던 시인들이 후반기 동인이다. 이들은 서구적 경험을 통하여 주지적이고 초현실주의적인 방법적 실험을 통해 시의 현대성을 추구하였다. 그러나 후반기 동인의 내면의식의 추구가 전후 한국시가 이룩한 가장 중요한 현대적 특색으로 지적되고 있기는 하지만 30년대 모더니즘 시의 서구적 경험에서 벗어나지 못하는 한계4)를 지닌다.

50년대 후반에 이르러 현대시는 한국 고유의 정서에 밀착된 시세계를 고수하려는 현상과 그로부터 일탈하려는 또 하나의 현상으로 나타났다.5) 유치환, 서정주, 박재삼, 박용래, 고은, 이형기, 이동주, 구자운, 박성룡, 박희진 등이 전통적 서정을 통한 자기회복의 움직임을 모색하는 가운데, 김수영, 김춘수, 김종삼, 김구용, 송욱, 전봉건, 신동집, 성찬경, 문덕수 등은 현실에 소극적인 전통적 서정시를 부정하고 한편으로 후반기 동인의 한

---

4) 송욱은 우리가 시대성에 민감하면 할수록 참다운 역사의식과 깊은 내면성과 정신성을 가지고 시대성을 소화하고 비판하고 혈육화할 때에 비로소 참다운, 즉 예술다운 현대시를 쓸 수 있으리라고 말하며 30년대 모더니즘 시를 비판한다. 이러한 지적은 30년대 모더니즘을 추수했던 후반기 동인에게도 해당되는 것으로 역사의식이 부재한 기교만의 시를 사이비 모더니즘으로 치부한다. 김춘수는 후반기 동인의 반전통 반이념적 성격이 선언적 수준에 불과함을 지적하고 서구적 경험을 모방한 것에 지나지 않는다고 비판한다. 마찬가지로 홍기삼은 후반기 동인이 추구한 시적 실험을 전위적인 것으로 파악하고 그러한 경향이 전후의 인식을 수용한 것이 아니라는 점에서 기형적인 것으로 본다.
  송　욱, 『시학평전』, 일조각, 1963, 188~189쪽, 194쪽.
  김춘수, 『의미와 무의미』, 문학과 지성사, 1976, 140쪽.
  홍기삼, 「전쟁, 그리고 문화의 수면」, 『상황문학론』, 동아출판공사, 1974, 58쪽.
5) 그러나 이와 같은 두 개의 타입은 현실에 대해 적극적인 태도를 취하건, 소극적인 태도를 취하건, 시대의 압력은 너무나 큰 것이어서 어떤 정해진 카테고리 속에 가두어 놓고 있었기 때문에, 시인들은 모두 시대의 노예가 되어 회의적인 태도를 표명하고 있었다는 점에서 일치점을 발견하게 된다(김시태, 「50년대 시와 60년대 시의 차이」, 『시문학』 1월호, 1975, 82~83쪽 참조.)

계를 자각하면서 다양한 방법적 실험을 시도했다. 이러한 방법적 실험을 통하여 종래와는 현저히 다른 시세계를 구축하였고 전통 서정시와는 다른 언어의 풍경이 공통적으로 나타났다.

텍스트의 불확정성은 일찍부터 시의 난해성과 관련하여 시의 현대적 특질로 긍정적인 측면과 부정적인 측면에서 다각적으로 언급되었다. 그래서 전후 현대시의 난해성은 전쟁이라는 새로운 경험에 기반해서 어휘에 대한 새로운 기능의 발견과 또한 새로운 구성법 때문에 나온 것으로 보았다.[6] 나아가 난해성을 공격하는 일은 현대시에 대해 무지를 드러내는 것이며 오히려 난해성은 현대시의 특질로 이해되었다.[7] 조향은 난해성을 비판하는 것에 대해 편내용주의라 지적하며 과학문명, 기술문명에 있어서의 후진성으로 파악 우리 시의 최대의 약점이라고 언급하였다.[8] 이러한 측면에서 난해성을 불안한 내면의식이나 현실인식의 표출로 보

6) 해외 시단의 경우에도 전후에 새로운 미학이 성립되었다. 제2차 세계대전 이후 전통적 가치의 붕괴와 부조리 의식은 '파라독스', '아이러니', '위트', '메타포' 등 언어의 새로운 풍경을 펼쳐놓은 것이다. 프랑스에서는 기존의 초현실적인 환경에서 탈피하여 현실적인 환경에서 현상대로 인간조건의 암흑에 대해 끈기 있는 투쟁에 전심하여 문자에 대해 자각하고 시적 기술에 관심을 기울였다. 그래서 전후 프랑스시의 산문적인 풍자와 격동적인 미사여구, 조롱과 익살 등에는 윤리적 감각의 재각성이 반영되어 있다. 독일 역시 전통을 무시한 새로운 경향을 모색했다. 이러한 실험적 태도는 정통적 입장과 기독교적 입장과 함께 전후 독일시의 윤곽을 형성하며 서정시의 실험과 언어의 실험을 하였는데 환상이나 꿈으로서의 세계를 그리는 것이 아니라 현실을 보다 철저히 받아들이는 입장이었다. 특히 전통적 양식과 문법을 무시한 문체와 함축적 언어는 독자에게 토론과 상상의 여지를 남겨주는 역할을 했다. 영미 시단의 경우 합리적인 생각과 의사 소통 및 내성적 정직성을 포함하는 가치가 창조적 자극제가 되었다.
전후 해외 시단의 새로운 양상은 '이근섭, 『영문학사 I』, 을유문화사, 1993', '이어령 편, 『전후문학의 새물결』, 신구문화사, 1973'에서 김수영의 「현대시의 기질」, 곽복록의 「독일전후문학의 특질」 등을 참조함.
7) 김경린, 「현대시의 제문제」, 『문학예술』 3월호, 1957, 181~183쪽.
김종길, 「표현과 수용의 이중구조」, 『문학사상』 2월호, 1973, 168~173쪽.
김종문, 「현대시의 난해성」, 『문학춘추』 11월호, 1965, 264~271쪽.
8) 조 향, 「1959년시단 총평」, 『문학』 12월호, 1959, 78~83쪽.

기도 했다.9) 이봉래는 현대시의 난해성은 필연적이라는 관점에서 시적 대상의 도시성, 이미지 중시, 복잡한 사회를 반영한 언어의 복잡성, 문학 유파의 다양성 때문에 빚어진 기술의 혼잡을 원인으로 들었고10) 이어령 은 이상李箱의 시를 언급하면서 시의 난해성은 시대의 절망이 가져온 기 교의 표출로서 시의 진화로 진단했다. 그래서 난해한 시를 완전히 이해 해야할 필요성을 강조했다.11)

　이러한 긍정적 시각에 대해 조연현은 현대시의 난해성을 사상과 감정 과 철학의 난해함에 기초한 것이라기보다는 문장의 일탈적 조직에 근거 한 것으로 보았다.12) 그래서 이철범은 기교 중심의 모더니즘 시들이 시 의 전통성을 훼손하여 독자들이 지녔던 일반적인 시적 통념을 혼란스럽 게 만들었기 때문에 시를 바라보는 독자의 이해가 산산이 깨졌다고 비판 하였다.13) 이처럼 과거의 것이라면 전적으로 파괴하려고 든다는 것, 기 교와 형식에 전력한다는 것, 그리하여 시의 생명인 정신이 유물화되어 시의 대상이 극도로 황폐화된다는 점을 들어 김운학은 난해시의 우위성 을 부정하였다.14) 정창범은 전후 시인들이 신기한 이미지만을 찾는 나머 지 그 효과와는 동떨어진 낯선 단어만을 골라서 쓰는 점을 지적하여 기 법이 수단이 아니라 목적이 된 점을 비판하였다.15)

9) 김규동,『지성과 고독의 문학』, 한일출판사, 1962, 119~134쪽.
　　정태용,「한국시의 반성」,『현대문학』 1월호, 1960, 218~228쪽.
10) 이봉래,「한국의 모던이즘(상)」,『현대문학』 4월호, 1956, 85~93쪽.
　──,「한국의 모던이즘(하)」,『현대문학』 5월호, 1956, 218~225쪽.
11) 이어령,「나르시스의 학살─이상의 시와 그 난해성」,『신세계』 10월호, 1956, 1월 호, 1957.
　──,「속 나르시스의 학살─이상의 시와 그 난해성」,『자유문학』 7월호, 1957.
12) 조연현,「기술과 예술」,『조연현 전집 제4권』, 어문각, 1977, 107~113쪽.
13) 이철범,『이데올로기의 시대, 문학과 자유』, 동아문화사, 1979, 220~222쪽.
14) 김운학,「난해시의 열등성 上」,『현대문학』 9월호, 1959, 86~94쪽.
　──,「난해시의 열등성 下」,『현대문학』 10월호, 1959, 78~87쪽.
15) 정창범,「현대시의 두 경향」,『현대문학』 7월호, 1955, 138~147쪽.

이러한 긍정과 부정의 시각은 시의 방법론적 시각에서 비판적 성찰을 가져왔다. 송욱은 현대시의 난해성이 명백한 의미를 시인이 풍자적으로 왜곡하거나 회피하는 데에 원인의 일부가 있다고 보고 일단 그 현대성을 인정하지만 그러나 이상李箱의 시를 들어 왜곡되기 전의 명백한 의미조차 지니지 못해 적당한 독자가 읽어도 아무런 감동을 받지 못한다면 그것은 난해한 것이 아니라 무의미 한 것이라 하였다.16) 이처럼 시의 난해성과 관련해서 긍정적이든 부정적이든 당대에 텍스트의 '불확정성'의 문제를 중점적으로 제기하였다.

이러한 시적 경향의 출발점은 삶의 현실, 삶의 현장 자체에 있다. 그러므로 이들 시에 나타나는 서정은 전후의 물질적 결핍과 실의의 시적 대응이라고 할 만하다.17) 다시 말해 이러한 일탈적 경향은 전쟁이 가져온 인간 존재의 불확실성과 위기의식의 시적 반영이며 전쟁 이후의 부조리 상황에 대한 현실부정으로서의 '내면화의 간접화 방식'18)이라 할 수 있다.

---

16) 송 욱, 「현대시의 반성」, 『문학예술』 3월호, 1957, 193~194쪽.
17) 박철희(1995), 앞의 글, 135쪽.
18) 이것은 이율배반적인 개념으로서 고정관념으로 틀에 박힌 객관적 현실인식에 대해 내재적으로 비판하려는 일이다. 이 원리는 그때 그때 마주 서게 되는 대상의 내부 속으로 파고들어 마침내는 이러한 대상들이 자신의 내부에 숨겨져 있는 모순들을 스스로 드러낼 수 있도록 해준다. 그러므로 '사회'라는 상형문자를 해독한다는 것은 근본적으로 의식 속에서 형성된 물신을 인식하고 해체하여 거짓된 사물성 속에 갇혀 있는 사회과정을 다시 눈으로 볼 수 있게 만드는 것이다. 예술에 있어서도 전통과 의식에 매여 있던 상태로부터 풀려나 기능적 변화를 하게 된다. 다시 말해 지금까지 자연발생적으로 유기적 전체를 이루는 것처럼 보였던 예술작품의 개별 계기들은 의식적인 조작 속에 놓일 수 있게 되며, 그 내용이 비합리적인 방식에 따라 미리 주어진 것이 아니라 정치적으로 결정되는 새로운 통일체를 만들어낼 수 있게 되는 것이다. 그러므로 예술작품은 개념 없는 것, 개별적인 것, 특수한 것, 비동일적인 것에 관심을 돌리게 되며, 형식을 강조하게 된다. 이는 예술작품이 소재주의에 빠지거나 사회의 기능요소로 전락하는 것을 막으려는 것이다. 그러나 그것이 사회와 전혀 무관한 공상의 공간을 만들려는 것은 아니다(Hartmut Scheible, 김유동 역, 「직접성의 비판」, 『아도르노』, 한길사, 1997, 111~142쪽 / T. W. Adorno, 홍승용 역, 『미학이론』, 문학과 지성사, 1993 참조).

즉 현실을 직접적으로 언급할 수 없는 상황에 직면한 시적 우회이며 상징화라 할 수 있다. 그러므로 이들의 시는 텍스트상의 불일치, 불연속[19], 현실세계와 텍스트 세계간의 긴장을 담고 있다. 특히 이들의 시는 전쟁으로 차단된 의식의 탐색이라는 측면에서 30년대의 초현실주의와 주지주의적 경향과 동일성을 갖고 있지만 다양한 방법론적 실험을 통해 변화를 모색했다는 데 큰 의의를 찾을 수 있다.

2. 김수영 · 김춘수 · 김종삼의 언어인식

전후에 시의 현대적 실험을 '후반기' 동인들이 시도했지만 도시적이고 문명적인 소재의 차용과 신선한 감각의 제공이란 점 이외에는 이렇다 할 성과를 보여주지 못했다. 이러한 한계를 극복하면서 전통적 서정의 지양과 실험정신이 김수영, 김춘수, 김종삼, 송욱, 전봉건, 김광림 등의 손으로 구체화되었다. 이 중에서도 김수영, 김춘수, 김종삼의 시는 특히 '불확정성'이라는 텍스트의 특질을 공유하면서 각기 독특한 언어의 풍경을 보여주고 있어 주목할 만 하다.

---

19) 시 텍스트의 불확정성은 시인이 의도하는 의의sense가 텍스트상에 분명히 드러나지 않은 경우에 존재하게 된다. 이는 의미부재를 가리키는 시의 무의미성과는 별개이다. 오히려 독자가 의미를 확정하길 기다리는 미확정적 자질이라 할 수 있다. 이는 텍스트의 불연속, 불일치의 현상으로 담화론적 이해의 상황이라 할 수 있다. '텍스트상의 불연속'은 시적 언술에서 낱말이 대치, 생략되거나, 혹은 어순이 바뀌거나 해서 의미가 연결되지 않는 것을 뜻한다. 그리고 '텍스트상의 불일치'는 텍스트에 전개된 지식들이 독자의 지식과 합치되지 않는 경우에 일어난다. 이때 시는 쉽게 읽히지 않는 불명료한 상태가 된다. 이때 의미meaning가 지식의 표상과 전달을 위해 언어로 표현된 가능요인(잠재적 의미)을 가리킨다면 의의sense는 텍스트상에 나타나는 표현들에 따라 실현적으로 전달되는 지식을 가리킨다. 많은 표현들은 여러 개의 잠재적 의미를 갖지만 보통 조건 하에서 표현 하나는 텍스트상에서 오직 하나의 의의만을 지닌다(Robert de Beaugrande · Wolfgang U. Dressler(1995), 앞의 책, 128쪽.

김수영은 후반기 동인과 같이 30년대 모더니즘의 추종자였다. 그러나 그는 후반기 동인과는 달리 전후의 불확실한 현실을 외면적인 기법에만 의지하지 않고 내면화시킴으로써 전후의 모순된 현실을 강하게 부정하였다. 이러한 새로움의 의지와 부정의식을 통해 4·19 혁명 이후 강한 현실 지향을 보였고 나아가 전통을 새롭게 인식했다.

김춘수는 릴케의 영향 속에서 기존 시에서 볼 수 없었던 존재론적 탐구를 시도하였다.[20] 완상의 대상으로서 자연 속의 일부로 관찰되었던 '꽃'의 존재성은 김춘수의 시에 와서 비로소 인간 존재의 철학적 대상으로 소재화되었다. 이는 당시에 시도됐던 기교주의와는 다른 것이다. 전후의 불안과 허무의식이 깊게 투영되고 있으며 아울러 언어에 대해 끊임없는 갱신이 반영되어 있다. 이러한 시적 태도가 4·19 이후 의미의 배제라는 무의미시의 추구로 이어지는데 이 역시 전후의 불확정성의 반복이라 할 수 있다.

김종삼은 프랑스 상징파 시인의 영향 아래 전쟁의 비극성을 독특한 언어 감각을 통해 보여주었다. 음악적 정조가 깊게 배어 있는 그의 시는 전후의 부재상황을 환상적으로 처리하였다. 그러므로 4·19 이후 전개되는 시세계의 순수성은 절제된 언어와 음악적 정서에서 연유된 것이라 할 수 있다.

이처럼 이 세 시인의 공통점은 불확정성이다. 그러므로 전후 현대시의 성과를 평가하기 위해서는 이들의 시를 정확하게 이해하고 분석하는 일이 필요하다. 적어도 그들은 모더니즘적 기법만을 최대의 목표로 삼지 않았으며 시적 형상화와 시 인식의 면에서 독창성을 갖고 있다.[21] 특히 이들의 시에서 텍스트의 불확정적 특질을 단순히 의미가 모호한 언어유희로서의 넌센스nonsense나 관념적인 지적 유희로 보지 않고자 한다. 즉 난해한 어휘

---

20) 릴케와의 영향관계는 이재선, 「한국현대시와 릴케」, 『한독문학비교연구 1』, 삼영사, 1976, 353~385쪽을 참조.
21) 박호영, 「1950년대 모더니즘 시의 전개」, 『한국전후문학연구』, 삼지사, 1995, 70~71쪽. 한계전, 「전후시의 모더니즘적 특성과 그 가능성②」, 『시와 시학』 여름호, 1991, 406쪽.

와 개념, 외국어의 남용에서 비롯된 난해성 보다는 시인과 독자의 이해를 필요로 하는 간극으로 보는 것이다.

그러므로 전후 현대시에서 포착되는 텍스트상의 불일치, 불연속적 양상은 현실세계와 텍스트세계 사이 긴장 속에 전개되고 있는 시적 기능이라 할 수 있다. 여기서 그 형태와 기능의 관계를 규명함으로써 텍스트의 연속성을 유지하려는 시인과 독자간의 교합의 장이 확보될 수 있을 것이다. 이는 나아가 '하나의 텍스트를 적절히 이해한다는 것이 어떤 인간 상황을 이해한다는 기능적 모델을 세우는 것'이기 때문이다.22)

한 편의 시에서 담화 참여자간에 불일치를 보일 때 그것은 문제 상황으로서 여러 가지 인지적 추론이 가능하다. 시텍스트 생산자의 입장에서 시인은 무엇인가 의도를 가지고 자신이 전달하려는 목적을 수행하기 위해 좀 더 효과적인 책략을 구사했다고 볼 수 있다. 수용자의 입장에서 이해의 연속성을 기할 수 없는 시를 대했을 때 독자는 텍스트의 불일치를 극복하고 생산자의 의도를 수용하려 백과사전적 지식을 동원하게 된다. 그 과정이 시적 담화가 생산되고 수용되는 과정이다.

텍스트의 불확정성과 관련하여 김수영·김춘수·김종삼의 시에 대해 기존 논의는 주로 언어 인식의 변화라는 측면에서 접근하였다. 다시 말해 시의 내면 지향성과 실험성에 초점을 맞추었다.

첫째, 시의 내면화는 잠재의식과 무의식의 기제를 시의 방법에 응용하는 것으로 초현실주의에 영향받은 시의 현대적 특질로 들고 있다. 이러한 시의 내면화는 이미 30년대까지 소급할 수 있는데 이상李箱, 서정주의 시에서 내적 무형식, 은유의 남용, 자동기술 등에서 흔적을 찾을 수 있다. 그러나 김수영·김춘수·김종삼 등을 비롯 전후 시인들은 이러한 초현실주의에서 약간 변형된 형태로 발전시켜 나갔다.23)

---

22) Robert de Beaugrande(1983), *Op.cit.*, poetics 12, 1983, p.90. 그러므로 '불확정성'은 모든 시대의 모든 텍스트의 중심적 성격이라기보다는 역사의 특별한 시기에서 특정 예술 작품의 자질이다. 즉 전후 현대시의 양상으로 제한하고자 한다.

김수영의 경우 현대 사회의 결핍 요소로 인간관계의 문제를 다루고 있다. 그것은 한국적인 정서의 맥락과는 다른 것이다. 그가 전개하고 있는 사랑, 자유, 양심 등의 주제는 자기비판과 자기부정에서 나오며 사회적 현실적 부조리에 대한 내면화된 표현이라 할 수 있다. 그래서 그의 시는 정치적 현실에서 비정치적인 일상을 소재삼아 개인의 내면 속의 갈등을 통해 참여적 성격을 드러낸다고 보고 있다.[24]

김춘수의 경우 그의 내면의식과 함께 실존의식을 주목한다. 그의 존재론적인 탐구의 경향은 시인의 의식이 사회학적 방법에서 철학적 방법으로 발상을 옮긴 것이다. 그래서 그의 서정성은 우리시가 전에 가져보지 못한 위기감을 내포하며 이지적 언어로 정착되었다. 이러한 측면에서 본질을 인식하려는 노력, 과거 한국시의 소박한 센티멘탈리즘과 영탄으로부터의 해방을 인정하고, 사물과 언어의 관계를 최초로 등장시킨 시인으로 평가되고 있다.[25]

---

23) 박철희, 「순수시와 내면화」, 『시문학』 10월호, 1965, 12~15쪽.
24) 김규동, 「해방 30년의 시와 시정신」, 『심상』 8월호, 1975, 74~80쪽.
　　김윤식, 「모더니즘시 운동양상」, 『한국현대시론비판』, 일지사, 1975, 241~254쪽.
　　염무웅, 「50년대 시의 비판적 개관」, 『대화』 11월호, 1976, 145~159쪽.
　　오규원, 「한 시인과의 만남」, 황동규 편, 『김수영의 문학』, 민음사, 1983, 135~138쪽.
　　윤여탁, 「한국전쟁후 남북한 시단의 형성과 시세계」, 『한국현대시사의 쟁점』, 시와 시학사, 1991, 416~426쪽.
　　이승훈, 「전후모더니즘운동의 두 흐름―반 전통성의 '후반기' 동인과 내면 탐구의 '현대시' 동인」, 『문학사상』 6월호, 1999, 64~73쪽.
　　장윤익, 「<후반기동인>의 시사적 성격」, 『문학이론의 현장』, 문학예술사, 1980, 68~76쪽.
　　하현식, 「절대언어와 자유의지」, 『현대시학』 8월호, 1984, 132~143쪽.
　　――――, 「절대언어와 자유의지」, 『현대시학』 9월호, 1984, 133~146쪽.
25) 김규동(1975), 앞의 글.
　　민 영, 「1950년대 시의 물길」, 『창작과 비평』 봄호, 1989, 113~136쪽.
　　박진환, 『한국현대시인연구』, 자유지성사, 1999, 253~273쪽.
　　오규원, 「무의미론」, 『김춘수 연구』, 학문사, 1982, 235~242쪽.
　　이건청, 「전쟁과 시와 시인 : 김춘수, 천상병, 신동문의 경우」, 『현대시학』 8월호,

김종삼의 경우 시는 의미하는 것이 아니라 존재하는 것이라는 시론을 극단으로 몰고 간 묘사의 시인으로, 풍자적이며 주지적인 서정시인의 한 켠에 내면세계 탐구가 병행되는 작업자로서 순수지향의 의식이 어린아이 또는 예술가의 이미지를 통해 구현되고 있으며 현실의 세계와 거리를 두고 고독 속에서 자신의 시정신에 집착한다. 그래서 그가 정서의 절제와 내면화를 위해 지적 통제에 힘써 왔음을 주목한다.26)

이러한 논의는 대부분 맥락차원에서 언급되었으며 텍스트 차원에서의 고찰은 명징하게 드러나지 않는다. 그래서 이들 시에 대해 기존논의는 비교문학적인 시각의 일면적 고찰이거나 역사주의적 시각의 단순성을 보이고 있다. 그러나 이들의 시가 전후의 현실과 관련 각기 다른 반응을 보이고 있다는 측면에서 시학적 검토가 무엇보다 필요하다.

둘째, 시의 실험성과 관련된 기법적 측면에서 기존논의는 김수영 시의 경우27) 모더니즘적 기법에 집중된다. 김수영의 언어 구사의 현대적 감각

1974, 67~75쪽.

이승훈(1999), 앞의 글.

이유경, 「구체성의 전개-60년대 전반기의 시인들」, 『심상』 8월호, 1975, 40~45쪽.

정한모, 「광복 30년의 한국시 개관」, 『심상』 8월호, 1975, 17~21쪽.

──, 『한국현대시의 현장』, 박영사, 1983, 171~281쪽.

조남현, 「시인의식의 변천과정」, 『심상』 8월호, 1975, 52~55쪽.

조영복, 「1950년대 모더니즘 문학 논의를 위한 비판적 검토」, 『외국문학』 겨울, 1993, 183~201쪽.

26) 권영민, 『한국현대문학사』, 민음사, 1996, 186~187쪽.

김은영, "1950년대시의 유형과 특성에 관한 연구", 아주대 석사학위논문, 1995.

김윤식·김현, 『한국문학사』, 민음사, 1996, 459쪽.

서준섭, 「모더니즘과 문학의 신비화-1930년대와 50년대 한국문학의 한 단면」, 『외국문학』 겨울, 1988, 204~220쪽.

이형기, 「50년대 후반기의 시인들」, 『심상』 8월호, 1975, 32~39쪽.

──, 「50년대 후반기의 시」, 『현대시학』 4월호, 1988, 178~183쪽.

조지훈, 「현대시의 계보」, 『월간문학』 11월호, 1968, 209~215쪽.

최동호, 「1950년대의 시적 흐름과 정신사적 의의」, 『현대문학』 1월호, 1989, 242~258쪽, 317쪽, 385쪽.

과 지성의 작용을 모더니즘의 유산으로 파악하고 초현실주의 수법을 부분적으로 시작에 채용함으로써 상상의 세계를 자유롭게 확대하여 새로운 성공을 거둔 것으로 보는 것이다. 여기에 일상어, 일상적 이미지의 사용과 반복, 역설, 비약, 반전, 고백투, 산문성을 특질로 들고 있다.

　김춘수 시의 기법적 측면은 전체 시를 일관하지 못하고 단편적으로 지적되고 있다.[28) 주로 언급되는 것은 김춘수 시의 현대성, 시간의식, 반복

27) 김　현, 「웃음의 체험」, 『한국현대시작품론』, 문장사, 1981.
　　권오만, 「김수영시의 고백시적 경향」, 김승희 편, 『김수영다시읽기』, 프레스21, 2000, 285~334쪽.
　　김종윤, "김수영 시 연구", 연세대 박사학위논문, 1987.
　　김주연, 「교양주의의 붕괴와 언어의 범속화」, 황동규 편, 『김수영의 문학』, 민음사, 1983, 260~259쪽.
　　서우석, 「김수영 : 리듬의 희열」, 황동규 편, 『김수영의 문학』, 민음사, 1983, 173~187쪽.
　　유종호, 「다채로운 레파토리 ─수영」, 황동규 편, 『김수영의 문학』, 민음사, 1983, 29~33쪽.
　　이경희, "시적 언술에 나타난 한국현대시의 병렬법 연구", 이화여대 박사학위논문, 1989.
　　이숭원, 「김수영의 시정신의 지향점」, 『한국시문학의 비평적 탐구』, 삼지원, 1985, 330~340쪽.
　　이은정, 『현대시학의 두 구도─김춘수와 김수영』, 소명출판, 1999.
　　정남영, 「김수영의 시와 시론─난해성, 민중성, 현실주의」, 김승희 편, 『김수영다시읽기』, 프레스21, 2000, 219~247쪽.
28) 김　현, 「김춘수와 시적 변용」, 『김춘수 연구』, 학문사, 1982, 123~156쪽.
　　김영태, 「처용단장에 관한 노우트」, 『김춘수 연구』, 학문사, 1982, 168~174쪽.
　　김종길, 「시의 곡예사─춘수시의 이론과 실제」, 『문학사상』 10월호, 1985, 121~128쪽.
　　오규원(1982), 앞의 글.
　　엄국현, 「무의미시의 방법적 이해」, 『김춘수 연구』, 학문사, 1982, 434~448쪽.
　　이　탄, 「분위기의 시─무의미시와 비대상의 시」, 『김춘수 연구』, 학문사, 1982, 344~351쪽.
　　이기철, 「무의미의 시, 그 의미의 확대」, 『김춘수 연구』, 학문사, 1982, 336~343쪽.
　　이동순, 「시의 실존과 무의미의 의미─김춘수의 시」, 『김춘수 연구』, 학문사, 1982, 316~329쪽.
　　이승훈, 「시의 존재론적 해석시고─김춘수의 초기시를 중심으로」, 『김춘수 연구』, 학문사, 1982, 220~234쪽.
　　─────, 「존재의 해명」, 『현대시학』 5월호, 1974, 48~53쪽.
　　─────, 「포스트모더니즘의 시적 기법─김춘수의 「처용단장」 3부와 4부를 중심으로」, 『모더니즘개론』, 문예출판사, 1995, 317~332쪽.
　　이은정(1999), 앞의 글.

적 리듬, 과거 진행형 동사시제, 자유연상, 음성적 요소와 의미의 배제, 여백, 장면의 병치 등이다. 그래서 김춘수의 시작 방법을 순수화 경향이라는 어느 시대나 존재하는 시의 기본적 요소로 보고, 일반적인 시의 '현대화' 경향으로 파악한다. 특히 그의 유년의식이라는 시간의식의 독특성을 시간의 단층을 메우는 현재의 행위로 본다. 즉 과거를 현재로 살면서 의의있는 삶의 연속성과 통일성을 획득하고 있다는 것이다. 이처럼 '관습에서의 해방', '시의식의 전환'이 주로 언급되는 김춘수의 시방법이자 인식 방법이라 할 수 있다.

김종삼 시에 대한 기법적 측면의 논의29)는 그의 독특한 언어사용에 집중된다. 그의 언술체계중 묘사의 과거체가 그렇다. 그래서 포괄적으로 그의 시는 묘사시로 규정된다, 이러한 묘사의 미학적 근거는 고전주의적 태도로, 여백의 미로 보고 있고 잔상의 미학이라고 부른다. 더불어 일상적 문맥파괴와 외래어, 외국어 사용을 통한 현실적 인간상의 배제가 시적 구

이형기, 「존재의 조명—「꽃」의 분석」, 『김춘수 연구』, 학문사, 1982, 27~34쪽.

──────, 「허무, 그리고 생을 건 장난—김춘수 또는 무의미의 의미」, 『김춘수 연구』, 학문사, 1982, 35~39쪽.

임수만, "김춘수시의 기호학적 연구", 석사학위논문, 서울대학교, 1996.

정한모, 「김춘수의 『의미와 무의미』」, 『김춘수 연구』, 학문사, 1982, 10~13쪽.

하현식(1984), 앞의 글.

29) 김 현, 「김종삼을 찾아서」, 『상상력과 인간/시인을 찾아서』, 김현문학전집 3권, 문학과 지성사, 1993, 400~408쪽.

김문영, "김종삼시 연구", 석사학위논문, 경북대학교, 1990.

김주연, 「비세속적인 시」, 장석주 편, 『김종삼전집』, 청하출판사, 1988, 296~302쪽.

김준오, 「완전주의, 그 절제의 미학」, 『스와니강이랑 요단강이랑』, 민음사, 1991, 141~152쪽.

신규호, 「무의미의 의미 · 1」, 『시문학』 3월호, 1989, 85~86쪽.

──────, 「무의미의 의미 · 완」, 『시문학』 4월호, 1989, 79~89쪽.

이숭원, 「김종삼시의 환상과 현실」, 『20세기 한국시인론』, 국학자료원, 1997, 325~347쪽.

장승아, "김종삼시 연구", 석사학위논문, 동덕여자대학교, 1991.

조남익, 「장미와 음악의 시적 변용」, 『현대시학』 2월호, 1987, 154~161쪽.

하현식, 「미완성의 수사학」, 『현대시이론』, 백산출판사, 1990, 189~204쪽.

황동규, 「잔상의 미학」, 『북치는 소년』, 민음사, 1979, 10~24쪽.

성원리로 언급된다. 특히 음악적 속성의 시어는 주요한 시적 특질로 강조
되고 있다. 이러한 측면에서 현대의 '소리'를 정면으로 받아들이고 이를
효과적인 이미지로 그려놓았다고 평가된다. 이때 명암의 교차, 즉 동動과
부동不動의 교차가 김종삼 시의 근간을 이루는 작시원리의 하나로 대두되
는데 이 특유한 작시법이 바로 그가 깊이 이해한 음악의 형식에서 영향받
은 것으로 언급된다.

이러한 논의의 문제점은 무엇보다도 이들 시인들, 특히 김수영과 김춘
수가 이론과 창작을 병행했다는 점에서 시 텍스트를 이해하는데 있어서
그들의 시론으로부터 자유롭지 못하다는 데 있다. 이는 시적 의사소통에
서 독자의 영역을 제한하는 것으로서 "시의 해석은 언제나 시 작품 그 자
체를 밝히면서 동시에 그것을 독자의 독서체험에 반영함으로써 갈무리
된다.30)"는 점에서 그러하다. 즉 "하나는 시 작품을 하나의 객체로서 이해
하는 것이고 또 다른 하나는 독자의 독서 체험에 비추어 시를 텍스트로
이해하는 일이다. …이런 의미에서 자기옹호의 시론으로 무장된…시인
의 경우 그의 시론에 맞추어 그의 시에 접근한다고 해서 그의 시의 본질
이 파악되는 것은 더구나 아니다. 물론 그의 시론에 토로된 단편적인 한
마디가 그의 시를 이해하는데 극히 암시적인 경우도 있고, 그의 시세계의
일단을 웅변으로 말해주고 있는 경우도 적지 않다. 그러나 그의 시론만을
유일한 근거로 삼아 그의 시에 접근을 시도한다면 자칫하면 뉴크리틱스
들의 이른바 의도의 오류를 범할 위험성이 많은 것이다."31) 이런 측면에
서 이들이 시와 시론을 겸비한, 그것도 일급의 시인 비평가였다는 점과
다양하고 방대한 서구문학의 독서체험에 기반을 둔 시인이라는 점이 이
들 시의 본질을 이해하는데 직접적인 통로 구실을 하기도 하고 동시에 어
떤 의미에서는 본질적 접근을 방해하는 하나의 외피로 작용하기도 한다

---

30) 박철희, 「김춘수 시의 문법」, 『김춘수 연구』, 학문사, 1982, 59쪽.
31) 위의 글.

는 언급32)은 시사하는 바가 크다할 것이다.

　이러한 기존 논의의 문제점 속에서 대두되는 것은 시 텍스트의 의미를 통해 시인의 의도를 감지하는데 시적 의사소통의 참여자들 중 그 어느 편도 소홀히 하지 않는 것이다. 즉 시인과 텍스트, 독자 모두를 의사소통의 동작주로서 고려하는 통합적인 접근이 필요하다는 것이다. 이러한 점에서 전후 현대시의 불확정성이 갖는 시적 의미와 구조를 탐색하는데 담화론적 접근은 유용한 방법론의 하나라 할 수 있다.

　한국 현대시 연구에서 시 텍스트를 담화의 한 양식으로 규정하여 연구하고 있는 기존 논의는 담화론적 이해의 측면에서 시를 다루고 있다 해도 그것은 주로 '화자' 연구를 중심으로 화법과 어법 연구에 제한되어 있다. 그러므로 화자는 작가의식을 대변하는 것으로 전제, 시인의 역사 · 전기적 검토가 주조를 이루고 있다.33) 화자와 청자를 소통의 주체로 삼아 연구한다 할지라도 시 텍스트에 드러난 가시적인 화자와 청자를 다루고 있기 때문에 시의 전반적인 운영 체계를 조감하는데 미흡하다.34) 그런 점에서 텍스트 언어학적인 연구는 시적 담화 연구를 위하여 필수 불가결한 것이다.35)

---

32) 정재찬, 「허무주의와 그 극복」, 김은전 · 이승원 편저, 『한국현대시이론』, 시와 시학사, 1995, 386쪽.

33) 남기혁, "임화시의 담론구조와 장르적 성격 연구", 서울대 석사학위논문, 1989.
　　박덕규, "시적 화자 연구", 경희대 석사학위논문, 1984.
　　서안나, "소월시와 지용시의 대비 연구─화자를 중심으로", 제주대 석사학위논문, 1991.
　　윤재웅, "김소월시의 화자 연구", 동국대 석사학위논문, 1986.
　　이홍자, "김수영 시 연구─시의 화자와 시인의 의식을 중심으로", 서울대 석사학위논문, 1989.
　　조래희, "한국시의 화자유형 연구", 고려대 석사학위논문, 1985.

34) 노창수, "한국 현대시의 화자 유형 연구", 조선대 석사학위논문, 1989.
　　조향순, "현대시에 나타난 시적 화자와 청자의 연구", 경남대 석사학위논문, 1984.
　　정효구, "김소월시의 기호체계 연구", 서울대 박사학위논문, 1989.

35) 김태옥, 「시의 형상화 과정과 Discourse Analysis」, 『영어영문학』, 1985, 677~697쪽.
　　이현호, 『한국 현대시의 담화 · 화용론적 연구』, 한국문화사, 1994.
　　이민호, "김종삼시의 담화론적 연구", 서강대 석사학위논문, 1996.

III. 전후시의 불확정성의 생성 양상

김수영 · 김춘수 · 김종삼의 시를 대상으로 했을 때 불확정성은 텍스트 표층에서 통사론적 정보의 지연과 해체와 단절로 의미론적 정보의 임의성과 파편화와 공백화의 형태로 드러난다. 이러한 텍스트 정보의 불확정성은 시의 의미내용을 이해하는 데 있어서 독자에게는 큰 장애가 된다. 그것은 시적 담화의 소통의 붕괴를 뜻한다. 그러나 이 연속성이 파괴된 텍스트를 복구하는 과정에서 독자는 새로운 의미내용을 획득하게 된다.[1] 이때 시의 불확정적 요소는 언어의 층위에서 통사론적 정보[2]의 불연속이 인식소가 되며 텍스트 구조의 층위에서 의미론적 정보의 불일치가 인식소가 된다.[3] 다시 말해 통사론적 정보의 생략, 반복, 왜곡, 해체의 양상은

---

1) 이러한 복구의 절차적 과정은 해석학적 전통에서 이해될 수 있다. 가다머는 (1)이해 understanding(verstehen) (2)해석 interpreting(auslegen) 그리고 (3)적용 application (anwenden)을 인정한다. 야우스는 세 가지 측면의 진행progression 속에서 이러한 도식scheme을 수정한다. 그것은 보들레르의 다음의 세 가지 독법 속에서 직접 실행됐다. 즉 (1)미학적 지각의 진보적 지평progrssive horizon (2)해석적 이해의 회고적 지평retrospective (3)역사적 이해와 미학적 판단. 정보-이론적 미학은 (1)선택 selection (첫 순서 신호로부터 정보를 얻는 것) (2)통합synthesis(추출과 조합을 통한 초신호 supersign에서 정보를 읽음) (3)분석analysis(초신호의 포괄적인 패턴을 주목함)으로부터의 진보progression를 요구한다. 독서 심리학자들은 (1)소리 혹은 신호의 집합체로서 텍스트의 초보적인 '지각'과 (2)이해comprehension(한 구절 속에서 무엇이 기술되고 주장되는지 계수하는 속에서 명제적 내용을 총합하는)와 (3)해석interpretation (우리가 저자의 구성적인 의도와 맞추려는 감각과 관련된 가장 추상적인 층위)을 구분한다(Robert de Beaugrande(1983), *Op.cit.*, p.94).

2) '정보'는 내용이나 혹은 메시지 그 자체가 아니라 독자가 이미 알고 있는 것이 무엇인가와 내용이나 혹은 메시지 간의 '최선의 접합점goodness of fit'이다(Robert de Beaugrande, *New foundation for a science of text and discourse*, New Jergy : Ablex Publishing corp., 1997, p.15).

3) 이혜승은 "김수영 시 연구(서강대 석사학위논문, 1999)"에서 김수영 시의 생성 양상

언어의 충위에서 문법적 연결에 장애를 가져온다. 이러한 일탈적 요소는 야콥슨이 지적하듯 '시적 형식에 의한 언어의 조직화된 강제'[4]라 할 수 있다. 다시 말해 통사적 정보의 불연속은 그 언어적 형태를 통해 시를 시답게 만드는 무엇인가를 강제하고 있다. 그것이 하나의 기능과 의미로 전달된다. 그래서 반복과 왜곡과 생략에 따른 통사적 정보의 지연과 해체와 단절은 어떤 시적인 기능을 담당하고 있다고 볼 수 있다. 하나의 비근한 사례로 규범적 통사론의 파괴는 허구적 세계나 혹은 인물의 내면에서 질서의 파괴를 반영한다고 볼 수 있다. 그것은 "의미meaning는 세계에 대한 기호의 관계에 의해 전달되는 것이 아니라 특정 언어의 선택, 규범으로부터의 언어의 일탈, 그리고 언어가 창조하는 패턴에 의해서 전달된다."[5]는 야콥슨의 또 다른 언급에서 근거를 찾게 된다.

의미론적 정보의 불일치의 경우 텍스트의 세계 안에서 개념적 의존 관계를 파괴함으로써 전체적으로 시의 내용을 모호하게 만든다. 즉 텍스트에 제시된 상황이나 어휘, 이미지들이 기존의 개념적 지식과 어긋날 때 그 시적 발화가 의미하는 것이 무엇이고 왜 선택되었는지 알 수 없게 된다. 의미론적 불일치는 세계 모델과 텍스트 모델 간의 불일치 속에서 세계에 대한 시인의 맥락적 배경을 반영하고 있다. 그러므로 의미론적 정보의 임의성이나 파편화 그리고 공백화 등은 시인의 개성적인 현실인식을 드러내고 있다.

이처럼 텍스트 충위에서 보이는 불확정성의 형태는 그 구조에 상응하는 기능, 즉 의미를 담고 있다. 이러한 관계를 규명하는 것이 담화론적 이해의

을 부정적 의미자질의 확장Expantion, 확장과 결합된 전환Conversion Combined with Expantion, 전환Conversion의 세 가지 방법을 통해 살펴본 후 그 의미를 '현실 세계의 부정성'에 대한 인식에서 극복으로 나아가 자기 실현의 세계를 구현한 것으로 파악한다. 이 연구는 시의 형태와 기능, 즉 구조와 의미 사이의 상관관계를 살피는 이 책의 논리와는 충위가 다른 것으로 의미 자질에 강조점을 두고 있다.

4) V. Erlich, *Russian Formalism : History, Doctrine*, The Hague : Mouton, 1980, p.219.

5) 이것은 "시적 기능은 선택의 축에서 결합의 축으로의 등가성의 원리를 투사한다."는 말에서 강조된다(Roman Jakobson(1977), 앞의 글, 155쪽).

과정이며 궁극적으로 텍스트의 형태와 기능은 모두 시인의 시적 구도에 따라 운영된다는 전제 하에서 궁극적인 시적 목표를 함축하고 있다. 그러나 시적 효과의 측면에서 이러한 장애는 시를 새롭게 이해하려는 자극이 된다.

이와 같은 불확정성의 발생론과 관련하여 이들 시인들의 시론은 다음과 같이 언급할 수 있다. 즉 김수영의 '불온시론'과 김춘수의 '무의미시론'은 각각 불확정성의 배경론과 불확정성의 형태론이라고 말할 수 있다.

전후 현대시의 불확정성은 현실을 내면화하는 과정에서 그 실험성이 배경이 되고 있다. 이러한 측면에서 김수영은 시의 실험성 내지 전위성을 '불온성'이라고 말한다.6) 전후의 한국문화를 위협하는 원인을 문화의 '응전력과 창조력의 고갈'로 판단하고 그 응전력과 창조력을 문학과 예술의 전위성 내지 실험성으로 본 것이다. 이 말은 문학의 다양성, 즉 반획일주의를 강조하는 것으로 문학의 본질로서의 불온성을 언급한 것이다. 김수영은 불온성의 전위적 추구 양상으로서 재즈음악과 같은 60년대의 안티예술을 구체적으로 예로 들며, 그 전위적 불온성이 새로운 꿈을 추구하는 표현이며 예술과 문학의 원동력이라고 말한다.7) 그래서 종래의 관념을 거부하고 저항과 쇄신으로서 '시의 무용론'을 펼친다.8) 기존시의 잔재로부터 벗어나 오히려 유치하고 단순해진 이후 시의 새로운 영역을 기대할 수 있다는 말이다.

이처럼 김수영은 시의 불온성을 새로움에서 찾고 있으며 새로움의 핵심은 '자유'에 있다. 그러므로 김수영에게 시인은 언제나 시의 현시점을 이탈하고 사는 사람이고, 또 이탈하려고 애를 쓰는 사람9)이다. 시인의 임무는 언어를 통해서 자유를 읊고, 또 자유를 사는 것이다10). 여기서 시인을 자유

---

6) 김수영, 「실험적인 문학과 정치적 자유」, 『김수영 전집 2』, 민음사, 1981, 158~160쪽.
7) ───, 「<불온>성에 대한 비과학적인 억측」, 위의 책, 161~162쪽.
8) ───, 「시의<뉴프론티어>」, 위의 책, 177쪽.
9) ───, 「시인의 정신은 미지」, 앞의 책, 187쪽.
10) ───, 「생활현실과 시」, 위의 책, 193쪽.

롭게 하는 것이 시의 새로움이다. 그래서 시를 통해 감동을 얻는 것도, 시에 생활 현실이 담겨 있느냐 없느냐의 기준도 진정한 난해시의 기준도 새로움의 유무에 달려있게 된다. 이처럼 김수영의 시론에서 볼 때 전후 현대시의 불확정성은 새로움을 추구하는 시의 실험성이 배경이 되고 있다.

이에 대해 김춘수는 또 다른 측면에서 전후의 새로운 양상에 관심을 보였다.11) 그것은 산문체 형태와 같은 시 형태의 해체 양상이다. 김춘수는 그러한 현상을 서정시 장르의 위기로 판단하였지만 오히려 시의 순수성을 회복하는 근원으로의 회귀라고 보았다. 이러한 차원에서 '무의미시론'을 전개하는데 시의 불확정성을 가져오는 시작 방법으로서 시적 대상과 관념으로부터의 도피를 도모하는 시의 '비대상성'을 주장했다.

김춘수가 주장하는 비대상성의 핵심은 시의 유희성의 강조라 할 수 있다. 그래서 시의 외적인 요소로부터 도피하여 관념적 자유를 목적으로 하고 있다. 구체적으로 전봉건, 박남수, 김종삼, 김구용, 김광림, 김영태, 이승훈, 문덕수, 조향 등의 시를 서술적descriptive 이미지의 시로 보고 이들의 시를 인용하면서 이들의 시가 갖고 있는 불확정성을 비대상성으로 언급하였다.12) 즉 이들의 시에서는 이들이 묘사하는 대상이 드러나지 않으며 단지 언어와 이미지의 배열뿐이라는 것이다. 그래서 대상이 없을 때 시는 의미를 잃게 되며 독자가 의미를 따로 구성해야하는 담화론적 이해의 당위성을 언급한다.

그리고 불확정성과 대비될 수 있는 무의미의 시작 방법을 다음과 같이 제시하였다. 첫째는 수사적으로 당돌한 결합을 들었다. 그것은 공동영역 common territory이 아주 좁은 것들끼리의 결합을 말한다. 이는 이미지의 신선함, 동일성의 부족을 통한 시작 방법으로 상이한 상황의 결합 혹은 비인과적인 이미지의 결합이라 할 수 있다. 둘째는 대상의 재구성이다13).

---

11) 김춘수, 「한국현대시 형태론」, 『김춘수 전집 2』, 문장, 1982, 88~91쪽.
12) 김춘수, 「의미와 무의미」, 위의 책, 370~372쪽.

이 과정에서 논리와 자유연상이 개입하게 되면 대상의 형태는 부숴지고 마침내 대상마저 소멸한다고 말한다. 한 행이나 또는 두 개나 세 개의 행이 어울려 하나의 이미지를 만들어가려는 기세를 보이게 되면 그것을 사정없이 처단하고 전연 다른 활로를 제시함으로써 불확정성을 의도하였다. 이는 이미지의 파편화라 할 수 있다. 셋째는 상호텍스트적 수법이다.[14] 한 행이나 두 행이 어울려 이미지로 응고되려는 순간, 소리(리듬)로 그것을 처단하는 것을 말한다. 소리가 또 이미지로 응고하려는 순간, 하나의 장면으로 처단하기도 한다. 그래서 연작에 있어서는 한 편의 시가 다른 한 편의 시에 대하여 그런 관계에 있게 된다.

1. 정보의 지연과 임의성 – 김수영

1.1. 통사론적 정보의 지연

정보성의 원칙은 텍스트가 생산하는 지식이 독자가 선험적으로 알고 있는 지식과 괴리를 보이는 정도를 포함하고 있다. 그래서 '정보'는 의미내용이나 혹은 메시지 자체가 아니라 의미내용이나 메시지와 독자가 이미 알고 있는 것과의 사이의 최선의 적합점이 된다.[15] 이때 통사의 지연은 독자에게 시인이 전달하려는 정보의 획득을 지연시키는 기능을 한다. 적어도 독자는 마지막 정보가 인지될 때까지는 의미의 불확정 상태에 있게 된다.

김수영의 시에서 통사의 지연을 가져오는 시적 장치로는 문장성분의 도치와 삽입, 반복을 들 수 있다. 높은 정보성은 작시법의 측면에서 어조의 강세에 의해 뚜렷해 질 수 있기 때문에[16] 특정 문장성분의 도치는 시인

---

13) 위의 글, 387~388쪽.
14) 위의 글, 389쪽, 397쪽.
15) Beaugrande(1997), *Op.cit.*, p.14.
16) *Ibid.*, 247쪽.

이 의도하고 강조하는 정보가 될 수 있다. 이는 텍스트 언어학에서 사용하는 결속구조장치 중 '기능적 문장 투시법functional sentence perspective'[17])에 해당되는 것으로 언어 자료들이 절이나 문장에서 앞부분을 차지하느냐 뒷부분을 차지하느냐에 따라 기저에 깔린 의미내용이 갖는 상대적 중요도가 드러난다. 그러한 의미 내용의 중요성은 절이나 문장의 끝 부분으로 갈수록 높아지는 경향이 있다. 그것을 통해 시인의 의도를 읽을 수 있다. 그렇다 해도 정보의 후향적 형태는 통사의 서두 부분에서 정보의 불안한 상태를 만들어 낸다.

> [1]여미지 못하는 생각 위에
> [2]여밀 수 없는 付託이여
> [3]차라리 竹筍같이 자라는대로 맡겨두련다
>
> [4]일찌기 現實의 出發을 하지 못한 것을 뉘우치며
> [5]오늘밤도 보아야 할 竹筍의 거치러운
> [6]꿈은
> [7]完全히 無視를 당하고나서야
> [8]비로소 安心할 수 있는
> [9]부끄러움이 없는
> [10]부끄러움을 더한층 뜻있게 하기 위하여
> [11]있으리라는 믿음에서
>
> —「付託」에서

---

17) Robert de Beaugrande · Wolfgang U. Dressler(1995), 앞의 글, 32쪽, 118~121쪽 참조. 일단의 체코슬로바키아 언어학자들은 오랜 동안 '기능적 문장 투시법'에 관심을 가져왔다. 즉 어떻게 문장구조가 특정 요소에 의해 활성화되어 내용에 특별한 '관점'을 투사하면서 '기능'할 수 있는가에 대한 연구이다. 그들의 연구는 특히 할리데이Halliday 등에 의해 서구 언어학자들에게 큰 반향을 불러일으켰다. 그러한 관심사를 취급하는데 있어 실질적인 차이가 있었지만 그 차이의 중심점은 '식상하고 old' 혹은 '기존given' 지식과 '새롭고' 혹은 '초점화된focused' 지식 사이에 있었다 (Robert de Beaugrande, *Text, Discourse, and Process*, (NJ : Ablex, 1980), p.119와 Beaugrande (1997), *Op.cit.*, p.275 참조).

[1]아픈 몸이

[2]아프지 않을 때까지 가자

[3]골목을 돌아서

[4]베레帽는 썼지만

[5]또 골목을 돌아서

[6]신이 찢어지고

[7]온 몸에서 피는

[8]빠르지도 더디지도 않게 흐르는데

[9]또 골목을 돌아서

[10]추위에 온 몸이

[11]돌같이 감각을 잃어도

[12]또 골목을 돌아서

-「아픈 몸이」에서

이 두 편의 시에서 김수영 시의 독특한 통사 구조와 만나게 된다. 그것은 서두의 단정적 언술 후에 연속되는 설명적 언술이다. 이때 독자는 각 시의 서두에서 시인이 전달하려는 의미를 쉽게 확정할 수 없다. 시「부탁」의 '여미지 못하는 생각 위에/여밀 수 없는 付託이여/차라리 竹筍같이 자라는대로 맡겨두련다'는 언술에서 독자는 '부탁과 죽순'의 관계가 어떻게 성립될 수 있는지 확정할 수 없는 것이다. 거절할 수 없는 부탁과 무성한 죽순의 생리에서 등가성을 발견하려는 시인의 의도가 한계 상황에 대한 저항인지 순응인지 확정지을 수 없는 것이다. 더불어 이 시의 문장 구조는 '[6]꿈은~[10]부끄러움을 더한층 뜻있게 하기 위하여'로 단순한 것인데, 이 문장에 [6]의 '부끄러움'을 수식하는 [7]~[9]가 중첩됨으로써 독자는 '[6]꿈'과 인접되어 있는 [7]~[9]의 내용을 연결시키게 된다. 그러므로 [10]의 서술구문이 나오기까지 독자는 틀린 정보를 갖게 되고 그것을 수정하기까지 지연상태에 놓이게 된다. 시「아픈 몸이」의 서두 부분 '아픈 몸이/아프지 않을 때까지 가자'는 언술 역시 아픈 현실의 극복인지 고통스런 현실과의 타협인지 불분명하다. 이러한 불확정성은 이어지는 문장에 의해 시인의 의도가 드러날 때까지 지속된다.

　시「부탁」의 경우 시인이 [1]~[3]의 상황을 진술하게 된 원인적 정보를 획득하기 위해 독자는 후치된 [2]~[9]의 정보가 다 드러날 때까지 기다려야 한다. 다시 말해 독자는 [1]~[3]의 통사 충위에서 왜 시인이 거절할 수 없는 '부탁'을 '죽순'에 비유하게 되었는지 확정할 수 없다. 그것은 [2]~[9]에서 '뉘우침'과 '부끄러움'으로 점철된 시인의 현실 인식을 접하고 나서야 어느 정도 해결될 수 있다. 그러므로 이 시에서 중요한 정보는 [10][11]의 언술이다. 이 정보를 획득하기까지 통사의 전개는 지연되고 있는 것이다. 시「아픈 몸이」는 [1], [2]의 상황이 어떻게 수행되는가에 대해 방법적 정보가 [3]~[12]로 후치됨으로써 지연되고 있다. 그것은 '골목을 돌아서'라는 반복적 언술의 중요성이다. 시인은 고통의 극복을 우회의 전략을 통해 다짐하고 있다.

　김수영의 시에서 이 지연적 통사 구조를 통해 독자에게 전달되는 효과는 불안과 부정의식의 전달이다. 시의 서두 부분의 단정적인 진술은 독자의 판단을 지배하는 정보이다. 그것은 도치된 통사 구조에서 다시 진술되지는 않지만 잠재적으로 반복되기 때문이다. 시「아픈 몸이」에서 [11], [12]의 언술 이후 서두 부분의 '아픈 몸이/아프지 않을 때까지 가자'라는 진술이 반복되어 읽히게 된다. 이러한 잠재적 반복은 시인의 강박과 억압의 통사적 반영이다. 하지만 문장의 도치를 통해 서두 부분의 불안을 극복하려는 통사 구조를 만듦으로써 이전과는 다른 실천을 다짐하는 부정의식을 표출하고 있다.

　　　　[1]돌아가신 아버지의 사진에는
　　　　[2]안경이 걸려있고
　　　　[3]내가 떳떳이 내다볼 수 없는 현실처럼
　　　　[4]그의 눈은 깊이 파지어서

[5]그래도 그것은

[6]돌아가신 그날의 푸른 눈은 아니요

[7]나의 기아처럼 그는 서서 나를 보고

[8]나는 모오든 사람을 또한

[9]나의 妻를 避하여

[10]그의 얼굴을 숨어 보는 것이요

―「아버지의 寫眞」에서

　이 시의 통사구조는 원인과 결과로서 불연속적인 언술이 삽입되어 결과의 정보가 지연되는 경우이다. '[4]그의 눈은 깊이 파지어서~[10]그의 얼굴을 숨어 보는 것이요'라는 단순한 문장 속에 밑줄 친 [5], [6]의 불연속적 언술이 삽입됨으로써 결과의 상황이 지연되고 있는 것이다. [5][6]의 '푸른 눈'이라는 비현실적 정보는 [4]의 현실적인 '눈'에 대해 새로운 정보를 제공하고 있다. 그러므로 회피의 원인이 되었던 현실에 이러한 비현실적 정보가 개입됨으로써 원인과 결과의 연속성을 기할 수 없게 된다. 이처럼 불연속적인 언술의 삽입은 통사의 연속성을 기하고 있는 독자의 기대를 방해한다. 그러므로 독자는 삽입된 부분의 경계를 넘어서야만 비로소 시인이 발화하고 있는 화제에 가 닿게 된다. 그것은 언어의 연대기chronology를 파괴함으로써 하나의 진의18)로서 서술될 수 있는 것을 다르거나 혹은 새로운 사상

---

18) 정형근은 리파테르의 의미 생성 이론을 따라 시적 담화에서 의미는 우회indirection를 통해서 표현된다고 언급한다. 즉 시적 담화에서의 의미는 전치displacement, 왜곡 distortion, 창조creation에 따라 전달된다고 본다. 그래서 이러한 모든 우회의 지표index 들을 포함하는 형식과 의미의 통일성을 통해 발생하는 뜻을 진의significance라 부른다. 즉 '미묘하고, 숨겨진 어떤 것의 함축, 명백하게 표현된 의미와 구별되는' 것으로 정의한다. 드 보그란데는 시적 담화의 의미를 의의sence와 의미meaning으로 구분한다. 의미meaning가 지식의 표상과 전달을 위해 언어 표현의 가능요인(잠재적 의미)을 가리킨다면 의의sense는 텍스트상에 나타나는 표현들에 따라서 실현적으로 전달되는 지식을 가리킨다. 이렇게 볼 때 리파테르의 '진의'와 드 보그란데의 '의미'는 동일한 것 같다. 그러나 시적 담화의 의사 소통 상황을 고려할 때 '진의'는 텍스트 수용자의 입장에서 받아들여지는 것이라 할 수 있다. 그러므로 의미의 확장이라는 측면에서 시적담화의 의미는 '의의→의미→진의'의 과정을 거쳐 전달되는 것이라 하겠다(정형근, "질마

事象 속으로 방향을 돌리면서 서사적 사상事象을 절단하기 때문이다.19)

위 시의 경우 [5], [6]의 개입은 아버지의 빈곤하고 초라한 사진의 모습을 새로운 방향으로 선회시키고 있다. '飢餓의 눈'과 '푸른 눈'의 대립적 구조를 만들고 있기 때문이다. 아버지 생전의 비참함을 차마 볼 수 없는 시인이라는 서사적 사상事象은 단절되고 새로운 서사적 사상事象으로 지연된다. 이처럼 불연속적 언술의 삽입에 따른 통사적 연속성의 파괴는 제시된 스토리, 기술description, 혹은 진술이 실재의 적절한 재현이라는 환상을 파괴한다. 그래서 시적 진술의 씨퀀스는 보다 부적절한 가능성을 제공한다. 그러나 지연된 의미에 대해 많은 독자들은 수평적인 것으로부터 그 모든 의의 이상으로 도약해야 한다. 다시 말해 삽입에 따른 통사의 경계는 알레고리적 연계를 암시한다.20) 그러므로 삽입된 '아버지의 푸른 눈'은 측은함과 안쓰러움의 단순한 스토리를 갖고 있는 확정적인 시의 내용을 불확정성으로 몰아가고 있다.

> 이것은 누구에게도 보이지 않을 글이기에
> (아아 그러한 時代가 온다면 얼마나 좋은 일이냐)
> 나의 동요없는 마음으로
> 너를 다시한번 치어다보고 혹은 내려다보면서 無量의 歡喜에 젖는다
>   -「九羅重花」에서
>
> 이름도 모르는 뼈와 뼈
> 어디까지나 뒤틍그러져 나왔구나
> -그것을 내가 아는 가장 悲慘한 親舊가 붙이고 간 名稱으로 나는
> 整理하고 있는가
>
>   -「PLASTER」에서

재 신화 연구", 서강대 석사학위논문, 1998, 7~8쪽, R. de Beaugrande and Dressler (1995), 앞의 글, 128쪽).

19) Carol Braun Pasternack, *The Textuality of Old English Poetry*, New York : Cambridge University Press, 1995, p. 131.

20) *Ibid.*, pp. 145~146 참조.

위 시에서처럼 대쉬나 괄호를 통해 삽입되는 시인의 언술은 통사의 연속성을 갖고 진술되는 언술과는 다른 또 하나의 언술이다. 이 경우 독자는 진술하는 화자와 불연속적으로 개입되는 독백체의 또 다른 화자 때문에 언술의 초점을 잃게 된다. 그리고 상황의 서술은 지연된다. 이때 삽입되는 시인의 언술은 분명 어떤 지향점과 태도를 갖고 있다. 그것은 자기 반성적 토로가 아니면 사회 현실에 대해 가하는 비판적 반응이다. 이는 단순한 일상적 기술에서 멈추지 않고 대사회적 풍자의 기능을 갖게 한다.

> [1]風景이 風景을 반성하지 않는 것처럼
> [2]곰팡이 곰팡을 반성하지 않는 것처럼
> [3]여름이 여름을 반성하지 않는 것처럼
> [4]速度가 速度를 반성하지 않는 것처럼
> [5]拙劣과 수치가 그들 자신을 반성하지 않는 것처럼
> [6]바람은 딴 데에서 오고
> [7]救援은 예기치 않은 순간에 오고
> [8]絶望은 끝까지 그 자신을 반성하지 않는다
>
> ─「絶望」전문

이 시는 통사 구조의 극단적인 병행으로 전달하려는 의미가 지연되는 경우이다. 통사의 반복 현상은 의미의 등가 관계를 만들기 때문에 시의 이해에 있어 독자에게 안정성을 보장하는 시적 장치이다. 그러나 계열체로 나열되는 항목들이 비인과적이거나 유사성을 찾기 힘든 극단적인 병행구문 parallelism[21]의 경우, 병행구조가 종결되는 마지막 어휘의 개념을 획득하기까지 의의의 연속성은 지연된다. 정보성은 진부한 병치와 정서적인 상투어에 삭감되고 새롭게 투사된 대치물과는 대립되는 것이기 때문이다.[22] 그러

---

21) 동일한 형식 속에 내용을 달리하여 반복 표현하는 수법으로서 독자에게 전달될 수 있는 정보량의 감소를 극복하기 위해 사용된다.
22) Robert de Beaugrande(1997), *Op.cit.*, p. 381.

므로 위 시의 극단적인 병치양상은 높은 정보를 독자에게 제공함으로써 쉽게 통사의 연속성을 기하는 것을 방해하고 있다.

이 시에서 정작 시인이 의도하고 있는 내용은 [8]이다. 절망적인 현실 인식을 드러내는 원관념의 명제적 진술이기 때문이다. 이 정보를 획득하기까지 독자는 [1]~[5]과 [6], [7]의 병행구문의 반복을 거쳐야만 한다. 그만큼 비유 대상이 드러나기까지 텍스트의 연속성은 지연된다. 더불어 독자는 각 보조관념들이 단편적으로 제시되어 의의의 연속성을 기할 수 없는 판단중지의 상태에 놓이게 된다. 즉 '~이~을 반성하지 않는 것처럼'이라는 동일 구조 속에 상이한 내용들이 파편적으로 제시되고 있다.

1.2. 의미론적 정보의 임의성

앞서 김수영 시의 불확정성을 텍스트 표층의 통사론적 정보의 지연에서 찾았다. 이때 그러한 통사의 지연은 주로 반복적인 패턴을 통해서 수행된다. 그래서 시인이 전달하려는 정보가 통사의 반복패턴 속에서 지연되고 독자는 쉽게 그 정보를 획득할 수 없게 된다. 그러나 이러한 통사의 지연에도 불구하고 김수영의 시에서 반복 요소를 제거한다면 매우 단순한 통사구조 만이 남게 된다. 그러므로 김수영의 시를 쉽게 이해할 수 없는 더 큰 원인은 텍스트의 심층적 층위에서 기인한다고 볼 수 있다. 다시 말해 김수영 시의 의미론적 층위에서 시인과 독자가 의미 확정의 불일치를 보이는 가장 큰 원인은 의미론적 정보의 임의성이라고 할 수 있다. 그러므로 시인의 그러한 개인적 사유와 체험 공간을 독자가 공유하지 못한다면 쉽게 그의 시를 이해할 수 없을 것이다. 김수영의 시에서는 사적 개념어와 명제적 진술, 상이한 상황의 결합, 임의적 상황의 한정적 지시에서 그 임의성이 드러난다.

먼저, 전통시에서는 보기 드문 개념과 명제적 진술이 김수영의 시에서 산견되고 있다. 그의 개념적 어휘들은 개연성이 없이 제시됨으로써 기존에 사용되는 개념과는 불일치를 보이고 있다.[23] 그러므로 독자는 쉽게 의미의 결속을 기하기 힘들게 된다.

　　　꽃이 열매의 上部에 피었을 때
　　　너는 줄넘기 <u>作亂</u>을 한다

　　　나는 發散한 形象을 求하였으나
　　　그것은 <u>作戰</u>같은 것이기에 어려웁다

　　　　　　　　　　　　　　　　　　　　－「孔子의 生活難」에서

　이 시에서처럼 밑줄 친 '作亂과 作戰'의 의미 정보를 독자가 쉽게 수용할 수는 없을 것이다. 특히 다음 시에서처럼 이러한 개념어들이 나열되어 제시될 때는 더욱 의미를 찾기 힘들다.

　　　時間을 잊은 마음의 勝利
　　　幻想이 幻想을 이기는 時間
　　　－大詩間은 결국 쉬는 時間

　　　　　　　　　　　　　　　　　　　　－「長詩(二)」에서

　이 시에서 '時間'이라는 개념은 보편적인 시간과는 상당한 거리가 있으며 시인 개인의 특정한 관념이 개입되어 있음을 추론할 수 있다. 이러한 개인적 관념이 투영된 개념적 언어가 김수영의 전체 시에서 다수 반복되고 있다. '시간·사랑·애정·생활·자유·휴식·피로'등이 그것이다. 이러

---

23) 이러한 점에서 김수영은 로티가 말하는 '사적 아이러니'를 구사하는 아이러니스트라 할 수 있다. 로티는 형이상학자와 아이러니스트 간의 차이점은 상투적인가 그렇지 않은가에 달려있다고 말한다. 즉 상식화된 어투에서 벗어나 이미 형성된 규준에 따른 부지런한 탐구보다는 시적인 성취를 꾀하는 사적인 창조성이 아이러니라고 말한다(Richard Rorty, 앞의 글, 145~182쪽 참조).

한 개념어는 기존 논의에서 주제적 의미로 쓰여지고 있는데 상투적 개념을 그대로 적용했다면 오류에 지나지 않을 것이다. 그런 의미에서 이러한 개념어들은 시인과 독자와의 상호작용 속에서 새롭게 정립되어야 할 것이다.

이러한 개념적 언어들의 선택 기준이 되는 것은 이 언어들에 투사된 주관적이고 고정된 관념이 아니라 그 어휘 선택의 의지라는 언어의 우연성을 생각할 때 김수영 시의 독자적 언어 창조의 임의성을 드러낸다. 그리고 이러한 언어의 우연성은 기존의 중심화된 개념에서 일탈하려는 김수영의 선택적 의지를 표명하는 것이라 하겠다.24)

다음은 시인의 의미론적 정보가 핵심적으로 전달될 수 있는 명제적 진술들25)이 표명된 시다. 이러한 명제적 진술들은 독자에게 시인이 의도하

---

24) 그러나 그의 시에서 여기저기 볼 수 있는 다음과 같은 한자어와 일본어투는 해방 이후의 한글 세대 독자에게는 의미의 불일치를 가져오는 불확정성이 되는 동시에 언어에 한에서 중심적 억압으로부터 완전히 탈피하지 못한 한계를 드러내고 있다. 이러한 한자어와 일본어투는 선택적 의지가 개입된 임의성의 표출이라고 볼 수 없기 때문이다. 역설적으로 김수영의 이러한 언어 양상을 통해 단절하지 못한 식민지적 억압의 현실을 인지할 수 있다. 그러므로 김수영의 탈중심적 지향성에는 탈식민지적 지향 욕구도 개입되어 있다고 할 수 있다.

山火(「토끼」에서) · 愛情遲鈍(「愛情遲鈍」에서) · 有刺鐵網 · 錯感(「祖國에 돌아오신 傷病捕虜 同志들에게」에서) · 億萬無慮(「너를 잃고」에서) · 陶醉의 彼岸(「陶醉의 彼岸」에서) · 愛兒(「더러운 香爐」에서) · 齒車 · 索具 · 呪詛 · 都會의 詐欺師(「영롱한 目標」에서) · 憤激(「靈交日」에서) · 움직임을 制하는 決意(「비」에서) · 瞥見(「미스터리에게」에서) · 多病한 나에게는(「파리와 더불어」에서) · 砂岸(「술과 어린 고양이-新歸去來4」에서) · 耶蘇(「絶望」에서) · 動悸(「말」에서) · 隣國(「라디오界」에서).

25) 이러한 명제적 진술이 다음과 같이 김수영의 시에서 여기저기 보인다.
마음을 쉰다는 것이 남에게도 나에게도/속임을 받는 일이라는 것(-「休息」에서)
꽃은 過去와 또 過去를 向하여/피어나는 것(-「꽃(二)」에서)
모든 觀念의 末端에 서서 생활하는 사람만이 이기는 법이다(-「玲瓏한 목표」에서)
瞬間이 瞬間을 죽이는 것이 現代/現代가 現代를 죽이는「宗教」/現代의 宗教는「出發」에서 죽는 榮譽(-「비」에서)
自然은 「旅行」을 하지 않는다(-「末伏」에서)
얻는다는 것은 곧 잃는 것이다(-「파밭 가에서」에서)
宗教와 非宗教, 詩와 非詩의 差異가 아이들과 아이의 差異다(-「우리들의 웃음」에서)
미역국 위에 뜨는 기름이/우리의 歷史를 가르쳐준다/우리의 歡喜를(-「미역국」에서)

는 '진리'를 강요하고 있는데, 독자는 그것을 쉽게 수용할 수 없다.

> <u>傳統은 아무리 더러운 傳統이라도 좋다</u> 나는 光化門
> 네거리에서 시구문의 진창을 연상하고 寅煥네
> 처갓집 옆의 지금은 埋立한 개울에서 아낙네들이
> 양잿물 솥에 불을 지피며 빨래하던 시절을 생각하고
> 이 우울한 시대를 패러다이스처럼 생각한다
>
> 버드 비숍女史를 안 뒤부터는 썩어빠진 대한민국이
> 괴롭지 않다 오히려 황송하다 <u>歷史는 아무리</u>
> <u>더러운 歷史라도 좋다</u>
> <u>진창은 아무리 더러운 진창이라도 좋다</u>
> 나에게 놋주발보다도 더 쩽쩽 울리는 追憶이
> 있는 한 人間은 영원하고 사랑도 그렇다
>
> ─「巨大한 뿌리」에서

　이 시에서 시인은 밑줄 친 부분의 명제적 진술를 통해 더러운 전통과 역사와 진창에 대해 새로운 인식을 갖도록 독자에게 강요하고 있다. 그러나 독자는 더러운 시대의 우울함에서 낙원을 꿈꾸지 않는다. 그러함에도 시인은 그 더러움에서 진리를 발견하도록 강요하고 있다. 그러나 이러한 명제는 설득적이기도 하다. 그러한 설득력은 시적 대상에 대해 시인의 부단한 사랑과 애정의 탐구가 있기 때문이다. 혐오의 대상으로부터 애정을 발견하는 새로운 인식은 자신의 완고한 맹신과 고집스런 구태를 인정하고 난 이후의 갱신적 태도이다. 독자는 그러한 치밀하고 긴장된 시인의 시적 인식에 설득당하는 것이다. 그렇다 해도 이러한 명제적 진술은 시인과의 고도의 교감이 없이는 쉽게 읽히지 않는 불확정성을 띠고 있다.

그녀(식모)는 盜癖이 발견되었을 때 완성된다(─「식모」에서)
꾸루룩거리는 배에는 푸른 색도 흰 색도 敵이다(─「설사의 알리바이」에서)
네가 씹는 음식에 내가 憎惡하지 않음이/내가 겨우 살아있는 表示라(─「먼지」에서)

[1]흘러가는 물결처럼
[2]支那人의 衣服
[3]나는 또하나의 海峽을 찾았던 것이 어리석었다
[4]機會와 油滴 그리고 능금
[5]올바로 精神을 가다듬으면서
[6]나는 數없이 길을 걸어왔다
[7]그리하야 凝結한 물이 떨어진다
[8]바위를 문다

[9]瓦斯의 政治家여
[10]너는 活字처럼 고웁다
[11]내가 옛날 아메리카에서 돌아오던 길
[12]뱃전에 머리 대고 울던 것은 女人을 위해서가 아니다

[13]오늘 또 活字를 본다
[14]限없이 긴 활자의 連續을 보고
[15]瓦斯의 政治家들을 凝視한다

　　　　　　　　　　　　　　　　　－「아메리카 타임誌」전문

　　이 시는 인과 관계를 구성하는 '그리하야'를 경계로 과거와 현재의 두 상황이 연결되어 있다. 과거의 상황은 시인의 개인사로서 자기 반성적인 고백적 진술을 하고 있다. 반면 현재의 상황은 정치가들을 비판적으로 응시하는 호소의 진술을 하고 있다. 개인적 상황과 사회적 상황이 인과 관계를 이루며 연결되고 있지만 이 둘의 상황은 서로 인과관계를 이룰 수 없는 불일치의 상황이다. '올바로 精神을 가다듬으면서/(나는) 數없이 길을 걸어'온 상황이 '凝結한 물이 떨어'지는 상황의 원인으로 작용하기에는 거리가 있다. 결국 이 빈 공간을 메우는 과정이 김수영의 시를 이해하는 과정이 될 것이다.

　　抒情詩人은 조금만 더 速步로 가라

그러면 隊列은 一字가 된다

— 「바뀌어진 地平線」에서

더 사오라는 건 벽지이겠다
그러니까 모란이다 모란이다 모란 모란……

— 「마아케팅」에서

이처럼 '抒情詩人의 速步'와 '벽지 구입'이 다음에 연결되는 '一字 隊列'의 상황과 '모란이다'라고 반복되는 상황과 인과성을 갖지 못할 정도로 시인이 제공하는 정보의 의미는 임의적이다. 그러므로 독자는 시인의 의도를 파악하기 곤란하게 된다. 이러한 김수영의 시적 의도는 역접속을 통해 가장 잘 드러나고 있다. 역접속의 기능은 일견 개연성이 없어 보이는 사상과 상황의 결합이 일어나는 시점에서 문제 해결을 요하는 전이 과정을 만들어 준다.26) 다음은 상이한 상황이 역접속을 통해 결합된 경우다. 시 「아메리카 타임誌」가 개인사를 사회화 했다면 다음 시는 자연이 혹은 역사가 한 개인의 생활 속으로 전이되는 과정을 보여주고 있다.

[1]이제 나는 曠野에 드러누워도
[2]時代에 뒤떨어지지 않는 나를 發見하였다
[3]　　　　　時代의 智慧
[4]너무나 많은 羅針盤이여
[5]밤이 산등성이를 넘어내리는 새벽이면
[6]모기의 피처럼
[7]詩人이 쏟고 죽을 汚辱의 歷史
[8]　　　　그러나 오늘은 山보다도
[9]　　　　그것은 나의 肉體의 隆起

[10]이제 나는 曠野에 드러 누워도

---

26) R. de Beaugrande and W. Dressler(1995), 앞의 글, 114쪽.

[11]共同의 運命을 들을 수 있다
　　　　　　疲勞와 疲勞의 發言
[12]詩人이 恍惚하는 時間보다도 더 맥없는 時間이 어디있느냐
[13]逃避하는 친구들
[14]良心도 가지고 가라 休息도—
[15]우리들은 다같이 산등성이를 내려가는 사람들
[16]　　　　그러나 오늘은 山보다도
[17]　　　　그것은 나의 肉體의 隆起

[18]曠野에 와서 어떻게 드러누울 줄을 알고 있는
[19]나는 너무나도 악착스러운 夢想家
　　　　　　粗雜한 天地여
[20]간디의 模倣者여
[21]여치의 나래 밑의 고단한 밤잠이여
[22]「時代에 뒤떨어지는 것이 무서운 게 아니라
[23]어떻게 뒤떨어지느냐가 무서운 것」이라는 죽음의 잠꼬대여
[24]　　　　그러나 오늘은 山보다도
[25]　　　　그것은 나의 肉體의 隆起

　　　　　　　　　　　　　　　　　　—「曠野」전문

　[7]의 '오욕의 역사'와 [9]의 '나의 육체의 융기', [15]의 '산등성이를 내려가는 사람들'과 [17]의 '나의 육체의 융기', [23]의 '죽음의 잠꼬대'와 [25]의 '나의 육체의 융기'사이에는 연속적인 상황이 성립될 수 없는 경우다. 그럼에도 시인은 '산'이 들어설 자리에 '자신의 육체의 융기'를 대입시킴으로써 의미 정보의 불일치 상황을 만들고 있다. 오욕의 역사, 역사의 장에서 하산하는 사람들, 무저항의 잠꼬대는 시인에게 있어 '산'과 같은 장애일 수 있지만 그것을 '육체의 융기'라고 하는 도전의식으로 명명하는 것은 이해의 통로를 차단하는 것이다.

사람들은 내 말을 믿지 않는다
詩評의 칭찬까지도 詩集의 序文을 받은 사람까지도
내가 말한 政治意見을 믿지 않는다
…(중략)…
그러나 쥐구멍을 잠시 거짓말의 구멍이라고
바꾸어 생각해보자 내가 써준 詩集의 序文을
믿지않는 사람의 얼굴의 사마귀나 여드름을―
                    ―「거짓말의 여운 속에서」에서

　마찬가지로 이 시에서도 '정치의견을 믿지 않는 상황'과 '쥐구멍을 거짓말의 구멍으로 생각하는 상황'간의 연속성은 일치점을 찾기가 매우 힘들다. 그러나 독자가 기댈 수 있는 것은 의사소통적 상황의 정당성, 혹은 합리성일 것이다. 비록 독자에게는 비우호적인 상황의 제시이지만 오히려 그것이 시인의 독특한 인식체계나 시적 운영의 구도일 수 있다는 것을 생각하는 순간에 시적 담화의 이해는 시작된다고 보아야 한다.

　이처럼 역접의 경우건, 종속의 경우건, 혹은 등위 접속의 경우 건 상이한 상황을 접속하고 있는 것이 김수영 시의 형식적 특질로 드러나고 있다. 과거와 현재 상황의 연결은 부정의식과 현실비판의 자세를 취하고 있고 특히 역접속을 통해 드러나는 역설적인 시의식은 그의 시를 통해 지속적으로 발견되는 특질이다.

　직유에 따른 언술 전개 또한 두드러진 형식적 유표소이다. 관념과 개념, 상황들의 단순한 결합의 반복임에도 시인의 의도가 쉽게 전달되지 않는 것은 비유되는 요소들의 상이한 결합 때문이다. 그래서 시인의 임의적 정보는 독자에게 의미론적 일치의 지연을 가져오는 요소로 작용하고 있다. 통상 비교의 주체와 대상, 즉 원관념과 보조관념과의 관계는 유사성을 전제로 한다고 볼 때 김수영의 시에서는 비교 주체와 대상 간의 유사성을 찾기가 힘들다. 다음은 시「아버지의 寫眞」에서 발견되는 어의변환[27])의 예이다.

ⓐ 내가 떳떳이 내다볼 수 없는 現實처럼/그의 눈은 깊이 파지어서
ⓑ 나의 飢餓처럼 그는 서서 나를 보고
ⓒ 그의 寫眞은 이 맑고 넓은 아침에서/또하나의 나의 팔이 될 수
없는 悲慘이 요행길에 얼어붙은 유리창들같이/時計의 열두시같
이/再次는 다시 보지 않을 遍歷의 歷 ……

　　　　　　　　　　　　　　　　－「아버지의 寫眞」에서

　밑줄 친 '~처럼/~같이'는 관습적이고 일반적인 직유의 형태다. 직유는
원관념과 보조관념이 직접 연결됨으로 비유의 정도가 명확하고 명시적인
것이 일반적이다. 그러나 ⓐ그(아버지)의 눈과 떳떳이 내다볼 수 없는 현
실과는 관계를 유추하기가 힘들다. 마찬가지로 ⓑ그(아버지)는 나의 飢餓
로 ⓒ그(아버지)의 사진은 유리창, 열두시, 편력의 역사 등으로 변환되지
만 두 요소 간의 동일성은 쉽게 찾을 수 없다. 즉 '처럼'은 서로 같은 부분
적 특성을 강조하며, 따라서 전면적인 상호교환성의 주장을 방해하고 있
다.28) 주목할 것은 개인사적인 원관념이 현실지향적인 보조관념과 비유
됨으로써 개인사가 사회화되는 변환의 기능을 수행하고 있다는 것이다.
ⓐ에서 '아버지의 눈'은 '사회의 현실'로 비유되어 아버지와 시인과의 관
계는 사회와 시인과의 관계로 변환된다. 이 둘의 관계에서 등가성을 마련
하는 것이 김수영의 의도라 하겠다. 이처럼 반복되는 어의변환적 직유는
등가의 유사성을 찾기 힘들다는 측면에서 상황적이다.29) 그리고 그러한

---

27) 담화 분석의 영역은 수사적 문채의 측면에서 어형변환의 영역, 구성변환의 영역,
　 어의변환의 영역, 논리변환의 영역으로 나뉘어진다. 어의변환은 어떤 어의語義
　 sémème를 다른 어의로 대체시키는 문채다. 이때 어의는 항상 어떤 단어를 통해서
　 나타나기 때문에 어떤 단어를 다른 단어로 대체시키는 것이다. 여기서 '단어'의 의
　 미는 확대되어 어의변환은 시적 표현의 은유를 포괄하는 용어가 된다(Jacques
　 Dubois외, 용경식 역, 『일반수사학』, 한길사, 1989 참조).
28) 위의 책, 197쪽.
29) 자크 뒤부아Jacques Dubois는 이를 논리변환의 경우로 보고 있다. 어의변환이 진위
　 의 유무와 상관없이 의미의 전환을 도모한다면 논리변환은 사회적, 문화적 맥락

상황은 시인 개인의 임의적 체험과 동기가 강하기 때문에 독자가 상정하는 의미와 일치되기까지 잠시 유보된다.

위에서 직유에 따라 어의변환을 함으로써 현실을 자기중심적으로 비유하는 김수영의 문채적 특질에 대해 언급하였다. 그 문채에는 김수영의 현실부정의 역설적 인식이 반영되고 있다. 즉 어휘적 측면에서도 역설적 양상이 두드러지게 표출되고 있다. 이것은 관습적인 상황의 일탈이며 의미전달의 혼란을 초래하는 요인이 된다.

      ㉠ 그러할 때마다 잃어버려서 아깝지 않은 잃어버리고 온 모자생각
        이 불현 듯난다
                                                          –「시골 선물」에서

      ㉡ 물이 아닌 꽃/물같이 엷은 날개를 펴며/너의 무게를 안고 날아가
        려는 듯
                                                        –「九羅重花」에서

      ㉢ 너는 나와 함께 못난놈이면서도 못난놈이 아닌데
                                                          –「事務室」에서

      ㉣ 그는 나보다도 가난해 보이는데
        남방샤쓰 밑에는 바지에 혁대도 매지 않았는데
        그는 나보다도 가난해 보이고
        그는 나보다도 짐이 무거워 보이는데
        그는 나보다도 훨씬 늙었는데
        그는 나보다도 눈이 들어갔는데
        그는 나보다도 여유가 있고
        그는 나에게 공포를 준다
                                                      –「강가에서」에서

속에서 사물에 대한 우리의 시선을 수정하려는 의도가 있다(위의책, 214~249쪽).

㉑ 現代式 橋梁을 건널 때마다 나는 갑자기 懷古主義者가 된다
—「現代式橋梁」에서

위의 일련의 언술 속에서 나타나는 의미의 비약은 독자의 의미확정을 지연시키고 있다. 즉 ㉠ 잃어버려서 아깝지 않은 모자 ㉡ 물이 아닌 꽃 ㉢ 못난 놈 ㉣ 그의 초라함 ㉤現代는 ㉠′ 잃어버려서는 안되는 대상 ㉡′ 물 같은 대상 ㉢′ 못난 놈이 아닌 대상 ㉣′ 공포의 대상 ㉤′ 懷古의 대상으로 변환됨으로써 모순어법적인 역설이 된다. 그래서 '상실'에서 '회복'으로 전환되는 역설의 과정을 표층적으로는 쉽게 이해할 수 없다.

[1]종로네거리도 행길에 가까운 일부러 떠들썩한 찻집을 택하여
  나는 앉아 있다
[2]이것이 도회 안에 사는 나로서는 어디보다도 조용한 곳이라고
  생각하고 있기 때문이다
[3]그러한 나의 반역성을 조소하는 듯이 스무살도 넘을까말까한
  노는 계집애와 머리가 고슴도치처럼 부수수하게 일어난 쓰메에
  리의 학생복을 입은 청년이 들어와서 커피니 오트밀이니 사과
  니 어수선하게 벌여놓고 계통없이 처먹고 있다
[4]神이라든지 하느님이라든지가 어디있느냐고 나를 고루하다고
  비웃은 어제 저녁의 술친구의 천박한 머리를 생각한다
[5]그다음에는 나는 중앙선 어느 협곡에 있는 역에서 백여리나 떨
  어진 광산촌에 두고온 잃어버린 겨울모자를 생각한다
[6]그것은 갈색 낙타모자
[7]그리고 유행에서도 훨씬 뒤떨어진
[8]서울의 화려한 거리에서는 도저히 쓰고 다니기 부끄러운 모자이다
[9]거기다가 나의 부처님을 모신 법당 뒷산에 묻혀있는 검은 바위
  같이 큰 머리에는 둘레가 작아서 맞지 않아서 그 모자를 쓴 기분
  이란 쳇바퀴를 쓴 것처럼 딱딱하다
[10]그러나 나는 그것을 시골이라고 무관하게 생각하고 쓰고 간 것
  인데 결국은 잃어버리고 말았다

[11]그것이 아까워서가 아니라

[12]서울에 돌아온 지 일주일도 못 되는 나에게는 도회의 騷音과
狂症과 速度와 虛僞가 새삼스럽게 미웁고

[13]서글프게 느껴지고

[14]그러할 때마다 잃어버려서 아깝지 않은 잃어버리고 온 모자생
각이 불현 듯이 난다

[15]저기 나의 맞은편 의자에 앉아 먹고 떠들고 웃고 있는 여자와
젊은 학생을 내가 시골을 여행하기 전에 그들을 보았더라면 대
하였을 감정과는 다른 각도와 높이에서 보게 되는 나는 내 자
신의 감정이 보다 더 거만하여지고 순 화되어진 탓이라고는 생
각하지 않는다

[16]나는 구태여 생각하여본다

[17]그리고 비교하여본다

[18]나는 모자와 함께 나의 마음의 한모퉁이를 모자 속에 놓고 온
것이라고

[19]설운 마음의 한 모퉁이를.

－「시골 선물」전문

　　[1]의 '떠들썩한 찻집'이 [2]'조용한 곳'이라는 시인의 진술은 모순이다.
그래서 시인은 스스로 자신의 모순된 언술의 정체를 [3]'반역성'으로 규
정하여 제시한다. 그러나 시인의 반역성도 계통없이 파격적인 젊은이들
에게 조소의 대상이 된다. 이러한 모순적 표현은 상황의 논리가 전제된
다. '잃어버린 겨울 모자'로 상징되는 '시골의 정서'는 고루하고 유행에 뒤
떨어진 것으로 인식되는 상황이 존재하고 있다. [9]에서 '딱딱함'으로 표
현된 그 완고함은 [12]의 도회의 소음과 광중과 속도와 허위의 일탈과 갈
등을 겪음으로써 시인에게는 '시골의 정서＝설움'이라는 의미가 된다.
　　시골은 시인에게 설움의 대상이다. 그것은 [18]의 '나의 마음의 한모
퉁이'와 [19]의 '설운 마음의 한 모퉁이'에서 '마음의 한 모퉁이'가 반복
회기30) 되면서 '나의 마음'과 '설움'을 동일한 자질로 묶기 때문이다. 그

래서 시인의 비애의식은 도시의 소음에서 시골의 고요를 추구하는 데서 오는 반역성, 즉 모순 때문에 발생한다. 그 모순된 추구는 '계통이 없는' 것으로 새로운 것이다. 비판의 대상이었던 젊은이의 파격을 스스로 닮아 가는 역설이다. 도시의 소음과 광중과 속도와 허무와 대립되는 인자는 잃어버린 겨울 모자가 환기하고 있는 시골의 정서다. 친구의 천박한 머리 속에서는 '신이든지 하느님'이라든지 하는 관념은 없다. 마찬가지로 겨울모자는 시인의 마음 한모퉁이에서 상실되고 말았다. 시골의 정서였으면 자연스럽게 향유될 수도 있었을 관념적 절대자의 지향을 시인은 향수하고 있는 것이다. 그래서 도시적 상황으로 신이 죽어버린 상황을 것을 어쩔 수 없이 인정해야만 하는 것이 시인에게는 갈등이다. 신의 존재를 부정하지는 않지만 이제 부정해야만 하는 반역성을 시인 스스로 간직해야만 하는 현실 상황에 직면하고 있는 것이다.

도시에서 잃어버려도 아깝지 않은 것은 '시골의 정서'다. 그것이 시인에게 가해지는 현실적인 갈등의 원천이다. 그럼에도 그것을 생각하는 것은 시골 정서의 부활이 아니라 '도시의 정서'에 대해 새로운 의미를 부여하려는 시인의 역설적 의도[31]다. 그러나 그것이 무엇인지 불명확하다. 이런 측면에서 시「시골 선물」에서 드러나는 김수영의 역설적 인식은 다분히 표층적[32]이라 하겠다.

---

30) 회기recurrence
  개념 : 구성요소, 패턴을 단순히 반복 사용
  효과 : 시인이 자신의 견해를 두드러지게 주장하고 재확인하려는 의도와 자신의 생각과 모순되는 사상事象에 정서적 동요를 느끼고 있음을 드러낸다. 그래서 시인이 자신의 이야기를 계속하려는 욕구를 읽을 수 있다.
31) 브룩스Cleanth Brooks는 논리적 모순에서 발생하는 역설을 문학에서 가장 중요한 요소로 정착시킨다. 그래서 그는 시를 시답게 하는 모든 것을 역설로 판단한다. 그것은 바로 현대시의 불연속적인 속성이다(Cleanth Brooks, 이경수 역, 『잘 빚어진 항아리』, 문예출판사, 1997, 13~37쪽 참조).
32) 휠라이트Wheelwright는 역설을 세분화하여 표층적 역설the paradox of surface과 심층적 역설the paradox of depth로 나누고 심층적 역설을 다시 존재론적 역설the

다음으로 김수영의 시에서는 事象에 대한 독자의 시선을 수정하려는
의도가 강하게 표출되기 때문에 자기 중심적인 상황보어로서 지시어를
반복해서 사용하고 있다.

> 소금같은 이 世界가 存續할 것이며
>
> —「풍뎅이」에서

> 시원치않은 이 울음소리만이
> 어째서 나의 뼈를 뚫고 총알같이 날쌔게 달아나는가
>
> —「映寫板」에서

> 盜賊질이나 하듯이 희끗희끗 내어다보는 저 흰 벽들은
> 무슨 조류의 屎尿와도 같다
>
> —「國立圖書館」에서

> 이 우울한 시대를 패러다이스처럼 생각한다
>
> —「거대한 뿌리」에서

위 시들의 경우 지시대상 '이 세계', '이 울음소리', '저 흰 벽들', '이 우울
한 시대'는 '소금', '총알', '屎尿', '패러다이스'와 같이 자기 중심적인 비유
대상으로 변환되고 있다. 이때 전자는 언어의 상태로만 머무르는 것이 아
니라 사실의 상태다. 이러한 사실이 후자의 상태가 될 수 있는 것은 김수
영 자신의 현실인식 때문이다. '이 세계'와 '소금' 간에는 아무런 의미적

---

ontological paradox과 시적 역설the poetic paradox로 나눈다(Philip Wheelwright,
The Burning Fountain, Bloomingtom : Indiana Univ. Press, 1968, pp.70~73,
pp.96~100).
여기서 존재론적 역설은 삶의 초월적 진리를 내포하여 인간의 삶이나 세계 자체가
논리적이지 않고 모순된 원리에 의해 움직이고 있음을 전제로 한다. 그래서 모순된
가치관과의 관계를 인정하고 이를 한단계 높은 차원으로 초월함으로써 새로운 의미
를 창조하는 방법이다 (김학동 · 조용훈,『현대시론』,새문사, 1997, 219~224쪽).

유사성을 찾을 수 없다는데 그러하다. 그것은 김수영 시의 형식적 운영이며 구도이다. 즉 현실을 풍자적으로 바라보고자 하는 의도의 산물이다. 위의 시에서 '비둘기의 울음'은 '고통'(시「영사판」에서)으로 '국립도서관의 흰 벽'은 '부패와 불결'로 상징화된다(시「국립도서관」에서).

김수영 시의 경우 직유에 따른 어의변환은 직접적인 대치성의 원리, 즉 의미 전달에 있어 정보성보다는 상황성을 고려한 처사이며 시적 암시성보다는 전달의 효율성을 고려한 것이다. 또 한편 현실 상황을 자기중심적인 의미로 지시어를 사용하여 한정 비유함으로써 다른 의미를 배제하는 엄격함과 강제성을 띠고 있다. 한정적 지시어는 역설적으로 시인이 인식하고 있는 상황으로 독자를 끌어들이는 효과를 노리고 있다. 여기서 김수영의 시에서 남성화자의 설득적 진술과 관념의 일방적 고정성을 발견하게 된다. 이와 같은 비동일성은 김수영의 시가 산문화 전략이나 비시적 기능을 수용함에도 시적 기능을 충실히 수행하게 하는 동력이 되기도 한다. 즉 원관념과 보조관념의 파편적 결합은 자아와 현실이 팽팽하게 긴장관계를 유지하고 있는 김수영 시의 특질을 만들고 있다.

2. 정보의 해체와 파편화 – 김춘수

2.1. 통사론적 정보의 해체

김춘수 시의 통사론적 정보의 해체 과정은 크게 3기로 나누어 볼 수 있다. 이때 분기점이 되는 시집이 『타령조·기타』(문화출판사, 1969)와 『처용단장』(미학사, 1991)이다. 전기라 할 수 있는 시집 『구름과 장미』(행문사, 1948)에서 시집 『부다페스트에서의 소녀의 죽음』(춘조사, 1959)까지는 전통적인 통사구조를 그대로 유지하고 있다. 특히 전통적인 3·4음보의 리듬을 유지하면서 대구법의 사용이 두드러진다. 그러므로 대구의 패턴 속에서 전달되는 통사론적 정보는 전통시에 익숙한 독자에게는 결코 낯선 것이 아니다. 그리고 이러한 구조는 의미의 인과성을 크게 파괴하지 않는다는 점에서 통사의 연속성을 기할 수 있다. 이처럼 통사적 정보의 연속성에 기여하는 것으로 패턴의 단순 반복과 수미일관의 전통적 패턴 양상이 드러난다. 그리고 전통적 리듬과 의성어·의태어, 고어투의 종결어미, 고유한 우리말의 사용은 초기 김춘수 시의 전통성을 특징적으로 보여주고 있다. 그런데 전통적 언어의 사용은 시적 안정성은 기할 수 있지만 그 만큼 정보성은 삭감되어 낯설음에서 오는 시적 효과는 누리지 못하고 있다.

전통적 리듬과 언어의 사용은 초기에 지배적으로 발견되는 양상이지만 이후 전개될 그의 시 역정에서 불연속성과 더불어 지속적으로 유지되고 있는 형식적 패턴이다. 김수영의 시가 시의 전통성을 일거에 전복시켰다면 김춘수의 시는 전통성과 반전통성을 적절히 유지해 가면서 시적 형식의 새로운 모색을 기했다는데 특이점이 있다.

이후 김춘수의 시는 시집『타령조·기타』(문화출판사, 1969)를 시작으로 통사론적 정보의 왜곡이 시작된다. 이러한 양상은 「처용단장3부」가 실린 시집『처용단장』(미학사, 1991)이 나올 때까지, 『처용』(민음사, 1974),『꽃의 소묘』(삼중당, 1977),『김춘수 시선』(정음사, 1977),『남천』(근역서재, 1977),『비에 젖은 달』(근역서재, 1980),『라틴 점묘·기타』(탑출판사, 1988) 등의 일련의 시집에서 지속된다. 여기서 '통사의 왜곡'이라 함은 적어도 「처용단장 3부」에서 보이는 극단적인 해체를 뜻하는 것은 아니다. 이와 같은 통사의 왜곡은 패턴의 변형적 반복과 불연속적 언술의 삽입, 극단적 묘사에서 비롯된다.

김수영의 시에서 패턴의 반복은 통사론적 정보 제공의 지연을 초래했다. 이와는 달리 김춘수의 패턴의 반복 양상은 지연의 차원을 넘어 통사론적 정보를 왜곡시킴으로써 시인과 독자간에 연속적인 의사소통을 어렵게 만들고 있다. 변형적 반복의 양상은 다음과 같다. 먼저 특정 표현에 중요한 정보를 제공하기 위해 어순을 바꾸어 반복하는 경우이다.

ⓐ 뱀이 눈 뜨는/꽃 피는 내 땅의 三月 初旬에/내 사랑은/西海로 갈
까나 東海로 갈까나
→
ⓑ 내 사랑은/뱀이 눈 뜨는/꽃 피는 내 땅의 三月 初旬에,
　　　　　　　　　　　　　　　　　　　　　-「打令調 2」에서

이 경우 ⓐ의 표현을 ⓑ로 반복하면서 시인은 '꽃 피는 내 땅의 三月 初旬에'라는 내용에 중요한 정보를 싣고 있다. 이는 통사적으로 '내 사랑은~갈까나'의 구조에서 '갈까나'라는 서술 성분이 생략되었는데 생략된 의미 성분보다는 '꽃과 三月'이 만들어 내는 시적 의미에 더 큰 의미를 부여하고 있는 것이다. 그의 시에서 '꽃'은 시인의 존재의식이 투사된 시적 대상이며 3월은 그의 특징적인 시간의식으로 작용하고 있다. 계절의 연속성에서 오는 순환성보다는 3월이 갖는 생명의 존재확인이라는 계절의 순간성에 더 집착하고 있는 것이다.

비만 보내다가 → 비만 보내 오다가
　　　　　　　　　　　　　　　　　　　-「打令調 6」에서

이와 같은 변형의 사례는 '보내다가'와 '보내 오다가'에는 점층적인 정서의 강화는 있지만 의미의 커다란 변화를 보이는 것은 아니다.

ⓐ나는 길을 잃고,
…<중략>…
ⓑ나는 또 길을 잃고,

··· <중략> ···
ⓒ나는 또다시 길을 잃고

―「李仲燮」에서

이 경우는 ⓐ의 표현을 반복하면서 사이에 '또', '또다시'라는 표현을 첨가하여 시 형식의 변화를 꾀한다. 이 역시 반복이 주는 환기의 효과만이 두드러질 뿐 커다란 의미의 전환을 가져오는 것은 아니다.

　　ⓐ 사랑하는 나의 하나님, 당신은
　　　늙은 悲哀다.
　　　푸줏간에 걸린 커다란 살점이다.
　　　詩人 릴케가 만난
　　　슬라브 女子의 마음속에 갈앉은
　　　놋쇠 항아리다.
　　ⓑ 손바닥에 못을 박아 죽일 수도 없고 죽지도 않는
　　　사랑하는 나의 하나님, 당신은 또
　　　대낮에도 옷을 벗는 어리디어린
　　　純潔이다.
　　　三月에
　　　젊은 느릅나무 잎새에서 이는
　　　연두빛 바람이다.

　　　　　　　　　　　　　―「나의 하나님」에서

이 시는 '사랑하는 나의 하나님, 당신은'을 서두로 '비애'와 '순결'이라는 두 의미가 대립된 구조를 이루고 있다. 시인은 ⓐ의 단순한 반복을 피하여 ⓑ에서 '손바닥에 못을 박아 죽일 수도 없고 죽지도 않는'이라는 표현을 걸치기하여 형식의 변화를 꾀한다. 그러므로 '손바닥에~죽지도 않는'는 '비애'가 '순결'로 넘어가는 징검다리 역할을 하게 된다.

ⓐ 날이 새면 너에게로 가리라/시인이 되어 나귀를 타고/너에게로
　가리라

→

ⓑ 너에게로 가리라/시인이 되어 나귀를 타고/날이 새면

―「竹島에서」에서

이 경우는 ⓐ가 ⓑ로 역순되어 반복된 경우다. 그래서 시인의 시적 지
향점이 '너'라는 시적 대상보다는 '날이 새면'이라는 시간적 변환에 가 닿
게 하는 효과를 전달하고 있다. 다음 시의 경우는 특정 표현을 편취하여
반복하고 있다.

ⓐ <u>누가 빠뜨리고 갔을까</u>/이런 부끄러운 것을/船員證도 아니고 汽
　車票도 아니라서/달려와 찾아갈 사람이 없다./<u>잠겼다 떴다 잠겼
　다 떴다</u>/<u>그가 하는 몸놀림은</u>/파브로 피카소가 그린/<u>透明한 幾何
　學的 線</u>을 그으며/자꾸 抽象으로 還元하는데/人間의 <u>사타구니를
　떨어져 나간</u>/그것은 汪洋한 自由라고 하는 것일까,/그의 에로티
　시즘은/그러나 보는 내가 민망하다

→

ⓑ 대낮의 公同浴湯 물탱크에다/<u>누가 빠뜨리고 갔을까,</u>/<u>잠겼다 떴
　다 잠겼다 떴다</u>/<u>그가 하는 몸놀림은</u>/<u>透明한 幾何學的 線</u>으로/<u>선
　으로</u>자꾸 <u>還元하는데</u>/누군가의 <u>사타구니를 떨어져나간</u>/한때는
　人間의 것이었던/…<하략>…

―「打令調 13」에서

ⓐ의 밑줄 친 부분은 ⓑ의 밑줄친 부분으로 편취되어 그대로 반복된다.
반면에 다음 시의 경우는 밑줄 친 ⓐ를 해체해서 밑줄 친 ⓑ로 다시 결합
시켜 반복한 경우다. 이러한 경우들은 김춘수의 자기 반복에 대한 집착을
보여주는 대표적인 사례라 할 것이다.

만체스타,/百年前 美國 西部를 날던 새./ⓐ一九四〇年/日本式 發音
으로/東京에서 울던 새 만체스타,/美國 西部에서 죽어/ⓑ百年 뒤 一九
四〇年/日本式 發音으로/만체스타 만체스타,/東京에서 울던 새.

—「連發銃」 전문

다음은 역전과 첨가의 변형적 반복이 혼합된 경우다.

> ⓐ 그대 가거든 오지 말거라./그대 기다리는 하늘과 땅 사이/눈이
>   내리고 바람은 자거라.
>
> →
>
> ⓑ 해 저무는 하늘과 땅 사이/그대 한 번 가거든, 가거든/오지 말거라.

　이와 같은 패턴의 변형적 반복은 분명히 이전에 보였던 전통적 패턴에
서 일탈하는 낯설게 하기다. 그러나 어떤 중요한 의미를 지연시키거나 강
조하는 차원이 아니라 단순히 왜곡되어 반복되고 있다는데서 독자에게는
중요한 정보가 되지 못한다. 그런 차원에서 이러한 변형적 반복은 불연속
적인 언술의 삽입이라 할 수 있다.
　불연속적인 언술의 삽입 양상은 김수영 시의 경우와 유사하지만 통사
의 불연속의 정도에 있어서는 달리 나타난다. 김수영 시의 경우는 단지 통
사적 연속성이 지연될 뿐이지 전적으로 비인과적인 것은 아니다. 즉 어느
지점에서 연속성의 단서를 갖고 있기 때문이다. 그에 반해 김춘수의 시는
삽입된 언술이 통사적으로 독립적이기 때문에 어떤 연관성을 찾기가 힘이
들 정도로 왜곡되어 있다.[33]

---

33) 밑줄 친 부분은 하나의 통사 구조 안에서 비인과적인 언술이 삽입된 경우다.
　　잡혀온 산새의 눈은/꿈을 꾸고 있었다./눈 속에서 눈을 먹고 겨울에 익는 열매/붉
　　은 열매,/봄은 한 잎 두 잎 벚꽃이 지고 있었다.(—「處容斷章 第一部 1의 7」)
　　간밤 섧게 울던 이무기,/오늘은 이승의 제일 고운 비늘 하나/바람 부는 서녘 하늘/
　　가고 있다. (—「늪」에서)

龍엘의 아들
羅睺羅 處容아빌 찾아갈까나,
리엘리나마사박다니
나마사박다니, 내 사랑은
먼지가 되었는가 티끌이 되었는가,

─「打令調2」에서

이 경우는 밑줄 친 부분의 여음구가 삽입됨으로써 심층적 의미의 도상성은 전달되지만 통사의 연속성에 있어서는 불필요한 존재이며 오히려 여음구 때문에 의의의 연속성은 왜곡되고 있다.

구름은 바보,/내 발바닥의 티눈을 핥아 주지 않는다./핥아 주지 않는다./내 겨드랑이에서 듣는/땀방울은 오갈피나무의 暗褐色,/솟았다 간 쓰러지는/噴水의 물보래야, 너는/그의 살을 탐내지마라.

─「詩2」에서

밑줄 친 부분은 어떤 대상을 수식하는 것도 아니며 '탐내지 마라'의 목적이 되는 것도 아니다.

그대는 나의 지느러미 나의 바다다./바다에 물구나무 선 아침하늘,/아직은 나의 純潔이다.

─「處容三章」에서

바다는 南太平洋에서 오고 있다./언젠가 아라비아 사람이 흘린 눈물,/죽으면 꽁지가 하얀 새가 되어/날아간다고 한다.(─「리듬I」에서)
봄과 후박나무가 있는/사잇길을 문득 들어서면/지워 버리고 지워 버린/어둠,/그대 뒤통수가 보인다.(─「假面」에서)
썰매를 타고 있었다./허리가 뒤로 꺾인 고지새,/죽은 사람은 아무도 없었다. (─「썰매를 타고」에서)

이 시는 '그대는 ~이다'라는 통사구조를 띠고 있다. 이때 밑줄 친 부분이 삽입됨으로써 '나의 純潔'의 목적어 구실을 하는 것처럼 통사의 왜곡을 보이고 있다.

> 三月에도 눈이 오고 있었다./눈은/라일락의 새순을 적시고/피어나는 山茶花를
> 적시고 있었다./미처 벗지 못한 겨울 털옷 속의/일찍 눈을 뜨는 南쪽바다,/그날밤 잠들기 전에/물개의 수컷이 우는 소리를 나는 들었다.
>
> — 「處容斷章 第一部 1의 2」에서

여기서 '그날 밤'이 지시하는 것은 밑줄 친 부분의 앞 상황이다. 밑줄 친 부분을 통사적 왜곡없이 다시 배치한다면 다음과 같을 것이다.

> 그날 밤 잠들기 전에/미처 벗지 못한 겨울 털옷 속의/일찍 눈을 뜨는 南쪽바다(에서),/물개의 수컷이 우는 소리를 나는 들었다.

> 세발 자전거를 타고/푸른 눈썹과 눈썹 사이/길이 있다면/눈 내리는 사철나무 어깨 위/사철나무 열매 같은 길이 있다면/앵도밭을 지나/봄날의 머나먼 앵도밭도 지나/누군가, 푸른 눈썹과 눈썹 사이/길이 있다면, 그 날을 다시 한 번/세발 자전거를 타고,
>
> — 「西녘 하늘」 전문

이 시는 '세발 자전거를 타고/앵도밭을 지나/봄날의 머나먼 앵도밭도 지나/누군가, 그 날을 다시 한 번/세발 자전거를 타고,(갔다)'라는 문장에 밑줄 친 부분이 삽입됨으로써 통사의 왜곡을 가져온 경우다. 이렇게 보았을 때 밑줄 친 부분은 환상의 세계이며 그 외 부분은 현실의 세계이다. 현실 세계에 비현실의 세계가 개입됨으로써 통사구조 역시 왜곡되고 있음을 볼 수 있다. 이처럼 불연속적 언술의 삽입은 비현실적 세계의 개입임을 통사론적 층위에서도 확인이 된다. 이는 의미론적 정보의 파편화와 무관하지 않다.

ⓐ <u>네가 뿌리고 간 씨앗은 자라/菜松花가 낮에는 마당을 덮고 있다./가장 키 큰 해바라기 하나는/해가 다 질 때까지/네 있는 쪽으로 머리를 박고 있다./수박은 잘 익어 살이 연하다./ⓑ바다로 눈을 씻고/오늘 밤은 반딧불을 보고 있다.</u>

―「수박」 전문

　밑줄 친 ⓐ의 경우도 일종의 불연속적 언술의 삽입이라 할 수 있다. '주어성분'의 불연속적 삽입으로 통사의 연속성의 왜곡을 가져오고 있다. ⓐ의 주어는 '네(수박)'이며, 동사는 '있다'이다. 거기에 '菜松花'가 삽입됨으로써 '덮고 있는' 주체가 분열되어 통사 전체가 모호하게 된다. 또한 밑줄 친ⓑ의 경우 그 주체는 딱히 '수박'일 수가 없다. 이미 그 앞에는 주어의 기능을 할 수 있는 '씨앗', '해바라기', '수박'이 제시되어 있으며 내면화자 또한 주어의 역할을 할 수 있다. 이러한 주어의 분열적 양상은 김춘수 시인의 주체 분열의 양상을 반영하는 것이라 할 수 있다.

　　조금 밝아지는 그늘인 듯/조금 밝아지는 그늘의 雪吐花꽃 비탈인 듯/<u>눈발은 삐딱하게 쏠리면서/가지 마, 가지 마, 너무 멀리는/가지 마라고,/다리 오그린 채 쥐들이/푸른 눈을 뜨고 있다.</u>

―「늦은 눈」에서

　마찬가지로 밑줄 친 부분의 주체가 '눈발'인지 '쥐들'인지 불분명하다. 쉼표를 생각할 때 눈발의 노래인 듯 하지만 쥐들의 무언의 언술일 수도 있다. 이러한 주체의 분열 양상은 다음과 같이 묘사의 이중적 구조를 드러낸다.

　　눈썹 밑에 눈이 있고/코 밑에 입이 있고/(입은 그늘도 없이/비스듬히 옆으로 돌아앉아 있다.)

―「싸락눈」에서

이는 불연속적 언술의 삽입에서처럼 현실세계와 비현실적 세계의 이중 구조를 그대로 반영하고 있다. 괄호 안의 묘사는 시인의 또 다른 주체의 언술이라 할 수 있다. 이러한 묘사의 이중적 패턴은 다음과 같이 묘사의 극단적 형태를 취하기도 한다.

[1]美 八軍 後門
[2]鐵條網은 大文字로 OFF LIMIT
[3]아이들이 五六人 둘러앉아
[4]모닥불을 피우고 있다.
[5]아이들의 枸杞子빛 男根이
[6]오들오들 떨고 있다.
[7]冬菊 한 송이가 삼백 오십 원에
[8]一流 禮式場으로 팔려 간다.

-「冬菊」전문

이 시는 3개의 문장으로 이루어져 있다. 그러나 각 문장 간의 연속성은 단절되어 있다. 적어도 [1]~[6]의 문장이 [7], [8]의 문장과 연속성을 기하기 위해서는 설명적 문장이 필요하다. 두 개의 장면이 이처럼 병치됨으로써 독특한 시적 풍경을 만들어 내고 있는데 이는 김종삼의 시에서 보이는 특유의 묘사적 수법과 일치되고 있다. 김종삼 시의 극단적 묘사가 환기하는 것은 현실의 비극적 상황이다. 그처럼 이 시에서도 슬픔의 정서가 배어 있다. 그러나 김종삼 시의 극단적 묘사가 의미의 불일치를 보이지 않는 반면에 김춘수의 시는 현실의 비극적 상황이 시인의 내면 속으로 흘러들어가 현실과는 다른 비극적 정서를 자아냄으로써 의미는 쉽게 확정되지 않는다. 위의 시는 미군 부대 주변의 가난한 아이들의 불우한 상황과 동국의 타락한 아름다움이 충돌하고 있다. 전자가 현실적인 반면 후자는 비현실적인 내면풍경이다. 결국 시인은 현실의 비극보다는 꽃의 타락에 자신의 실존적 상황을 투사하고 있는 것이다. 이러한 극단적 묘사는 다음과 같이 시적 대상의 나열로 그치는 경우도 있다.

> 키큰해바라기,/네잎토기풀없고,코피./바람바다반딧불.//毛髮또毛
> 髮. 바람./가느다란갈라짐.
> ─「들리는 소리(處容斷章 第二部) 7」에서

이러한 통사의 단절을 통한 극단적 묘사는 시집『비에 젖은 달』에 이르러서는 김춘수 시의 전형으로 자리 잡는다. 김춘수의 시에서 통사론적 정보의 왜곡 현상인 패턴의 변형적 반복과 불연속적인 언술 삽입과 통사의 단절은 이후에도 텍스트의 불확정적 요소로 작용하고 있다. 나아가 연작시「처용단장3부」에 이르러서는 극단적인 통사의 해체를 보이고 있다.「처용단장 3부」이후 극단적인 통사의 불연속성은 형태적인 측면에서 드러난다. 다음과 같이 문장 부호를 불연속적으로 삽입한다든지

> ,표나 .표가 먼저 오는 수도 있다./,誤.讀
> ─「處容斷章 3부 1」에서

다음과 같이 띄어쓰기 규칙을 지키지 않고 무시한 채 줄글로 써내려간 다든지,

> ㅋㅋハマ헌병대가지빛검붉은벽돌담을끼고달아나던 ㅋㅋハマ헌
> 병대헌병軍曹某에게나를님겨주고달아나던박승줄로박살내게하고木
> 刀로박살내게하고浴槽에서氣를絶하게하고달아나던 創氏한일본姓을
> 등에짊어지고숨이차서쉼표도못찍고띄어쓰기도까먹고 달아나던식민
> 지반도출신고학생헌병補ヤス夕某의뒤통수에박힌 눈개라고부르는인
> 간의두개의 눈 가엾어라어느쪽도동공이없는
> ─「處容斷章 3부 5」전문

더 극단적인 경우는 아예 음절 하나하나를 해체시켜 제시하곤 한다.

> ㅕㄱㅅㅏㄴㅡㄴ/눈썹이없는아이가 눈썹이없는아이를울린다./역
> 사를/심판해야한다 ㅣㄴㄱㅏ ㄴㅣ/…<중략>…/우찌살꼬 ㅂㅏ ㅂㅏ
> ㅂㅗㅑ/,/ㅎㅏㄴㅡㅅㅜㅂㄱㄷㄴ한여름이다ㅂㅏ ㅂㅏㅂㅗㅑ/,/올리브   열매
> 는 내년 ㄱㅏ늘 ㅣㄷㅏㅂㅏ   ㅂㅏㅂㅗㅑ/,/ㅜㅉㅣㅅㅏㄹㄲㄱㄴㅂㅏ ㅂㅗㅑ/
> ㅣㅂㅏ보야,/역사가 ㅕㄱㅅㅏㄱㅏ 하면서/ㅣㅂㅏ ㅂㅗㅑ
>
> —「處容斷章 3부 29」에서

이러한 형태적 변형과 파괴는 다음과 같이 언어도단의 글자놀이에까
지 이른다.

> 不/仆/그렇지/붙일/付/伏/俘/斧/그렇지/도끼로 쪼갤/剖
>
> —「磁場」전문

위 시는 '부'라는 '음'을 갖고 있는 한자어를 나열하고 있는데 공통점이
나 유사성 혹은 인접성을 유추하는 것은 쉬운 일이 아니다. 결국 이러한
일련의 형태론적 해체는 결속성을 유지하는 규칙을 찾기 힘들다는 데서
시인과 독자 간의 의사소통적 연속성을 파괴하고 있다.

앞서 김춘수 시의 텍스트 내에서 이루어지고 있는 패턴의 변형적 반복
을 통사의 불연속적 원인으로 든 바 있다. 이러한 양상은 「처용단장 3부」
이후에도 지속되고 있는데 이 시기에 이르러서는 텍스트 외부에서 그 반
복 부분을 취하고 있는 것이 두드러진다. 즉 기존 시를 혼성모방함으로써
자기복제의 극단적인 양상을 드러낸다.

> [1]또 눈물인가, 하는 투로
> [2]나에게 대들지 말게,

[3]옛날에 어느 일본 시인이
[4]릴케의 비가를 읽다가 흘린 그런
[5]눈물이 있었고
[6]내 발을 따뜻하게 하고 내 발을
[7]시리게도 한 丹齋선생의 내가 꿈에서 본
[8]눈물도 있었다.
[9]열네 개의 파이프,
[10]꼬불탕한 그 열네 개의 구멍으로 삭인
[11]姜畵伯의 눈물이 있었고
[12]참새 늑골에 붙은
[13] (내가 먹을)보얀 살점을 보고 흘린
[14]눈물도 있었다. 50년 전의
[15]내 눈물이지만, 요즘 내가 흘리는 눈물에는 가끔
[16]납의 성분도 섞인다고 한다.
[17]내 눈물를 검진한 젊은 인턴이 한 소리다.
[18]인턴은 참 많기도 하고
[19]인턴은 하나같이 너무도 젊다. 너무 젊어서
[20]어쩌겠다는 건가, 너희들은 내 눈물을
[21]가늘고 긴 유리대롱에 담아
[22]어쩌겠다는 건가 西紀 1990년 歲暮에,

> —「處容斷章 3부 46」 전문

　이 시는 김춘수의 기존 시 중 세 편을 해체해서 구성한 시이다. 우선
[3]~[5], [12]~[14]는 다음 시의 밑줄 친 부분이다.

　　릴케의 悲歌를 읽는 동안 걷잡을 수없이 눈물이 나더라는 일본의
어느 시인이 쓴 글을 읽은 일이 있다. 나도 릴케의 비가를 10번까지 다
읽어봤지만 어렵기만 하고 눈물은 나지 않았다.
　　···<중략>···
　　내가 보는 그의 눈물은

저녁에 지는 하얀 얼룩처럼
거짓말 같기만 하다. 혹은
도마 위에 놓인 참새 늑골에 붙은
(내가 먹을) 보얀 살점처럼,

　　　　　　　　　　　　　　　－「處容斷章 3부 1」에서

그리고 [6]~[8]은 다음 시에서 가져온 것이다.

단재선생의 눈물은
발을 따뜻하게 해주고 발을
시리게도 했다.

　　　　　　　　　　　　　　　－「處容斷章 3부 3」에서

마찬가지로 [9]~[11]도 다음 시의 부분을 발췌한 것이다.

열네 개의 파이프
꼬불탕한 그 열네 개의 구멍으로 말을 한
그 시절,
우리시대 마지막 보엠
가난하고 가난했던 眈美主義者,

　　　　　　　　　　　　　　　－「處容斷章 3부 67」에서

이러한 혼성모방의 양상은 다른 시인의 시를 발췌하여 하나의 시로 구
성하는 것으로도 나타난다.

물 한 통 길어주고 있다.
세 살 난 조랑말의 덜미를
어루만지고 있다.
여름인데도 저녁에는 진눈깨비가 내린다.

오늘 하루도 무사히 끝났다고,
그러나 그게 아니다,
아우슈비츠의 굴뚝, 우는 아이를 삼킨
臨津江의 물살을
어느 날 그만 보고 만다.
그때로부터 그대는
술 없는 사막을 혼자서 가고 있다, 고 생각한다.
발등이 부어 있다.
그런 일들을 그대는 또한
掌篇이라고 하고 文章修業이라고 한다.

-「여름 어느 날에」전문

이 시는 '김종삼 시인'에 답해 김춘수 시인의 정서를 진술하고 있다. 이때 사용된 어휘와 문장들은 거의 김종삼의 시에서 해체하여 결합한 것이다. 즉 김종삼의 시「물통」,「묵화」,「북치는 소년」,「민간인」,「문장수업」, 「걷자」등이 해체되어 반복되고 있다. 기존 시나 타인의 시를 해체해서 반복하는 경우, 독자가 그 원 시의 통사적 흐름을 알지 못한다면 새롭게 구성된 시의 연속성은 그만큼 단절되고 마는 것이라 할 수 있다. 이러한 텍스트의 초월성은 의미론적 총체성을 파편화하는데 기여하고 있다.

2.2. 의미론적 정보의 파편화

통사론적 측면에서「처용단장 3부」이후의 극단적인 해체 양상을 제외하고 김춘수의 시는 전통적 리듬과 언어를 그대로 유지하고 있다. 그러므로 독자가 김춘수의 시에 쉽게 접근할 수 없는 원인을 형식적 실험보다는 의미론적 측면에서의 불일치에 더 큰 비중을 둘 수 있다. 김춘수의 시에서 독자와 시인 간의 의미론적 정보의 불일치가 두드러지게 드러나는 시기는 시집『타령조·기타』(문화출판사, 1969)를 기점으로 한다. 이 시집을 중심으로 전기의 시들은 기존의 전통시에서 보이는 낯익은 정서를 쉽게 확인할 수 있다. 시집 『구름과 장미』(행문사, 1948)와 『늪』(문예사, 1950)에서는 전통적 자연의 정보가 그대로 전달되고 있다. 자연 속에서 느끼는 자아의 슬픔의 정서를 전달하고 있다. 특히 관념적 상실감이나 유랑의식, 악마성, 감상적 영탄, 불교적 인생관은 1920년대의 서정성과의 연속성을 발견할 수 있다. 이러한 자연 경도의 세계는 시집 『기』(문예사, 1951)를 기점으로 내면의 세계로 들어간다. 릴케의 영향 속에서 시집 『인인』(문예사, 1953)부터는 '꽃'이 자연의 대상에서 존재론적 대상으로 변형된다. 이러한 내면화의 과정 속에서 김춘수의 시는 독자와 차츰 거리를 두게 된다. 그럼에도 형식적 요소의 전통성과 더불어 심층의 낭만적 요소는 지속성을 갖고 졸卒할 때까지 유지되었다. 이러한 연속성 속에서 그의 불확정적 요소가 병행되는데 독자가 겪게 되는 의미의 불일치 양상은 다음과 같다.

김춘수의 시를 읽을 때 의미내용 파악을 어렵게 하는 의미의 불일치는 개인적 방언이 가장 큰 비중을 차지한다. 리파테르는 의미를 해독할 수 없는 텍스트의 구성은 이미 외부적 상호텍스트에서 표현되었다고 말한다. 그러한 외부 텍스트의 구성방식은 속어나 사회적 방언처럼 특정 작품 혹은 의미의 특정 방식일 수 있다.34) 대표적으로 김소월의 일련의 시와 백석의 시는 사회적 방언의 구성방식이 개입되어 있기 때문에 그러한 외부 텍스트로 해독의 열쇠를 찾을 수 있다. 이와는 달리 김춘수 시의 해독할 수 없는 구성은 사회적 방언이 상호텍스트된 것이 아니라 그의 개인적 상징이 광범위하게 만들어 낸 개인적 방언 때문이다. 이처럼 김수영의 시에서 볼 수 있는 언어의 임의성과 유사한 김춘수 시의 개인적 방언은 거대한 개인적 상징을 만들어 낸다. 개인적 상징35)은 특정 시인의 작품들에

---

34) Carol Braun Pasternack, *Op.cit.*, pp.19~20.
35) 김학동 · 조용훈, 앞의 책, 178쪽.
　　한 작가의 초기작에서는 '소도구'이던 것이 후기작에서는 '상징'으로 변모하는 것은

반복되는 상징으로서 시인의 상상적인 삶이나 실제 생활에 지속적인 활기를 불어 넣을 뿐만 아니라 작품 속에서 다양한 형태를 취하며 수시로 반복하여 나타나는 상징이다.

　김춘수의 시에서 지속적으로 등장하는 꽃과 나무 등의 식물들은 하나의 공통된 상상력을 위해 쓰여진 것이 아니라 각기 개별적인 이미지를 갖고 있다. 가령 김춘수 시의 상승 지향과 식물 이미지를 연결시키는 것은 식물 이미지의 개별성보다는 상승 지향이 갖는 편의적 총체성에 비중을 둔 경우라 하겠다.36) 그렇기 때문에 각각의 식물 이미지가 갖고 있는 개별성을 파악하지 못한다면 그 식물이 환기하는 지식에 대해 일치를 기할 수 없다. 하나의 예를 든다면 다음과 같다.

> 　　**패랭이꽃**은/숨어서/포오란 꿈이나 꾸고/돌멩이 같은 것 돌멩이 같은 것/
> 　돌멩이 같은 것은/폴 폴/먼지나 날리고//언덕에는 전봇대가 있고/전
> 봇대 위에는 내 魂靈의 까마귀가 한 마리/終日을 울고 있다.
>
> -「길바닥」전문
>
> 　날이 새면 너에게로 가리라./詩人이 되어 나귀를 타고/너에게로 가
> 리라./
> 　새는 하늘을 날고/길가에 **패랭이꽃**은 피어 있으리,/보라, 미크로네
> 시아의 젖은 입술,/보라,/미크로네시아의 젖은 허리,/너에게로 가리
> 라,/詩人이 되어 나귀를 타고/날이 새면.
>
> -「竹島에서」전문
>
> 　바람이 자고 있네요. 그 곁에,/낮달도 자고 있네요./남쪽 바닷가 小
> 믐을/귀 작은 나귀가 가고 있네요./**패랭이꽃**이 피어 있네요./머나먼 하

인상적일 정도로 빈번히 있는 일이다. 이는 '사사로운 상징주의'라 할 수 있다. '사사로운 상징주의'는 하나의 체계를 암시하며 신중한 연구자는 암호 해석자가 암호 메시지를 해독할 수 있는 것처럼 '사사로운 상징주의'를 해석할 수 있다(René Wellek & Austin Warren, 이경수 역, 『문학의 이론』, 문예출판사, 1999, 275~276쪽).
36) 이은정, 앞의 책, 87~101쪽.

늘, 도요새 우는/명아주여뀌꽃도 피어 있네요.

─「깜냥」전문

秋風嶺을 지날 때 차창으로 강아지풀 하나가 눈에 들어왔다. 목뼈가 반쯤 부러져 있었다. 다른 날 大關嶺에서는 **패랭이꽃** 댓 온몸에 먼지를 쓰고 하나같이 앞으로 시들시들 꼬꾸라져 있었다. 저만치 전봇대가 서 있고, 전봇대 끝에는 들까마귀가 한 마리 모난 눈을 뜨고 빤히 언제까지나 나를 보고 있는 듯했다. 언젠가는 어인 게 한 마리 고향 앞바다 썰물 나간 갯벌에 다 으깨진 제 머릴 처박고 죽어 있었다. 팔다리의 모과빛은 아직 그대로 살아 있었다.

─「景明風」전문

이들 시에서는 공통적으로 '패랭이꽃'이 등장하고 있다. 독자와 시인이 공유할 수 있는 패랭이꽃에 대해 개념적 지식은 제한되어 있다. 고작 "온몸이 회부옇고 줄기는 모여나고 높이 30~60cm, 6~8월 흰빛, 붉은 빛의 여러 가지 꽃이 핀다." 정도의 사전적 지식일 것이다. 위 네 편의 시는 시간적 거리를 두고 쓰였다. 시「길바닥」은 시집『늪』(문예사, 1950)에, 시「죽도에서」는 시집『꽃의 소묘』(삼중당, 1977)에, 시「깜냥」은 시집『비에 젖은 달』(근역서재, 1980)에, 시「경명풍」은 시집『서서 잠자는 숲』(민음사, 1993)에 각각 실렸다. 이렇게 볼 때 김춘수의 시에서 '패랭이꽃'은 사전적 의미 이상의 개인적 의미를 갖고 있다고 할 수 있다. 위의 시에서도 드러나듯이 '패랭이꽃'이 쓰일 때 유사한 어휘와 이미지가 사용되고 있다. 그러므로 '먼지, 까마귀, 길, 나귀'가 쓰이는 곳에는 적어도 패랭이꽃의 상상력이 작용하고 있다고 보아야 할 것이다. 이처럼 김춘수의 시에서 단편적으로 널려 있는 꽃과 나무의 이미지를 독자는 제대로 수용할 수는 없을 것이다. 다양한 이름으로 전개되는 이러한 꽃의 분열적 모습은 주어의 해체적인 통사론적 정보와 더불어 시적 자아의 정체성에 대해 허무의식을 확충적으로 드러내는 것이라 하겠다. 김춘수의 시에서는 식물 이미지와 동물 이미지 또한 지속적으로 파편화되어 반복되고 있다. 그것 역시 개인적 방언의 차원에서 이해되어야 할 것이다.

　김춘수의 시에서 식물 이미지와 더불어 단편적으로 반복되는 것이 인물에 대한 것이다. 기존 논의에서 언급되고 있는 '처용·이중섭·예수'등의 이미지는 제한적인 예에 불과하다.

　　날씨스, 살바돌 다리, 릴케, 막달아·마리아, 니-췌, 빠스깔 쁘띠, 處容, 天使, 반 고호, 西村 마을의 徐夫人, 사바다, 베라 말즐로바, 오토미, 페넬로프, 나움가보, 李箱, 파브로 피가소, 세브린느, 쟝 폴 사르트르, 金宗三, 세자르 프랑크, 李仲燮, 姜信碩, 예수, 千在東, 金榮太, 王昭君, 老子, 발렌티노, 나자로, 솔제니친, 金喆鎬, 崔忠日, 루오, 志鬼, 善德女王, 드골, 말라르메, 라몬 나바로, 丹齋, 素月 金廷湜, 호, 베라 피그넬, 크로포트킨, 요셉 푸르동, 바쿠닌, 박열, 金子文, 高福壽, 시몬 시몽, 잭슨·폴록, 존·케이시, 보들레르, 古下, 雪山, 夢陽, 톨스토이, 木月, 未堂, 友堂, 李花中仙, 李箱, 春史, 金顯承, 보봐리, 엠마, 후안미로, 루이 아라공, 千祥炳, 위고, 드 흐리스, 유치환, 윤이상, 예봉누이, 單于, 지용, 李漢稷, 아인슈타인, 헤르바르트 훈 등.

　이 일련의 인물들이 환기하는 이미지는 각각 개별적이고 단편적이다. 이들 인물들에 대해 지식이 없는 독자는 김춘수 개인이 의도하는 지식을 함께 공유하기 힘들 것이다. 그러므로 김춘수의 시에서 개인적 방언으로 사용되는 인물 이미지는 의미론적 정보의 파편성을 반영하고 있다. 이러한 인물 이미지와 더불어 특정 장소에 대해 단편적 반복 역시 김춘수 개인의 방언으로 역할을 하고 있다. 인물의 개인적 방언은 김종삼의 시에서도 쉽게 드러나는 양상이다. 이런 측면에서 김춘수 시의 의미의 흩어짐은 김종삼 시의 의미 공백과 동일성을 나타낸다. 이상 살펴본 개인적 방언의 단편적 반복에서 김춘수 시의 자기복제적 반복을 또 한번 확인하게 되며 의미의 혼란 양상을 인지하게 된다.

앞서 김수영의 시에서 의미론적 정보의 불일치의 원인 중 하나를 '상황의 파편적 결합'에서 찾은 바 있다. 이와 유사하게 김춘수의 경우도 이미지의 파편적 결합으로 의미론적 정보가 결속성을 잃고 있다. 차이가 있다면 상상력의 현실지향성과 내면지향성에 있다. 즉 아니마anima의 발현인가 페르조나 persona의 발현인가의 차이라 할 수 있다[37].

이미지는 본래가 한 편의 시에서 따로 독립적으로 기능하는 것이 아니라 다른 이미지들과 밀접하게 관련되어 하나의 맥락을 형성한다.[38] 김춘수 시의 경우 이미지들의 관계는 비유의 기능을 통해 형성된다. 이는 김수영 시의 의미론적 정보의 불확정성이 비유적 어의변환의 비동일성에 기인하는 것과 공통점을 갖고 있다. 차이점은 김춘수의 시는 김수영처럼 상황적인 결합이 아니라 감각적 체험의 결합이라는데 있다. 이러한 점에서 김수영의 비유적 문체가 더 지시성이 강하다고 하겠다.

> 한초롬 스머든 향기로운 내음새. 눈물겨웁게도 저녁 노을을 물들이고, 무여질 듯 외로운 밤을 불밝히던 하나 호롱! 홀린 가슴은 또한번 출렁이고…… 출렁이며 흘려보낸 끝없는 바다!
> 깜박이며 흘러간 아아 한송이 薔薇!
>
> — 「薔薇의 行方」 전문

이 시는 초기 시로서 김춘수의 불연속적인 이미지 구성이 후기 시까지

---

37) 김수영의 시에서 보이는 역할 상황과 김춘수의 시에서 보이는 자기애의 집착은 시적 자아의 외적 인격과 내적 인격의 표출이라 할 수 있다(이부영, 『분석심리학』, 일조각, 1998, 81~98쪽 참조).

38) Cleanth Brooks and Robert Penn Warren, *Understanding Poetry*, New York: Holt, Rinehart and Winston, 1976, p.68.

지속적임을 보여준다. 이 시에서 '호롱과 바다와 장미'는 '불밝히던 하나 호롱!/흘려보낸 끝없는 바다!/흘러간 한송이 薔薇!'로 동일한 구조 속에서 병행 회기하고 있다. 그러한 형식적 구조의 공통점이 있을 뿐 이미지의 결합은 연속적이지 못하다. 그렇다고 이 시에서 의미를 찾을 수 없다고 단정해 버리는 것은 과학적 사유의 태도라 할 수 없다. 즉 의사소통적인 시적 담화의 운영체계에서 볼 때 의미를 내포하지 않는 시적 언술은 없기 때문이다. 이 비연속은 세 이미지 사이에 빈 공간을 마련한다. 그 빈 공간 은 시인의 의도로서 시적 원리가 되기도 하지만 독자의 입장에서는 상상 력의 공간이기도 하다. 독자는 그 빈공간에 시인과 자신의 심리적 이미지 가 상호교응하는 지점을 마련한다. 그래서 이 세 이미지는 과거에 한 지 점에 있던 존재물로서 순간성을 띠고 있다. 사라져버린 존재들인 것이다. 독자는 시인의 그와 같은 과거의 감각적 체험을 복구하게 된다.

[1]男子와 女子의
[2]아랫도리가 젖어 있다.
[3]밤에 보는 오갈피나무,
[4]오갈피나무의 아랫도리가 젖어 있다
[5]맨발로 바다를 밟고 간 사람은
[6]새가 되었다고 한다.
[7]발바닥만 젖어 있었다고 한다.

－「눈물」 전문

이 시는 김춘수의 제9시집 『처용』(1974, 민음사)에 실린 시다. 세 개의 파편화된 공간이 이 시를 구성하고 있다. 과거와 현재 사이의 공간, 실재 와 환상 사이의 공간, 이미지와 이미지 사이의 공간이다. '남자와 여자', '오갈피나무'의 이미지는 '아랫도리가 젖어 있다'가 반복 회기 하면서 병 행구문을 만들고 있다. '아랫도리가 젖어 있다'는 의미를 통해 이 두 이미 지는 동일성을 획득해야 하지만 쉽게 연속성을 발견할 수 없다. 그것은 이미지를 병치시키는 '아랫도리가 젖어 있다'는 의미 자체가 불명료하기 때문이다. 그리고 이러한 이미지의 불명료성은 다른 요소의 파편적 요소가 덧붙여져 가중되고 있다. 즉 [1]~[4]와 [5]~[7] 사이에는 시제의 불연속이 있다. 전자가 현재이고 후자가 과거임을 볼 때 이 시를 다시 시간적 순서에 따라 배열하면 다음과 같다.

>   [5]맨발로 바다를 밟고 간 사람은/[6]새가 되었다고 한다./[7]발바
> 닥만 젖어 있었다고 한다. (그래서)
>   [1]男子와 女子의/[2]아랫도리가 젖어 있다./[3]밤에 보는 오갈피
> 나무,/[4]오갈피나무의 아랫도리가 젖어 있다

이렇게 볼 때 과거와 현재 사이에는 인과관계가 성립되고 있다. 즉 과거의 사상事象인 [5]~[7]이 원인이 되어 현재의 상태 [1]~[4]가 초래된 것이다. 그렇다면 '아랫도리가 젖어 있다'는 묘사의 의미는 원인이 되는 사상事象이 지시하는 의미 내용을 통해 드러날 텐데 여기에도 의미의 공백이 있다. '맨발로 바다를 밟고 간 사람은/새가 되었다고 한다'는 과거의 사상事象이 환상적으로 처리되고 있기 때문이다. 그 자체가 불명료의 상황인 것이다. 결국 이 시는 김춘수의 무의미시의 논리대로 과거의 상황은 환상적으로 처리되어 대상을 상실하고 있고, 그래서 대상의 관념마저도 사라지고 없다.

그러나 이미지 자체로 다시 돌아가 보자. 김춘수의 시가 자기시의 인유를 통해 시를 구성하고 있다는 것을 염두에 둘 때, '아랫도리가 젖어 있다'는 비유적 이미지가 그 이미지를 닮은 다른 것의 비유적 표현이며, 반복적으로 이미지화 됨으로써 관습적인 개인 상징이 되고 있다고 말할 수 있다.

>   [1]둑이 하나 무너지고 있다.
>   [2]날마다 무너지고 있다.

[3]무너져도 무너져도 다 무너지지 않는다.
[4]나일江邊이나 漢江邊에서
[5]女子들은 따로따로 떨어져서 울고 있다.
[6]어떤 눈물은
[7]樺榴나무 아랫도리까지 적시고
[8]어딘가 둑의 무너지는 부분으로 스민다.

－「落日」전문

　이 시는 시집 『남천』(근역서재, 1977)에 실린 것으로 위의 시 「눈물」이후에 쓴 시이다. 이 시에서 [7]의 '아랫도리까지 적시고'의 이미지는 시「눈물」에서 사용했던 이미지를 반복해서 사용한 것으로 '상실과 추락과 하강과 죽음'에 대해 비애를 상징하고 있다.

　시 「눈물」로 다시 돌아가 보았을 때 '南과 女'는 성적인 구별로서의 관계가 아니라 이 표현이 [5]에서 '사람'으로 환언회기 되고 있음을 생각할때 '인간남녀' 즉 '인간'을 의미하는 것으로 볼 수 있다. 그러므로 '오갈피나무'는 시 「낙일」에서도 '樺榴나무'로 반복되어 관습적인 이미지임이 드러난다. 즉 자연을 상징하는 것으로 볼 수 있다. 그래서 '남과 여'와 '오갈피나무'의 이미지의 불연속은 그다지 중요한 것이 아님이 드러난다. 그리고 '아랫도리'는 [7]의 '발바닥'과 조응되어 비애의 정도가 깊다는 사실을 가리키는 김춘수의 사적 은유라 할 수 있다. 오히려 '젖어 있다'는 의미가 더욱 중요하다. 결국 [5]의 '맨발로 바다를 밟고 간 사람'의 정체와 그 의미는 환상적으로 처리되었기 때문에 분명하지 않지만 시인에게 비애의 인과관계를 형성하고 있음은 명확하다. 시인은 과거의 비극적 상황으로 현재도 비애에 젖어 있으며 그 정도는 시 「낙일」에서처럼 더욱 강화되고 있다. 이처럼 김춘수 시의 이미지는 각각의 언어가 상상력에 대해 넓은 전망을 열어주고 각각의 언어가 서로를 강력하게 수식해 준다는 측면에서 상호 침투된, 혹은 상호 작용하고 있는 확대된 이미지39)다.

이미지의 파편적 결합과 더불어 이미지의 해체는 시인의 텍스트의 파편화 전략을 드러내는 것이다. 그러한 해체의 양상은 몸의 분리와 해체를 통해 집중적으로 표현된다. 메를로 퐁티에 따르면 인간의 신체는 바로 세계에 있는 것으로서의 근원적인 존재 양식이다. 그런 점에서 자아에의 의식과 자각은 신체의 인식에서 비롯된다.40) 마찬 가지로 전후 현대시의 담화론적 해석 모델을 추구하는 데 당대 시인들의 몸에 대한 관념은 특징적인 징후 중에 하나다. 몸은 그들의 시의식을 파악할 수 있는 공통된 담화 기호41)로 작용하고 있기 때문이다. 몸에 대한 관념은 현실인식의 반영이기도 하지만 거기에는 대안으로 제시하고 있는 텍스트 세계가 담보되어 있다. 그러나 몸의 인식 자체가 개인적 의식의 발현이기 때문에 독자가 몸의 언어를 통해 유표되는 의미를 쉽사리 수용할 수는 없다. 그런 측면에서 김춘수 시의 의미론적 파편화에는 몸의 해체적 양상을 반영하고 있다.

몸의 해체적 이미지는 파편화된 이미지를 제공하여 독자에게 이미지의 조각을 맞추는 것을 힘들게 한다. 다음 시의 경우를 살펴보자.

---

39) 확대된 이미지는 버크, 베이컨, 브라운, 셰익스피어 등 철학과 종교의 포괄적인 메타퍼들에게 절정을 이룬다는 사실에서 김춘수의 철학적 경험의 소재적 수용은 형식과 유기적인 전략의 차원에서 이해될 수 있다. 이와 대응해서 김수영 시의 이미지는 급진적이라 할 수 있다. 즉 이미지에 동원된 사소한 말이 너무 평범하고 공리적이기 때문에, 혹은 너무 기술적이고 과학적이며 박식하기 때문에 비시적으로 보인다(이은정, 앞의 책, 297~298쪽 참조).

40) 이재선, 『한국문학주제론』, 서강대출판부, 1991, 135쪽.

41) 푸코는 몸을 책략적 기술체계의 일반적 수용 지점으로 취급하면서 행동주의적이고 실증주의적인 인간 모델로 환원하지는 않는 대신에 인간 태도와 능력을 분석하기 위한 방법론적 원리로서 제시한다. 몸은 마음의 대립 개념으로 정의되지 않는다. 그러나 어느 정도는 인간 총체성의 원리로서 의식의 대립 범주가 된다. 즉 의식에 대한 사유, 느낌, 행위의 자기 존재로서. 이런 측면에서 전후 현대시에 나타난 '몸'의 책략적 언술은 시인들의 자기 존재 확인작업이라 할 수 있다(Jeffrey Minson, *Genealogyies of Morals ; Nietzsche, Foucault, Donzelot and the Eccentricity of Ethics,* New York: St. Martin's Press; Houndmills: Macmillan press, 1985, p.53).

[1]처음엔

[2]팔뚝 하나 분질러 놓고

[3]코피 쏟게 하고

[4]자네를 떠나는 모든 자네 體毛,

[5]자네를 떠나는 모든 자네 頭髮,

[6]그 다음은 모가지를 분질러 놓고

[7]허리를 분질러 놓고

[8]발가락 열 개를 다 분질러 놓고,

[9]분질러진 모든 자네 뼈들이

[10]하나하나 실려 나가면, 허겁지겁

[11]하늘 밖으로 나가 떨어지는

[12]자네 亂視의 눈알,

[13]그런 눈알,

―「猩猩이」 전문

　이 시에서 사용된 결속구조 장치는 병행구문과 전조응42)이다. [4]의 '자네를 떠나는 모든 자네'는 반복 회기 되면서 [4]와 [5]의 '체모'와 '두발'을 병치시킨다. 그래서 '체모'와 '두발'이 신체의 일부분이면서도 전체를 암시하는 대치성을 갖고 있음을 강조하고 있다. [13]의 '그런'이 지시하는 상황은 [12]의 '난시'의 상황이다. 이러한 불확정의 상황이 초래된 것은 몸의 소멸이 가져온 결과다. 그것은 [10]의 '하나하나 실려나가면'이라는 조건적 구문

---

42) 대용형proforms

　개념 : 텍스트의 명확성은 어느 정도 잃더라도 표층 텍스트를 짧고 간결하게 만드는 경우를 말한다. 다시 말해 표층 텍스트에서 명확한 의미 내용을 활성화하는 표현이 들어갈 자리에 그 자체의 특정한 의미 내용이 없는 경제적이고 짧은 낱말이나 표현을 넣는 것이다. 대표적인 것이 대명사로서 공지시 관계에 있는 명사나 대명사를 대신한다. 지시 대상 뒤에 대용형을 사용하는 전조응anaphora과 지시 대상 표현보다 대용형을 먼저 제시하는 후조응cataphora의 사례가 있다.

　효과 : 전조응은 보편적이 사례로서 의미 내용을 사전에 명백하게 규정함으로써 의미 전달의 간결성과 효율성을 높이는 데 공헌한다.

에서 앞 상황이 다음 상황의 전제가 되는 인과관계이기 때문이다.

　성성이(오랑우탄)는 인간의 알레고리라 할 수 있다. 인간의 어떤 면을 알레고리한 것인가는 그 의의sense가 불분명하다. 그러나 성성이 '猩'자의 '不仁하다' '무자비하다'라는 축자적 뜻을 가지고 추론할 때 인간의 잔인함이 의미로 추출될 수 있을 것이다. 여기서 시인에게 문제되는 상황은 몸의 해체 속에서 왜 인간이 분열되고 해체되어야 하느냐는 것이 아니라 몸의 소멸 후에도 가장 나중까지 남아 인간적 환상을 갖게 하는 시각의 어지러움이다. 시인은 不仁한, 즉 잔인한 인간의 모습을 견디지 못하고 있다.

　시인은 늘 시각에 기만당하고 있다. 그는 늘 보았던 것이 어느 순간 순식간에 상실되고 마는 느닷없음에 당황하고 자기 존재의 불확실성을 체험하게 된다. 이때 김춘수의 시에서 존재의 형이상학적 감각을 불러일으키는 기억의 원소로 '소리'가 작용하고 있다. 이처럼 시각적 회의는 대상의 상실과 의미를 불신하는 데서 나오는 허무의식이라 하겠다.

　그런데 김춘수의 시에서 드러나는 몸의 이미지는 비극적 현실 상황, 즉 비미학적 경험을 내면화하는 그의 주제 전개에 따라 '꽃'으로 일반화된 식물 이미지로 대치된다. 그것은 현실 상황을 직접 지시하는 김수영 시의 동물이미지와는 다른 것이다. 이때 몸의 소멸에 동반되는 허무의식 속에는 다음 시에서처럼 '슬픔'이라고 하는 비애의식이 자리하고 있다.

　　갈대가 가늘게 몸을 흔들고/온 늪이 소리없이 흐느끼는 것을/나는 본다.
　　　　　　　　　　　　　　　　　　　　　　　　　　－「늪」에서

　　너는 盲目이다. 免할 수 없는 이 永劫의 薄暮를 前後/左右로 몸을 흔들어 天痴처럼 울고 섰는 너.//고개 다수굿이 오직 느낄 수 있는 것, 저 가슴에 파고/드는 바람과 바다의 흐느낌이 있을 뿐
　　　　　　　　　　　　　　　　　　　　　　　　　　－「갈대」에서

하늘이 밍밍하다./눈썹이 없다./낯 가리고 대낮에 牛音 소리내던/까
만 겉눈썹도 젖은 눈시울도 이젠 없다.

-「칸나」에서

이처럼 김춘수는 몸의 소멸로 발생하는 허무의식을 통해 현실에 대해
일종의 부정의식을 드러낸다. 이는 삶의 영원성을 불신하는 데서 나오는
것이다. 이러한 현실인식에서 대안 세계로 제시되는 텍스트 세계는 '순간
성'의 세계인데 '죽음'의 개념에서 발견된다. 이때 '죽음'은 실존주의적인
측면에서 삶이 갖는 불확실성과 연결돼 있다. 그리고 '죽음'은 축자적인
의미가 아니라 변화의 은유[43]로 쓰이고 있다.

[1]어쩌다 바람이라도 와 흔들면
[2]울타리는
[3]슬픈 소리로 울었다.

[4]맨드라미 나팔꽃 봉숭아 같은 것
[5]철마다 피곤
[6]소리없이 져 버렸다.

[7]차운 한겨울에도
[8]외롭게 햇살은
[9]靑石 섬돌 위에서
[10]낮잠을 졸다 갔다.

[11]할일없이 歲月은 흘러만 가고
[12]꿈결같이 사람들은

---

43) 궁극적으로 '죽음'은 우리가 우리의 두려움을 가라앉힐 때 우주가 우리의 귀에다
속삭여 전해 주는 언어로서의 의미로 사용된다(정정호, 『전환기의 문학과 대화적
상상력』, 한신문화사, 1998, 135쪽).

[13]살다 죽었다.

―「不在」전문

이 시에서 2연의 소리없는 낙화와 3연의 낮잠 후의 사라짐, 4연의 죽음
은 부재와 동일한 현상이다. 이때 시인은 '철마다 피는' 행위와 한 겨울의
'낮잠'과 '할일 없는 세월'을 존재하면서도 아예 존재하지 않는 것으로 파악
하고 있다. 이 반복과 순환과 영원성에 대해 끝없는 회피가 이 시 속에서 표
출되고 있다. 그래서 1연의 울음이 갖는 의미를 확정할 수 있다. 결코 반복
적 존재가 시인에게 존재감을 느끼게 하는 것은 아니다. 존재를 깨닫게 한
것은 '바람', 즉 '어쩌다' 부는 바람의 순간성이다.

[1]여기에 섰노라. 흐르는 물가 한송이 水仙되어 나는 섰노라.

[2]구름 가면 구름을 따르고, 나비 날면 나비와 팔랑이며, 봄 가고
　　여름 가는 온가지 나의 양자를 물 위에 띄우며 섰으량이면,

[3]뉘가 나를 울리기만 하여라. 내가 뉘를 울리기만 하여라.

[4](아름다왔노라

[5]아름다왔노라)고,

[6]바람 자고 바람 다시 일기까지, 해 지고 별빛 다시 널리기까지, 한
　　오래기 감드는 어둠속으로 아아라히 흐르는 흘러가는 물소리……

[7](아름다왔노라

[8]아름다왔노라)고,

[9]하늘과 구름이 흘러가거늘, 나비와 새들이 흘러가거늘,

[10]한송이 水仙이라 섰으량이면, 한오래기 감드는 어둠속으로, 아
　　아라히 흐르는 흘러가는 물소리……

―「날씨스의 노래―살바돌 다리의 그림에―」전문

[1]의 '여기에'는 후조응의 사례로 독자에게 강한 호기심을 불러 일으켜 다음에 전달되는 정보 속으로 몰입하게 하는 효과를 보이고 있다. 시인이 지정하는 '여기'는 [2]에서 확인된다. 즉 자연의 순환성이 존재하는 곳이다. 이것은 일면 전조응의 사례 일 수도 있다. '여기'가 지시하는 것이 부제로 명시된 '살바돌 다리의 그림'이 될 수 있다. 이는 초현실을 현실로 인식하는 김춘수의 인식태도이다. 이 모두를 종합해 볼 때 시인은 현실에서보다는 한 장의 그림 속에서 자연의 순환성을 확인하게 된다. 역설적으로 그가 처한 현실상황은 순환성이 파괴된 상황임을 유추할 수 있다.

[3]과 [4][5]는 통사적으로 하나의 구조 속에 묶을 수 있다. 이렇게 볼 때, [4][5]를 [3]에 후치시킨 것은 그 정보의 중요성을 암시하는 것이다. 그것은 '아름다움'을 지향하는 시인의 집착이다. 특히 [4]의 반복을 통해 정보의 정도를 강화하고 있다. 이러한 정보 강화는 병행구문에 따라 이루어지는데 [3]의 경우 동일한 표현 형식 속에 다른 의미 내용을 담고 회기하고 있기 때문이다. 내가 타인을 울리는 행위와 타인이 나를 울리는 상반된 행위가 하나의 의미로 통합될 수 있는 것은 초현실적 상황에 직면해서 현 상황 이전의 현실을 동일한 목소리로 아름답게 여기는 데 있다. 그 아름다움의 정체는 생략의 결속구조 측면에서 찾을 수 있다. 즉 [6]과 [10]에는 생략의 요소가 있는데 생략된 내용은 [3]~[5]과 [6]~[8]의 통사구조를 비교해 볼 때 서술어 '울리기만 하여라'가 생략된 것으로 추론할 수 있다. 그래서 시인을 울리는 아름다움의 정체는 '어둠속으로 흘러가는 물소리'가 전하는 아름다움의 실체이다. '그 때는 아름다웠다'라는 식의 울림은 지금과 그때와의 상황 판단을 엄격하게 분리해 내고 있다. 이때 어둠은 필름의 배경처럼 과거를 도드라지게 하는 역할을 한다. 그리고 그 도드라진 영상은 [9]에서 보이는 하늘과 구름과 나비와 새로 형상화된다. 이들은 모두 순간성을 띤 것들이다. 시인은 영원한 것보다도 순간적인 찰나에 더 집착하는 것이다. 거기에서 자신의 존재성을 확인하고 있는 것이

다. 자연의 순환성은 오히려 어둠과 같이 배경일 따름이다. 그래서 현실은 초현실일 수밖에 없다. 김춘수는 '살바돌 다리'의 그림에서 자신의 존재감과 현실을 인식한다. 이것은 유추 행위다. 현실은 비미학적인 어둠이고 안에 존재하는 자아는 영원할 수 없다는 인식. 그래서 허무주의로 발전할 수밖에 없다.

초기 시「구름과 장미」에서 '구름'을 순간적인 허무의 의미로, '장미'를 존재 추구의 상징적 의미로 상정할 수 있다. 위의 시에서도 장미와 구름의 대립적 구도가 전개되는 데 '한 송이 水仙'(장미)과 '하늘, 구름, 나비, 새들(구름)'의 대립적 구조, 즉 영원성과 순간성의 구조 속에 자아를 장미의 상징성에 위치시킴으로써 순간성 지향을 함축적으로 표출하고 있다. 시인은 흘러간 것에서 벗어나지 못하고 있는 것이다. 그의 반복적 형식 구조도 이러한 순간성의 집착, 과거의 미련으로 다시금 되새김질하는 것이라 하겠다. 이처럼 김춘수의 순간성의 집착, 즉 자아를 순간적 존재로 인식해서, 나비, 구름, 새, 바람, 바다의 이미지를 반복적으로 사용하는데 이들은 성숙, 숙성, 변화의 자질을 갖고 있다. 아니면 그러한 특질을 유발한다. 이러한 파편화되고 해체된 이미지는 시인의 독자적이고 감각적인 체험의 산물이다. 개인방언처럼 개인적 상징이라 할 수 있다. 그러므로 독자는 쉽게 시인의 체험 속으로 들어갈 수 없다.

3. 정보의 단절과 공백화 – 김종삼

3.1. 통사론적 정보의 단절

통사론적 층위에서 김수영과 김춘수 시의 불확정성의 생성 양상은 지연과 해체로 각각 유형화할 수 있다. 이 두 시인의 시에서 공통되는 점은 패턴의 반복에 있다. 김수영의 시에서는 패턴의 반복이 통사의 지연을 가

겨오는 원인이 되었지만 김춘수의 시에서는 자기복제적인 반복 양상으로 통사의 왜곡 내지는 극단적인 해체양상을 보이고 있다. 이에 반해 김종삼 시의 통사의 층위에서 불확정성은 문장 성분의 생략과 시제의 불연속적 사용에 따른 통사의 단절에 기인한다.

먼저 문장 성분의 생략은 시인으로부터 독자에게 시적 효과가 전달되는 소통의 과정에서 독자에게 생략된 부분이 문제 상태임을 자연스럽게 인지하게끔 한다. 독자가 기대하고 있는 문장의 기능에서 불완전함을 전달하기 때문이다. 여기서 시인은 생략된 공간에서 자신의 상상적 구성에 독자를 종속시키며 삭제된 패턴을 회고하게 만든다. 그러므로 문장의 생략은 통사의 일시적 단절이며 독자의 상상력을 유도하는 공백이라 할 수 있다. 생략에 따른 공백은 두 구절이나 혹은 그 이상의 문장 사이에서 나타날 수 있다. 그래서 통사의 공백은 환상과 실재, 행위와 존재 사이에서 불확정성을 드러낸다.44)

> [1]그 여인이 쉬일 때이면/자비와 현명으로써 가슴 속에 물들이는/
> 뜨개질이었습니다.//
> [2]그 여인의 속눈썹 <u>그늘은</u>/포근히 내리는 눈송이의 색채이고/이
> 우주의 모든 신비의 빛이었습니다.
>
> —「여인」에서

이 시는 주어가 생략된 경우다. [2]의 밑줄 친 부분이 연의 주어 역할을 하고 있는데, [1]의 경우는 서술어에 대한 주어를 찾을 수 없다. 이때 '자비와 현명으로써 가슴 속에 물들이는 뜨개질'이 비유하고 있는 대상은 무엇인지 불분명하다. 그래서 독자에게 통사의 단절과 더불어 상상력의 공간을 만들어 주고 있다.

---

44) Wolfgang Iser, *The Implied Reeaden*, Baltimore : Johns Hopkins University press, 1975, p.208.

살아갈 앞날을 탓하면서/한잔 해야겠다//겨냥하는 동안 자식들은 앉았던 자릴 急速度로 여러 번 뜨곤 했다. 접근하노라고 시간이 많이 흘렀다/미친놈과 같이 중얼거렸다/자식들도 평소의 나만큼 빠르고 바쁘다/숨죽인 하늘이 동그랗다/한 놈은 뺑소니 치고//한 놈은 여름 속에 잡아 먹히고 있었다.

―「休暇」에서

밑줄 친 부분은 불완전한 통사이다. 독자는 '접근하는' 주체를 분명히 알 수 없다. '물새(자식들)'인지, 아니면 시적 자아인지 불분명하다. 이는 어디로 접근하는지 상황 보어가 생략되었기 때문이다. 그리고 갑작스레 개입되고 있는 '미친놈과 같이 중얼거렸다' 역시 '물새'가 미친놈처럼 울음을 울었다는 것인지, 아니면 시적 자아가 그렇게 독백을 했다는 것인지 불분명하다. 여기에도 시적 자아가 중얼거렸다면 어떻게, 무어라고 중얼거렸는지 하는 상황이 생략되어 있기 때문이다. 사실 독자는 시인의 그러한 중얼거림에 관심을 갖게 된다. 그것 역시 하나의 여백처럼 상상력을 자극하고 있다.

산마루에서 한참 내려다 보이는/초가집/몇 채//하늘이 너무 멀다.// 얇은 소릴 내이는/초가집/몇 채/가는 연기들이//지난 일들은 삶을 치르노라고/죽고 사는 일들이/지금은 죽은 듯이/잊혀졌다는 듯이/얇은 소릴 내이는/초가집/몇 채/가는 연기들이

―「소리」전문

밑줄 친 주어 '연기들이'가 병행구문의 패턴을 이루는 시이다. '연기들이'와 호응하는 서술어가 생략됨으로써 이 시의 통사적 연속성은 단절되고 있다. 물론 이 단절된 공간은 독자의 상상력이 지배하는 공간으로 기존 논의에서 언급하고 있는 여백의 미, 잔상의 미학[45]을 만들고 있다.

청초하여서 손댈 데라고는 없이 가꾸어진 초가집 한 채는/<미숀>계, 사절단이었던 한 분이 아직 남아 있다는 반쯤 열린 대문짝이 보인 것이다.

—「문짝」에서

이 부분의 문장 구조는 '반쯤 열린 대문짝이 보인 것이다.'를 주문으로 해서 '청초하여서~아직 남아 있다'가 주문의 주어를 수식하고 있다. 이때 밑줄 친 부분의 피수식어는 생략되었다. 아마도 '초가집 한 채'를 지시하는 '그 곳의' 정도가 생략되었다고 추론할 수 있다. 이는 언어의 무의미한 반복을 꺼려하는 시인의 문채를 엿볼 수 있다. 그러나 이러한 통사론적 복구가 이루어지기 이전까지 이 시의 통사적 연속성은 단절되어 있음이 분명하다. 그만큼 독자의 입장에서 전달되는 정보의 난위도는 높다고 하겠다.

내가 많은 돈이 되어서/선량하고 가난한 사람들을 위해 맘 놓고 살아갈 수 있는/터전을 마련해 주리니//내가 처음 일으키는 微風이 되어서/내가 不滅의 平和가 되어서/내가 天使가 되어서 아름다운 音樂만을 싣고 가리니/내가 자비스런 神父가 되어서/그들을 한번씩 訪問하리니

—「미사에 參席한 李仲燮氏」전문

이 시는 '내가~리니'라는 문장구조를 패턴으로 병행구문을 이루고 있다. 이 대구법적 통사 전개에서 나머지 호응을 이루는 부분이 생략되어 있다. 중요한 정보는 생략된 주문에 있다. 그러나 그 내용에 접근할 수 있는 통로는 단절되어 있다. 그러므로 독자는 쉽게 시인이 의도하는 정보를 수용할 수 없는 상태다.

김종삼 시의 생략적 문장 구조는 비유에도 생략적 양상을 보인다. 특히 원관념의 부재는 김수영 시의 원관념의 지연과 대응되는 양상이다. 김수

---

45) 황동규(1979), 앞의 글.

영의 시가 극단적 반복을 통해 통사의 지연을 드러내고 있지만 그것은 단지 유보의 상태일 뿐이며 김종삼의 시에서 보이는 통사의 단절은 아니다. 다음은 그러한 양상의 일단을 잘 드러내고 있다.

> [1]石膏를 뒤집어 쓴 얼굴은
> [2]어두운 晝間.
> [3]뭇魅을 만난 구름일수록
> [4]움직이는 나의 하루살이 떼들의 市場.
> [5]짙은 煙氣가 나는 뒷간.
> [6]주검 一步直前에 無辜한 마네킨들이 化粧한 陳列窓.
> [7]死産.
> [8]소리 나지 않는 完璧.
>
> —「十二音階의 層層臺」 전문

위 시의 비유 관계는 'A는 B'의 치환은유다. 원관념은 '石膏를 뒤집어 쓴 얼굴'이며, 보조관념은 '어두운 晝間', '나의 하루살이 떼들의 市場', '짙은 煙氣가 나는 뒷간', '마네킨들이 化粧한 陳列窓', '死産', '소리 나지 않는 完璧'이 병치되고 있다. 그러나 유사성을 발견할 수 없을 정도로 두 관념이 매우 이질적이다. 이때 '[1]石膏를 뒤집어 쓴 얼굴'은 텍스트에 존재하지 않는 또 다른 원관념의 보조관념일 가능성이 크다. 그러한 추론에서 이 시는 여섯 개의 보조관념으로 이루어진 시가 된다. '십이음계'라는 표제는 나머지 여섯 개의 음이 이 텍스트에 드러나지 않았음을 상정할 수 있으며 곧 여섯 개의 원관념이 된다. 이렇게 볼 때 이 시는 원관념의 부재, 곧 주어부가 생략된 구조다. 원관념의 부재와 생략의 구조가 시의 불연속성을 만들고 있으며 공백 혹은 여백이 되어 김종삼의 시작 원리가 되는 여백의 미를 만들고 있다. 이 시에서 의미의 결속성을 추구하기란 쉽지 않다. 그렇게 본다면 이 시는 은유의 원리가 지배하는 시가 아니라 환유의 원리가 지배하는 시가 될 것이다.46) 다시 말해 원관념과 보조관념의 유사성보다는 보조관념의 병치에서 드러나는 인접성이 더 강하게 작용하고 있다. 위의 시의 경우 [2]의 '어둠' [3]의 '시련' [5]의 '암울' [6], [7]의 '죽음' [8]의 '없음'이 '비극적 상황' 속에서 인접해 있다. 이러한 비극성이 부재한 원관념 속에서도 존재한다고 추론할 수 있다.

내용 없는 아름다움처럼

가난한 아희에게 온
서양 나라에서 온
아름다운 크리스마스 카드처럼

어린 羊들의 등성이에 반짝이는
진눈깨비처럼

– 「북치는 소년」 전문

이 시는 불완전한 발화체이다. 비교주체인 원관념이 생략되어 있기 때문에 불명료성을 드러내고 있는 것이다. 그러므로 이 시에서 의미 내용을 추출하는 작업은 쉽지 않다. 다만 이 시에서 지배적으로 드러나는 결속구조 장치가 병행구문과 생략임을 고려할 때 이 시는 은유와 환유가 혼합된 것으로 볼 수 있다. 그래서 시적 효과는 독자가 작품을 수용하는 과정에서 공백을 메우고 텍스트의 안정성을 확보하는 데 있다.

내용없는 + 아름다움 + 처럼
아름다운 + 크리스마스카드 + 처럼
반짝이는 + 진눈깨비 + 처럼
(들리는 북소리)

---

46) 이는 수용적 측면에서 시를 바라보는 것으로 김춘수의 시에서 보았던 새로운 시적 패러다임을 만들어 내는 독서 과정과 유사하다. 즉 인접의 원리가 결합의 축에서 선택의 축으로 투사되면서 새로운 시적 현실을 이해하게 된다(김태옥(1985), 앞의 글, 680쪽).

이처럼 이 시는 '처럼'이 반복 회기하면서 동일한 구조 속에 상이한 내용을 담는 병행구문을 만들고 있다. 그러나 여기 표현된 문장 성분 자체가 완전한 하나의 문장을 구성하지 못하므로 생략된 성분을 찾기란 불가능해 보인다. 결국 이 시점에서 문제 해결의 실마리는 제목 '북치는 소년'에서 찾아야 할 것이다. 즉 생략된 부분인 원관념은 '북소리'라고 추론할 수 있다. 사실 이것은 전조응의 사례의 하나로 볼 수 있다. 담화가 이루어지는 절차적 과정을 고려할 때 생략이 허용되는 경우는 텍스트 처리 과정에서 표층 텍스트상의 불연속성이 통각적으로 포착될 경우뿐이다. 궁극적으로는 경험적으로 해결되어야 할 것이다.47) 다시 말해 '북소리'는 과거의 회화적 심상이 시인의 시심에 소리를 통해 공명하고 있음을 뜻하는 증거가 되며 그 소리의 속성은 '아름다움'이기는 하지만 아름다움에 대해 시인의 해석적 표상이 '내용'없음에 가 닿아 있다는 것을 주목해야 한다. 그것은 김종삼 시의 원관념 부재의 불확정성이 현실의 상실감에 대해 보이는 형식적 반응이라 할 수 있다.

> 밤하늘 湖水가엔 한 家族이/앉아 있었다/평화스럽게 보이었다//家族 하나하나가 뒤로 자빠지고 있었다/크고 작은 人形같은 屍體들이다//횟가루가 묻어있었다//언니가 동생 이름을 부르고 있다/모기 소리만하게//아우슈뷔츠 라게르.
>
> ─「아우슈뷔츠 라게르」 전문

밑줄 친 부분의 동사의 시제가 굴절하고 있는 경우다. 과거의 상황을 묘사하면서 갑작스레 과거형의 동사는 현재형으로 굴절된다. 이때 독자는 과거와 현재간의 시간적 연속성의 단절을 경험하게 된다. 이는 김종삼 시의 특징적 패턴으로 과거의 상황을 현재화하여 현재의 상황을 역설적으

---

47) 환유적 생략법은 결국 관례적인 것이거나 텍스트가 생략된 부분을 재구성할 수 있는 심층구조를 지녔을 때만 성립된다(Teun A. Van Dijk, *Some Aspect of Text Grammar*, The Hague : Mouton, 1972, p.266).

로 환기하고 있다. 밑줄 친 부분은 '아우슈뷔츠의 학살 현장'과 시인이 겪은 한국 전쟁의 참상이 겹쳐있다. 그러므로 이러한 점에서 김종삼 시 특유의 장면 제시적 수법을 언급할 수 있다. 이러한 결론을 얻게 되는 것은 적어도 텍스트의 단절된 통사적 요소를 극복하고 난 후의 문제이다. 결국 그때까지 독자는 시제의 불연속적 사용 때문에 시간의 단절을 경험할 수 밖에 없는 것이고 텍스트는 불확정의 상태로 남게 된다.

3.2. 의미론적 정보의 공백화

통사론적 정보의 단절과 더불어 김종삼의 시에서 텍스트의 불확정성을 드러내는 것은 의미론적 정보의 공백에서 찾을 수 있다. 의미의 공백을 초래하는 것은 어떤 사상事象의 결과를 초래하게 된 원인적 정보의 부재 때문이다. 그리고 사물과 인물의 대치적 사용으로 그 사물과 인물에 대해 풍부한 지식을 공유하지 않는 독자는 시인이 의도하는 의미와 일치된 정보를 수용할 수 없게 된다.

시적 의사소통은 텍스트의 연속성을 위해 대치성의 원리를 관습적 원리로 확장한다. 그래서 일탈행위는 대치성의 원리를 전체 텍스트에 적용하기 위한 열쇠가 된다. 다시 말해 텍스트와 세계 모두를 병행적으로 재조직할 수 있게 됨으로 형식과 내용의 일치를 기할 수 있다는 것이다.[48] 김종삼 시의 경우 의도하는 의미를 환기시키기 위해 특정 어휘를 환유적으로 대치시킨다. 이러한 양상은 김춘수의 시에서 보이는 인물의 다양한 개입이라는 개인적 방언과 유사하다. 차이는 김춘수 시의 인물은 실재의 반영이 아니라 개인적 상징이 개입되어 재구성되고 있다는 것이고, 김종삼 시의 인물은 소유한 실재적 요소가 김종삼의 삶의 체험 속에서 환기되고 있다는 것이다. 다시 말해 김춘수 시의 인물은 비현실적 재현이지만

---

48) Robert de Beaugrande(1983), *Op.cit*, p.92 참조.

김종삼 시의 인물은 실재적 표상이라 할 수 있다. 즉 김춘수 시의 식물이 미지나 인물은 말 그대로 개인적 방언이지만 김종삼 시의 사물과 인물은 사실성을 그대로 소유하고 있다는데 차이가 있다.

> 廣漠한地帶이다기울기/시작했다잠시꺼밋했다/十字架의칼이바로 꽂혔다/다堅固하고자그마했다/흰옷포기가포겨놓였다/돌담이무너졌다 다시쌓/았다쌓았다다쌓았다돌각/담이쌓이고바람이자고/틈을타凍昏이 잦아들었/다포겨놓이던세번째가/비었다.
>
> — 「돌각담」 전문

위 시는 한국전쟁 때 쓴 시다. 김종삼 시의 시작 원리 중 하나를 보여주는 대표적인 시로서 현실의 암울한 상황을 단순히 기술하지 않고 해석적으로 표현해 내고 있다. 그러나 전체적으로 의의의 연속성을 기할 수 없는 시다. '기우는' 주체가 무엇인지, '비어 있는 세 번째'는 무엇인지 등 부재의 결과를 초래한 원인적 정보를 이 시의 문면에서 쉽게 추출 할 수 없다.

> 苹果 나무소독이 있어/모기 새끼가 드물다는 몇 날 후인/어느 날이 되었다.
> …<중략>…
> 몇 개째를 집어 보아도 놓였던 자리가/썩어 있지 않으면 벌레가 먹고 있었다./그렇지 않은 것도 집기만 하면 썩어 갔다.//거기를 지킨다는 사람이 들어와/내가 하려던 말을 빼앗듯이 말했다.//당신 아닌 사람이 집으면 그럴 리가 없다고—.
>
> — 「園丁」에서

이 시 전체를 처리하는 과정에서 독자는 이 부분에 이르러 의미의 불일치를 보이게 된다. 그것은 '소독으로 해서 모기 새끼가 드문 상태'와 '사과가 썩는 현상'과의 연결관계의 강도가 희박하기 때문이다. 즉 소독한 사과가 썩을 가능성이 희박한데도 결과는 부패로 나타났기 때문이다. 원인으로 제시된 것이 밑줄 친 부분이다. 왜 유독 화자이기 때문일까? 이러한 정보도 부패의 원인을 해결하지 못한다. 그러나 적어도 이 부분에서 해석의 확대가 이루어질 수 있다. 그것은 '부패의 원인'을 자기 자신에게 돌리려는 '자기부정'의 심적 상태를 독자가 공유하는 것이다.

거기서 몇 줄의 글을 감지하리라//療然한 유카리나무 하나.
―「詩作노우트」에서

이 시에서 시인은 그가 감지한 몇 줄의 글이 어떤 의미를 갖고 있는가에 대해 서술 대신에 '유카리나무'라는 구체적인 사물을 대치시킨다. 다시 말해 '그 글에는 생명이 담겨있다'라는 식의 표현 대신에 '療然한 유카리나무 하나'라고 쓰고 있다. 김종삼은 '생명이 넘치는 시를 감지했다'는 식의 표현으로는 만족할 수 없기 때문에 그러한 사물을 등장시키고 있는 것이다. 본래 '유카리나무'는 '생명의 나무'를 뜻한다. 그러나 수용자인 독자가 '유카리나무'를 '생명'의 의미로 연결시키는 데는 보다 많은 상상력이 요구된다.

드뷔시 프렐뤼드/씌어지지 않는/散文의 源泉
―「그라나드의 밤―黃東奎에게」 전문

超速으로 흘러가는/몇 조각의 詩 破片은/아인슈타인이, 神이 버리고 간/宇宙迷兒들이다/어떻게 생긴지 모른다/毅然하다/어떤 때엔 아름다운 和音이 반짝이는/작은 방울 소릴내이곤 한다//세자르 프랑크의 별.
―「破片―金春洙 氏에게」에서

물/닿은 곳//神羔의/구름밑//그늘이 앉고//杳然한/옛/G·마이나
―<G·마이나―全鳳來兄에게> 전문

   모짜르트의 플루트 가락이 되어/죽을 거야

                                -「그날이 오며는」에서

   밑줄 친 부분은 어떤 상징적인 의미 대신에 그러한 의미를 환기할 수 있는 어휘를 환유적으로 대치한 경우다. 이외에도 김종삼은 제목에 특정 어휘를 대치하여 사용하고 있다.49) 그러나 대치된 인명이나 음악용어들은 최소한 인접 예술을 기반으로 해야 의미 파악이 가능한 공백상태이다. 단적으로 김종삼 개인의 정서적 체험이 깊게 투사된 사상事象이기 때문에 확연하게 무엇을 지시하는지 불명확하다50).

   환유자체가 한 개체를 사용함으로써 다른 개체를 대신하기 때문에 지시적 기능을 갖는다는 점에서 김종삼 시의 대치성은 현실 세계와 관련을 맺고 있다. 즉 독자에게 지시되고 있는 대상의 어떤 측면들에 좀더 구체적으로 초점을 맞추게 해준다. 다시 말해 김종삼의 시는 끊임없이 '생명'의 문제에 초점을 맞추어 독자에게 대치된 개체를 제시하고 있는 것이다. 그런데 자의적으로 읽힐 수 있는 대치된 어휘 표현의 비현실성이 시의 불확정성을 낳고 있다는 데서 김종삼의 시는 난해하게 받아들여질 수 있다. 그러나 역설적으로 현실을 환상적으로 처리하는 것이 김종삼 시의 구성

---

49) 예를 들면 다음과 같은 경우가 그렇다. [아우슈뷔츠 라게르, 라산스카, 올페, 아우슈뷔츠, 샹뺑, 그리운 안니 · 로 · 리, 白髮의 에즈라 파운드, 미사에 참석한 李仲燮氏, 드빗시 山莊, 샤이안, 아데라이데, 스와니江이랑 요단江이랑, 全鳳來, 그라나드의 밤, G · 마이나, 앤니로리, 스와니江, 미켈란젤로의 한낮, 헨쎌라 그레텔, 앙포르멜, 피카소의 落書]

50) 우리가 피카소의 그림 한 점에 대해서 생각할 때, 우리는 자연스럽게 그리고 저절로 그저 미술 작품 한 점만을 생각하는 것은 아니다. 우리는 그 작품이 화가에 대해서 갖는 관계, 즉 그의 미술에 대한 개념, 기교, 미술사에서의 역할 등의 관점에서 그 작품을 생각하는 것이다. 우리는 그 작품이 화가(피카소)에 대해 갖는 관계 때문에 피카소의 그림 한 점, 심지어 그가 10대 때 그렸던 스케치에 대해서조차도 존경심을 가지고 행동한다. 이것이 '생산자로 생산품을 대신함'이라는 환유가 우리의 사고와 행동에 모두 영향을 미치는 방식이다 (George Lakoff and Mark Johnson, 노양진 · 나익주 역, 『삶으로서의 은유』, 서광사, 1995, 68쪽).

적 원리중 하나라고 한다면 그것은 단순한 허구가 아니라 실재의 재현이라 할 수 있다. 이것은 "모든 기호의 의미는 더 대치적인 기호로의 번역이다."라는 야콥슨의 말과 같은 맥락이라 할 수 있다.[51] 그래서 초점은 기계적으로 '사실'과 '참/진리' 그리고 절대적인 대립인 '허구'와 '허위'에 주어지는 것이 아니라 지식을 구축하고 지식을 신뢰하거나 혹은 불신하거나 하는 인간 활동과 수행에 주어져야 한다.[52]

그러므로 김종삼 시의 대치된 어휘 하나 하나는 김춘수의 시처럼 개인적 체험에서 나오는 은유다. 이것을 환유적으로 대치시키는 과정은 김수영 시의 자기고백적 진술이나 어의 변환의 직접성이 갖는 상황성과 김춘수 시의 사적이미지와 공통점을 갖는 특질이라 하겠다. 즉 개인사를 극화하려는 경향이라 할 수 있다.

---

51) Roman Jakobson, *On Linguistic of translation, Selected Writings,* The Hague : Mouton, 1971, p.261 (Robert de Beaugrande, "Cognition, communication, translation, instruction : The geopolitics of discourse", *Language, Discourse and Translation,* Amsterdam/ Philadelphia : John Benjamins Pub. Co, 1994, p.3에서 재인용).
52) Robert de Beaugrande(1994), Op.cit., pp.4~5.

Ⅳ. 불확정성의 담화론적 해석

　김수영 · 김춘수 · 김종삼의 시를 대상으로 살펴 본 전후 현대시의 불확정성의 생성 양상은 통사론적 정보의 지연과 해체, 단절의 형태와 의미론적 정보의 임의성, 파편화, 공백화의 양상은 텍스트 층위에서 전후 현대시의 한 경향을 담보하는 구조적 특질이라 할 수 있다. 이러한 텍스트의 양상은 독자에게는 의미 내용을 이해하는 데 장애이며 간극으로 작용한다. 그러나 한편으로 이 지점에서 독자는 시 이해의 출발점을 발견하게 된다. 그러한 이해의 간극을 복구하는 과정을 통해 시인이 의도하는 시적 담화의 목표에 이르게 된다. 담화연구의 목표가 형태와 기능에서의 체계적인 차이와 이들 사이의 관계에 대해 설명적인 기술을 제공하는데 있는 것[1]처럼 이들 시의 불확정적인 형태가 시 이해의 지점에서 어떤 기능을 하는가를 설명하고자 한다. 그것은 시인이 텍스트를 운영하는 시적 구도와 관계가 있으며 시인과 독자간의 의사소통적 담화에 영향을 미치는 주체, 즉 시인의 의도를 구조화하는 것이라 할 수 있다. 이때 시적 담화의 이해는 확정되지 않은 텍스트를 뛰어넘어 텍스트에 따라 창조된 체계로 확장되어야만 한다. 만약 그러한 체계를 모색하지 않는다면 텍스트는 고립된 채 남아 있게 될 것이다. 정보의 지연과 해체와 단절 그리고 임의성과 파편화와 공백화로 해석된 시의 구성 각각은 분리된 것이 아니다. 그 해석은 독자가 대면하는 시의 의미에 영향을 미치는 복잡한 기호학적 행위이다. 즉 텍스트의 가치를 덧붙임으로써 각 시인들의 전체 텍스트의 결합에 따라 형성된 담화는 본질적으로 새로운 어떤 것이다.

---

1) 장 렌케마Jan Renkema, 이원표 역, 『담화연구의 기초』, 한국문화사, 1997, 12쪽.

1. 지연적 패턴 반복과 탈중심적 일상성 ─ 김수영

1.1 지연의 구조와 부정의식

김수영 시의 통사적 지연은 문장성분의 도치와 극단적인 반복, 불연속적인 언술의 삽입에서 기인하고 있다. 시적 의사소통을 수행하는 과정에서 통사적 정보의 지연을 가져오는 이러한 '의미론적 포만2)'은 의사소통의 급박함에 직면한 독자에게는 곤경이 아닐 수 없다. 그러한 포만은 통사의 의미를 구축하는 과정을 억압하는 '반항적인 억압reactive inhibition3)'이라 할 수 있다. 만약 독자가 그러한 통사적 지연에서 놓여나지 못한다면 의미는 계속해서 공전되고 말 것이다. 이처럼 통사의 지연을 극복하고 의미의 연속성을 회복하기까지 독자가 겪는 텍스트의 불확정성은 억압적이다. 다시 말해 선행 발화가 갖는 권위가 후행 발화에 언제나 영향을 미치려고 하는 것이 통사적 흐름이라고 한다면 통사적 흐름을 계속해서 지연시키는 것은 선행발화가 갖는 익숙함으로부터 부단히 탈피하려는 시인의 의지가 반영된 것이라 할 수 있다. 이때 선행발화의 낯익음은 후행발화를 전개하는데 발화자에게 영향의 불안이 되는 대상이며 부정의 대상이라 할 수 있다. 결국 통사의 지연은 시인의 부정의식을 반영하는 형식적 패턴이라 할 수 있으며 독자는 그러한 형식을 통해 시인이 겪는 억압의 정서를 간접적으로 경험하게 된다. 사실, 개념적 의미내용 그 자체는 구조에 영향을 받거나 혹은 요청될 수 있기 때문이다.4)

---

2) 만약 계속해서 한 어휘를 말한다면 그것은 먼저 명백하게 의미를 상실하기 시작하는 것이고, 기묘하게도 결국은 어이없는 결과에 이르게 된다. 분명히 목적 없는 피상적 통사의 반복적 연장은 어휘의 형태와 의미간에 설정된 규범적이고 자동적인 접근을 차단하게 된다. 이러한 측면에서 '의미론적 포만 satiation'은 정신분석적 현상을 고려하게 된다(Robert de Beaugande(1983), *Op.cit.*, pp.123~124 참조).

3) Leon, Jakobovists and Wallace Lambert, "Semantic satiation among bilinguals", *Journal of Experimental Psychology* 60, 1961, p.576.

또한 김수영 시에서 보이는 의미론적 정보의 불일치는 사적 개념어와 명제적 진술, 상황의 파편적 결합, 임의적 상황의 한정적 지시 등으로 해서 발생한다. 이는 시인의 개인적 경험의 전경화를 통해 독자가 갖고 있는 중심적 개념들을 파편화시키고 있다. 이처럼 김수영 시에서 보이는 파편화된 상황과 거기서 오는 의미의 불일치는 세계와 적대하고 있는 시인의 불안한 내면을 반영하고 있으며 이 역시 자연스럽게 부정의식으로 표출된다.

1.1.1 영향의 불안과 전통부정

[1]길이 끝이 나기 전에는
[2]나의 그림자를 보이지 않으리
[3]적진을 돌격하는 전사와같이
[4]나무에서 떨어진 새와같이
[5]적에게나 벗에게나 땅에게나
[6]그리고 모든 것에서부터
[7]나를 감추리

[8]검은 철을 깎아 만든
[9]고궁의 흰 지댓돌 우의
[10]더러운 향로 앞으로 걸어가서
[11]잃어버린 愛兒를 찾은 듯이
[12]너의 거룩한 머리를 만지면서
[13]우는 날이 오더라도

[14]철망을 지나가는 비행기의
[15]그림자보다는 훨씬 급하게
[16]스쳐가는 나의 고독을
[17]누가 무슨 신기한 재주를 가지고
[18]잡을 수 있겠느냐

---

4) Guy CooK(1994), *Op.cit.,* p.126.

[19]향로인가보다
[20]나는 너와같이 자기의 그림자를 마시고 있는 향로인가보다

[21]내가 너를 좋아하는 원인을
[22]네가 지니고 있는 긴 역사였다고 생각한 것은 過誤였다
[23]길을 걸으면서 생각하여보는
[24]향로가 이러하고
[25]내가 그 향로와 같이 있을 때
[26]살아있는 향로
[27]소생하는 나
[28]덧없는 나

[29]이 길로 마냥 가면
[30]이 길로 마냥 가면 어디인지 아는가

[31]티끌도 아까운
[32]더러운 것일수록 더한층 아까운
[33]이 길로 마냥 가면 어디인지 아는가

[34]더러운 것 중에도 가장 더러운
[35]썩은 것을 찾으면서
[36]비로소 마음 취하여보는
[37]이 더러운 길

―「더러운 香爐」 전문

이 시는 [1], [2]의 단언적 진술이 먼저 제시되고 원인적 정보가 후치됨으로써 의사소통의 지연을 가져오고 있다. 그리고 후치된 통사론적 정보들은 문장성분의 도치와 반복 패턴 속에 불연속적으로 전개되고 있다. 이러한 지연의 구조는 통사의 장애를 가져오며 의미의 연속성을 기할 수 없게 한다. 그래서 [1], [2]의 정보가 지시하는 의미내용은 '길'과 '그림자'의

의미가 밝혀질 때까지 유보된다. 그러한 정보의 지연적 요소를 중심으로 텍스트의 연속성을 복구하면 다음과 같다.

'나의 그림자'는 '[2]~않으리'/'[7]~감추리'의 병행구조를 통해 [7]의 '나'와 등가성을 갖게 된다. 그러므로 '나의 그림자'는 곧 '나'의 다른 존재양상임을 알 수 있다. '나의 그림자'의 정체는 [19], [20]에서 드러난다. 즉 '나'는 '향로'이며, '나의 그림자'는 '향로의 연기'가 된다. 이때 '향로'에 대해서 [25]의 한정적 지시어 '그' 때문에 특정한 자질로 한정되고 있다. 그것은 제목에서 한정하는 '더러움'이다. 이때 '더러움'의 자질은 [21], [22]의 단언적 진술에서 '긴 역사'를 환기하고 있다. 마찬가지로 '길'은 [29], [30], [37]의 한정적 지시어 '이'를 통해 특정하게 '더러움'을 한정하고 있다. 다시 말해 '향로'와 '길'의 '더러움'은 '긴 역사'를 환기하게 된다. 시인은 '긴 역사'가 지니는 '전통성'을 부정하고 있는 것이다. 그것은 [29]~[33]의 '이 길로 마냥 가면~어디인지 아는가'의 반복된 언술을 통해 '전통'에 종착할 수밖에 없는 사실에 회의를 드러내고 있기 때문이다. 그러면서 [33]~[36]에서처럼 '전통의 길'에 도취할 수밖에 없는 영향을 불안하게 여기고 있다. 그러므로 '나의 그림자'는 전통으로부터 일탈하려는 [16]의 '나의 고독'한 자아이다. 결국 어딘가에 몰입하고 도취한다는 것은 무엇엔가 익숙해지고 단련되는 것이다. 시인은 그것을 더럽다고 표현한다. 이 시를 통해 새로움에 대해 어떤 성취가 있을 때까지 전통으로부터 단절됨으로써 스스스로 고독해지려는 시인의 의도를 읽을 수 있다.

> 나의 天性은 깨어졌다
> 더러운 붓끝에서 흔들리는 汚辱
> 바다보다 아름다운 歲月을 건너와서
> 나는 태양을 줏었다고 생각하지는 않았지만
> 설마 이런 것이 올줄이야

怪物이여
…<중략>…
그러나 그 속에서 腐敗하고 있는 것
―그것은 나의 앙상한 生命
PLASTER가 燃上하는 냄새가 이러할 것이다.

　　　　　　　　　　　　　　　　　　―「PLASTER」에서

김수영의 시에서 '익숙함'을 거부하는 반응은 '단단함'으로 표출된다. 위의 시에서처럼 '歲月'을 건너온 것, 즉 모든 전통적인 것은 '怪物'로 표상되어 부패한 냄새를 내고 있다. 그래서 다음과 같이 전통에 대해 냉소하고 있다. 이미 효력을 상실한 문명처럼 전통의 부패는 시적 자아의 그늘진 곳에 자리를 잡고 그를 괴롭히고 있다.

이미 오래전에 日課를 全廢해야 할
文明이
오늘도 또 나를 이렇게 괴롭힌다

싸늘한 가을바람소리에
傳統은
새처럼 겨우 나무그늘같은 곳에
定處를 찾았나보다

　　　　　　　　　　　　　　　　　　―「파리와 더불어」에서

그래서 시인과 전통의 관계는 다음 시에서처럼 '倒立'된 관계로 설정된다.

[1]倒立한 나의 아버지의
[2]얼굴과 나여

[3]나는 한번도 이(虱)를
[4]보지 못한 사람이다

[5]어두운 옷 속에서만
[6]이(虱)는 사람을 부르고
[7]사람을 울린다

[8]나는 한번도 아버지의
[9]수염을 바로는 보지
[10]못하였다

[11]新聞을 펴라

[12]이(虱)가 걸어나온다
[13]行列처럼
[14]어제의 물처럼
[15]걸어나온다

—「이(虱)」전문

이 시는[1][2]의 아버지와 나의 역설적 상황과 [5]~[7]의 이(虱)와 사람과의 부정적 상황이, 그리고 [11]의 '新聞을 펴는' 불연속적 상황이 파편적으로 결합되어 독자가 쉽게 의사소통의 연속성을 기할 수 없다. 이 또한 전통과 시적 자아와의 회피할 수 없는 억압적 상황을 부정적으로 표상하는 텍스트의 불확정성이라 할 수 있다. 그러나 [3]의 '나는 한번도'가 [8]에서 반복되면서 하나의 병행구문을 이루어 '이(虱)'와 '아버지'를 같은 계열체로 묶고 있다. 그래서 시인이 인식하고 있는 '이(虱)'에 대한 이미지는 그대로 '아버지'의 이미지로 투사된다. 그러한 유추의 과정을 통해 '이(虱)'를 '아버지'로 대치한다면 그 상황 또한 대치되어 아버지는 어둠 속에서만 시인을 부르고 시인을 울리는 존재가 된다.

이러한 시인과 아버지의 관계를 통해 시인과 전통의 관계는 서로 상응할 수 없는 '倒立'된 관계로 유추된다. 그러한 관계의 원인은 전통이 담당하고 있는 생리에서 나온다. 전통은 시인을 어두운 곳으로 이끄는 주체이며 비애의 원인이 되는 기능만을 담당하기 때문이다. 그러한 전통은 사람의 몸속에 거주하는 무익한 '이(虱)'처럼 시인을 억압하기 때문에 쉽사리 시인은 아버지와의 관계를 새롭게 정립하지 못했다. 영향의 불안은 시인이 아버지를 바로 볼 수 없게 하는 원인이 된다. 그러나 [11]의 명령의 언술을 통해 전통의 억압으로부터 벗어나려는 시인의 새로운 인식을 환기하게 된다. 즉 '신문을 편다'는 행위는 현실을 읽는다는 것이며 그처럼 전통을 바로 볼 때 비로소 '이(虱)'처럼 시인의 몸에 거주했던 전통의 부정성은 실체를 드러내고 시인과 결별하게 된다. 이러한 '바로보기'의 태도는 다음 시에서 이미 제시되고 있다.

> [1]꽃이 열매의 上部에 피었을 때
> [2]너는 줄넘기 作亂을 한다
>
> [3]나는 發散한 形象을 求하였으나
> [4]그것은 作戰같은 것이기에 어려웁다
>
> [5]국수-伊太利語로는 마카로니라고
> [6]먹기 쉬운 것은 나의 反亂性일까
>
> [7]동무여 이제 나는 바로 보마
> [8]事物과 事物의 生理와
> [9]事物의 數量과 限度와
> [10]事物의 愚昧와 事物의 明晰性을
>
> [11]그리고 나는 죽을 것이다
>
> —「孔子의 生活難」전문

이 시는 김수영의 초기 시로서 이후 지속되는 그의 시작 원리와 시적 인식을 대변하는 작품이다. 이 시는 여러 면에서 의사소통의 불연속성을 띠고 있다. 우선 [1]과 [2]의 상황은 유사성을 찾을 수 없다. 또한 '꽃이 열매의 上部에 피는 상황'과 '줄넘기 作亂'은 서로 인접성이 없음에도 인과관계를 강요하고 있다. 그리고 [3]의 '發散한 形象을 求'하는 행위가 [4]에서 '作戰'으로 직접 대치됨으로써 두 개체 사이에 동일성을 요구하지만 거기에는 동일성이 존재하지 않는다. 마찬가지로 [7]의 '바로보기'와 [11]의 '죽음'도 또한 불연속적이다. 이처럼 이 시는 어의변환의 비동일성과 상이한 상황의 결합으로 해서, 즉 높은 정보성으로 해서 읽는 독자에게는 난해하게 받아들여지게 된다. 이것은 또한 김수영 시의 심층구조를 실어나르는 도구이기도 하다.

대용형으로서 [2]의 '너'는 외조응의 경우로 제목의 '생활'을 가리킨다. 여기서 시인에게 있어 '생활'이 시적 대상으로 관계를 맺고 있음을 인지하게 된다. 전조응의 경우인 [4]의 '그것'은 '발산한 형상을 구하'는 상황을 가리킴으로써 간명성을 기하고 있다. [11]의 접속표현 '그리고'는 앞의 '작전, 반란성, 바로보기'의 연속 선상에서 '죽음'을 인식하게 한다. 그러나 그것은 비연속적이다. [7]~[10]은 통사구조상 목적어가 후치되어 그것이 중요한 정보로 작용하게끔 하는 기능적인 문장 사용의 경우다. 이렇게 볼 때 이 시를 이해하는 텍스트의 지점은 [7]~[10]에 있음을 추론할 수 있다. 그런데 이 단일 문장에는 통각적으로 생략이 있음을 인지하게 된다. 병행의 반복 구문 속에서 생략된 부분을 복원하면 다음과 같다.

사물과 사물의 생리와
(사물과)사물의 수량과
(사물과 사물의)한도와
(사물과)사물의 우매와
(사물과)사물의 명석성

'사물과 사물의 생리'는 사물과 사물의 수량, 한도, 우매, 명석성으로 동일한 패턴의 반복 속에서 등가성을 갖는다. 즉 생리는 수량, 한도, 우매, 명석성을 포괄하는 시적 대상이 된다. 그것은 '생활'과 다시 유사성을 회복하게 된다. 시인은 사물과 사물의 생리, 즉 생활을 다시 보겠다는 것이다. 이러한 삶의 전략 속에서 공자의 생활과 시인의 생활은 대립 구조를 형성하게 된다.

[1], [2]는 공자의 생활 속에서 드러나는 사물과 사물의 생리다. '꽃이 열매'에 핀다는 것은 열매가 가치를 상실하기 때문에 농부의 입장에서는 파농破農을 의미한다. 그때 '生活亂'이 닥치는 것은 추론 가능하다. 그러므로 [1], [2]는 '이상(꽃)이 생활(열매)의 상부를 지배할 때, 생활(너)은 어지럽게亂된다'는 것을 비유하고 있다. 이렇게 볼 때 시인의 시각으로 본 공자의 생활, 즉 사물과 사물의 생리는 현실과 유리된 '이상주의'로 규정된다. 거기서 공자의 생활난이 비롯되었다고 시인은 보고 있는 것이다.

공자와 비교할 때 '발산한 형상'을 추구하는 시인의 삶의 책략은 다른 것이다. 즉 형식(형상)과 내용(발산)의 합일을 추구하려는 발상이다. 그것은 기존의 생활 전략과는 다른(작전) 것이다. 그래서 '낯익은 것(국수)'에 '새 형식(마카로니)'을 부과함으로써 작전에 성공하는 것이다. 그러한 낯설게 하기가 곧 '반란성'이다. 그것은 또한 존재의 '바로보기'와 등가성을 갖는다. 그 선상에서 시인의 죽음은 결코 실재적인 죽음을 의미하는 것이 아니라 기존의 상투적인 사물 인식의 종언을 뜻한다. 시인은 새로운 삶의 전략적 용어를 개념적으로 제시한다. 그것은 사물과 사물 간의 관계에서 도출된 것이다. 즉 '생리'가 포괄하고 있는 '수량, 한도, 우매, 명료성'이 그것이다. 이러한 개념을 가지고 세상을 가늠하겠다는 것이 시인의 의도인 것이다. 사물의 생리physiology는 기능을 보겠다는 것이다. 수량과 한도는 계량적 인식을 통한 실증성을 확보하게 된다. 우매와 명료성은 분석적 사고에 따른 것이다. 결국 시인은 현실지향적이고 변증법적인 사고로 사물을 보겠다는 의도를 표명한 것이다. 향후 그의 인식은 실증적인 면과 더불어 공리적인 사고를 수반하게 된다. 그래서 그의 언어는 자연언어라기 보다는 개념언어로서 현실 상황과 상동성을 갖게 된다. 그의 현실 참여적 성격은 이러한 근본적 인식에서 출발하는 것이다. 그리고 이러한 삶의 전략이 현실과 갈등을 빚을 때 '설움'의 정서를 갖게 된다.

이처럼 김수영의 시에서 전통의 중심성은 부정의 대상이 되어 파편화된다. 그래서 시인은 전통의 낡은 익숙함을 버리고 새로운 인식의 전환을 도모한다. 그것은 다음 시에서처럼 상실이면서 동시에 회복의 역설적 과정이라 할 수 있다.

> 삶은 계란의 껍질이
> 벗겨지듯
> 묵은 사랑이
> 벗겨질 때
> 붉은 파밭의 푸른 새싹을 보아라
> 얻는다는 것은 곧 잃는 것이다
>
> — 「파밭 가에서」에서

전통과의 단절을 통해 드러나는 시인의 역설적 인식을 다음 시에서도 찾아 볼 수 있다.

> [1]屛風은 무엇에서부터라도 나를 끊어준다
> [2]등지고 있는 얼굴이여
> [3]주검에 醉한 사람처럼 멋없이 서서
> [4]屛風은 무엇을 向하여서도 無關心하다
> [5]주검에 全面같은 너의 얼굴 우에
> [6]龍이 있고 落日이 있다
> [7]무엇보다도 먼저 끊어야 할 것이 설움이라고 하면서

[8]屛風은 虛僞의 높이보다도 더 높은 곳에

[9]飛瀑을 놓고 幽島를 점지한다

[10]내 앞에 서서 <u>주검을 가지고 주검을 막고 있다</u>

[11]나는 屛風을 바라보고

[12]달은 나의 등뒤에서 屛風의 主人 六七翁海士의 印章을 비추어
주는 것이었다

-「屛風」전문

이 시는 [10]의 밑줄 친 부분의 모순어법과 [3], [5]에서 보이는 직유에
따른 상이한 상황의 결합에서 의사소통의 연속성을 기할 수 없다. [10]의
상황은 좀처럼 이해되지 않는 상황이며, [3], [5]에서 병풍이 멋없이 서서
있는 모습과 '주검에 醉한 사람'의 모습 또한 쉽게 연결되지 않기 때문이
다. 그러나 병풍은 [2]'등지고 있는 얼굴' [3]'주검에 취한 사람' [5]'주검에
전면같은 얼굴'로 표현을 달리하여 환언됨으로써 '주검'으로 한정된다. 이
렇게 볼 때 병풍은 삶과 단절하고 있는 주검을 통해 무언가 죽음의 기호
와 단절시키고 있음을 은유하고 있다. 그러면서도 병풍 자체가 죽음의 기
호임을 생각할 때 [10]의 모순적 언술은 변증법적 인식이라 할 수 있다.
즉 부정하는 것을 수용하여 변화를 꾀하고 있는 것이다. 병풍이 상징하는
단절은 [5], [6]처럼 '용'과 '낙일'이라고 하는 극단에 있는 대상을 함께 포
용하고 있는 데서 가능하다. 다시 말해 '상승'과 '하강'의 상상력이 함께
작용하고 있다. 나아가 이러한 합일은 허위보다 높은 시인의 고양된 정신
에서 비롯된다. 결국 김수영의 시에서 드러나는 부정의식은 상실 그 자체
가 아니라 회복을 염두에 둔 역설에 힘이 있는 것이다.

1.1.2 순응의 불안과 현실부정

[1]내가 사는 지붕 우를 흘러가는 날짐승들이

[2]울고가는 울음소리에도

[3]나는 취하지 않으련다

[4]사람이야 말할수없이 애처로운 것이지만

[5]내가 부끄러운 것은 사람보다도

[6]저 날짐승이라 할까

[7]내가 있는 방 우에 와서 앉거나

[8]또는 그의 그림자가 혹시나 떨어질까보아 두려워하는 것도

[9]나는 아무것에도 취하여 살기를 싫어하기 때문이다

[10]하루에 한번씩 찾아오는

[11]수치와 고민의 순간을 너에게 보이거나

[12]들키거나 하기가 싫어서가 아니라

[13]나의 얇은 지붕 우에서 솔개미같은

[14]사나운 놈이 약한 날짐승들이 오기를 노리면서 기다리고

[15]더운 날과 추운 날을 가리지 않고

[16]늙은 버섯처럼 숨어있기 때문에도 아니다

[17]날짐승의 가는 발가락 사이에라도 잠겨있을 운명―

[18]그것이 사람의 발자욱소리보다도

[19]나에게 시간을 가르쳐주는 것이 나는 싫다

[20]나야 늙어가는 몸 우에 하잘것없이 앉아있으면 그만이고

[21]너는 날아가면 그만이지만

[22]잠시라도 나는 취하는 것이 싫다는 말이다

[23]나의 초라한 검은 지붕에

[24]너의 날개소리를 남기지 말고

[25]네가 던지는 조그마한 그림자가 무서워

[26]벌벌 떨고 있는

[27]나의 귀에다 너의 엷은 울음소리를 남기지 말아라

[28]차라리 앉아있는 기계와같이

[29]취하지 않고 늙어가는
[30]나와 나의 겨울을 한층더 무거운 것으로 만들기 위하여
[31]나의 눈이랑 한층 더 맑게 하여다우
[32]짐승이여 짐승이여 날짐승이여
[33]도취의 피안에서 날아온 무수한 날짐승들이여

　　　　　　　　　　　　　　　　－「陶醉의 彼岸」전문

　이 시는 '싫다'와 '아니다'의 부정적 언술이 반복됨으로 도취를 거부하는 이유와 도취의 의미적 정보를 지연시키고 있다. 특히 [13]~[16]에서 솔개미가 약한 짐승을 노리는 상황과 늙은 버섯이 숨어있는 상황의 결합과 [28]~[33]기계가 앉아 있는 상황과 취하지 않고 늙어가는 상황의 단편적 결합은 의미의 연속성을 방해하고 있다. [1]의 날짐승들은 [6]에서 성분을 달리하여 반복됨으로써 새로운 정보를 첨가하고 있다. 또한 [3]의 '취하지 않으련다'는 [9]에서 '취하여 살기를 싫어'한다, [22]에서 '취하는 것이 싫다'로 반복되면서 정보의 지연을 가중시키고 있다. 결국 시인이 [3]에서처럼 취하지 않겠다는 의지를 표명한 것은 [30], [31]의 정보를 획득하고 나서야 이 시의 의미는 연속성을 갖게 된다. 즉 시인이 의도하는 바는 '나와 나의 겨울'이 가볍게 취급되어서는 안 된다는 것이다. 그러기 위해서 가벼움에 도취시키려는 유혹을 거부한다. 날짐승은 시인에게 끊임없이 현실적 무게를 버리고 가벼움으로 유혹하는 존재다. 수치와 고민과 은둔도 시인의 겨울을 담보하는 무게일 뿐이다. 그것이 부끄러운 것이 아니라 그 무게로부터 회피와 도피를 피안의 세계로 여기려는 유혹이 부끄러운 것이다. 그러므로 반복되는 부정적 언술은 현실적 억압에 순응하게될 지도 모른다는 시인의 불안한 내면을 반영하고 있다.

　이때, '[30]나와 나의 겨울을 한층더 무거운 것으로 만들기 위하여 [31]나의 눈이랑 한층 더 맑게 하여다우'라는 의미 정보는 김수영 시의 변증

법적 소통구조를 그대로 담고 있다. 즉 시「屏風」에서처럼 '주검을 주검으로' 단절하는 역설적 의식이라 할 수 있다. 겨울로 상징되는 현실적 고통으로부터 도피의 가벼움을 택하기보다는 부정의 무거움을 선택하는 시적 모티브는 자기반성과 현실부정이라는 양가적인 주제의 전개를 이끌고 있다. 그래서 그의 시정신은 내면과 현실에서 순응을 강제하는 중심적 가치들을 끊임없이 부정하도록 이끌고 있다.

특히 '자본주의'는 시인을 자본에 도취하도록 만드는 현실의 가장 강한 중심적 가치이다. 다음 시에서처럼 김수영의 시에서는 자본의 집요함과 타락이 시인으로서의 삶과 생활인으로서의 삶의 경계에서 시인을 끊임없이 억압하고 있다.

> 白蟻는 自動式文明의 天才이었기 때문에 그의 所有主에게는
> 一言의 約束도 없이 제가 갈 길을 自由自在로 찾아다니었다
> 그는 나같이 몸이 弱하지 않은 點에 主要한 原因이 있겠지만
> 雷神보다 더 사나웁게 사람들을 울리고
> 뮤우즈보다도 더 부드러웁게 사람들의 傷處를 쓰다듬어준다
> …<중략>…
> 오히려 이와같은 나의 輕蔑과 剛毅로 因하여
> 나는 그날부터 그를 眞心으로 사랑하게 되었다
> 그러나 바로 바로 어저께 내가 오래간만에 거리에 나가니
> 나의 親舊들은 모조리 나를 回避하는 눈치이었다
> 그중의 어느 詩人은 다음과같이 나에게 辱을 하였다
> 「더러운 자식 너는 白蟻와 姦通하였다지? 너는 오늘부터 詩人이 아
> 니다……」
>
> —「白蟻」에서

'白蟻'로 상징되는 자본의 생리는 사람들을 울리기도 하지만 상처를 치

유하는 점에서 폭력적이면서도 유혹적이다. 이 이중성은 시인에게 경멸과 타협의 이중적 태도를 강제하고 있다. 이것은 시인의 정직성을 위협하는 것이다. 그러므로 시인은 자본에 부정적일 수밖에 없다. '간통'이라는 어휘만큼 자본에 대한 시인의 적의를 극단적으로 표출하는 것은 없을 것이다.

> 모두 별안간에 가만히 있었다
> 씹었던 불고기를 문 채로 가만히 있었다
> 아니 그것은 불고기가 아니라 돌이었을지도 모른다
> 神은 곧잘 이런 장난을 잘한다
>
> (그리 흥겨운 밤의 일도 아니었는데)
> 사실은 일본에 가는 친구의 잔치에서
> 伊藤忠商事의 신문광고 이야기가 나오고
> 國境노 마찌 이야기가 나오다가
> 以北으로 갔다는 永田絃次郎 이야기가 나왔다
>
> 아니 金永吉이가
> 以北으로 갔다는 金永吉이 이야기가
> 나왔다가 들어간 때이다
>
> —「永田絃次郎」에서

이데올로기는 시인을 억압하는 또 하나의 중심적 가치이다. 반공이데올로기는 1, 2행에서 '가만히 있었다'의 반복되는 언술을 통해 부자유의 소재로서 등장하고 있다. 그만큼 이데올로기의 현실적 억압은 시인을 경직시키고 있는 것이다. 이는 '단단함'에 대한 시인의 부정적 상상력을 자극하는 것이다. 그것은 새로움과 변화의 열망이다.

> 그러나 이렇게 써도 내가 反共主義者가
> 아니되기 위해서는 그날까지 이 엉성한

粗惡한 방송들이 어떻게 돼야 하고
어떻게 될 것이다
먼저 어떻게 돼야 하고 어떻게 될 것이다
이런 극도의 낙천주의를 저녁밥상을
물리고 나서 해본다

—「라디오界」에서

이처럼 변화의 욕망은 극단적인 낙천주의에 이르게 되고 보다 직접적
인 언술을 통해 토로되기도 한다. '어떻게 돼야 하고 어떻게 될 것이다'라
는 언술의 반복이 주는 극단적인 언술은 4ㆍ19 혁명 이후의 극단적인 현
실적 상상력으로 표출된 바 있다.

이유는 없다—
가다오 너희들의 고장으로 소박하게 가다오
너희들 美國人과 蘇聯人은 하루바삐 가다오

—「가다오 가다오」에서

그러나 이러한 현실적 상상력이 차단되었을 때 자기반성의 언술을 펴
게 된다. 4ㆍ19 혁명 이후의 「新歸去來」 연작시는 그의 위축된 언술 태도
를 그대로 반영하고 있다.

왜 나는 조그마한 일에만 분개하는가
저 王宮 대신에 王宮의 음탕 대신에
五十원짜리 갈비가 기름덩어리만 나왔다고 분개하고
옹졸하게 분개하고 설렁탕집 돼지같은 주인년한테 욕을 하고
옹졸하게 욕을 하고
…〈중략〉…
모래야 나는 얼마큼 적으냐
바람아 먼지야 풀아 나는 얼마큼 적으냐

정말 얼마큼 적으냐……
                              −「어느날 古宮을 나오면서」에서

　위 시에서처럼 현실에 대해 극단적 부정이 차단되었을 때 김수영의 시
는 감상을 띠게 되고 자기반성이라고 하는 또 하나의 의미론적 정보를 제
공한다. 이것은 소시민의 안락이 주는 순응의 불안을 표출하고 있다. 이
러한 소시민적 순응을 강제하고 있는 중심적 주체는 '아내'로 상징된다.

　　음탕할만치 잘 보이는 유리창
　　그러나 나는 너를 통하여 아무것도
　　보지 않고 있는지도 모른다
　　두려운 세상과같이 배를 대고 있는
　　너의 대담성−
　　그래서 나는 구태여 너에게로 더 한걸음 바싹 다가서서
　　그리움도 잊어버리고 웃는 것이다

　　부끄러움도 모르고
　　밝은 빛만으로 너는 살아왔고
　　또 너는 살 것인데
　　透明의 代名詞같은 너의 몸을
　　지금 나는 隱蔽物같이 생각하고
　　기대고 앉아서
　　安堵의 歎息을 짓는다
　　　−「너는 언제부터 세상과 배를 대고 서기 시작했느냐」에서

　김수영의 시에서 전통에 취하는 부정의식은 시 「병풍」에서처럼 '주검
을 주검으로 막는' '벽'의 역설적 인식을 통해 표출되었다. 마찬가지로 현
실의 중심성은 위의 시에서 드러나듯 '유리창'을 경계로해서 풍자되고 있
다. 이때 '유리창'은 '벽'처럼 또 하나의 역설이다. 즉 '투명함'이 곧 '은폐물'

이 되는 것이다. 김수영의 시에서 보이는 현실부정의식은 시인의 투명함, 즉 정직성이라는 높은 시정신의 표출이다. 전통부정의 진실성과 현실부정의 정직성이 만들어내는 고양된 시정신이 전통과 현실의 중심적인 가치가 갖는 허위와 타협을 거부하도록 스스로를 강제하고 있다. 이처럼 '유리창'은 세상과 타협하는 존재에 대한 냉소적 은유다. '유리창'의 투명성은 오히려 반투명성의 풍자며 부끄러움의 상징적 언어다. 시인이 그것을 통해 세상을 보면서도 보지 않는다는 것은 그의 역설적 인식체계를 드러낸다.

김수영 시에서 순응에 대해 거부는 '직립에의 지향'으로 나타난다. 이 것은 주체의 정체성을 무력하게 만드는 낡은 전통을 부정하는 '바로보기'의 전략과 상응하여 주체의 목소리를 제한하려는 현실적 억압으로부터 자유를 획득하려는 시정신의 표출이다. 시인은 개인적 공간에서는 아버지와 아내와의 관계에서 바로보기를 통해 자신의 위치를 회복하려 하고 있고, 사회적인 공간에서는 도시 시민의 입장에서 목소리를 내고 있다.

> 너도 나도 스스로 도는 힘을 위하여
> 공통된 그 무엇을 위하여 울어서는 아니된다는 듯이
> 서서 돌고 있는 것인가
> 팽이가 돈다
> 팽이가 돈다
>
> —「달나라의 장난」에서

시인은 이 시에서 '팽이 돌리기'를 '달나라의 장난'으로 제한해서 대치시키고 있다. 그러므로 확정할 수 없는 '달나라의 장난'이 갖는 의미는 팽이 돌리기를 통해 의미가 밝혀질 수 있다. 다시 말해 독자는 팽이에서 볼 수 있는 회전과 변화양상이 '달'에게서도 동일하게 획득된다는 사실을 인지하게 된다. 그리고 나아가 이것은 삶의 회전력과 맞물려 시인 스스로가 자신의 생활을 고쳐보게 되는 동인이 된다. 시인은 팽이돌리기를 통해 생활과 유희의 공존을 모색하고 있는 것이다. 그래서 '스스로 도는 힘'과 '공동선'의 지향이 어려움에 부닥칠 때마다 시인은 '팽이가 돈다'고 주문을 한다. 이것은 직립을 고수하는 회전력의 신비한 힘을 얻고자 하는 것이다. 그 신비한 힘이 '달'의 회전력이며 변화양상이다. 달의 변화는 유희(장난)같지만 달은 스스로 갱신하는 밤을 지배하고 있다. 시인은 팽이의 위태위태한 회전력을 성인의 경지에 비유하면서 쓰러질 것 같지만 쓰러지지 않는 생명력과 변화가 주는 힘을 확신하고 있는 것이다.

이와 같은 직립 지향은 '창조'와 관련이 있다. 그가 생각하는 창조성은 시「레이판彈」에서 '현대, 애정'으로 개념화된다. 생각한다는 것은 온전한 사물의 전체를 떠 올리는 것이 아니라 파편화된 부분만을 보는 것이다. 그러므로 관념적 태도에서 벗어나 바로보기(직립)를 통해 새롭게 삶의 방향을 사랑(애정)으로 잡을 때 비애는 사라진다.

이때 시인에게 경계의 대상은 '시간' 인식이다. 시인은 역사의 흐름을 단순히 '시간이 시간을 잡아먹는 식'의 '퇴적'이 아니라는 강한 역사인식이 있다. 역사라는 것은 '애증'과 같은 것이다. 싫지만 딛고 넘어서야 하는 존재다. 발전적 역사관 속에 시인의 지향은 현대를 향할 수밖에 없다.

시「瀑布」에서 그의 일관된 의도인 '직립' 지향을 역설적으로 제시한다. 직립 지향은 고매하며 매서운 것이기 때문이다. 곧 '곧은 소리'는 '나타와 안정'을 뒤집어 놓는 것이다. 그처럼 변화를 지향하는 욕구가 폭포로 은유화 되고 있다.

이처럼 직립 집착은 현실의 아이러니 상황을 극복할 수 있는 유일한 출구로 자유 추구의 일환이라 할 수 있다. 자유는 대상의 지단한 부정으로부터 획득된다. 그리고 현실지향적인 태도이기도 하지만 개인적인 정서의 표출이기도 하다. 김수영 시의 경우 세계와 자아와의 갈등이 자유를 지향하게 됨을 볼 때 다분히 서정적인 태도의 반영이라 할 수 있다. 그래서 시인의 정서가 현실에서 수용되지 않을 때 비애가 따른다. 그러므로 김수영의 마지막 시「풀」에서는 직립 지향적 의도와 비애의 정서가 드러난다.

1.2 일상의 전경화와 '생활'의 정치적 인식

김수영의 시에서 통사의 지연과 전통과 현실의 중심적 가치의 부정이라고 하는 의미론적 결속성은 개인의 일상사를 사회의 문제로 확장시키는 전략을 통해 새로운 시적 풍경으로 드러난다[5]. 이러한 시적 전략은 기존의 중심적 가치가 강제하는 억압에 순응하지 않으려는 진실성과 정직성의 시 정신의 표출이다. 그리고 가치의 상실을 상실로서 인정하는 것이 아니라 오히려 결핍을 통해 새로운 시정신을 구축하는 역설적 삶의 태도라 할 수 있다. 그러므로 김수영의 시에서 드러나는 새로움과 변화의 욕망은 중심적 가치의 부정과 장르의식의 붕괴[6]를 가져온다.

1.2.1 산문 형태와 비시적 기능의 수용

담화론적 측면에서, 즉 시를 통한 의사소통 과정에서 텍스트의 형태와 기능 사이의 관계를 염두에 두는 측면에서 시의 산문성은 시가 '운문verse'이 가지고 있는 전통적인 리듬과 율격에 의지하지 않고 줄글의 형태를 띨

---

5) 그가 드려다본 것은 역사가 아니고 역사의 파편이다. 즉 그는 끊임없이 역사의 오류를 지적하고 있지만 그러나 그의 지적은 언제나 역사와는 무관하게 자기 자신의 개인적인 문제로 귀착되고 있다. 이것은 외부적인 압력에 시인의 개성이 차단되어 있음을 의미한다. 그의 시가 대체로 '상실'의 주제를 선택하고 있다는 것은 이런 점에서 볼 때 시대의 반영이라고 할 수 있으며, 나아가서는 그의 시가 시대의 한계에 의식적으로든 무의식적으로든 갇혀 있음을 의미한다(김시태, 앞의 글, 84쪽).

6) 리파테르와 이저의 언급처럼 장르의 틀거리를 거슬러 보았을 때 각 텍스트는 특정한 실현과 혁신을 거쳐 특유의 정체성과 개인성을 주장한다. 보다 나은 효과가 텍스트 내에 구축된 이전의 패턴을 혁신하는 패턴을 전위적으로 구축함으로써 달성될 수 있다(Robert de Beaugrande(1983), *Op.cut.*, p.93).

때 두드러진다.[7] 이와 더불어 시의 산문화 전략은 시인의 의도를 효과적으로 전달하려는 기능적 측면에서의 모색이라고 볼 수 있다. 이때 김수영의 시에서 형태적으로 보이는 산문성은 통사론적 정보의 지연과 더불어 산문이 갖는 현실 인식의 발로라는 사실을 간과할 수 없다. 즉 산문화 전략으로서의 서술적 형태는 "事象의 과정 속에서 무엇이 발생했으며, 그 事象들의 관련성은 어떻게 조직되고 있나 하는 것을 말하고 있다. 그것은 주로 시간과 인과적 환경을 통해서 조직되고 있다."[8] 김수영은 상황의 인과적 관련성을 연결하기 위해 '접속표현'을 쓰고 있으며 현재와 근거리에 있는 경험을 단순히 기술description함으로써 시간의식의 현재성을 드러내고 있다. 이는 서술이 가지고 있는 지시적 기능을 책략적으로 이용한 것이라 할 수 있다. 이처럼 김수영은 시 양식에 있어 산문 형태와 함께 '시는 세계에 관한 진술이 아닌 뭔가 다른 것'[9]이라는 생각을 자동화시키면서 비시적 요소를 수용하고 있다.

① 자기고백적 진술

> 어린 동생들과의 雜談도 마치고
> 오늘도 어제와 같이 괴로운 잠을
> 이루울 準備를 해야 할 이 時間에

---

7) 서지영은 시에 나타나는 산문의 자질을 두 가지 측면에서 설명한다. 즉 '운문'에 대립된 산문적 특질과 '시'에 대립된 산문적 특질이 그것이다. '운문'에 대립된 산문적 특질은 시의 주된 규범으로 유지되어 왔던 율격 및 리듬 현상이 약화되고 줄글 형태의 산문적 양식이 시에 도입되는 경우로, '시'에 대립된 산문적 특질은 '서정시'라는 장르적 규범으로부터 구조적, 내용적 변형을 보이는 경우로 보고 이것을 통합적인 시각에서 체계화하고 있다. 이 논의는 시의 산문성을 하나의 텍스트성으로 파악하고 텍스트의 구조와 의미를 통합적으로 조명하고 있다는 데서 우리의 논지와 결속성을 갖는다(서지영, "한국 현대시의 산문성 연구", 서강대 박사학위논문, 1998).

8) Robert de Beaugrande(1997), *Op.cit.*, p.204.

9) Jonathan Culler, *Structualist Poetics : Structuralism, Linguistics and the Study of Literature*, Ithaca, N.Y : Conell University Press, 1975, p.130.

괴로움도 모르고
나는 이 책을 멀리 보고 있다

                              ―「가까이 할 수 없는 서적」에서

오늘 또 活字를 본다
限없이 긴 활자의 連續을 보고
瓦斯의 政治家들을 凝視한다

                              ―「아메리카 타임誌」에서

나는 오늘 세상에 처음 나온 사람모양으로 快活하다
…<중략>…
지이프차를 타고 가는 어느 젊은 사람이
愉快한 表情으로 活潑하게 길을 건너가는 나에게
인사를 한다

                              ―「거리(二)」에서

나는 오늘부터 地理敎師모양으로 壁을 보고 있을 필요가 없고
  老衰한 宣敎師모양으로 낮잠을 자지 않고도 견딜만한 强靭性을 가
지고 있다

                              ―「玲瓏한 目標」에서

나는 오늘도 누구에게든 얽매여 살아야 한다

                              ―「꽃」에서

나는 點燈을 하고 새벽모이를 주자고 주장하지만
여편네는 지금 주는 것으로 충분하다는 것이다
아니 四百三拾圓짜리 한 가마니면 이틀은 먹을 터인데
어떻게 된 셈이냐고 오늘 아침에도 뇌까렸다

                              ―「만용에게」에서

위 시들에서 보이는 자기 고백적 진술[10]은 일기나 자서전이 갖고 있는 기능을 수용하고 있다. 일기의 경우 개인 삶의 진솔한 기록이면서 동시에 역사적 기록이기도 하다. 그리고 일기는 개인을 이해하기 위해 자료로서 가치를 지닐 뿐만 아니라 그가 살던 시대를 이해하는 데도 중요한 자료적 가치를 지닌다. 그래서 김수영의 시에서는 개인적 삶의 사소한 궤적으로서 자기 반성과 사회적 삶에 비판적 성격의 병존이 일기의 형식을 통해 전달되고 있다.

이처럼 자기 고백적 진술의 기능에서는 텍스트 생산자 자신의 인물의 주제화 작업이 특징적으로 드러나는데 김수영의 시에서는 시인 자신을 사건의 중심에 놓음으로써 '자기가 지어낸 시적 감정을 몸소 생활화하려는 시인이 되고자 하는 경향, 그리고 자기의 자아를 극화하려는 양식'[11]을 보인다. 그래서 그의 시에는 아내, 동생, 아들, 식모 등 그와 사적으로 관계되는 인물이 주로 등장하며 그들과의 일상적인 갈등 속에서 발생하고 있는 정서가 주조를 이룬다. 그리고 그의 시간의식도 늘 '오늘'이라는 현재에 그 초점이 맞추어져 있음으로 '어제'의 사상事象이 늘 반성과 비판의 대상이 되고 있다. 이때 일기체의 자기 고백적 진술은 통상 복잡한 언술 속에서 만들어지는 시적 긴장의 이완을 가져오는데 이는 시적 형식의 단순화를 통해 특정의 시적 의미를 도출하려는 형식적 반응이라 할 수 있다. 즉 일기의 자유로운 형식은 김수영의 궁극적인 의미적 해석의 통로로 작용하고 있는 '자유'의 문제와 형식적 동일성을 이룬다. 또한 주제적 측면에서 김수영이 '생활'의 문제를 언급하고 있고 소시민적 삶의 양식을 소

---

10) 진술이나 설명은 비시적이다. 그러나 고백이라고 하는 제스처는 비시非詩가 시로서 자처할 수 있는 위장을 제공한다(박철희, 「시와 시적패턴」, 『현대문학』 10월호, 1968, 259~261쪽 참조).

11) 박철희는 목가적인 19세기적 나이브한 시를 비판하고 나선 50년대 시의 경향을 이처럼 파악하고 이들 모두 낭만주의적 유산의 일부로 판단한다(박철희, 「70년대와 한국」, 『현대문학』 1월호, 1970, 287쪽).

재화하는 것과 관련이 있다. 그리고 김수영 시에서 발견되는 비애의 정서가 이러한 일기에서 볼 수 있는 진술의 형식을 통해 전달되고 있다는 사실을 간과할 수 없다.

②제보적 진술[12]

'시란 의미해서는 안되고 존재해야만 한다'[13]는 일반적인 시의 인식에서 볼 때 시에서 어떤 주장이나 호소를 한다는 것은 비시적이다.

> 가까이 할 수 없는 書籍이 있다
> 이것은 먼 바다를 건너온
> 容易하게 찾아갈 수 없는 나라에서 온 것이다
>
> —「가까이 할 수 없는 書籍」에서

---

12) 브린커Brinker는 의사소통의 국면에서 시적 기능을 제외한 텍스트의 기능을 제보기능, 호소기능, 책무기능, 접촉기능, 선언기능으로 설정하고 있다(Klaus Brinker, 이성만 역, 『텍스트 언어학의 이해』, 한국문화사, 1994, 118~152쪽 참조).

13) '시인은 아무것도 단언하지 않는다'는 취지에서 다음과 같은 언급은 동일하게 받아들 수 있다(Gerald Graff, 김복희 역, 『시의 진술과 비평적 도그마』, 현대미학사, 1999, 208~209쪽).

① 플레이아드Pléiade로부터 시드니에 이르기까지 시인은 철학적 진술을 할 자격이 없다는 주장이 있었다. 즉 그들은 아무것도 단언하지 않는다(프랭크 거모드).

② 시란 '대응의 진리truth of correspondence'라기보다는 '내적 정합성의 진리 truth of coherence'라고 오늘날 간혹 표현된다. 우리는 시드니가 시인이란 아무것도 단언하지 않으며, 그러므로 절대로 거짓말을 하지 않는다고 말한 것을 들은 적이 있다(윕샛).

③ '시란 의미하는 것이 아니라 존재해야 한다.' 이것은 시에 관해서 쓴 모든 에세이에서 인용할 만한 가치가 있는 경구이다. 그래서 시인은 '아무것도 단언하지 않으므로 거짓말을 결코 하지 않는다'(윕샛).

④ 문학의 모든 언술적 구조 속에는 의미의 최종적 방향이 내부로 향해 있다. 문학에서는 외부적 의미의 기준은 두 번째인데, 그것은 문학작품이 묘사하거나 주장하는 척하지 않으며, 그래서 진실도 아니고 허위도 아니지만 동어반복적인 것도 아니기 때문이다. (…)시드니가 말했듯이, '시인이란 결코 단언하지 않으며' 그러므로 더 이상 거짓말을 하지 않고 진실만을 말한다(프라이).

이 시의 통사적 구조는 [나(시인)는 너(독자)에게 사태X(텍스트의 내용)에 관해 제보한다]이다. 즉 시인은 '가까이 할 수 없는 서적'이 존재하고 있고 그것에 대해 내용을 단순히 독자에게 전달하고 있다. 이러한 전달양식은 뉴스나 보도의 제보기능과 흡사하다. 이 제보적 기능은 어떤 사실을 강조하려는 언어기술방법으로 김수영은 이 시에서 현실과 유리된 서적의 존재를 알림으로써 생활과 유리된 자아의 갈등을 부각시키고 있다.

>   토끼는 입으로 새끼를 뱉으다
>
> —「토끼」에서

이 시는 신문 기사의 표제와 같다. 토끼가 입으로 새끼를 낳는 허구의 사태가 독자에게 하나의 사실로 인식되게끔 할 수 있는 적절한 형식이 제보의 기능이다. 이처럼 김수영은 토끼의 낯선 탄생방식을 기정 사실화함으로써 시쓰기에 새로운 생각과 사물에 대해 새로운 이해를 정당화한다. 즉 중립적인 전달 방식을 통해 명시적인 평가와 감정호소를 피하고 오로지 사태를 전달하기만 함으로써 객관성을 획득하려는 의도라 할 수 있다.

제보적 진술에는 사실 강조의 기능 외에도 시인의 의견을 강조하는 기능도 함께 있다. 다음은 그러한 사례다. '조고마한 세상의 지혜를 배운다는 것'에 대한 시인의 평가가 전달되고 있고 '백의白蟻'에 시인의 생각이 강조되고 있다.

>   조고마한 세상의 知慧를 배운다는 것은
>   설운 일이다
>   그것은 來日이 되면 砲彈이 되어서
>   輝煌하게 날아가야 할 智慧이기 때문이다.
>
> —「조고마한 세상의 智慧」에서

그는 南美의 어느 綿工業者의 庶子로 태어나서
나이아가라江邊에서 隧道工事에 挺身하고 있었다 하며
그의 母親은 希臘人이라고 한다
兩眼이 모두 淡紅色을 하고 있는 것으로 보아
그가 오랜 歲月을 暗夜 속에서 살고 있었던 것만은 確實하다고 나는
생각한다

　　　　　　　　　　　　　　　　　　　　　　　　　　　　　－「白蟻」에서

③ 설득적 진술

　김수영은 어떤 사실에 대해 자신의 입장을 받아들이고 그에 따라 행위
하도록 독자의 마음을 움직이고 싶어한다. 그것은 광고선전, 홍보물, 보
도 논평, 설교 등의 통사 구조를 갖고 있다. 즉 [나(시인)는 너(독자)에게
의견X(행위X)를 수행할 것을 요청한다]

　　　기침을 하자
　　　젊은 詩人이여 기침을 하자
　　　눈 위에 대고 기침을 하자
　　　눈더러 보라고 마음놓고 마음놓고
　　　기침을 하자

　　　　　　　　　　　　　　　　　　　　　　　　　　　－「눈」에서

　　　바늘 구녕만한 叡智를 바라면서 사는 者의 설움이여
　　　너는 차라리 不正한 者가 되라

　　　　　　　　　　　　　　　　　　　　　　　　　　　－「叡智」에서

　　　푸른 하늘을 制壓하는
　　　노고지리가 自由로왔다고
　　　부러워하던
　　　어느 詩人의 말은 修正되어야 한다

　　　　　　　　　　　　　　　　　　　　　　　　　　　－「푸른 하늘을」에서

이들 시에서는 명령이나 청유의 문법적 표지들이 드러나고 있다. 신문 사설의 논지와도 같은 이러한 직접적인 호소기능을 통해 김수영은 자신의 반항적이며, 역설적인 부정의식을 전달하고 있다.

그러나 이러한 설득적 진술은 김수영의 전형적이고 규범적인 입장을 읽을 수 있는 지표이기도 하다. 궁극적으로 기존의 모든 사상事象을 부정하는 그의 의식이 독자로 하여금 주제화된 사상事象을 실현해야 한다는 의무를 지워주고 있다는 것이다. 이러한 진술 태도는 유치환의 남성화자의 모습을 연상하게 한다. 그리고 남성중심주의적이라거나 가부장적이라는 평가14)가 있기도 하다.

이상에서 살펴보았듯이 김수영 시의 언술체계는 기존의 시가 갖고 있는 엄격한 틀에서 벗어나 경박하다. 그러나 그의 낯설음의 시적 인식을 고려할 때 당연한 형식적 반응이기도 하다. 우리는 김수영 시의 상이한 두 가지 진술태도에서 시인의 시적 구도를 엿볼 수 있다. 즉 자기 고백적 진술에서는 그의 내면지향의 반성적 태도를 확인할 수 있고 제보적이고 설득적인 진술에서는 현실 세계를 향한 격한 반응을 읽을 수 있다. 김수영의 시는 이 둘의 진술 태도가 긴장을 갖고 혼합되었을 때 비로소 김수영다운 시가 만들어지고 있다는 변증적 결론에 가 닿기도 한다. 어느 한쪽 만을 강조할 때 김수영은 참여와 순수의 한 쪽을 차지하게 된다. 그러한 견해가 전적으로 틀린 것은 아니지만 전적으로 정당한 것도 아니다. 그러므로 김수영의 양면성이 함께 공유하고 있는 그 저변은 중요한 의미를 내포하고 있다. 그것은 상실과 회복의 시적 인식이라 할 수 있다.

---

14) 김승희는 이런 측면에서 김수영의 한계를 '여성'의 타자성 극복, 즉 페미니즘적 인식이 보이지 않는 것으로 보고 있다(김승희,「김수영의 시와 탈식민주의적 반(反)언술」, 김승희 편,『김수영다시읽기』, 프레스 21, 2000, 357~398쪽).

1.2.2 정치의 소재화와 '생활'의 전경화

전후 현대시의 불확정성이 갖는 특징적인 면모는 기존 시의 새로운 시적 모색이다. 형식적인 측면에서 살펴보았듯이 시 양식은 인접 장르와의 혼합 양상을 보이고 있다. 이와 상응해서 의미론적 측면에서도 텍스트의 소재와 주제의 차원에서 새로운 모색이 시도된다. 김수영 시의 경우 자기고백적 언술을 통해 개인 생활사를 시적 소재로 삼고 있다. 이러한 모색의 저변에는 전후 현실 상황 속에서 여러 측면에서 위축되어 있는 주체의 위기 의식이 자리하고 있으며 전에 경험해보지 못했던 새로운 현상들이다. 그러한 주체의 위기상황에 대해 전후의 시인들은 상실에서 비롯되는 도피적 대응과는 다른 대안을 제시하고 있다. 김수영 시의 경우 개인 생활이 전면에 드러나고 있다.

우리 시에서 정치적 입장의 표명은 개화기시가15)와 1920년대 후반의 카프시16), 해방기의 이념시17)에서 두드러지게 보인다. 이때 정치적이라는

---

15) 개화기시가는 거의 비전문적인 시인으로서 일반인사와 논설진으로 구성되어 있다. 이들의 시적 태도는 비전문성과 비상품성에서 찾을 수 있다. 대체로 직설적이며 웅변적인 특색을 띠고서 이미지의 형상화나 근대적인 기법과는 상거한 것들로 개아 내지 민족아의 자각으로 되찾은 자주독립을 찬미하고, 애국사상을 고취시켰는가 하면, 온 국민은 합심단결하여 신교육을 받아 문명개화와 부국강병을 이룩하여 국위를 선양해야 한다는 주제의식을 표출하고 있다(김학동, 『한국개화기시가 연구』, 시문학사, 1990, 12~93쪽 참조).
16) 그들의 시는 목적 의식을 가진 집단적인 작품 활동을 지향한다. 카프는 교조적인 입장을 취하고 나서 일체 작품 활동의 목표를 계급의식의 고취에 두었다. 그들의 작품에서 예술성의 확보는 거의 무의미한 일이었다. 경직된 정치 지상주의에 의해 그들의 시는 심하게 왜곡되어 마치 전단의 문구와 같은 양상을 띤다(김용직, 「한국현대시의 흐름」, 박철희・김용직 편, 『한국현대시 작품론』, 문장, 1987, 21쪽).
17) 그들의 시에서 우리가 읽을 수 있는 것은 경직된 당파성이다. 그들의 당파성이란 개인의 내향적인 자기 성찰 같은 것과는 무관하다. 모든 현실은 그들에게 사회개혁 쪽으로 수렴되어야 한다. 그리고 그 현실을 위해서 움직이는 문학과 그런 정신의 자세만이 그들의 당파성 내지 인민성에 입각한 문학이다(김용직, 『해방기 한국 시문학사』, 민음사, 1989, 205쪽).

개념은 다분히 집단적인 정서를 표명한 타성적 언어의 표출이다. 이에 반해 김수영의 시에 적용될 수 있는 정치의 개념은 개인의 권리와 생활을 중시하는 시민원리로 규정할 수 있다. 그런 면에서 개인적 정서의 표출로서 김수영 시의 언어는 개성적이다. 타인의 경험보다는 자신의 생활 체험이 시적 소재가 되고 있기 때문이다. 그 개성적 언어가 담아내는 중요한 기능은 풍자와 폭로로서 거기에는 특징적으로 비애의식이 개입되어 있다.

앞서 살펴보았듯이 김수영 시에서 전통과 자본, 이념 등의 중심성은 파편화되어 전개되고 있다. 이때 김수영 시의 특질이라고 할 수 있는 자기반성적인 자기고백적 진술은 자아의 극화와, 저서전의 경향을 띠고 비애의식을 강화하고 있다. 다시 말해 소시민적 생활의 개인적 체험이 현실적 상황 속으로 흘러들어가 체계화되고 있다. 이런 점에서 개인의 비애의식이 현실의 상황을 점검하고 관리한다는 것은 독특한 것이다. 통상 비애를 유발하는 개인적 체험은 내면지향적인 것으로 체계화되어 현실 상황의 의미들이 소멸되고 말지만 김수영의 시는 설움의 극복 즉 자기부정을 통해 정치적인 입장을 시속에 표명하고 있다. 이때 김수영 시는 늘 감춤에서 드러냄으로 전환되는 구조를 드러내고 있다. 드러냄의 지향점은 '자유'이다.

[1]아들아 너에게 狂信을 가르치기 위한 것이 아니다
[2]사랑을 알 때까지 자라라
[3]人類의 종언의 날에
[4]너의 술을 다 마시고 난 날에
[5]美大陸에서 石油가 고갈되는 날에
[6]그렇게 먼 날까지 가기 전에 너의 가슴에
[7]새겨둘 말을 너는 都市의 疲勞에서
[8]배울 거다
[9]이 단단한 고요함을 배울 거다
[10]복사씨가 사랑으로 만들어진 것이 아닌가 하고

[11]의심할 거다!
[12]복사씨와 살구씨가
[13]한번은 이렇게
[14]사랑에 미쳐 날뛸 날이 올 것이다!
                                    −「사랑의 變奏曲」에서

　이 시는 [3]~[5] 의 '~날에'의 병행구문을 통해 중심적 가치들의 소멸이라고 하는 의미론적 정보를 전달하면서 새로운 정보를 지연시키고 있다. 지연된 새로운 정보는 [12]~[14]에서 드러나는 일상성의 전경화이다. 이러한 의미론적 정보는 [7]~[9]의 '~배울거다'라는 반복을 통해 역시 지연되고 있다. 중심성의 극복이 '도시의 피로'라 상징하는 억압적 현실로부터 얻게 되는 역설임을 생각할 때 일상성이 중심적 가치를 지니게 되는 과정은 역설적이다. 그러한 변증법적 인식 속에 다음과 같이 전통은 새로운 전통으로 독자에게 제시된다.

　　傳統은 아무리 더러운 傳統이라도 좋다 나는 光化門
　　네거리에서 시구문의 진창을 연상하고 寅煥네
　　처갓집 옆의 지금은 埋立한 개울에서 아낙네들이
　　양잿물 솥에 불을 지피며 빨래하던 시절을 생각하고
　　이 우울한 시대를 패러다이스처럼 생각한다
　　…<중략>…
　　요강, 망건, 장죽, 種苗商, 장전, 구리개 약방, 신전,
　　피혁점, 곰보, 애꾸, 애 못 낳는 여자, 無識쟁이,
　　이 모든 無數한 反動이 좋다
                                    −「거대한 뿌리」에서

　이처럼 김수영의 시에서 새로운 전통은 중심적 가치에서 배제된 대상들이다. 그 일상성을 회복하는 것이 전통을 부정하고 난 후 얻게 되는 상

실에서 회복으로 전환되는 경이적인 시 정신이라 할 수 있다. 이러한 변화의 상상력은 이미 시「달나라의 장난」에서 드러나고 있다. 이 시에서 시인은 팽이에서 볼 수 있는 회전력과 변화양상을 '달'에게서도 동일하게 획득한다. 이것은 삶의 회전력과 맞물려 시인의 생활을 고쳐보게 된다. 생활과 유희의 공존이 팽이돌리기의 문법임을 생각할 때 '스스로 도는 힘'과 '공동선'에 대해 지향이 어려움에 부닥칠 때마다 시인은 '팽이가 돈다'고 주문을 한다. 직립을 고수하는 회전력의 신비한 힘을 얻고자 하는 것이다. 그 신비한 힘이 '달'의 회전력이며 변화양상이다. 달의 변화는 유희(장난)같지만 달은 스스로 갱신하는 밤을 지배하고 있다. 시인은 팽이의 위태위태한 회전력을 성인의 경지에 비유한다. 쓰러질 것 같지만 쓰러지지 않는 생명력과 변화가 주는 힘을 시인은 확신하고 있음을 앞서 살펴보았다. 그러한 변화의 힘이 시「풀」이 갖는 일상성의 비전을 가지고 온 것이다.

[1]풀이 눕는다
[2]비를 몰아오는 동풍에 나부끼며
[3]풀은 눕고
[4]드디어 울었다
[5]날이 흐려서 더 울다가
[6]다시 누웠다
[7]풀이 눕는다
[8]바람보다도 더 빨리 눕는다
[9]바람보다도 더 빨리 울고
[10]바람보다 먼저 일어난다
[11]날이 흐리고 풀이 눕는다
[12]발목까지
[13]발밑까지 눕는다
[14]바람보다 늦게 누워도
[15]바람보다 먼저 일어나고

[16]바람보다 늦게 울어도
[17]바람보다 먼저 웃는다
[18]날이 흐리고 풀뿌리가 눕는다

-「풀」전문

이 시에서 통사론적 불연속을 가져오는 부분은 1연이다. 분명 [4]~[6]의 주어는 생략되어 있다. 이들 서술어의 주어가 '풀'이 될 수 없음은 먼저 시제의 불일치에서 기인한다. [1]~[3]의 시제는 현재인데 [4]~[6]의 시제는 과거형이다. 분명 풀과 또 하나의 주체는 다른 시공간 속에 있음을 알 수 있다. 이렇게 볼 때 3연 마지막에도 과거형의 또 다른 주체의 언술이 생략되었음을 추론할 수 있다. 그러므로 이 시의 전체 구조는 풀의 행위묘사와 이에 대해 시인의 해석적 언술이 병행하고 있다고 볼 수 있다. 특히 주어의 대구적 관계를 염두에 둘 때 [3], [4]에서 '풀은 눕고/(관찰자는)드디어 울었다'로 보아야 한다. 의미론적 정보의 불일치는 풀의 모순적 행위이다. 즉 [14]~[17]에서 보이는 언술이 그러하다. 이 시의 이러한 불확정적 요소에 주목하여 의미론적 결속성을 기하면 다음과 같다.

1연에서 독자는 바람에 쓰러지는 풀의 영상을 통해 상실을 경험하게 된다. 이 상실의 제시는 상실에서 회복으로 변환되는 김수영 시의 전체 테마를 생각할 때 회복의 정보가 후치되어 있음을 상정할 수 있다. 이 시는 회복의 의미론적 정보가 생략되어 있기 때문에 이해의 불연속을 낳고 있는 것이다. 특히 '~보다도~하다'는 병행구문의 반복은 그러한 의미론적 정보의 획득을 지연시키고 있다. 이렇게 볼 때 1연은 상실의 의미구조를 드러내며 2연은 회복의 의미구조를, 3연은 다시 상실의 의미구조를 드러낸다.

2연이 보이는 회복의 의미구조는 [7], [8]의 굴신, [9]나약, [10]극복으로 전개되어 드러난다. 3연의 상실의 의미구조는 [11]~[13]의 굴신, [14]~[17]의 반항적 저항을 거치며 [18]의 상실로 이어진다. 그러나 3연의 상실은 또 다른 성질로 변주되고 있다. 즉 '풀뿌리가 눕는' 것이다. 이러한 '풀뿌리의 상실'은 상실과 회복의 구조를 통해 볼 때 '풀뿌리의 회복'으로 이어질 것임을 예견할 수 있다. 결국 바람에 나부끼는 '풀'의 나약과 상실은 '풀뿌리'의 저항과 역설로 회복될 것임을 시인은 의도하고 있다. 이것은 김수영의 시에서 일상적인 것이 '시의 중심'으로 자리잡게 되리라는 변증법적인 시적 인식의 도달이라고 할 수 있다. 그때 생략된 시인의 해석적 언술은 1연의 상실의 언술과는 대조적으로 환희의 언술이 될 것임을 자연스럽게 수용하게 된다. 그래서 김수영 시의 '설움'의 정서는 반드시 '기쁨'의 정서를 내포하고 있는 역설이라 할 수 있다. 이러한 측면에서 김수영의 시적 인식은 기존의 중심된 가치를 전복시키면서 일상적인 가치를 전경화시키는 예언자적 지성[18]이라 할 수 있다.

2. 해체적 패턴 반복과 탈역사적 존재성 – 김춘수

2.1 해체의 구조와 허무의식

김춘수 시의 불확정성은 초기 전통적 리듬과 시어를 왜곡시키는 과정을 거치면서 극단적인 해체의 과정에서 비롯됨을 앞서 살펴보았다. 통사의 왜곡은 패턴의 변형적 반복과 불연속적 언술의 삽입, 모호한 주어, 극단적인 묘사를 통해 이루어진다. 나아가 극단적 해체는 어휘 형태의 극단적 해체와 통사의 해체적 반복을 통해 나타난다. 시적 의사소통을 수행하

---

18) 『예언자연구』라는 책의 저자 존 패털슨에 의하면 현존하고 있는 체제 반응양식으로 보아 지성知性을 크게 둘로 나눌 수 있다고 한다. 즉 예언자적 지성과 사제적 지성이 있는데 왕으로 대표되는 권력 구조에 부단히 비판하는 지성을 예언자적 지성이라고 한다면 권력의 편에서 현존질서와 체제를 옹호하는 입장이 사제적 지성이라는 것이다(김윤식 · 김현(1996), 앞의 글, 172쪽).

는 과정에서 통사적 정보의 해체가 가져오는 의미의 분리는 의사소통의 연속성을 기하려는 독자에게는 난관이 아닐 수 없다. 그리고 독자는 통사의 의미를 구축하는 과정에서 분리를 통해 일종의 정신적 분열을 경험하게 된다. 그것은 인지의 안정된 행위를 해체하고 혹은 반대함으로써 동일성을 향해 공개적인 공격을 하려는 시인의 의도라 할 수 있다. 즉 독자가 갖고 있는 사물과 사상에 대해 구별을 흐릿하게 하고, 적응을 부정하고, 적합성을 방해함으로써 의사소통은 단절된다. 왜냐하면 필수적인 결정과 선택이 끊임없이 중지되기 때문이다. 이점에서 독자가 갖고 있는 형이상학은 회복할 수 없는 상처를 입을 것이다. 그러므로 시인이 추구하는 삶의 모델은 독자의 입장에서 쉽게 달성될 수 없을 것이다. 적어도 기존의 사유체계로는 가능하지 않다. 그러므로 김춘수 시의 통사론적 해체와 의미론적 파편화가 가져오는 텍스트의 불확정성은 그 극복을 도모하는 독자에게는 고통이 아닐 수 없다. 그래서 담화론적 측면에서 그 기능과 의미는 의사소통을 위해 일시적으로라도 할당되어야 하고, 그 발생의 전체 범위는 제어하기 쉽고 있음직한 것으로 제한해야만 한다. 그렇지 않으면 김춘수 시의 의사소통적 체계는 파편적 이미지의 '결합적 폭발'[19]에 상처를 받게 될 것이다.

　이러한 분리와 분열의 양상은 시인이 체험한 역사적 경험과 무관하지 않다.[20] 그러므로 김춘수의 시에서는 역사에 대해 극단적인 회의와 절대

---

19) 이는 김수영 시에서 보이는 '의미론적 포만'에 대응되는 것으로 정보의 지연을 가져온다면 김춘수 시에서 보이는 파편적 이미지의 폭력적 결합은 정보의 해체를 유도하고 있다. 그것은 파편화된 이미지의 수량이 폭발적으로 증식될 수 있기 때문이다(Robert de Beaugrande(1983), *Op.cit.*, p.121 참조).

20) 삶의 목적은 다른 삶에 맞추는 것이 아니라 외부 환경에 왜곡된 초기 상태를 복원하는 것이라는 프로이드의 믿음이 옳다면, 다시 말해 만약 자아는, 무작정, 자아의 존재 조건에 관해서, 지속적으로 스스로를 짜맞추고 있다는 로티가 옳다면, 또한 만약 서사의 목적은 끝없는 이야기가 아니라 말할 필요가 있는 이전의 시간으로

시되었던 기존의 사유와 언어에 대해 허무를 담고 있다. 김춘수의 시에서 과거의 낱낱은 '고통'의 연속이었다. 그 고통으로부터의 부단한 자유추구가 그의 시의 의미론적 결속성을 이루고 있다. 그러므로 영원 불신과 순간성 추구는 자연스럽게 탈역사적인 개인을 지향하는 존재의 탐구로 이어진다. 이러한 맥락에서 독특한 개인적 방언과 이미지의 파편적 결합 특히 해체적 이미지의 전개는 허무주의의 형식적 반영이라 할 수 있다.

2.1.1 폭력의 고통과 자아의 분열

앞서 김춘수 시의 구조적 전개과정을 3기로 나누어 살펴보았다. 시집 『타령조·기타』(문화출판사, 1969)이전까지 김춘수의 시는 소통의 연속성을 기하는데 큰 무리가 없다. 그것은 낯익은 정서와 코드를 통해 변주되고 있기 때문이다. 시집 『구름과 장미』(행문사, 1948), 『늪』(문예사, 1950)의 시세계가 담고있는 관조적인 자연과 시집『기』(문예사, 1951) 『인인』(문예사, 1953), 『제1시집』(문예사, 1954), 『꽃의 소묘』(백자사, 1959),『부다페스트에서의 소녀의 죽음』(춘조사, 1959) 등에서 담고 있는 릴케적 존재탐구의 시세계가 그러하다. 그러나 시집 『타령조·기타』에 이르러 시의 연속성은 단절되고 왜곡되었고 시집 『처용단장』(미학사, 1991)이후로 단절은 극단적인 해체에 이르게 된다. 이러한 시적 전개과정에서 중요한 초점은 시집 『타령조·기타』이전의 시세계가 이후 해체되

돌아가는 데 있어서 리듬이 있는 연기라는 브룩스가 옳다면, 그리고 만약 해석의 목적이 이전에 달성한 구조에 따라 텍스트를 해호하는 것이 아니라 독자의 기대와 텍스트의 저항간의 만남을 통해 창조되는 긴장의 결과라는 이저가 옳다면, 우리가 더 이상 발화의 의미로부터 발화의 조건을 분리해낼 수 없을 것이다. 그러한 분리는 삶, 발화, 그리고 해석의 목적이 필수적으로 다른 모든 것의 복종, 지배, 전멸이 됨을 암시하고 있다. 이러한 측면에서 김춘수 시의 분리와 분열의 형태는 시인이 경험한 고통의 의미를 환기하고 있다(Yarbrough R. Stephen., *After Rhetoric−The Study of Discourse Beyond Language and Culture,* Carbonale and Edwardsville : Southern Illinois University Press, 1999, p.46 참조).

어 반복된다는 점이다. 이것은 자기환원적인 김춘수 시의 시작 원리라 할수 있다. 그러므로 자연스럽게 김춘수 시의 분리와 분열의 형태가 갖는 기능은 초기시에 담겨져 있는 의미에서 찾을 수 있다는 결론에 도달하게된다. 이러한 과정 자체가 소통의 상호작용적 체계[21]라 할 수 있다.

> 누군가의
> 돌멩이를 쥔 주먹이 어디선가
> 나를 노리고 있다.
> 꿈속에서도 부들부들 몸을 떨면서
> 한껏 노리고 있다.
> 銀錢 두 개를 다 털어
> 나는 용서를 빈다.
>
> ―「幼年時 2」 전문

이 시는 폭력적 상황에 대해 시인의 극도의 불안을 드러내고 있다. 정체불명의 가해자는 시인의 현실뿐만이 아니라 '꿈'으로 대체된 영혼까지 지배하고 있다. 시인이 전율하는 것은 그러한 폭력의 익명성과 그 폭력에 굴복하고 마는 인간존재의 나약함이다. 여기서 '銀錢 두 개'라는 단편적 이미지의 개입은 의미의 불일치를 가져온다. '銀錢 두 개'가 갖는 기능을 이 시에서는 발견할 수 없는 것이다. 다음 시는 그러한 '폭력의 익명성'과 '존재의 비천함'이 어디서 연유되는가를 직접적으로 제시하고 있다. 이 두 시의 관계는 앞서 언급한 김춘수 시의 상호텍스트적 시작 원리에서 그 연계의 타당성을 확보하고 있다.

---

21) 비록 전통적으로 언급되었던 논리적 결점을 고려하더라도 순환성은 흔히 인간 이성에서 작용적 필수성이다. 기능적 의미의 그 할당assignment은 모든 사람이 의미하는 것을 알기 위한 주요 기초가 된다. 우리는 연역 대 귀납, 예상 대 회고, 기대 대 사상事象의 부단한 상호작용 없이 세계를 이해할 수 없을 것이다(Robert de Beaugrande(1983), *Op.cit.*, p.109).

다뉴江에 살얼음이 지는 東歐의 첫겨울
街路樹 잎이 하나 둘 떨어져 딩그는 黃昏 무렵
느닷없이 날아 온 數發의 쏘련製 彈丸은
땅바닥에
쥐새끼보다도 초라한 모양으로 너를 쓰러뜨렸다.
…<중략>…
漢江의 모래沙場의 말없는 모래알을 움켜 쥐고
왜 열 세 살 난 韓國의 少女는 영문도 모르고 죽어 갔을가,
…<중략>…
나는 스물 두 살이었다.
大學生이었다.
日本東京 세다가야署 監房에 不逞鮮人으로 收監 되어 있었다
…<중략>…
나는 콩크리트 바닥에 머리를 부딪고
북받쳐 오르는 울음을 참을 수가 없었다.
누가 나를 우롱하였을가,

ー「부다페스트에서의 少女의 죽음」에서

부타페스트의 소녀, 한국의 소녀에게 가해진 이유 없는 죽음은 시인 자신에게 가해진 폭력적 상황을 환기하도록 한다. 그래서 스물 두 살의 과거의 시인은 오늘의 고통스런 모습 속에 그대로 잔존하고 있다. 부다페스트 소녀의 죽음이 치욕이 되는 것은 이유 없는 죽음이기 때문이다. 그것은 시인에게도 강요된 바 있다. 그러므로 시인이 회의하는 것은 이유 없는 폭력이 가능하도록 만드는 역사의 현장이다. 그 역사의 현장은 익명성을 무기로 인간의 나약과 초라함을 강요하고 있다. 이런 맥락에서 앞의 시「幼年時2」의 '銀錢'은 역사의 폭력적 상황에서 마지막으로 강요되는 인간 존재의 마지막 보루와 같은 것이라 할 수 있다. 그러나 그러한 존재의 비천함은 다음과 같이 승화된다.

―책장을 넘기다 보니 은종이가 한 장 끼어 있었다
　活字 사이를
　코끼리가 한 마리 가고 있다.
　잠시 길을 잃을 뻔하다가
　봄날의 먼 앵두밭을 지나
　코끼리는 活字 사이를 여전히
　가고 있다.
　너무 작아서 잘 보이지도 않는
　코끼리,
　코끼리는 발바닥도 반짝이는
　銀灰色이다.

―「은종이」 전문

　　의미론적 정보의 불일치를 보이는 시다. '活字 사이를/걸어가고 있는 코끼리'가 전달하는 정보는 단편적으로 제시되어 소통의 연속성을 기할 수 없다. 그러나 김춘수의 시에서 반복되는 의미론적 정보를 통해 이 시를 이해할 수 있다. 우선 '활자'와 '코끼리'와 '은종이'가 전달하는 상상력을 생각해보자. '활자'의 연속을 역사의 흐름이라고 상정한다면 '코끼리'는 역사 속의 인간 존재일 것이다. 그러나 인간은 실재의 코끼리처럼 거대한 존재가 아니다. 앞서 김춘수의 시에서 인지한 역사의 폭력성으로 왜소해지고 축소되어 있다. 이때 코끼리의 은회색 발바닥은 왜소한 인간이지만 역사의 장을 작은 발걸음으로 반짝이며 빛내 가는 거대한 모습을 상징하고 있다. 여기서 '은전 두 개'를 통해 상실했던 인간 존재의 정수는 역사의 책장 속에 빛나는 '은종이'를 통해 회복되고 있다.

　　[1]외할머니는 統營을
　　[2]퇴영이라고 하셨다.
　　[3]오늘은 뉘더라

[4]얼굴이 하나 지워지고 있다.

[5]눈썹 밑에 눈이 없고

[6]눈 밑에 코가 없고

[7]입은 옆으로 비스듬히 돌아앉아 있다.

[8]외할머니의 퇴영은 통영이 아니랄까봐

[9]오늘은 아침부터 물새가 울고

[10]セタガヤ署 감방은 (나를 달랜다고)

[11]들창 곁에 欲知 앞바다만한 바다를 하나

[12]띄우고 있다.

─「처용단장 제2부 6」 전문

　이 시는 분리와 분열이 전체 구조의 주조를 이루고 있다. [1], [2]에서는 '統營'과 '퇴영'의 언어적 분리가 있고, [3]~[7]에서는 몸의 해체 속에 자아의 분열이 일어나고 있다. [10]~[12]에서는 '일본의 세다가야署 감방'에서의 과거시간과 [8], [9]의 현재시간을 연속시킴으로써 선적인 시간의 흐름을 왜곡시키고 있다. 이 시 자체가 갖는 의미적 흐름의 비인과성 역시 김춘수의 시에서 반복되는 정보를 통해 그 연속성이 회복될 수 있다. '統營'은 역사적 언어이다. 하지만 '퇴영'은 외할머니의 개인적 삶이 투영된 개인적 방언이다. 이는 언어적 불일치 이상으로 역사와 개인의 상황적 불일치를 환기한다고 추론할 수 있다. 이러한 불일치의 상황이 시인으로 하여금 자아의 분열을 가져오게 하는 것이고 자아가 해체될 때마다 시인의 시선은 과거의 고통이 상존하는 장소로 이동하게 된다.

　그러므로 김춘수의 시에서 발견되는 수많은 꽃들의 이름은 분열된 자아의 개인적 방언이라 할 수 있다. 그래서 김춘수의 시에서 소재가 이미지를 제시하는 데 그치고 있다거나 특별한 관념으로서의 배경이 없다는 지적22)은 오히려 김춘수의 시작 원리나 시적 구도로 이해되어야 할 것이다.

---

22) 김용직, 「아네모네의 실험의식─김춘수론」, 『김춘수 연구』, 학문사, 1982, 69~89쪽.

그런 점에서 '꽃'에 대한 언급은 '객관적인 풍경이 시인의 주관적인 정감과 그에 상응되는 언어가 합쳐서 변형하고 있음을[23]' 보아야 할 것이다.

수많은 '꽃' 들의 반복적 사용은 이 개개의 꽃들이 갖는 이미지보다는 꽃으로 대치된 존재의식이 무엇보다도 중요한 의미적 결속성을 갖는다. 개개의 꽃들의 고유개념은 김춘수의 자기반영적 존재확인이라는 심층구조 속에서 '꽃(존재)'으로 일반화되어 그의 시 속에서 특수한 의미로 체계화된다.

> [1]한밤에 깨어보니
> [2]일만 개의 映山紅이 깨어 있다.
> [3]그들 중
> [4]일만 개는 피 흘리며
> [5]한밤에 떠 있다.
> [6]밤은 갈라지고, 혹은 찢어지고
> [7]또 다른 일만 개의 映山紅 위에 쓰러진다.
> [8]밤은 부러지고
> [9]脫腸하고
> [10]별들은 죽어 있다.
> [11]별들은 무덤이지만
> [12]映山紅은 일만 개의 밤이다.
> [13]눈 뜨고 밤에 깨어 있다.
> [14]깨어 있는 것은 쓰러지고
> [15]피 흘리고
> [16]한밤에 떠 있다.
> [17]마침내 비단붕어는 눈 뜨리라.
> [18]지렁이가 눈에 불을 켜고
> [19]별이 또 떨어지리라.
> [20]바다는 갈라지고
> [21]밤도 어둠도 갈라지고 갈라지고

---

23) 박철희(1965), 앞의 글, 14~15쪽.

[22]땅은 가장 깊이에서 갈라지고
[23]개미만 두 마리 살아나리라.
[24]映山紅의 바다,
[25]일만 개의 映山紅이 깨어 있다.
[26]꺼다란 슬픔으로
[27]그것은 부러진다.
[28]映山紅. 일만 개의 모가지가
[29]밤을 부수고 있다.
[30]맨발의 커다란 밤이 하나
[31]짓누르고 있다.
[32]어둠들이 거기서 새어나온다.
[33]어둠들이 또 한번 밤을 이룬다.
[34]갈라진다.
[35]혹은 찢어진다.

−「大地震」전문

[2]는 [25]에서 완전회기되고 있다. 영산홍의 발화가 시인의 시심을 건드리고 있다는 중요한 정보를 반복을 통해 제공하고 있는 것이다. 그리고 [5]의 회기는 시인의 주관적인 정서가 영산홍이라는 고유한 대상과 만나 [6]의 '갈라지고, 혹은 찢어'지는 체험적 공간을 구체화한다. 특히 그러한 상실과 위기의 체험을 촉발시키는 매개체가 [28]의 언술을 통해 볼 때 '영산홍 일만 개의 모가지'임을 강조하고 있다. 그래서 [20]~[22]의 '갈라지고'의 반복 회기는 '바다·밤·어둠·땅'이 한 상황으로 동일한 정보를 제공하도록 등가성을 갖게 한다.

이 시를 통해 축적된 정보의 성격은 '죽음'이다. 이 '죽음'의 사상事象은 지시적으로 발설되지 않고 삭제되어 그 의미만 해석적으로 표상되고 있다. 즉 죽음의 구체적인 배경은 이 시에서 삭제되어 밤과 별의 죽음은 영산홍의 개화를 가져온다는, 다시 말해 죽음이 곧 삶의 변화를 가져온다는 의미만을 남긴다. 그러나 죽음의 거대함에 비해 삶은 너무 협소하다. 그것 때문에 시인은 비애에 젖는다. 죽음 때문에 빚어진 상실에 비해 회복은 너무 초라하기 때문이다. 그러므로 자연스럽게 김춘수의 시에서 역사의 폭력으로부터 오는 자아의 분열 양상은 죽음의 고통으로 이어진다. 그리고 그러한 고통으로해서 역사라는 이름으로 배태되는 모든 이데올로기에 대해 허무를 품게 된다.

2.1.2 죽음의 고통과 허무의식

김춘수 시의 해체적 형태는 역사의 폭력때문에 야기되는 자아의 분열을 반영하는 기능을 하고 있음을 앞서 살펴보았다. 그와 더불어 죽음의 고통이 김춘수 시의 해체적 형태 속에 내재되어 있다.

> [1]눈보다도 먼저
> [2]겨울에 비가 오고 있었다.
> [3]바다는 가라앉고
> [4]바다가 있던 자리에
> [5]軍艦이 한 척 닻을 내리고 있었다.
> [6]여름에 본 물새는
> [7]죽어 있었다.
> [8]물새는 죽은 다음에도 울고 있었다.
> [9]한결 어른이 된 소리로 울고 있었다.
> [10]눈보다도 먼저
> [11]겨울에 비가 오고 있었다.
> [12]바다는 가라앉고
> [13]바다가 없는 海岸線을
> [14]한 사나이가 이리로 오고 있었다.
> [15]한쪽 손에 죽은 바다를 들고 있었다.
>
> — 「처용단장 제1부 4」 전문

이 시에서 [3]~[5], [8][9], [12]~[14], [15] 등의 불연속적인 이미지의 파편적 제시는 의미의 소통을 단절하는 문제 상황이다. 추론적으로 [1], [2]에서 '눈'과 '비'의 대체관계, [3]~[5]에서 '바다'와 '군함'의 대체관계가 [6], [7]의 '물새의 죽음'과 의미의 병행구조를 이루고 있다. 즉 '비'와 '군함'은 '죽음'을 환기하고 있다. 그럼으로 [8], [9]에서 보이는 환청을 통해 드러나는 자아의 분열적 양상이 '죽음'으로부터 연유됨을 추론할 수 있다. 이러한 '상실→공포→환상'의 구조는 [10]~[15]에서 반복되고 있다. 그러나 이러한 해체적 형태만이 드러날 뿐 그것이 어떤 의미로 기능하는지 쉽게 접근할 수 없다.

자기환원적인 김춘수 시의 시작 원리를 따른다면 이 시의 불확정성은 시집『꽃의 소묘』(1959, 백자사)에 발표된 다음 시에서 어느 정도 연속성을 찾을 수 있다.

[1]눈을 희다고만 할 수는 없다.
[2]눈은
[3]羽毛처럼 가벼운 것도 아니다.
[4]눈은 보기보다는 무겁고,
[5]우리들의 靈魂에 묻어있는
[6]어떤 사나이의 검은 손떼처럼
[7]눈은 검을 수도 있다.
[8]눈은 검을 수도 있다.
[9]저것들을 보아라.
[10]입이 있어도 코가 있어도 눈이 있어도
[11]잎이 없는
[12]그늘이 없는
[13]꽃이 안 피는
[14]저 鑛物性 얼굴들을 보아라.
[15]눈은 勿論 희다.

[16]우리들의 末梢神經에 바래고 바래져서
[17]눈은
[18]오히려 病的으로 희다.
[19]우리들이 일곱 살 때 본
[20]福童이의 눈과 壽男이의 눈과
[21]三冬에도 익는 抒情의 果實들은
[22]이제는 없다.
[23]이제는 없다.
[24]萬頓의 憂愁를 싣고
[25]바다에는
[26]軍艦이 한 隻 닻을 내리고 있다.

[27]문 발에 밟히어 진탕이 될 때까지
[28]눈을 희다고만 할 수는 없다.
[29]눈은
[30]羽毛처럼 가벼운 것도 아니다.

-「눈에 對하여」전문

위의 시는 앞서 언급한 시 「처용단장 제1부 4」에서 제시되고 있는 '눈'
과 '사나이'와 '군함'의 불확실한 정보를 보다 구체화시키고 있다.

이 시에서 [1]의 '눈'은 목적어로, [2]의 '눈'은 주어로 사용됐다. 이처럼
품사를 달리하여 동일한 어휘를 회기함으로써 '눈이 희다고만 할 수 없다'
는 진술은 새롭게 '눈이 가볍지 않다'는 것에 다다르게 한다. 즉 한 표현의
존재가 다른 표현을 전적으로 새롭게 하고 있다. 그리고 눈이 희지 않고
검다는 것을 '어떤 사나이의 손떼'로 직접 비유하고 있다. 그럼으로써 그
사나이의 존재는 독자에게 직접적인 대상으로 등장하게 된다.

시인은 '눈'에 대해 새로운 정보를 전달하고 있다. 즉 '눈은 희지않고 가
볍지 않다.' 이처럼 눈은 희다는 기존 관념에 깊은 부정의식과 회의가 드
러난다. 그러므로 '눈'과 직접 비유된 '어떤 사나이'의 존재는 시인의 영혼

에 깊은 상처이다. 그러한 상처는 [10]~[14]에서처럼 몸의 해체로 제시되고, 그것을 총칭해 시인은 '광물성'이라 한다. 결국 검은 빛의 눈(雪)과 어떤 사나이, 광물성 얼굴, 군함 등은 흰 빛의 눈과 잃어버린 서정과 우수와 대립되어 시인을 비애감으로 몰아 넣는다. 이제는 서정이 없다는 현실 인식의 반영이다. 다시 말해 광물성이 상징하는 전쟁과 죽음의 공포는 식물적인 시인의 서정을 분열시키고 있다. 그러므로 시적 자아는 환청과 환상에서 벗어나지 못한다. 그러한 비현실적 이미지는 '바다'가 주는 상실감 속에서 강도를 더한다.

김춘수의 시에서 '죽음의 고통'은 탈역사화된 개인을 지향하게 한다. 이러한 지향점은 '바다'의 상상력 속에서 나타나고 있다. 김춘수의 시에서 등장하는 '바다'는 역사의식이 탈색된 내면의 허무공간이라 할 수 있다. 기존의 시에서 '바다'가 역동적인 생명의 공간이었음을 볼 때 김춘수의 시가 갖는 '바다'의 상상력은 일탈적이라 할 수 있다. 육당의 초기시에서 '바다'는 개아의 서정적 세계가 아닌 집단적 민중의식을 바탕으로 하고 있다. 즉 지상의 온갖 오염을 씻어가는 위대한 힘으로 그 공간적 의미가 드러난다.24) 정지용의 시에서 '바다'는 한 폭의 풍경화처럼 펼쳐지고 있다. 그는 바다의 몸짓과 언어를 통하여 신비를 체험하고 그 표정 하나하나에 독특한 이름을 붙이고 형상을 만들어 우리에게 보여준다.25) 김기림의 시에서 '바다'는 어둠이나 밤의 세계와는 달리, 생동감으로 상징되어 쇠진하고 정체되어 나른한 오후의 바다가 아닌 그 출발적 의미와 희망으로 표상되고 있다.26) 그러므로 그에게 있어 '바다'는 '아침'과 '태양'과 더불어 신선 · 활발 · 대담 · 명랑 · 건강의 이미지다.27) 그러나 김춘수의 '바다'는

---

24) 김학동, 『한국근대시의 비교문학적 연구』, 일조각, 1993, 252~262쪽.
25) 김학동, 『정지용연구』, 민음사, 1987, 28~44쪽.
26) 김학동, 『김기림연구』, 새문사, 1988, 28~31쪽.
27) 박철희, 「김기림론」, 『예술과 비평』 12월호, 1989, 234쪽.

역동적인 공간이 아니다. 김춘수의 시에서 외부 공간인 '바다'는 시적 자아의 내부로 이동한다.

> 한초롬 스며든 향기로운 내음새. 눈물겨웁게도 저녁 노을을 물들이고, 무여질 듯 외로운 밤을 불밝히던 하나 호롱! 홀린 가슴은 또한번 출렁이고…… 출렁이며 흘려보낸 끝없는 바다!
> 깜박이며 흘러간 아아 한송이 薔薇!
>
> —「薔薇의 行方」전문

불밝히던 하나 호롱!/흘려보낸 끝없는 바다!/흘러간 한송이 薔薇!

'호롱'과 '바다'와 '장미'는 동일한 구조 속에서 병행 회기하고 있다. 이들은 과거에 한 지점에 있던 존재물로서 순간성을 띠고 있다.[28] 있다가 사라져버린 존재들인 것이다. 시인이 묻고 있는 행방의 정체를 규명해야 하는 문제상황이다. 시인은 현존하지 않는 과거 존재에 대해 행방을 묻고 있다. 시인이 이처럼 과거 한 차례 존재했던 기억에 매료되는 것은 그 과거를 다독였던 기억과 그러한 사물들이 함께 존재하고 있기 때문이다. 특히 그러한 기억과 사물의 공존은 영원할 수 없기 때문이다. 그래서 김춘

---

[28] 기존 논의에서는 주로 '바다'를 유년의 심상으로 보고 있다. 김현은 바다를 외부 정경의 중요한 한 요소이면서 동시에 어머니의 알레고리로, 김준오는 유년을 상징하는 개인적 심상이면서, 갖가지 유년의 모습들을 빛처럼 의식의 표면으로 끌어내는 김춘수의 어두운 내면세계 그 자체로, 최하림은 시집『처용단장』의 매 편의 배경이자, 동적인 이미지로 등장해서 전체의 통일감을 부여하는 유년의 인상으로 보고 있다. 한편 윤지영은 언어 내적 맥락에서 세계인식으로서의 공시적 이미지 체계로 파악하고 있다.
김준오,「처용시학−김춘수의 무의미시론고」,『김춘수 연구』, 학문사, 1982, 255~293쪽.
김 현,「김춘수와 시적 변용」,『김춘수 연구』, 학문사, 1982.
윤지영, "김춘수시 연구−<무의미시>시의 의미", 서강대 석사학위논문, 1998.
최하림,「원초경험의 변용−김춘수의「이중섭」이해의 기초여건」, 김춘수 연구, 학문사, 1982, 352~371쪽.

수에게 바다는 그의 내면 속으로 들어가 잃어버린 존재의 대치 공간으로 자리한다. 위 시의 경우 이러한 비연속은 세 이미지 사이에 빈 공간을 마련하고 있다. 빈 공간은 시인의 의도로서 시적 원리가 되기도 하지만 독자의 입장에서는 상상력의 공간이기도 하다. 독자는 빈공간에 시인과 자신의 심리적 이미지가 상호교응하는 지점을 마련한다. 그래서 이 세 이미지는 과거에 한 지점에 있던 존재물로서 순간성을 띠고 있다. 사라져버린 존재들인 것이다. 독자는 시인의 그와 같은 과거의 감각적 체험을 복구하게 된다. 그래서 김춘수 시에서 '바다'의 빈 공간 의식은 대상의 은폐 전략으로 허무주의라고 하는 의미적 결속성을 생산한다.

> …바다 하나는 구름 위에 있고, 바다 하나는 내 눈썹
> 위에 드러누워 있었다.…
>
> － 「바다 하나는」에서

그래서 '바다가 구름 위에 있'다는 언술의 의미적 결속성은 '구름'을 대하는 시인의 허무주의적 태도에서 찾을 수 있다. 다음 시에서 구름이 환기하는 현실 상황은 왜곡되고 비실체적이기에 '허무의식'을 반영하고 있고 장미로 대변되는 내면지향적 특질은 '존재의식'으로 발현됨을 보여주고 있다.

> [1]저마다 사람은 임을 가졌으나
> [2]임은
> [3]구름과 薔薇되어 오는 것
> [4]눈 뜨면
> [5]물위에 구름을 담아보곤
> [6]밤엔 뜰薔薇와
> [7]마주앉아 울었노니

[8]참으로 뉘가 보았으랴?

[9]하염없는 날일수록

[10]하늘만 하였지만

[11]임은

[12]구름과 薔薇되어 오는 것

[13]……마음으로 간직하며 살아왔노라

－「구름과 薔薇」 전문

　　이 시는 김춘수의 등단시로서 이후 전개될 그의 시적 패턴을 엿볼 수 있는 대표적인 시다. 이후 쓰여진 그의 시와는 달리 단순한 구조임에도 쉽게 이해되는 것은 아니다. 통사적으로 [1]과 [2], [3]은 한 문장이지만 논리적으로 불연속적이다. 즉 [1]과 [2], [3]이 역접의 관계를 형성하기에는 서로 거리가 멀다. 이와 같은 불연속성을 극복하고 의의의 결속성을 복구해서 절 단위로 분절하면 다음과 같다.

　　{1}저마다 사람은 임을 가졌으나 (나는 임을 갖지 못하였다)

　　{2}임은 구름과 薔薇되어 오는 것(이다)

　　{3}(그래서 나도)눈 뜨면

　　{4}물위에 구름을 담아보곤 (했다)

　　{5}밤엔 뜰薔薇와 마주앉아 울었노니

　　{6}참으로 뉘가 보았으랴?(아무도 보지 않았다)

　　{7}하염없는 날일쑤록(더욱 그렇게 했다)

　　{8}(그처럼 임에 대한 생각은)하늘만 하였지만 (나는 임을 갖지 못

　　　　하였다)

　　{9}임은 구름과 薔薇되어 오는 것(이다)

　　{10}(그것을)마음으로 간직하며 살아왔노라

이처럼 의의의 연속성을 기한다 해도 의미가 불명료한 것은 '임'의 이미지

와 '구름과 장미'의 이미지가 급진적으로 결합되어 있기 때문이다. 그럼에도 파편적 이미지의 결합은 시인이 세계에 대해 설명하는 하나의 명제29)가 되어 해석의 통로를 열어놓고 있다. 특히 '임은 구름과 장미되어 오는 것'이라는 명제의 반복 회기는 불명료한 이미지 결합의 반복이지만 역설적으로 시인의 의도를 강조하고 있다. 그것은 이 명제적 진술을 '마음으로 간직하며 살아왔노라'는 [13]의 언술에서 더욱 분명해진다. 이 의도의 명료함을 삭감하기 위해 후에 김춘수가 이 부분을 삭제했다고 보아야 할 것이다30). 이러한 사실에서 김춘수 시의 불명료성이 의도적 전략의 산물임이 드러난다.

{1}과 {2}의 관계는 의의의 연속성 측면에서 연속성을 기할 수 없다. 우리는 시인이 본래 의미 내용의 연속성을 기한다는 측면에서 통사론적으로 괄호 속의 내용이 생략되어 있다고 추론할 수 있다. 이렇게 볼 때 '나는 임을 갖지 못하였다'는 숨겨진 구절의 회기를 통해 '임 부재'의 노래를 만들고 있는 것이다. 그래서 구조상 생략이 추가된다. 즉 하나의 구조와 그 의미 내용을 반복하되 표층 표현의 일부를 빼고 사용하고 있다. 그런 면에서 김춘수의 시가 갖고 있는 결속구조의 회기는 표면에 드러나 있는

---

29) 발화행위utterance 혹은 언표행위locutionary는 의미 내용 혹은 메시지를 설명하는 명제적 행위, 담화행위를 수행하는 언표내적illocutionary 행위(예; 약속, 협박), 그리고 청자에게 효과를 유도하는 언향적perlocutionary 행위(예; 납득시키는 일)와 교용된다. 특히 명제적 행위는 세계에 대해 진술하는 사실 확인의 술어적 기능을 전경화한다(Beaugrande(1995), 앞의 책, 174쪽, Beaugraude(1997), *Op.cit.*, (1997), p.39 참조). 이때 하나의 명제가 진술하는 세계는 현재적 현실과 양자택일적 현실 모두를 포함하는 가능세계다. 예를 들어 '내가 부자라면 나는 보트를 한 척 살텐데'라는 언술에서는 상상적 현실이 언급되고 있다. 이 현실은 '나는 부자다'라는 명제에 따라 특징을 보인다. 그리고 이 현실에서는 내가 보트 한 척을 산다는 사실이 존재한다. 내가 부자라는 현재적 현실과 내가 보트를 산다는 선택적 현실은 '참'과 '거짓'과 결부되어 있는 것이 아니라 사태와 결부되어 있다. 이 명제가 가리키는 사태가 존재할 때 '참'이 되며 그렇지 않을 때 '거짓'이 된다. 그래서 명제라는 것은 일정한 개념, 다시 말해서 어떤 '가능한 사태'에 대한 개념이라는 전제를 두고자 한다(Teun A. Van Dijk, (1995), 앞의 책 49~51쪽 참조).

30) 시집 『구름과 장미』(1948, 행문사)에 실린 시로 『김춘수 전집』에는 마지막 행[13] 이 삭제되어 실려 있다.

것에 강조점을 두기보다는 심층적인 것에 관심을 갖게 된다. 이 상실의 노래는 역설적으로 김춘수의 시적 과정이 상실의 반명제로서 임의 존재를 찾는 것이 될 것임을 추론할 수 있다.

시인은 임의 속성을 '구름'과 '장미'로 규정하고 있다. 2연을 통해 볼 때 구름은 '낮'에, 장미는 '밤'에 대면하게 된다. 이 대립적 구조 속에 김춘수의 시적 원리가 내포되어 있다. 현실지향과 내면지향의 이중성이 그것이다. 그러나 구름은 직접 대면할 수 없는 존재다. 단지 '물'을 통해서만 간접적으로 조우할 수 있다. 그런 면에서 현실은 왜곡되어 있고 은폐되어 있다. 반면 또다른 임의 모습인 장미는 실체적이다. 구름은 보는 존재이고, 장미는 마주 앉은 존재다. 이러한 임의 이중성은 김춘수의 시적 대상의 이중성을 반영하고 있다. 구름이 환기하는 현실 상황은 왜곡되고 비실체적이기에 '허무의식'을 반영하고 있고 장미로 대변되는 내면지향적 특질은 '존재의식'으로 발현된다. 이후 김춘수의 시는 허무와 존재에 대해 이중적 인식 속에서 변주되어 회전하고 있다.

그 결과 '바다'는 시인의 '눈썹 위에 드러누워 있었다'는 언술처럼 실체는 없고 그에 대한 기억 즉 감각만이 존재하고 있다. 다음 시들에서 드러나듯이 촉각과 청각으로 감지하고 있다.

> 늘 보는 바다
> 바다가 그 날은 왜 그랬을까
> 뺨 부비며 나를 달래고
> 또 달래고 했다.
>
> —「統營邑」에서

> 다섯 살 때 나는
> 天使란 말을 처음 들었다.
> 내 귀는

봄바다가 모래톱을 적시는 소리를
듣고 있었다.

-「메시지32」에서

이때 '바다'의 감각이 시각적 감각으로 드러날 경우는 다음과 같이 환상적으로 처리된다. 이러한 환상성은 김종삼의 시와 유사하며 허무의식은 김종삼 시의 연민의식으로도 읽게 된다. 궁극적으로 김춘수의 허무의식은 다음 시에서처럼 대상의 은폐와 현실의 환상적 처리를 그 의미적 결속성으로 갖고 있다.

봄에는 물오른 숭어새끼 온몸으로 바다를 박차고 솟
아오르다간 제 무게만큼의 깊이로 다시 또 떨어진다.
바다 밑은 물구나무선 하늘이고 하늘에는 물구나무선
발가락이 다섯 개, 발 한쪽은 어디로 갔나.

-「바다 밑」전문

한 번 본 天使는 잊을 수가 없다. 봄바다가 모래톱을
적시고, 한 줄기의 빛이 열 발짝 앞의 느릅나무 잎에
가 앉더니 갑자기 수만 수천만의 빛줄기로 흩어진다.
그네가 저만치 새로 날개를 달고 오고 있다.

-「失題」전문

2.2 역사의 내면화와 '존재'의 철학적 심화

김춘수의 시에서 '통사의 해체와 역사적 가치에 대한 허무'라고 하는 의미론적 결속성은 한 개인이 경험한 역사적 체험[31]을 현실의 상황 속에서

---

31) 개인적 체험은 에피소드적 기억과 관계된다. 그리고 그 경험의 시간적 관계들이다. 한편 김춘수에게 '죽음'의 의미, 혹은 개념은 의미론적 기억과 관계가 있다. 이 두 기억체계는 다음과 같은 점에서 다르다. 즉 (a)축적된 정보의 성격에서, (b)입력된

체계화시키지 못하고 삭제시키거나 이미지만 남긴다. 그러므로 시적 자아나 대상은 은폐되고 분열되며 상실된다. 이러한 시적 전략은 시의 안정성을 거부함으로써 역사의 아이러니를 드러내려는 것이다. 상실된 인간 실존의 모습에서 독자는 자연스럽게 역사 속의 왜소한 인간을 상상하게 되지만 역으로 상처받은 인간에 대해 부단히 시선을 멈추지 않는 시인과 만나게 된다. 그 시선 속에는 어떠한 이념과도 비교될 수 없는 인간 내면의 우주론적 존재감이 자리하고 있다. 그래서 김춘수의 시에서는 해체된 인간의 모습을 다스리며 내면적 아름다움의 구경 속으로 몰입해 가는 치유의 경지를 경험하게 된다. 이러한 내면 지향으로 상호텍스트적 수법이 구체화되며 역사의 선적 지속성을 부정하고 인간의 순간적 체험에 우위를 두게 된다.

2.2.1 상호텍스트의 전략적 수용

시적 의사소통에서 시의 안정성이 너무 비대해지거나 연장될 때 시인과 독자의 마음은 침체되기 마련이다. 그래서 변화와 새로움을 요구하게 되고, 시적 의사소통에서 배제된 실재, 즉 역사와 대면하기 위해 사회적인 결핍과 만나게 된다. 이때 시인은 부단하게 의미의 안정화를 연기하거나 혹은 철폐함으로써 독자가 배제된 실재를 환기하게 한다. 그러나 이러한 행위는 매우 제한적이며 극단적으로 자기패배적이다. 실제로 김춘수

사상事象의 지시적 언급 측면에서, (c)정보 검색의 상황과 결과에 따라서, (d)축적된 정보의 혼합interference과 삭제erasure의 민감성에서(Endel Tulving, "Episodic and semantic memory", Endel Tulving & Wayne Donaldson eds., *The Organization of Memory,* New York : Academic, 1972, pp.382~404 참조).
이에 대해 반 다익Van Dijk은 정보를 보관하는 장소를 '단기 기억'과 '장기 기억'으로 구별한다. 그래서 장기 기억을 의미적 기억 혹은 개념적 기억이라 부른다. 에피소드적 기억은 대체로 장기 기억의 일부로 간주한다(Tuen A. Van Dijk(1995), 앞의 책, 258~263쪽).
또한 보그란데는 텍스트 세계에서 어떻게 개념들이 함께 적용되는지에 대해 결속성을 지원하고 기대를 강화하는 활성화된 통로의 교차점으로 개념적 기억과 에피소드적 기억을 든다(Robert de Beaugrande(1980), *Op.cit.*, pp.75~77 참조).

의 시는 이미 질서화된 체계의 보호적 틀거리 내에서 개별적인 불안정적 행위를 연행한다. 초기의 시편들이 보여준 텍스트의 전통적 요소를 그대로 유지한 채 텍스트의 왜곡과 해체를 전개하는데서 확인되고 있다. 그러한 행위는 시를 이해하는 인지적 과정을 후향backshift시킨다. 그 곳은 시인과 독자가 이미 확정하고 결정한 어느 지점이다.32) 김춘수의 시에서 시인과 독자가 후향하는 곳은 신화적인 세계이다. 특히 개인적으로는 시인의 어린 시절이 개입되고 있으며 과거의 실존 인물들이 무수히 등장한다. 시인은 그곳으로 돌아감으로써 실재의 역사를 내면화시키고 있다. 어린 시절과 실존 인물들은 시인의 내면에서 늘 순간적으로 떠오르곤 한다. 이러한 후향적 행위는 김춘수의 시에서 자기텍스트의 반복적 형식으로 나타난다. 이렇게 볼 때 김춘수 시의 고통과 허무의 의미론적 결속성은 상호텍스트적 메시지33)라 할 수 있다. 이때 어린 시절과 실존 인물의 상호텍스트는 김춘수의 시에서 역사성을 갖고 드러나지 않는다. 즉 전이transition의 과정을 거쳐 시인의 내면을 반영하는 특수한 형태로 드러난다.34)

다음 시는 텍스트에 수용된 어린 시절의 양상이다. 여기서 김춘수 시의 운영적 전략을 엿볼 수 있다.

濠洲아이가
韓國의 참외를 먹고 있다.
濠洲 宣敎師네 집에는

---

32) 위의 책에서.
33) 이러한 상호텍스트적 메시지는 다른 시(시인, 문체 등)와 비교된 시 때문에 드러나는 것이다. 즉 그 시를 모방하고, 발전시키고, 다시 조합하고, 패러디하고 혹은 거부하는 "시적 전략ideas" 그리고/혹은 "코드codes"이다(Alexander Zholkovsky(1985), Op.cit., p.108).
34) 이러한 측면에서 크리스테바는 '상호텍스트를 수용한 텍스트는 독단적이고thetic-선언적enunciative이며 그리고 외연적denotative인 위상positionality의 새로운 분절articulation을 요구한다.'고 말한다("Revolution in Poetic Language", in The Kristeva Reader, ed. Toril Moi, 1986, pp. 90~136 참조).

濠洲에서 가지고 온 뜰이 있고
뜰 위에는
그네들만의 여름하늘이 따로 또 있는데
길을 오면서
행주치마를 두른 天使를 본다.

—「幼年時 1」전문

어린 시절에 시인이 목격했던 것은 서로 낯선 사물들이 하나로 통합되어 또 다른 세계를 마련하는 장면이다. '행주치마를 두른 天使'는 그러한 인식의 극단적 이미지라 할 수 있다. '濠洲아이와 한국의 참외'는 불균형을 이룬다. 마찬가지로 '행주치마와 天使'는 영락없는 부조화다. 그러나 호주 선교사가 낯선 공간에서 자신들만의 세계를 마련했듯이 시인도 길을 오면서 낯선 공간에서 자신만의 세계를 구축하게 된다. 이것은 '행주치마를 두른 천사'의 자아 분열적 이미지를 통해 역사적 공간의 아이러니를 드러내고 있는 것이다. 이와 더불어 어린 시절에 목격했던 거북, 나비, 잉어 등은 '천사'처럼 동일 계열체를 이루며 낯설고 생소한 곳에 등장하여 적응하기 어려운 시인의 자아를 대변하고 있다.

나비는 가비야운 것이 美다.
나비가 앉으면 순간에 어떤 우울한 꽃도 환해지고 多彩
로와진다. 變化를 일으킨다. 나비는 福音의 天使다. 일
곱 번 그을어도 그을리지 않는 純金의 날개를 가졌다. 나
비는 가장 가비야운 꽃잎보다도 가비야우면서 영원한 沈
默의 그 空間을 한가로이 날아간다. 나비는 新鮮하다.

—「나비」전문

위의 시는 '나비는~다'가 반복되면서 나비의 '가벼움', '복음', '신선함' 등이 나비의 특질로 등가성을 갖게 한다. 이때 시인은 '침묵의 공간'을 '그'

라는 지시어를 통해 한정하고 있다. 가벼운 존재인 나비와 역설적으로 대립된 현실 공간을 인식하고 있는 것이다. 그처럼 현실의 중압감에 대해 반명제로서 나비는 존재한다. 시인은 변화의 욕구를 충족시킬 수 있는 최선의 조건으로 '가벼움'을 제시하고 있다.

부조화를 이루는 어린 시절의 이미지를 반복적으로 수용함으로써 김춘수의 시는 이미지의 해체적 결합이라고 하는 의미의 불확정성을 가져온다. 그러나 그 이질적인 요소의 결합과 변화가 의도된 것이라면 그것은 왜곡된 현실의 실재적 반영이기도 하다.

또한 김춘수의 시에서 '처용'이나 '이중섭' 이라는 상호텍스트를 수용한 것은 그 인물들이 갖는 신화의 서사성, 즉 서사적 구조를 패러디하기 위한 것이다. 신화는 현실의 설명할 수 없는 상황을 설명하기에 적합하기 때문이다. 다시 말해 그가 경험한 폭력의 고통은 너무 충격적이고 개인적인 것이어서 일반적인 무엇을 가지고도 설명이 곤란하기 때문이다. 그러므로 이들 상호텍스트들은 그의 시에서 결핍되어 있는 리얼리티를 보충하기 위해 기법적 수단이 되고 있다. 상실된 의미의 간접적 추구 방식이라 할 수 있다.

특히 '처용'이란 인물은 신화적인 인물임에도 김춘수의 시 속에서는 직접적인 언급을 하지 않고 있다. 단지 표제의 수단으로만 이용되고 있다. 이는 김춘수의 시에서 기존 처용이란 인물은 이미 역사화된 인물로 받아들여지기 때문이다. 그래서 새로운 의미로 처용은 등장하고 있다.

[1]저
[2]머나먼 紅毛人의 都市
[3]비엔나로 갈까나,
[4]프로이드 博士를 찾아갈까나,
[5]뱀이 눈 뜨는

[6]꽃 피는 내 땅의 三月 初旬에
[7]내 사랑은
[8]西海로 갈까나 東海로 갈까나,
[9]龍의 아들
[10]羅睺羅 處容아빌 찾아갈까나,
[11]엘리엘리나마사박다니
[12]나마사박다니, 내 사랑은
[13]먼지가 되었는가 티끌이 되었는가,
[14]굴러가는 歷史의
[15]차바퀴를 더럽히는 지린내가 되었는가
[16]구린내가 되었는가,
[17]썩어서 果木들의 거름이나 된다면
[18]내 사랑은
[19]뱀이 눈 뜨는
[20]꽃 피는 내 땅의 三月 初旬에,

—「打令調 2」에서

이 시는 '내 사랑은'이 반복 되면서 이어지는 내용이 서로 결속성을 상실한 채 재생산되고 있다. 크게는 '뱀이 눈 뜨는/꽃 피는 내 땅의 三月 初旬에/내 사랑은'은 변주되면서 반복되고 있다. 이때 [17]에서 '사랑'이 과목의 거름이 됨으로써 역사와는 동화될 수 없는 존재가 된다. 그러면서 [18]~[20]의 문장은 [5]~[7]과 비교할 때 새로운 통사구조로 변주됨으로써 '뱀이 눈 뜨는/꽃 피는 내 땅의 三月 初旬'에 중요한 정보를 제공하고 있다.

시인은 '사랑의 헌신적 의미'를 가지고 '역사에 희생해서는 안 된다'는 의도를 지니고 있다. 사랑은 과목의 거름은 될지언정 역사의 거름은 아니라는 논리다. 시인은 '三月 初旬'에 중요한 정보를 갖고 있다. 삼월의 생동감을 역사의 차바퀴와 대체할 수 없는 것이다. 시인은 프로이드, 처용을 사랑의 대상으로 삼으려 하지만 [13]처럼 회의할 뿐이다. 그러므로 프로이드, 처용은 역사의 바퀴에서 벗어나 삼월의 초순 같은 생동감으로 시인에게 다시 태어난다.

이처럼 김춘수의 시에서 상호텍스트의 수용은 텍스트의 자기환원적 반복과 더불어 역사의 현장에서 상실된 개인의 실존을 반영하기도 하지만 새로운 인간 존재에 대해 철학적 탐구를 꾀하는 자기변주의 메시지라고 할 수 있다. 즉 '과거와 비판적 거리를 가진 반복'[35]적 패러디라 할 수 있다.

2.2.2 철학의 소재화와 '존재'의 심화

상호텍스트의 전략적 수용 속에 고유명사로 된 개개의 꽃들은 김춘수의 반복적 존재 확인의 대치물로서 일반화된 존재라 할 수 있다. 이것은 릴케처럼 김춘수도 실존적 의식의 시적 전개에서 새로운 깊이를 확인하게 됨을 말하는 것이다. 다시 말해 완상의 대상으로서 자연 속의 일부로 관찰되었던 '꽃'의 존재성은 김춘수의 시에 와서 비로소 인간 존재의 철학적 대상으로 소재화된다. 이는 릴케에게 있어 '천사'가 생사의 구별을 없앴듯이 김춘수에게 있어 '꽃'은 아름다움의 대상이 아니라 생존과 존재의 대상으로서 분열의 양상을 통해 회복의 의지를 표출하는 것이라 하겠다.

> [1]해질 무렵은
> [2]긴 回廊의 끝 아이들 발자국처럼
> [3]봄의 뜨락처럼
> [4]소리없이 술렁이는
> [5]죽음 이 쪽의 저무는 산허리
> [6]肋骨의 초록 비늘,
> [7]어제 죽고 내일 죽고
> [8]해질 무렵은

---

35) Linda Hutcheon, *A.Poetics of Postmodernism,* Rutledge, 1988, p.26.

[9]오늘 하루 저무는 꽃잎의

[10]그 아련함.

☆

[11]세브린느,

[12]오후 두시에서 다섯시 사이

[13]네 샅은 열린다.

[14]비가 내리고

[15]비는 꽃잎은 적신다.

[16]꽃잎은 시들지 않고 더욱 꽃 핀다.

[17]—이건 사랑과는 달라요.

– 「두 개의 꽃잎」에서

[2], [3]에서 '처럼'이 반복 회기하면서 '아이들의 발자국'과 '봄의 뜨락'은 병행 구문 속에서 병치된다. 그래서 '긴 回廊의 끝'은 '겨울의 끝' 즉 '죽음의 끝'을 의미한다. 거기서 다시금 삶으로 걸어나간 아이들의 발자국은 당연히 재생의 표상이다. '봄의 뜨락'은 말할 나위 없이 죽음(겨울)을 견딘 생명의 현장이기 때문이다. 그러한 재생의 현장은 [4]의 '소리없이 술렁이는'과 '봄의 뜨락'과 '아이들 발자국'을 직접 한정하여 비유함으로써 생명의 엄숙한 파문을 독자가 체험케 한다. 그리고 [5]의 '산허리'는 [6]에서 '肋骨'로 표현을 달리하여 회기하며 '저무는' 일몰의 모습은 '초록비늘'로 환언된다.

이처럼 두 개의 꽃잎은 죽음과 삶의 은유적 대치물이 된다. 여자(세브린느)는 花宮(삶)을 열어 생명을 出世間한다. 그것은 남녀의 사랑에서 열리는 문과는 다른 차원의 생명행위인 것이다. 이 모성의 때를 지나 여자가 사랑의 대상이 될 때 생명의 문은 닫히고 또 다른 꽃이 된다. 그러므로 두 개의 꽃은 모성과 여성을 함께 지닌 여자의 모습을 은유적으로 대치한다. 현실과 환상의 두 꽃. 시인은 그 경계를 자유롭게 넘나든다. 사실성을 가질 때 대상은 생명의 탄생이라는 의미를 갖지만 환상으로 몰입할 때 대상은 생명보다는 관념적인 사랑이 그의 전부를 차지하게 된다. 그러므로 대상의 의미는 찾아볼 길이 없다. 죽음은 변화의 은유라는 대 전제에서 볼 때 죽음이 없다는 것은 변화도 없으며 재생도 없는 것이다. 그것은 시인에게 꿈의 세계일 수밖에 없다.

이때 김춘수의 시에서 존재에 대해 형이상학적 감각을 불러일으키는 기억의 원소로 '소리'가 작용한다. 그것은 프루스트가 잃어버린 시간을 찾아 갈 수 있게 했던 미각적 기억의 원소와 유사한 것이라 할 수 있다. 이미 대상은 사라졌기 때문에 사물의 의미는 서로 다르지만 소리를 통해 동일성을 획득할 수 있다. 굳이 의미를 따지지 않고도 청각적 기능은 의미를 능가한다.

> 울고 간 새와
> 울지 않는 새가
> 만나고 있다.
> 구름 위 어디선가 만나고 있다.
> 기쁜 노래 부르던
> 눈물 한 방울,
> 모든 새의 혓바닥을 적시고 있다.
>
> —「처용단장 제2부 序詩」전문

지금 '울지 않는 새'의 실존은 없다. 이 삭제된 대상의 존재를 확인할 수 있는 것은 이미 울고 간 새의 '기쁜 노래'다. 그 소리에 대해 기억이 현재의 상실된 실체를 회복시킨다. 그래서 '모든 새'는 과거 울고 간 새의 울음 하나로 기쁜 노래를 부르고 있다는 존재감을 느낀다. '울고 간 새'와 '울지 않는 새'는 표면상 '울음'을 경계 삼을 때 서로 대립되는 사상事象이다. 그러나 '가버리다'와 '않다'라는 언술은 시인에게 부정적 상태로서 기능한다. 그러므로 그 부정적 인식으로 두 존재는 만날 수 있는 근거를 마련하게 된다.

다시 말해 공간적으로 이 두 존재는 만날 수 없다. 그러나 '구름'이라고 하는 '순간성'은 어떤 이치를 벗어나 불가능한 것을 실현하도록 하는 공간이된다. 시인은 그 공간에서 소리를 내게 하려고 한다. 그것은 이미 증발해 버린 촉기, 즉 '눈물'이 담당한다. 그러므로 김춘수 시인의 시쓰기는 촉기가증발해버린 사물들에게 '촉기'를 불어넣어 움직이게 하려는 것이다. 그 생동감은 늘 '소리'로서 구체화된다. 그 소리는 '순간적 존재'를 환기한다.

> 은종이의 天使는
> 울고 있었다.
> 누가 코밑 수염을 달아주었기 때문이다.
> 제가 우는 눈물의 무게로
> 한쪽 어깨가 조금 기울고 있었다.
> 조금 기운 天使의
> 어깨 너머로
> 얼룩암소가 아이를 낳고 있었다.
> 얼룩암소도 새벽까지 울고 있었다.
> 그해 겨울은 눈이
> 그 언저리에만 오고 있었다.
>
> ―「처용단장 제1부 10」 전문

앞서 어린 시절의 천사가 '행주치마를 두른 天使'의 모습 속에서 자아의 분열적 모습을 드러내고 있음을 살펴보았다. 이 시에서 그 분열된 자아의 모습은 '은종이의 天使'로 변주되고 있다. '은종이'는 김춘수의 시에서 역사의 장에서 시인이 발견하려는 인간 존재의 숭고한 흔적이었음을밝힌 바 있다. 이렇게 볼 때 '은종이의 天使'는 시인이 성취하려는 존재를심화하는 상징이라 할 수 있다. 익명의 폭력('누가 코밑 수염을 달아주었기 때문이다')으로부터 시인은 고통 받고 있다. 하지만 그 고통의 배경에서 새로운 탄생이 목격되고 있음을 볼 때 천사의 고통스런 울음은 얼룩암소의 울음과 중첩되어 자기 회복의 기쁜 노래로 승화되고 있다. 그것은 고통을 치유하는 눈 내리는 행위에서 확인 받고 있다.

천사의 울음과 얼룩암소의 울음과 겨울의 눈은 찰나적인 순간성 속에서 화음을 일으키고 있다. 거기에는 역사의 영속적 인과관계가 갖는 허무가 자리하지 않는다. 김춘수의 시는 이런 순간에, 즉 분열과 분리의 해체적 단계에서, 다시 말해 고통의 단계에서 새롭게 응고된 존재감을 체감케 한다.

3. 단절적 패턴 반복과 탈정전적 주변성 – 김종삼

3.1 단절의 구조와 부재의식

김종삼 시의 통사적 단절은 문장 성분의 생략과 불연속적인 시제의 운영에 있음을 앞서 살펴보았다. 시적 의사소통을 수행하는 과정에서 통사적 정보의 단절은 그 경계에서, '부분적 비전을 연결시킬 수 있는 의미에 대한 열망'[36]을 볼 수 있다. 그것은 아마도 궁극적 의미의 열망일 것이다. 그리고 의미에 대한 욕망은 많은 독자들이 단절된 통사의 축자적 의의 sense이상으로 도약할 것을 강요한다. 그럼으로써 시인과 독자는 시의 특수성, 즉 생략된 변이체와 분해된 요소에 대해 합일점을 갖게 될 것이다. 이처럼 김종삼 시의 단절적인 통사구조는 독자가 상실된 실재 사상事象을 점검하도록 한다. 또한 김종삼의 시에서 보이는 의미론적 정보의 불일치는 원인적 정보의 부재와 김춘수의 시에서처럼 다양한 인물과 사물 등의 대치적 사용에서 비롯된다. 이러한 의미의 불일치는 김수영의 시에서 보이는 의미의 지연과 조응되는 의미의 공백을 유도한다. '모든 삶의 목적은

---

36) Carol Braun Pasternack, *The Textuality of Old English Poetry*, New York : Cambridge University Press, 1995, pp.145~146 참조.

죽음'이라는 프로이드의 유명한 구절은 수사학적으로 '모든 발화의 목적은 침묵'이라고 읽을 수 있다. 이처럼 김종삼 시의 의미론적 공백에서 담화론적 이해를 추구하는 것은 '마지막 어휘last word를 획득하려는 신경중적인 욕망'이다. 즉 '자신과 타인 사이의 안정보다는 타인의 침묵 속에서 침묵을 발견하려는 욕망'이다.37) 이러한 욕망을 불러일으키는 김종삼 시의 침묵의 언어는 시적 자아의 부재의식을 반영하고 있다. 그리고 기존의 정전화된 믿음에 대해 회의를 담고 있다.38)

3.1.1 실존적 불안과 가치의 부재

[1]밤하늘 湖水가엔 한 家族이
[2]앉아 있었다
[3]평화스럽게 보이었다
[4]가족 하나하나가 뒤로 자빠지고 있었다
[5]크고 작은 人形같은 屍體들이다

[6]횟가루가 묻어 있었다

[7]언니가 동생 이름을 부르고 있다
[8]모기 소리만하게
[9]아우슈뷔츠 라게르.

　　　　　　　　　　　　　　　　　　 -「아우슈뷔츠 라게르」 전문

---

37) 인용된 부분은 Yarbrough R. Stephen(1999), *Op.cit.*, pp.39~40참조.
38) 료따르는 현대사회에서의 지배서술의 탈권위화와 그 붕괴를 주장하고 그 대신에 소수 담론과 "사소한 이야기들"을 내세우고 있다. 데리다, 푸코, 바르트 등과 같은 포스트구조주의 자들의 '해체이론'은 서구의 전통적인 형이상학 체계인 진리, 주체, 초월적 이성 등을 거부하며 신의 죽음, 아버지의 죽음, 작가의 죽음을 선언하고 권위에 대해 야유와 전통적 커리큘럼의 개정을 요구하고 나섰다. 이와 관련하여 타자, 국외자, 변두리 인간에 대해 관심이 늘어나는 것도 특기할 만하다(정정호, 『탈근대 인식론과 생태학적 상상력』, 한신문화사, 1997, 87쪽).

이 시는 앞서 살펴보았듯이 시제의 불연속으로 통사의 불연속을 보이고 있다. [5], [7], [8]에서 보이는, 시간의 단절은 과거의 비극적 상황을 갑작스레 현재의 상황으로 끌어당기는 기능을 하고 있다. 그럼으로써 '아우슈뷔츠'와 '한국전쟁'의 비극적 상황이 만날 수 있는 시간적 공간을 마련하고 있다. 두 상황이 만나는 지점은 생명을 위협하는 전쟁이다. 그처럼 이 시에서 시제의 단절적 운영은 실존의 불안을 반영하고 있다. 언제나 전쟁의 폭력성을 현재의 문제로 상기시키기 때문이다. 그리고 [7], [8]의 문장 어순은 시인의 의도가 담긴 구성으로 도치된 [8]의 언술은 중요한 정보라 할 수 있다. '모기 소리'는 인간의 실존이 가장 위축된 상태라 할 수 있다. 시인은 전쟁이 가져오는 실존적 불안을 실낱같은 계집아이의 목소리에 담고 있는 것이다. 이처럼 인간의 실존이 불안한 상태에서 인간의 존엄성이라는 가치는 상실되고 만다. 인간의 주검도 [5]에서처럼 인형처럼 묘사될 뿐이다. 그처럼 김종삼의 시에서 분단과 전쟁을 통해 점검하고 있는 상황은 다음 시에서처럼 가치가 전도되어 있다.

① 아무리 아름다운 자연의
　 풍경이라 할지라도 나에겐
　 참담하게 보이곤 했다.

―「北녘」에서

② 헬리콥터가 지나자
　 밭이랑이랑
　 들꽃들일랑
　 하늬바람을 일으킨다
　 상쾌하다

―「序詩」에서

③ 엉덩이가 들린다고 쥐어 박히고 있음
　 개미가 짖고 있음

기어가고 있음

달뜨기 전 넘었음

－「달 뜰 때까지」에서

④ 입과 팔이 없는 검은 標本들이 기인 둘레를 덜커덕거리며 선회
하고 있었다.

半世紀가 지난 아우슈비치 收容所의 한 部分을 차지한

－「地帶」에서

위에 예시된 시들은 통상적인 발화 상황과 불일치를 보이는 문제 상태
이다. ①에서는 아름다움이 참담으로 보이고, ②에서 전쟁 시 살상 무기
인 헬리콥터에 대해 상쾌함을 느끼고, ③에서 인간은 땅을 기고 개미는
짖고 있다. 그리고 ④에서는 반세기가 지나도록 인간은 생물실의 표본처
럼 자기 자신을 들여다보고 있다. 이는 미와 추가, 인성과 수성이, 평화와
전쟁이, 인간과 물상이 가치가 전도되어 있는 상황이다.

[1]내용 없는 아름다움처럼

[2]가난한 아희에게 온
[3]서양 나라에서 온
[4]아름다운 크리스마스 카드처럼

[5]어린 羊들의 등성이에 반짝이는
[6]진눈깨비처럼

－「북치는 소년」전문

앞서 이 시를 언급하면서 아름다움에 대해 시인의 해석적 표상이 '내용'
없음에 가 닿아 있다는 사실을 주목해야 한다고 지적한 바 있다. 그것은 김
종삼 시의 원관념 부재의 불확정성이 현실의 상실감에 대해 형식적 반응으

로 나타나기 때문이다. 분명 이 시는 현존재(dasein)[39]에 대해 언급하고 있다. 그러나 그것은 내용없는 형식처럼 가치없는 존재(sein)일 뿐이다.

이 시는 생략구문으로 텍스트의 불연속성을 보이고 있다. 그러나 오히려 문제 상태는 [1]의 '내용 없는 아름다움'이 독자에게 전달되는 맥락 파악의 어려움이다. '아름다움'이란 통상 '감성적이고 이성적인 조화, 통일에 대한 순수한 감정을 일으키는 요소'로서 '내용 없다'는 결핍 요소로 기술이 된다는 것은 문제 상태임이 분명하다. 이것을 처리하는 데 있어 독자는 [2]~[6]으로 맥락을 확장[40]시키게 된다. 이때 회수되는 독자의 기억은 '어린 시절의 궁핍'이며 그 때문에 초래된 '시련'이다. 그래서 가난한 아이와 아름다운 크리스마스 카드와 어린 양과 진눈깨비는 조화와 통일의 조합이 아니다. 그것은 다음의 대립 관계에서도 확인된다.

가난한(결핍) ⟺ 아름다운(충만) / 어린(미숙) ⟺ 진(완성)

이렇게 해서 서양 나라에서 온 크리스마스 카드의 외형적 아름다움은 가난한 아이의 결핍을 충족시켜주지 못하는 미완의 가치에 지나지 않는다. 그

---

39) 하이데거는 문화적 '다자인'의 세계를 '역사적 독일인의 존재'라고 기술한다. 그리고 '시인'을 '그 실상에 따라 신을 명명하고 모든 사물을 명명하는 자'라고 불렀다. 그처럼 김종삼 시에서 '역사적 한국인의 존재'는 '내용없는 아름다움'으로 명명되고 있는 것이다(Robert R. Magliola, 최상규 역, 『현상학과 문학』, 대방출판사, 1986), 11쪽).

40) 이는 적합성 이론의 맥락 효과 중 구정보의 강화에 해당된다. 즉 신정보가 구정보를 입증하는 증거를 제공하면 맥락 속에 존재하던 그 구정보의 강도가 증가됨을 뜻한다. 해석의 과정은 적합성relevance의 탐색에 따라 이루어지는 것으로 적합성이란 시인이 어떤 정보를 주었을 때 독자에게 파악되는 전체 맥락과의 관련성을 말한다. 시인은 독자가 알아볼 만큼의 의도를 시를 통해 전달하는 것이고, 독자는 그 의도의 범위 안에서 최대한의 상상력을 발휘하는 것이다. 이는 시인의 의도와 독자의 수용 자세와 관련된 원리로 시 텍스트 해석에 있어 담화 차원의 접근이라 할 수 있다(D. Sperber and D. Willson, 김태옥 · 이현호 공역, 『인지적 화용론 : 적합성이론과 커뮤니케이션』, 한신문화사, 1994, 152~164쪽 참조).

러므로 위의 시는 가난한 아이와 아름다운 크리스마스 카드, 어린 양들과 진눈깨비의 연결을 통해 조화와 통일이 결여된 대립적인 현실 상황을 점검하고 그 상황에 대해 '내용 없음' 즉 '가치의 부재 상황'으로 규정하고 있다. 김종삼의 시에서 이러한 가치의 부재 양상은 '술 없는 황야(「걷자」에서)', '주인 없는 馬(「西部의 여인」에서)', '장사를 할 줄 모르는 行商(「엄마」에서)', '해온 바를 訂正할 수 없는 시대(「고장난 機體」에서)'로 드러난다.

이와 같은 실존의 불안과 가치의 부재 양상은 김수영 시의 현실적 상상력과 조응되는 것으로 차이가 있다면 김종삼의 시는 현실의 결핍된 상황을 통해 가치의 부재를 가감 없이 묘사적으로 전달할 뿐이지만 김수영의 시는 현실의 모순을 부정하려는 적극적인 목소리를 내고 있다는 것이다. 이러한 차이는 그만큼 김종삼 시의 가치복원의 목소리가 단절된 형식 속에서 침묵의 여운을 남기고 있음을 반증하는 것이라 하겠다.

3.1.2 죽음의 일상성과 영혼의 부재

[1]苹果 나무소독이 있어
[2]모기 새끼가 드물다는 몇 날 후인
[3]어느 날이 되었다.

[4]며칠만에 한 번만이라도 어진
[5]말솜씨였던 그인데
[6]오늘은 몇 번째나 나에게 없어서는
[7]안 된다는 길을 기어이 가리켜 주고야 마는 것이다.

[8]아직 이쪽에는 열리지 않는 果樹밭
[9]사이인
[10]수무나무 가시 울타리
[11]길줄기를 벗어 나
[12]그이가 말한 대로 얼만가를 더 갔다.

[13]구름 덩어리 얄은 언저리
[14]植物이 풍기어 오는
[15]유리 溫室이 있는
[16]언덕쪽을 향하여 갔다.

[17]안쪽과 周圍라면 아무런
[18]기척이 없고 無邊하였다.
[19]안쪽 흙 바닥에는
[20]떡갈나무 잎사귀들의 언저리와 뿌롱드 빛갈의 果實들이 평탄
하게 가득 차 있었다.

[21]몇 개째를 집어 보아도 놓였던 자리가
[22]썩어 있지 않으면 벌레가 먹고 있었다.
[23]그렇지 않은 것도 집기만 하면 썩어 갔다.

[24]거기를 지킨다는 사람이 들어와
[25]내가 하려던 말을 빼앗듯이 말했다.
[26]당신 아닌 사람이 집으면 그럴 리가 없다고−

−「園丁」전문

    앞서 이 시는 원인적 정보의 부재로 소통의 연속성을 기할 수 없음을 밝힌 바 있다. 즉 이 텍스트를 처리하는 과정에서 독자는 [21]∼[23] 부분에 이르러 의의의 불연속성을 발견하게 된다. 그것은 [1], [2]의 '소독으로 모기 새끼가 드문 상태'와 연결관계 강도가 희박한 우연적 지식이기 때문이다. 즉 소독한 사과가 썩을 가능성이 희박한데도 부패하고 말기 때문이다. 이처럼 결과에 대해 원인적 정보의 부재와 시제의 단절이 원인을 알 수 없는 부패라는 의미론적 정보를 전달하고 있다.

    이 문제 상태를 해결하기 위해 활성화할 수 있는 것은 [25], [26]의 발화 내용이다. 시인은 '부패의 원인'을 자기 자신에게 돌리고 있다. 이는 시

인이 '자기 부정'의 상태에 빠져 있다고 확대할 수 있는 발화체이며 독자 역시 시인의 그러한 심적 상태를 공유하게 된다.

시인이 상황 점검한 내용은 다음과 같다. '어느 날 과수원에 들렀을 때 집어든 사과마다 썩어있는 기대 밖의 事象에 직면하다.' 이때 시인은 [1]~[3]의 상황증거(소독)를 제시하며, 위와 같은 상황에 대해 문제 상태를 통찰하고 그것을 주제로 삼아 독자에게 자신의 신념을 전달한다. [20]은 시인이 추구하는 상태인데 [4]~[7]의 '나에게 없어서는 안된다는 길'을 통해 도달하는 곳임을 볼 때 그 개연성이 높다. 그러나 [8]~[12]의 '울타리 길줄기를 벗어나'는 상황 증거로 현실의 경계를 넘어 들어가는 것임을 인지할 수 있다. 그러나 [21]~[23]의 상황은 독자에게 기대 밖의 결과가 아닐 수 없다. 마침내 시인은 [26]의 발화를 통해 독자의 맥락을 수정시키고 '자기 존재 부정'이라는 맥락효과를 독자의 인지 환경에 일으킨다.

이 텍스트는 [1]~[3]의 '정화(소독)', [17]~[20]의 '풍요(과실)', [21]~[23]의 '부패' 등의 개념들 간의 결속성에서 불일치를 보이고 있다. 분명히 [21]~[23]의 내용은 맥락적 개연성이 희박한 발화체이다. 이 정보가 의미하는 바가 시인의 '자기 부정'의 심적 상태를 전달하려는 데 있다는 것은 밝힌 바 있다. 이처럼 시인이 자기 부정에 이르게 된 것은 [1]~[20]의 상정 내용을 처리하는 과정에서 그 맥락을 확장할 수 있다.

① 원정은 과수원 안 쪽 가장 충만된 곳으로 시인을 이끌고 있다.
　(늘 그런 것이 아니라 오늘에 한 해)
② 그 길은 시인이 반드시 가야할 길이지만 밖에서 안으로, 이 쪽에
　서 저쪽으로 경계를 넘는 길이다.
③ 그런데 그 안쪽은 지켜야만 하는 곳이다.

이와 같은 상정 내용을 통해 살펴보면, 화자가 침범한 지역은 과실들로 가득찬 충만된 곳으로 정화(소독)의 과정없이 들어 갔을 때 그 세계는 순

식간에 파괴(부패)되어버린다는 것을 알 수 있다. 결국 다음과 같이 맥락을 확장하여 [21]~[23]의 높은 정보성 단계를 격하시킬 수 있다. 시인은 부족함이 없는 충만된 세계를 추구하지만 그 세계로 가기에 원죄처럼 이미 부패를 잉태하고 있다.

이러한 원죄의식은 다음 시에서 드러나듯 윤회의 굴레와도 같은 것으로 생명과의 고리를 끊지 않으면 구원받지 못한다.

> 그 언제부터인가
> 나는 罪人
> 수億 年間
> 주검의 連鎖에서
> 惡靈들과 昆蟲들에게 시달려 왔다는 것이다
>
> —「꿈이었던가」전문

> 하나님은 어느 누구의 祈禱도 듣지 않는다 한다
> 죽은 이들의 祈禱만 듣는다 한다.
>
> —「벼랑바위」중에서

그러나 이러한 원죄의식 속에서 텍스트의 단절적 구조는 일상 속에 개입되어 있는 죽음의 간헐적 연속을 담고 있다. 그래서 죽음의 일상성은 삶과 죽음의 경계를 흐릿하게 하고 나아가 죽음이 삶의 영역 속으로 편입됨으로써 삶과 죽음이 함께 거주하게 된다. 그래서 다음 시에서처럼 죽음을 모면한 사건을 겨울 피크닉에 다녀온 것으로 비유하고 있고 시체실에서의 시신 검안을 살아서의 신체검사와 비유해서 시체검사라 하고 있으며[41] 죽어서도 살아서의 감각과 욕구가 이어지고 있다.

---

41) 시「屍體室」에서.

얌마 너는 좀 빠저 꺼져
죽은 내 친구
내 친구
목소리었다.

                         -「겨울 피크닉」중에서

눈발이 날리고 있었다
주먹만하다 집채만하다
쌓이었다가 녹는다
교황청 문 닫히는 소리가 육중
하였다 냉엄하였다
거리를 돌아다니다가
다비드像 아랫도리를 만져보다가 관리인에게 붙잡혀 얻어터지고
있었다

                        -「내가 죽던 날」전문

이러한 죽음의 일상성은 서로 다른 시공간에서 연속성을 가져야 할 삶과 죽음의 경계를 단절하는 것이다. 그럼으로써 영혼은 거주할 공간을 잃게 된다. 그래서 시「라산스카」에서 '나 지은 죄 많아/죽어서도/영혼이 없'다고 언급하고 있다.

[1]廣漠한地帶이다기울기
[2]시작했다잠시꺼밋했다
[3]十字架의칼이바로꼽혔
[4]다堅固하고자그마했다
[5]흰웃포기가포겨놓였다
[6]돌담이무너졌다다시쌓
[7]았다쌓았다쌓았다돌각
[8]담이쌓이고바람이자고
[9]틈을타凍昏이잦아들었

[10]다포겨놓이던세번째가

[11]비었다.

—「돌각담」전문

전체적으로 의의의 연속성을 기할 수 없는 시다. 궁극적으로 해결해야 할 문제 상태는 [10], [11]의 '비어 있는 세 번째'의 의미다. 먼저 이 시에서 드러나는 특징적인 표층의 결속성은 과거의 현재화42)를 꾀하는 장면 제시적 수법이다. [1]의 '광막한 지대이다'는 현재형 서술어를 사용하여 뒤에 이어지는 발화체와 '시제의 불연속'을 보이고 있다. 과거를 현재화함으로써 시인의 해석적 인식이 과거의 한 사상事象에 초점화되고 있다. 이러한 현장감은 [6], [7]의 '쌓았다'라는 어휘적 회기를 통해 더욱 강조되고 있는데, 돌각담이 쌓이는 형상을 도상적으로 표현하고 있다. 의미 연결을 위해 생략된 성분을 복원하면, [1]의 '기울기 시작했다'의 주체는 '십자가의 칼'이 된다. 이것은 생략의 후조응 사례로 [3]의 '바로 꼽혔다'와 인과 관계가 된다. 그리고 [10]의 '세번째'는 [5]에 따라 흰옷포기가 포겨 놓여야할 장소 혹은 대상이 될 것이다. 이러한 의의의 결속성을 복구하여 기술하면 다음과 같다.

{1}廣漠한 地帶이다
{2}(十字架의 칼이)기울기 시작했다
{3}(기우는 십자가의 칼 때문에)잠시 꺼밋했다
{4}십자가의 칼이 바로 꼽혔다
{5}堅固하고 자그마했다
{6}흰옷 포기가 포겨 놓였다

---

42) 이러한 김종삼 시의 개성은 상상작용이며 자설적 체험인 서정을 새롭게 직관한다. 여기서 상상작용이란 과거에서 현재에로의 변용이며 잠재된 기억의 재체험을 새롭게 인식하는 과정, 즉 선의식이 의식화되는 과거의 현재화인 것이다(박철희, 『한국시사연구』, 일조각, 1995, 102쪽 참조).

{7}돌담이 무너졌다

{8}다시 (돌담을) 쌓았다

{9}(돌담을) 쌓았다

{10}(돌담을) 쌓았다

{11}돌각담이 쌓이고

{12}바람이 자고

{13}(그) 틈을 타 凍唇이 잦아 들었다

{14}(흰옷 포기가)포겨놓이던 세 번째(무덤)가 비었다.

여기서 독자는 {2}-{14}의 상황이 {1}의 '광막한 지대'에 대해 자세한 내용을 제시하는 것으로 알고 {2}-{14}로부터 {1}의 주요문제의 의미를 알게 된다. 즉 시인이 과거의 현실을 '광막한 지대'로 파악할 때 그 주요문제는 '훼손된 죽음'의 문제라는 것을 알게 된다. 그리고 독자는 {2}-{13}을 읽기 전에는 {14}의 상황을 충분히 이해하지 못한다. 그러므로 '비어 있는 세 번째'의 의미는 {2}-{13}의 상황을 통해서 이해할 수밖에 없다. 즉 {2}-{5}의 '십자가 세우기', {6}의 '흰옷 포겨 놓기', {7}-{13}의 '돌담쌓기'의 죽음의식儀式은 이 시의 문제상황인 '비어 있는 세 번째'의 의미이기도 하다.

이 죽음 의식儀式은 상실에서 회복의 구조를 드러내고 있다. 즉 광막함의 극복과정을 보이고 있는 것이다. 기울어진 십자가의 광막함([1][2])은 '십자가 세우기([3])와 흰옷 포겨놓기([5])'로, 무너진 돌담의 광막함([6])은 '돌담쌓기([7])'로 이어지고 있음을 볼 때 그러하다. 이때 광막함 이전에 죽음이라고 하는 상실이 있었음을 추론하게 된다. 즉 이미 세 번의 죽음이 있었고 그 죽음마저 훼손된 상태를 극복하는 과정을 그리고 있는 것이 위의 시라 할 수 있다. 다만 세 번째의 죽음은 유보된 상태일 뿐이지 이미 죽음과 같은 상태라 할 수 있다. 이러한 죽음의 정보를 김종삼은 시「한마리의 새」에서 제공하고 있다.

세 개의 가시덤불이 찬연하다
하나는 어머니의 무덤
하나는 아우의 무덤

그런데 여기서 세 번째 무덤에 대한 언급이 없다. 황동규[43]는 이 나머지 언급되지 않은 세 번째 무덤을 '나(시인)의 무덤'으로 해석하고 있다. 다시 말해 유보된 그 죽음은 시인의 몫인 것이다. 그러므로 이 시에서 상정할 수 있는 내용은 ① 세 개의 무덤이 있고(그런데 무덤들은 이미 황폐화되어 있다) ② 무덤에 대해 정비가 있었고 ③ 세 번째 무덤은 빈 상태다. 이것은 상황증거로서 시인이 당면한 현실 상황이 죽음과 관련되어 있음을 알 수 있다. 그리고 '비어 있는 세 번째' 무덤은 이 시를 대하는 독자의 기대가 무너지는 상황 즉 당연히 묻혀 있어야 될 시신에 대해 궁금증을 불러일으키는 것이고 시인이 생각하는 시인 자신의 죽음을 인지하게 한다. 그것은 영혼의 부재라 할 수 있다. 이제 주목해야 할 것은 '凍昏'이 지니는 함축적 의미다. 축자적으로 '동혼'은 어린 죽음과 관련이 있다[44]. 그 어린 주검은 시「한 마리 새」에서 확인한 시인의 죽은 동생이며 그것 때문에 시인은 죄의식으로 영혼 부재에 놓이게 된 것이라 추론할 수 있다. 여기서 김종삼 시의 연민의식과 생명의 지향점을 확인하게 된다. 그의 영혼부재의 죄의식은 연민의식의 상징적 표출이며 생명에 대해 휴머니즘적 인식을 드러내는 징후라 할 수 있다. 이러한 연민의식과 생명의 지향은 김종삼 시의 의미론적 결속성이 되고 있다. 그리고 이것은 원관념의 부재와 어휘의 대치적 사용이라는 표층적 구조 속에 침윤되어 있다.

이와 같은 김종삼 시의 영혼 부재의 의미론적 결속성은 김춘수 시의 죽

---

43) 황동규(1979), 앞의 글, 16쪽.
44) 凍 : 얼 동/ 昏 : 어두울 혼, 어려서 죽음(夭折). 예)혼찰(昏札) : 어려서 죽음, 병으로 죽음(동아출판사 편집국 편,『새漢韓辭典』, 동아출판사, 1995, 279쪽, 984쪽).

음의 고통 속에서 내면화되는 현실 상황과 조응된다. 그러므로 김춘수 시의 허무의식은 자기 환원적인 자기 치유의 과정임을 생각할 때 김종삼의 시에서 흐르는 연민의 정서와 부합된다 하겠다.

3.2 타자의 가치화와 '생명'의 윤리적 확대

김종삼의 시에서 통사의 단절과 가치의 부재와 영혼의 부재라고 하는 의미론적 결속성은 이중적으로 드러난다. 가치의 부재를 드러낼 때는 현실의 상황성이 강화되지만 영혼의 부재를 드러낼 때 현실은 내면화된다. 전자가 삽화적 기억들을 묘사적 기술 속에 전개하고 있는 환유적인 가치의 세계라면 후자는 삽화적 기억들이 삭제되어 내면화된 은유적인 존재의 세계라 할 수 있다. 이처럼 김종삼의 시에서 개인의 일상사를 사회의 문제로 확장시키는 전략을 통해 새로운 시적 풍경을 드러내는 김수영의 시와 한 개인이 경험한 역사적 체험을 은폐와 분열을 통해 내면화시킴으로써 역으로 인간 내면의 우주론적 존재감을 실감케하는 김춘수의 시가 조화롭게 만나다고 하겠다. 그러나 김종삼의 시의 이중성에도 지속성을 갖는 것은 현실의 비극적 환기이다. 이러한 시적 전략은 기존의 정전화된 가치들보다는 주변적인 '타자'에 관심을 보임으로써 드러난다. 이 역시 결핍을 통해 새로운 시정신을 구축하는 역설적 삶의 태도라 할 수 있다. 그러므로 김종삼의 시에서 드러나는 서사와 극적 요소는 자연스럽게 비극적 현실을 환기하는 형식이 되고 있다.

3.2.1 서사와 극적 구조의 수용

이야기의 구조적 원리는 '스토리, 작중 인물, 시간적 순서, 초점화 등과 같은 서사 단위들이 의미작용의 영역을 조직한다'[45]는 데 있다. 다음 시는 이러한 서사체의 구조를 띠고 있음을 확인할 수 있다.

옛 이야기로서 고리타분하게 엮어지는 어렸을 제 이야기이다. 그 맘
때만 되며는 까닭이라곤 없이 재미롭지도 못했고 죽고 싶기만 하였다.

그 즈음에는 인간들에게는 염치라곤 없이 보이리만큼 너무 지나치게
아름다움이 풍요하였던 자연을 가까이 하면 할수록 더욱 그러하였다.

　고양이란 놈은 고양이대로 쥐새끼란
　놈은 쥐새끼대로 옹크러져 있었고
　강아지란 놈은 강아지대로 밤 늦게까지
　나를 따라 뛰어 놀았다.

　어렴풋이 어두워지며 달이 뜨는
　수수대로 만든 바주 울타리 너머에는
　달이 오르고 낯익은 기침과 침뱉는 소리도 울타리 사이를 그때면
간다.
　풍식이란 놈의 하모니카는 귀에 못이 배기도록 매일같이 싫어지도
록 들리어오곤 했다.
　자라나서 알고 본즉「스와니江의 노래」였다.
　선율은 하늘 아래 저 편에 만들어지는 능선 쪽으로 날아 갔고.
　내 할머니가 앉아 계시던 밭 이랑과 나와 다른 사람들과의 먼 거리
를 만들어주기도 하였다.

　모기쑥 태우던 내음이 흩어지는 무렵
　이면 용당패라고 하였던 해변가에서
　들리어오는 오래 묵었다는 돌미륵이 울면 더욱 그러하였다.
　자라나서 알고 본즉 바닷가에서 가끔 들리어 오곤 하였던 고동소리
를 착각하였던 것이었다.

　─이 때부터 세상을 가는 첫 출발이 되었음을 몰랐다.
　　　　　　　　　　　　　　　　　─「쑥내음 속의 童話」 전문

---

45) Steven Cohen · Linda Shires, 임병권 · 이호 역, 『이야기하기의 이론』, 한나래, 1997, 81쪽.

이 시에는 스토리, 즉 사건의 연쇄가 존재하고 있다. 어린 시절 강아지와의 놀이, 풍식의 하모니카 연주, 할머니와 마을 사람들과의 기억 등이 배열돼 있다. 이 일련의 사건 연쇄는 사후 제시analepsis되어 서술시간보다 앞선 시간으로 거슬러 올라가 회상의 시점을 보이고 있다. 이 시는 시인이 서술하는 사람으로 사건을 경험하고 목격하는 초점자가 된다. 이때 당연히 초점화의 대상은 과거의 동화적 세계가 된다. 시인은 가난과 궁핍 속에 펼쳐졌던 삶과 죽음의 공간 속으로 흘러 들어가 다시금 '아름다움'과 '슬픔'을 인지하게 된다.

> 밤하늘 湖水가엔 한 家族이
> 앉아 있었다
> 평화스럽게 보이었다
>
> 家族 하나하나가 뒤로 자빠지고 있었다
> 크고 작은 人形같은 屍體들이다
> 횟가루가 묻어 있었다
>
> 언니가 동생 이름을 부르고 있다
> 모기 소리만하게
> 아우슈뷔츠 라게르.
>
> — 「아우슈뷔츠 라게르」 전문

위의 시는 앞서 살펴본 바와 같이 과거의 상황이 현재화되어 생생하게 펼쳐지고 있는 것이다. 특히 유태인의 학살 현장이 시인 자신의 이야기를 구성하는 것처럼 생생한 장면으로 제시되고 있다. 이러한 장면의 연속은 무대에서 상연되는 극과 거의 비슷하게 '이야기하는 행위 그 자체'를 독자에게 제공하고 있다.46) 그 행위 속에는 김종삼 시의 특질인 이야기의 비극성이 담겨있다.

이 학살의 스토리는 한 가족이 차례로 죽어가는 순간이 인물의 시체와 같은 용모와 쓰러지는 행위로써 연출된다.[47] 그리고 시인은 등장 인물의 대화와 행동을 통하여 스토리를 객관적으로 제시하고 있다.[48] 이처럼 서사와 극적 구조는 김종삼의 새로운 시적 장르 인식이라 할 수 있다. 그러므로 시의 이야기성과 장면제시적 수법은 김종삼 시의 비극적 세계 인식을 담아내는 형식이라 할 수 있다.

3.2.2 윤리의 소재화와 '생명'의 확대

김종삼의 개별 시에서 추출되는 '분단·전쟁·가난·불우'의 현실 세계는 텍스트 세계에서 '어린 아이'로 알레고리화[49]되어 나타나며, '죽음과 죄의식'은 '원정'의 이미지 속에서 환상적으로 처리된다. 이때 '영아'가 지시하는 의미는 현실 세계의 지시적 맥락을 형성하여 의도가 다분히 윤리적이다. 그런 반면 '원정'은 현실 세계가 은폐되어 상징성을 띠고 있다. 여기에는 김수영의 '생활'의 윤리와 김춘수의 '존재'의 윤리가 공존하고

---

46) Paul Hernadi, 김준오 역, 『장르론』, 문장, 1983, 81쪽에서 루트비히의 언급 참조.

47) 라보크는 장면제시적 양식이 스토리가 구체적인 각 순간에 그 자체의 용모와 행위로써 연출된다고 언급한다(위의 글, 84쪽).

48) 라보크는 장면적(극적) 스토리 제시와 달리 시인이 스토리를 요약하고 작중인물의 감정과 사고를 분석하여 시인 자신의 의견을 개입시키는 것을 '회화적'제시라고 한다. 이러한 회화적 제시는 김종삼 시의 특질이라 할 수 있다(위의 글, 43쪽).

49) 알레고리와 상징은 특성이나 형태의 유사성 때문에 함께 거론된다. 즉 보조관념만으로 본관념을 드러낸다는 점에서 그러하다. 그런데 알레고리는 상징에 비해서 의미의 진폭이 일천하다. 즉 본관념과 보조관념의 관계가 다의적이지 못하고 일의적이라 할 수 있다. 이것은 알레고리가 지시적 맥락을 형성하며 교훈이나 목적성을 강조하기 때문이다. 그리고 의도가 다분히 윤리적이라는 데에 차이가 있다. 따라서 알레고리는 특정한 주제의식을 의도적으로 강조하고 싶을 때, 즉 시를 통해서 교훈적인 의미를 전달하려 하거나, 역사적, 시대적으로 요청되는 삶의 의미에 우선적인 가치를 둘 경우 자주 사용된다. 그런 점에서 현실 상황의 알레고리인 김종삼의 '영아'는 삶의 우선적 가치인 '생명'과 관계를 갖는다(김학동·조용훈(1997), 앞의 글, 171~172쪽 참조).

있다. 이를 통합하는 김종삼의 주제는 '생명'의 윤리라 할 수 있다.

김종삼이 '영아'의 상상력을 통해 시적 주제를 전개할 때는 어떤 해석적 표상을 억제하고 묘사에 의존한다. 이는 김춘수의 후기 시에서 보이는 묘사적 언술 형태와 유사하다. 그러나 그것은 세계의 내면화가 아니라 현실 세계의 비극적인 상황의 사실적 추구다. 이는 한편으로 김수영의 사회화 과정과 동일하다. 이와는 달리 '원정'의 상상력이 전개하는 영혼 부재의 죄의식은 자기고백적인 서술에 의해 전개되고 있다. 이는 김수영 시의 형식적 특질이기도 하다. 그러나 김종삼 시의 경우는 현실 세계가 환상적으로 처리된다. 이는 한편으로 김춘수 시의 내면화 과정과 동일하다. 김종삼 시의 이러한 양면적 주제 전개는 김수영의 시와 김춘수 시의 대립적 구도를 새롭게 인식할 수 있는 상상력이라 할 수 있다. 다시 말해 김종삼의 시에서는 김수영의 시와 김춘수의 시가 갖는 내용과 형식이 다음과 같이 새롭게 만나고 있다. 묘사적 형식(김춘수)과 현실적 세계(김수영)의 만남, 진술의 형식(김수영)과 내면적 세계(김춘수)의 만남이다. 그러므로 김종삼의 시가 김수영 시의 풍자의 형식과 김춘수의 해탈의 내용을 함께 취한다는 기존 논의50)는 의미 있는 것이지만 일면적이다.

이러한 상상력의 원동력이 되는 것은 시적 대상에 대한 연민의 정서다. 기존 논의에서 김종삼 시의 환상적 체계화 부분만을 강조한 가운데 간과한 부분이다. 어린아이를 지속적으로 시적 대상으로 삼는 것과 죄의식은 서구의 실존의식이라기보다는 우리에게 체화된 윤리의식의 반영이라 할 수 있다. 즉 생명에 대해 인간 본성의 문제51)를 시 속에서 지속적으로 표출하고 있다.

---

50) 장석주, 「한 미학주의자의 상상세계」, 『김종삼전집』, 청하, 1988, 17~35쪽.

51) 이는 우리의 전통적 문이재도文以載道의 문학관에서 찾을 수 있다. 즉 도道는 도처에 있을 수 있는 것이므로, 현실을 노래하든 초목 금수의 자연을 노래하든 희노애락의 감정을 자유롭게 표현하면서도 마땅한 이치 곧 도리를 잃지 않으면 도道를 나타내게 되는 것이라고 보았다(정요일, 『한문학비평론』, 집문당, 1994, 65쪽 참조). 비록 김종삼이 자신의 문학론으로서 성리학적 전통을 표방한 바는 없지만 그의 '연

1947년 봄
深夜
黃海道 海州의 바다
以南과 以北의 境界線 용당浦
사공은 조심 조심 노를 저어가고 있었다.
울음을 터뜨린 한 嬰兒를 삼킨 곳.

스무몇 해나 지나서도 누구나 그 水深을 모른다.

－「民間人」전문

이 시에서 우리는 '측은지심惻隱之心'[52]의 인간의 본성을 읽을 수 있다. '나'와 '남'이 통해서 하나가 되는 생명의 자기 확대, 자기 신장은 생명의 초월적 성격으로서 개체적 자아를 초월하여 전체와 하나가 되려는 생명의 요구에 발생하는 '인仁'의 정신이라 하겠다. 즉 한 아기의 죽음을 통해 이 시를 읽는 독자는 개체적 자아로서의 '나'를 떠나 타인이 겪었던 슬픔을 함께 하게 된다. 아기를 희생하면서까지 목숨을 연명해야했던 사람들에 대한 용서와 그 처지를 함께 할 수 있는 심정적 동조를 보이고 있다. 이는 김종삼의 시에서 '영아'의 상상력이 갖는 주제 패턴이라 할 수 있다.

조선총독부가 있을 때
청계川邊 10錢均一床밥집 문턱엔
거지소녀가 거지장님 어버이를
이끌고 와 서 있었다
주인 영감이 소리를 질렀으나
태연하였다

민의식'은 그러한 전통의 무의식적 반영이라 할 수 있다.

52) 『孟子』, 「公孫丑章上」 '惻隱之心 仁之端也 羞惡之心 義之端也 辭讓之心 禮之端也 是非之心 智之端也'. 여기서 惻隱之心은 '仁'의 실마리로서 物我一體의 性情이라 할 수 있다. 그리고 羞惡之心은 '義'의 실마리가 된다.

어린 소녀는 어버이의 생일이라고
10錢짜리 두 개를 보였다.

－「掌篇2」전문

　이 시에서는 '나'와 '남'이 엄격히 대립되면서 '나'의 독자적 인격이 주장되는 것을 볼 수 있다. 즉 생명의 주체성은 생명의 심화, 정화에 의해 생명의 자기 승화를 이루어내는 '수오지심羞惡之心'의 인간 본성을 표출하고 있다. 무례한 행동을 당한 객체의 반발로 주체가 자기의 무례함을 자각했을 때 생기는 감정이 수치이니 이것은 주체가 객체에 대한 부정을 자기로서 부정하는 것이다. 비록 평소에는 걸인의 신세이지만 어버이의 생일날만큼은 하나의 생명으로서 주체성으로 회귀 수축해 가는 모습을 그리고 있다. 이는 '원정'의 자기 부정인식 속에서 사물의 주변성에 관심을 갖고 그것을 예술의 경지로 승화시키려는 김종삼 시의 시적 구도와 일맥상통한 것이다. 이처럼 김종삼의 시는 '생명'의 초월성과 주체성을 통해 전통적인 휴머니즘의 윤리의식을 시속에서 전개하고 있다. 이러한 시정신은 후기 시에서 펼쳐지고 있는데 주변화되었던 전통적 세계에 대한 타자적 인식이라 할 수 있다. 그러나 이러한 변화가 가능했던 것은 이미 그의 초기 시부터 그러한 윤리의식이 잠재되어 있었기 때문이다. 다시 말해 그의 시에서 드러나는 환상성 또한 이러한 구도에서 이해되어야 할 것이다.[53] 즉 현실 세계에서 주변적인 존재들이 김종삼의 시세계에서는 환상적으로 체계화되어 중심에 자리하게 된다. 그것은 현실의 무기력함이 치유 가능성을 발견하는 경이의 세계[54]이다. 그 세계는 나눔과 평화의 나라[55]이다. 그리

---

53) 이러한 측면에서 김종삼의 생활이 초기, 중기 시의 폐허의식으로 나타나고 후기시는 따뜻한 삶에 대한 회원과 생활현실로 하향 회귀하는 것으로 파악된다. 이때 그의 방황의 정서는 순수 의식의 발로이다(김시태, 「언어의 고독한 축제」, 『한국현대시인연구』, 민음사, 1989, 342~351쪽).
54) 이는 "이야기가 행위자의 행위에 의해 진행되는 체계와 함께 거기에서 추상화된 의

고 그 나라는 다음과 같이 세상 주변을 서성이던 모든 사람들의 세계이다.

> 이변이 일어난 것이다
> 뉴서울 컨트리 골프장에선
> <빅톨 위고>씨와 <발자크>씨가 골프를 치고 있다.
> 고개들을 뒤로 젖히고 다투기도 한다.
> 다툴 때마다 번쩍거리는 <위고>씨의 시계줄도 볼 만하다.
> <프리드리히 쇼팽>인 듯한 젊은이가 옆에서 시중을 들다가 들었
> 던 물건을 메치기도 한다.

미의 체계가 있다는 것, 즉 이야기 자체가 드러내는 현상 외에 인간은 그 뒤에 숨은 더욱 추상적인 체계를 찾아내는 독서활동을 하게 된다는 전제"처럼 시가 환상적인 체계로 표상될 때 아울러 이러한 체계속에서 시인은 현실의 존재론적 변화를 의도한 것이라 하겠다(송효섭,『삼국유사설화와 기호학』, 일조각, 1990, 5쪽 참조).

55) ① 무척이나 먼// 언제나 먼// 스티븐 포스터의 나라를 찾아가 보았다// 조그마한 통나무집들과/ 초목들도 정답다 애틋하다/ 스티븐을 찾아다니고 있었다/ 같이 한 잔 하려고. ―「꿈의 나라」 전문

② 내가 많은 돈이 되어서/ 선량하고 가난한 사람들을 위해 맘 놓고 살아갈 수 있는/ 터전을 마련해 주리니// 내가 처음 일으키는 微風이 되어서/ 내가 不滅의 平和가 되어서/내가 天使가 되어서/아름다운 音樂만을 싣고 가리니/ 내가 자비스런 神父가 되어서/그들을 한 번씩 訪問하리니―「미사에 參席한 李仲燮氏」 전문

③ 베데스다 연못가/ 넓은 평야의 나라/ 하기 성경학교// 우거진 숲속에 있었다// 한 소년은 동화책에 나오는 그림처럼/ 메가폰을 입에 대고 뛰어다니기도 했다/ 오라 오라/하기 성경 학교로 오라고. ―「여름성경학교」 전문

④ 公告// 오늘 講士陳// 음악 部門/ 모리스 라벨/ 미술 部門/ 폴 세잔느// 시 部門/에즈라 파운드/모두/ 缺講// 金冠植, 쌍놈의 새끼들이라고 소리지름. 持參한 막걸리를 먹음. 校室內에 쌓인 두터운 먼지가 다정스러움.// 金素月/ 金洙暎 休學전// 全鳳來/金宗三 한 귀퉁이에 서서 조심스럽게 소주를 나눔. 브란덴브르그 협주곡 제五번을 기다리고 있음.// 校舍/ 아름다운 레바논 골짜기에 있음.―「詩人學校」 전문

⑤ (前略) 무거운 거울 속에 든 꽃잎새처럼/ 이름이 적혀지는 아이들에게/ 밤 한톨씩을 나누어 주었다 ―「復活節」 중에서

⑥ 金素月 성님을 만났다/ 어느 산촌에서/ 아담한 기와집 몇 채 있는 곳에서/ 싱그러운 그루/나무가 있는 곳에서/ 산들바람/ 부는 곳에서/ 상냥한 女人이 있는 곳에서.―「꿈 속의 향기」 전문

⑦ 한 귀퉁이// 꿈 나라의 나라/ 한 귀퉁이// 나도향/ 한하운씨가/ 꿈 속의 나라에서// 뜬 구름위에선/ 꽃들이 만발한 한 귀퉁이에선/ 지그문트 프로이트/ 구스타프 말러가/말을 주고 받다가/부서지다가/ 영롱한 달빛으로 바뀌어지다가―「꿈 속의 나라」 전문

<이베르>의 戱遊曲이 와장창 뛰어 들면서 연신 어깨들을 들석거
리다가
  삿대질을 하다가
  박치기들을 하는데
  왁자지껄한 소리에 눈을 떴다
  창호지 문짝이 캄캄하다.
  * 이지방은 무허가집들이 밀집된 산동네 山팔번지 일대이다. 개백
   정도 산다.

-「사람들」전문

4. 텍스트의 목표

앞서 김수영 · 김춘수 · 김종삼의 시를 대상으로 불확정성의 생성 양상
을 살펴보았다. 이들 시에서 드러난 텍스트의 지연과 해체, 단절의 형태와
임의성, 파편화, 공백화의 양상은 텍스트 층위에서 전후 현대시의 한 경향
을 담보하는 구조적 특질이라 할 수 있다. 이러한 텍스트의 양상은 독자에
게는 의미 내용을 이해하는 데 있어서 장애이며 간극으로 작용한다. 그러
나 한편으로 이 지점에서 독자는 시 이해의 출발점을 발견하게 된다.

첫째, 텍스트의 심층에서 표층 텍스트의 불확정적 요소들이 어떤 의미
를 갖는가를 살펴보았다.

김수영 시의 지연적 통사 구조는 시인의 부정의식을 반영하는 형식적
패턴이라 할 수 있으며 독자는 그러한 형식을 통해 시인이 겪는 억압의
정서를 간접적으로 경험하게 된다. 다시 말해 선행 발화가 갖는 권위가
후행 발화에 언제나 영향을 미치려고 하는 것이 통사적 흐름이라고 한다
면 통사적 흐름을 계속해서 지연시키는 것은 선행발화가 갖는 익숙함으
로부터 부단히 탈피하려는 시인의 의지가 반영된 것이라 할 수 있다. 이
때 선행발화의 낯익음은 후행발화를 전개하는데 있어서 발화자에게 영향

의 불안이 되는 대상이며 부정의 대상이라 할 수 있다.

또한 김수영 시에서 보이는 의미론적 정보의 임의성은 시인의 개인적 경험의 전경화를 통해 독자가 갖고 있는 중심적 개념들을 파편화시키고 있다. 이처럼 김수영의 시에서 보이는 파편화된 상황과 거기서 오는 의미의 불일치는 세계와 적대하고 있는 시인의 불안한 내면을 반영하고 있으며 이 역시 자연스럽게 부정의식으로 표출된다.

김수영의 시에서 영향과 순응의 불안의식을 불러일으키는 것은 전통과 현실이다. 그래서 그의 시에서 전통의 변화없는 고정성은 부패의 모습으로 드러나며 시인과 전통의 관계는 상호 도립되어 있다. 그러한 전통에 대해 시인은 늘 회의하고 부정하여 '바로보기'의 태도를 취한다. 이 바로보기의 시적 전략은 '주검을 가지고 주검을 막는 병풍'의 상상력처럼 역설적 인식으로 표출된다. 김수영의 시에서 현실부정의 중심적 대상은 자본과 이데올로기이다. 자본의 집요함과 타락은 시인으로서의 삶과 생활인으로서의 삶의 경계에서 시인을 끊임없이 억압하고 있다. 자본의 생리는 폭력적이면서도 유혹적이다. 이 이중성은 시인에게 경멸과 타협의 이중적 태도를 강제하고 있기 때문에 시인의 정직성을 위협한다. 이데올로기는 생활의 부자유를 강제하는 제재로 전개된다. 그래서 늘 현실적 상상력을 통해 표출되는데 4·19혁명기의 직설적 언술과 그 이후의 자기반성적 언술이 그러한 상상력을 담아내고 있다. 현실의 중심성은 '유리창'을 경계로해서 풍자되고 있다. 이때 '유리창'은 전통의 중심성을 부정했던 '벽'처럼 또 하나의 역설이다. 즉 '투명함'이 곧 '은폐물'이 되는 것이다. 그래서 김수영 시에서 보이는 현실부정의식은 시인의 투명함, 즉 정직성이라는 높은 시정신의 표출이다. '유리창'의 투명성은 오히려 반투명성의 풍자며 부끄러움의 상징적 언어다. 시인이 그것을 통해 세상을 보면서도 보지 않는다는 것은 그의 역설적 인식체계를 드러내는 것이다. 그리고 현실순응을 거부는 '직립에의 지향'으로 나타난다. 이것은 주체의 정체성을 무력하게 만드는 낡은 전통을 부정하는 바로보기의 전략과 상응하여 주체의 목소리를 제한하려는 현실적 억압으로부터 자유를 획득하려는 시정신의 표출이다.

김춘수 시의 불확정성은 초기 전통적 리듬과 시어를 왜곡시키는 과정을 거치면서 극단적인 해체의 과정에서 비롯된다. 이러한 통사론적 정보의 해체 양상은 의미론적 정보의 단편적 제시와 더불어 분리와 분열의 텍스트 구조를 만든다. 그러한 양상은 시인이 체험한 역사적 경험을 반영하고 있다. 그것은 역사의 영속성에 대해 극단적인 회의와 절대시되었던 기존의 사유와 언어에 대해 허무를 담고 있다. 김춘수의 시에서 드러나는 과거의 낱낱은 '고통'의 연속이었다. 그래서 고통으로부터 벗어나 부단히 자유를 추구하는 것이 그의 시의 의미론적 결속성을 이루고 있다. 그러므로 영원의 불신과 순간성의 추구는 자연스럽게 탈역사적인 개인을 지향하는 존재의 탐구로 이어진다.

이러한 맥락에서 그 만의 독특한 개인적 방언과 이미지의 파편적 결합 특히 해체적 이미지의 전개는 허무주의의 형식적 반영이라 할 수 있다. 김춘수의 시에서 독자가 경험하는 고통은 역사의 진행 과정에서 자행되는 '폭력의 익명성'과 역사 안에 있는 인간의 '존재의 비천함'에서 연유된다. 그래서 그의 시에서 산견되는 수 많은 꽃들은 시인의 분열된 자아를 드러내는 기능을 하고 있다. 그러므로 자연스럽게 김춘수의 시에서 역사의 폭력으로부터오는 자아의 분열 양상은 죽음의 고통으로 이어진다. 마찬가지로 '죽음의 고통'은 탈역사화된 개인을 지향하게 한다.

이러한 지향점은 '바다'의 상상력 속에서 나타나고 있다. 김춘수의 시에서 등장하는 '바다'는 역사의식이 탈색된 내면의 허무공간이라 할 수 있다. 기존의 시에서 '바다'가 역동적인 생명의 공간이었음을 볼 때 김춘수 시가 갖는 '바다'의 상상력은 일탈적이라 할 수 있다. 이때 '바다'에 대해 느끼는 감각은 환상적으로 처리된다. 이러한 환상성은 김종삼의 시와 유사하며 허무의식은 김종삼 시의 연민의식으로도 읽게 된다. 궁극적으로 김춘수의 허무의식은 대상의 은폐와 현실의 환상적 처리를 그 의미적 결속성으로 갖고 있다. 이처럼 김춘수의 시는 존재와 허무의 이중적 인식 속에 회전하고 있다.

김종삼 시의 단절적인 통사구조는 독자에게 상실된 실재 사상事象을 점검하도록 한다. 또한 의미론적 정보의 불일치는 김수영의 시에서 보이는 의미의 지연과 대응되는 의미의 공백을 유도한다. '모든 삶의 목적은 죽음'이라는 프로이드의 유명한 구절은 수사학적으로 '모든 발화의 목적은 침묵'이라고 읽을 수 있다. 이처럼 김종삼 시의 의미론적 공백에서 담화론적 이해를 추구하는 것은 '마지막 어휘last word를 획득하려는 신경증적인 욕망'이다. 즉 '자신과 타인 사이의 안정보다는 타인의 침묵 속에서 침묵을 발견하려는 욕망'이다. 이러한 욕망을 불러일으키는 김종삼 시의 침묵의 언어는 시적 자아의 부재의식을 반영하고 있다. 그리고 기존의 정전화된 믿음에 대해 회의를 담고 있다.

김종삼의 시는 분단과 전쟁의 폭력성을 통해 실존적 불안을 단절의 형식 속에 담고 있다. 이처럼 인간의 실존이 불안한 상태에서 인간의 존엄성이라는 가치는 상실되고 만다. 그래서 분단과 전쟁을 통해 점검하고 있는 상황은 정전화된 기존의 가치가 전도되어 있다. 이와 같은 실존의 불안과 가치의 부재 양상은 김수영 시의 현실적 상상력과 조응되는 것으로 차이가 있다면 김종삼의 시는 현실의 결핍된 상황을 통해 가치의 부재를 가감 없이 묘사적으로 전달할 뿐이지만 김수영의 시는 현실의 모순을 부정하려는 적극적인 목소리를 내고 있다는 것이다. 이러한 차이는 그만큼 김종삼 시의 가치복원의 목소리가 단절된 형식 속에서 침묵의 여운을 남기고 있음을 반증하는 것이라 하겠다.

또한 텍스트의 단절적 구조는 일상 속에 개입되어 있는 죽음의 단절적 연속을 담으면서 죄의식을 내포한다. 그래서 죽음의 일상성은 삶과 죽음의 경계를 흐릿하게 하고 나아가 죽음이 삶의 영역 속으로 편입됨으로써 삶과 죽음이 함께 거주하게 된다. 이러한 죽음의 일상성은 서로 다른 시 공간에서 연속성을 가져야 할 삶과 죽음의 경계를 단절하는 것이다. 그럼 으로써 영혼은 거주할 공간을 잃게 된다. 이와 같은 김종삼 시의 영혼 부 재의 의미론적 결속성은 김춘수 시의 죽음의 고통 속에서 내면화되는 현 실 상황과 조응된다. 그러므로 김춘수 시의 허무의식은 자기 환원적인 자 기 치유의 과정임을 생각할 때 김종삼의 시에서 흐르는 연민의 정서와 부 합된다 하겠다.

둘째, 시인의 의도인 시적 구도의 측면에서 텍스트 층위에서의 구조와 의미가 어떻게 운용되었는가를 살펴보았다.

김수영의 시에서 통사의 지연과 중심적 가치의 부정이라고 하는 의미 론적 결속성은 개인의 일상사를 사회의 문제로 확장시키는 전략을 통해 새로운 시적 풍경으로 드러난다. 이러한 시적 전략은 기존의 중심적 가치 가 강제하는 억압에 순응하지 않으려는 진실성과 정직성의 시 정신의 표 출이다. 그리고 가치의 상실을 상실로서 인정하는 것이 아니라 오히려 그 결핍을 통해 새로운 시정신을 구축하는 역설적 삶의 태도라 할 수 있다. 그러므로 김수영 시에서 드러나는 새로움과 변화의 욕망은 중심적 가치 의 부정을 통한 일상의 전경화와 장르의식의 붕괴를 가져온다. 그래서 김 수영 시의 산문화 전략은 시인의 의도를 효과적으로 전달하려는 기능적 측면에서의 모색이라고 볼 수 있다. 더불어 김수영 시의 상이한 두가지 진술태도에서 그의 시적 책략을 엿볼 수 있다. 즉 자기 고백적 진술에서 는 그의 내면지향의 반성적 태도를 확인할 수 있고 제보적이고 설득적인 진술에서는 현실 세계를 향한 격한 반응을 읽을 수 있다. 김수영의 시는 이 둘의 진술 태도가 긴장을 갖고 혼합되었을 때 비로소 김수영다운 시가 만들어지고 있다는 변증적 결론에 가 닿기도 한다. 그러한 변증법적 인식 속에 전통은 새로운 전통으로 독자에게 제시된다. 김수영의 시에서 새로 운 전통은 중심적 가치에서 배제된 대상들이다. 일상성을 회복하는 것이 전통을 부정하고 난 후 얻게 되는 상실에서 회복으로 전환되는 경이적인 시 정신이라 할 수 있다. 그러한 변화의 힘이 시「풀」이 갖는 일상성의 비전을 가지고 온다.

김춘수의 시에서 통사의 해체와 역사적 가치에 대한 허무라고 하는 의미론적 결속성은 개인이 경험한 역사적 체험을 현실의 상황 속에서 체계화시키지 못하고 삭제시키거나 이미지만 남긴다. 그러므로 시적 자아나 대상은 은폐되고 분열되며 상실된다. 이러한 시적 전략은 시의 안정성을 거부함으로써 역사의 아이러니를 드러내려는 것이라 하겠다. 상실된 인간 실존의 모습에서 독자는 자연스럽게 역사 속의 왜소한 인간을 상상하게 되지만 역으로 상처받은 인간에 대한 시인의 부단한 시선을 감지하게 된다. 그 시선 속에는 어떠한 이념과도 비교될 수 없는 인간 내면의 우주론적 존재감을 실감케 한다. 그래서 김춘수의 시에서는 해체된 인간의 모습을 다스리며 내면적 아름다움의 구경 속으로 몰입해 가는 치유의 경지를 경험하게 된다. 이러한 내면 지향은 상호텍스트의 수용으로 구체화되며 역사의 선적 지속성을 부정하고 인간의 순간적 체험에 우위를 두게 된다.

김춘수의 시는 이미 질서화된 체계의 보호적 틀거리 내에서 개별적인 불안정적 행위를 연행한다. 초기의 시편들이 보여준 텍스트의 전통적 요소를 그대로 유지한 채 텍스트의 왜곡과 해체를 전개하는데서 확인되고 있다. 그러한 행위는 시를 이해하는 인지적 과정을 후향backshift시킨다. 그곳은 시인과 독자가 이미 확정하고 결정한 어느 지점이다. 김춘수의 시에서 시인과 독자가 후향하는 곳은 신화적인 세계이다. 특히 개인적으로는 시인의 어린 시절이 개입되고 있으며 과거의 실존 인물들이 무수히 등장한다. 시인은 그곳으로 돌아감으로써 실재의 역사를 내면화시키고 있다. 어린 시절과 실존 인물들은 시인의 내면에서 늘 순간적으로 떠오르곤 한다. 이러한 후향적 행위는 김춘수의 시에서 자기텍스트의 반복적 형식으로 나타난다.

이렇게 볼 때 김춘수 시의 고통과 허무의 의미론적 결속성은 상호텍스트적 메시지라 할 수 있다. 이때 어린 시절과 실존 인물의 상호텍스트는 김춘수의 시에서 역사성을 갖고 드러나지 않는다. 즉 전이transition의 과정을 거쳐 시인의 내면을 반영하는 특수한 형태로 드러난다. 역사의 아이러니를 드러내고 있는 '행주치마를 두른 천사'의 자아 분열적 이미지처럼 부조화를 이루는 어린 시절의 이미지를 반복적으로 수용함으로써 김춘수의 시는 이미지의 해체적 결합이라고 하는 의미의 불확정성을 가져온다. 그러나 이질적인 요소의 결합과 변화가 의도된 것이라면 그것은 왜곡된 현실의 실재적 반영이기도 하다. 또한 김춘수의 시에서 '처용'이나 '이중섭' 등의 인물이 갖는 상호텍스트를 수용한 것은 인물들이 갖는 신화의 서사성, 즉 서사적 구조를 패러디하기 위한 것이다. 신화는 현실의 설명할 수 없는 상황을 설명하기에 적합하기 때문이다. 다시 말해 그가 경험한 폭력의 고통은 너무 충격적이고 개인적인 것이어서 일반적인 무엇을 가지고도 설명이 곤란하기 때문이다. 그러므로 이들 상호텍스트들은 그의 시에서 결핍되어 있는 리얼리티를 보충하기 위한 기법적 수단이 되고 있다. 상실된 의미의 간접적 추구 방식이라 할 수 있다. 이처럼 김춘수의 시에서 상호텍스트의 수용은 텍스트의 자기환원적 반복과 더불어 역사의 현장에서 상실된 한 개인의 실존을 반영하기도 하지만 새로운 인간 존재에 대해 철학적 탐구를 꾀하는 자기변주의 메시지라고 할 수 있다. 즉 '과거와 비판적 거리를 가진 반복'적 패러디라 할 수 있다.

상호텍스트의 전략적 수용 속에 고유명사로 된 개개의 꽃들은 김춘수의 반복적 존재 확인의 대치물로서 일반화된 존재라 할 수 있다. 이것은 릴케처럼 김춘수도 실존적 의식의 시적 전개에서 새로운 깊이를 확인하게 됨을 말하는 것이다. 다시 말해서 완상의 대상으로서 자연 속의 일부로 관찰되었던 '꽃'의 존재성은 김춘수의 시에 와서 비로소 인간 존재의 철학적 대상으로 소재화된다. 이는 릴케에게 있어 '천사'가 생사의 구별을 없앴듯이 김춘수에게 있어 '꽃'은 아름다움의 대상이 아니라 생존과 존재의 대상으로서 분열의 양상을 통해 회복의 의지를 표출하는 것이라 하겠다. 이 때 김춘수의 시에서 존재에 대해 형이상학적 감각을 불러일으키는 기억의 원소로 '소리'가 작용한다. 그것은 프루스트로 하여금 잃어버린 시간을 찾아갈 수 있게 했던 미각적 기억의 원소와 유사한 것이라 할 수 있다. 이미 대상은 사라졌기 때문에 사물의 의미는 서로 다르지만 소리를 통해 동일성을 획득할 수 있다. 굳이 의미를 따지지 않고도 청각적 기능은 의미를 능가한다. 그처럼 순간적 존재가 내는 소리의 화음에서, 그러한 분열과 분리의 해체적 단계에서, 다시 말해 고통의 단계에서 새롭게 응고된 존재감을 체감케 한다. 그래서 '행주치마를 두른 天使'의 분열된 자아의 모습은 '은종이의 天使'로 변주된다. 김춘수의 시에서 '은종이'는 역사의 장에서 시인이 발견하려는 인간 존재의 숭고한 혼적이기 때문이다.

김종삼의 시에서 통사의 단절과 가치의 부재와 영혼의 부재라고 하는 의미론적 결속성은 이중적으로 드러난다. 가치의 부재를 드러낼 때는 현실의 상황성이 강화되지만 영혼의 부재를 드러낼 때 그러한 현실은 내면화된다. 전자가 삽화적 기억들을 묘사적 기술 속에 전개하고 있는 환유적인 가치의 세계라면 후자는 그 삽화적 기억들이 삭제되어 내면화된 은유적인 존재의 세계라 할 수 있다. 이처럼 김종삼의 시에서 개인의 일상사를 사회의 문제로 확장시키는 전략을 통해 새로운 시적 풍경을 드러내는 김수영의 시와 한 개인이 경험한 역사적 체험을 은폐와 분열을 통해 내면화시킴으로써 역으로 인간 내면의 우주론적 존재감을 실감케하는 김춘수의 시가 조화롭게 만나다고 하겠다.

그러나 김종삼의 시의 이중성에도 지속성을 갖는 것은 현실의 비극적 환기이다. 이러한 시적 전략은 기존의 정전화된 가치들보다는 주변적인 '타자'에 관심을 통해 드러난다. 이 역시 결핍을 통해 새로운 시정신을 구축하는 역설적 삶의 태도라 할 수 있다. 그러므로 김종삼 시에서 드러나는 서사와 극적 요소는 자연스럽게 비극적 현실을 환기하는 형식이 되고 있다.

가난과 궁핍 속에 펼쳐졌던 삶과 죽음의 서사적이고 극적인 공간은 독자로 하여금 '아름다움'과 '슬픔'을 인지하게 한다. 김종삼의 개별 시에서 추출되는 '분단·전쟁·가난·불우'의 현실 세계는 텍스트 세계에서 '어린 아이'로 알레고리화되어 나타나며 '죽음과 죄의식'은 '원정'의 이미지 속에서 환상적으로 처리된다. 이때 '영아'가 지시하는 의미는 현실 세계의 지시적 맥락을 형성하여 시적의도를 윤리적으로 해석한다. 그런 반면 '원정'은 현실 세계가 은폐되어 상징성을 띠고 있다. 여기에는 김수영의 '생활'의 윤리와 김춘수의 '존재'의 윤리가 공존하고 있다. 이를 통합하는 김종삼의 주제는 '생명'의 윤리라 할 수 있다.

김종삼의 시에서 '영아'의 상상력을 통해 시적 주제가 전개될 때는 어떤 해석적 표상을 억제하고 묘사에 의존한다. 이는 김춘수의 후기 시에서 보이는 묘사적 언술 형태와 유사하다. 그러나 그것은 세계의 내면화가 아니라 현실 세계의 비극적인 상황의 사실적 추구다. 이는 한편으로 김수영의 개인사의 사회화 과정과 동일하다. 이와는 달리 '원정'의 상상력이 전개하는 영혼 부재의 죄의식은 자기고백적인 서술로 전개되고 있다. 이는 김수영 시의 형식적 특질이기도 하다. 그러나 김종삼 시의 경우는 현실 세계가 환상적으로 처리된다. 이는 한편으로 김춘수 시의 내면화 과정과 동일하다.

이러한 양면적 주제 전개는 김수영의 시와 김춘수 시의 대립적 구도를 새롭게 인식할 수 있는 상상력이라 할 수 있다. 다시 말해 김종삼의 시에서는 김수영의 시와 김춘수의 시가 갖는 내용과 형식이 다음과 같이 새롭게 만나고 있다. 묘사적 형식(김춘수)과 현실적 세계(김수영)의 만남, 진술의 형식(김수영)과 내면적 세계(김춘수)의 만남이 그것이다. 이러한 상상력의 원동력이 되는 것은 시적 대상에 대한 연민의 정서다. 그것은 기존 논의에서 김종삼 시의 환상적 체계화 부분만을 강조한 가운데 간과한 부분이다. 어린아이를 지속적으로 시적 대상으로 삼는 것과 죄의식은 서구의 실존의식이라기보다는 우리에게 체화된 윤리의식의 반영이라 할 수 있다. 즉 생명을 중심으로 인간 본성의 문제를 시 속에서 지속적으로 표출하고 있다. 이러한 시정신은 후기 시에서 펼쳐지고 있는데 주변화되었던 전통적 세계의 타자적 인식이라 할 수 있다. 그러나 이러한 변화가 가능했던 것은 이미 그의 초기 시부터이다. 애초에 그러한 윤리의식이 잠재되어 있었기 때문이다. 다시 말해 그의 시에서 드러나는 환상성 또한 이러한 구도에서 이해되어야 할 것이다. 즉 현실 세계에서 주변적인 존재들이 김종삼의 시세계에서는 환상적으로 체계화되어 중심에 자리하게 된다. 그것은 현실의 무기력함이 치유 가능성을 발견하는 경이의 세계이다. 그 세계는 나눔과 평화의 나라이다. 그리고 그 나라는 세상 주변을 서성이던 모든 사람들의 세계이다.

셋째, 지금까지 추적한 텍스트의 구조와 의미, 그리고 시적 구도를 통해서 텍스트의 목표인 시적 주제를 다음과 같이 추출하였다.

김수영 · 김춘수 · 김종삼의 시를 대상으로 살펴본 현대시의 담화론적 해석은 텍스트의 불확정성이라는 형태와 그 기능, 즉 구조와 의미의 상관관계를 추구하는 과정이었다. 이러한 이해의 과정에서 이들의 시가 의도하는 텍스트의 목표에 이르게 된다. 그것은 주체의 제한에 대해 반응하는 시적 저항과 쇄신이다. 이는 세계를 인식하는 데 전통에 길들여진 것보다 개인적이고 독특한 지각으로 축소시켜 여기는 것이다. 이는 독자의 이해를 지배하려는 제한된 힘에 저항하려는 것이다.

무엇보다도 이들 시의 불확정성은 언어의 변화를 통해 주체의 변화를 꾀하고 있다. 다시 말해 주체에 강제된 억압적 현실에 대해 부정과 허무와 부재의식을 투사함으로써 전통시의 명확성을 통해 전달되었던 주체의 위기를 입증하고 있다. 그리고 이러한 억압적 현실과 주체의 위기를 드러내는 과정에서 각 시인들의 주관적이고 이념적인 의미 형성의 생성 기반을 드러내고 있다. 탈중심적 일상성과 탈역사적 존재성, 탈정전의 주변성에 대한 추구가 그것이다. 이는 종래에 유용했던 중심적 담론의 한계를 강조하는 것이고 그 담론으로부터의 쇄신이라 할 수 있다.

따라서 통사론적 정보의 지연과 해체와 단절, 그리고 의미론적 정보의 임의성과 파편화와 공백화라는 이질적인 구조를 통해 드러나는 시적 목표는 분리와 분열의 상태에서 통합을 추구하는 것이다. 그래서 전후의 상황적 맥락에서 생활과 존재와 생명의 부자유로부터 자유를 추구한다. 그 자유의 대상은 결코 기존의 형이상학적 관념이 아니라 일상적이고 주변적인 것이다. 그러므로 전후 현대시가 펼치는 반-부정의 원리, 즉 상실에서 회복을 추구하는 상상력은 인간성의 가장 깊은 자극의 형식적 표현이다. 즉 '자유'를 획득하려는 자극이다. 헤겔이 말한 것처럼 "자유에는, 주체가 직면하고 있는 것에서 아무것도 이질적인 것은 없다. 그리고 한계도 경계도 아니라는 사실에 존재한다." 그러므로 이질적인 것의 제거는 가장 큰 모티브다. 즉 "호기심의 자극, 다시 말해 그러한 지식의 압력은 가장 저급한 단계로부터 철학적 성찰의 가장 높은 단계에 이르기까지 단지 투쟁으로부터 부자유의 상황을 막고 인간의 생각과 사유 속에서 인간 자신의 세계를 만들려고 하는 것이다."[56]

---

56) Yarbrough R. Stephen(1999), *Op.cit.*, pp.40~41.

참고 문헌

<기본 자료>
- 김수영

  『김수영 전집』(민음사, 1994)
- 김춘수

  『김춘수 전집』(문장사, 1982), 『구름과 장미』(행문사, 1948), 『늪』(문예사, 1950), 『기』(문예사, 1951), 『인인』(문예사, 1953), 『제1시집』(문예사, 1954), 『꽃의 소묘』(백자사, 1959), 『부다페스트에서의 소녀의 죽음』(춘조사, 1959), 『타령조·기타』(문화출판사, 1969), 『처용』(민음사, 1974), 『꽃의 소묘』(삼중당, 1977), 『김춘수 시선』(정음사, 1977), 『남천』(근역서재, 1977), 『비에 젖은 달』(근역서재, 1980), 『라틴 점묘·기타』(탑출판사, 1988), 『처용단장』(미학사, 1991), 『서서 잠자는 숲』(민음사, 1993), 『호』(도서출판 한밭, 1995)
- 김종삼

  『김종삼 전집』(청하, 1988)

<국내 논저>

권영민, 『한국현대문학사』, 민음사, 1996.

권오만, 「김수영 시의 고백시적 경향」, 김승희 편, 『김수영다시읽기』, 프레스21, 2000.

김 현, 「웃음의 체험」, 『한국현대시작품론』, 문장사, 1981.

김경린, 「현대시의 제문제」, 『문학예술』 3월호, 1957.

김규동, 『지성과 고독의 문학』, 한일출판사, 1962.

─────, 「해방 30년의 시와 시정신」, 『심상』 8월호, 1975.

김문영, "김종삼시 연구", 경북대 석사학위논문, 1990.

김승희, 「김수영의 시와 탈식민주의적 반(反)언술」, 김승희 편, 『김수영
　　　　다시읽기』, 프레스21, 2000.

김시태, 「50년대 시와 60년대 시의 차이－김수영과 김광협을 중심으로」,
　　　　『시문학』 1월호, 1975.

─────, 「언어의 고독한 축제」, 『한국현대시인연구』, 민음사, 1989.

김열규, 『한국의 신화』, 일조각, 1976.

김영태, 「처용단장에 관한 노우트」, 『김춘수 연구』, 학문사, 1982.

김용직, 「아네모네의 실험의식－김춘수론」, 『김춘수 연구』, 학문사, 1982.

─────, 「한국현대시의 흐름」, 박철희 · 김용직 편, 『한국현대시 작품론』,
　　　　문장, 1987.

─────, 『해방기 한국시문학사』. 민음사, 1989.

김은영. "1950년대시의 유형과 특성에 관한 연구". 아주대 석사학위논문,
　　　　1995.

김운학, 「난해시의 열등성」, 『현대문학』 9 · 10월호, 1959.

김윤식, 「모더니즘시 운동양상」, 『한국현대시론비판』, 일지사, 1975.

김윤식 · 김 현, 『한국문학사』, 민음사, 1996.

김종길, 「표현과 수용의 이중구조」, 『문학사상』 2월호, 1973.

─────, 「시의 곡예사－춘수시의 이론과 실제」, 『문학사상』 10월호, 1985.

김종문, 「현대시의 난해성」, 『문학춘추』 11월호, 1965.

김종윤, "김수영 시 연구", 연세대 박사학위논문, 1987.

김주연, 「교양주의의 붕괴와 언어의 범속화」, 황동규 편, 『김수영의 문학』.
　　　　민음사, 1983.

─────, 「비세속적인 시」, 장석주 편, 『김종삼전집』, 청하출판사, 1988.

김준오, 「처용시학－김춘수의 무의미시론고」, 『김춘수 연구』, 학문사, 1982.

─────, 「완전주의, 그 절제의 미학」, 『스와니강이랑 요단강이랑』, 민음
　　　　사, 1991.

김태옥, 「시의 형상화 과정과 Discourse Analysis」, 『영어영문학』, 1985.

김학동, 『정지용 연구』, 민음사, 1987.

─────, 『김기림 연구』, 새문사, 1988.

─────, 『한국개화기시가연구』, 시문학사, 1990.

─────, 『한국근대시의 비교문학적 연구』, 일조각, 1993.

김학동 · 조용훈, 『현대시론』, 새문사, 1997.

김 현, 「김춘수와 시적 변용」, 『김춘수 연구』, 학문사, 1982.

─────, 「웃음의 체험」, 『한국현대시작품론』, 문장사, 1981.

─────, 「김종삼을 찾아서」, 『상상력과 인간/시인을 찾아서』, 『김현문학
전집』 3권, 문학과 지성사, 1993.

김현(金顯), 『현대소설의 담화론적 연구』, 계명문화사, 1995.

남기혁, "임화시의 담론구조와 장르적 성격 연구", 서울대 석사학위논문,
1989.

노창수, "한국 현대시의 화자 유형 연구", 조선대 석사학위논문, 1989.

동아출판사 편집국 편, 『새한한사전』, 동아출판사, 1995.

민 영, 「1950년대 시의 물길」, 『창작과 비평』 봄호, 1989.

박덕규, "시적 화자 연구", 경희대 석사학위논문, 1984.

박진환, 『한국현대시인연구』, 자유지성사, 1999.

박철희, 「순수시와 내면화」, 『시문학』 10월호, 1965.

─────, 「시와 시적패턴」, 『현대문학』 10월호, 1968.

─────, 「한국시의 정신적 구조론─시사를 위한 정신적 카르테」, 『공주
교대 논술집』 · 5, 1968.

─────, 「한국적 서정과 그 질적 변용」, 『현대문학』 12월호, 1968.

─────, 「비평과 문학적 교류체」, 『현대문학』 12월호, 1969.

─────, 「70년대와 한국」, 『현대문학』 1월호, 1970.

─────, 「김춘수 시의 문법」, 『김춘수 연구』, 학문사, 1982.

─────,『문학개론』, 형설출판사, 1986.

─────,「통일을 위한 문학 – 분단의 주제론」,『자하』2월호, 1986.

─────,「김기림론」,『예술과 비평』12월호, 1989.

─────,「한국시와 고향상실」,『귤림문학』, 제4호, 1995.

─────,『한국시사연구』, 일조각, 1995.

박호영,「1950년대 모더니즘 시의 전개」,『한국전후문학연구』, 삼지사, 1995.

서안나, "소월시와 지용시의 대비 연구 – 화자를 중심으로", 제주대 석사
　　　　학위논문, 1991.

서우석,「김수영 : 리듬의 회열」, 황동규 편,『김수영의 문학』, 민음사, 1983.

서준섭,「모더니즘과 문학의 신비화 – 1930년대와 50년대 한국문학의 한
　　　　단면」,『외국문학』겨울호, 1988.

서지영, "한국 현대시의 산문성 연구", 서강대 박사학위논문, 1998.

성백효 역주,『맹자집주』, 전통문화연구회, 1997.

송　욱,「현대시의 반성」,『문학예술』3월호, 1957.

─────,『시학평전』, 일조각, 1963.

송효섭,『삼국유사설화와 기호학』, 일조각, 1990.

신규호,「무의미의 의미」,『시문학』3 · 4월호, 1989.

엄국현,「무의미시의 방법적 이해」,『김춘수 연구』, 학문사, 1982.

염무웅,「50년대 시의 비판적 개관」,『대화』11월호, 1976.

오규원,「무의미론」,『김춘수 연구』, 학문사, 1982.

─────,「한 시인과의 만남」, 황동규 편,『김수영의 문학』, 민음사, 1983.

유종호,「다채로운 레파토리 – 수영」, 황동규 편,『김수영의 문학』, 민음사,
　　　　1983.

윤여탁,「한국전쟁후 남북한 시단의 형성과 시세계」,『한국현대시사의
　　　　쟁점』, 시와 시학사, 1991.

윤재웅, "김소월시의 화자 연구", 동국대 석사학위논문, 1986.

윤지영, "김춘수시 연구-<무의미시>시의 의미", 서강대 석사학위논문, 1998.

이 탄, 「분위기의 시-무의미시와 비대상의 시」, 『김춘수 연구』, 학문사, 1982.

이건청, 「전쟁과 시와 시인 : 김춘수, 천상병, 신동문의 경우」, 『현대시학』 8월호, 1974.

이경희. "시적 언술에 나타난 한국현대시의 병렬법 연구". 이화여대 박사학위논문, 1989.

이근섭, 『영문학사 I 』, 을유문화사, 1993.

이기철, 「무의미의 시, 그 의미의 확대」, 『김춘수 연구』, 학문사, 1982.

이동순, 「시의 실존과 무의미의 의미-김춘수의 시」, 『김춘수 연구』, 학문사, 1982.

이민호, "김종삼시의 담화론적 연구", 서강대 석사학위논문, 1996.

이봉래, 「한국의 모던이즘」, 『현대문학』 4 · 5월호, 1956.

이부영, 『분석심리학』, 일조각, 1998.

이숭원, 「김종삼시의 환상과 현실」, 『한국현대시인론』, 개문사, 1993.

이승훈, 「존재의 해명」, 『현대시학』 5월호, 1974.

──────, 「시의 존재론적 해석시고-김춘수의 초기시를 중심으로」, 『김춘수 연구』, 학문사, 1982.

──────, 「포스트모더니즘의 시적 기법-김춘수의 「처용단장」 3부와 4부를 중심으로」, 『모더니즘개론』, 문예출판사, 1995.

──────, 「김수영의 시정신의 지향점」, 『한국시문학의 비평적 탐구』, 삼지원, 1985.

──────, 「전후(戰後) 모더니즘운동의 두 흐름-반 전통성의 '후반기' 동인과 내면 탐구의 '현대시'동인」, 『문학사상』 6월호, 1999.

이어령, 「나르시스의 학살-이상의 시와 그 난해성」, 『신세계』 10월호, 1956, 1월호, 1957.

———, 「속 나르시스의 학살—이상의 시와 그 난해성」, 『자유문학』 7월
　　호, 1957.

이어령 편, 『전후문학의 새물결』, 신구문화사, 1973.

이유경, 「구체성에의 전개—60년대 전반기의 시인들」, 『심상』 8월호, 1975.

이은정, 『현대시학의 두 구도』, 소명출판, 1999.

이재선, 「한국현대시와 릴케」, 『한독문학비교연구 1』, 삼영사, 1976.

———, 『현대 한국소설사』, 민음사, 1991.

———, 『한국문학주제론』, 서강대출판부, 1991.

이철범, 『이데올로기의 시대, 문학과 자유』, 동아문화사, 1979.

이현호, 『한국 현대시의 담화·화용론적 연구』, 한국문화사, 1994.

이형기, 「50년대 후반기의 시인들」, 『심상』 8월호, 1975.

———, 「존재의 조명—「꽃」의 분석」, 『김춘수 연구』, 학문사, 1982.

———, 「허무, 그리고 생을 건 장난—김춘수 또는 무의미의 의미」, 『김춘
　　수 연구』, 학문사, 1982.

———, 「50년대 후반기의 시」, 『현대시학』 4월호, 1988.

이혜승, "김수영 시 연구—텍스트의 생성과 의미를 중심으로", 서강대 석
　　사학위논문, 1999.

이홍자, "김수영 시 연구—시의 화자와 시인의 의식을 중심으로", 서울대
　　석사학위논문, 1989.

임수만, "김춘수시의 기호학적 연구", 석사학위논문, 서울대학교, 1996.

장석주, 「한 미학주의자의 상상세계」, 『김종삼전집』, 청하출판사, 1988.

장승아, "김종삼시 연구", 동덕여대 석사학위논문, 1991.

장윤익, 『문학이론의 현장』, 문학예술사, 1980.

정남영, 「김수영의 시와 시론—난해성, 민중성, 현실주의」, 김승희 편, 『김
　　수영 다시읽기』, 프레스 21, 2000.

정요일, 『한문학비평론』, 집문당, 1994.

정재찬, 「허무주의와 그 극복」, 김은전·이숭원 편저, 『한국현대시인론』, 시와 시학사, 1995.

정정호, 『탈근대 인식론과 생태학적 상상력』, 한신문화사, 1997.

──, 『전환기의 문학과 대화적 상상력』, 한신문화사, 1998.

정창범, 「현대시의 두 경향」, 『현대문학』 7월호, 1955.

정태용, 「한국시의 반성」, 『현대문학』 1월호, 1960.

정한모, 「광복 30년의 한국시 개관」, 『심상』 8월호, 1975.

──, 「김춘수의 『의미와 무의미』」, 『김춘수 연구』, 학문사, 1982.

──, 『한국현대시의 현장』, 박영사, 1983.

정형근, "질마재 신화 연구", 서강대 석사학위논문, 1998.

정효구, "김소월시의 기호체계 연구", 서울대 박사학위논문, 1989.

조남익, 「장미와 음악의 시적 변용」, 『현대시학』 2월호, 1987.

조남현, 「시인의식의 변천과정」, 『심상』 8월호, 1975.

조래희, "한국시의 화자유형 연구", 고려대 석사학위논문, 1985.

조지훈, 「현대시의 계보」, 『월간문학』 11월호, 1968.

조연현, 「기술과 예술」, 『조연현 전집 제4권』, 어문각, 1977.

조영복, 「1950년대 모더니즘 문학 논의를 위한 비판적 검토」, 『외국문학』 겨울호, 1993.

조 향, 「1959년시단 총평」, 『문학』 12월호, 1959.

조향순, "현대시에 나타난 시적 화자와 청자의 연구", 경남대 석사학위논문, 1984.

최규중, "김수영과 신동엽의 시 비교연구", 원광대 석사학위논문, 1994.

최동호, 「1950년대의 시적 흐름과 정신사적 의의」, 『현대문학』 1월호, 1989.

하현식, 「절대언어와 자유의지」, 『현대시학』 8·9월호, 1984.

──, 「미완성의 수사학」, 『현대시인론』, 백산출판사, 1990.

한계전, 「전후시의 모더니즘적 특성과 그 가능성②」, 『시와 시학』 여름
    호, 1991.

황동규, 「잔상의 미학」, 『북치는 소년』, 민음사, 1979.

<국외 논저>

Adorno, Theodor. W, 홍승용 역, 『미학이론』, 문학과 지성사, 1993.

Brinker, klaus, 이성만 역, 『텍스트 언어학의 이해』, 한국문화사, 1994.

Brooks, Cleanth and Warren, Robert Penn, *Understanding Poetry*, Holt,
    Rinehart and Winston, 1976.

Brooks, Cleanth. 이경수 역, 『잘 빚어진 항아리』, 문예출판사, 1997.

Cohen, Steven · Shires, Linda, 임병권 · 이호 역, 『이야기하기의 이론』, 한
    나래, 1997.

Cook, Guy, *Discourse and Literature — The Interplay of Form and Mind*,
    Oxford : Oxford University Press, 1994.

Culler, Jonathan, *Structualist Poetics: Structuralism, Linguistics and the Study
    of Literature*, Ithaca. N.Y : Conell University Press, 1975.

de Beaugrande, Robert, *Text, Discourse, and Process*, NJ : Ablex, 1980.

—————————, "Surprised by syncretism : cognition and literary
    criticism exemplified by E. D Hirsch, Stanley Fish and J. Hillis
    Miller", *poetics 12*, 1983.

—————————, "Cognition, communication, translation, instruction:
    The geopolitics of discourse", *Language, Discourse and Translation*.
    Amsterdam/Philadelphia : John Benjamins Pub. Co, 1994.

—————————, *New foundation for a science of text and discourse*,
    New Jergy : Ablex Publishing corp., 1997.

de Beaugrande, Robert · Dressler, Wolfgang U, 김태옥 · 이현호 공역, 『텍
    스트 언어학입문』, 한신문화사, 1995.

Dubois, Jacques외, 용경식 역, 『일반수사학』, 한길사, 1989.

Empson, William, *Seven Types of Ambiguity*, London : Chatto and Windus, 1977.

Erlich, V. *Russian Formalism : History, Doctrine*, The Hague : Mouton, 1980.

Frye, Northrop, 『비평의 해부』, 한길사, 1982.

Gérard, Genette, *Paratexts : threshholds of interpretation*, translated by Jane E. Lewin, Cambridge : Cambridge uni. press, 1997.

Graff, Gerald, 김복희 역, 『시의 진술과 비평적 도그마』, 현대미학사, 1999.

Hassan, Ihab, 정정호 · 이소영 편, 『포스트모더니즘개론』, 한신문화사, 1993.

Hernadi, Paul, 김준오 역, 『장르론』, 문장, 1983.

Hutcheon, Linda, *A.Poetics of Postmodernism*, Rutledge, 1988.

Iser, Wolfgang, *The Implied Reader*, Baltimore : Johns Hopkins University Press, 1975.

─────────, *The Act of Reading*, Baltimore : Johns Hopkins University Press, 1978.

Jakobovists, Leon. and Wallace Lambert, "Semantic satiation among bilinguals", *Journal of Experimental Psychology* 60, 1961.

Jakobson, Roman, *On Linguistic of translation, Selected Writings*. The Hague : Mouton, 1971.

─────────, 김태옥 역, 「언어학과 시학」, 이병근외 편, 『언어과학이란 무엇인가』, 문학과 지성사, 1977.

Lakoff, George and Johnson, Mark, 노양진 · 나익주 역, 『삶으로서의 은유』. 서광사, 1995.

Leech, Geoffrey, "STYLISTICS", Teun A. Van Dijk ed., *Discourse and Literature*, Amsterdam/Philadelphia : John Benjamins Publishing Co., 1985.

Magliola, Robert R, 최상규 역, 『현상학과 문학』, 대방출판사, 1986.

Makaryk, Irena R. ed., *Encylopedia of Contemporary Literary Theory*, Toronto : University of Toronto Press, 1993.

Miller, J. Hillis, *Deconstruction and criticism*, New York : Seabury, 1979.

Minson, Jeffrey, *Genealogies of Morals ; Nietzsche, Foucault, Donzelot and the Eccentricity of Ethics*, Macmillan press, 1985.

Ogden, C. K. & Richards, I. A, 김봉주 역, 『의미의 의미』, 한신문화사, 1986.

Pasternack, Carol Braun, *The Textuality of Old English Poetry*, New York : Cambridge University Press, 1995.

Toril Moi ed., "Revolution in Poetic Language", *The Kristeva Reader*, 1986,

Renkema, Jan. 이원표 역, 『담화연구의 기초』, 한국문화사, 1997.

Riffaterre, Michael. Terese Lyons trans., *Text Production*, New York : Columbia University Press, 1983.

Rorty, Richard, 김동석 · 이유선 역, 『우연성 아이러니 연대성』, 민음사, 1996.

Scheible, Hartmut, 김유동 역, 「직접성의 비판」, 『아도르노』, 한길사, 1997.

Soon Peng Su, *Lexical Ambiguity in Poetry*, New York : Longman Publishing, 1994.

Sperber, D. and D. Willson, 김태옥 · 이현호 공역, 『인지적 화용론 : 적합성이론과 커뮤니케이션』, 한신문화사, 1994.

Stephen, Yarbrough R, *After Rhetoric—The Study of Discourse Beyond Language and Culture*, Carbonale and Edwardsville : Southern Illinois University Press, 1999.

Tulving, Endel, "Episodic and semantic memory", Endel Tulving & Wayne Donaldson eds., *The Organization of Memory*, New York : Academic, 1972.

Ullmann, Stephen, 남성우 역, 『의미론의 원리』, 탑출판사, 1981.

─────────, 남성우 역, 『의미론─의미과학입문』, 탑출판사, 1987.

Van Dijk, Teun A, *Some Aspect of Text Grammar*, The Hague : Mouton, 1972.

─────────, 정시호 역, 『텍스트학』, 민음사, 1995.

Wellek, René & Warren, Austin, 이경수 역, 『문학의 이론』, 문예출판사, 1999.

Wheelwright, Philip, *The Burning Fountain*, Indiana Univ. Press, 1968.

Zholkovsky, Alexander, "Poems", Teun A. Van Dijk ed., *Discourse and Literature*, Amsterdam/Philadelphia : John Benjamins Publishing Co., 1985.

/2부/

한국 현대시의 불확정적 양상

I. 만해 한용운 시의 탈식민주의 여성성

1. 머리말

만해 한용운의 시를 연구하는 것은 문학의 범주를 넘어 이제는 하나의 고고학이 된 듯 하다. 그 기원을 찾아가는 도정에서 막다른 곳에 다다랐다 싶으면 어느새 마르지 않는 샘처럼 또 다른 침묵 앞에 다다르게 된다. 한용운 시의 유적을 파헤칠수록 텍스트의 침묵을 통해 무수히 산출되는 새로운 텍스트와 만나게 된다. 그처럼 "한용운의 시는 한마디로 규정하기 어려운 인식론적 스펙트럼을 갖는다. 많은 만해론이 씌어졌지만 새로운 조명에 의하여 거듭 만해론이 씌어져야 한다는 것은 이 때문이다. 그 만큼 그의 시편들은 읽을 때마다 새롭고 또 다른 세계를 보여준다."[1]

그럼에도 한용운 시 연구는 지금껏 한용운 시의 시적 대상인 '임'의 정체를 규명하는 작업에 몰두해 왔다. 그래서 아예 임의 정체를 밝히는 것이 한용운 연구의 핵심 과제라고 규정하고 있다.[2] '임'은 형이상학적인 신비성을 소유한 불타로, 자연으로, 조국으로[3] 아니면 이 모든 것의 복합체로서 '중생'으로 여겨진다.[4] 좁게는 승려의 입장에서 참다운 나로서 '무아'가 되기도 하고[5], 자타불이의 '자비'가 되기도 한다.[6] 이와 같은 '임'의 변형은 연구의 개방성을 도모할 수 있게 하지만 역설적으로 폐쇄적인 것이

---

1) 박철희, 「종교적 신심과 시적 서정」, 박철희 편, 『한용운』, 서강대출판부, 1997, 7쪽.
2) 김학동, 「만해 한용운론」, 신동욱 편저, 『한용운 시전집 평전 '님이 침묵하는 시대의 노래'』, 문학세계사, 1983.
3) 조연현, 『한국현대문학사』, 성문각, 1969, 434쪽.
4) 박노준 · 인권환, 『만해 한용운 연구』, 동문관, 1960, 151쪽.
5) 오세영, 「침묵하는 님의 역설」, 『국문학논문선』9, 민중서관, 1977, 34쪽.
6) 송재갑, 「만해의 불교 사상과 시세계」, 『동학어문집』9, 1976, 126쪽.

기도 하다. 기존 연구는 한용운의 시에서 분명히 실존하는 존재를 배제하고 있기 때문이다. 그것은 시적 주체인 '여성 화자'의 존재성이다.

　이와 관련하여 주목할 만한 연구가 이호미의 논문[7]이다. 그는 『님의 침묵』에서 핵심 주체가 '임'이 아니라 '임 찾는, 임 부르는 여성'임을 지적하고 적극적 해석을 필요로 하는 대상으로 부각시켜야 함을 강조한다. 더불어 한용운 시의 여성성에 대해 이루어졌던 기존의 남성 중심적 해석에 이의를 제기[8]하고, 식민지 시대 현실 인식과 구국을 향한 저항의 특성으로서 페미니즘적 입장에서 여성성을 살피고 있다. 그러나 그의 연구가 생물학적인 여성, 남성 구분으로서의 여성적인 것, 여성적인 내용만을 강조하는 기존 연구의 한계를 극복하는 시도이기는 하지만 한용운의 시를 '남성 작가의 여성성으로 발현된 작품', 즉 아니마의 구현으로 인식함으로써 그가 문제 제기 했던 심리학적 접근으로 회귀한다. 그러므로 한용운이 다른 산문과는 달리 왜 유독 시 창작에 여성 화자를 선택했는가는 미해결 상태다. 나아가 사회 · 문화적으로 구조화된 사회적 성차가 한용운 시에 나타난 여성성의 배경이 됨으로써 젠더의 문제는 저항의 문제와 연결된다. 이는 페미니즘이 기존의 민족주의적 저항의식에 부수되는 반식민주의적인 저항의 한 형식으로 함몰됨을 의미 한다.

　이러한 측면에서 이선이의 논의[9]는 한용운 시 연구의 확대를 가능하게 하는 단초가 된다. 그가 문제 삼고 있는 것은 한용운 문학의 민족주의적 저항성이다. 이 부분은 그동안 한용운 문학의 정수로 여겨졌던 테마로서

---

7) 이호미, "한용운의 『님의 침묵』에 나타난 여성성 연구", 대구효성가톨릭대 석사학위논문, 1998.
8) 한용운 시의 여성성은 '여성편향성, 여성취향성, 여성주의, 여성성' 등의 이름으로 연구되었는데 주로 생물학적이고 심리학적 접근이다. 특히 여성성의 수동적 특징이나 초월적, 피학적 심리에 초점을 맞춤으로써 남성성이 심미화된 여성의 굴절된 모습을 포착하고 있다. 이에 관련된 기존논의는 이호미의 앞의 논문 9~12쪽을 참조.
9) 이선이, 「만해 한용운 문학에 나타난 탈식민주의적 인식」, 『어문연구』 제118권, 한국어문교육연구회, 2003.

제국주의 극복을 제국주의의 모방과 답습을 통해 실현하려는 것이라 지적하고 있다. 반식민주의적 저항의식을 한용운 문학의 많은 부분에서 발견할 수 있지만 새롭게 탈식민주의적 인식이 필요함을 강조하고 있다. 이러한 논의를 한용운의 시에 적용할 때 특히 여성성과 관련시켜 생각할 때 새로운 접근이 가능하다. 왜냐하면 내면화된 식민주의적 근대성은 전체주의와 연결되어 남성성의 발현을 최선의 가치로 여기고 여성을 끊임없이 타자화하기 때문이다. 그러므로 한용운 시의 여성성은 적어도 탈식민주의적 해석의 대상이라 할 수 있다.

본고는 이러한 두 가지 쟁점을 가지고 한용운 시의 여성성을 고찰하고자 한다. 첫째, 한용운 시의 여성성은 한 개인의 심리적 기질의 문제가 아니라 당대 문단 상황과 관련된 사회적 담론이 개입되어 있음을 가정할 수 있다. 한용운의 전기적 역사성을 고려할 때 그의 아니마적 요소는 쉽게 발견되는 성향이 아니기 때문이다. 오로지 시 창작을 통해 드러나는 것은 다분히 시적 전략의 측면에서 의도된 것이라 할 수 있다. 그래서 둘째는 한용운 시의 여성성을 단순히 반식민주의적 저항성으로 읽는 데서 벗어나 탈식민주의적 저항으로 새롭게 접근해야 할 필요성이 있다. 이는 한용운 시의 여성성이 페미니즘의 측면에서 탈식민주의를 인식하고 실천에 옮길 수 있는 중요한 기점이 될 수 있기 때문이다.

2. 『백팔번뇌』와 『님의 침묵』의 차이

한용운 시의 변별적 특성은 한국 시문학의 방법과 인식의 차이 속에서 드러난다. 통시적으로 볼 때 한용운의 시는 1920년대 후반을 여는 시기에 놓여있다.[10] 1920년대 중반을 계기로 한국 시문학은 낭만적 상상력에서

---

10) 『님의 침묵』은 1926년 5월 20일에 발간된다.

현실적 상상력으로 전환된다.11) 이러한 측면에서 한용운 시의 여성성은 문학의 현실적 기능 강조와 무관하지 않다. 특히 단순히 3·1운동의 실패와 같은 당시 사회적인 분위기에서 자극된 것만이 아니라 20년대 중반 이전까지 자동화되었던 주체 인식을 변화시켜야 한다는 필요성의 발로라 할 수 있다. 그것은 당시 주체가 겪고 있는 근대성과 제국주의의 문제를 여성성을 통해 다시금 생각하는 계기를 마련하는 것이다.

여성 화자는 서정시의 존재 양식이다. 엘리어트가 말한 자기 자신에게 발언하는 시인의 목소리이며 다른 사람이 엿듣는 것을 허용하여 동감하게 만드는 의식儀式의 일종이다. 이 참여적인 목소리는 개인적 기질에 국한된 것이 아니라 공동체의 현실적 목소리를 반영하고 있다. 그런 측면에서 박철희의 다음 언급은 한용운의 여성 화자의 기능을 중요한 해석 대상으로 삼게 한다. "여성적 자아와 남성적 자아의 차이는 현실을 여하히 인식하고 반응하였는가 하는 관점의 차이나 현실안의 차이, 혹은 그 시인이 처하고 있는 시대와 사회적 국면의 차이 등에 전적으로 기인한다. 현실의 반응이란 현실과 자아의 대립이다. 자아가 현실에 순응할 때 화자는 남성적 자아를 선택하고, 반대로 현실을 거부할 때 여성적 자아를 택하는 경우가 많은 것이다. 현실의 거부, 환상의 세계야말로 여성적 자아의 구조적 원칙인 것이다."12)

그렇다면 과연 한용운이 거부하려 했던 현실국면은 무엇인가. 그것은 당시 식민지 주체 속에 차츰 내면화 되고 있었던 제국주의 식민성이다. 특히 당시 중앙 시단의 헤게모니를 장악하고 있었던 동경 유학 출신 문인들의 근대적 주체의 허위성이다. 이들의 근대적 계몽이 갖는 전체주의적

---

11) 박철희는 1920년대 문학의 현실적 기능 강조를 전통적 경험을 통한 자기회복 과정으로서 한국 문학의 근대적 변화로 보고 있다(박철희, 「한국문학사의 새로운 이해」, 박철희·김시태편, 『한국현대문학사』, 시문학사, 2000, 14~16쪽).
12) 박철희, 『한국시사연구』, 일조각, 1995, 109쪽.

사고는 남성성으로 표출되었고 그러한 남성적 글쓰기는 식민지 본국 흉내 내기에 불과했다.13) 호미 바바의 표현을 따르면 이들은 '간극의 존재'이다.14) 문화적 보편성을 표상하는 식민지 종주국과 문화적 특수성을 표상하는 피식민지국 사이의 경계에서 끊임없이 정체성의 동요를 겪는 과정에서 '자아와 타자', '동일성과 차이', '보편과 특수'의 사이에 존재하면서 자신과 분리하여 특수한 모든 것의 차이를 타자화한다.

이러한 간극의 존재로서 대표적인 시인이 최남선이다. 최남선은 자타가 공인하는 당대의 선각자이며 한국근대문화의 기원이라 할 수 있다. 그가 주창했던 근대성과 민족주의는 제국주의에 저항하는 일면으로 읽히기도 하지만 탈식민주의적 시각에서 보았을 때 그의 사유는 민중계몽과 민족정신계승으로 위장된 식민성에 불과하다.15) 이러한 특질은 페미니즘의 측면에서 보았을 때 제국주의적 전체주의가 바탕을 이루는 남성 젠더의 모습에서 벗어나지 못했다는 증거이기도 하다. 이 지점에서 고은16)이 언급한 한용운의 최남선에 대한 콤플렉스를 살펴보고자 한다. 전적으로 수용할 근거를 갖는 것은 아니지만 최남선과 한용운 시의 대립적 요소는 일면 시사점이 있다. 그런 측면에서 육당의 『백팔번뇌』와 만해의 『님의

---

13) 문혜원은 김소월의 여성성을 고찰하면서 당시 중앙 문단의 내면화된 식민성을 언급하고 있다. 이와 같은 맥락에서 한용운 시의 여성성 역시 남성적 파시즘에 대한 대결의식의 발로라 할 수 있다(문혜원, 「김소월 시의 여성성에 대한 고찰」, 『한국시학연구』 2권, 1999, 91쪽).

14) 김병구, "1930년대 리얼리즘 장편소설의 식민성 연구", 서강대 박사학위논문, 2000, 11쪽 참조.

15) 민족주의는 단결과 응집을 강요한다는 점에서 배타적이며, 권위적이고, 전제적인 성격을 지닌다.(Homi K Bhabha, *The Location of Culture*, London and New York : Routledge, 1994, pp.141~142). 이러한 측면에서 최남선 시의 계몽성은 철저히 사회적이며 민족적이다. 그러나 그 계몽의 담지자인 근대적 개인은 민족의 울타리 안에서만 존재하면서 식민성을 스스로 내면화한 분열된 주체이다(박승희, "한국시의 미적근대성 연구─최남선,임화, 김기림을 중심으로", 영남대 박사학위논문, 1999, 54~67쪽 참조).

16) 고은, 『한용운 평전』, 향연, 2004, 292~293쪽.

침묵』의 차이는 한용운이 왜 탈식민주의적인 여성성을 드러냈는가 하는 창작 배경으로 설득력을 갖게 된다.

두 시집의 제목은 주인을 잘못 만난 것 같다. 승려인 한용운이 시집 제목으로 『백팔번뇌』를 가져야 하고 '임'에 대해 뚜렷한 대상의식을 갖고 있던 최남선이 『님의 침묵』을 시집 제목으로 가져야함이 온당한 듯 보인다. 그런 측면에서 최남선이 고민했던 '번뇌'의 문제는 보편적 인간의 고뇌가 아님이 분명하다. 마찬가지로 한용운의 '임'은 단순히 '조선'이란 이름으로 한정될 수 없는 개방성을 갖게 된다. 그러나 두 시집은 공히 '임'에 대해 지극한 지향성을 드러내고 있다. 만약 두 시집의 차이, 나아가 최남선과 한용운의 차이를 시적 대상인 '임'의 구별에서 찾는다면 그 차이는 그리 크지 않을 것이다. 한용운의 '임'이 최남선의 '임'을 포함하고 있기 때문이다.

그러나 두 시집의 시적 주체에 초점을 맞춘다면 그 차이는 현격하다. 『백팔번뇌』의 시적 주체는 전근대적인 남성 화자이며 구체적인 삶의 묘사보다는 관념성을 드러내고 있고 리듬 역시 기성적인 리듬을 고수하고 있다. 이는 '한 도덕적 인간의 거칠고 격렬한 육성'[17]이며 개성을 부정하는 '집단의식'[18]의 발로라 할 수 있다. 이에 비해 『님의 침묵』의 시적 주체는 타자화된 여성 화자로서 현실적인 삶의 문제를 자유로운 시의 리듬에 담아내고 있다. 이는 '에고에 대한 확언'[19]이며 냉소적 이성과 대립된 실천적 근대인의 자질이라 할 수 있다. 이러한 측면에서 한용운 시의 여성성이 당시 시적 주체의 식민성에 대응하는 반명제로서 의도된 시적 전략이라 가정할 수 있다.[20]

---

17) 박철희, 앞의 글(1995), 192쪽.
18) 이와 관련하여 장한섭의 논문을 참조(장한섭, "육당의 『백팔번뇌』 연구", 한국교원대 석사학위논문, 1994, 23쪽).
19) 이민호, 「한용운과 김수영의 '사랑의 시' 형식 연구」, 『현대문학의 연구』 27집, 한국문학연구학회, 2005, 335쪽.
20) 시집 출판에 있어 두 시집의 선후 관계는 『백팔번뇌』가 1926년 12월이고, 『님의

시의 형식적 측면에서 드러나는 이러한 차이를 민족과 젠더의 측면에서 본다면 한용운 시의 여성성은 민족주의 전통에서 발견하지 못했거나 간과했던 여성성의 재현이라 할 수 있다. 그것은 식민주의와 이에 대항하는 반식민주의 이데올로기 속에서 민족의 이름으로 신비화되거나 혹은 부정적으로 왜곡되었던 것이다. 여기서 한용운이 식민지 여성의 주변성을 인식하고 그에 걸맞은 글쓰기를 했으리라 단정할 수 없다. 그것은 시기상조다. 그러나 그의 시 속에서 우리가 읽어내려는 여성성은 보다 적극적 자세를 필요로 한다. 지금의 독법은 민족주의의 지배적 담론에서 어느 정도 벗어나 있기 때문이다. 이는 스피박21)의 말처럼 종속된 하위주체(여성)를 대표하거나 대리하는 것이 아니라 그들의 문제에 직면함으로써 우리 자신을 '재현'하는 법을 배우는 일이다.

3. 상상된 여성과 억압의 알레고리

한용운의 글쓰기에 있어 시문학은 소외된 장르다. 시집 『님의 침묵』외에 몇 편의 시와 시조 그리고 발표되지 않은 한시가 있을 뿐이다.22) 스스

침묵』이 1926년 5월임을 볼 때 『백팔번뇌』가 앞선다. 이와 관련하여 고은은 『한용운 평전』에서 『백팔번뇌』가 먼저 쓰여 졌고 그것을 한용운이 읽고 『님의 침묵』을 썼다고 적고 있다. 이에 대한 실증적 증거가 없으므로 단정하여 받아들일 수는 없을 것이다. 그러나 한용운이 최남선의 『백팔번뇌』에 대한 반명제로서 『님의 침묵』을 기획했다는 것은 최남선의 식민성과 한용운의 탈식민성을 고려할 때 예고된 것이라 할 수 있다.

21) 1920년대 식민지 조선의 여성은 계급적 측면에서 하층계급과 같은 지위에서 이해할 수 있다. 그러므로 젠더의 측면에서 한용운 시의 여성성을 읽는 작업은 스피박이 관계 맺기를 시도하는 하위주체와 직면하는 일과 동일한 이해를 구하게 된다(Spivak, Gayatri, "Can the Subaltern Speak?", *Marxism and the Interpretation of Culture*, eds. Nelsonand L. Grossberg. Macmillan Education : Basingstoke, 1988, pp. 288~289).

22) 김학동, 「중도의 체험과 깊이의 시학—한용운론」, 『현대시인연구 I 』, 새문사, 1995, 267~268쪽 참조.

로도 고백하고 있듯이[23] 시창작에 전문적으로 임했던 것이 아니라 자신의 사유와 실천을 뒷받침하는 방편으로 일관했다. 그가 부끄러워했고 독자의 자손에게까지 읽히고 싶지 않았던 시의 주변성은 『님의 침묵』이 담고 있는 여성성과 닮아 있다. 그리고 거기에는 "여러분이 나의 詩를 읽을 때에 나를 슬퍼하고, 스스로 슬퍼할 줄을 압니다."라고 말한 것처럼 그 '슬픔'의 인식과 공유를 통해 시인과 독자가 서로 직면하고 있다. 그것은 주체 재현의 과정이다.

『님의 침묵』에서 여성을 재현하는 방식은 신비화되었거나 부정적인 것이다. 여기서 한용운의 남성적 글쓰기에 대한 비판은 큰 어려움이 없다. 그렇다고 한용운이 당시의 가부장적 가치관을 인식하고 여성 화자를 통해 여성 차별의 현실을 드러내려했다고 주장할 개연성이 큰 것도 아니다. 분명한 것은 『님의 침묵』에서 '임'과 화자와의 관계를 일본 제국주의에 대한 민족주의 저항의 알레고리로 해석하는 순간에 시 속에 투영된 남성성은 확연히 드러난다는 사실이다. 『님의 침묵』에 나타난 여성의 주변성은 '민족'과 겹치면서 식민지의 억압을 은유하게 되며 그러한 수사학은 거울 이미지화된 알레고리로서 식민지 여성 일반에게 똑같이 기능할 수 있는 위험이 뒤따른다. 이러한 측면에서 『님의 침묵』의 여성성은 상징적으로 구성된다. 그 첫째가 여성의 모성 강조다.

> 그것은 어머니의 가슴에 머리를 숙이고 자기자기한 사랑을 받으랴고 삐죽거리는 입설로 表情하는 어여쁜 아기를 싸안으랴는 사랑의 날개가 아니라, 敵의 旗발입니다.
> 그것은 慈悲의 白毫光明이 아니라, 번득거리는 惡魔의 눈빛입니다.
> 그것은 冕旒冠과 黃金의 누리와 죽음과를 본 체도 아니하고, 몸과 마음을 돌돌 뭉쳐서 사랑의 바다에 풍당 넣랴는 사라의 女神이 아니라, 칼의 웃음입니다.

---

23) 「님의 침묵」에서.

아아 님이여, 慰安에 목마른 나의 님이여, 걸음을 돌리서요, 거기를 가지 마서요, 나는 싫여요.

─「가지 마서요」에서

당신은 나의 품에로 오서요, 나의 품에는 보드러운 가슴이 있읍니다.

만일 당신을 좇어오는 사람이 있으면, 당신은 머리를 숙여서 나의 가슴에 대입시오.

나의 가슴은 당신이 만질 때에는 물같이 보드러웁지마는, 당신의 危險을 위하야는 黃金의 칼도 되 고, 鋼鐵의 방패도 됩니다.

나의 가슴은 말굽에 밟힌 洛花가 될지언정, 당신의 머리가 나의 가슴에서 떨어질 수는 없읍니다.

그러면 좇어오는 사람이 당신에게 손을 대일 수는 없읍니다.

오서요, 당신은 오실 때가 되얐읍니다, 어서 오서요.

─「오서요」에서

타고 남은 재가 다시 기름이 됩니다. 그칠 줄을 모르고 타는 나의 가슴은 누구의 밤을 지키는 약한 등불입니까.

─「알 수 없어요」에서

이 일련의 시에서 여성 화자는 시적 대상과의 관계에서 연인이라기보다는 어머니의 이미지를 갖고 있다. 「가지 마서요」의 '임'은 '위안 받아야 하는 존재'이며 위험한 곳으로 나아가는 어린 자식의 모습을 하고 있다. 어머니 여성은 상처받은 남성 주체를 위해 언제나 노심초사하고 있고 항시 위로할 준비가 되어 있다. 어머니 여성의 품은 「오서요」에서처럼 위험으로부터 남성주체를 보호하는 철옹성이다. 그녀는 남성주체를 위해 칼도 되고 방패도 되는 적극성을 보이지만 정작 자신은 '말굽에 밟힌 낙화'와 같은 희생물에 불과하다. 그 보호본능과 희생정신[24]은 「알 수 없어요」

---

24) 희생정신은 자기 중심이 아니라 타인과 국가를 더 소중히 여기는 전체주의적 사고 방식이다. 곧 전체가 제대로 서는 것이 곧 한 개인인 내가 잘 되는 것이라는 전체주

에서 극점에 이른다. '타고 남은 재가 다시 기름이' 되어 '그칠 줄 모르고 타는' 불사不死의 존재로 신비화 된다. 이것은 하나의 종교다. 그러나 그 종교는 남성주체가 신봉하는 종교일 뿐이다.

이처럼 피식민지인에게 여성은 민족적 환상을 불어 넣는 존재로 재구성된다. 어머니의 이미지를 통해 여성은 식민 관계를 개념화하고 정의하는 수단으로 존재한다. 자연스럽게 여성은 민족적 어머니와 동일시됨으로써 가족과 국가와 연계된다. 그 불변하는 어머니의 존재는 반식미주의자에게 상실한 국토의 회복을 꿈꾸게 하는 저항의 불씨가 되어 알레고리화된다. 이때 남성은 어머니의 보호 아래 외부 세계와 다시금 일전을 불사할 태세를 갖추지만 어머니의 이미지를 통해 만들어진 여성은 여전히 식민관계를 벗어나지 못한다. 여성은 민족의 전통과 정신을 간직하고 보존하는 장소에 불과하기 때문이다. 민족 원형의 보존 차원에서 강조되는 것이 여성의 처녀성이다. 이것이 여성 신비화의 그 둘째다.

> 나는 당신의 첫사랑의 팔에 안길 때에, 온갖 거짓의 옷을 다 벗고, 세상에 나온 그대로의 발가벗은 몸을 당신의 앞에 놓았읍니다. 지금까지도 당신의 앞에는 그때에 놓아둔 몸을 그대로 받들고 있읍니다.
> —「의심하지 마서요」에서

> 나는 당신과 떠날 때에 입맞춘 입설이 마르기 전에, 당신이 돌아와서 다시 입맞추기를 기다립니다.
> …(중략)…
> 비겨 당신이 지금의 이별을 永遠히 깨치지 않는다 하야도, 당신의 最後의 接觸을 받은 나의 입설을 다른 男子의 입설에 대일수는 없읍니다.
> —「因果律」에서

의 논리를 주장하기에 아주 효과적인 파시즘 이데올로기의 환상이다 (한민주,「신체의 수사학과 남성성의 심미화─정비석 일제 말기 소설을 중심으로」,『여성문학연구』14, 한국여성문학학회, 2005, 269쪽).

여성의 몸과 섹슈얼리티는 식민지배담론과 민족담론 사이에서 희생된다. 여성에 대한 성적 통념, 즉 순결을 강조하는 것은 가부장적 제도의 전통이기도 하지만 남성의 몸에 따라 가치가 정해지는 근대의 환상을 반영하는 것이기도 하다. 즉 어떤 남성과 관계 맺느냐에 따라 그 몸의 가치가 정해지기 때문이다. 이때 여성의 순결은 모성의 신화처럼 완전함에 대한 신화라 할 수 있다. 이것은 여성이 수행할 수 없는 기준을 정해놓고 거기에 미치지 못할 경우 열등한 존재로 차별하는 근거가 된다.

「의심하지 마서요」에서는 남성이 주체가 되어 여성 화자가 성적 존재로 대상화되고 있음을 볼 수 있다. 여성 화자에게 가해진 정조의 의무는 침탈당한 국토의 회복을 환상으로 갖고 있는 식민지 남성의 무의식의 발로라 할 수 있다. 이때 여성의 몸은 육체성을 상실하고 정신적인 것으로 전유된다. 결국 여성은 몸을 통해 주체 전부를 의심받는 존재로 재현되는 것이다. 「인과율」은 '입술'이라는 보다 구체적이고 부분적인 신체 부위를 통해 사회적으로 의미화된 여성 주체를 드러내고 있다. "부분은 하나의 주체이다. 왜냐하면 역사적이고 과학적인 텍스트에서 신체의 부분은 시각적이며 텍스트적 공간의 범위에서 정교화되고 점차적으로 유표화되곤 하기 때문이다. 그리고 그것은 행위항으로서 기능하며 주체성의 기여에 따라 상상할 수 있는 의미의 단위로서 주체가 될 수 있기 때문이다."25) 위시에서 여성을 판단하는 기준은 신체부위에 달려있다. 그런데 그 기준을 유표화한 것은 여성이 아니라 그 입술을 접촉한 남성에 의해서다. 입술의 순결성은 침묵해야하는 여성성을 반영한다. 그 침묵 속에 '이별'로 은유화된 역사의 기억을 저항의 기표로 만드는 장소로 여성의 몸이 사용되고 있는 것이다.

---

25) David Hillman & Carla Mazzio, *The Body in parts - Fantasies of Corporeality in early modern Europe*, Routledge, 1997, p.xii (위의 글에서 재인용).

『님의 침묵』에서 여성의 모성이 이상화된 여성성으로 찬양되고 신비화되는 동시에 감성이 지배적인 여성 화자를 통해 부정적으로 재현된다. "지성/감성의 분리가 각각 남성성/여성성의 개념과 결부되면서 여성성은 남성성에 대한 보충적인 것으로 파악된다. 이 경우 여성적인 것은 수동성, 즉 남성에 의존하는 미성숙함으로 뜻하게 된다."[26]

> 당신의 얼골이 달이기에 나의 얼골도 달이 되얐습니다
> 나의 얼골은 그믐달이 된 줄을 당신이 아십니까.
> 아아 당신의 얼골이 달이기에 나의 얼골도 달이 되얐습니다.
>
> — 「달을 보며」에서

> 네 네 가요 지금 곧 가요.
> 에그 등불을 켜랴다가 초를 거꾸로 꽂었읍니다그려. 저를 어쩌나,
> 저 사람들이 숭보겠네.
> 님이여, 나는 이렇게 바쁩니다. 님은 나를 게으르다고 꾸짖습니다.
> 에그 저것 좀 보아, 「바쁜 것이
>   게으른 것이다.」하시네,
> 내가 님의 꾸지럼을 듣기로 무엇이 싫겠읍니까. 다만 님의 거문고
> 줄이 緩急을 잃을까 저퍼합니다.
>
> — 「사랑의 끝판」에서

> 나의 노래가락의 고저장단은 대중이 없습니다.
> 그래서 세속의 노래 곡조와는 조금도 맞지 않습니다.
> …(중략)…
> 나의 노래에 곡조를 붙이면 도로혀 缺點이 됩니다.
> …(중략)…
> 나의 노래가락이 바르르 떨다가 소리를 이르지 못할 때에 나의 노

---

26) 정미경, 「"상상의 여성성"인가?—크리스타볼프의 『카산드라』와 『메데아』 다시 읽기」, 『뷔히너와 현대문학』 제24권, 한국뷔히너학회, 2005, 123~124쪽.

래가 님의 눈물겨운 고요한 幻想 으로 들어가서 사러지는 것을 나는 분명히 압니다.

　나는 나의 노래가 님에게 들리는 것을 생각할 때에, 榮光에 넘치는 나의 적은 가슴은 발발발 떨면

　서 沈黙의 音譜를 그립니다.

—「나의 노래」에서

　이 일련의 시에서 여성 화자는 의존적이며 비주체적이고 자기 부정적이다. 「달을 보며」는 여성의 주체성이 남성에 의해 형성되는 것을 보여주고 있으며 「사랑의 끝판」은 '게으른 여성'의 이미지를 재현하고 있다. 여성은 남성의 손으로 계몽되어야 하는 전근대적 존재다. 「나의 노래」는 자기 부정을 내면화한 여성 화자를 볼 수 있다. 스스로 아무 일도 할 수 없으며 남성성의 심미화를 위해 복무하는 존재에 불과하다. 이들 시에서 표상되는 것은 저항의 알레고리가 아니다. 호미바바가 말한 피식민주체의 혼종성hybridity만이 부각되고 있다. 즉 식민지배자의 언어와 문화를 모방하는 남성 주체의 행위가 드러나고 있다.[27] 식민지배자가 피식민주체를 억압하는 구조가 그대로 식민지 남성과 여성의 관계 속에 내면화 되어있다. 남성 주체가 식민지배자의 역할을 흉내 내고 있음은 자명하다. 이 지점에서 특히 젠더의 측면에서 '민족'의 개념이 경계를 허물게 됨을 보게 된다.

　『님의 침묵』에 상상된 여성은 '임'의 호명을 기다리는 불확정적 존재다. 감정적이고, 불안하고, 눈물과 불면의 밤을 보내는 존재로 묘사되고 있다. 그럼에도 '임'은 침묵하고 있는 불평등한 관계를 지속하고 있다. 여성의 몸이 치유의 장소, 배설의 장소로 전락하면서 식민주의와 남성주의

---

27) 바바에 따르면 흉내내기는 식민권력의 가장 효과적인 전략 중 하나이다. 식민지의 피지배자는 제국의 중심에 존재한다고 상상된 진정한 지배자의 상을 계속해서 흉내 내지 않으면 안된다(김용규, 「포스트 민족 시대 혼종과 틈새의 정치학 : 호미바바 읽기」, 『비평과 이론』 제10권 제1호, 한국비평이론학회, 2005. 6, 37~39쪽 참조).

이데올로기 모두로부터 억압받는 여성성을 알레고리하고 있다. 이는 기존연구에서 종속적 여성의 모습을 통해 식민지 현실을 인식했던 것과 모성으로 찬양된 여성성을 통해 민족성의 회복을 읽어냈던 저항의 알레고리와는 다른 측면의 접근이다. 젠더의 측면에서 그것은 상상된 여성성에 불과하며 실제 알레고리하고 있는 것은 식민지 여성의 변화되지 않는 주변화된 정체성이다. 여성주체의 억압을 드러냄으로써 탈식민주의의 인식을 강화하고 있다.

4. '코라'로서의 '임'과 탈식민주의 욕동

한용운의 시를 새롭게 읽기 위해, 특히 젠더를 통한 탈식민주의적 접근 가능성을 위해, 『님의 침묵』에 나타난 상상된 여성성을 해체하고 자연 여성성을 구성하고자 한다. 여기서 본고 역시 다시 '임'의 규명에 동참할 수밖에 없다. 그러나 '임'의 규명은 한용운의 '임'이 아니라 온전히 작품 속 여성 화자의 '임'이다. 그것은 한용운과 혼종화된 주체의 은유적 관계에서 추론하는 것이 아니라 여성 화자의 여성적 언어를 통해 드러나게 할 뿐이다. 그럴 때 침묵하는 '임'을 군이 남성 주체로 상정할 필요가 없게 된다. 단순히 여성 화자가 소통의 대상으로 삼았기 때문에 남성일 것이라 단정할 수만은 없다. 어디에도 '임'이 남성이란 구체적인 호명이나 언급은 없다. 더군다나 여성 화자는 갑자기 남성 화자처럼 말할 때도 있고 그에 비추어 '임'은 여성처럼 인식되기도 한다. 그러므로 '성기'에 따른 성인식을 중단하고 여성적 욕망의 측면에서 살펴보았을 때 '임'은 크리스테바가 말한 '코라Chora'[28]가 된다. 그 우주의 어머니는 남성의 시각에서 재현된 모성이 아니라 시공간에 앞서 존재하며 지칭되거나 결코 조정되지 않는 자연 여성이다. 즉 남성과 여성의 생성 이전에 있었던 모태이다.

---

28) 줄리아 크리스테바, 김인환옮김, 『시적 언어의 혁명』, 동문선, 2000, 25~33쪽.

당신의 소리는 「沈默」인가요.

당신이 노래를 부르지 아니하는 때에, 당신의 노래가락은 역력히 들립니다그려.

당신의 소리는 沈默이여요.

—「反比例」에서

아츰에 일어나서 세수하랴고 대야에 물을 떠다 놓으면, 당신은 대야 안의 가는 물결이 되야서, 나의 얼골 그림자를 불쌍한 아기처럼 얼러줍니다.

근심을 잊을가 하고 꽃동산에 거닐 때에, 당신은 꽃 새이를 슬쳐오는 봄바람이 되야서, 시름없는 나의 마음에 꽃향기를 묻혀 주고 갑니다.

당신을 기다리다 못하야 잠자리에 누었더니, 당신은 고요한 어둔 빛이 되야서, 나의 잔부끄럼을 살뜰히도 덮어 줍니다.

어데라도 눈에 보이는 데마다 당신이 계시기에, 눈을 감고 구름 위와 바다 밑을 찾어 보았읍니다.

—「어데라도」 전문

'코라'는 사회적 언어인 상징언어에 대립되어 존재하는 무의식의 언어 기호로서 형상과 사상에 선재하여 근거하면서 음성적, 신체 근육적 리듬으로만 알 수 있다.[29] 이처럼 '임'의 존재성은 남성적 상징체계로 드러나지 않는다. 남성적 언어가 가지고 있는 논리 정연한 통사 구조를 갖지 않고 침묵과 모순을 그대로 드러내면서 남성 언어의 단일한 구조를 해체한다. '임'의 침묵은 언어화된 차별의 상징체계를 해체하는 언어이전의 몸이 갖는 세미오틱으로서 육성화된 '몸'의 정치학이라 할 수 있다. '임'은 '물결·

---

29) 위의 글 참조.

봄바람·빛'과 같은 움직임으로만 존재한다. '임'은 어떤 실체가 있는 것이 아니라 질서나 언어가 소통되지 않는 침묵의 상태, 공허의 상태, 욕망의 상태, 원초적인 모성이다. 그러므로 '임'은 침묵 그대로이다. 이때 '임'은 사회적으로 확고하고 분명한 '남성성'과는 달리 신비주의적이며 수수께끼처럼 보인다. 이러한 '임'의 언어는 현실 너머의 세계가 아니다. 크리스테바에 따르면 현실 속의 미메시스[30]이다. 그러므로 시적 화자는 '임'의 존재를 의심하지 않는다. 그녀는 남성성에 따른 왜곡된 '임'을 현실에서 목격하기 때문이다.

코라로서의 '임'을 품게 된 여성 자아는 사회의 상징질서로부터 비천한 것으로 인식된다. 그 천시의 대상인 어머니처럼 『님의 침묵』의 여성 화자는 '아브젝션abjection'[31] 된다.

즉, 남성적 상징체계에 따라 비천한 것으로 여겨지는 것에 대해 여성이 느끼는 주체적 반응이다. 그 비천하고 비굴한 상태는 남성적 시각에서 보면 자학적인 매저키즘으로 읽히게 된다.[32]

나는 나의 마음을 가지고, 님의 주시는 고통을 사랑하겠습니다.
— 「하나가 되야 주서요」에서

당신은 흙발로 나를 짓밟습니다.
— 「나룻배와 行人」에서

님이여 나를 책망하랴거든, 차라리 큰 소리로 말씀하야 주서요.
— 「차라리」에서

---

30) 위의 글, 63~68쪽 참조.
31) 줄리아 크리스테바, 서민원옮김, 『공포의 권력』, 동문선, 2001, 21~23쪽.
32) 오세영, 「마조히즘과 사랑의 실체」, 『시문학』, 1982, 10, 28~39쪽.
　마광수, 「한국현대시의 정신분석학적 해석」, 『현대시사상』, 1989, 겨울.

당신의 사랑의 동아줄에 휘감기는 體刑도 사양치 않겠읍니다.
－「의심하지 마서요」에서

그러나 이는 남성적 상징계를 뚫는 힘으로 작용한다. 그리고 외부의 위협에 대한 여성 주체의 저항이며 분리이다. 또 하나의 분리 욕망이 내부에서 일어나는데 어머니의 몸으로부터 벗어나와 비로소 사회적 주체로서의 여성성을 획득하는 것이다. 『님의 침묵』에서 그러한 분리의 갈망은 ‘임’과의 이별로 나타난다.

사랑의 이별은 이별의 反面에, 반드시 이별하는 사랑보다 더 큰 사랑이 있는 것이다.
혹은 直接의 사랑은 아닐지라도, 間接의 사랑이라도 있는 것이다.
다시 말하면, 이별하는 愛人보다 自己를 더 사랑하는 것이다.
－「이별」에서

이별은 美의 創造입니다.
이별의 美는 아츰의 바탕(質) 없는 黃金과, 밤의 올(系) 없는 검은 비단과, 죽음 없는 永遠의 生命과, 시들지 않는 하늘의 푸른 꽃에도 없습니다.
님이여, 이별이 아니면, 나는 눈물에서 죽었다가 웃음에서 다시 살어날 수가 없습니다. 오오 이별이여,
美는 이별의 創造입니다.
－「이별은 美의 創造」전문

시적 화자는 어머니의 몸으로부터 분리되어 나오려는 것처럼 ‘임’과 이별하고자 한다. 그것은 언어를 획득하고자하는 것이며 자기 자각에 대한 욕동drives[33]의 발로이다. 어머니의 몸과 분리되는 즉 ‘이별’을 통해 얻게

---

33) “프로이트는 문명을 공격적인 욕동(drives)의 억압 또는 승화로 규정하는데, 이때 욕동이란 아이와 어머니의 몸과의 관계에 주로 연관된 본능적인 충동을 의미한다.

되는 경험은 '자기를 더 사랑하는' 여성 주체의 분명한 존재성이다. 그러므로 '이별'은 『님의 침묵』의 여성성의 미학을 창조하는 원동력이 된다. 여기서 시적 화자는 자율적이고 사회적인 주체가 되기 위해서 어머니인 '임'과 분리되어야 하며 동시에 여성성을 유지하기 위해 '임'과의 동일성을 유지하려 한다.

프로이트의 욕동은 사회적 실천의 영역에서 떨어져 초월적 경향을 띤다[34]. 하지만 『님의 침묵』의 여성 화자는 다음과 같이 실천적 여성성을 욕동하고 있다.

> 나는 집도 없고 다른 까닭을 겸하야 民籍이 없읍니다.
> 「民籍 없는 者는 人權이 없다. 人權이 없는 너에게 무슨 貞操냐.」하고 凌辱하랴는 將軍이 있었읍니다.
> 그를 抗拒한 뒤에. 남에게 대한 激憤이 스스로의 슬픔으로 化하는 刹那에 당신을 보았읍니다.
> 아아 왼갖 倫理, 道德, 法律은 칼과 黃金을 祭祀지내는 煙氣인 줄을 알았읍니다.
> 永遠의 사랑을 받을까, 人間歷史의 첫 페지에 잉크칠을 할까, 술을 마실까 망서릴 때에 당신을 보았읍니다.
> — 「당신을 보았읍니다」에서

> 님이여, 당신은 봄과 光明과 平和를 좋아하십니다.
> 弱子의 가슴에 눈물을 뿌리는 慈悲의 菩薩이 되옵소서.
> — 「讚頌」에서

아이가 문명화되는 과정은 초자아를 형성하여 사회적 주체가 되는 것으로, 어머니의 몸에서 분리되어져야 하는 것은 필연적이다."(박주영, 「영원히 지워지지 않는 흔적 : 줄리아 크리스테바의 모성적 육체」, 『비평과 이론』 제9권 제1호, 한국비평이론학회, 2004, 6, 203~204쪽).
34) 줄리아 크리스테바(2000), 앞의 책, 196~197쪽.

이처럼 시적 화자가 추구하는 여성 주체는 새롭게 발견된 '임'이다. 그 '임'은 '민적 없는 자'와 '약자'와 '광명'과 '평화'라는 실천적 언어 속에서 되살아난다. 여기서 『님의 침묵』의 여성 주체는 스피박이 말한 하위주체의 성격을 띔을 확인하게 된다. 이는 크리스테바의 코라 개념의 본질주의적 모성이 아님은 분명하다. 이미 시적 주체는 그 '임'으로부터 '이별'하였다. 여기서 『님의 침묵』의 여성성을 탈식민주의적 시각에서 접근할 수 있는 계기를 마련하게 된다. 그것은 본질적 여성주의의 회의이며 시적 화자가 식민지 여성으로 갖게 되는 탈식민주의적 욕동이다.

5. 맺음말

젠더의 문제를 식민주의 극복이라는 탈식민주의 역사성과 결부시키는 것은 젠더를 가지고 여타 다른 차이를 간과하려는 것이 아니다. 즉 계급, 민족, 국가 간에 상존하는 차이를 무시하는 것이 아니라 이러한 모든 차이에 중요한 차이 하나를 덧붙이는 시도라 할 수 있다.

지금까지 한용운론은 '임'을 찾는 연구사였다. 그러므로 정작 한용운 시의 시적 주체인 여성화자는 배제되었다. 이런 측면에서 본고는 한용운의 시를 탈식민주의적 성격을 갖는 젠더의 문제로 파악하고 『님의 침묵』에 나타난 여성성을 고찰하였다.

기존 논의에서 한용운 시에 나타난 여성성은 남성적 시각에서 벗어나지 못했다. 페미니즘의 입장을 취한다 해도 한용운의 여성성은 반식민주의적 민족저항의 일환으로 귀결되고 만다. 정작 젠더의 문제는 주변성을 면치 못한다. 여성성은 민족의 이름으로 신비화되거나 혹은 부정적으로 왜곡되었다.

한용운 시의 여성성은 상상된 것이다. 첫째는 모성의 모습으로 신비화된다. 여성의 속성에 전통적 어머니와 같은 자연성이 부여됨으로써 문화적 여성의 모습은 배제된다. 그러므로 '임'의 존재성이 위기에 처했을 때 여성은 '임'으로 변주된 '남성성'의 불안을 치유하는 장소로 이상화된다. 둘째는 부정적인 존재로 재현된다. 여성 화자는 언제나 '임'에게 종속된다. '임'의 호명을 기다리는 여성 자아는 감정적이며 불안한 상태에 있다. 그러한 여성성의 불확정성이 '임'의 침묵에서 기인한다는 판단은 오로지 남성적 시각에 불과하다. 이처럼 상상된 여성성은 반식민주의 측면에서 저항의 알레고리처럼 해석되었지만 그것은 오히려 식민성과 남성성 모두로부터 배제된 여성 억압의 알레고리다.

그러므로 남성 시각에 따라 상상된 여성성은 해체되고 탈식민주의 시각에서 다시 구성되어야 한다. 이런 측면에서 침묵하는 '임'은 단순히 남성 주체로 이해할 필요가 없다. '임'은 크리스테바가 말한 '코라'와 같은 존재다. 그 우주 어머니는 남성 시각에서 재현된 확정된 존재가 아니라 침묵하는 언어이전의 자연여성이다. 시적 주체가 끊임없이 '임'을 추구하는 것은 자연스럽게 억압된 식민 주체와 겹치게 된다. 그리고 탈식민주의적 욕동의 과정을 통해 여성 주체는 본질적 모성에서 벗어나 실천적 여성 주체를 갈망하고 있음을 보게 된다.

탈식민주의적 시각은 특히 탈식민주의적 페미니즘은 민족의 문제보다는 젠더와 계급의 문제를 더 우선시 한다. 왜냐하면 식민지 여성은 본국과 식민지 남성 모두에게서 차별의 대상이기 때문이다. 여성의 입장에서 식민주의에서 해방된다는 것은 완벽한 자유를 회복하는 것이 아니다. 나머지 반은 가부장적 남성성이 주도하고 있는 젠더 식민성을 해체하는 데까지 이르러야 하는 것이다. 그런 측면에서 탈식민주의 여성성의 완성은 지금도 진행되고 있는 리얼리즘이다.

참고문헌

최동호편,『한용운시전집』, 문학사상사, 1989.

문학사상사자료연구실편,『백팔번뇌』, 문학사상사, 1975.

고　은,『한용운 평전』, 향연, 2004.

김병구, "1930년대 리얼리즘 장편소설의 식민성 연구", 서강대 박사학위
　　　　논문, 2000.

김용규,「포스트 민족 시대 혼종과 틈새의 정치학 : 호미바바 읽기」,『비
　　　　평과 이론』제10권 제1호, 한국비평이론학회, 2005.

김학동,「만해 한용운론」, 신동욱 편저,『한용운 시전집 평전 '님이 침묵
　　　　하는 시대의 노래'』, 문학세계사, 1983.

─────,「증도의 체험과 깊이의 시학-한용운론」,『현대시인연구Ⅰ』, 새문
　　　　사, 1995.

마광수,「한국현대시의 정신분석학적 해석」,『현대시사상』겨울, 1989.

박노준·인권환,『만해 한용운 연구』, 동문관, 1960.

박승희, "한국시의 미적근대성 연구-최남선, 임화, 김기림을 중심으로",
　　　　영남대 박사학위논문, 1999.

박주영,「영원히 지워지지 않는 흔적 : 줄리아 크리스테바의 모성적 육체」,
　　　　『비평과 이론』제9권 제1호, 한국비평이론학회, 2004.

박철희,「한국문학사의 새로운 이해」, 박철희·김시태편,『한국현대문학
　　　　사』, 시문학사, 2000.

─────,「종교적 신심과 시적 서정」, 박철희 편,『한용운』, 서강대출판부,
　　　　1997.

송재갑,「만해의 불교 사상과 시세계」,『동학어문집』9, 1976.

오세영, 「침묵하는 님의 역설」, 『국문학논문선』 9, 민중서관, 1977.

오세영, 「마조히즘과 사랑의 실체」, 『시문학』 10, 1982.

이민호, 「한용운과 김수영의 '사랑의 시' 형식 연구」, 『현대문학의 연구』 27집, 한국문학연구학회, 2005.

이선이, 「만해 한용운 문학에 나타난 탈식민주의적 인식」, 『어문연구』 제118권, 한국어문교육연구회, 2003.

이호미, "한용운의 『님의 침묵』에 나타난 여성성 연구", 대구효성가톨릭대 석사학위논문, 1998.

장한섭, "육당의 『백팔번뇌』 연구", 한국교원대 석사학위논문, 1994.

정미경, 「"상상의 여성성"인가? - 크리스타볼프의 『카산드라』와 『메데아』 다시 읽기」, 『뷔히너와 현대문학』 제24권, 한국뷔히너학회, 2005.

조연현, 『한국현대문학사』, 성문각, 1969.

한민주, 「신체의 수사학과 남성성의 심미화 - 정비석 일제 말기 소설을 중심으로」, 『여성문학연구』 14, 한국여성문학학회, 2005.

줄리아 크리스테바, 김인환 옮김, 『시적 언어의 혁명』, 동문선, 2000,.

줄리아 크리스테바, 서민원 옮김, 『공포의 권력』, 동문선, 2001.

Bhabha, Homi K, *The Location of Culture*, London and New York : Routledge, 1994.

David Hillman & Carla Mazzio, *The Body in parts - Fantasies of Corporeality in early modern Europe*, Routledge, 1997.

Spivak, Gayatri, "Can the Subaltern Speak?", *Marxism and the Interpretation of Culture*, eds. Nelsonand L. Grossberg. Macmillan Education : Basingstoke, 1988.

II. 정지용 시에 나타난 의미의 사회적 생산 분석

─시「향수」를 중심으로

1. 머리말

　본고는 정지용의 시「향수」를 중심으로 시인 정지용과 시 텍스트의 변형 진행에 관련된 차이와 정체성의 관계를 통해 그 의미의 사회적 생산을 분석하는 것에 목적을 두고 있다. 의미의 사회적 생산은 텍스트를 새롭게 바라보고자 하는 징후적 독서의 산물이다. 기존의 비평적 접근은 텍스트를 갇혀 있는 존재로 대상화하여 텍스트를 신비화하였다. 텍스트의 신비화라는 것은 시인과 독자가 배제된 텍스트의 내적 원리만을 추구함으로써 배태된 신기루와 같은 것이다. 그처럼 정체된 텍스트에는 역사가 없다. 이러한 측면에서 정지용의 시에 나타난 의미를 사회 기호학적 측면에서 분석[1]함으로써 텍스트 분석의 방법론적 탐색을 또 하나 목적으로 하고 있다.

　정지용의 대표시「향수」는 1923년 3월에 제작되어 1927년『조선지광』3월호에 발표된다. 이후 1935년 10월 시문학사에서 간행된『정지용시집』과 1946년 6월 을유문화사에서 나온『지용시선』에 실린다. 이때 1923년과 1927년 1935년 1946년은 단순히 연대기적 숫자에 불과한 것인가? 그

---

1) 사회 기호학Social Semiotics은 기호학, 언어학, 정신분석학, 사회학 등 여러 영역에서 추출한 방법들과 개념들을 종합하여 텍스트를 처리한다. 이는 텍스트가 나타내는 의미를 사회적 생산의 한 양상으로 보려는 시각이다. 그러므로 텍스트가 고립되고 자기충족적인 언어체계라는 가정을 넘어서는 텍스트의 전략을 모색한다. 이러한 방법적 모색으로 본고는 로버트 호지Robert Hodge의 논의를 참고하였다(Robert Hodge, *Literature as Discourse*, cambridge : Polity Press, 1990.).

리고 시 「향수」에 나타난 의미는 애초에 만들어진 그 시의 의미 그대로인
가? 본고는 이러한 의문으로부터 시작한다.

이러한 의문에 대해 텍스트의 범주 내에서만 머문다면 설명이 곤란하
다. 그러므로 본고는 자연스럽게 사회 기호학적인 방법론에 의지하게 되
었다. 사회 기호학적인 방법론은 문학을 담화Discourse로 보려는 시도로서
문학의 재이론화와 텍스트를 다루는 새로운 전략을 요구한다. 그러므로
본고는 첫째, 텍스트가 고립되고 자기 충족적인 언어체계라는 가정을 넘
어서서 텍스트의 분석 전략을 모색, 텍스트 외적인 영역까지 분석 범위를
확대할 것이다. 둘째, 변형transformations의 측면에서 궁극적으로 텍스트의
변화가 왜, 어떻게 일어나며, 통제되는가를 살펴볼 것이다.

이러한 틀에서 시 「향수」를 바라볼 때 변화의 징후를 발견하게 된다.
본고는 텍스트 변화의 양태[2]를 '석근별'과 '성근별'의 용어 차이에서 찾고
자 한다. '석근별'은 1923년, 1927년, 1935년의 시 「향수」에 지속적으로
등장한다. 그러나 1946년에는 '성근별'로 대체된다. '석근'과 '성근'은 시
어로서 개별적인 의미를 갖고 있다. 기존의 텍스트 내적 분석에 따른다면
단순히 하늘에 가득한 별 모습과 별들이 드문드문 보이는 밤하늘 모습이
라는 차이 외에는 징후적 양태를 찾을 수 없다. 나아가 '고향 이미지'에 둘
중 어떤 용어를 취하든 큰 의미의 차이를 보이지 않는다.[3]

그러나 이 시를 만든 정지용과 이 시를 읽는 독자와 당대의 문학적 풍
경과 분위기를 생각한다면 변형의 과정은 새로운 사회적 의미를 생산하
게 된다. 문학은 본질적으로 사회적이며, 공동체 내에서 지식과 권력의

---

2) 양태modality는 리얼리티가 기호 작용semiosis을 통해 어떻게 중개되는가를 포착할
수 있는 표지이다. 즉 텍스트의 의미가 텍스트 외부 의미의 구조 안으로 조율되는
일단의 방식이다. 그것은 믿음을 강요하거나 부인하는 방식으로 이루어진다(*Ibid.*,
pp.9~10.).
3) 김학동, 「전설의 바다와 실향의식-정지용의 <향수>」, 김학동 · 조용훈, 『현대시론』,
새문사, 1997, 284~291쪽 참조.

유통을 중재하고 또 통제하는 기제나 제도와 연관되어 있기 때문이다[4]. 본고는 이러한 측면에서 정지용 시의 의미를 분석하고자 한다.

2. '석근별'과 '성근별'의 차이

넓은 벌 동쪽끝으로
옛이야기 지즐대는 실개천이 회돌아 나가고,
얼룩백이 황소가
해설피 금빛 게으른 웃음을 우는 곳,

─그곳이 참하 꿈엔들 잊힐리야.

질화로에 재가 식어지면
뷔인 밭에 밤바람 소리 말을 달리고,
엷은 조름에 겨운 늙으신 아버지가
짚벼개를 돋아 고이시는 곳,

─그곳이 참하 꿈엔들 잊힐리야

흙에서 자란 내 마음
파아란 하늘빛이 그립어
함부로 쏜 활살을 찾으러
풀섶 이슬에 함추름 휘적시든 곳,

─그곳이 참하 꿈엔들 잊힐리야.

---

4) 기호 및 의미와 관련하여 중요한 것은 가장 '자연적인' 기호 및 의미에 있어서 조차 특수한 사회의 결정을 지각할 수 있다는 것이다. 또한 반대로 우리가 기호를 대상과 사회적 리얼리티의 물질적인 과정의 교차점으로 철저하게 재기술할 수 있어야 한다 는 것 또한 중요하다(Robert Hodge, *Op.cit.*, p.15.).

전설바다에 춤추는 밤물결 같은
검은 귀밑머리 날리는 어린 누이와
아무러치도 않고 여쁠것도 없는
사철 발벗은 안해가
따가운 해ㅅ살을 등에지고 이삭 줏던 곳,

―그곳이 참하 꿈엔들 잊힐리야.

하늘에는 석근별
알 수도 없는 모래성으로 발을 옮기고
서리 까마귀 우지짖고 지나가는 초라한 지붕,
흐릿한 불빛에 돌아앉어 도란도란거리는 곳

―그곳이 참하 꿈엔들 잊힐리야.

―「향수」전문

　이 시는 "80년대 후반 납ㆍ월북작가의 해금과 동시에 곧바로 작곡되어 대중들 사이에서 애창되고 있는가 하면 문학적으로도 많은 논의가 거듭되었다. 그럼에도 이 작품의 몇 가지 용어에 해석의 문제점을 비롯하여 해결해야 할 문제가 아직 남아 있다."5) 이는 역설적으로 이 시를 둘러싼 해석의 문제점이 텍스트 자체 내에서는 해결될 수 없음을 시사하는 것이라 하겠다. 우선 텍스트 내의 용어 변형부터 점검해 보자. 그것은 다음과 같다.6)

---

5) 김학동, 앞의 글, 286쪽.
6) 1927년 『조선지광』 3월호에 발표당시 제작일을 1923년 3월로 적고 있다. 그러므로 따로 1923년 3월의 시가 발견되지 않는 한 1927년에 발표된 시는 1923년의 용어라 가정해야 할 것이다.

	1923년	1927년	1935년	1946년
회돌아 나가고	?	회돌아 나가고	–	휘돌아 나가고
함부로	?	되는대로	함부로	–
활살	?	활살	–	화살
석근	?	석근	–	성근

이처럼 이 시는 두 세 차례 변형을 거쳤다. 이 변형 중에서 본고가 초점을 맞추는 것은 '석근'과 '성근'의 변형이다. 여타의 변형은 미세한 어감의 차이나 방언과 표준어의 차이라는 측면에서 큰 변형적 의미를 찾을 수 없다. 다시 말해 애초에 의도했던 의미의 잔재가 남아 있기 때문이다.[7]

'석근별'과 '성근별'의 차이는 기호의 선택적 구조에서 찾을 수 있다.[8] 가령 '하늘에는 석근 별'이라는 압축된 표현을 문장화하면 '하늘에는 별이 섞여 있다'이다. 이것은 의미를 만들어 내기 위해 주어 '별'과 '섞여 있다'를 결합한 것이다. 이처럼 계열체 구조는 선택해야 할 두 쌍들의 집합으로 이루어져 있다. 이러한 구조들은 특정 요소의 선택으로 의미를 결정한다. 즉 정지용은 1946년에 '하늘에는 석근별' 대신에 '하늘에는 성근별'을 사용한다. '섞다'와 '성기다'는 계열체적 틀로부터 정지용이 선택할 수 있었던 용어 목록이다. 이 둘의 선택이 갖는 의미는 텍스트 내적 측면에서 바라본다면 그 자체에서 발견할 수밖에 없다. 즉 '긴밀한 구조'와 '성긴 구조'의 차이가 바로 그 기준이다. 그러나 이러한 선택 자체는 사회적 의미를 갖지 않는다. 이때 정지용이 이 용어들을 선택함에 있어서 실재 무슨

---

7) 변형transformation이론의 해석 핵심은 변화들이 왜, 어떻게 일어나고 통제되는가를 탐색하여 의미가 텍스트에서 텍스트로 이동할 때, 또는 남아 있는 기록에서 사라질 때, 그 의미를 추적하려는 데 있다(Robert Hodge, *Op. cit.*, p.10.).
8) 기호의 구조는 둘 이상의 요소들 간에 맺어진 의미있는 관계이다. 기본적인 기호 구조는 통합체적 구조와 계열체적 구조의 두 개가 있다. 통합적 구조는 둘 이상의 요소들이 공간과 시간에 따라 구성된 구조이다(*Ibid.*, p.5.).

생각을 했으며 그 선택의 차이를 진지하게 생각하고 있었는지가 문제가 된다. 그러나 이 시속에서 그와 같은 진지함을 보여줄 만 한 어떠한 표지도 찾을 수 없다. 또한 이 시를 읽는 독자들에게 이러한 리얼리티를 확인하게 할 만한 어떠한 전략도 없다. 단순히 텍스트 내재적 분석에 머문다면 이들 용어의 변형은 아무런 가치도 없는 것이다.

　결국 선택된 용어들이 사회 구조를 지시하는 것으로 이해되는 경우에만 결과적인 의미가 사회적일 뿐이다. 이는 본고의 가설적 접근을 위한 전제이기도 하다. 이 경우 '석근별'과 '성근별' 사이의 대립은 용어 사용자의 상황에 따라 구조화된다. 즉 '하늘에는 석근별'의 사회적 의미는 이것을 구성하는 '석근별'을 선택한 사회적 의미에 의존한다. '성근별'의 경우도 마찬가지다.

　'석근별'과 '성근별'의 등장과 소멸은 실제 시간 안에서의 순서인데 '석근별'에서 '성근별'로의 이동은 본고가 분석하고자 하는 순서이다. 이러한 순서는 두 가지 의미를 갖는다. 첫째는 모방적mimetic 의미다. 이는 텍스트 내의 계열체와 통합체의 산물로서 시인 정지용의 신념을 반영하고 그의 창작적 의도를 재현하고 있다. 둘째는 기호작용적semiosis 의미다. 이는 정지용과 그를 둘러싼 구체적인 사회적 맥락을 가정하는 통합체이다.

　'석근별'에서 '성근별'로의 변형은 아마도 단지 두 가지 용어들(다른 것들 사이에서)을 포함하는 계열적인 집합으로부터의 선택적인 선택에 지나지 않을지도 모른다. 여기에서 각각의 용어를 선택하는 의미는 그것들을 구별하는 자질들로부터 나온다. 거기에는 서로 다른 독자들이 두 용어들, 결국 서로 다른 의미들을 산출하는 용어들을 구별하기 위해 연상할 수 있는 수많은 자질들이 있다. '석근별'과 '성근별'은 '다양성/혼합/포괄적/잡식/무질서/카오스 등' 대 '단일성/순수/배제적/고급/질서/문화 등'과 같은 자질에 따라 그리고 어떤 가정들에 따라 대비된다. 그러나 차이의 용어들을 확립하는 것은 또한 변형의 의미를 확립하는데 있어서 첫 단계에서 중요하다. 왜냐하면 변형의 의미는 정확히 차이를 가로지르는 움직임이기 때문이다. 이런 경우 '성근별'의 의미는 그 의미를 결정하는 자질들의 선택이라는 문제와 '석근별'을 결정하는 대립적인 자질의 거절 또한 포함하기 때문이다.

우리 앞에 주어진 텍스트 「향수」는 선택이상으로 낯선 어떤 것이라는 증거를 제시한다. 왜냐하면 정지용은 여러 용어의 집합에서 용어 '성근별'을 선택한 것이 아니라 그가 변형적으로 구체적인 용어(석근별)을 삭제했으며 그것을 서로 재배치했기 때문이다. 그러나 계열적인 선택의 의미들은 계열적인 변형의 의미들과 유사하다. 양자 모두 용어를 구성하는 자질들에 따라 하나의 행위(선택 혹은 변형)에 부속되는 의미들이다. 여기서 이러한 선택이 동의하고 있는 일련의 텍스트적 요소들이 있지만 변형적 과정에 대해 여전히 단일한 의미만 있는 것은 아니다라는 것을 주장하는 것은 중요하다. 심지어 선택된 출발점은 자의적이다. 왜냐하면 '석근별'과 '성근별'이라는 용어 앞에 다른 용어들이 더 있었을지도 모르기 때문이다.[9] 그러나 기호작용적 계획 하에 이러한 변형의 주체들을 명확히 말하지 않는다면 우리의 분석은 불완전하다. 시인 정지용은 여기서 '시인'의 관습적 가치를 지닌다. 이 대시인은 그의 시적 기교로 그동안 독자를 매혹시켰다. 즉 권력의 정점에서 그의 시 쓰기는 하나의 강조된 작업으로서 이름 붙여 통용되는 것이다. 그러므로 시 「향수」의 주체는 시인 정지용과 선별된 '정지용' 모두 이다.

---

9) 그러한 이유로 위 표에서 1925년의 용어들은 물음표 처리하였다.

3. 시인 정지용과 '정지용'

시 「향수」의 제작 주체가 누구냐에 따라 이 시는 달리 읽힌다. 이 시는 시인 정지용과 선택된 '정지용' 모두가 주체이다. 이 두 주체의 차이를 통해 '석근별'과 '성근별'이 갖는 의미를 읽는 통로를 얻게 된다. '석근별'이 등장하는 1923년에서 1935년까지의 역사는 시인 정지용의 창작적 고민이 개입된 역사이지만 '석근별'을 매장시키고 '성근별'을 발굴한 1946년의 역사는 정지용과 무관한 한국 문단의 특정 이데올로기가 투사된 역사이다.

정지용은 '현대시의 아버지[10]'이다. 그가 "이상의 시를 『가톨릭 청년』에 소개하고, 조지훈·박두진·박목월을 『문장』지를 통해 추천하였으며, 해방 후 윤동주의 저항시를 『경향신문』에 소개하고 유고 시집 『하늘과 바람과 별과 시』를 간행하는데 주도적 역할을 하였다는 점에서 그러하다. 즉 우리 시문학사 주류의 원천이기 때문이다."[11]

그럼에도 평가는 상반된다. "우리 현대시에 최초로 생명을 불어넣었다"[12]는 김기림과 '현실이 배제된 기교주의의 극치[13]'라는 임화의 평가가 대표적이다. 이 양면적 평가는 이후 정지용 시를 평가하는 양 단면으로 정착되어 반복된다. 그러나 차이에도 편협하다는 동일성을 갖고 있다. 즉 두 비평가의 태도는 상반된 입장을 보여주고 있지만 김기림과 임화 모두 자신의 이론적 틀 안에 정지용의 시를 끌어넣음으로써 정지용 시의 의미를 제한적으로 고정시킨다는 점에서는 동일한 태도를 지니고 있다.[14]

이는 그의 시적 공간을 1930년대에만 국한했기 때문에 나타나는 문제

---

10) 유종호, 「현대시의 50년」, 『비순수의 선언』, 신구문화사, 1962, 14쪽.
11) 최동호, 「정지용의 산수시와 성정의 시학」, 김종태편, 『정지용이해』, 태학사, 2002, 45쪽.
12) 김기림, 『시론』, 백양당, 1947, 83쪽.
13) 임 화, 『문학의 논리』, 학예사, 1940, 628쪽.
14) 김신정, 『정지용 문학의 현대성』, 소명출판, 2000, 13쪽 참조.

점이며 이제까지 언어의 감각미나 이미지의 공간적인 형상화만을 강조한 탓이다. "그의 시가 전혀 사상성이 결여된 것으로 본 <모더니즘>이라는 서구의 문예사조적인 지평에서 진단해 왔기 때문에, 그의 시적 체험을 바탕으로 한 사상성이나 의식성을 잘 살피려 하지 않고 있는 것이다. 단순히 모더니즘이나 이미지즘과 같은 차원에서 그의 시사적 위치를 확립해 놓고 있는 셈이다."[15)]

역설적으로 이러한 편협한 평가에서 그의 창작적 고민을 읽을 수 있다. 시 「향수」는 '자연의 신비와 생활인의 철학'[16)]이 담겨있다. 즉 고향은 정지용에게 이 두 풍경을 체험케하는 장소다.[17)] 그의 시적 공간을 1920년대 초까지 끌어올릴 때 그러한 가정이 성립되는 것이다. 실재로 정지용은 『시문학』지 이전에 발표된 작품들이 50편 가까이 될 뿐만 아니라 「향수」 또한 1923년경에 제작되었고 1927년에 발표되었다는 점이 중요하다. 그렇다면 적어도 정지용은 1920년대 활동하던 시인들의 반열에 있어야 한다. 그들과 같은 고민을 했다는 것이다. 즉 정지용도 자연주의 경향의 영향아래 있었다는 사실이다[18)]. 그러므로 시 「향수」는 자연의 발견을 통해서 현실을 담으려는 창작적 고민이 담긴 작품이라 할 수 있다. 이러한 측면에서 해방기 정지용이 취했던 현실지향적 목소리가 난데없는 것은 아니

---

15) 김학동, 『정지용연구』, 민음사, 1987, 81쪽.

16) 위의 책, 16쪽.

17) 실재로 향토의 발견은 식민지 지식인들의 자연주의와 모더니즘의 시각에서 촉발 되었음을 신형기는 지적하고 있다(신형기, 「이효석과 식민지 근대」, 삼인 · 이와나 미 주최 비판과 연대를 위한 동아시아 역사 포럼 제2회 워크숍, 동경 와세다 대학 세 미나 하우스, 2002. 2. 19~22쪽 (오성호, 「「향수」와 「고향」, 그리고 향토의 발견」, 김종태편, 앞의 책, 189쪽에서 재인용).

18) 당대에 자연주의 경향이 주경향이 된 사실을 최승만은 「문예에 대한 감탄」(『창조』 제4호 1920년 2월)에서 다음과 같이 말하고 있다. "세계의 사조라는 것은 알 수 없는 것이다. 무엇이 무엇인지 도무지 분별치못하던 우리 사회도 어느덧 자연주의 사조가 드러온 것 같다.……요새 청년들이 쓰는 소설이나 시가운데는 만히 자연주의기풍이 있는 것 같다."(백철, 『조선신문학사조사』, 수선사, 1948, 156쪽에서 재인용).

다. 특히 그는 자신이 순수시인으로 불리는 것을 못마땅하게 생각하였다.[19] 정지용의 다음 언급은 이러한 그의 시각을 단적으로 나타내는 것이다.

모든 맹금류와 같이 노리고 있었던 시안詩眼을 두리고 신뢰함은 시적 겸양의 미덕이다. 시가 은혜로 받은 것일 바에야 시안도 신의 허여하신 배 아닐 수 없다. 시안이야 말로 기계적인 것이 아니라, 차라리 선의와 동정과 예지에서 굴절하는 것이요, 마침내 상탄에서 빛난다. 우의와 이해에서 배양될 수 없는 시는 고갈할 수밖에 없으니, 보아줄 만한 이가 없이 높다는 시, 그렇게 불행한 시를 쓰지 말라. 시도 기껏해야 말과 글자로 사람 사는 동네에서 쓰여 지지 않았던가.[20]

선의, 동정, 예지에서 굴절된 것, 우의, 이해에서 배양된 것, 기계적이지 않은 것, 고답적이지 않은 것, 이 모든 것이 '석근별' 같은 그의 시적 특질이 아닌가? 그러나 현실에 밀착된 그의 시선은 즉물적 감각[21]으로 축소되고 있다. 그러나 마지막 시 「곡마단」[22]을 보면 그의 시작 태도가 얼마나 일관된 것인가를 알 수 있다. 그 시에서는 초기 시작 태도와의 연관성을 발견할 수 있으며 다분히 현실적이다. 나아가 그가 이 땅에 살아 남아 계속 시를 썼다면 그의 시가 어떠한 곳을 지향했을까하는가를 예견할 수 있다. 시 「곡마단」에서 그는 전후 한국시가 보였던 실존주의적 면모를 징후적으로 나타내고 있기 때문이다. 이처럼 그의 시적 특질은 다양하다. 일

---

19) "해방덕에 이제는 최대한도로 조선인 노릇을 해야만 하는 것이겠는데, 어떻게 8·15 이전 같이 왜소구축(倭少龜縮)한 문학을 고집할 수 있는 것이랴? 자연과 인사에 흥미가 없는 사람이 문학에 간여하여 본적이 없다. 오늘날 조선문학에 있어서 자연은 국토로 인사는 인민으로 규정된 것이다. 국토와 인민에 흥미가 없는 문학을 순수하다고 하는 것이냐? 남들이 나를 부르기를 순수시인이라고 하는 모양인데 나는 스스로 순수시인이라고 의식하고 표명한 적이 없다."(정지용, 『산문』, 동지사, 1949, 30~31쪽.).

20) 정지용, 「시의 옹호」, 『문장』 5호, 1939. 6, 127쪽.

21) 문덕수, 『한국모더니즘시연구』, 시문학사, 1981, 117쪽.

22) 『문예』 7호, 1950. 2.

상성을 강조하면서도 시와 문화와의 상호 교류를 강조하고 있고 문화에 대해 치열한 의무감을 다음과 같이 토로하고 있다.

> 이에 불후의 시가 있어서 그것을 말하고 외이고 즐길 수 있는 겨레는 이방인에 대하야 항시 자랑거리니, 겨레는 자랑에서 화합한다. 그 겨레가 가진 성전이 바로 시로 쓰여졌다.[23]

이러한 측면에서 시인은 시학과 시론에 관심을 기울여야 함은 물론 일반예술론, 특히 동양화론이나 서론書論에도 관심 가질 것을 강조하고 있다. 즉 경서나 성전류를 심독하여 시의 원천에 침윤하는 시인은 불멸성을 지닌다는 것이다. 이는 정지용 시의 시적 인프라infra가 탄탄히 구축되어 있음을 말하는 것이다. 이러한 총체적 이해를 바탕으로 했을 때 정지용 시의 인프라는 광범위하며 심오하다. 동양철학과 서양철학, 전통과 현대를 아우르는 거대한 지식의 고고학을 형성하고 있다.[24] 결국 '석근별'은 정지용의 창작적 고민을 담고 있는 그의 시적 인프라의 다양성을 상징하는 기호라 할 수 있다.

그렇다면 1946년 하나의 관습적 가치로서 정지용을 선택한 것은 누구인가? '석근별'의 시적 다양성을 매장하고 '성근별'의 특질만을 선별한 주

---

23) 정지용(1939), 앞의 글, 123쪽.
24) "실상 씨의 시집을 처음 닑는 사람으로서 누가 몬저 감탄하지 아니하며 찬사를 밧치지 아니하랴, 씨의 아름다운 감각과 감상, 또 가티 아름다운 씨의 말과 마음, 그러고 한편에 「비로봉」·「해협」·「귀로」를 쏠 수 잇고, 또 한편에 「해바라기 씨」·「산넘어 저 쪽」가튼 동요, 또는 「산엣색시 들녁사내」가튼 민요를 쏠 수 잇고, 그러고 또 한편에 「다른 한울」·「또 하나 다른 태양」가튼 종교시를 쏠 수 잇는 씨의 역량! 우리는 이제 여기 처음 다만 우리 문단 유사이래의 한 자랑거리가 될 뿐 아니라, 온 세계문단을 향하야 「우리도 마츰내 시인을 가젓노라」하고 부르지즐 수 잇슬 만한 시인을 갓게 되고 또 여기 처음 우리는 우리 조선말의 무한한 가능성을 구체적으로 알게 된 것이다. 엇지 우리 문단을 위하야 기쁜 일이 아니며, 또 우리가 참으로 감사하여야 할 혁혁한 공적이라 아니할 수 잇스랴"(이양하, 「바라든 지용 시집」, 『조선일보』, 1935. 12. 11.).

체는 정지용 자신이 아니다. 그러므로 1946년 『지용시선』은 시인 정지용의 것이 아니라 정지용의 일부를 선별해 선택한 박두진과 조지훈의 것이다.[25] 즉 용어 '성근별'에는 '석근별'에서의 다성적 이미지가 삭제된 또 다른 무엇이다. 그것은 을유문화사를 통해 정지용의 에피고넨 박두진과 조지훈이 만들어낸 '지용이즘'[26]일 뿐이다.

해방이후 정지용의 행보에 대해 박두진은 다음과 같이 전하고 있다. "그 당시 정지용에 대한 사상적인 오해가 일부에서 일고 있었기 때문에 조지훈 · 박목월 · 박두진 등 청록파 시인들이 마련한 자리에서 그는 이데올로기를 떠난 순수 문학을 강조했다는 것이다."[27] '이데올로기가 떠난 순수문학'은 실재 청록파의 용어가 아닌가? 이때 문학의 순수성을 언급한다는 것은 정지용의 입장을 대변한다기보다는 청록파 자신의 이데올로기적 입장을 피력한 데 불과하다.

청록파의 문학적 입장은 '민족정신'의 고취였다.[28] 그들이 말한 민족정신이란 바로 '고전주의'를 말하는 것이다. 그리고 그들이 강조한 것은 '세련된 문장', '충분한 구성', '일관된 관념'과 '지배적' '통일적' '전형적'이라는 고전문학의 특성이다.[29] 정지용의 시적 인프라에 고전적인 절제와 엄격함이 있는 것은 사실이다. 그러나 이는 정지용의 단면일 뿐이다. 이러

---

25) 박두진이 『지용시선』을 조지훈과 함께 편집했다는 사실을 밝혔다고 김학동은 말하고 있다(김학동(1987), 앞의 책, 173, 196쪽 참조).

26) "지용씨가 이 자리에 계시지만 조선시사를 살펴볼 적에 감각을 가지고 나온 지용씨의 시만큼 천하를 풍미한 것은 없습니다. 또 사실 존경할 만한 시요 번역해서 외국 사람에게 보일 시도 그 밖에 없는 줄 압니다. 그러나 후진들이 모조리 「지용이즘」이거든요. 지용씨는 말하나 고르는데도 고심조탁하나 지용을 배우는 사람은 덮어놓고 모방만 하기 때문에 하나도 되지 않았거든요. 그런 점에서 지용씨의 공죄는 상반이지요."(양주동, 「시평과 모방」, 『문장』 2월호, 1940, 191∼192쪽.).

27) 김학동(1987), 앞의 책, 159∼160쪽.

28) 조지훈의 다음글 참조, 「순수시의 지향—민족시를 위하여」, 『백민』, 1947. 3/「민족문화와 당면과제」, 『문화』, 1947. 4.

29) 조지훈, 「고전주의의 현대적 의의-민족문화의 지향에 관한 노트」, 『문예』, 1949. 10.

한 고전정신에 집중한 것이 1946년의 『지용시선』이라 할 수 있다. 박철희는 이미지스트의 시각지향성이 전통적인 고전적 절제와 연결되었을 때 가장 성공적이라며 시「난초」·「인동차」·「홍시」를 들고 있다30). 이 중 앞의 두 시가 시선집에 실려 있는 것을 보면 이 선택안이 청록파의 전통성임을 무시할 수 없다.

결국 청록파의 선택은 정지용의 시적 인프라에서 모든 것을 매장하고 '성근별'처럼 '지배적'이고 '통일적'이며 '전형적'인 특성만을 발굴한 것이다. '성근별'로 이미지화된 시「향수」는 낯선 곳이다. 이미 오래전에 사라진 향토일 뿐이다. 거기에는 '석근별'이 상징하고 있는 혼돈의 자연스러움이 존재하지 않는다. '성근별'은 정지용의 창작적 고민도, 시성도 없는 무미 건조한 감각만이 있는 뼈다귀 '정지용'을 상징할 뿐이다.31)

4. 시「향수」의 탈신비화와 재신비화의 사회적 의미

이제 변화들이 왜, 어떻게 일어나고 통제되었는가 해석지점에 다다랐다. 시「향수」에 나타난 의미는 사회적 의미의 구조 안으로 조율되는 열쇠이다. 조율은 주체의 믿음을 강요하거나 부인하는 방식 속에서 이루어진다.32) 발굴은 항상 다른 것들의 특성을 공격하는 일이다. 읽고 해석하는 것은 항상 정치적인 행위이며 그의 사회적 의미는 기호작용적 차원에 있

---

30) 박철희,「참신한 동양인=정지용」, 김은자 편, 『정지용』, 새미, 1996, 202쪽.
31) 김윤식은 정지용의 시적 인프라를 민족주의적인 것과 카톨릭적인 것, 고전주의적인 것에 걸쳐 있다고 말한다. 이것은 정지용 시의 광범위한 인프라를 지적하는 것이지만 전대의 사상성 배제, 기교주의, 이미지스트의 평가 범주에서 벗어나는 것은 아니다. 한국 문단은 그에게서 현실적 문제의식과 창작적 고민을 읽어내기를 거부한다. 오직 정지용은 순수함이라는 유리 속에 갇혀 있는 인형과도 같다(김윤식의 언급은 '김윤식, 『한국근대문학사상사』, 한길사, 1984, 447쪽.'을 참조).
32) Robert Hodge, *Op. cit.*, p.10.

다. 매장된 텍스트는 매우 매력적이지만 제한된 물자이며 프로이트식 분석 사례의 대상들처럼 도처에 있지만 금지되어 있다.33)

1923년의 「향수」와 1946년의 「향수」는 '석근별'과 '성근별' 그리고 정지용과 '정지용'만큼 다르다. '석근별'의 다성성은 모든 것을 포용하는 듯 하지만 거기서 정지용이 부인하는 것이 있다. 바로 '어머니'이다. '성근별'의 전형성은 모든 것을 삭제하는 듯 하지만 거기서 '정지용'이 강요하는 것이 있다. 그것은 '아버지'이다. 본고는 전자의 행위를 '탈신비화'로 후자의 행위를 '재신비화'로 이름붙이고자 한다. 이때 신비화의 대상은 각기 다르다. 그것은 주체의 이데올로기의 차이에서 빚어지는 것이라 할 수 있다. 그것은 신비화된 대상인 '어머니의 부인否認'과 '아버지의 강요'에서 그러하다.

시「향수」에서 그리고 있는 풍경에는 아버지와 어린 누이와 아내까지 등장하면서 어머니가 등장하지 않는다.34) 우선 시「향수」가 제작된 1923년 이전의 문단의 상황을 점검해 보자.

> 우리나라에서 1923년 이전의 문단이라면 최남선 · 이광수 · 김동인 · 염상섭 · 전영택 · 주요한 · 오상순 · 남궁벽 · 한용운 · 황석우 · 변영로 · 김안서 · 나도향 · 현진건 · 박종화 · 홍노작 · 이상화 · 박영희 · 김운정 · 노춘성 · 김동명 등 20면 남짓한 시인 · 소설가들을 가리킨 말이 된다. 이은상 · 방정환 · 김소월 등은 나나 마찬가지로 1923년 후반기로부터 작품 활동을 했었다고 기억하는데, 그때까지의 전기 여러 사람의 시와 소설은 간단히 말해서 감상적 인도주의와 퇴폐적 낭만주의로 물들어 있었다.35)

---

33) *Ibid.*, pp.116~117.
34) 김학동도 이에 대해 문제를 제기한다. "그렇다고 이때 정지용에게 어머니가 없었던 것도 아니다. 우리들이 고향을 환기할 때, 먼저 어머니를 떠올리게 되는 것이 상례인데, 어찌된 까닭으로 어머니가 등장하지 않았는지 알 수가 없다."(김학동(1997), 앞의 글, 290쪽).
35) 김기진, 「20년대의 문인들—측면으로 본 신문학 60년 · 2」, 홍신선편, 『팔봉문학

이처럼 정지용 이전 시인들의 작품은 "이상주의를 지향한 낭만주의 문학이 전반기를 주도했다. 그러나 낭만주의 문학은 현실과 동떨어진 감상적이고 퇴폐적인 성향을 지니고 있었다."[36] 이것은 정지용의 현실 문제 인식과 창작적 고민을 추적할 수 있는 실마리라 할 수 있다. 그가 발견한 자연의 풍경은 이미 근대라는 모습을 하고 과거의 고향을 지우고 있었기 때문이다. 그래서 정지용의 시적 인프라의 사실주의적 요소를 생각한다면 어머니의 품속같은 고향은 부인될 수밖에 없는 것이다. 그리고 그 존재하지 않은 어머니를 노래하는 전대의 시인을 자신의 시적 모태로 인정할 수 없는 것이다. 그렇기 때문에 정지용이 자신보다 앞선 시인에 대해 언급한 것은 거의 없다.[37]

특히 시「향수」에서 어머니를 부인하고 유독 아버지를 그리워했던 것은 정지용 자신이 휘문고보와 당시 유학 시스템의 생산물이었기 때문이다. 자비로 서울에 유학할 수 없었고 더더욱 일본 유학은 상상할 수도 없었던 가난한 정지용에게 휘문의 교주 민영휘는 그의 의붓아버지 역할을 했다.[38] 그러므로 시「향수」는 아버지의 상실을 그린 작품이라 할 수 있다. 그의 감정을 배제한 시작 태도는 그러한 측면에서 아버지의 특질을 고수하려는 의도라 할 수 있다. 이러한 과정을 통해 정지용은 스스로 1930년대 한국문단의 아버지로서 등장하게 된다. 그것은 어머니의 신비를 지워버린 이후였다.

해방이후 정지용은 1930년대의 아버지 모습에서 탈피하려 한다. 그러나 그의 시적 전환은 이 땅에서 금기처럼 부정된다. 1946년의 '성근별'의

전집 II』, 문학과 지성사, 1988. (사나다 히로코, 『최초의 모더니스트 정지용』, 역락, 2002, 61쪽에서 재인용).

36) 강홍기, 「1920년대 시의 낭만성과 현실성」, 박철회 · 김시태편, 『한국현대문학사』, 시문학사, 2000, 122쪽.

37) 사나다 히로코, 앞의 책 참조.

38) 김학동(1987), 앞의 책, 115~120쪽 참조.

의미는 그러한 사회적 시스템의 생산물이라 할 수 있다. 즉 해방공간의 좌우익 대립에서 우익의 헤게모니 장악은 새로운 이데올로기적 텍스트 발생에 힘을 실어 준다[39]. 그것은 사라질 것 같았던 존재의 재신비화라 할 수 있다.

8 · 15이후 좌익이나 우익이나 주도권을 잡은 것은 구세대가 아니라 신세대였다.[40] 그처럼 시「향수」에서 정지용이 선택한 '석근별'을 매장하고 청록파가 '성근별'을 발굴했다는 것은 그들이 문단의 주도권을 잡게 되었다는 것을 의미하는 것이다. 민족시의 수립을 내세우며 순수시 운동을 전개한 우익측 문단은 1946년 4월 4일 '조선청년문학가협회'를 결성함으로써 좌우익의 민족문학 논의의 주체로 등장한다. 그 새로운 별이 정태용, 조연현, 김동리, 서정주, 조지훈 등의 소장파 문인들이다. 이는 정지용의 몰락을 의미하며 새로운 세대의 등장을 의미한다. 이렇게 볼 때 정지용에게서 선별한 '순수한 정지용'은 그들의 입지를 보장하기 위해 동원한 도구에 불과하다.

조연현은 정지용을 수공예 이상의 시가 나오지 않는다고 비판한다.[41] 그러나 '욕설과 중상과 인신공격과 자기 변명과 비굴과 정치적 도전의 기록', '우리 문단의 선배의 한사람이 진정한 시 정신의 고갈로 인하여 산문까지 다시 모독하려 하는 태도를 십분 경계하면서 시와 산문을 꼭같이 구출 옹호해나가야 할 것'이라는 발언[42]에서 '진정한 시 정신의 고갈'은 정지용 스스로가 아니라 그의 에피고넨 손 때문임을 역설적으로 증명하고 있다.[43]

---

39) 1949년 12월 17일 '한국문학가협회'가 결성됨으로써 해방기 문단의 좌우대립은 우익측의 순수문학의 승리로 끝난다.

40) 임헌영,「한국현대문학과 역사의식」,『한길 역사강좌 3』, 한길사, 1987, 128쪽.

41) 조연현,「수공예술의 운명 : 정지용의 위기」,『평화일보』, 1948. 2. 18.

42) 조연현,「산문정신의 모독 : 정지용씨의 산문문학관에 대하여」,『예술조선』, 1948. 9.

43) "지용의 「에피고오넨」들은 언어만 가지고 시가 되는 줄 알고 있읍니다. 그러나 그러면서도 선이 굵고 「이메이지」를 취급했고 「리듬」 기타의 생각이 뚜렷한 줄을 모릅니다(김기림,「시평과 모방」,『문장』 2월호, 1940, 191~192쪽.).

"지용의 「에피고오넨」들과는 다른 독특한 「스타일」이 탄생된다면 그것이 조선시 일찍이 그들이 정지용에게 받쳤던 헌사들을 상기한다면 그것은 자명하다.

이처럼 정지용의 시적 인프라를 고갈시키고 자신들의 이데올로기를 강요했던 순수론자들은 문단의 주체 세력이 되어 사회 또는 정부 단체에 투신하였고 대부분 언론매체까지 장악하게 되었다.44) 반면 정지용의 시는 '좌익작가작품 삭제'란 미명하에 삭제된다.45)

5. 맺음말

본고는 정지용의 시「향수」를 중심으로 시인 정지용과 시 텍스트의 변형 진행에 관련된 차이와 정체성의 관계를 통해 의미의 사회적 생산을 분석하였다. 시「향수」에서 보이는 '석근별'과 '성근별'의 용어 차이는 기존의 텍스트 내적 분석에 따른다면 사회적 의미 생산의 징후적 양태를 찾을 수 없다. 그러나 이 시를 만든 정지용과 이 시를 읽는 독자와 당대의 문학적 풍경과 분위기를 생각한다면 변형의 과정은 새로운 사회적 의미를 생산하게 된다. 여기서 본고가 가설적 접근을 위해 전제로 한 것은 선택된 용어들이 사회 구조를 지시하는 것으로 이해되는 경우에만 그 도출된 의미가 사회적일 뿐이라는 것이었다. 이 경우 '석근별'과 '성근별' 사이의 대립을 용어 사용자의 상황으로 구조화시켰다.

그리고 두 용어를 선택한 주체를 분리하였다. '석근별'이 등장하는 1923년에서 1935년까지의 역사는 시인 정지용의 창작적 고민이 개입된 역사이지만 '석근별'을 매장시키고 '성근별'을 발굴한 1946년의 역사는 정지용

의 구세주지."(임화, 앞의 글.).

44) 민현기,「해방직후의 민족문학론」,『해방공간의 문학연구』, 태학사, 1990, 258~9쪽 참조.

45) 1949년 10월 1일자 조선일보, 1949년 10월 5일자 서울신문에 게재된 문교부의 정지용 작품 삭제 목록은 다음과 같다.「고향」·「옛글 새로운 정」·「소곡」·「시와 발표」·「꾀꼬리와 국화」·「노인과 꽃」·「선천」·「말별똥」.

과 무관한 한국 문단의 특정 이데올로기가 투사된 역사이기 때문이다.

총체적 이해를 바탕으로 했을 때 정지용 시의 인프라는 광범위하며 심오하다. 동양철학과 서양철학, 전통과 현대를 아우르는 거대한 지식의 고고학을 형성하고 있다. 그래서 '석근별'은 정지용의 창작적 고민을 담고 있는 그의 시적 인프라의 다양성을 상징하는 기호라 할 수 있다.

1946년의 『지용시선』은 시인 정지용의 것이 아니라 정지용의 일부를 선별해 선택한 박두진과 조지훈의 것이다. 즉 용어 '성근별'에는 '석근별'에서 볼 수 있는 다성적 이미지가 삭제된 또 다른 무엇이다. 그것은 을유문화사를 통해 정지용의 에피고넨 박두진과 조지훈이 만들어낸 '지용이즘'일 뿐이다. 결국 청록파의 선택은 정지용의 시적 인프라에서 모든 것을 매장하고 '성근별'처럼 '지배적'이고 '통일적'이며 '전형적'인 특성만을 발굴한 것이다. 그래서 '성근별'로 이미지화된 시 「향수」는 낯선 것이다. 이미 오래전에 사라진 향토일 뿐이다. 거기에는 '석근별'이 상징하고 있는 혼돈의 자연스러움이 존재하지 않는다. '성근별'은 정지용의 창작적 고민도, 시성도 없는 무미 건조한 감각만이 있는 뼈다귀 '정지용'을 상징할 뿐이다.

1923년의 「향수」와 1946년의 「향수」는 '석근별'과 '성근별' 그리고 정지용과 '정지용'만큼 다르다. '석근별'의 다성성은 모든 것을 포용하는 듯하지만 거기서 정지용이 부인하는 것이 있다. 바로 '어머니'이다. '성근별'의 전형성은 모든 것을 삭제하는 듯 하지만 거기서 '정지용'이 강요하는 것이 있다. 그것은 '아버지'이다. 전자의 행위는 '탈신비화'이며 후자의 행위는 '재신비화'이다. 이때 신비화의 대상은 각기 다르다. 그것은 주체의 이데올로기의 차이에서 빚어지는 것이라 할 수 있다. 그것은 신비화된 대상인 '어머니의 부인'과 '아버지의 강요'에서 그러하다.

결론적으로 '석근별'의 탈신비화는 정지용의 창작적 고민이 개입된 역사이지만 '성근별'의 재신비화는 금기가 투사된 역사라 할 수 있다. 사실 정지용이 부인했던 우리 시의 감상성과 순수론자들이 강요했던 전형성은 차이이면서도 동일성을 보이고 있다. 그것은 오늘날 우리시가 안고있는 약점이기도 하다.

참고문헌

강홍기, 「1920년대시의 낭만성과 현실성」, 박철희 · 김시태편, 『한국현
　　　　대문학사』, 시문학사, 2000.

김기림, 「시평과 모방」, 『문장』 2월호, 1940.

──── , 『시론』, 백양당, 1947.

김기진, 「20년대의 문인들─측면으로 본 신문학 60년 · 2」, 홍신선편.
　　　　『팔봉문학전집 II』, 문학과 지성사, 1988.

김신정, 『정지용 문학의 현대성』, 소명출판, 2000.

김윤식, 『한국근대문학사상사』, 한길사, 1984.

김학동, 『정지용연구』, 민음사, 1987.

──── , 「전설의 바다와 실향의식-정지용의 <향수>」, 김학동 · 조용훈,
　　　　『현대시론』, 새문사, 1997.

문덕수, 『한국모더니즘시연구』, 시문학사, 1981.

민현기, 「해방직후의 민족문학론」, 『해방공간의 문학연구』, 태학사, 1990.

박철희, 「참신한 동양인＝정지용」, 김은자 편, 『정지용』, 새미, 1996.

신형기, 「이효석과 식민지 근대」, 『비판과 연대를 위한 동아시아 역사 포
　　　　럼』 제2회 워크숍, 동경 와세다 대학 세미나 하우스, 2002.

양주동, 「시평과 모방」, 『문장』 2월호, 1940.

유종호, 「현대시의 50년」, 『비순수의 선언』, 신구문화사, 1962.

이양하, 「바라든 지용시집」, 『조선일보』, 1935. 12. 11.

임헌영, 「한국현대문학과 역사의식」, 『한길역사강좌3』, 한길사, 1987.

임　화, 『문학의 논리』, 학예사, 1940.

정지용, 「시의 옹호」, 『문장』 5호, 1939.

──── , 『산문』, 동지사, 1949.

ーーー, 「곡마단」, 『문예』 7호, 1950.

조연현, 「수공예술의 운명 : 정지용의 위기」, 『평화일보』, 1948. 2. 18.

ーーー, 「산문정신의 모독 : 정지용씨의 산문문학관에 대하여」, 『예술조선』, 1948. 9.

조지훈, 「순수시의 지향―민족시를 위하여」, 『백민』 3월호, 1947.

ーーー, 「민족문화와 당면과제」, 『문화』 4월호, 1947.

ーーー, 「고전주의의 현대적 의의―민족문화의 지향에 관한 노트」, 『문예』 10월호, 1949.

최동호, 「정지용의 산수시와 성정의 시학」, 김종태편, 『정지용이해』, 태학사, 2002.

최승만, 「문예에 대한 감탄」, 『창조』 제4호, 1920.

Hodge, Robert, *Literature as Discourse*, Cambridge: Polity Press, 1990.

Ⅲ. 김기림의 역사성과 텍스트의 근대성

−시집 『태양의 풍속』과 『기상도』를 중심으로

1. 머리말

　김기림은 1930년대 초에 등장하여 모더니즘 시운동의 기수로 정지용 등과 우리 시단을 주도했으며 영미시와 문학이론을 도입하여 감상과 낭만, 그리고 병적이고 환몽적인 전대의 시를 부정하고 일상적 삶을 근거로 한 생활시를 역설함으로써 낡은 인습과 전통에 대해 타협을 거부하고 시의 건강성을 회복시키고자 하였다. 그러한 김기림의 작시태도는 우리의 시사적 전환을 의미하는 것이라 할 수 있다.[1] 이처럼 문학사의 흐름 속에서 차지하고 있는 김기림의 위상은 철저한 모더니스트이다.[2] 그럼에도 불구하고 오히려 전대의 시보다 더 심한 감상성에 빠진 것을 어떻게 이해해야 하는가?[3] 백철은 그것을 속俗되다고 말하고 있으며[4] 양주동은 값싼 향수香水의 향香내에 비유하고 있다[5]. 그래서 김기림의 시는 현대정신의 이념이나 철학이 빈곤한 시인이 서구 문명에 막연한 동경을 보였거나 센티멘털리즘에 빠져 있다고 비판을 받고 있다[6]. 극단적으로는 근대에 눈멀어 모더니즘의 본질을 꿰뚫어 볼 능력을 상실했기 때문에 환상

---

1) 김학동, 『김기림 평전』, 새문사, 2001, 84쪽.
2) "30년대 시인 가운데 가장 열성적으로 시론과 시작을 통하여 한국시의 주지적 변화에 기여한다. 이런 의미에서 김기림은 한국 모더니즘의 기수이며 유일한 이론가였다."(박철희, 『한국현대시사』, 일조각, 1984, 229쪽.).
3) 특히 초기시가 그러하다.
4) 백　철, 『신문학사조사』, 신구문화사, 1973, 453쪽.
5) 양주동, 「1933년 시단년평」, 『신동아』, 1933, 12, 30쪽.
6) 오세영, 「모더니스트. 비극적 상황의 주인공들」, 『문학사상』, 1975. 1, 340쪽.

이나 낭만적 동경에 빠져버린 것이라는 평가를 받고 있다.[7]

그러나 이러한 김기림의 문학사적 역사성 속에서 그의 시가 왜 감상성을 보일 수밖에 없는지에 대해 해석은 전무하다. 단지 비판만이 존재하고 있다. 그러한 비판의 근거로 들고 있는 것은 김기림이 이해하지 못한 모더니즘의 양면성이다. 즉 현대 문명의 새로운 정서와 이면에 웅크리고 있는 서구 정신의 몰락과 비극성[8]이다. 모더니티란 결국 합리화된 세계를 향해 확고부동한 변화 의지를 보이는 동시에 그와 같은 변화의 결과 발생하게 된 심각한 혼란과 해체에 공포를 간직하고 있다[9]는 것이다. 그런 측면에서 김기림 시의 감상성은 피상적인 서구 지향에서 비롯된 것으로 역사의식의 결여[10]가 큰 원인으로 지적되고 있다.

이러한 측면에서 본고는 김기림의 또 다른 역사성에 주목하고자한다. '시대 · 사회적 역사성'[11]이다. '문학사적 역사성' 속에서 김기림 시의 감상성은 비판의 대상일지 모르지만 '시대 · 사회적 역사성' 속에서는 담화론적 해석의 순간이다[12]. 본고는 김기림의 '시대 · 사회적 역사성' 속에 자

---

7) 이명찬, 『1930년대 한국시의 근대성』, 소명출판사, 2000, 142, 144쪽.
8) 오세영, 앞의 글.
9) 김유중, "1930년대 후반기 한국 모더니즘 문학의 세계관 연구 : 김기림과 이상을 중심으로", 서울대 박사학위논문, 1995, 16쪽.
10) 이러한 역사의식의 결여는 논자들 대부분이 식민지 상황하에서 어쩔 수 없는 상처로 인식하고 있다 (김용직, 「새로운 언어의 혁신성과 그 한계」, 『문학사상』, 1975. 1, 354쪽/조영복, "1930년대 문학에 나타난 근대성의 담론 연구", 서울대 박사학위논문, 1996, 72쪽.).
11) '시대 · 사회적 역사성'은 한 시인이 살다간 시대 · 사회와의 사이에서 가지게 되었던 대비관계parallelism를 일차적으로 포괄한다. 이것은 꼭 '거울 이론' 내지 '미메시스 이론'의 테두리 안에서만 이해될 것은 아니다. 대비관계에서는 작가와 시대 사이의 상호 함수 관계가 설정될 것이고 그것은 나아가서 역사가 시인의 거울일 수 있는 경지도 보여줄 것이다. 이 '시대 · 사회적 역사성'은 군이 당대만에 한정된 것은 아니다. 시인의 과거에 대한 회고와 미래에 대한 통찰까지도 포괄할 수 있기 때문이다(김열규, 「송강의 역사성과 텍스트」, 『고시가연구』, 1995, 253쪽.).
12) 이것은 일종의 '담화론적 이해의 상황'이다. 즉 생산자가 의도한 의의를 발견하고 모호함을 배제, 해소하는 의사소통과정이라 할 수 있다(Robert de Beaugrande · Wolfgang

리하고 있는 개인사적 양면성을 통해 텍스트의 근대성을 재조명하고자 한다. 특히 김기림의 가족사적 전기 및 사회적 전기를 개인 전기와 대비시켜 살펴봄으로써[13] 텍스트의 의미에 접근하고자 한다.

2. 매장된 텍스트와 선행 텍스트

시집 『태양의 풍속』과 『기상도』의 관계는 김기림의 개인적 전기를 통해 볼 때 새로운 해석의 전망을 열어 놓고 있다. 문학사적 역사성 속에서 이 둘의 관계는 동일성을 통해 인식되고 있다.[14] 그리고 김기림 시론의 적극적 실현으로서 『기상도』에 집중적인 관심을 보이고 있다. 그런 측면에서 『태양의 풍속』에서 보이는 감상성은 『기상도』의 모더니즘 논리에 함몰되어 부각되지 않고 있다. 그것은 이 두 시집간의 동일성만을 강조하고 차이를 간과하기 때문이다.

두 시집간의 차이는 무엇보다도 선택이 있었다는 측면에서 확연히 드러난다. 『기상도』는 1936년 7월 창문사彰文社에서 엮어냈으며 『태양의 풍속』은 그보다 3년 뒤인 1939년 9월 학예사學藝社에서 간행된다. 그러나 실질적으로 초기시는 『태양의 풍속』 시편들이다. 이들 시편들은 거의가 1930년에서 1934년 사이에 쓰여진 것일 뿐만 아니라 서문까지도 1934년에 이미 작성된 것으로 되어 있다[15]. 그러므로 이 시집은 분명 『기상도』

U Dressler, 김태옥 · 이현호 역, 『텍스트 언어학 입문』, 한신문화사, 1995, 128쪽).

13) 김열규는 한국문화에서 '가족주의'가 큰 몫을 차지하고 있다고 지적하며 특히 강조하고 있다(김열규, 앞의 글, 254쪽.).

14) "시 「기상도」는 타설적이라는 점에서 『태양의 풍속』의 시편과 결과적으로 너무나 비슷한 것이다. 다만 『태양의 풍속』이 현실에서 유리된 관념적 세계라면, 시 「기상도」는 현실에의 적극적 관심의 소산이면서 그 현실은 한국적 리얼리티와 유리된 또 하나의 관념적 세계인 것이다. 그것이 그가 주도했던 모더니즘의 한국적 전개이면서 그의 초기 시의 실상이었던 셈이다."(박철희, 「김기림론 · 완(完)」, 『현대문학』, 1989. 10, 387쪽.).

에 앞서 꾸며진 것으로 볼 수 있다. 그럼에도 왜 5년이 지난 뒤에야 출간되었는지, 그것도『기상도』보다 뒤늦게 출간되었는지 알 수 없다. 이러한 의문에 대해 문학사적 역사성 속에서 해결할 수 있는 단초는 발견되지 않는다. 그러나 이러한 불확정성은 분명 담화론적 해석을 요구하고 있다.

『태양의 풍속』은 매장된 텍스트이며『기상도』는 선행텍스트로서 선택되었다. 이 선택의 기준을 찾는 것부터 시작해야 할 것이다. 거기에 본고가 문제시하고 있는 김기림 시의 감상성이 자리하고 있을 것이라는 추측이 가능하기 때문이다. 매장된 텍스트는 금지된 텍스트와 특권적인 문화적 텍스트의 성격을 갖는다16).『태양의 풍속』이 드러내고 있는 감상성은 1930년대 시문학사에서 엄연히 금지된 특질이다. 20세기 전반기의 한국시사에 있어서 1930년대는 한국 현대시의 본격적인 전개라는 점에서 주목할만한 시기이다. 그것은 두말할 것 없이 1920년대 시의 감정의 용솟음과 경향파의 내용 편중의 시에 대한 반발이자 시적 구조에 대한 새로운 욕구다.17) 그러므로 이 시집은 5년 동안 출간이 유예될 수밖에 없었다. 그렇다면 5년 후에 출간이 이루어졌다는 것이 '감상성'의 해금을 말하는 것일까? 그렇지 않다. 그것은 감상성의 더 엄혹한 금지라 할 수 있다. 즉『기상도』와의 동질성 속에서 문화적 특권을 획득했기 때문이다. 그 특권이 감상성이 아니라는 것은 당연하다. 그것은『태양의 풍속』에서 근대의 특질을 발견하게 됨을 의미한다. 그래서『태양의 풍속』시편들은『기상도』가 담고 있는 자기부정과 근대문명 지향이라는 당시의 특권적인 문화 속에 편입되는 것이다.

---

15) "네가 아다시피 이 책은 1930년 가을로부터 1934년 가을까지의 동안 나의 총망한 숙박부(宿泊簿)에 불과하다. 그러니까 내일은 이 주막에서 나를 찾지 말아라. 나는 벌써 거기를 떠나고 없을 것이다."(김기림, 「어떤 친한 '시의 벗'에게」, 『태양의 풍속』, 학예사, 1939, 5쪽.).

16) Robert Hodge, *Literature as Discourse*, Cambridge : Polity Press, 1990, p.117.

17) 박철희, 「1930년대 시의 구조적 전개」, 『한국현대문학사』, 시문학사, 2000, 211쪽.

여기서 시집 『기상도』가 담고 있는 특권적인 문화는 기획된 것이다. 다른 시집처럼 여러 작품을 모아서 만든 것이 아니라 한 주제를 정하고 쓴 장시長詩이다.

> 한 개의 現代의 交響樂을 計劃한다. 現代文明의 모-든 面과 稜角은 여기서 發言의 權利와 機會를 拒絶 당하는 일이 없을 것이다. 無謀 대신에 다만 그러한 寬大만을 準備하엿다.[18]

이처럼 '계획과 준비'라는 말속에 기획의 의도가 충분히 침윤되어 있음을 알 수 있다. 반면『태양의 풍속』시편은 시집「서문」에 적혀있듯 '숙박부宿泊簿'에 불과하다. 김기림 자신이 의도하지 않았던 삶의 여정이 만들어 논 기록이다. 그러므로 자연스럽게 이 시집에는 기획할 수 없는 서정의 양태가 존재할 수밖에 없는 것이다. 숙박부에 적힌 여정을 추적하지 않고는 시집의 낱낱을 볼 수 없음은 자명하다. 그동안 기존 논의는 '숙박부'에 적힌 단편만을 확인하고 그것이『기상도』에서 보이는 기행적 성격과 동일하다고 판단했을 따름이다.

현대문명 앞에 관대해진『기상도』의 기획은 더더욱 김기림 혼자 만의 것이 아니다. 이 시집에는 또 하나의 기획자가 존재한다. 바로 이상李箱이다. 1936년 김기림이 조선일보사를 휴직하고 동북제대東北帝大 영문학부에 입학하기 위해 일본의 선대仙臺로 간 뒤 이상은 김기림을 대신해서 첫 시집『기상도』를 맡아 펴낸다.

> 어떻소? 거기도 더웁소? 工夫가 잘 되오?『氣象圖』 되었으니 보오. 교정은 내가 그럭저럭 잘 보았답시고 본 모양인데 틀린데는 고쳐 보내오.
> ……<중략>……

---

18) 김기림, 「'기상도'1의 서언」, 『중앙』 3권 4호, 1935. 4.

참 體裁도 고치고 싶은대로 고치오. 그러고 檢閱本은 안 보내니 그
리 아오. 꼭 所用이 된다면 편지하오. 보내드리리다.[19]

이처럼 『기상도』는 이상李箱에 의해 편집된 것이며 체재와 교정은 물
론 장정까지 그의 기획 하에 이루어졌음을 알 수 있다. 그러므로 『기상도』
에는 이상李箱의 시적 인프라가 개입되고 있음이 분명하다. 그것은 당대
최첨단의 인프라일 것이며 엘리트의 것이라 할 수 있다.

이렇게 볼 때 매장된 텍스트 『태양의 풍속』과 선행텍스트 『기상도』의
차이는 전자가 비기획적인 숙박부라면 후자는 온전한 기획의 산물이라는
데서 극명하게 드러난다. 기획의 측면에서 『태양의 풍속』이 담고 있는 감
상성은 무시되거나 삭제되었다고 볼 수 있다. 그러므로 이 두 시집의 관계
는 김기림의 문학사적 역사성보다는 시대 · 사회적 역사성을 통해 더 잘
드러나고 있다 할 것이다. 개인적 전기를 통해 볼 때 두 시집의 관계는 김기
림의 정체성이 간직하고 있는 양면성을 통해 대비적으로 해석이 가능하다.

"김기림은 언제나 생활에 있어서 과학적 사고를 강조하고 있다. 이
런 사고가 바로 그의 과학적 시학을 확립하게 되는 계기가 되었다. 그
럼에도 김기림의 이런 과학적 생활태도와는 달리, 그 태어남의 허구
적인 비화가 있었다는 것은 무척 흥미로운 일이다. 김기림은 그 비화
를 혼자서 속으로만 간직한 채 남모르는 눈물을 흘린 것이다".[20]

이러한 언급에서 김기림의 양면성은 텍스트가 노정하고 있는 차이와
대비적 관계가 성립됨을 확인하게 된다. 결국 『태양의 풍속』에서 보이는
감상성의 원인이 김기림의 개인적 전기 속에 자리하고 있는 '비화'에서 연
원하고 있다고 할 것이다. 즉 감상성을 부정하면서도 감상적인 것과 도시

---

19) 「기림형」(이상(李箱)의 편지)에서. 김학동, 앞의 책, 51쪽에서 재인용.
20) 김학동, 앞의 책, 28쪽.

에 살면서도 고향을 떠나지 않는 것과 근대를 지향하면서도 전통적 관계를 버리지 못하는 이중적 태도는 항시 비화를 안고 있는 그의 개인적 역사로부터 비롯된다.

김기림은 선산김씨善山金氏 문중의 외아들로 태어나 사업가인 아버지와 한학자인 백부의 손에 근대인으로 양육된다. 반면 손위 누나 김선덕은 김씨 문중의 계대를 위해 사주쟁이의 터무니없는 말을 믿고 남의 집(鎭川金氏家) 양녀로 들어간다[21]. 이를 통해 볼 때 김기림의 누나 김선덕은 김기림에게 있어 매장된 텍스트이며 김기림의 기획된 삶은 선택된 텍스트로서 김선덕보다 선행한다. 이러한 두 서사의 차이는 결국 감상성을 매개로해서 김기림 텍스트의 성격을 새롭게 해석하는 길을 열어놓고 있다. 즉 김기림 시는 하나의 기표에 두 개의 기의가 함께 하는 이중적 구조를 보이고 있다. 그것은 '풍속[22]'을 기표로 하는 환타지

---

21) 김기림이 태어나기 전에는 그의 아버지의 형제 슬하에는 아들이 하나도 없었다. 그리하여 그 문중의 계대문제가 심각히 대두되지 않을 수가 없었다. 김기림 아버지의 경우만 해도 김기림의 앞에는 딸만 여섯을 낳았을 뿐이다. 여섯째 딸 선덕을 낳고 점쟁이에게 물으니 그 딸을 집에서 키우지 말고 남을 줘야만 아들을 낳을 수 있다 하여 하는 수 없이 같은 마을의 자식 없는 진천 김씨가에 양녀로 보냈다. 이것은 한낱 미신에 불과했지만, 이렇게 해서 태어난 김기림은 늘상 그 누나에게 죄책감을 갖고 살아야만 했다(위의 책, 15~30쪽 참조).

22) 한국 근대문학에서 풍속이 문학의 주제로 제기된 것은 김남천에 의해서이다. 김남천은 다음과 같이 풍속의 개념을 정의하고 있다. "풍속이란 사회적 습관과 밀접한 관계를 갖고 있다. 그리고 사회적 습관 습속은 사회의 생산기구에 기(基)한 인간 생활의 각종 양식에 의하여 종국적으로 결정을 본다. 이리하여 이것은 일방으로 '제도'를 말하는 동시에 타방으로 '제도의 습득감(習得感)'을 의미한다. 풍속은 생산관계의 양식에까지 현현되는 일종의 제도(예컨대 가정제도)를 말하는 동시에 다시 그 제도 내에서 배양된 인간의 의식적인 제도 습득감(예컨대 가족적 감정, 가족적 윤리의식)까지를 지칭한다. 이렇게 성찰된 풍속이란 확실히 경제현상도 정치현상도 문화현상도 아니고 이러한 사회의 물질적 구조상의 제 계단을 일괄할 하나의 공통적인 사회현상이라고 보지 않을 수 없을 것이다. 사회기구의 본질이 풍속에 이르러서 비로소 완전히 육체화된 것을 알 수 있다(김남천, 「일신상의 진리와 모랄(5)」, 『조선일보』, 1938. 4. 22)."

phantasy[23]적 기의와 이데올로기적 기의라 할 수 있다.

김기림의 시에서 '풍속'은 불연속적이고 차별적인 당대의 시대성을 드러내는 자율적 구성체로서의 이미지이다. 그러므로 '풍속'을 중심으로 한 개인적 신화는 자연스럽게 창조적 자아와 사회적 자아가 공존하는 양면적인 주체의 모습을 띠게 된다[24]. 이렇게 볼 때, 『기상도』와 『태양의 풍속』에 나타나는 '풍속'의 이미지는 김기림 시에 드러난 주체의 사물 표상이며, 언어표상이라 할 수 있다. 나아가 사회적으로 공유된 상징표현으로서, 상호주관적으로 작용하여 사회적 기능과 사회적 의미를 가지게 된다[25]. 이는 '풍속'이라는 하나의 기표에 두 가지 기의가 공존함을 의미한다. 본고는 이 두 가지 기의를 환타지phantasy와 이데올로기ideology로 설정하고 이데올로기적 구조와 환타지의 층위에서 생산된 김기림 시의 감상적 특질을 규명하고자 한다.

---

23) 환타지phantasy라는 용어는 일상적 용어인 환상fantasy에는 없는 의미를 지니고 있다. 그것은 환타지가 '사고를 경험으로 전환하는' 효과를 지니고 있기 때문이다. 다시 말해 환타지는 환상이 지니는 단순한 백일몽으로서의 무의식뿐만 아니라 의식적인 효과를 지니고 있다. 그러므로 본고가 김기림의 시에서 분석하고자 하는 대상은 시적 주체의 무의식적 충동drive 혹은 욕동trieb의 형식으로 의미화되는 자연과 문화 사이의 접점에 위치해 있다. 그러한 측면에서 김기림의 시에 나타난 풍속은 자연의 한 모습이기는 하지만, 사물이기보다는 상징, 즉 자연적인 대상이기보다는 재현된 것으로서의 문화의 양상을 띠고 있는 것이다. 그러므로 풍속의 이미지는 김기림 개인의 사적인 환타지를 넘어서서 이미 사회화되어 있다(Antony Easthope, *Poetry and Phantasy*, New York : Cambridge University Press, 1989, pp. 9~18참조).

24) 샤를 모롱의 심리비평을 따르면 시인으로서의 창조적 자아와 인간으로서의 사회적 자아 모두가 주체의 무의식을 함축한다. 그러므로 개인적 신화가 드러나 있는 작품을 사회적 자아가 경험한 삶과 비교함으로써 개인적인 신화의 흔적을 '확인'하는 것이 본고의 기획이다(장 벨맹-노엘, 최애영 · 심재중 역, 『문학텍스트의 정신분석』, 현대신서, 2001, 72~79쪽 참조).

25) 무의식의 담론의 표상으로서, 문학 텍스트는 항상 동시적으로 이데올로기적 의미와 환타지 의미를 생산하게 되며, 그 두가지는 모두 사회적 환타지로서 함께 고려되어야만 한다(Antony Easthope, *Op.cit.*, p.43.).

3. 환타지로서의 근대적 풍속과 『기상도』

시집 『기상도』는 근대적 풍속의 '기상도'라고 할 수 있다. 그리고 『기상도』가 독자에게 제공하는 사회적 환타지에는 모더니즘의 이데올로기가 있다. 인간의 조건은 변화하지 않고 자아는 고독 속에 잠겨져 있으며 사회는 이해의 정도를 뛰어넘고 주체는 분해되어 있다. 그리고 텍스트를 통하여 이러한 이데올로기적인 단언은 환타지의 병리학적 형식들을 작동하게 만든다. 이것은 근대의 풍속으로서 김기림이 기획[26]한 지점을 성적 특질sexuality의 측면, 사회 관계적 측면, 자연 세계와의 조화의 측면 등의 초월성을 상상하는 곳에서 파악하도록 한다[27].

> 발을 굴르는 國際列車
> 車窓마다
> 「잘있거라」를 삼키고 느껴서 우는
> 마님들의 이즈러진 얼골들
>
> —「세계의 아침」에서
>
>
> 떨리는 租界線에서
> 하도 심심한 步哨는 한 佛蘭西 婦人을 멈춰 세웠으나
> 어느새 그는 그 女子의 스카-트 밑에 있었습니다
>
> —「자최」에서

---

26) 1930년대 중반은 김기림에게 시의식의 변화를 보여준 주목할만한 시기이다. 즉 김기림은 "문명에 대한 시적 감수에서 비판에로 태도를 바로 잡아야 했다."고 말한다 (김기림, 「모더니즘의 역사적 위치」, 『김기림 전집』 2권, 심설당, 1988, 57쪽).

27) 모더니즘의 이데올로기로서 루카치의 분석이 자리하는 곳이다. 이는 근대가 보여주는 풍속이 사회적 붕괴의 징후를 제시하는 것임을 보여주기 위함이다(Antony Easthope, *Op.cit.*, p.175).

근대적 기획의 한 측면은 여성의 위상이다. '마님'이나 '부인'으로 통칭되는 과거의 전통적인 신분으로서의 이름은 존재하고 있지만 '마님'의 얼굴에서 권위나 품위와 같은 것은 찾아 볼 수 없다. 다만 '이즈러진 얼골들'처럼 분리와 차단으로 찌든 모습을 보이고 있다. 부인의 행실 또한 정절에서 벗어나 낯선 사람과 자유롭게 통정하는 신세로 전락한다. 여기서 '국제열차'와 '불란서 부인'이라는 이국풍의 설정을 비판하는 것은 아무런 의미가 없을 것이다. 그것은 김기림이라는 인물의 개인적 신화 속에 자리하고 있는 한 여성과 맺었던 낭만적 사랑의 파탄과 인간적 관계의 상실이 사회적 의미를 획득하는 것이기 때문이다[28]. 그 첫사랑의 상실은 김기림으로 하여금 '비윤리적인 성에 대한 환상'이라는 선택적인 환타지를 지향하게 하는 것이다.

> 넥타이를 한 흰 食人種은
> 니그로의 料理가 七面鳥보다도 좋답니다
> 살갈을 희게 하는 검은 고기의 偉力
> 醫師「콜베ー르」씨의 處方입니다
>
> ─「市民行列」에서

이것은 사회적 관계의 근대적 기획이다. 이 시는 모든 사회적 제의祭儀의 소멸을 의미한다. 즉 공동체적 관계의 상실을 겪고 있는 주체가 선택한 처방이다. 이는 문단文壇의 데뷔형식을 밟지 않고 지상에 발표했을 뿐만 아니라 어느 유파나 동인에도 가담한 적이 없던 김기림의 무당파적 행위와 연결이 된다. 그가 행했던 관계의 파탄은 전대 시인과의 단절에서 잘 드러난다. 그러한 관계의 단절이 식인이라고 하는 환타지 형식으로 기획된

---

28) 김학동, 앞의 책, 36~40쪽 참조.

것이라 할 수 있다. 감상주의를 공격할 때 떠오른 문학적 주적主敵은 김소월이었다.[29] 그리고 다음과 같이 '못난 니그로'로 묘사한다.

> 암흑을 암흑대로만 쓰는 시는 대체로 심각하게 보여서 대체로 동양인을 기쁘게 하나 그것은 암흑 이외에 광명에의 가능성을 보지 못하고 암흑을 전체인 것처럼 인상시키는 점에서 여전히 센티멘탈리즘이다. '90년대'는 바로 그것이었다. 20세기의 암흑은 19세기의 암흑보다 더 심각할는지도 모른다. 그렇지만 20세기인은 이미 센티멘탈리즘 혹노(黑奴)들의 미덕에 지나지 않는다는 것을 충분히 알았을 것이다. 지금쯤 슬픈 망향가(望鄕歌)를 부르는 못난이 니그로가 어디 있을까[30].

넥타이를 한 흰 식인종인 모더니스트 김기림과 슬픈 니그로인 김소월의 관계는 식인의 풍속을 통해 복원되고 있다. 그래서 김기림의 시적 몸 속에는 김소월의 감상성이 위력을 발휘하고 있다는 것을 증명하는 하나의 환타지라 할 수 있다.

> 보라빛 구름으로 선을 둘른
> 灰色의 칸바쓰를 등지고
> 꾸겨진 빨래처럼
> 바다는
> 山脈의 突端에 걸려 퍼덕인다
>
> —「病든 風景」에서

다음은 세계와의 조화의 측면이다. 근대적 풍속에서 자연은 '충만함'을 상실하고 있다. 김기림이 그토록 동경했던 바다의 이미지는 궤멸되어 산산조각이 나 있다. 이 총체성의 분열은 무엇의 상실을 기의로 하고 있는

---

29) 유종호, 「어느 근대의 초상 : 김기림1」, 『문학인』 여름, 2003, 169쪽.
30) 김기림, 「감상에의 반역」, 『김기림전집』 2권, 심설당, 1988, 110쪽.

가? 그것은 김기림 그토록 떠날 수 없었던 고향의 상실을 의미한다. 대학을 마치고 서울에서 직장생활을 했으면서도 언제나 고향을 본거지로 해서 살았던 개인적 역사가 그것을 증명하고 있다31). 그러므로 근대 지향적으로 비틀린 눈으로 사물들이 선택적으로 제시된다는 점에서 가공적이며 그것이 고향의 결여 형식인 것은 타당한 지적이다. 그러나 김기림의 시에서 개인적 반성이나 성찰이 드러나지 않는다32)는 것은 재고해 볼 만 하다. 그러한 성찰의 징후는 고향 충만의 상실의 측면에서 위의 시처럼 자연과 주체와의 환타지적 세계 속에 반성적으로 침윤되어 있기 때문이다.

모더니즘의 이데올로기는 상실의 감각에 입각해 있다. 인간 본질의 상실, 의미적이고 역사적인 서사의 상실, 공동체 관계의 상실, 사회적 목적의 상실, '사랑에 빠져 있는' 상태에서 사적인 충만감의 상실이 그것이다33). 이것이 시에서 작용하는 환타지 구조로 향하고 있음을 시집『기상도』에서 확인하게 된다.

근대와 전근대적 풍속은 필연적으로 별개이며 어울리지 않는다. 그러나 김기림의 역사에서 그것은 항상 함께, 그리고 동시적으로 생산된다. 한가지의 변화는 다른 하나의 변화와 동시적으로 일어나며, 그에 일치된다. 그처럼 김기림의 기획적 삶의 변화는 텍스트『기상도』와 동시적으로 일어나며 그와 일치된다. 그리고 김기림을 억압하고 있는 풍속은 다음과 같이 텍스트『태양의 풍속』과 일치된다.

---

31) 김학동, 앞의 책, 17쪽.
32) 이명찬, 앞의 책, 156쪽.
33) Antony Easthope, *Op. cit.*, p.174.

4. 이데올로기로서의 전근대적 풍속과 『태양의 풍속』

김기림의 텍스트에서 기표에 따라 부정되는 전통적인 것들은 기의로 부분적으로 재도입된다. 이러한 모순적인 분열은 김기림의 텍스트를 모더니즘적인 것과 전통적인 것으로 표시하게 만든다. 『태양의 풍속』은 『기상도』에 연결됨으로써 근대적 이데올로기에 바탕을 둔 사회적 환타지의 판본을 계속 유지하는 반면에 전통적인 감상성으로 향하는 또 하나의 기의가 존재한다.

「바빌론」으로
「바빌론」으로
적은 女子의 마음이 움직인다.
개나리의 얼굴이 여린볕을 향할 때…….

「바빌론」으로 간 「미미」에게서
복숭아꽃 봉투가 날러왔다.
그날부터 안해의 마음은 시들어저
썼다가 찢어버린 편지만 쌓여간다.
안해여, 작은 마음이여

너의 날어가는 自由의 날개를 나는 막지 않는다.
호을로 쌓아놓은 좁은 城壁의 문을 닫고 돌아서는
나의 외로움은 돌아봄 없이 너는 가거라.

안해여 나는 안다.
너의 작은 마음의 병들어 있음을…….
동트지도 않은 來日의 窓머리에 매달리는 너의 얼굴 우에
새벽을 기다리는 작은 不安을 나는 본다.

가거라. 새로운 生活로 가거라.
너는 來日을 거저라.
밝어가는 새벽을 거저라.

                           -「가거라 새로운 生活로」전문

  이 시는 문화와 풍속의 대립을 보여주고 있다[34]. '바빌론'의 문화와 '좁은 성城'의 풍속이 그것이다. '바빌론'의 문화는 '자유', '새벽', '새로움', '내일'의 기표들 속에서 근대 문명의 상징적 기의로서 긍정적 세계관을 유포하고 있다. 반면에 '좁은 성'의 풍속은 '외로움', '불안'의 기표를 통해 전근대적 생활 세계의 기의로서 부정적 세계관을 강요하고 있다. 그러므로 김기림의 텍스트는 근대지향과 전통부정이라는 두 개의 기의를 갖게 된다.

  '바빌론'의 문화는 근대적 인간 나르시시즘을 구성하는 사회적 환타지이다. 김기림은 근대적 인간이라는 가정된 자아를 설정하고 동일시되려 하지만 불안하다. "새벽을 기다리는 작은 불안을 나는 본다."라는 언술이 그것을 보여주고 있다. 그래서 반복되는 명령의 발화체계는 주체가 스스로를 강요하는 듯 하지만 공허하다. 왜냐하면 김기림은 나르시시즘적 자살을 감행할 수 없기 때문이다.

  그것은 김기림의 또 다른 자아가 특권을 갖고 있기 때문이다. 바로 '좁은 성'의 풍속에 고립된 자아이다. "나의 외로움은 돌아봄 없이 너는 가거라."라고 하는 선언 속에 전통에 투항하고 마는 주체의 모습을 보게 된다. 타인에게 근대인의 초상을 계시하고 교시할 수는 있지만 스스로 근대인

---

34) 문화와 풍속라는 용어는 각각 미세한 차이는 있겠지만 일상 생활everyday life · 개인적 경험영역private life · 생활세계Lebenswelt 등과 같은 개념과 중첩되어 사용된다(김동식, 「풍속 · 문화 · 문학사」, 『민족문학사연구』, 2001, 73쪽.). 하지만 본고는 문화를 인식의 측면에서, 풍속을 가치의 측면에서 차이를 두고 사용하였다. 이는 김기림에게 있어 문화, 특히 근대로서의 문화가 상징적인 체계로서 다가왔다는 것과 풍속이 실제 생활의 가치개념으로 지배했다는 것을 강조하기 위해서이다.

의 반열에 설 수 없는 한계를 가지고 있다. 그것은 김기림이 근대의 본질을 제대로 수용하지 못한 측면도 있겠지만 김기림 스스로가 전통의 풍속이 가하는 이데올로기의 억압으로부터 자유롭지 못하기 때문이다. 이러한 측면에서 이 시는 김기림의 가족텍스트가 신화적 텍스트로 변형된 사례로 볼 수 있다.

> 김기림의 아내 월녀는 화사한 성격의 소유자로서 도시생활을 무척 선호했다고 한다. 그러나 그녀는 몸이 약해서 아이를 갖지 못했다. 김기림의 아버지는 월녀에게 한약은 물론, 병원에도 통원케 했지만, 그녀는 끝내 아기를 갖지 못했다. 때문에 월녀는 김기림가의 계대문제를 염려하여 스스로 친가로 돌아갔다는 것이다.35)

이러한 김기림의 개인적 전기를 통해 볼 때 위 시에 나오는 '안해'는 월녀일 개연성이 높다. 문제는 '「바빌론」으로 간 「미미」'이다. 이 시가 신화적이라는 것은 바로 이 부분이다. 기독교 성경에 나오는 바빌론 서사가 갖고 있는 신화적 의미는 절대자의 권위에 도전하는 인간 욕망의 좌절이다. 김기림이 근대인으로서 인식이 투철했다면 월녀와의 사랑을 끝까지 고수했을 것이다. 그렇다면 '바빌론의 미미'는 그대로 월녀의 모습으로 동일화될 수 있었을 것이다. 그러나 김기림은 계대繼代문제라고하는 전통적 풍속으로부터 자유로울 수 없는 것이다. 결국 '바빌론의 미미'는 신화에 지나지 않는 것이다. 그처럼 김기림의 근대적 면모는 개인적 역사성의 측면에서 취약했다고 할 것이다. 그러므로 이 시는 근대문명을 지향하는 의미를 담고 있는 텍스트라기보다는 전근대적 이데올로기가 강요하는 가치에 순응할 수밖에 없는 자아의 분열을 보여주는 텍스트라 할 수 있다. 그러므로 『태양의 풍속』이 서구 문명을 열렬히 환영하는 텍스트로 진단하

---

35) 김학동, 앞의 책, 38쪽.

는 것은 수정되어야 할 것이다. '태양, 아침, 바다'라는 기표는 근대문명의 환타지를 기의로 하고 있지만 동시에 전근대적 풍속의 이데올로기가 기의로 작동하고 있기 때문이다. 이 전통적 풍습이 제공하는 이데올로기는 다음 시에서처럼 낭만적이다.

> 수수밭 속에 머리 숙으린
> 겸손한 오막사리 재빛 지붕 우를
> 푸른 박덩쿨이 기여 올라갔고
> 엉크린 박덩쿨을 나리 밟고서
> 허ー연 박꽃들이 거만하게
> 아침을 웃는 마을.
>
> ー「마을」 전문

> 모ー든 것이 마을을 사랑한담네.
> 참아 嶺을 넘지 못하고
> 山허리에서 멍서리는
> 흰
> 아침연기.
>
> ー「산촌」 전문

이것은 전근대적 풍속의 이데올로기가 제공하는 유토피아다. 한편으로는 사회적으로 결정된 의식을 통해 주체를 수동적으로 만들지만 또 한편으로 그러한 수동성에 대한 답례로 특별한 만족감을 제공하고 있는 것이다. 이러한 '고향'의 기표들은 김기림이 근대의 환타지 속에서 상실하고 있는 나르시시즘을 되찾게 해주는 대체물이다. 그러므로 『태양의 시편』을 통해 표출되는 김기림 시의 감상성은 한 편으로는 상실의 우울한 기조를 띠기도 하지만 이처럼 외부세계와 하나가 되어 전체로서 분리될 수 없는 접착의 느낌을 띠기도 한다. 이러한 느낌은 프로이드가 말한 일종의

'바다같은 느낌oceanic feeling'36)이다. 한계나 경계가 없는 그런 감각이라고
할 수 있다. 이러한 감각이 『바다와 나비』 시편에서 발견되는 것은 우연
이 아닐 것이다.

그러므로 김기림의 근대적 지향은 1930년대 식민주의 기획을 통해 불
러일으킨 사회적 환타지일 따름이다. 근대적 삶으로의 동일성을 통해 자
신을 망각해버리고자 하는 병적인 상황과 김기림의 도피적 욕망이 만난
것이라 할 수 있다. 거기에 텍스트의 감상성이라는 일종의 아이러니가 존
재하고 있다. 그 아이러니의 작동 동인으로 작용하는 것이 남근숭배의 가
부장적 풍속이라 할 수 있다.

5. 맺음말

김기림은 자타가 공인하는 모더니스트이다. 그럼에도 불구하고 초기
시에 나타난 감상성은 불확정적 지점이라 할 수 있다. 본고는 그러한 의
문을 김기림의 역사성을 통해 접근해 보았다. 특히 사회 · 시대적 역사성
속에서 김기림은 양면적 양태를 보이고 있다. 첫째는 텍스트의 측면에서
시집 『태양의 풍속』과 『기상도』는 동일성과 더불어 차이를 가지고 있다.
전자가 매장된 텍스트라면 후자는 기획에 의해 선택된 텍스트이다. 이러
한 관계 속에서 감상성이 중요한 매개가 될 수 있음을 밝혔다. 둘째는 김
기림의 개인적 전기 측면에서 양면성을 보이고 있음을 밝혔다. 김기림과
그의 누나 김선덕과의 관계에서 전자는 기획된 텍스트이며 후자는 매장
된 텍스트였다. 이처럼 김기림의 개인적 전기와 텍스트의 이중성은 대비
적 관계를 포괄하고 있다.

『기상도』의 경우 기획된 장시로서 근대적 풍속의 사회적 환타지라 할

---

36) Antony Easthope, *Op. cit.*, p.120.

수 있다. 모더니즘의 이데올로기는 상실의 감각에 입각해 있다. 인간 본
질의 상실, 의미적이고 역사적인 서사의 상실, 공동체 관계의 상실, 사회
적 목적의 상실, '사랑에 빠져 있는' 상태에서 사적인 충만감의 상실이 그
것이다. 이것이 시에서 작용하는 환타지 구조로 향하고 있음을 시집 『기
상도』에서 확인하게 된다.

이처럼 기표에 따라 부정되는 전통적인 것들은 『태양의 풍속』 시편의
기의 속에 부분적으로 재도입[37]된다. 이러한 모순적인 분열 때문에 김기
림의 텍스트를 모더니즘적인 것과 전통적인 것으로 표시할 수 있다. 『태
양의 풍속』은 『기상도』에 연결됨으로써 근대적 이데올로기에 바탕을 둔
사회적 환타지의 판본을 계속 유지하는 반면에 전통적인 감상성으로 향
하는 또 하나의 기의가 존재한다.

결론적으로 『기상도』는 근대적 인간 나르시시즘을 구성하는 사회적
판타지이며 『태양의 풍속』은 전근대적 풍속이 침윤된 낭만적 이데올로
기의 산물이라 할 수 있다. 탈-봉건 시대의 지식을 정당화하는 두 가지 거
대 서사로 리오타르는 인간의 해방과 과학의 업적을 들어 설명한 바 있
다[38]. 이것은 김기림의 지식을 정당화하는 양대 서사이도 하다. 즉 남근
숭배라는 전통적 풍속으로부터의 해방과 근대문명의 과학적 기획. 이런
측면에서 그동안 김기림의 과학적 업적 측면이 집중 조명되었을 뿐 인간
의 해방이라는 측면은 간과된 것 같다. 이 두 가지 서사가 함께 논의될 때
진정한 모더니스트로 김기림을 만날 수 있다.

---

37) 재도입되었다는 것은 해석의 측면에서 그러하다. 창작의 선후 관계를 의미하는 것
이 아니다.
38) Antony Easthope, *Op. cit.*, p.35.

참고문헌

김기림, 「'기상도'1의 서언」, 『중앙』 3권4호, 1935. 4.

──, 「감상에의 반역」, 『김기림 전집』 2권. 심설당, 1988.

──, 「모더니즘의 역사적 위치」, 『김기림 전집』 2권. 심설당, 1988.

──, 「어떤 친한 '시의 벗'에게」, 『태양의 풍속』, 학예사, 1939.

김남천, 「일신상의 진리와 모랄(5)」, 『조선일보』, 1938. 4. 22.

김동식, 「풍속 · 문화 · 문학사」, 『민족문학사연구』, 2001.

김열규, 「송강의 역사성과 텍스트」, 『고시가연구』, 1995.

김용직, 「새로운 언어의 혁신성과 그 한계」, 『문학사상』, 1975.

김유중, "1930년대 후반기 한국 모더니즘 문학의 세계관 연구", 서울대 박사학위논문, 1995.

김학동, 『김기림 평전』, 새문사, 2001.

박철희, 「1930년대 시의 구조적 전개」, 『한국현대문학사』, 시문학사, 2000.

──, 「김기림론 · 완(完)」, 『현대문학』, 1989.

──, 『한국현대시사』, 일조각, 1984.

백 철, 『신문학사조사』, 신구문화사, 1973.

양주동, 「1933년 시단년평」, 『신동아』, 1933.

오세영, 「모더니스트. 비극적 상황의 주인공들」, 『문학사상』, 1975.

유종호, 「어느 근대의 초상 : 김기림 1」, 『문학인』, 2003. 여름.

이명찬, 『1930년대 한국시의 근대성』, 소명출판사, 2000.

조영복, "1930년대 문학에 나타난 근대성의 담론 연구", 서울대 박사학위 논문, 1996.

Eastope, Antony, *Poetry and Phantasy,* New York : Cambridge University Press, 1989.

de Beaugrande, Robert · Dressler, Wolfgang, 김태옥 · 이현호 역, 『텍스트 언어학 입문』, 한신문화사, 1995.

Hodge, Rober, *Literature as Discourse*, Polity Press, 1990.

IV. 이효석 문학의 연속성과 시문학의 근대적 특질

1. 머리말

이효석은 1930년대 소설가이며 지식인이다. 1928년 소설 「도시와 유령」을 『조선지광』에 발표하면서 본격적으로 작가의 길에 들어선 이후 「돈」(1933), 「메밀꽃 필 무렵」(1936), 「장미 병들다」(1938), 「화분」(1939) 등의 작품을 남긴다. 특히 탐미주의 경향과 이국정서 취향을 보인 작가로 1930년대 한국문학의 한 부분을 차지하고 있다. 그는 약 15년 동안 소설 뿐만 아니라 120여 편의 비소설산문과 16편의 시를 남겼다. 그동안 비소설산문은 자연스럽게 소설문학연구와 관련을 맺으며 또 하나의 이효석 문학세계로 수용되었지만 시를 언급한 경우는 거의 없다. 이처럼 1930년대 소설가의 1920년 시는 연구 대상으로서 사각지대이다. 그러나 역설적으로 이효석의 시를 연구 대상으로 삼음으로써 1930년대 소설에 집중된 이효석 문학의 기존의 평가로부터 벗어나 편견이나 선입관 없이 그의 문학세계를 새롭게 접근할 수 있는 장점이 있다.

이효석은 모두 16편의 시를 쓴다. 1925년 1월 18일 『매일신보』에 「봄」을, 경성제국대학 학보인 『청량』 3호(1926. 2. 16)에 「겨울 시장」, 「겨울 식탁」, 「겨울 숲」, 「거머리 같은 마음」을, 1926년 5월 『학지광』에 「야시」, 「오후」, 「저녁 때」를, 다시 『청량』 4호(1927. 1. 31)에 「6월의 아침」, 「마을 숲에서」, 「집으로 돌아가자」, 「하나의 미소」, 「빨간 꽃」, 「노인의 죽음」을, 1927년 11월 『문우』에 「님이여 어디로」, 「살인」을 발표한다. 이들 시 중 경성제국대학교 조선인 예과생들이 발행한 계간지 『문우』에 실린 두 편의 시는 존재를 확인할 수 없으며[1] 「봄」, 「야시」, 「오후」, 「저녁 때」를 제외 하고 모두 일어로 쓴 것 이며 정한모가 우리말로 번역한 것을 전집에서 싣고 있다.[2]

이들 시들은 1920년대 중반 이후에 쓴 것으로 경향성에 있어 이효석의 초기 소설작품과 무관하지 않다. 이효석은 1928년 「도시와유령」으로 소설을 쓰기 시작한 이후 1931년 단편집 『노령근해』를 내기까지 소위 동반자 작가로 알려져 있다. 백철[3]은 한국의 프로문학 운동에서 정식으로 동반자작가로 시인한 작가로 유진오와 이효석을 거명하면서 카프의 맹원으로 프로문학 운동에 참여하지는 않았지만 사상적으로는 완전히 카프 작가들과 일치하였다고 말한다. 박영희[4]가 처음으로 이효석을 유진오와 더불어 동반자 작가로 규정한 이후 이러한 판단은 통설로 받아들여진다. 이에 대해 유진오[5]는 이효석을 동반자 작가로 보려는 시각은 수긍이 가지만 정작 그를 확실한 동반자 작가로 적시할 수 없다고 말한다. 이효석의 동반자적 경향은 일탈에 지나지 않는다고 주장한다. 정명환[6]은 이효석의 동반자적 경향을 당대 유행하고 있는 프로문학 현실에 순응한 것으로 표면적으로는 반사회적 현실 대응 논리를 따르고 있으나 이면에는 위장된 순응주의적 특성이 잠재되어 있다고 보았다.

이들 논의는 이효석의 초기 문학세계를 프로문학에 적극적 참여로, 순응으로, 순수문학으로부터 일탈로 보고 있다. 문제점은 이효석의 문학이 초기 경향성에서 전향하여 심미주의 혹은 탐미주의로, 나아가 이국정서로 도피한 것으로 규정하고 있다는 데 있다. 이처럼 한 작가의 문학세계

---

1) 이상옥, 『이효석 - 문학과 생애』, 민음사, 1992, 229~230쪽.
2) 이효석, 『이효석 전집 6』, 창미사, 2003, 15~34쪽.
3) 백　철, 『신문학사조사』, 신구문화사, 1992, 404쪽.
4) 박영희, 「초창기의 문단측면사」, 『현대문학』, 1960. 4, 227쪽.
5) 유진오, 「작가 이효석론」, 『국민문학』, 1942. 7.
6) 정명환, 「이효석 또는 위장된 순응주의」, 『창작과 비평』, 1968. 겨울호, 708~711쪽.

를 단절의 기제를 통해 읽는 것도 한 방법이겠지만 그것은 한 작가의 세계를 축소하는 편협한 시각이기 때문이다.

이러한 측면에서 이효석 소설문학에서 자주 언급되는 시적 서정성[7]은 중요한 연속성의 자질이 아닐 수 없다. 유진오의 견해에 따르면[8] 이효석의 작품은 출발부터 감성적이고 서정적인 기질이 반영된 것으로 볼 수 있다.

이에 본고는 이효석의 시를 통해 이효석 문학의 단절론을 극복하고 연속성의 단초를 마련하고자 한다. 그래서 이효석 문학에 지속적으로 침윤돼 있는 서정성을 서구 영향에 따라 배태된 자연주의의 양상이나 식민지 현실로부터 도피하려는 경향으로 보기보다는 우리 문학사의 자장 속에서 지속된 이효석 문학의 특질로 보고자 한다.

먼저 본고는 이효석의 시를 이효석의 초기 문학을 규정하고 있는 경향성과의 관계에서 보지 않고 1920년대 시문학과의 관계 속에서 살펴보고자 한다. 이는 몇몇 평자에 따라 동반자 작가로 일방적으로 규정된 채 고정된 이효석의 문학을 우리 문학사와의 유기적 관계 속에서 새롭게 보고자 하는 뜻이다. 그리고 이효석의 개별 시 작품을 분석하여 그 서정성이 이효석 문학의 연속성을 구축하는 맹아임을 살펴보고자 한다.

2. 1920년대 시문학과 이효석의 시

1920년대 시문학은 환상성에서 현실성으로의 변화 속에서 시사적 의미를 찾을 수 있다. 1920년대 중반을 기점으로 전반기는 낭만적 경향이 지배하여 개인적 서정이 승했던 시기이며 후반기는 이러한 개아의 낭만

---

7) 김해옥, "이효석의 소설연구−서정 소설의 특성을 중심으로", 연세대 박사위논문, 1993.
　나병철, 「이효석의 서정소설 연구」, 『연세어문학』, 1987.
8) 유진오, 『젊음이 깃칠 때』, 휘문출판사, 1978, 130쪽.

적 흐름이 변화를 보여 현실적 경향이 지배하는 사회적 주장이 대세를 이룬다. 이러한 시적 변화 양상은 한국 시문학이 근대적 모습을 형성하는 내적 과정이라 할 수 있다.9)

1920년대 초기 시문학에서 첫 번째 드러나는 양상은 자기동일성의 상실이다. 이러한 자아의 위기는 3.1운동 이후 일제의 문화정책에 기인하고 있으며 전통문화와 서구문화의 갈등이 내재하고 있다. 이러한 시대적, 문화적 경험은 실향의식, 임 그리움과 이별 등으로 표출되는데 구체적으로 시에는 슬픔, 눈물, 꿈, 죽음과 같은 낭만적 이미지로 드러난다. 두 번째 양상은 탈식민주의 여성성이다. 1920년대 초 자아 상실에서 비롯된 낭만적 정서는 여성의 목소리를 통해 표출된다. 이는 식민지 현실에 대응하는 여성적 반응이라 할 수 있는데 내적으로 18세기 이후 형성된 평민시의 에로스적 충동과 시의식으로의 회귀이면서 외적으로는 프랑스 상징파 등의 서구시와의 접촉을 통해 자극된 것이다. 이때 여성의 모습은 구질서 속에 억압된 여성의 위치를 반영하고 있다. 이처럼 하위주체로서의 여성의 등장은 탈식민주의적 요소로 인식할 수 있는 중요한 양상이라 할 수 있다. 다시 말해 이 시기 시의 '여성성'은 개인의 취향이나 서정시 본래의 속성을 넘어선 의도된 전략으로서 새롭게 조명되어야 한다.10) 그처럼 자연스럽게 여성의 주변성이 '민족'과 겹치면서 식민지의 억압을 은유하게 된다. 그러나 그러한 수사학은 거울 이미지화된 알레고리로서 식민지 여성 일반에게 똑같이 기능할 수 있는 위험이 뒤 따른다.11) 세 번째 이러한 낭만적 양상은 도피모티프로 드러난다. 비현실적이며 몽환적이고 허무적인 환상성은 '꿈'이라는 현실 극복 출구의 기표라 할 수 있다. 이처럼 1920년

---

9) 박철희, 「낭만적 상상력과 현실적 상상력−1920년대 시」, 『한국 근대시사 연구』, 일조각, 2007, 116~148쪽.
10) 문혜원, 「김소월 시의 여성성에 대한 고찰」, 『한국시학연구 2권』, 1999, 79~80쪽.
11) 정미옥, "포스트식민적 페미니즘의 글쓰기−인종, 젠더, 몸", 대구가톨릭대 박사학위논문, 2003.

대 초기 시문학의 낭만적 도피의 욕망은 에로스와 타나토스의 충동이 역설적으로 혼재하고 있다.

1920년대 전반기 시의 변화가 개화기 시가의 집단적 자아의 반명제로서 등장한 개아의 발견에서 비롯되었듯이 1920년대 후반기 시의 양상은 전반기 시의 환상성을 비판하고 현실성을 지향하는 모습으로 드러난다. 첫 번째 양상은 전통의 발견이다. 1920년대 전반기 시문학의 서구경험에 따른 관념적 낭만성은 동일성의 상실을 의미한다. 그런 측면에서 1920년대 중반을 넘어 동일성의 회복을 위한 자기반성의 현실적 시도로 전통에 대해 관심이 집중된다. 두 번째 양상은 프로시가의 등장이다. 이 또한 전통의 발견과 더불어 문학의 현실성을 강조한 것으로 일정한 사회의식을 시에 수용한다. 이는 1920년대 초의 낭만적이고 추상적인 형식과는 다른 것으로 시의식의 측면에서도 비애와 허무의식은 사회적 현실인식으로 전환된다.

이상과 같이 1920년대 시문학의 전개 양상은 환상성에서 현실성으로 이동하는 자기 변화를 특징으로 하고 있다. 이러한 변화는 1920년대 시문학 자체의 고립된 현상이 아니라 한국 시문학의 전개과정에서 전 시대의 시적 환경을 반성하는 가운데 도출된 반명제적 결과라 할 수 있다. 즉 1920년대 전반기의 낭만적 상상력은 개화기와 1910년대 집단적 자아의 반명제로서 동일성을 상실한 개인적 자아의 발견이며, 1920년대 후반기의 현실적 상상력은 1920년대 전반기 환상성의 반명제로서 나타난 현실성이다.

이때 주목할 점은 이러한 변화의 양상이 1920년대 중반을 기점으로 단순히 감상적 낭만주의가 쇠퇴해서 현실적 경향을 띠는 반영론적 현상이 아니라 현실 속에서 자신을 발견하려는 근대의 징후라는 사실이다. 그러한 시각에서 1930년대 시문학의 다양성 또한 한국 시문학의 근대적인 내적 기반에 따라 이루어진 것으로 포괄해서 설명이 가능하며 1920년대 후반기의 프로시가 또한 한국시가의 흐름 속에서 이해할 수 있다. 즉 1920

년대 한국시사의 의미는 중반 이후 현실적인 경험을 통해 자기회복을 시도한 근대적 변화 양상에서 찾을 수 있다.

이 시사적 흐름 속에 이효석의 시가 위치하고 있다. 그동안 이효석의 1920년대 후반 문학은 경향성으로 인식되고 이효석 역시 동반자 작가로서 규정되었다. 그래서 1930년대 이후의 이효석 문학은 자연스럽게 전향이라는 꼬리표가 붙게 되고 1920년대 이효석의 문학과 단절되고 만다. 그러나 프로문학은 '운동으로서의 문학'과 '작품으로서의 문학'이라는 대립적인 가치를 함께 포괄[12]하고 있음을 생각할 때 이효석의 경향성은 후자에 해당하며, 1920년대 후반과 1930년대 초반에 이루어진 변화 양상에서 본다면 이효석 문학의 경향성은 자연스러운 변화라 할 수 있다. 특히 이러한 근대적 경험은 1920년대 중반에 쓰였던 이효석의 시에도 나타난다. 그것이 프로문학의 전개나 전통적 경험을 통해 드러난 자기회복과는 다른 양상이기는 하지만 소위 전향 이후의 이효석 소설문학이 가지는 도피적 성향을 달리 바라볼 수 있는 근대적 특질이라 할 수 있다.

이러한 측면에서 이효석의 소설문학에서 도피적 경향으로 언급되는 성과 자연, 이국취향을 이효석의 시를 통해 한국 시문학의 근대적 변화 양상 속에서 살펴보고자 한다.

3. 현실적 경험을 통한 근대 서정의 인식

3.1. 보편적 주체와 에로티시즘

이효석의 소설에서 성적 세계가 등장한 것은 1933년 발표된 소설 「돈」

---

12) 박윤우, 「프로시의 의미와 한계―그 시사적 위상과 양식적 가능성」, 『한국 현대시사의 쟁점』, 시와 시학, 1991, 231쪽.

에서부터다. 이효석이 이 작품을 시작으로 소설 속에서 본격적으로 몸을 성적으로 다루었다는 것이 통설이다. 이러한 이효석의 성적 천착은 서구 문학의 영향이거나 비교문학적 관점13)에서 찾는 동시에 근거를 다음과 같이 프로문학에서 전향하여 새길 찾기로 보고 있다.

> 이효석은 당시 그가 처해 있는 상황을 극복하려는 길을 여러 가지로 모색했다. 그는 「도시와 유령」 같은 초기작품에서는 프로문학을 시작했 었으나 그 세계가 만족스럽지 못함을 살아가는 새로운 경험과 더불어 발견하고 그것과 다른 길들을 모색하려고 한 것이 아닌가 생각된다.14)

위 언급처럼 이효석 소설에서 새로운 경험으로 등장한 성의 세계는 「도시와 유령」과 같은 초기작품에서는 포착되지 않는 문학적 자질이다. 그러나 본고는 성의 소재적 도입여부나 소설창작의 태도 변화를 들어 이효석의 에로티시즘의 발견을 현실도피적 경향으로 보기보다는 오히려 현실 경험을 통해 인식한 근대적 주체의식의 욕망 표출로 보고자 한다. 이러한 사실은 이효석 문학의 초기라 할 수 있는 그의 시에 내재돼 있다.

> 피를 삼켰는가
> 태양을 먹었는가
> 빨간 빨간
> 너의 그 붉은 빛은
>
> 나는 불꽃 같은 너의 심장을 느끼고
> 불은 호흡을, 분명하게 들어볼 수가 있는 것이다
> (하여)

---

13) 주종인, 「이효석론-에로티시즘의 의미」, 『현대한국작가연구』, 민음사, 1976.
14) 이태동, 「이효석과 D.H. 로렌스-비교문학적인 접근」, 이상옥 편, 『이효석』, 서강 대출판부, 1996, 175쪽.

그리고 너의 뜨거운 핏줄기는
별까지도 모두 태워 버릴 것이다

아아, 빨간 꽃이여
나는 금방 질식해 버릴 것 같다
그러나 너의 외골진 정열로
나는 오히려 모조리 타버리고 싶은 것이다.

-「빨간 꽃」전문

위 시에서 시적 자아의 애욕은 꽃을 통해 관념화된다. 그러나 질식할
것 같은 절정의 순간은 시적 자아의 온 몸을 다 태워버릴 것처럼 구체적
이다. 이 감각의 구체성은 붉은 색조의 이미지를 배경으로 '삼키고, 먹고'
하는 육체적 행위에서 비롯된다. 이러한 성욕의 구체성은 이효석의 대표
작이라 할 수 있는 「메밀꽃 필 무렵」에서도 목격할 수 있다.

> 밤중을 지난 무렵인지 죽은 듯이 고요한 속에서 짐승 같은 달의 숨
> 소리가 손에 잡힐 듯이 들리며, 콩포기와 옥수수 잎새가 한층 달에 푸
> 르게 젖었다. 산허리는 온통 메밀밭이어서 피기 시작한 꽃이 소금을
> 뿌린 듯이 흐뭇한 달빛에 숨이 막힐 지경이다.

-「메밀꽃 필 무렵」에서

위 소설 장면은 허생원과 성처녀가 성적으로 결합 할 때를 묘사하고
있다. 푸른 색조의 이미지를 배경으로 '숨이 막힐 것' 같은 분위기는 위
의 시 「빨간 꽃」의 성적 분위기와 유사하다. 이 소설의 애로티시즘은 허
생원과 성처녀라는 보편적 인물을 통해 그려진다. 이는 근대소설이 내
재하고 있는 개성의 보편주의라는 사회적 의미를 현실적으로 기호화하
려는 서사적 욕망의 표출[15]이라 할 수 있다. 그런 측면에서 꽃으로 관념

---

15) 피터 브룩스는 근대적 육체의 표현이 개인적 차원을 떠나 자본적 경제 체제와 상호

화된 에로티시즘은 현실적 경험을 통해 인식된 것이라 할 수 있다.

> 벌써 저녁때인가 보다
> ─장(市) 복판을 아까부터
> 웬 여자 하나가 빙빙 돌아 다닐 제는
>
> 꽤 오랫동안의 주저와 선택 뒤에
> 그는 겨우 세 개의 붉은 사과를 골랐다
> ─리본으로 자수(刺繡)한 새빨간 새빨간 사과를
>
> …중략…
>
> 잿빛 철학보다도
> 아나크로니즘의 이론보다도
> 가장 중한 생활의 바구니를 들고
> 전례 없는 그 무거움에 가볍게 미소하면서 그래……
>
> ─「저녁때」에서

이효석이 「메밀꽃 필 무렵」에서 장돌뱅이 허생원이라는 보편적 주체를 통해 에로티시즘을 서사화했던 것처럼 이 시는 '시장 복판'을 떠도는 여인을 통해 에로티시즘의 서정을 펼치고 있다. '새빨간 사과'의 성적 이미지는 고답적 철학의 범주나 시대착오적인 역사적 논리로부터 인식된 것이 아니라 '생활의 바구니'를 들고 있는 보편적 주체에게 인식된 것이다. 그리고 그것은 현실적인 것이다. 즉 사회적 현실과 관계된 근대적 개인인 것이다.

적으로 관계하는 성적 경제를 보여준다는 측면에서 근대적 성의 문제를 다룬바 있다(피터 브룩스, 「근대적 육체의 성립 : 프랑스 혁명과 발자크」, 이봉지 · 한애경 옮김, 『육체와 예술』, 문학과 지성사, 2000.).

이러한 보편적 주체의 발견을 통한 에로티시즘의 표출은 1920년대 초기 시문학 속에서 표출된 에로스적 충동이 노정했던 관념성과는 다른 것이다. 1920년대 초반의 에로티시즘은 죽음, 즉 타나토스를 배경으로 한 상실감으로부터 나온 것[16]이지만 이효석의 문학에서 드러나는 에로티시즘은 '자기발현이나 자기 앙양의 리얼리티'[17]에 뿌리를 두고 있다. 그런 측면에서 이효석의 후기 문학이 보여주었던 에로티시즘은 현실도피로서의 관념적 특질이 아니라 현실적 인식에 기초하고 있는 보편적 주체가 경험한 근대적 서정의 기호화이며 그것은 그의 초기 문학 세계부터 존재했던 것이다.

3.2. 문명비판과 자연

이효석의 후기문학과 초기문학과의 단절 양상으로 지적되고 있는 또 다른 하나가 자연이라는 공간이다. 서구문명에 대해 깊은 이해와 경도를 보였던 이효석에게 자연, 특히 「메밀꽃 필 무렵」, 「산」, 「들」, 「산정」등의 소설에 나오는 토속적 고향 공간은 이질적인 요소이다. 자연은 다음과 같은 묘사에서 보듯 관념적 공간으로 비치고 있다.

> 산과 몸이 빈틈없이 한데 얼린 눈에는 어느 결엔지 그 푸른 하늘이 물들었고, 피부에는 산 냄새가 배었고, 몸뚱어리가 마치 땅에서 솟아난 한 포기의 나무와도 같은 느낌이다.
>
> ―「산」에서

---

16) 융은 에로스와 타나토스의 관계를 삶과 죽음의 긴장과 갈등관계로 해석한다. C.G.Jung, tr by R. F. C. Hull, *The Eros Theory, Two Essays Psychology*, London : Routledge & Kegan Paul, 1966.
17) 전봉건, 「續 시와 에로스」, 『현대시학』, 1973. 10.

이처럼 인간과 자연이 하나의 상태로 합일된 공간은 분명 상상 속의 공간일 수밖에 없다. 그 속에는 희로애락으로 점철된 인간 삶의 추한 현실이 존재하지 않기 때문이다. 오직 미학적 차원으로 승화된 아름다운 심미적 세계가 존재할 뿐이다. 인간의 몸은 자연의 일부로서 자연이 발산하는 푸른 색감을 함께 공유하고 있으며 자연의 내음과 함께 호흡하고 있어 인공적 체취는 찾아볼 수 없다. 이러한 원시적 자연 지향은 대체로 이효석의 탐미주의적 경향으로 언급되었다. 나아가 '원시주의에의 맹목적 심취'[18]에서 자연으로 회귀를 꿈꾸는 도피적 성향으로 보고 있는 것이 주지의 사실이다. 그런데 이러한 판단의 근거는 이효석의 초기와 후기 문학을 단절적 성향으로 파악한 데서 비롯된 것임을 볼 때 이론의 여지가 있다. 자연회귀적 성향은 이효석의 후기 문학에만 국한 된 것이 아니기 때문이다. 다음 시에서처럼 이효석의 초기문학 속에서 자연은 원시성을 갖고 등장하고 있다. 그러므로 이효석의 자연 회귀적 경향을 현실로부터 도피하려는 단절적 양상이라고만 규정짓는 것은 전적으로 옳은 것은 아니다. 그러한 단절론은 초기 동반자적 작가의 경향에 대응하는 반명제로만 후기 문학을 이해하는 것이기 때문이다. 여기서 이효석의 문학을 연속성의 기제로 바라보아할 근거를 찾게 된다. 그래서 이효석이 지향하는 자연이라는 공간이 단순히 상상된 세계에 불과한 것인가 하는 문제의식을 갖게 된다.

> 하얀 우단과
> 발가벗은 마른 나무와
>
> ─그렇지 지극히 단순하거나
>
> 그런데 어떤가

---

18) 이상옥, 앞의 책, 159쪽.

이 상쾌함은

신선한 공기는
명랑하게 뜀뛰고 있다
가만히 서서 그 단순함을 응시하고 있으면

태고의 내음이 퍼져 온다
원시의 내음이 떠돌아 온다
그렇다 여기는
아담과 이브와의 세계란다

무어라고? 도시로?
어리석은 소리는 제발 그만둬줘
도시로 돌아가련다고?

저 과학 썩은 냄새를 또 맡게 하려 하느냐
허위와 죄악의 컵을 빨으라는 것이냐
이제 더 필요없다
자유롭게 이대로 가만히 놔둬 줘
다시는 귀찮게 굴지 말아줘
껍데기 문명을 외치는 일은 질색이네

나는 지금
천국에라도 흘러 다니고 있는 것처럼
황홀해지고 있네
아 나는 춤을 추고 있는 것일까
날고 있는 것일까……
─나의 마음은 황홀로 가득 차 있다네

─「겨울 숲」 전문

이 시에서 이효석이 지향하는 자연은 원시성의 공간이다. 그가 낙원으로 상정하는 세계의 특질은 단순함을 통해 향유하는 삶의 상쾌함, 명랑함이다. 이 원시적 자연의 자질은 이효석의 후기 문학 속에서도 발견된다. 그 자연은 '자연=낙원'과 같이 하나의 기의만을 갖는 기표다. 그와 같은 일의적 대응 속에서 도출된 것이 도피적 성향이라 할 수 있다. 그러나 위 시에서 이효석은 자연과 대응되는 또 하나의 세계를 상정하고 있다. 바로 도시의 공간이다. 도시는 부패와 허위와 죄악으로 점철된 공간이다. 이것은 자연의 공간성과 대립되는 과학문명의 부조리성이다. 이 시에 배치된 '단순과 복잡, 상쾌와 불쾌, 명랑과 우울, 원시와 문명, 낙원과 지옥'의 양가적 차이를 통해 우리는 이효석이 근대성을 인식했음을 알 수 있다. 물론 그가 체험한 근대의 모습이 관념적 수준에 불과한 것이라 할지라도 분명한 것은 현실 속에서 근대의 분위기를 경험했다는 사실이다.

여기서 도시의 체험을 통해 지향하게 된 자연의 공간성은 일의적인 도피적 경향을 벗어나 새로운 의미를 갖게 된다. 즉 이효석에게 있어 '자연'이라는 기표는 개인의 무의식적인 도피의 욕망을 넘어서서 사회화된 환타지phantasy[19]를 또 하나 기의로 갖는다. 이때 황홀한 공간으로 형식화된 '자연'은 근대적인 경향에 따라 지지되고 견고하게 된다. 물론 시대적으로 근대적 경향은 식민지 상태에서 비롯된 탈식민주의적인 욕망을 간직하고 있는 사회적 환타지를 구성하는 것이기는 하지만 그것을 논구하기 위해서는 다른 지면이 필요하리라 생각한다. 다만 위의 시 속에서 드러나는 문명비판이 근대자본주의적 위기에 반응하는 방어기제의 양태란 점은 분명하다.

---

19) 정신분석에서 환타지phantasy는 시적 주체의 무의식적 충동drive 혹은 욕동trieb의 형식으로 자연과 문화 사이에 위치해 있다. 그러므로 이효석이 지향하는 '자연'은 재현된 것으로 문화의 양상을 띠고 있다. 즉 개인의 사적인 환타지를 넘어서서 이미 사회화되어 있다(Antony Easthope, *Poetry and Phantasy*, New York : Cambridge University Press, 1989, 11).

숨이 막혀 거의 미칠 듯도 하다―
납덩어리의 하늘은 무겁게 드리우고
혼을 잃은 대지에는 짐승 한 마리 안 기고……
쓰디쓴 약 마시는 상의 연돌(煙突)은 심장을 뱉어 버린 듯
모래나 씹는 듯한 십자가(十字架)의 오후
―이제 그 무엇이 일어날 듯 일어날 듯한 이상스런 오후이다!

―「오후」전문

　이 시는 우울한 정서로 가득 차 있다. 이 숨 막힐 듯 조이는 도시의 음울한 풍경은 여지없이 근대문명이 잉태한 세기말적 분위기이다. 비록 서구 근대화의 문제점을 시각적 차원이나 심리적 차원에서 대응하고 있다는 비판을 받을지라도 이효석이 근대자본주의가 만들어 놓은 도시의 모습을 문명비판적 인식 속에서 내면화하고 있음을 알 수 있다. 이효석이 도시에서 체험하는 것은 역설적으로 신비하고 초월적인 세계의 상실이다. '혼을 잃은 대지'의 충격적 경험은 이효석에게는 아우라의 상실과 같은 것이다.

　"여름 날 오후의 휴식 속에서 당신이 지평선 오후의 먼 산을 바라보고 있거나 당신의 몸 위에 그늘을 드리운 나뭇가지를 바라보고 있을 때, 당신은 그 산과 나뭇가지의 아우라를 체험하게 된다."[20]고 벤야민이 말한 것처럼 위 시는 상실된 아우라를 노래하고 있다. 이러한 현실적 체험 속에서 이효석이 상정한 공간이 '먼 산'과 같은 자연이다. 그러므로 자연의 공간성은 다분히 시각적이며 감각적일 수밖에 없다. 그러나 비록 그 자연이 상상된 공간으로서 관념적인 것이라 할지라도 분명히 현실적 경험을 통해 내면화된 것임을 부정할 수 없다. 그런 측면에서 이효석의 자연 회귀적 서정의 세계를 단순히 도피적 경향으로만 치부할 것은 아니다.

---

20) 벤야민은 보들레르의 시를 언급하면서 대도시에서 체험하는 충격과 사물과 인간 사이의 관계를 근대자본주의 체제가 갖는 아우라의 상실로 설명한다(W. Benzamin, *Illumination*, New York : Schocken Books, 1968, pp.222~223.).

3.3. 생활의 발견과 이국취향

이효석의 후기문학에서 이국異國은 실재하는 공간이 아니라 자연처럼 관념적으로 인식된 곳이다. 그래서 이효석 문학의 또 다른 단절의 기제 중 하나로 인식되고 있다. 전기적으로 이효석이 이국에 대해 적극적 관심을 보인 것은 1932년 부인의 고향인 경성鏡城에 낙향하면서 부터라는 것이 정설이다. 이곳 농업학교 영어교원으로 있으면서 대학시절에 접했던 외국인 교수를 제외하고 서양사람들과 가까이 지내본 적이 없던 이효석은 이국촌의 풍경과 습속에 심취하게 되었다고 한다.[21] 실제 낙향은 일종의 도피행이었고 더불어 이때부터 그의 소설은 성과 자연의 세계로 전향한 것으로 보고 있기 때문에 그의 이국취향 역시 도피적 양상으로 비친다.

이국에 쏟는 관심이 정점에 이른 소설이 1941년에 발표된 『벽공무한』이다. 그러나 이보다 앞서 이국의 통칭으로서 북국[22]에 대해 관심을 보인 것은 1929년부터다. 1929년 6월 『조선문예』에 발표한 「행진곡」과 『조선지광』에 발표한 「기우奇遇」에 '봉천역'과 '할빈'이 등장한다. 그런데 이보다 앞서 이효석의 시 속에 이국취향이 등장한다.

이효석의 후반기 소설에 등장하는 이국의 풍경은 구체적인 공간과 인물과 서구 문물을 통해 드러난다. 공간적으로 '봉천역, 할빈, 연해주, 넬친스크 치타, 블라디보스톡 항구' 등이 구체적으로 등장하며, 인물로는 백계 러시아 사람들을 비롯하여 폴란드, 헝가리, 유태, 체코인 같은 백인들이, 근대적인 서구 문물로는 고전음악과 댄스홀, 백화점, 경마장 등이 등장한

---

21) 이상옥, 앞의 책, 263.
22) "그의 작품에는 러시아, 중국, 일본 등 한반도 주변국(민)과 그들의 문화에 대한 언급과 표상들이 빈번히 등장한다. …… 그의 이국 취향은 대개 만주를 포함한 중국과 러시아를 향해 있고 그 근저에는 구라파가 자리해 있다. 그는 스스로 중국(만주)과 러시아, 유럽을 통칭하여 북국이라 하"였다(김미영, 「≪벽공무한≫(1941)에 나타난 이효석의 이국취향」, 『우리말글 제39집』, 2007. 4, 244쪽).

다. 러시아를 비롯 구라파의 풍물과 취향은 당시 조선의 식민지 현실에서는 상당히 이질적이고 고급스런 문화라 할 수 있다. 그것은 조선적 특수성이 그 어느 때보다도 강조되던 일제 파시즘의 발호기에 시급한 민족적 과제를 회피하는 수단으로 기능할 여지가 많고 식민지와 피식민지의 경계를 허무는 논리로 악용될 소지가 있다.[23] 그러므로 이효석의 이국취향은 현실의 몰이해로 비쳐질 수 있다. 그런 측면에서 탈식민주의적 시각을 잠시 유보하고 이효석의 근대적 인식 측면에서 그의 이국취향을 바라볼 때 이효석 문학의 연속성이 고구될 수 있다. 달리 말하면 그의 이국취향은 식민지라는 조선적 특수성이 지배하던 시대에 오히려 보편적 공간을 마련할 수밖에 없었던 그의 현실적 인식이라 할 수 있다.

실제 초기 문학, 즉 시에서 포착되는 이국취향은 후반기 소설 문학과는 차이가 있다. 다음 시에서 보듯 그것은 자잘한 것들에 경사된 취미와 같은 것이다. 그러나 그 차이에도 불구하고 그것이 조선적인 것이 아니라 이국적인 색채를 띠고 있다는 사실에서 연속성을 기할 수 있다.

오전9시다
따뜻하게 타고 있는 스토브 옆에서
좋은 차의 향기를 핥아 빨면서
우리들은 겨울 식탁에 둘러앉는다
─미소와 건강과
그리하여 운화함과의 가득 넘치는 식탁을

— 「겨울 식탁」에서

가게 앞을 물들이는 과일들
싱싱한 야채
신선한 생선들의 무더기

---

23) 위의 글, 247~248쪽.

장사치의 손님 부르는 소리가
심포니처럼 낭랑하게 울려 퍼진다

—「겨울 시장」에서

    겨울날 아침 식탁의 풍경은 식민지 시대 여느 가정에서 볼 수 없는 이국적인 것이다. '스토브와 차와 식탁'의 공간적 배치는 서구 소설에서나 묘사되는 풍경이다. 이효석은 이처럼 아침 분위기에서 따뜻함을 인식할 만큼 근대적이다. 식탁에 올릴 과일과 생선 역시 근대문화의 세례를 거친 듯 세련된 것이며 나아가 장터의 공간적 분위기 역시 유럽의 근대화된 시장을 연상케 한다. 이렇게 볼 때 후반기 문학 속에서 풍경으로 묘사되었던 서구문화들이 초기부터 상당히 내면화된 것임을 알 수 있다. 왜냐하면 초기의 이와 같은 이국취향은 단순히 상상된 관념이 아니기 때문이다. 그런 측면에서 후기문학의 이국취향 역시 단순히 도피적 경향으로 단절된 특질이 아니며 이효석 문학의 연속성 속에 내재된 것이라 할 수 있다.

6월
아침
신선한 맥박은 푸른 잎처럼 건강하다

야채가게 앞은
아침 세례를 받아서
생기 있는 채마밭이 아름다워라

반짝이는 은화(銀貨)로 셈을 치르고
생활의 바구니는 풍요롭게 빛나고
그녀의 뒤꿈치는 기운차게 돌았다

어디선가
아침 체조의 구령소리가
힘차게 울려 퍼진다

식기(食器) 부딪치는 소리가 흐른다
―아, 「아름다운 오늘에」의 찬가가 들려 온다

― 「6월의 아침」 전문

아침의 건강성은 근대적이다. 풍요와 생기로 가득 찬 삶의 풍경은 매우 실제적이고 구체적으로 다가 온다. 이러한 구체성은 생활의 발견에서 비롯된다. 이처럼 이효석의 이국취향은 일상생활과 그의 기호, 취미에서 비롯된 것으로 다만 작품을 위해 쓴 것이 아니라 절실한 생활감정에서 비롯하는한 생리적인 것임을 알 수 있다.[24]

1920년대 중반 이후 한국시문학의 근대적 변화양상은 프로문학의 전개와 전통적 경험을 거치며 자기 회복으로 나타난다. 이효석의 근대성의 인식은 전통의 새로운 자각이 아니라 전통의 몰락이므로 이것을 대체할 대상이 필요하다. 그 대상으로서 이국적 취향이 개입되는 데 특징은 특수한 것이 아니라 보편적인 것이다. 그리고 이효석이 향유했던 보편적인 것은 매우 현실적인 것이다. 그것은 생활의 발견이다. 그러므로 이효석 후기문학의 이국취향은 초기 문학인 시에서 보듯 생활 현실에서 자기화한 근대적 인식을 바탕으로 하고 있다.

이처럼 현실 속에서 경험했던 복잡다단하고 우울한 도시의 경험과 식민지라는 조선적 특수성이 지배하던 시대에 오히려 보편적 공간을 마련

---

24) 정한모, 「효석론」, 『이효석전집 8』, 창미사, 2003, 123~131쪽 참조. 이글에서 정한모는 이효석의 구라파적인 교양과 심미성을 그의 문학적 특질로 파악하고 그것이 이효석의 주체성에 의하여 자기의 것으로 소화시켰다고 보고 있다.

할 수밖에 없었던 이효석의 현실인식이 애로티시즘과 자연과 이국취향이라는 근대적 서정양상을 펼치게 한 것이다.

4. 맺음말

이효석의 문학세계는 그동안 소설을 중심으로 연구되었는데 연구의 주된 시각은 단절론에 바탕을 두고 있다. 그 내용은 동반자 작가의 경향적 특성에서 전향하여 성과 자연과 이국적 세계로 도피했다는 것이 주조를 이루고 있다. 그러나 이처럼 단절론에 입각한 접근은 이효석의 문학 세계를 총체적으로 바라보지 못하고 편협하고 굴절된 것으로 만드는 원인이며 후반기 문학에서 볼 수 있는 낭만적 서정을 설명하는 데 장애가 된다.

이러한 측면에서 본고는 그동안 이효석의 문학 연구에서 다루지 않았던 시를 중심으로 이효석 문학세계의 연속성을 고구해 보았다. 비록 이효석의 시가 초기에 국한된 것이고 16편에 지나지 않지만 이들 시편들은 그동안 도피적 경향으로 치부되었던 이효석 후기 문학의 특질을 공유하고 있다는 데 문학적 의미를 갖고 있다. 이러한 문제의식에서 출발하여 본고는 다음과 같이 이효석의 시를 살펴보았다.

첫째, 이효석의 시에서 발견되는 에로티시즘은 관념적인 도피적 경향의 산물이 아니라 보편적 주체의 자아인식을 통해 상정된 자아실현의 리얼리티다. 둘째, 자연 회귀적 지향성은 상상된 공간의 도피적 설정이 아니라 도시문명 속에서 경험한 근대인의 현실의식이 잠재된 사회적 환타지이다. 셋째, 이국취향은 단순히 공간과 인물과 풍속의 모사에서 그치는 것이 아니라 생활의 기호와 취미로 체화된 근대적 생활의 발견이다. 이는 식민지 조선의 특수한 상황을 수용할 수 없는 이효석의 보편적인 근대인식을 보여주는 것이다.

시 세계의 이와 같은 근대적 서정 인식은 1920년 후반의 현실적 상상력을 거쳐 1930년대 후반에 다시 회복된다. 이러한 문학적 연속성은 다분히 1920년대 시사의 흐름과 맥을 같이 하는 것으로 낭만적 서정이 현실적 세계를 거쳐 다양화되는 자기회복의 근대적 인식 과정이라 할 수 있다. 그러므로 시를 포함한 이효석 문학의 전체적인 흐름은 전향과 단절의 도피적 현상보다는 현실 속에서 체험한 근대 서정 속에서의 자기회복이라 할 수 있다.

이때 이효석의 시문학적 특징과 '보편적 근대의식'의 상동성이 이효석의 시와 소설의 장르적 차이에 근거했다고 할 수는 없다. 왜냐하면 1920년대 한국문학의 전개 양상은 장르를 불문하고 주체의 근대적인 자기회복이라는 큰 수레바퀴 속에 포함되어 있었기 때문이다. 다만 왜 이효석이 1920년대 중반이후 시 장르를 버리고 소설장를 선택했는가의 문제는 새롭게 논의해 볼 여지가 있다. 또 한 가지 이효석의 근대적 자각이 담고 있는 식민성은 다른 차원에서 언급될 문제이다. 일단 본고는 그가 현실적 경험을 통해 자기회복을 도모했다는데서 그의 문학이 일관성을 갖고 있다는 사실을 살펴보았을 뿐이다. 차후 그의 성과 자연은 에코토피아의 측면에서 다시금 바라볼 여지가 있으며 그의 이국취향은 근대의 환타지로서 탈식민주의적 해체의 지점이라 할 수 있다.

참고문헌

이효석전집편찬위원회, 『이효석전집』, 창미사, 2003.

김미영, 「≪벽공무한≫(1941)에 나타난 이효석의 이국취향」, 『우리말글
　　　　제39집』, 2007. 4, 244.
김해옥, "이효석의 소설연구―서정 소설의 특성을 중심으로", 연세대 박
　　　　사학위논문, 1993.
나병철, 「이효석의 서정소설 연구」, 『연세어문학』, 1987.
박영희, 「초창기의 문단측면사」, 『현대문학』4월호, 1960.
박윤우, 「프로시의 의미와 한계―그 시사적 위상과 양식적 가능성」, 『한
　　　　국 현대시사의 쟁점』, 시와 시학, 1991.
박철희, 「낭만적 상상력과 현실적 상상력―1920년대 시」, 『한국 근대시
　　　　사 연구』, 일조각, 2007.
백　　철, 『신문학사조사』, 신구문화사, 1992.
유진오, 「작가 이효석론」, 『국민문학』7월호, 1942.
――――, 『젊음이 깃칠 때』, 휘문출판사, 1978.
이상옥, 『이효석―문학과 생애』, 민음사, 1992.
이태동, 「이효석과 D.H. 로렌스―교문학적인 접근」, 이상옥 편, 『이효석』,
　　　　서강대출판부, 1996.
전봉건, 「續 시와 에로스」, 『현대시학』10월호, 1973.
정명환, 「이효석 또는 위장된 순응주의」, 『창작과 비평』 겨울호, 1968.
정미옥, "포스트식민적 페미니즘의 글쓰기―인종, 젠더, 몸", 대구가톨릭
　　　　대 박사학위논문, 2003.
정한모, 「효석론」, 『이효석전집8』, 창미사, 2003.

주종인, 「이효석론—에로티시즘의 의미」, 『현대한국작가연구』, 민음사, 1976.

문혜원, 「김소월 시의 여성성에 대한 고찰」, 『한국시학연구 2권』, 1999.

피터 브룩스, 「근대적 육체의 성립: 프랑스 혁명과 발자크」, 『육체와 예술』, 이봉지 · 한애경 옮김, 문학과 지성사, 2000.

Benzamin, W, *Illumination*, New York : Schocken Books, 1968.

Easthope, Antony, *Poetry and Phantasy*, New York : Cambridge University Press, 1989.

Jung, C .G., tr by R. F. C. *Hull, The Eros Theory*, Two Essays Psychology, London : Routledge & Kegan Paul, 1966.

V. 신동엽 시에 나타난 공간적 상상력

1. 역사의 공간화

신동엽은 시인인 동시에 사학자로서의 면모를 지니고 있다. 1949년 7월 23일 공주사범대학 국문과에 합격했지만 다니지 않고 그 해 9월 단국대학교 사학과에 입학한다. 1951년 국민 방위군이 되어 전쟁터로 끌려갔다가 죽을 고생 끝에 병든 몸으로 부여 집에 돌아왔다가도 몸을 회복한 후 대전 전시연합대학에서 공부를 계속하여 1953년 사학과를 졸업한다. 그 외에도 그가 우리 역사에 대해 지속적인 관심을 기울였다는 것을 생애[1]를 통해 알 수 있다. 그는 틈틈이 사적지를 찾아다니며 기록하기를 게을리 하지 않았다. 이와 같은 역사적 관심과 사유가 그의 작품 속에 녹아있음은 당연하다.

1959년 「이야기하는 쟁기꾼의 대지」로 등단하여 1969년 작고하기까지 동학농민혁명과 3·1운동, 한국전쟁, 4·19혁명 등 한국근대사를 중심으로 역사적 서사를 차용하였을 뿐만 아니라 고대의 신화적 서사까지 상상력을 펼쳤다. 이런 이유로 기존논의에서 신동엽은 두 가지로 의미부여가 된다. 하나는 역사의식이 투철한 시인으로 다른 하나는 역사의식이 과도한 시인으로 인식하였다. 대체로 전자는 민족문학론자들의 시각[2]이며 후자는 신비평문학론자들의 시선[3]이다.

이러한 인식에는 모두 역사에 대해 파편화된 사유가 자리하고 있다. 역

---

1) 김응교 엮음, 「생애연보」, 『신동엽』, 글누림, 2011, 461~465쪽.
2) 대표적으로 백낙청, 조태일, 채광석 등의 논의를 들 수 있다.
3) 대표적으로 김현, 유종호 등의 논의를 들 수 있다.

사를 영원한 존재로 관념화시킨다든지 아니면 역사를 부정하여 현실과 차단하려는 태도라 할 수 있다. 이는 일종의 정언명령과 같이 무엇을 해야만 하는가, 무엇이 최선인가를 따지는 도덕적 당위성과 다를 바 없다. 이는 신동엽의 시에서 우리가 항시 견지했던 '역사적 당위성'과 유사한 논리다. 우리는 지금까지 신동엽을 시인으로서 인식하기보다는 역사학자나 민족주의자로 이해하고 있는 것은 아닌지 의심해야 한다. 그렇다고 그가 역사학자의 면모를 지녔고 민족주의 숭고한 뜻을 흠숭하였음을 부정할 이유는 없다. 다만 그의 시에서 역사와 민족과 같은 개념은 시적 이미지를 통해 공간화되었다는 점이다. 이는 역사의 진실을 시간의 순차적 흐름에서 찾는 것이 아니라 무시간성 속에서 추구하는 것이다.

사학자로서 신동엽은 분명 역사, 즉 시간의 흐름 속에 존재하리라 생각된다. 그래서 과거의 역사적 순간과 현재의 역사적 현실을 선적으로 이해하고 미래와 연결시켰으리라 짐작할 수 있다. 그렇게 볼 때 신동엽은 백낙청의 말처럼 '민족문학의 중심부에 자리잡은 시인[4]'임에 분명하다. 때론 '인간도살극이 자행된 킬링필드의 추종자[5]'로 오해받기도 한다. 그런데 시간의 흐름 속에서 자기의 위치와 자신이 속한 시대에 대해 날카롭게 의식하는 자세는 다분히 시인의 태도라 할 수 있다. 이때 시인은 시간, 즉 역사를 붙잡기 위해 시적 이미지를 통해 구체화하려는 시도를 한다. 이 시도가 바로 상상력의 발현이며 시적 이미지를 통한 상상력의 궁극적 모습이 공간을 통해 재현된다.

"공간은 시간적인 흐름에 의해 낡은 것으로 변하지 않고 언제나 현재적으로 존재함으로써 과거의 시인과 현재의 시인은 언제나 같은 공간을 공유하게 된다.[6]" 이때 공간은 시인이 바꾸어 놓은 동시적인 질서로 시간의

---

4) 백낙청, 「민족문학의 현단계」, 『민족문학과 세계문학 II』, 창작과비평사, 1985, 23쪽.
5) 유종호, 「뒤돌아보는 예언자」, 『서정적 진실을 찾아서』, 민음사, 2002, 129쪽.
6) 이정호, 「T. S. 엘리엇의 공간적 상상력과 황무지」, 『예술문화연구』 11권, 2001, 30쪽.

흐름 속에서 자신의 위치를 인식하려는 상상력의 발로라 할 수 있다. 시간의 흐름 속에서 역사의 현장을 보게 되면 이미 지난 과거의 일이기 때문에 정적이며 고립적으로 인식될 수밖에 없다. 이는 사학자로서 신동엽이 취할 수밖에 없는 역사인식이라 할 수 있다. 그러므로 역사의 현장은 병치해서 동시에 존재할 수 없기에 역사인식 또한 파편화된다. 이러한 측면을 강조하여 신동엽을 바라본다면 그는 민족주의자로 공산주의자로 파편화되어 인식된다. 그러나 이처럼 "파편화된 공간인식은 '공간에 대한 담론'만이 횡행하고 '공간 자체의 인식'은 제대로 확인할 수 없다.[7]"는 측면에서 신동엽을 그동안 파편적으로 이해하고 있음을 부정할 수 없다.

신동엽은 시인이다. 그러므로 그는 현실 자체를 어떻게 인식해야 하는가에 관심이 있었다. 역사의 공간화는 단순히 흘러가버린 역사를 현실 속에서 병치시킬 수 있는 유일한 시적 방법이기 때문이다. 이때 시인의 상상력은 파편화된 담론으로 쉽게 파악될 수 없는 기제다. 바슐라르는 상상력을 이미지의 변형 능력이라 말한다. 즉 애초의 이미지로부터 우리를 해방시키고 이미지들을 변화시키는 능력이라고 한다. 상상력은 현재 부재하는 이미지를 떠올리게 하고 우연한 이미지의 풍부함을 불러일으킨다고 말한다.[8] 이러한 상상력을 가능하게 하는 것이 공간이다. 신동엽은 역사를 공간화시킴으로써 고착된 우리의 이미지를 해방시키고 변화시키려 했을 것이다.

2. 역사의 병치로서 '완충지대'

신동엽의 공간적 상상력은 「시인 정신론」에 담겨있다. 이 시론에서 역사를 공간화하는 개념으로 '원수성의 세계, 차수성의 세계, 귀수성의 세

---

7) 르페브르H. Lefevbre, 양영란 역, 『공간의 생산』, 에코리브르, 2011, 46쪽.
8) 바슐라르G. Bachelard, 정영란 역, 『공기와 꿈』, 이학사, 2000, 19~20쪽.

계'를 설정한다. 이러한 인식은 일반적으로 '원수성→차수성→귀수성'으로 이행되는 패러다임으로 이해하고 있다. 그래서 자연과 생명의 순환과 회귀와 결부시키곤 한다. 시간의 비가역적非可逆的 틀을 거부하고 새로운 차원의 세계를 상상하는 데 초점을 맞춘 것이다. 신동엽의 시적 상상력을 이처럼 이해하는 것은 한편으로 전통적 자연관에서 크게 벗어나지 못했다고 볼 수 있다. 왜냐하면 삼차원의 세계가 병치하고 있다는 사실을 간과하기 때문이다.

> 잔잔한 해변을 原數性 世界라 부르자 하면, 파도가 일어 공중에 솟구치는 물방울의 세계는 次數性 世界가 된다 하고, 다시 물결이 숨자 제자리로 쏟아져 돌아오는 물방울의 운명은 歸數性 世界이고.
> 땅에 누워있는 씨앗의 마음은 原數性 世界이다. 무성한 가지 끝마다 열인 잎의 세계는 次數性 世界고 열매 여물어 땅에 쏟아져 돌아오는 씨앗의 마음은 歸數性 世界이다.9)

여기서 신동엽의 시적 상상력은 시간을 해변과 파도와 물방울이 차지하는 공간에 가져다 놓는다. 이 순간은 동시적이지 순차적 흐름이 아니다. 만약 순차적 이행으로 인식된다면 그것은 문장의 씨퀀스sequences 때문이다. 적어도 시인은 이 모든 현상을 총체적으로 인식하여 이미지화하여 보여주고 있다. '씨앗(원수성)→잎과 열매(차수성)→다시 씨앗(귀수성)'의 패러다임 또한 우리는 시간을 의식하지 않고 찰나에 인식하게 된다. 이는 시의 상상력이 일으키는 능력이라 할 수 있다. 이러한 차원에서 접근한다면 비가역적이었던 시간이 연쇄의 사슬을 풀고 순환과 회귀의 과정을 거쳐 하나의 공간에서 병치되는 것을 보게 된다. 이 모든 것이 시간을 공간화하는 이미지화된 상상력의 힘이라 할 수 있다.

---

9) 신동엽, 「시인 정신론」, 『신동엽전집』, 창작과비평사, 1997, 362쪽.

김현은 신동엽의 시적 상상력에 대해 '아무런 심각한 고찰도 행하지 않은 채 동학란과 3·1운동과 4·19를 무책임하게 연결'[10]시켰다고 비판한다. 이동하도 장시 「금강」을 동학혁명과 3·1운동 및 4·19혁명을 하나의 맥락으로 연결시켜보려는 시도였으며 원수성, 차수성, 귀수성 단계를 합리적 근거를 찾을 수 없는 공상적 관념이라고 비판한다.[11] 이들의 비판은 아이러니컬하게도 신동엽이 역사를 공간화하여 병치했다는 것을 반증하는 언급이라 할 수 있다. '무책임한 연결', '공상적 관념'은 시간의 비가역적 관념에서 바라본 시각이다. 시간을 가역적 존재로 이미지화하여 공간화했다는 점을 간과한 것이다. 신동엽이 역사의 현장을 오늘의 공간에 병치시키려했다는 근거를 다음 언급에서 확인할 수 있다.

> 사실 全耕人的으로 생활을 영위하고 全耕人的으로 체계를 인식하려는 全耕人이란 우리 세기에서 찾아볼 수가 없다. 우리들은 백만인을 주워 모아야 한 사람의 全耕人的으로 세계를 표현하며 全耕人的인 실천생활을 대지와 태양 아래서 버젓이 영위하는 全耕人, 밭 갈고 길쌈하고 아들 딸 낳고, 육체의 중량에 합당한 양의 발언, 세계의 철인적·시인적·종합적 인식, 온건한 대지에의 향수적 귀의, 이러한 실천생활의 통일을 조화적으로 이루었던 완전한 의미에서의 全耕人이 있었다면 그는 바로 歸數性世界 속의 인간, 아울러 原數性世界 속의 체험과 겹쳐지는 인간이었으리라.[12]

이 언급을 통해 신동엽이 역사를 시적 상상력의 기제를 통해 '대지'라는 구체적인 공간 속에 형상화했음을 확인할 수 있다. 전경인의 정체성은 시간의 틀 속에서 발견되는 파편적인 인간이 아니라 시간을 초월하여 존재하

---

10) 김 현, 『상상력과 인간』, 일지사, 1973, 101쪽.
11) 이동하, 「신동엽론-역사관과 여성관」, 구중서·강형철 편, 『민족시인 신동엽』, 소명출판사, 1999, 452쪽.
12) 신동엽, 앞의 글, 367~368쪽.

는 철인적이며, 시인적이며 종합적 인간이다. 이 총체성은 귀의와 통일의 조화에서 비롯하며 귀수성과 원수성의 '겹침'을 전제로 한다. 이 겹침 자체가 역사의 공간화를 의미하며 대지로 귀의를 실천하는 생활에서 찾는다. 이 실천이 바로 차수성의 세계이며 비로소 삼차원의 역사적 사유가 현재의 대지라는 하나의 공간에서 실현되는 시적 형상화 과정이라 할 수 있다.

시간, 곧 역사를 공간화하는 시적 상상력은 '무책임한 연결'이거나 '공상적 관념'은 아니다. 일찍이 모더니즘 예술을 지향했던 시인과 작가들이 이미 실천해 옮겼던 전위적 사유이기 때문이다. "T.S. 엘리어트, 에즈라 파운드, 마르셀 프루스트, 그리고 제임스 조이스 등과 같은 작가들이 보여준 현대 문학은 공간 형태라는 방향으로 가고 있다. [중략] 위의 모든 작가들은 독자가 자신들의 작품을 [선형적인] 연속이 아니라 일순간에 공간 형태로 이해하는 것이 이상적이라고 여긴다."[13]는 언급처럼 신동엽의 시적 상상력은 역사의 선형적 표현에서 벗어나 공간화를 추구하는 전위적 사유에 바탕을 두고 있다. 시간을 공간화하는 시적 발상의 전환은 T.S. 엘리어트의 경우 "소쉬르Saussure가 일으킨 언어학과 기호학의 혁명적 발상과도 맥을 같이 하는 것이다."[14] 엘리어트 또한 전통을 단순히 시간적인 축적만으로 보지 않고 이를 통시적인 공간질서 속에 위치시킴으로써 시간을 공간화했던 것처럼 말이다.

소쉬르의 언어이론을 따르면 시적 의미는 계열의 축에서(수직적, 통시

---

13) Joseph Frank, *The Idea of Spatial Form,* New Brunswick, N.J.: Rutgers UP, 1001, p. 10 (이정호, 앞의 논문, 25쪽에서 재인용).

14) "그는 언어 기호는 단지 차이difference에 의해 그 의미가 생성된다는 이론을 제기함으로써 그 이전에 존재하던 언어의 통시적 연구diachronic study of languages에서 언어의 공시적 연구 synchronic study of1anguages로 언어와 기호 연구의 방향을 급선회했다. 이러한 소쉬르의 발상의 전환은 이전까지 언어기호와 의미 사이에는 유기적인 관계가 있다고 보던 언어학의 가설을 뒤집어 언어기호와 의미와의 관계는 단지 임의적 일뿐이라는 새로운 가설을 창출하게 된다"(이정호, 앞의 논문, 29쪽).

적) 통합의 축(수평적, 공시적)으로 투사될 때 발생한다. 이를 신동엽의 시적 상상력에 대입시킨다면 역사는 대지에 투사됨으로써 의미를 생성하게 된다. 신동엽은 역사를 품은 공간으로서 '대지'를 '완충지대'로 명명한다. 완충지대는 "국가들 사이에 물리적 힘의 충돌을 피하기 위하여 그 중간지역에 설정하는 중립 내지 비무장 지대를 흔히 일컫는다."15) 힘의 균형상태, 공백상태를 지칭하는 것으로 국제정치학적인 개념이라 할 수 있다. 이는 신동엽의 시적 상상력을 전후 한국사회의 협소한 공간에 대입시키는 파편화된 공간 담론의 사유로서 신동엽이 지향하는 시적 공간을 설명하기에 부족하다. 오히려 "원수성 세계가 곧 귀수성 세계임을, 그 일대 회귀적 전환이 그의 '중립'의 사상 속에서 생생하게 살아 있다"16)는 유토피아적 공간인식이 더 타당하다.

신동엽은 인간의 행복을 위해 하나의 요구로 중립의 완충지대를 제시한다. 이 시적 상상력은 그동안 남북분단의 역사적 시간성 속에서 첨예한 대립의 중간적 이념으로 초점화되었다. 그러나 이 획일화된 중립개념에서 탈피하여 본래 추구했던 생명성과 공동체적 공간성에 초점을 맞추어야 할 것이다. 그런 측면에서 신동엽의 「전통정신 속으로 결속하라」17)라는 글은 많은 함의를 담고 있다.

> 우리는 祖國(南北韓)의 歷史的 主人임을 각성하자. 積極的으로 나서서 祖國의 운명을 연구하고 모색 · 실천하고 발언해야 하는 것이다. 우리밖에 아무도 맡길 사람이 없다.(중략)날짜를 擇해 板門店이나 임진강 완충지대에 그리운 사람들끼리 모여 아리랑을 합창해 보자고 제의하는 사람이 南北을 通해 아직 없다는 것은 쓸쓸한 일이다. 祖國의 自主的 統一을 願하는 非政治的 文化團體난 個人들로 構成된 南北文化

---

15) 김윤태, 「신동엽 문학과 '중립'의 사상」, 『실천문학』 봄호, 1999, 63쪽.
16) 위의 글, 78쪽.
17) 신동엽, 『신동엽 전집(증보판)』, 창작과 비평, 2000, 400~401쪽.

交流準備委員會의 準備委員을 造成하기 위해 자유로운 분위기를 中立地帶나 기타 非政治的 地域에 마련하도록 우리들은 具體的인 方法을 모색해야 할 줄 안다.(399쪽)

　'남북의 자유로운 문화교류를 위한 준비회의를 제의하며'라는 부제가 붙은 이 글은 정치의 장이 아니라 문화적인 차원에서 통일을 촉진시킬 것을 촉구한다. '날짜를 택해 판문점이나 임진강 완충지대에 그리운 사람들끼리 모여 아리랑을 합창해 보자고 제의하는 사람이 남북을 통해 아직 없다는 것은 쓸쓸한 일'이라고 구체적으로 전통 문화를 함께 향유하자는 방안을 제시한다. 여기서 제시한 방안은 낭만적으로 비칠 수 있지만 역설적으로 신동엽이 파편화된 공간담론에서 벗어나 있음을 확인하는 근거가 될 수 있다. 표면적으로 외세로부터 벗어나 자주적인 통일을 추구하자는 것이지만 시적 상상력의 측면에서 전통은 날카로운 남과 북의 대립을 몰각시키는 원수성의 세계이자 귀수성의 세계이기 때문이다.

　신동엽의 역사인식은 엘리어트가 「전통과 개인」에서 펼쳤던 공간인식과 유사하다. 엘리어트는 전통을 현재의 공간에서 되살릴 수 없는 과거의 것으로만 보지 않고 동시에 공유할 수 있는 것으로 보았다. 이 전통이 병치된 현재의 공간에서 개성의 지속적인 탈각을 주장했던 것처럼 신동엽도 '완충지대'에서 현재의 개별적 주체들이 자기희생을 통해 전통의 공간에서 다시 새롭게 조우하기를 도모한다. 이는 비가역적 역사의 공간에서 존재하지 않았던 세계이며 능동적으로 창조해야 할 미래의 공간이기도 하다. 그러므로 신동엽의 대지의 상상력은 원시공산사회로 치부될 수 없는 다원화되고 중첩된 세계라 할 수 있다.

　여 우릴 심어요. 깊은 땅속에, 안 창에(남의 어깨에 손을 얹으며) 빨리 가요. 선생님의 모든 역사 다아 가지고 싶어요.

남 위험할 텐데, 비행기가.

(중략)

여 (엎드린 채) 누구네편 꺼예요?

남 몰라. (남, 여, 서로 팔을 뻗는다. 마주 잡으려고)

(귀를 째는 젯트기 폭음 머리를 스쳐 하나가 지나간다. 이어 또 하나의 젯트기 폭음, 가까이 내려 오면서, 따, 따, 따, 따, 따, 따하는 기관포 사격소리. 무대는 온통 불꽃 바다가 되면서 오색조명 회전한다. 소리 멎고 무대 점점 안정되어 밝아지면 남, 녀의 늘어진 시체 어슴프레 나타난다. 늘어진 두 시체, 서로 한쪽 팔을 길게 뻗어 맞잡으려고 했으나, 겨우 두 손가락이 닿을 듯 접근해 있을 뿐이다)

(하늘 높은 솔바람 소리. 그리고 평화스런 산새들의 노래소리. 밝고, 가벼운 음악, 상승되면서)

－「그 입술에 파인 그늘」에서

위 시극의 이야기 구조는 한 민족으로서 동질감을 회복함으로써 갈등을 극복하고 통일에 이르는 과정을 담고 있다. 남녀로 분한 남북의 대치 상황은 완충지대로 향하는 과정을 통해 유토피아적 결말을 맺는다. 시극 속 남녀는 전통정신 속으로 결속하듯 서로의 역사를 수용함으로써 역사의 파편화된 모순을 극복하고 새롭게 구현된 세계에서 평화를 구가하게 된다. 이들이 가고자 하는 완충지대는 역사의 단선적 구조를 거부하고 남과 여의 역사가 함께 병치됨으로써 도달할 수 있는 공간이다. 남녀의 죽음의 상징성은 역사의 비가역적 한계를 드러내는 것이지만 생명의 공간으로 채워진 완충지대는 남녀의 생명성을 영원하게 한다. 이처럼 신동엽의 시적 공간은 개별 역사들이 무수히 중첩된 오래된 미래와 같다.

3. '금강'의 역사성

시간은 과거에서 현재를 거쳐 미래로 진행한다. 이는 '강'의 이미지로 구체화된다. 일반적으로 강의 흐름은 시간의 흐름처럼 비가역적이다. 그러므로 강을 역사로 수월하게 인유한다. 그래서 대부분 신동엽의 시「금강」은 시간성에 바탕을 두고 있다고 판단한다. 그의 시적 감수성과 의식 세계는 강의 흐름을 거슬러 과거로 향한다고 인식하고 그 자체를 역사적 관점에서 파악한다. 그러나 신동엽은 역사학자가 아니라 시인이기 때문에 시간을 개념적으로 이해하기보다는 작품 속에서 구체적인 이미지를 통해 보여주어야 한다. 그런 측면에서 강은 시간의 이미지에 갇혀 있는 것이 아니라 시간을 구체적인 이미지로 제시하는 공간이다. 신동엽이 전개하는 방법은 역사(강)를 순차적이고 비가역적인 시간의 흐름 속에 놓는 것이 아니라 동시적이고 가역적인 공간으로 이미지화하는 것이다. 그런 가운데 강은 역사의식을 내포하며 과거의 과거성뿐만 아니라 과거의 현재성을 함축한다. 그렇게 강은 현재를 파악하는 공간으로 새롭게 태어난다.

'금강'의 차수성을 단적으로 공간화 한 이미지는 '반도'이다. 이 공간에는 신화적 서사와 파편화된 생활공간이 동시에 자리하고 있다.

> 半島는,
> 평등한 勞動과 평등한 分配,
> 능력에 따라 일하고
> 필요에 따라 分配,
> 그 위에 百姓들의
> 祝祭가 자라났다.
>
> ─『금강』, 「제6장」에서

半島는,
가는 곳마다
가뭄과 굶주림,
땅이 갈라지고 書堂이 금갔다.
하늘과 땅을
후비는 흙먼지

─『금강』,「제1장」에서

오늘의 하늘 아래
半島에 도사리고 있는
큰 마리낙지, 작은 마리낙지
새끼 거미리들이여.

─『금강』,「제6장」에서

반도를 통해 금강이 내재하고 있는 신화적 이미지는 역설적으로 역사의 흐름 속에서 훼손당한 가치들을 반영하고 있다. 그 평등한 가치는 빈곤과 차별이라는 현실 모순을 더욱 깊이있게 각인시킨다. 그리고 이 착종된 공간이 노정하고 있는 차이의 근원이 강을 중심으로 기생하는 식민지의 잔재에 있음을 주장한다. 이처럼 금강의 역사성은 현실의 모순을 병치하여 담고 있다. 이 고립된 차수성의 세계에서 탈주하기 위해 신동엽은 '되돌아보는retrospective' 자로서 역사의 기억을 되살려 내고자 한다. 이는 베르그송18)이 말하는 '지속으로의 시간'으로서 단지 회귀하는 행위가가 아니라 '끊임없이 성장하는 연속'으로서의 시간을 상정하는 것이다. 그래서 우리 삶 속에서 새로운 순간을 맞이할 때마다 계속해서 되살아나는 역사를 보게 된다. 이때 '본다는 것'은 그동안 깨닫지 못했던 것과 만나게 됨을 의미한다.

---

18) 키스 안셀 피어슨, 이정우 옮김, 『싹트는 생명─틀뢰즈의 차이와 반복』, 산해, 2005, 75쪽.

우리들은 하늘을 봤다
1960년 4월
역사를 짓눌던, 검은 구름장을 찢고
영원의 얼굴을 보았다

하늘 물 한아름 떠다
1919년 우리는
우리 얼굴 닦아놓았다.

1894년 쯤엔,
돌에도 나무등걸에도
당신의 얼굴은 전체가 하늘이었다.

-『금강』, 「서화」에서

이처럼 신동엽은 4·19혁명과 3·1운동과 동학농민혁명을 하나의 공간에 병치시킨다. 함께 할 수 없는 이 역사를 총체적으로 인식 가능하게 하기위해 공동의 '하늘'을 이미지화 하여 제시한다. 그 상징은 '영원성'이다. 신동엽이 상정한 원수성의 세계라 할 수 있다. 억압과 미몽과 착취로부터 자유롭고 명징했던 평등의 세계이다. 이처럼 강은 반도의 공간적 주변성을 거슬러 새롭게 태어나려는 의지를 밑바닥에 안아 흐르고 있다. 이때 병치된 이미지를 통해 무시간의 순간을 경험하게 된다. 그러므로 시간의 순차적 진행은 극복되고 과거-현재-미래로 흐르는 강의 역사성은 역전된다. 이는 시간의 공간화를 통해 일어나는 것이다.

완충지대는 죽음을 통해 새생명을 얻게 되는 공간이다. 금강 역시 이 유토피아적 대지를 흐르며 삶과 죽음의 경이적인 전환을 연출한다. 신동엽은 원수성과 차수성의 병치된 공간에서 분노하고 아파하고 절규하고 간구함으로써 아직 존재하지 않은 민중을 예감하도록 우리를 슬픈 정서로 이끈다. 이때 설정한 인물이 '신하늬'이다. 과거 금강에 존재했던 동학의 전봉준을 현재에 되살릴 수 없기에 신하늬를 창조한 것이다. 신하늬는 과거 역사적 현장에 자유롭게 개입할 수 있는 인물로서 현재의 시간에 머물고 있는 신동엽의 화신이기도 하다. 그러므로 과거와 현재의 시간을 초월하는 현재적 인물이다. 이는 한 인물을 통해 민중의 과거와 현재와 미래를 동시에 충족시키는 시적 상상력이라 할 수 있다. 신하늬는 '아기 하늬'의 탄생과 함께 형장의 이슬로 사라진다.

> 진아는
> 아들을 낳았다,
> 복슬복슬한
> 아기 하늬,
> <중략>
> 꽃노을
> 아름답게 물든 저녁나절
> 웬 낯선 청년 하나가 산에서 내려와
> 뚜벅뚜벅
> 刑場의 중앙 향해
> 걸어 들어갔다,
>
> —『금강』, 「제26장」에서

신하늬의 죽음은 끝이 아니다. 역사라는 공간 속에서 새롭게 창안돼 주체로 등장한다. 이는 역사의 숨결 속에서 '영원'을 꿈꾸는 신동엽의 시적 상상력을 보여준다. 이처럼 '영원의 하늘'을 보고자 하는 되돌아감의 행위는 미래와 더 가까워지려는 역설적 사유의 역량이다. 과거를 향해 열려진 미래의 역사, 곧 귀수성의 세계를 신동엽은 꿈꾸었다. 거기에 '금강'이 담지하고 있는 '영원'이라는 '생명'의 인자가 작동하고 있다.

참고문헌

김응교 엮음, 「생애연보」, 『신동엽』 글누림, 2011.

김윤태, 「신동엽 문학과 '중립'의 사상」, 『실천문학』봄호, 1999.

김 현, 『상상력과 인간』 일지사, 1973.

백낙청, 「민족문학의 현단계」, 『민족문하과 세계문학 II』 창작과비평사, 1985.

신동엽, 「시인 정신론」, 『신동엽전집』 창작과비평사, 1997.

──────, 『신동엽 전집(증보판)』 창작과 비평, 2000.

유종호, 「뒤돌아보는 예언자」, 『서정적 진실을 찾아서』 민음사, 2002.

이동하, 「신동엽론-역사관과 여성관」, 구중서 · 강형철 편, 『민족시인 신동엽』 소명출판사, 1999.

이정호, 「T. S. 엘리엇의 공간적 상상력과 황무지」, 『예술문화연구』 1권, 2001.

르페브르H. Lefevbre, 양영란 역, 『공간의 생산』 에코리브르, 2011.

바슐라르G. Bachelard, 정영란역 『공기와꿈』 이학사 2000

키스 안셀 피어슨, 이정우 옮김, 『싹트는 생명─틀뢰즈의 차이와 반복』 산해, 2005.

Frank, Joseph, *The Idea of Spatial Form,* New Brunswick, N.J.: Rutgers UP, 1001.

/3부/

한국 현대시의 담화론적 이해

I. 한국 현대시에 나타난 서학적西學的 자연관
─윤동주와 김종삼의 시를 중심으로

1. 머리말

"자연은 우리를 에워싸고 있는 모든 것, 즉 일반적으로 그 동안 '자연적'이라고 부를 때 거론되던 유기적 존재로부터 구름 없는 밤에 명료히 드러나는 생명 없는 달에 이르기까지 존재의 전체를 가리킨다. 그래서 만일 우리가 자연을 독특한 의미에 한정해서 사용하고자 한다면 그 앞에 형용사를 덧붙여야 할 것이다."[1] 이처럼 한국 현대시에서도 자연을 언급할 때는 두 가지 관형적 표현을 앞세우고 있다. 하나는 '전통적'이라는 말이며 다른 하나는 '근대적'이라는 말이다. 이 표현의 상징적 의미는 한국 현대시의 특질을 '전통 지향성'과 '외래 지향성'으로 양분하는 데 있다. 그러나 '자연'을 매개로 한 이 두 층위는 서로 어긋나 있다.

전자가 종교적 자연관에 초점을 맞추고 있다면 후자는 철학적 자연관에 경도돼 있다. 전자가 신과 자연의 문제를 다루었다면 후자는 인간과 자연의 문제를 다루었다. 이는 사상적 측면에서 동양과 서양의 차이를 드러내는 것이기도 하다. "전자의 자연관이 형이상학이나 윤리적 관점에서 보는 것이라면 후자의 자연관은 인식론적인 것이라 할 수 있다."[2]

이 두 가지 관점이 빗나간 지점에서 신과 인간과 자연의 문제를 함께 다루고자 한다. 이 논점을 담보할 수 있는 시각이 '서학적 자연관'이라 할

---

1) 머레이 북친, 문순홍 옮김, 『사회 생태론의 철학』, 솔, 1997, 16쪽.
2) 고부응, 『동서양 문학에 나타난 자연관』, 보고사, 2005, 11쪽.

수 있다. 전통적 자연관에서 소홀히 했던 한국 현대시의 근대성과 근대적 자연관에서 간과했던 종교적 사유를 포월할 수 있는 장점이 있다. 이는 한국 현대시의 이분법적 분리의 시각을 지양하고 다성성을 확보하려는데 뜻이 있으며 오늘날 우리의 삶이 신과 인간과 자연이 더불어 공존하는 생태적 관계 속에 존재하고 있음을 고구하려는 데 있다.

한국 현대시의 '서학적' 측면을 연구하는 기존논의는 "기독교 신자 시인의 시를 대상으로 기독교 정신을 추적하는 것을 주로 하고 있다. 아니면 천주교가사나 찬송가사 또는 교회음악의 역사에 치우쳐 있다."[3] 이러한 배경에는 자연을 대하는 서구 기독교의 양면적 접근이 있다. "첫째는 '영적' 동기인데, 인간 존재의 목적은 자연의 초월에, 혹은 근대에는 자연의 인간화에 있다고 여기는 것이다. 둘째는 '생태학적' 동기인데, 자연의 은총에 감사하고 자연은 인간에게 유용한지 여부와는 별도로 가치를 가지고 있다고 인식하면서, 인간의 목적은 자연가 공동체를 이루는 데 있다고 여기는 것이다."[4] 그동안 한국 현대시에서 소위 기독교시를 연구할 때 초점을 맞춘 것은 전자라 할 수 있다. 이처럼 기독교라는 이름으로 축소돼 쓰인 '서학'은 16세기부터 서양문물과 접촉을 시도했던 실사구시의 학풍과 연결돼 있으며 현실 개혁의 견인차로서 종교의 차원뿐만 아니라 학문 사상의 차원에서 도입을 시도했던 북학론자와 실학자들의 학풍과도 맞닿아 있다.[5] 이는 근대적 자각의 한 현상이면서 동시에 생태학적 응용의 일면이기도 하다. 개화기 기독교사상이 당시 민중의 언어생활과 문자생활 및 문화전반에 영향을 미쳤던 것이 그 단적인 예이다. 특히 개화기 시에서 개인적 서정이나 낭만성보다는 민중적 집단의식이 강했던 것은

---

3) 신규호, "한국기독교시가연구—장르론을 중심으로-", 단국대 박사학위논문, 1992, 4~5쪽.
4) 제이 맥다니엘, 「에덴 동산, 타락, 그리고 그리스도 안에서의 삶 : 생태학에 대한 기독교적 접근」, 『세계관과 생태학』, 민들레책방, 2003, 73쪽.
5) 김학동, 『한국개화기시가연구』, 시문학사, 1990, 11~20쪽 참조.

기독교의 자유와 평등을 기조로 했기 때문이다.

　동학이 민중에게 자각을 강조했다면 서학은 변혁을 불러왔다. 그리고 자각과 변혁의 요구는 지금도 유효하다. 이런 측면에서 본고는 서학의 변혁적 측면을 단순히 근대 초기 한국사회에 영향을 미쳤던 근대문화의 물질적 혜택으로 축소하는 것이 아니라 지금까지 존속하며 '집단적으로 우리의 욕구를 제한하는 것을 배울 필요가 있다'는 인간 마음의 내적 생태학에 대한 도전으로 보고자 한다. 그럼으로써 한국 현대시에서 자기 자신과의 화해(정신 생태학), 이웃과의 공생(사회 생태학), 또한 우주의 다른 모든 존재와의 공생(환경 생태학)의 징후들을 탐색하고자 한다.6) 이때 '자연'은 외부세계에 객관적으로 존재하는 자연, 인간을 통해 규정되고 인간을 통해 형성되는 기계론적 자연관7)이 담고 있는 자연이라기보다는 '참여적 진화로서의 자연'이다. 다시 말해 인간사회와 분리된 단순한 '대상'으로 또는 단순한 '자원의 저장고'로서의 자연이 아니라, 머레이 북친이 말하는 소위 세 개의 자연이다. 즉 일차 자연은 자신의 내적인 동력에 의해 진화하고, 이 과정을 통해 등장하는 이차 자연은 다양하게 제도화된 인간 공동체 유형들을 지칭하고 세 번째 자유 자연은 아직 실현되지 않은 것으로 대안 사회인 생태 사회에서 이차 자연의 고통을 극복한 상황에서 도달된 자연이다.8) 이것을 서학적 자연관으로 대치하면 다음과 같이 네 가지 국면으로 볼 수 있다. 창조되지 않는 창조하는 자연(natura creans non ctreata : 절대자), 창조되고 창조하여 가는 자연(natura creata creans : 이데아 세계), 창조되고, 창조하지 않는 자연(natura creata non creans : 현상 세계), 창조되지도, 창조도 하지 않는 자연(natura nec creata nec creans : 절대자에게 돌아가는 세계의 종말)9).

---

6) 레오나르도 보프, 김항섭 옮김, 『생태 신학』, 가톨릭출판사, 2004, 84~86쪽 참조.
7) 강영안, 『인간과 자연』, 서광사, 1995, 126쪽 참조.
8) 문순홍, 『생태학의 담론』, 아르케, 2006, 138~140쪽 참조.

이러한 생태담론 속에서 윤동주, 김종삼 두 시인은 만나고 있다. 이들은 자연을 관조의 대상으로 바라보지 않고 자신의 삶과 교통하는 관계적 존재로서 바라봄으로써 역사의 시련 속에서 내적으로, 외적으로 대응했다는 데서 공통점이 있다. 이 두 시인의 시를 통해 일제 식민지와 분단과 전쟁의 시련과 고통을 통과하며 공생의 삶을 살고자 했던 생태적 삶의 양태를 살펴보고자 한다.

2. 주체의 분열과 존재론적 동일화의 공간－윤동주의 자연관

윤동주는 1917년 만주 간도에서 태어나 1945년 29세의 나이로 일본에서 생을 마쳤다. 이 짧은 삶 속에서 윤동주는 혼종화된 주체의 모습을 하고 있다. 일제 강점기 식민지 조선인으로서의 정체성과 근대적 기독교인으로서의 정체성이 혼재돼 있는 것이다. 그는 조선인이면서 동시에 일본인이었으며 신성한 자아를 소유한 동시에 세속적 자아의 욕망을 갖고 있었다. 이처럼 주체의 분열을 가져온 것은 윤동주의 삶 속에 자리하고 있는 개인적이며 시대적인 역사성 때문이다.

윤동주가 성장한 환경은 기독교 장로의 집안이다[10]. 이 개인적 역사성 속에서 기독교적 강박이 그를 분열시키는 하나의 동인이 되고 있다. 그는 독실한 기독교인이기도 했지만 서양 문화의 세례를 받은 근대인이기도 했다. 그의 일상생활은 서양 근대인의 모습 그대로였다. 산책을 즐기며, 신간서점과 고서점을 순방하기도 하며, 음악다방에 들러 음악을 듣기도

---

9) W. Koehler, 『Dogmengeschichte』, 전준식 역 ,『현대 교의학 총설』, 마라나다, 1989, 175쪽.

10) "그의 생가는 할아버지가 손수 벌재하여 지으신 기와집이었습니다. 할아버지의 고향은 함북 회령이요 어려서 간도에 건너 가시어 손수 황무지를 개척하시고, 기독교가 도래하자 그 신자가 되시어 맏 손주를 볼지음에는 장로로 계시었습니다."(윤일주,「선백의 생애」,『하늘과 바람과 별과 시』, 정음사, 1955, 207~208쪽.).

하고, 극장에 들러 영화를 보기도 했다.[11] 그러나 그는 식민지 조선의 청년이었다. 현실은 삶을 구가하기에는 척박했고 일제의 강박적 억압은 그를 죄의식으로 내몰고 있었다. "소외된 주체로서의 윤동주는 타락되고 모순된 상황을 판단하고 비판할 수 있었던 산책자였지만, 그가 욕망한 것은 그 같은 비판의지보다는 다방의 불빛과 모던한 자유로움 자체의 욕망이었다[12]." 이처럼 그를 강박하는 기독교 사상과 윤리관과 더불어 식민지 상황은 윤동주에게 자기응시와 죄의식을 갖게 했다. 내면공간 속에 자연은 부끄러움과 뉘우침으로 표상된다.

고향에 돌아온 날 밤에
내 백골이 따라와 한방에 누웠다
어둔 방은 우주로 통하고
하늘에선가 소리처럼 바람이 불어온다

어둠 속에 곱게 풍화작용하는
백골을 들여다보며
눈물짓는 것이 내가 우는 것이냐
백골이 우는 것이냐
아름다운 혼이 우는 것이냐

지조 높은 개는
밤을 새워 어둠을 짖는다
어둠을 짖는 개는
나를 쫓는 것일게다

가자가자
쫓기우는 사람처럼 가자
백골 몰래

---

11) 정병욱, 「잊지못할 윤동주의 일들」, 김학동편, 『윤동주』, 서강대출판부, 1997, 202~205쪽.
12) 최혜실, 『한국 근대문학의 몇가지 주제』, 소명출판사, 2002, 32~49쪽.

아름다운 또 다른 고향에 가자

－「또 다른 고향」 전문

주체의 귀향은 자연 귀의처럼 읽힌다. 이때 자연은 '창조되었지만 창조하지 않는 자연'과 같다. 이 현상세계의 불모성은 당시 조선의 자연이 갖는 식민성을 그대로 드러내고 있다. 일제의 식민주의적 상징체계 속에 갇힌 주체는 조선인임에도 일본인으로 호명되어 분열된다. '백골'은 주체의 분열을 상징적으로 보여주고 있다. 이때 주체의 욕망은 서둘러 무의식 속으로 퇴각한다. 주체의 무의식적 내면 속에서 우리는 시인이 욕망하는 고향, 자연을 실감한다. '어둔 방'은 '백골'로 분열된 주체가 자기와 화해하는 공간이다. 그곳은 '창조되지 않지만 창조하는' 절대자와 교감하는 공간으로서의 자연우주이다. 절대자는 바람을 통해 주체와 소통한다. 새롭게 구성된 아름다운 고향, 자연을 예고한다. 그러나 이 아름다운 자연으로 가는 길은 뉘우침이 전제돼 있다. '풍화작용'은 주체의 뉘우침을 자연의 언어로 변주시켜 표상한 것이다. 그리고 주체와 백골과 아름다운 혼의 합일은 '울음'이라고 하는 자기화해의 과정을 통해 성취된다. 그런데 '또 다른 고향', 즉 자유 자연인 대안적 사회는 신이 존재하는 곳이 아님이 분명하다. '백골(아름다운 혼)'과 할 수 없는 지상적 공간으로 역사적 공간으로서의 실재계라 할 수 있다. 이처럼 윤동주의 시에서 자연은 내면공간으로 들어와 속죄[13]의 공간으로 자리하는데 다음 시에서도 확인할 수 있다.

발에 터부한 것을 다 빼어버리고
황혼이 호수 우로 걸어오듯이
나도 사뿐사뿐 걸어보리이까

---

13) 이때의 죄의식은 신(자연)과 분리된 상태에서 비롯된 것이라 할 수 있다(P. 틸리히, 김경수 역, 『문화의 신학』, 대한기독교서회, 1971, 152~153쪽 참조).

내사 이 호수가로
부르는 이 없이
불리워온 것은
참말 이적이외다.
오늘 따라
연정(戀情), 자홀(自惚), 시기(猜忌), 이것들이
자꼬 금메달처럼 만져지는구료

하나, 내 모든 것을 여념없이
물결에 씻어보내려니
당신은 호면(湖面)으로 나를 불러내소서

—「이적(異蹟)」전문

주체는 '호숫가에 깃드는 황혼'이라는 자연의 황홀함에 직면에 있다. 이 황홀경은 역설적으로 단말마의 고통을 연상케 한다. 인간적 삶의 내적인 성찰이 '호수'라고 하는 자연의 공간 앞에서 이루어지는 것이다. 그것이 가능한 것은 기적이면서도 기이한 것이다. 자연의 호명에 응답할 수 있는 것은 '연정, 자홀, 시기'와 같은 부끄러움의 표징들을 세욕하겠다는 주체의 의식적 행위로부터 가능하다. 이와 같은 자기응시의 자세는 주체를 자연의 일부로 객체화시킨다. 즉 '잎새에 이는 바람(「서시」에서)', '달과 구름, 하늘과 바람(「자화상」에서)'등으로 객체화 혹은 자연화시키고 있다.

주체의 내면속에 자리하는 자연은 속죄의 공간이다. 속죄는 자기응시의 과정을 통해 성취된다. 이 부끄러움과 뉘우침의 객관화 혹은 자연화는 윤동주에게 이차 자연 즉 제도화된 세상을 판단하는 동력이 된다. 다음은 윤동주가 식민지 시기 인간 공동체적 자연을 어떻게 인식했는지 잘 보여주고 있다.

살구나무 그늘로 얼굴을 가리고, 병원 뒤뜰에 누워, 젊은 여자가 흰 옷아
래로 하얀 다리를 드러내 놓고 일광욕을 한다. 한나절이 기울도록 가슴을
앓는다는 이 여자를 찾아오는 이, 나비 한 마리도 없다. 슬프지도 않은 살구
나무 가지에는 바람조차 없다.

　나도 모를 아픔을 오래 참다 처음으로 이곳에 찾아왔다. 그러나 나의 늙은
의사는 젊은이의 병을 모른다. 나한테는 병이 없다고 한다. 이 지나친 시련,
이 지나친 피로, 나는 성내서는 안 된다.

여자는 자리에서 일어나 옷깃을 여미고 화단에서 금잔화(金盞花) 한 포기
를 따 가슴에 꽂고 병실 안으로 사라진다. 나는 그 여자의 건강이--아니 내
건강도 속히 회복되기를 바라며 그가 누웠던 자리에 누워 본다.

　　　　　　　　　　　　　　　　　　　　　　　　　－「병원」전문

이 시는 앞서 언급했던 「또 다른 고향」의 이차 자연의 상징계적 현상세
계를 연상시킨다. '고향'이 '병원'으로 교체되고, '백골'이 '여자'로 대체되
고, '어둔 방'이 '살구나무 그늘'로 이동했지만 분열된 주체가 '함께 눕는
다'는 언술에서 동일한 계열체를 이루고 있다. 차이가 있다면 여자의 등
장이다. 앞서 내면 공간에서 자기응시를 통해 뉘우침의 속죄를 했다면 주
체가 내면 공간에서 나와 또 다른 주체를 응시하고 있다는 것이다. 이는
내면 공간에 들어왔던 자연을 새로운 자연 공간에 마련하고 있음을 보여
주는 것이다. 분명 주체는 고통을 감지하고 있다. 그럼에도 의사는 병을

진단하지 못하고 있다. 이는 주체가 의식적인 상징성으로는 판단할 수 없는 병을 앓고 있음을 드러내는 것이다. 주체가 겪고 있는 고통의 진원지는 상상계적이다. 그러므로 자연을 통해 감지됐던 아픔은 현실에서 드러나지 않는다. 이때 "나는 성내어서는 안된다."는 현실적 판단은 "존재치 않는 병을 더 확실히 존재케 하는 불가지적 동의의 실재를 밝힐 수 있는 커다란 증거이다."[14] 이 순간 겉으로는 아무 일도 없는 것처럼 영위되는 현실 세계가 역설적으로 더 위중한 병적 공간으로 인식되는 것이다. 그 현실적 공간에 또 다른 주체 '여자'가 존재한다. 앞서 윤동주는 내면적 주체의 분열을 괴로워했다. 이 시는 그 주체분열의 고통을 타인과 공유하고 있다는 점에서 내면적 응시의 외부 확장이라 할 수 있다. 여자는 병중에 있다. 그녀를 위해 자연은 복무하지 않는다. 살구나무는 그녀를 위해 슬퍼하지 않는다. 앞서 바람을 통해 주체와 교감했던 절대자의 선택적 행위는 이 여자에게 일어나지 않는다. 이 척박한 현실에서 주체는 의사擬似고통에 시달린다. 이 시는 이 지나친 시련과 고통이 여자와 더불어 하면서 치유되리라는 여백을 두고 있다. 그 치유의 징후를 포착한 것은 여자가 '금잔화'와 합일하는 과정을 목도하면서부터이고 주체 역시 함께 수행하는 행위에서 완성된다. 이는 자연과 합일됐던 주체가 또 다른 주체와 동일화되면서 공생적인 삶의 양태를 선택한데서 비롯된다.

이 시의 제목 「병원」은 「서시」가 완성되기 전까지 시집 『하늘과 바람과 별과 시』에 앞서 제목으로 쓰일 뻔 했다[15]. 이 선택은 사회적 의미 생산의 양태[16]라 할 수 있다. 즉 '병원'이라는 기호 작용을 부인하거나 정지하

---

14) 고석규, 「윤동주의 정신적 소묘」, 김학동편, 앞의 책, 19쪽.

15) 정병욱, 앞의 글, 208~209쪽

16) 양태modality는 리얼리티가 기호 작용semiosis을 통해 어떻게 중개되는가를 포착할 수 있는 표지이다. 즉 텍스트의 의미가 텍스트 외부 의미의 구조 안으로 조율되는 일단의 방식이다(Robert Hodge, *Literature as Discourse*, Cambridge : Polity Press, 1990, pp.9~10.).

고 '서시'의 기호적 성격을 강요하는 것이라 할 수 있다. 이러한 선택 속에서 윤동주의 자연관은 「서시」에 함축적으로 드러나고 있음을 알 수 있다.

> 죽는 날까지 하늘을 우러러
> 한 점 부끄럼이 없기를
> 잎새에 이는 바람에도
> 나는 괴로워했다
> 별을 노래하는 마음으로
> 모든 죽어가는 것들을 사랑해야지
> 그리고 나한테 주어진 길을
> 걸어가야겠다.
> 오늘 밤에도 별이 바람에 스치운다
>
> ―「서시」전문

이 시는 서학적 생태의 자연 진화과정을 잘 보여주고 있다. '죽는 날까지 하늘을 우러러/한 점 부끄럼이 없기를/잎새에 이는 바람에도 나는 괴로워했다'는 고백은 자기응시를 통한 부끄러움과 뉘우침으로서 자기 자신과의 화해를 도모하고 있다. 이 정신 생태학은 신이 주재하는 자연과 교감함으로써 이루어진다. 이 내적 동력을 가지고 주체는 '모든 죽어가는 것들을 사랑해야지'라고 의식적 발언을 한다. 이는 역사, 사회적 의식의 표출로 죽음의 운명을 함께 하는 모든 자연 구성원과 공생하고자 하는 사회 생태학적 태도이다. '그리고 나한테 주어진 길을/걸어가야겠다'는 미래지향적 의지는 아직 실현되지 않은 대안적 세계에 대한 지향이며 유토피아적 욕망이다. 그 세계는 우주의 다른 모든 존재와의 공생을 꿈꾸는 환경 생태학적 의지이며, 절대자의 창조적 심상을 포괄하는 초월적 자세[17]이기도 하

---

17) 그는 시대적 질병과 그 패소그라피pathography를 쓴 모더니스트 시인에만 그치지 않고 사회적·내면적 질병에도 불구하고 항상 초월적 구원을 꿈꾸었던 우주적 낭만성을 가진 시인으로 스스로 전환을 한 것으로 보인다(김승희, 「1/0의 존재론과 무

다. 이처럼 윤동주는 하늘(신)과 바람과 별(자연)과 시(인간)의 공생을 추구하는 존재론적 동일성의 자연관을 시 속에 펼쳐 놓았다.

3. 주체의 상실과 형식 없는 평화의 세계 – 김종삼의 자연관

김종삼은 1921년 황해도 은율에서 태어나 1953년『신세계』에 시「원정」을 발표하면서 작품 활동을 시작하여[18] 1984년 작고하기까지 4권의 엔솔로지와 3권의 개인시집, 4권의 시선집을 펴낸다. 전후에 등단한 여타 시인들처럼 그의 삶의 분수령은 분단과 전쟁이라는 한국현대사의 가장 충격적 범주에 있다. "전후세대는 불안과 위기의식을 자의식으로 갖고 거기에서 새롭게 출발하지 않으면 안되었다."[19]는 평가처럼 김종삼에게 자연의 지위는 상실된 주체와 더불어 폐허에 지나지 않는다. 전후 시인들이 전쟁의 트라우마를 안은 채 주체를 새로운 의식 속에 구축해야 했던 것처럼, 자연 역시도 새롭게 구성된 것이다.

김종삼의 시적 주체를 지배하고 있는 것은 죽음과 원죄의식이다. 전쟁의 참상은 모든 형상을 파괴하는 것으로 반미학적 폭거라 할 수 있다. 본능적으로 김종삼은 이 추악한 상태로부터 벗어나기 위해 극단적인 아름다움을 추구한다. 이는 주체의 상실을 보전하려는 내적 몸부림이라 할 수 있다. 이와 병행하여 자연 역시도 전쟁 이전의 폐쇄적인 공간에서 탈피하여 열린 공간으로 재구된다. 이 존재론적 변화의 과정에 서학적 보편주의가 작동하는 양상을 살펴보고자 한다.

의식의 의미작용-새로 쓰는 윤동주론」, 김학동편, 앞의 책, 64쪽).
18) 신철규의 주장에 따라 등단작 문제는 검토가 필요함. 1953년 5월호『신세계』는 존재하지 않음(신철규, 「김종삼 시의 원전비평의 과제-등단작에 대한 검토와 발굴작「책 파는 소녀」를 중심으로」, 『국제어문』 60집, 2014, 93~118쪽.).
19) 전기철, 『한국 전후 문예비평 연구』, 도서출판서울, 1994, 12쪽.

안쪽과 주위라면 아무런
기척이 없고 무변하였다.
안쪽 흙 바닥에는
떡갈나무 잎사귀들의 언저리와 뿌룽드 빛깔의 과실들이 평탄하게
가득 차 있었다.
몇 개째를 집어 보아도 놓였던 자리가
썩어 있지 않으면 벌레가 먹고 있었다.
그렇지 않은 것도 집기만 하면 썩어 갔다.

거기를 지킨다는 사람이 들어와
내가 하려던 말을 빼앗듯이 말했다.

당신 아닌 사람이 집으면 그럴 리가 없다고−

−「원정」에서

　이 시는 주체와 자연의 파탄관계를 보여주고 있다. 풍요와 생명의 기운
으로 가득차 있던 자연은 주체의 손길이 닿자 순식간에 그 생명력을 상실
하고 부패한다. 나아가 주체의 의지만 감지돼도 자연은 죽음의 나락으로
떨어진다. 이 관계의 파탄은 신과 인간의 계약 파기와 병행되어 주체의
원죄의식을 감지하게 한다. 죽음을 불러오는 삶의 여정은 고통이 아닐 수
없다. 이 극도의 주체 상실감은 전쟁이 가져온 외상적 상처의 깊이를 가
늠하게 한다. "당신 아닌 사람이 집으면 그럴 리가 없다"는 피학적 자기혐
오에서 그 정도가 드러난다. 그리고 그 상태는 '죽어서도/영혼이/없으리
(「라산스카」)'라고 가혹한 자기부정, 자기형벌에 이르게 한다. 이는 인간
상호간에 벌어졌던 평화적 관계의 파기라는 실낙원의 서사가 전쟁을 통
해 재현되었음을 표징하는 것이다.

1947년 봄
심야
황해도 해주의 바다
이남과 이북의 경계선 용당포

사공은 조심 조심 노를 저어가고 있었다.
울음을 터뜨린 한 영아를 삼킨 곳.
스무 몇 해나 지나서도 누구나 그 수심을 모른다.

—「민간인」 전문

'황해도 해주의 바다'는 역사적이며 실재적인 바다처럼 드러나지만 주체에게는 영아의 주검을 담지한 공포의 바다로 무의식 속에 잠재돼 있다. 타인의 생명을 담보로 나의 생명을 보전했던 수인적獸人的 간의 행태 때문에 이남과 이북의 경계는 실존적 사선死線이기도 하지만 존재론적 가름이기도 하다. 그러므로 그 경계를 넘는 순간 인간이 낙원으로부터 추방되었듯이 주체 역시 현실공간으로부터 자폐되어 또 다른 공간에 스스로를 위치시킨다. 그 공간은 죽음이 예정된 공간이다. 즉 창조되지도 않았으며 창조하지도 않는, 절대자에게 돌아가는 종말의 자연공간이다. 그러므로 그 자연은 다음과 같이 김종삼의 시에서 환상적인 세계로 등장한다.

오라토리오 떠 오를 때면 영원한 동안 된다.
목초를 뜯는
몇 마리 양과
천공의
최고의 성
바라보는 동안 된다.

—「헨쎌라 그레텔」 전문

물
닿은 곳
신고(神羔)의
구름밑

그늘이 앉고
향연한
옛
G · 마이나

-「G · 마이나-전봉래형에게」 전문

이 두 편의 시가 펼치는 자연은 천상세계이다. '목초를 뜯는 양'과 '신고'는 낙원의 모습을 그대로 보여주고 있다. 그러나 그 세계는 현실에 없는 자연공간이다. 그곳을 실감할 수 있는 것은 '음악'을 통해서 뿐이다. 성경의 장면을 음악화한 오라토리오를 통해 주체는 비로소 전쟁으로 피폐한 영혼에 안식을 찾을 수 있다. 음악은 '물'처럼 주체를 정화하여 새롭게 갱신시키는 작용을 한다. 전봉래는 전봉건의 형으로 요절하였다. 김종삼은 전봉래의 죽음을 음악의 단조에 실어 자신도 함께 그가 간 천상의 세계로 입장하는 것이다. 그러다 그곳은 여지없이 죽음이라는 종말이 개입돼 있다. 그렇기 때문에 김종삼의 시에서 상실된 주체는 환상적인 자연 속에서 구원을 얻을 밖에 없는 한계를 지닌다. 이 결핍적 상황 즉 억압된 욕망을 해소하는 유토피아 장소로 김종삼은 또 다른 자연을 구축한다. 그것은 다음과 같이 타자와 함께 하는 평화의 세계다.

노랑나비야
메리야
한결같이 아름다운 자연 속에
한결같이 마음이 고운 이들이

산다는 곳을
노랑나비야
메리야
너는 아느냐

─「앤니로리」전문

물먹는 소 목덜미에
할머니 손이 얹혀졌다.
이 하루도
함께 지났다고,
서로 발잔등이 부었다고,
서로 적막하다고,

─「묵화」전문

김종삼은 이 시에 이르러 상실된 주체의 치유와 구원을 이룬다. 그 주체 회복의 핵심은 아름다운 자연을 발견함으로써 비롯된다. 그 자연은 창조된 것이고 아직도 창조되고 있는 이데아적 세계이며 창조되었지만 창조성을 상실한 현상세계를 대체할 공간이다. 또한 그 자연은 종말적 자연과 구분되는 지상적 차원의 세계로서 전쟁의 고통을 극복한 대안적 자연, 즉 자유 자연이다. 그리고 아직도 실행 중에 있는 생태적 자연이다. 그곳은 '한결같이 마음이 고운 이들이' 사는 곳이며 인간과 짐승이 차이를 극복하고 서로 교감하는 평화의 세계이다. 이는 성 프란치스코가 모든 피조물과 심오한 감정이입을 가졌던 것과 유사하다[20]. 그처럼 김종삼은 사물의 마음을 느끼고 그 존재론적 전언을 해독해 내며 우리 인간이 사물과 절대자의 마음과 맺고 있는 연계를 느낄 줄 안다.

이처럼 김종삼이 추구하는 자연은 원죄의식에서 출발한 죄의식을 극복하고 예술적 아름다움의 구경을 통해 치유되고 타자의 인식을 통해 구

---

20) 소기석, 『현대 환경윤리에 대한 종교학적 연구』, 한국학술정보, 2005, 107쪽.

원에 이르는 평화로운 공간이다. 그 곳은 신과 인간과 자연이 함께 공존하는, 형식이 없는 공생의 자연이다.

4. 맺음말

종래 한국 현대시에서 기독교를 주제로 탐색한 논의는 주체의 개인적 종교성에 치우쳐 있었다. 그런 측면에서 '기독교'라는 종교성을 담보하면서도 실재와 역사를 함께 담보할 수 있는 용어로 '서학'을 사용하였다. '서학'이라는 용어가 16세기 이후 개화기에 이르기까지 국한된 것으로 인식됐다는 점에서 윤동주와 김종삼의 시에 적용하는 데 이론이 있을 수 있다. 그러나 다산 정약용이 서학을 관념적으로 수용하지 않고 현실의 갱신이라는 측면에서 융합한 것을 생각하면 한국 현대시의 자연 속에 펼쳐진 구경은 서학의 측면에서 '기독교적인 종교적 관념성'에 머물고 마는 것은 아니다. 즉 다산이 단순히 서학을 천주교로서 인식한 것만은 아니기 때문이다. 거기에는 형이상학적 세계와 더불어 인간관과 이용후생적 측면이 함께 포함돼 있는 것이다.[21] 그런 측면에서 '서학적'이라 한 것은 서양의 근대성을 그대로 수수한 것이 아니라 우리 현실의 역사성 속에서 새롭게 갱신된 의미라 할 수 있다.

윤동주와 김종삼의 시에서 추출한 주체와 자연의 동일성과 평화적 관계는 전통적 자연관과 그렇게 동떨어진 것은 아니다. 즉 동일성의 추구라는 측면에서 전통적 자연관이 펼치는 종교적 성격과 서학적 자연관은 일맥상통한다. 차이가 있다면 전통적 자연관 속에서 인간과 자연의 관계는 포함적이다. 자연이라고 하는 보다 큰 범주에 인간이 객관화되는 것이다.

---

21) 정두희, 「다산과 서학에 대한 여러 가지 관점들」, 『다산 사상속의 서학적 지평』, 서강대출판부, 2004, 1~35쪽 참조.

이에 비해 서학적 자연관 속에서 인간과 자연은 등가적이다. 인간도 자연도 살아있는 생물로서 차이 없이 서로의 공간 속에서 자유롭게 변주된다. 더불어 평화의 상태는 전통적 자연관 속에서 조화로운 관계로 설정된다. 이에 비해 서학적 자연관 속에서는 각각의 특수성을 간직한 채 보편성을 지향하고 있다. 타자의 수용이라는 측면에서 조화는 주체의 유보를 전제로 하지만 평화는 주체의 적극적 개입을 요구한다.

이처럼 윤동주와 김종삼의 시를 통해 본 한국 현대시에 나타난 자연은 주체의 분열과 상실을 딛고 새롭게 구성된 세계이다. 그 자연은 서양 근대가 구축한 세계를 그대로 대입해서는 온전히 드러나지 않는 한국적 공간이다. 즉 일제 식민지와 분단과 전쟁을 거친 특수한 자연이다. 그 공간에서 시적 주체는 자기 응시라는 내면적 성찰을 동력으로 현실 세계의 고통을 극복하고자 대안적 자연을 제시하였다. 그 자연은 차이와 분별이 없는 생태적 공간으로서 한국인의 무의식 속에 자리하고 있는 유토피아적 욕망이 구현된 자연이라 할 수 있다. 그곳은 일면 종교적이기도 하며 일면 (탈)근대적이기도 하다.

참고문헌

권명옥 엮음,『김종삼 전집』, 나남출판, 2005.

홍장학 엮음,『윤동주 전집』, 문학과지성사, 2004.

강영안,『인간과 자연』, 서광사, 1995.

김승희,「1/0의 존재론과 무의식의 의미작용-새로 쓰는 윤동주론」, 김학
　　　동편,『윤동주』, 서강대출판부, 1997.

김학동,『한국개화기시가연구』, 시문학사, 1990.

고부응,『동서양 문학에 나타난 자연관』, 보고사, 2005.

고석규,「윤동주의 정신적 소묘」, 김학동편,『윤동주』. 서강대출판부, 1997.

문순홍,『생태학의 담론』, 아르케, 2006.

소기석,『현대 환경윤리에 대한 종교학적 연구』, 한국학술정보, 2005.

신규호, "한국기독교시가연구-장르론을 중심으로-", 단국대 박사학위논문,
　　　1992.

신철규,「김종삼 시의 원전비평의 과제-등단작에 대한 검토와 발굴작
　　　「책파는소녀」를 중심으로」,『국제어문』60집, 2014.

윤일주,「선백의 생애」,『하늘과 바람과 별과 시』, 정음사, 1955.

전기철,『한국 전후 문예비평 연구』, 도서출판서울, 1994.

정두희,「다산과 서학에 대한 여러 가지 관점들」,『다산 사상속의 서학적
　　　지평』, 서강대출판부, 2004.

정병욱,「잊지못할 윤동주의 일들」, 김학동편,『윤동주』, 서강대출판부, 1997.

최혜실,『한국 근대문학의 몇가지 주제』, 소명출판사, 2002.

레오나르도 보프, 김항섭 옮김,『생태 신학』, 가톨릭출판사, 2004.

머레이 북치, 문순홍 옮김,『사회 생태론의 철학』, 솔, 1997.

제이 맥다니엘,「에덴 동산, 타락, 그리고 그리스도 안에서의 삶 : 생태학
　　　에 대한 기독교적 접근」,『세계관과 생태학』, 민들레책방, 2003.

P. 틸리히, 김경수 역, 『문화의 신학』, 대한기독교서회, 1971.

Koehler,W., *Dogmengeschichte*, 전준식 역, 『현대 교의학 총설』, 마라나다, 1989.

Hodge, Robert, *Literature as Discourse*, Cambridge : Polity Press, 1990.

II. 한국 리얼리즘시에 나타난 강江의 역사성과
　　시적주체의 민중성

1. 머리말

　연구의 목적은 한국 리얼리즘시에 나타난 공간의 역사성과 시적 주체의 민중성을 살피는 데 있다. 동시에 리얼리즘시에 대한 신비평의 형식주의적 분석과 반영이론적 마르크스주의 비평의 기존 한계를 극복하는 데있다. 리얼리즘시 연구에 있어서 공간의 문제는 부차적인 지위로 밀려나있었고, 궁극적으로 시간에 대립하며 어느 쪽에도 치우치지 않는 균형과 중립의 영역으로 인식되었다. 그러나 공간은 사회적으로 생산되는 것이며, 비활성적인 것도 정태적인 것도 아니며 오히려 사회적 관계들로 구성되어 있다.[1] 이러한 측면에서 신동엽의 『금강』 · 신경림의 『남한강』 · 김용택의 『섬진강』을 대상으로 변별적인 공간의 역사적 단계가 생산해내고 있는 공간성의 변별적 형식과 그 공간성의 개별적 형식이 재현하는 미학적이며 특수한 체계의 형성과정을 살펴보고자 한다.

　더불어 다루려는 시적 주체의 문제는 개인적 경험, 역사, 그리고 사회적변화 사이에서 빚어지는 복잡한 관계 또는 매개를 어떻게 접합시켜나갈것인가 하는 것이다. 다시 말해 역사적 동력과 개인적 행위주체의 관계를

---

[1] 푸코는 베르그송이후 공간은 죽은 것, 고정된 것, 비변증법적인 것, 정지된 것으로 간주되었고, 반면에 시간은 풍요로움, 비옥함, 생생함, 변증법적인 것으로 간주되었다고 말한다(에드워드 소자, 이무용외 옮김, 『비판과 비판 사회이론』, 시각과 언어, 1997).

따지는 것이다. 첫째, 과거에 대한 주체의 관계는 개별적 주체와 고립된 문화적 산물 사이의 관계라기보다는 비개별적이고 집단적인 과정을 위한 매개로서 작용하는 것으로 보고자 한다. 둘째, 주체가 겪는 삶의 형식 문제이다. 역사가 현재 과거의 위기를 내재하는 것이고 이런 내재는 과거가 그 자체로 재정초의 과정에서 동인이 된다는 것과 우리 자신의 삶을 의문시하도록 하는 전혀 다른 삶의 형식으로서 우리 앞에 현신하게 되는 과정을 살펴볼 것이다. 셋째, 생산양식의 문제이다. 생산양식은 과거뿐만 아니라 미래를 함축하고 있기 때문에 유토피아 충동과 접합되는 것이다. 그러므로 미래에 대한 급진적이고 유토피아적 이해의 이념을 생생하게 유지시키는 조건에서 주체의 의식을 분석할 것이다.2) 이와 같이 설정하고 있는 문제의식은 이데올로기, 무의식과 욕망, 재현과 역사, 그리고 문화적 생산에 대한 문제 설정을 재구성하는 것이다. 그래서 텍스트의 인과적 결정성보다는 가능성의 조건을 그대로 드러내고자 한다.

신동엽의 『금강』과 신경림의 『남한강』 그리고 김용택의 『섬진강』을 대상으로 하는 것은 이들 텍스트가 갖고 있는 해석적 코드 변환의 개방성 때문이다. 그동안 한국 리얼리즘시의 해석 지평은 단절적이며 정태적이었다. 통시적으로는 1930년대 카프 문학과 해방기 좌익문학 1980년대 노동문학이 전면적 통시성을 확보하지 못하여 역사성을 상실하였다. 공시적으로는 역설적으로 역사적 단계의 특수성을 무시한 채 전형성의 무리한 대입으로 해석 지평의 협소화를 초래했다. 그런 측면에서 앞의 텍스트는 강江이라고 하는 동일한 시적 이미지를 공유하면서도 각 역사단계 마다 변별적 차이를 보임으로써 시적 주체의 역동성을 원활하게 추적할 수 있는 장점이 있다.

연구의 내용은 공간이 갖는 역사성을 재구성하여 유형화하고 시적 주

---

2) 숀 호머, 이택광 역,『프레드릭 제임슨』, 문화과학사, 2002, 81~82쪽.

체의 변별적 성격을 추출하는 것으로 압축할 수 있다. 이러한 내용은 개별적인 현상의 유형화에 그치는 것이 아니라 텍스트와 사회와 역사가 상호 작용하여 생산되는 총체성을 추구하는 것이다.

2. 기존논의 검토 및 문제 제기

신동엽의 『금강』· 신경림의 『남한강』· 김용택의 『섬진강』을 한 범주로 묶어 논의한 연구는 없다. 그것은 그동안 리얼리즘시의 연구가 하나의 키워드를 가지고 시학적 측면을 제고하지 않았다는 반증이라 할 수 있다. 개별 텍스트에 대한 기존 논의를 살펴보면 다음과 같다.

『금강』의 경우 김우창, 김재홍, 민병욱, 염무웅, 조태일3) 등이 언급을 하였는데, 신동엽을 60년대를 대표하는 참여 시인으로서 부각시키는 가운데 서사성에 주목하고 있다. 본 연구 방향과 관련하여 조태일4)은 인간성 복원의 신동엽 시세계가 현대문명의 소외현상의 해결책으로 대지의 생명력에 주목한 점을 높이 평가하고 있다. 이가림5)은 신동엽 시세계의 중심을 시원적 세계와의 만남에의 갈증을 비극적 역사의 상황에 대비함으로써 획득하는 복합적 의미에 두고 있다. 조남익6)은 신동엽의 시가 아시아적 기질의 에스프리이며 서구적인 문명과 그 병리에 대한 초혼의 절박한 호소라 말한다. 서익환7)은 신동엽의 시가 역사와 문명이 안고 있는

---

3) 김우창, 「신동엽의 「금강」에 대하여」, 『창작과 비평』 본론, 1968, 105~116쪽.
　김재홍, 『현대시와 역사의식』, 인하대학교출판부, 1988.
　민병욱, 『한국 서사시의 비평적 고찰』, 지평, 1989.
　염무웅, 「서사시의 가능성과 문제점」, 김윤수 외 편, 『한국문학의 현단계』, 창작과 비평사, 1982.
　조태일, 「신동엽론」, 『창작과 비평』, 가을호, 1973, 755~775쪽.
4) 조태일, 「신동엽론」, 구중서편, 『신동엽』, 온누리, 1983.
5) 이가림, 「만남과 동정」, 위의 책.
6) 조남익, 「신동엽론」, 위의 책.

구조적 모순을 치유하고 개혁하려는 강한 의지를 시정신 속에 담고 있다고 파악하였다. 김종철[8]은 제3세계 민중의 공동운명을 직시한 신동엽의 인류학적 관심을 높이 평가했으며, 박지영[9]은 종속적 문화의식 속에서 신동엽 시의 가치에 대해 주목하였다. 여기에서 부각되는 것은 제3세계 문학론의 차원에서 신동엽의 시를 바라보고 있는 점이다. 특히 백낙청과 김영무[10] 등의 논의는 신동엽 시 해석의 새로운 지평을 확대하는 기점이 되었다고 할 것이다.

『남한강』의 경우, 신경림 문학의 2기로서 민중의 억압적 현실을 부각시켰다는 데 초점이 맞춰졌으며, 형식적으로는 서사적 장르의 특질과 민요적 문체에 대해 연구가 수행되었다. 염무웅[11]은 새로운 서사적 양식의 모색을, 유종호[12]는 민요시의 문체가 구전적 전통의 수용으로 이해하고 민중시의 문체적 형식적 방법론의 모색임을 주목했다. 윤영천, 민병욱[13]은 농민공동체의 실현이라는 측면에서 텍스트를 바라보고 민중적인 서사구조와 시사적 의미를 언급했다. 이들 논의는 아직 끝나지 않은 신경림 문학의 연속선 상에서 텍스트를 바라보았기 때문에 『남한강』이 지니는 역사성을 제대로 파악하기 힘들었다. 이런 측면에서 이건청[14]의 생태학

---

7) 서익환, 「신동엽의 시와 휴머니즘」, 『현대시학』3, 1991, 364~378쪽.
8) 김종철, 「신동엽론; 민족·민중시와 도가적 상상력」, 『창작과 비평』 봄호, 1989, 93~112쪽.
9) 박지영, 「유기체적 세계관과 유토피아 의식」, 민족문화사연구편, 『1960년대 문학 연구』 깊은샘,1998.
10) 김영무, 「문학의 '제3세계성'에 대하여」, 『시의 언어와 삶의 언어』, 창작과 비평사, 1990.
   백낙청, 「제3세계와 민중문학」, 『창작과 비평』 가을호, 1979, 43~79쪽.
11) 염무웅, 앞의 글.
12) 유종호, 「슬픔의 사회적 차원」, 『동시대의 시와 진실』, 민음사, 1982.
13) 윤영천, 「농민공동체 실현의 꿈과 좌절」, 구중서외 편, 『신경림 문학의 세계』, 창 작과 비평사, 1995.
   민병욱, 「신경림의 『남한강』 혹은 삶과 세계의 서사적 탐색」, 『시와 시학』 봄호, 1993, 120~132쪽.

적 논의와 장시기15)의 탈중심주의적 접근은 본 연구와 맥을 함께 하는 논의라 할 수 있다.

『섬진강』의 경우, 김용택이 갖고 있는 낭만적 열정과 농촌현실의 시적 형상화에 초점이 맞추어졌다. 반경환, 정효구16) 등의 논의가 여기에 해당한다. 그러나 아직 일천한 김용택 시인의 시력 때문에『섬진강』의 본질은 제대로 평가되지 못하고 있는 점이 있다.

기존 논의에서 '강'의 공간성은 단순히 자연의 관조적 요소로만 이해되고 있다. 이는 강이 포괄하고 있는 역사적 이미지를 간과하고 있는 것이라 하겠다. 그러므로 금강과 남한강과 섬진강의 역사적 공간화는 연구의 한 축이 될 것이다. 아울러 하나의 또 다른 축이 될 시적 주체의 문제는 '민중'이라는 모호한 개념 속에 반복적으로 재생산되고 있는 느낌이다. 민중이 역사의 주체임을 감지하고는 있지만 영웅적인 인물형에 지나지 않는다. 그러므로 시적 주체가 갖고 있는 관념적인 전형성을 해체하고 역사 속에 생물로 존재하는 소박한 민중의 성격을 규명하고자 한다.

3. 해석의 지평

프레드릭 제임슨이『정치적 무의식』17)에서 설정하고·있는 일련의 해석적 지평을 기본 토대로 하여 다음과 같이 텍스트, 담론, 역사의 층위를 따라 전개하려고 한다.

---

14) 이건청, 「시적 진실로서의 환경오염과 생태 파괴」, 『현대시학』8, 1992.

15) 장시기, 「중심화와 탈중심화」, 『현대시』8, 1996.

16) 반경환, 「원형상징의 꿈」, 『시와 시인』, 문학과 지성사, 1992.
　정효구, 「농촌시의 성과와 한계」, 『상상력의 모험』, 민음사, 1992.

17) Fredric Jameson, *The political Unconscious : Narrative as a Socially Symbolic Act*, New York, Cornell University press, 1981.

3.1. 텍스트

『금강』·『남한강』·『섬진강』의 개별 텍스트가 갖고 있는 서사적 형식 구조는 레비-스트로스가 상징적 행위라고 했던 것으로서 실재 모순의 상상적 해결책으로 이해될 수 있다.[18] 다시 말해 위 개별 텍스트는 우리 사회가 당면한 딜레마를 극적으로 드러내 보이고 있을 뿐만 아니라 실재 그 자체의 현재 상황을 보여주는 것이기도 하다. 이처럼 개별 텍스트의 서사적 구조는 헤겔[19]과 루카치[20]가 언급했듯이 역사성을 획득하기위한 장르 선택이라 할 수 있다. 즉 역사와의 관련 속에서 개인과 집단, 주체와 객체를 총체적으로 인식하고자 하는 의식이 개별 텍스트에 작용하고 있음을 보게 된다. 그러므로 연구 대상 텍스트는 서정시와 변별되는 형식으로서만 존재하는 것이 아니라 그것에 선행하는 구체적인 이야기로서 현실적으로 세계를 인식하고자 하는 형식이라 할 수 있다. 이러한 텍스트의 형식적 구조가 어떻게 '강'의 공간성과 시적 주체의 민중성에 상호 교환되는지 살펴볼 것이다.

3.2. 담론

해석의 두 번째 지평으로 텍스트 그 자체를 넘어 계급 담론의 층위에서 살펴보고자 한다. 이러한 차원에서 연구 대상은 텍스트 속의 '이념소 ideologeme'이다. 이념소는 사회적 계급 속에 내재하고 있는 본질적으로 서로 적대적인 집단 담론간의 최소 이해 단위[21]로서 이데올로기적 슬로건

---

18) 레비-스트로스가 『The Structural Study of Myth』에서 제시한 해석원리는 "개별 서사, 혹은 개별 형식구조가 실재 모순의 상상적 해결로서 이해된다는 것이 다."(Fredric Jameson, *Op.cit.*, p.77.).
19) G.W.F. 헤겔, 두행숙 역, 『헤겔미학Ⅲ』, 나남출판사, 1996, 523~535쪽 참조.
20) 루카치, 반성완 역, 『루카치의 소설이론』, 심설당, 1998, 59쪽.

일 뿐만 아니라 본질적으로 텍스트의 형식과 관계가 있다. 이처럼 연구 대상 텍스트는 계급담론을 강조함으로써 헤게모니 담론에 독자가 귀를 기울이도록 할 뿐만 아니라 지배 담론들에 대립하고 지배받음으로써 침묵을 강요받고 억압당하는 목소리의 복원을 시도하고 있다.

3.3. 역사

세 번째 층위에서 대상 텍스트를 전체로서의 역사에 위치시키고자 한다. 각 텍스트들의 배경이 되고 있는 도식적이고 기계적인 역사적 단계들은 문화 지배소와 해당 생산양식에 특수한 이데올로기 형식을 수반하고 있다. 즉『금강』의 식민지배 단계와『남한강』의 근대화 단계『섬진강』의 산업자본주의 단계는 각각 식민주의와 근대주의 그리고 자본주의의 특수한 이데올로기 형식을 수반하고 있다. 그러나 이러한 형식이 공시적 체제에서만 머무는 것은 아니다. 이것은 복합적으로 각 텍스트에 내재되어 통시성을 구성하기도 한다.

다만 이러한 개별 이데올로기 형식 체제는 개별적 텍스트들의 특수성에 주목하도록 해주며 또한 생산양식을 통해 공시적 분석을 수행하도록 해준다. 동시에 미리 존재하는 역사 범주 속으로 텍스트를 단순하게 집어 넣기만 하는 것이 아니라 과정의 각 단계에 따라 모순의 특수한 형식을 증명하도록 할 것이다.

이러한 텍스트 읽기를 통해 억압된 역사적 의식성의 광경을 드러내고자 한다. 이는 텍스트 속에 시적 주체로 등장하는 인물들이 공허한 민중이 아니라 인간 현존의 흔적으로 충만한 인간 상징임을 보이고자 하는 것이다.

---

21) Fredric Jameson, *Op.cit.*, p.76.

4. 신동엽의 『금강』과 탈식민주의

4.1. 종착지, '반도'라는 텍스트

『금강』은 동학혁명을 주된 내용으로 하고 있다. 서화와 후화를 포함 총 30장으로 구성되어 있는 이 텍스트는 동학혁명을 3·1운동과 4·19혁명과 연결시켜 제국주의를 오늘의 문제로 환원시키고 있다. 에드워드 사이드에 따르면[22] 제국주의는 한 나라가 다른 나라에 대해 정치적 주권을 행사하는 공식적 및 비공식적 관계를 의미한다. 이와 같은 관계는 무력과 정치적 협상에 따라 또는 경제적 사회적 문화적 의존으로 이루어진다. 제국주의는 필연적으로 식민주의를 배태하였고 제국주의가 종말을 고한 오늘날에도 그 식민주의의 잔재는 남아 반복되는 문제를 발생시키고 있다. 문제의 핵심에 자리하고 있는 것이 의식과 행동의 식민성이다. 즉 주체는 끊임없이 외세와 비교해서 스스로를 주변부에 놓으려는 외세중심적인 문화담론에 억압되어 있다.

한국은 동서양에서 시간이 정지된 은둔지로서 상상되었다. 목가적인 낙원이다. 인간 역사를 마감하고 천상의 경지에서 새로운 역사를 시작하는 영웅적 인물인 불로장생不老長生하는 신선이 살고 있는 유토피아다. 그러므로 동학의 신화적 서사는 한국인의 의식을 형성하는 기본 서사로 해석될 수 있다. 이러한 사유는 『금강』텍스트 속에서 '반도'의 이미지 속에 반영되어 있다.

> 半島는,
> 평등한 勞動과 평등한 分配,

---

22) 에드워드 사이드, 김성곤·정정호 역, 『문화와 제국주의』, 도서출판 창, 1995, 55~56쪽.

능력에 따라 일하고
필요에 따라 分配,
그 위에 百姓들의
祝祭가 자라났다.

-〈제6장〉에서

반도가 갖고 있는 이러한 신화적 이미지와 상징은 역설적으로 오랜 역사를 통해 모욕당하고 더럽혀진 신실한 믿음과 영원한 가치를 반영하고 있다. 그 가치를 텍스트 층위에서 반영하고 있는 것이 동학혁명이며, 3·1운동이고 4·19혁명이다. 그러나 이러한 가치 또한 민족주의를 내장하고 있는 국가적이고 정신적인 통일성의 추구에 지나지 않는다. 평등한 분배의 축제는 환상적인 집단적 나르시시즘에 불과하기 때문이다. 우리가 스스로 우리가 처한 고립된 공간을 인식할 때, 나아가 제국주의가 그러한 의식을 강요하고 고착시킬 때 '반도'라고 하는 이 지리적 주변성liminality은 한국의 사회적이고 정치적인 고립을 전형화 한다. 그러기에 한국의 집단적 이데올로기로서 반도에서 꿈꿔왔던 세계는 위기에 처하고 신화적 풍경 속에 가려진 생활의 파편들이 명확히 드러난다.

半島는,
가는 곳마다
가뭄과 굶주림,
땅이 갈라지고 書堂이 금갔다.
하늘과 땅을
후비는 흙먼지

-「제1장」에서

이 위기를 무마하는 것이 유교적 엄숙주의의 수사학이다. 전통과 집단을 우선시하며 대의를 위해 개인이 소멸해 가는 이 일치의 이데올로기를 통해 나르시시즘적인 집단적 자살을 강요하고 있다. 그것은 현실에 안주하게 하는 동력이 되는 것이다. 동학혁명과 4·19혁명의 좌절과 실패는 그러므로 식민지적 주변성의 필연적 결과라 할 수 있다.

> 오늘의 하늘 아래
> 半島에 도사리고 있는
> 큰 마리낙지, 작은 마리낙지
> 새끼 거머리들이여.

> — 「제6장」에서

우리 문화를 형성하는 무의식 속에 이데올로기로서의 공간적 욕망이 있다면 고립된 반도로부터의 탈출이다. 그러나 위 시에서처럼 반도에 고착하려는 사유체계는 항상 내부적 분열을 낳게 된다. 그래서 그 고착세력은 쉽사리 외세와 결탁하여 민중과 대척점에 서게 된다. 그러한 측면에서 『금강』은 '반도'라는 텍스트 속에 갇힌 민중들의 탈주하려는 무의식적 욕망을 지속적으로 표출하고 있다. 『금강』은 외세가 수없이 반도를 침탈하였음을 기록하고 있다. 그래서 침탈의 횟수와 강도가 빈번해지고 강하면 강할수록 반도의 주변성이 강화됨을 드러내고 있다. '반도'는 우리가 먼 대륙에서 떠난 이후 나아갈 곳이 막혀버린 종착지이다. 결코 금수강산의 유토피아적 영원성의 숭고한 공간이 아니다. 그러므로 우리가 고수하고 있는 자기 순결의 영원한 가치는 오래전 반도에 종착한 민중의 무의식적 욕망과는 거리가 있는 것이다. 그리고 역설적으로 무의식적 욕망을 의식화시키는 것이 외세라는 사실이, 근세에 들어 일본 제국주의가 그러한 욕망을 자극했다는 것이 문제인 것이다. 외세는 반도를 고립된 공간으로 여긴 것이 아니라 새로운 세계로 진출하는 교두보로 여겼기 때문에 우리가 제국주의와 대결하면 할수록 반도라는 주변성에 고립되는 모순을 안게 된다. 결국 『금강』은 좁은 한반도에서 탈출하려는 민중의 집단적인 지정학적 욕망을 주체적으로 표출하지 못한 우리의 식민지적 주변성을 담고 있는 텍스트라 할 수 있다.

4.2. 경작인의 담론

『금강』에는 역사적 단계로서 두 가지 양상의 식민주의를 배경으로 하고 있다. 압둘 잰모하메드가 언급했듯이 첫째는 '지배적dominannt'인 시기이고, 둘째는 '헤게모니적hegemonic'시기이다.[23] 지배적 시기는 식민지화된 순간부터 독립을 얻는 순간까지를 의미한다. 이 시기는 지배자들이 식민지인에게 우월한 군사력으로 직접적이고 지속적으로 식민지인을 억압하여 순응하게 만든다. 반면에 헤게모니적 시대 또는 신식민주의 시대에는 전前지배자들이 전식민지인들에 대해 간헐적인 조정을 시행하며 지배적 시기의 가치관, 교육제도, 관료체제, 생산양식까지 능동적으로 받아들이게 한다. 이때 제국의 군사적 힘은 보이지 않는 위협으로 존재한다. 그러한 과정에서 전식민지인들은 제국의 문화를 국제화시키고 자신들도 국제화되었다고 생각하게 된다.

『금강』에서 식민주의의 지배적 시기는 일제강점기이다. 일본은 아시아와 서구의 존재론적, 인식론적 구별에 기초를 둔 사고양식을 그대로 한국에 적용함으로써 스스로 아시아를 대표하는 지배적 헤게모니를 획득한다. 문명의 우두머리로서 경계 밖에 존재하고 있는 한국에 대해 지배의 정당성을 강화한다.[24] 『금강』에서는 이러한 일본의 변형된 오리엔탈리즘적 제국주의에 대응하는 탈식민주의적 정신으로 동학의 민족공동체적 정신을 부각시킨다.

---

23) Abdul JanMohamed, "The Economy of Manichean Allegory : The Function of Racial in Colonialist Literature", *Critical inquiry* 12, 1985, pp.61~62.
24) 강상중, 이경덕·임성모 역, 『오리엔탈리즘을 넘어서』, 이산, 2004, 89쪽 참조.

이러한 식민주의의 지배적 시기를 마감하고도 제국주의적 헤게모니는 유지된다. 『금강』은 그러한 역사적 상황을 1945년에서 1960년 4·19혁명까지 시기에 맞추고 있다. 일제의 식민통치에서 해방된 후 남한에서 성립된 이승만 정권은 표면적으로는 반일주의를 내세웠지만 조선총독부의 조선인 관리와 일제시대의 경찰을 그대로 두는 등, 정계는 물론이고 문화·교육계에서도 친일 세력은 잔존한 상태였다. 이러한 식민주의의 헤게모니에 대응하는 탈식민주의적 정신으로 『금강』에서는 4·19의 혁명정신이 부각되고 있다.

그러나 시적 주체에게 동학혁명과 4·19혁명은 재현불가능한 역사로서 실패와 좌절이라는 역사의 악몽일 뿐이다. 동학이 꿈꾸었던 신화적 이상理想사회, 즉 지배와 피지배의 모순적 관계에서 오는 생산양식의 왜곡을 제거하고 평등한 공동체 사회를 건설하려는 역사적 시도는 실패하고 만다. 마찬가지 차원에서 4·19혁명 역시 민중의 의지와는 상관없이 좌절되는 것이 『금강』에 인입된 역사의 내용이다.

그런 측면에서 수운의 득도(제1장)와 수운의 순교(제4장), 전봉준의 등장(제12장), 동학의 교조신원운동(14장), 전라도 지역의 농민반란(제15장), 갑오농민전쟁의 발발(제17장), 청나라와 일본의 개입(제18장), 우금치 전투 패배(제20장), 혁명의 실패(제21장), 전봉준의 죽음(제23장)에 이르는 장엄한 서사의 흐름은 정치적 무의식을 내재하고 있다.

그러한 무의식의 핵심에는 역사의 순간 순간마다 외세에 의해 침탈당하고 훼손당했던 민중의 상처가 자리하고 있다. 그것은 일종의 집단적 트라우마Trauma로서 사회적인 상징적 행위로 전개된다. 『금강』에서 민중의 무의식 속에 자리하고 있는 욕망은 분명 외세의 극복이다. 외세 혹은 외세를 배경으로 하고 있는 지배계급이 강요하는 생활 양식은 무한한 굴종과 착취에 있다. 이처럼 외세에 의해 강요된 '패배주의'는 민중의 정체성으로 강요된 것이고 지배계급이 행사하고 있는 제국주의적 식민주의 이데올로기로서 계급 담론화된 것이라 할 수 있다. 이에 대항하는 민중의 상징적 행위로서 기능하고 있는 계급 담론은 '저항담론'이다. 그러나 궁극적으로 저항의 이념소[25]는 소극적이며 팽창하지 못하고 축소하고 마는 수세적인 상징행위라 할 수 있다.

> 政權 없는,
> 통치자 없는,
> 정부 없는
> 농민들만의 세상, 理想사회,
> 우리들 손으로 이룩할
> 책임,
> 우리가 엎어야 합니다.
>
> —「제16장」에서

이러한 동학의 상상된 이데올로기는 전봉건이라는 인물이 그러한 영역과 질서 속에 삽입되기 위한 공간이다. 그러나 농민의 상징적 인물인 전봉건의 경작인으로서의 저항담론은 좌절된다. 패배하여 막다른 곳으로 쫓겨가는 전봉준의 분열과 분리는 농민혁명의 화신으로 우상화하려는 시도와 비교된다. 경작인 전봉준의 붕괴된 정체성에는 땅을 갈아엎는 행위가 혁명적 담론으로 확대되지 못하는 규정된 사유의 틀이 존재한다. 즉 종착지 반도라는 땅에 결박당한 민중의 소극적 운명론이 자리한다. 그러므로 경작인의 저항담론은 두 가지 염원의 붕괴라는 관점에서 기술될 수 있다. 위 시에서 언급된 '농민들만의 세상'과 '이상사회'가 내포하고 있는 정신적 성취와 집단적 일치가 그것이다. 이 두 가지 초월적 욕망은 제국

---

25) 이때 텍스트에 내재된 이념소의 가치는 양항성duality에서 찾을 수 있다(Fredric Jameson, *Op.cit.*, p. 87.). 이것은 신념 체계 또는 추상 가치의 의미에서 유사 이념으로서 표현되거나 또는 일종의 주류 서사라 할 수 있다. 말하자면 서로 대립적 계급들로 존재하는 집합적 특성에 관한 최종적 계급의 환상으로서 출현한다.

주의와 신식민주의 담론과의 대결 현장에서 경작인이 되풀이 했던 '생존'이나 '지킴'과 같은 수세적 담론에 불과하다.

4.3. 탈주적인 '금강'의 역사성

민중의 저항 담론이 환상으로 갖게 된 이데올로기가 '영웅주의'라 할 수 있다. 그것은 동학혁명이 완수하지 못했던 패배감의 극복을 새롭게 역사화하려는 집단 욕망이다. 그러나 그것은 역사의 실재 현장에서 불가능할 뿐 아니라, 오히려 식민주의가 조장하고 있는 '패배주의' 이념소를 더욱 강화하는 역기능으로 작용하고 있다. 역사의 실재 현장에서 가정은 존재하지 않는 것이고 축적된 경험 속에서 저항은 좌절되고 말았기 때문이다.

그런 측면에서 『금강』이 텍스트 층위에서 이러한 실재적인 모순에 대한 상상적 해결책으로 제시하고 있는 것이 '신하늬의 서사'라 할 수 있다. 전봉준이 수행하지 못한 역사의 틈break을 봉인하려는 또 다른 역사의 형식이라 할 수 있다. '신하늬'의 등장은 광범위한 해석적 알레고리다.26) 그것은 역사적 연쇄로서의 동학혁명 텍스트가 좀 더 깊이 있게 다시 쓰여진 것이라 할 수 있다. 동학혁명의 기본적인 서사를 수행하면서 숨겨진 주요 서사를 함께 수행하는 것이다. 혹은 동학혁명의 첫 번째 역사적 연쇄를 경험적 틀로 하는 비유적 내용의 병행이라 할 수 있다.

궁극적으로 『금강』은 재현불가능한 실재계로서 동학혁명의 서사와 알레고리로서 기능하고 있는 신하늬의 상상적 서사를 삭제할 때 민중의 성격이 드러난다. 그것은 새롭게 조명된 상징적 이미지이자 『금강』에서 해석되지 않은 서사의 흔적이다. '인진아'의 역사이며 '아기하늬'의 역사이

---

26) 알튀세르가 "표현적 인과성expressive causality"라 부른 가장 완벽한 형식은 광범위한 해석적 알레고리이다. 그것은 역사의 부재 원인을 욕망에 의해 치유를 허락하는 욕망 수행의 메카니즘이라 할 수 있다(*Ibid.*, p.28, pp.183~184. 참조).

다.『금강』은 역사의 중심에서 조력자로 기능하고 있는 이들을 통해 역사의 상처를 치유하고 있다. 이들이 소유한 민중적 정서는 '연민'이다. 이것은『금강』텍스트를 형식의 이데올로기를 통해 읽으려는 것이다. 그러나 민중을 저항 담론에 삽입시킨 것은 영웅주의적 이데올로기다[27]. 이것은 텍스트에서 드러나고 있는 구체적인 의미 차이를 반대로 등장시킨 것이다. 그럼으로써 오히려 사회적 체계라는 더 큰 단일성을 특성화하고 또 반드시 서로 공유되어야 하는 단일 코드의 총괄적 단위로 제시된 것이라 할 수 있다.[28] 이러한 단일한 코드는 텍스트와 담론의 차원을 초월한 생산양식으로, 그리고 그 자체로서 생산양식을 예측토록하는 다양한 기호 체계의 공존을 통해 우리에게 전달되는 상징적 메시지[29]이다. 과거의 실재적 역사를 반성의 측면에서 민중의 주체성을 다루기 때문에 그 주체들은 과장되게 포장되거나 왜곡되어 있다. 이때 정치적 무의식을 포함하는 욕망은 개인적으로는 거세공포증이다. 그것이 사회적인 현상으로 드러날 때 패배의식으로 드러난다. 여기에 타자의 논리로서 작동하는 것이 식민주의 이데올로기다.

일찍이 일제는 한국 민중에 대해 '완고하고 고루함(頑冥固陋)', '고루하고 편협함(固陋不明)', '의심 많음(狐疑)', '완고·고루(頑陋)', '구태의연(舊套)', '겁 많고 게으름(怯懦)', '잔혹하고 염치없음(殘刻不廉恥)', '거만(傲然)', '비굴', '참혹', '잔인',[30] 등 수많은 비역사적인 기술을 통해 패배의식을 고취시켰다. 이에 대항하는 민중성이 영웅주의라는 또 다른 비역사적 기술로 묘사된다면 그것은 또 다른 식민주의의 잔상이라 할 수 있다. 그

---

27) 제임슨에 따르면 이데올로기는 일정한 영역이나 질서 속에 주체를 삽입시키기 위한 장소이다(Sam B. Girgus, *Desire and the Political Unconscious in America Literature*, London : The Macmillan press, 1990, p.7.).
28) Fredric Jameson, *Op.cit.*, p.88..
29) *Ibid.*, p.76.
30) 강상중, 앞의 책, 89쪽.

런 측면에서 『금강』이 제시하는 '연민'의 민중성은 패배주의적인 식민주의 이데올로기를 극복하는 탈식민주의적 담론이라 할 수 있다. 그리고 그 것은 다음과 같은 '금강'의 흐름 속에 존재하고 있다.

> 머리 위서
> 半島의 하늘이 그를 호송하는 듯
> 따라오고,
>
> ......
>
> 산이
> 가면 마을, 마을이
> 가면
> 들이 열렸다,
>
> ―「제23장」에서

이 탈주적 욕망은 '하늘을 보았다'고 외치는 경작인의 유토피아적 상징이나 알레고리와는 다른 것이다. 반도라는 주변부에서 나와 아시아의 대륙으로 질주하는 '금강'의 물길[31]은 고립된 민중의 고정성을 타파하고 변화와 갱신의 가능성을 제시하고 있다. 이러한 탈주는 '연민'의 민중성이 만들어낸 에너지이며 소극적인 패배주의의 영역으로부터 나와 자유의 영역을 쟁취하려는 집단투쟁이 만들어낸 역사의 실재라 할 수 있다. 그러므로 이제 『금강』의 역사성은 제국주의에 대항하는 저항의 끊임없는 서사가 아니라 고착과 탈주의 서사 간의 욕망의 대화로 생각할 단계에 있다 할 것이다. 이 탈주의 욕망은 개인적 심리와 연관되어서 억압된 채 드러

---

31) 아, 일찍이/人類 叡智의 발상지였던/ 아시아,/平和와 꽃밭과 德望의 땅이었던/아시아,(―「제20장」에서).

나는 충동이 아니라 오히려 집단 무의식이라 할 수 있다. 이것은 융과 같은 의미가 아니다. 왜냐하면 '강'의 공간성을 통해 체험한 역사의 현장은 신화적 원형의 장소가 아니라 발터 벤야민[32]이 말한 역사의 악몽에 가깝기 때문이다. 이것은 『금강』에 문화화되어 내재해 있는데 이것은 기존 연구에서 주장하는 것처럼 결코 내용이 아니다. 이때 역사는 재구성되어 마치 처음인 것처럼 인식된다.

5. 신경림의 『남한강』과 탈근대주의

5.1. 뫼비우스의 띠, '장(場)'이라는 텍스트

신경림의 『남한강』은 일제시대를 역사적 공간으로 하고 있지만 1960년대 이후 근대화의 확대와 심화에 따른 농촌공동체의 붕괴가 초래한 민중의 역사적·사회적 희생을 창작 배경으로 하고 있다. 『남한강』을 구성하고 있는 세 편의 서사시는 서로 다른 내용적 실체를 갖고 있다. 그러나 세 편의 서사시는 근대성이 갖고 있는 소외의 국면을 동일하게 드러내고 있다.

서구 근대주의 인식론의 핵심은 진보와 계몽이다. 이러한 근대주의적 기획은 우리에게도 '근대화'라는 이름 하에 지배적 이데올로기로 작용하였다. 그러나 근대화의 과정은 여러 가지 문제점을 노정하였는데 그 피해는 고스란히 민중이 떠안게 된다. 그것은 근대주의가 숙명적으로 조장한 개발주의, 확장주의, 실용주의가 패권적, 억압적, 착취적인 지배이데올로기를 만들어 냈기 때문이다.

『남한강』은 이러한 근대화modernization의 역사적 상황을 창작 배경으로 하고 있다. 가난의 극복이라는 실용주의적 이데올로기는 우리의 주체

---

32) Fredric Jameson, *Op.cit.*, p.28.

성이나 정체성을 희생시키며 발전을 추구했다. 비록 조국 근대화라는 미명하에 자본의 축적을 가져오기는 했지만, 그것은 근대화를 주도한 집단의 권력유지 또는 계급적 발전에 바쳐졌을 뿐 민중을 소외시키는 논리로 작용했다.

> 저 고개 넘으면
> 새세상 있다는데,
> 우리끼리 모여 사는
> 새세상 있다는,
>
> 　　　　　　　　　　　　　　　　　　　　－「새재 · 황소떼7」에서
>
> 이곳이 고구려의 옛 싸움터란 것도
> 우린 모르오.
> 나라 잃은 것도 우린 모르오.
> 약장수 깽깽이에도 종일 입 벌리고 섰고
> 나가야마 요술 물건에 덩달아 어깨춤 추오.
>
> 　　　　　　　　　　　　　　　　　　　　－「남한강 · 꽃나루3」에서

'새세상'에 경도된 신화적 이미지와 상징은 근대화를 통해 훼손당하고 소외당한 민중의 가치를 반영하고 있다. 그러나 단순하지 않다. '새 세상'의 유토피아적 환상은 근대주의적 기획과 유사하며 전근대성을 동반하는 이중적 구조이다. 새 세상의 공간성과 망각된 고토 고구려의 공간성이 함께한다는 것은 『남한강』의 민중들에게 각인된 이중성이라 할 수 있다. 근대문명을 지향하는 강한 욕망과 순진성이라는 전근대성이다. 이 숨겨진 주체와 드러난 주체가 공존하는 공간이 장場이다. 이 공간은 근대화의 영향에서 벗어날 수 없는 근대인과 전근대인의 이데올로기를 융합하고 승인하는 공간이다. 장터를 떠도는 장돌뱅이와 장터를 기웃대는 민중의 불안정과 소외는 통상 근대화의 그늘을 부각시키는 이미지로 작용한다. 그래

서 근대성에 대립되는 저항담론을 생성하는 원동력이 된다. 그러나 다른 한편으로 이것은 저항담론으로서의 집단 이데올로기와 무관한 개인과 공동체의 안전을 추구하는 깊은 갈망을 드러내는 것이기도 하다. 그것은 장場의 공간이 내재한 이중적 이데올로기 때문이다. 그것은 뫼비우스의 종결 없는 순환의 고리와도 같은 것이다. 뫼비우스의 띠처럼 뒤틀린 순환적 삶의 공간이 근대의 가치에서 소외된 민중들을 포용하는 공간이기도 하지만 근대화에 뒤쳐진 민중들을 배척하는 공간이기도 하기 때문이다.

장이 서는 곳을 따라 떠도는 장돌뱅이 민중의 정체성은 고정되어 있지 않다. 그것은 뫼비우스의 띠가 담고 있는 2차원적 공간성에 비유되는 장場이라는 공간에 민중들이 위치하고 있기 때문이다. 즉 뫼비우스의 띠를 따라가면 처음 출발한 곳으로 다시 돌아왔을 때는 좌우가 바뀌어 있듯이 『남한강』은 근대화 이후 저항하는 민중들의 심각한 정체성의 위기와 대체 이데올로기의 착종을 텍스트로 하고 있다.

5.2. 장돌뱅이의 담론

근대화의 역사적 배경 속에서 『남한강』은 탈근대주의적인 저항담론을 표면적으로 드러내고 있다. 그것은 이성과 과학과 진보에 대해 서구인들의 신념이 흔들리기 시작한 것과 마찬가지로 시적 주체가 자신의 자아와 주체와 연관된 신념에 의구심과 회의를 가지기 시작했음을 말하는 것이다. 서구의 근대주의는 인간실존의 위기를 거치면서 주변부의 타자들의 손으로 그 위선이 폭로되고 있다. 즉 서구-백인-남성중심의 이성, 논리, 자아가 지배와 종속이라는 지배 이데올로기에 의존해 왔다는 사실이 드러나고 있는 것이다. 이러한 허위 이데올로기가 우리에게 내면화된 것이 근대화 논리라 할 것이다. 근대화가 남긴 소외의 국면에 대해 『남한강』이 담고 있는 저항담론은 린다 허천이 말한 '타자'의 윤리라 할 수 있다.

장터 싸전마당에서는 장정들
중씨름에 신명이 났고
젊은 아낙네들은
내 사내 닮은 돌을 찾아
강가에서 키들댄다.

—「남한강 · 단오3」에서

빼앗기고 쫓기고 밟히면서도
그래도 산다는 일은 즐거운 것.

—「남한강 · 아기늪2」에서

　수탈과 억압 속에서도 훼손되지 않는 이 삶의 건강성은 종래 민중의 전형성으로 구조화된 것이다. 이러한 층위에서 『남한강』은 독자에게 열린 자세로 들어야만 되는 것들에 대해 이야기하고 있다. 즉 소위 중심에서 벗어난 것, 중심의 밖에 있는 것에 대해 관심을 기울이기를 바라고 있다. 그러나 문제제기는 하지만 파괴하지는 않는다. 다시 말해 일부 주변이나 변두리에 머무르는 것과 인본주의적 입장에서 구축된 중심개념에 걸맞지 않는 모든 것에 대해 정력적으로 재고하며 문제제기 한다. 그래서 중심을 완전히 파괴하자는 것이 아니라 타자 혹은 주변부를 위한 공간을 마련하려 한다. 그것이 농촌공동체의 회복이라 할 수 있다.

　그러나 『남한강』에서 제시하고 있는 역사의 복원 노력은 재현불가능한 역사에 침윤된 주체의 상처와 무의식을 드러낼 뿐이다. 무의식이 드러내는 욕망은 열등감의 표출이다. 다시 말해 근대의 기획에서 뒤쳐진 상실감이라 할 수 있다. 근대화를 통해 자본을 소유한 지배계급은 자본에서 배제된 민중에게 자본의 윤리를 강요하고 있다. 그것은 자기 기만과 자기 부정의 양태를 하고 있다.33) 민중 앞에 거들먹대며 과시하는 기만적 행태

---

33) 발터 벤야민은 근대인의 표상으로 근대적 영웅주의를 언급하면서 그들이 자기기

와 부녀자 겁탈과 같은 비윤리적 행위를 통해 스스로를 부정하는 이중성이다. 여기에 자본을 소유하지 못한 민중은 당연히 희생물이 되고 만다.

이러한 희생에는 근대화에 뒤쳐진 열등감이 무의식 속에 자리하고 있다. 그것으로부터 벗어나려는 상징적 행위로서『남한강』역시 도덕적 우월성이라는 저항담론을 펼친다. 이 도덕적 우월성을 지배하는 이데올로기는 '낙관주의'다. 그러나 장돌뱅이의 낙관적 생활 양식은 근대의 근거없는 낙관주의와 유사하다. 그것은 '돌배'와 '앵금이'가 민중적 낙관주의를 상징적으로 갖고 있는 영웅들로서 결국에는 좌절하는 데서 확인된다. 지배계급의 입장에서 그들은 일반 민중과 분리시키면 아무런 문제가 되지 않는다. 그럼으로써 그들의 저항이데올로기와 분리된 민중은 기회주의적 속성을 또 하나 갖게 되는 상처를 입게 된다. 이처럼 장터를 순회하는 장돌뱅이의 담론은 그가 속한 비정주지역의 이데올로기를 담고 있다. 그것은 장터라는 근대의 말단에서 생성된 어떤 세속적 은혜의 꿈을 만족시키는 계약과 같은 것이다. 즉 주기적으로 돌아오는 장날의 예정된 환영과 실현이다.

5.3. 탈구축적인 '남한강'의 역사성

근대화 기획은 민중들로 하여금 계급적 차이와 함께 인간적 분별을 의식하게 한다. 이러한 실재적 모순 앞에『남한강』이 텍스트 층위에서 제시하는 상상적 해결책은 '쇠무지벌'의 공동체 사회의 구현이다. 공동체는 일종의 공산사회다. 그러나 그 또한 근대화된 자본주의의 위협에 대응하는 대중적對症的 담론으로서 상상적 기만에 불과하다. 지그문트 바우만34)이

만의 형태와 자기부정의 형태를 취한다고 말한다(김진아, "발터 벤야민의 모더니티 연구", 홍대 석사학위논문, 31쪽).

34) 정정호,『탈근대 인식론과 생태학적 상상력』, 한신문화사, 1997, 63쪽.

계몽주의에 토대를 둔 '근대성'의 극치가 공산주의라고 설명했던 것처럼 쇠무지벌 공동체 역시 인간의 계획과 이상에 따라 합리적으로 재구성할 수 있는 이상적인 체제이며 인간의 의지와 희망에 따른 '좋은 사회' 건설의 욕망 표출이기 때문이다.

이러한 기만과 부재의 원인을 제거하기 위해 『남한강』은 돌배와 앵금이의 영웅주의적 민중성이 갖는 상징적 저항 이데올로기와 쇠무지벌 공동체의 낙관주의적 욕망의 상상적 서사 속에 '연이'의 서사를 배치한다. '연이'의 피폐한 생활 양식은 근대가 강요한 것이지만 그녀는 자본의 착취와 계급적 차별을 이겨내며 주체적인 삶의 방식을 전개한다. '연이'의 생활 양식 속에 담긴 민중적 정서는 '흥'이다. 그녀는 부정적 역사의 상처를 자신의 무지와 불운으로 돌리는 열등감의 발로가 아니라 자신에게 강요된 도덕과 윤리의 경계를 벗어나 자유로운 삶의 방향을 스스로 설정하는 또 다른 차원의 낙천적 태도를 취하고 있다. 그것은 근대성이 설파한 낙관주의 담론과는 변별되는 것이다. 다시 말해 『남한강』에 등장하는 민중들의 새롭게 구축된 전형성이라 할 수 있다. 즉 슬픔과 기쁨이 교차하는 '흥'의 민중성은 근대가 강요하는 획일화된 논리를 무색하게 하는 탈구축적인 사유의 특질이라 할 수 있다.

탈구축적인 삶의 모습은 장돌뱅이의 확정된 여정을 해체하고 유목인遊牧人의 불확정적 기원으로 거슬러 가는 것이다. 자본이라는 근대 토템신앙의 괴물이 휘두르는 권력을 뒤엎고 스스로를 자유롭게 하기 위해 정처 없는 이동을 감행하는 것이다. 그처럼 민중의 집단 무의식 속에 '남한강'은 혼돈에 몸을 맡기며 세대와 세대를 거쳐 흐르고 있다.

6. 김용택의『섬진강』과 탈산업주의

6.1. 고도孤島, '촌村'이라는 텍스트

김용택의『섬진강』은 후기자본주의 산업사회에서 농민이 겪고 있는 주체성의 상실을 노래하고 있다. 개발 독재의 근대화를 거치면서 한국은 선진 자본주의 국가 내에서 불황의 빈도가 높아지면서 그 장기 파동의 여파로 성장의 둔화를 겪게 된다. 실제로 1973년에 있었던 OPEC의 석유 파동과 뒤 이어 닥쳐온 세계적 불황으로 한국은 60년대 근대화 과정에서 겪지 못했던 농촌의 근본적 해체를 경험하게 된다. 성장의 둔화는 산업생산의 재고가 아니라 새로운 산업과 상품의 개발을 촉진시키는 악순환에 접어들었다는 것을 의미한다. 성장 동력을 멈추기에는 지배 집단의 이익이 너무 비대해졌기 때문이다. 다시 말해서 이러한 경제 위기가 자본주의의 최종 균열을 뜻하는 것이 아니기 때문이다. 소자E. Soja35)에 따르면 이러한 장기 경제 호황의 종결이 사회 공간적 재구성의 국면으로 나타난 것이다.

『섬진강』은 이러한 농촌의 해체과정에서 새로운 삶의 양식을 제시하고 있다. 산업자본주의는 개발과 파괴와 억압과 경쟁 등의 부정적인 가치를 제일의 가치로 여겨왔다. 과거 과학적 기술개발과 자본주의는 타자에 대한 개발과 착취로 생태적 위기를 불러온 것이다. 이 인간중심적 탐욕주의에 대항하여『섬진강』은 탈산업주의의 생태적 치유책을 제시하고 있다. 이것은 단순히 피폐한 농촌 현실의 부각에 국한 된 것이 아니라 인간과 농촌 환경과의 상호 관계에 대한 윤리적 천착이라 할 수 있다. 그러나『섬진강』은 윤리적이며 정서적인 접근으로밖에 인지되지 않는 농촌의 불구적 공간성을 드러내는 것이기도 하다.

---

35) 에드워드 소자, 이무용외 옮김, 『공간과 비판사회이론』, 시각과 언어, 1997, 39~45쪽 참조.

아버지의 아버지, 그의 아버지들이 대대로 힘써 살았던
땅, 논과 밭의 온갖 과일나무들, 뒷산 몇백년 묵은 귀목나
무, 강 건너 평밭, 꽃밭등, 절골, 뱃마당에 두루바위, 벼락
바위, 눈주면 언제나 눈에 익어 거기 정답게 있던, 우리들
이 자라며 나무하고 고기 잡고 놀아주었던 몸에 익은 정든
이름들이 구로동 성남 신길동 명동, 이런 낯선 서울 이름들
과 엇갈리며 우리 머릿속을 쓸쓸하게 지나갔다.

—「섬진강16」에서

과거 아버지들이 대대로 살았던 섬진강변의 농촌은 환상에 지나지 않
는다. 『섬진강』의 시편들이 그러한 상상적 공간을 제시하면 할수록 그 이
면에 자리하고 있는 농촌의 공간적 실상은 가려지고 망각 속으로 사라지
고 만다. 이 행위는 후기산업사회가 구사하고 있는 환상적 미래 제시와
구조를 같이하는 과거회귀적 천착으로 볼 수 있다. 이미 '농촌農村'이라는
언어는 '농農'이라는 생산수단을 상실한 불구의 언어로 전락했다. 공간 역
시 '농'의 기능을 상실한 채, '촌'의 뼈대만 남아 있다. 이 촌은 섬과 같다.
거대한 도시에 포위된 자연과 같다. 『섬진강』이 노정하고 있는 민중의 주
체성 상실은 사실 아버지가 담당했던 위계질서의 파탄을 의미하는지도
모른다. 거기에 과거의 향수는 비현실적이며 감상주의의 파편에 지나지
않는다. 그러한 측면에서 『섬진강』에서 보이는 도시와 농촌의 이분법적
가치분리와 농촌출신 도시인의 자아 분열상은 '촌'이라는 또 다른 도시공
간에 갇힌 주체의 도시지향적 욕망을 드러내는 것이라 하겠다.

6.2. 아버지의 담론

머레이 북친[36]이 말한 것처럼 『섬진강』은 농촌 생태의 위기가 초래된

---

36) 머레이 북친, 문순홍 역, 『사회 생태론의 철학』, 솔, 1997.

근원적 원인이 사회 계급과 지배 구조에 있음을 보여주고 있다. 역사적으로도 인간의 자연 지배나 착취에 앞서 다른 인간에 대해 인간의 지배나 착취가 먼저 이루어졌다고 보는 것이다. 그런데 이러한 사회 계급과 지배 구조는 산업 자본주의, 좀더 구체적으로 말해서 시장 경제가 만들어 낸 결과이다. 이러한 측면에서 『섬진강』은 농촌의 생태적 위기를 극복하는 데 무엇보다도 중요한 일이 산업자본주의를 무너뜨리고 대신에 비계급적 관계, 탈중심화된 농촌 공동체, 그리고 자연과 밀착된 생태학적 사회로 바꾸어야 한다고 주장한다.

　『섬진강』은 텍스트 층위에서 두 가지 실재적 모순을 보여주고 있다. 하나는 가치의 이중성이다. 농촌의 생산물은 산업자본주의가 고도로 발전한 경제에서 상품가치를 상실하고 있다. 그러나 농촌의 생산자에게는 아직도 유효한 가치로 여겨지고 있는 모순이 있다.

> 텔레비에선
> 감과 농촌 풍경을 비춰주며
> 가을 정취를 한껏 돋웠지만
> 그럴 때마다 아버님은
> 끙끙 앓으시며
> 저런 오살헐 놈들
> 감 땜시 사람 환장허는지 모르고
> 저 지랄들 한다고
> 텔레비를 꺼버리곤 하셨다.
>
> 　　　　　　　　　　　　　　　－「섬진강20」에서

　위 시에처럼 '감'은 농촌인력의 노동력이 투입된 생산물이지만 소비되지 않는 경제구조 속에서 그 가치를 상실한다. 그것은 '감'이라고 하는 생산물의 가치 하락일 뿐만 아니라 거기에 투입된 농촌 생산력의 가치 하락을 의미하기도 한다. 또 하나는 이해의 이중성을 들 수 있다. 동일한 사물에 대해서도 도시와 농촌은 다른 해석을 한다. 예를 들어 시「논」에서 '비'는 도시인에게 '비애'의 정서를 불러일으키는 낭만적 매개체이지만 농촌에서는 '피'로 읽히는 이해의 상충을 보이고 있다.

이러한 실재적 모순은 농촌에서 도시로 이주를 촉발하는 원인으로 작용한다. 모순의 핵심은 '소외감'이다. 결국 농촌공동체의 해체라는 현실 앞에 농촌 민중의 무의식 속에 자리하고 있는 것은 소외감을 극복하려는 욕망이다. 그러한 욕망의 상상적 해결책으로『섬진강』은 지배 이데올로기로부터 자유로운 시적 주체인 '아버지'를 제시한다. 그는 모순의 중심에 있으면서도 흔들리지 않고 땅을 지키고 묵묵히 생산력을 늘려가기만 한다. 그리고 언젠가 귀향할 자식들의 든든한 배경으로 농촌을 지키고 있다. 그러나 기만일 뿐이다.

그것은 사회적 상징행위로서 산업자본주의를 이끌고 있는 지배계급이 도시성이 갖고 있는 질서의 담론으로 무장하고 있는데 반해 피지배 계급은 가부장적 질서가 가지고 있는 권위를 저항담론으로 유지하고 있기 때문이다. 아버지의 생산력은 재현 불가능한 역사에 불과하다.

6.3. 탈중심적인 '섬진강'의 역사성

아버지의 재현불가능한 생산력에 대응하여 '섬진강'은 도시적 의미의 질서체계가 아니라 무질서에서 당위성을 찾는 집단공동체를 제시한다.『섬진강』은 숨겨진 해석적 서사의 원형을 '정'이라고 하는 모성적 이미지에 담고 있다. 고향을 등진 사람들은 다시 고향을 찾기 힘들다. 그것은 생활양식이 그렇게 만든 것이다. 하나의 자연 현상에 대해 실체없는 관념적 해석을 하게 하는 것이 후기산업사회의 환영같은 것이다. 그것은 일종의 마약과 같아서 구성원들을 길들이고 있다. 그러나 농촌의 생활양식은 몸으로 수용하게 한다. 그 실재성이 바로 민중의 성격으로 드러난 것이 '정'이라 할 수 있다. '정'은 인위적인 것이 아니라 자연스런 것이다. 그리고 농촌공동체적 생활양식에 토대를 이루는 생태학적 특질이라 할 수 있다.

아버지는 농촌의 문화적 죽음과 자신의 과거 존재방식과 사유 방식을 상실한 것에 고통을 받기 때문에 새로운 정체성을 취하려 한다. 그것은 농촌의 이탈자들이 도시에서 묻혀온 생활방식을 패러프레이즈하면서 오랜 껍질을 벗은 것과 같은 새로운 인물형을 가정한다. 그러므로『섬진강』의 고향은 도시의 구조화된 문화적 변형이라 할 수 있다. 농촌의 과거 형식 속에 도시적 내용을 삽입한 그 기이한 중심성으로부터 '섬진강'은 탈주한다. 그 탈중심적 성격이 '섬진강'의 역사성이다.

> 하늘의 일곱 칠성님네
> 산에 산신령님
> 물에 용왕님네, 길에 길대장
> 당산나무 당산님네랑
> 함께 늙으신 할머니,
> 동학혁명 이듬해에 나서서
> 온갖 세상풍파에 시달리고 부대끼시면서도
> 그저 조상님네 섬기며 사신 할머니,
>
> ─「밥과 할머니」에서

역사의 복원은 특권적 중심담론으로부터 거부된 것들을 언급함으로써 가능하다. 그리고 중심담론은 언제나 승자나 통치자의 언어만으로 말하기 때문에 오늘의 역사 속에 '사실적'으로 편입할 수 있는 여지가 없다. 그러므로 위 시에서처럼 '섬진강'의 탈중심적 흐름은 복원행위로서 마술적·환상적·비현실적 방법을 통해서만 가능하다.[37]

---

37) 테오 L. 단, 김규영 역, 「마술적 사실주의와 포스트모더니즘 : 특권화된 중심의 탈

7. 맺음말

한국 리얼리즘시에 나타난 강江의 이미지는 두 가지 환상의 붕괴를 함축하고 있다. 하나는 영웅적 승리의 추구이며 다른 하나는 집단적 정체성의 추구이다. 저항과 순결성의 강조를 통해 한국 리얼리즘시는 집단적 공동체의 안전에 대해 갈망의 깊이를 드러내고 있다. 그것은 역설적으로 한국 리얼리즘시가 승리와 우월과 자존의식의 부재를 함축하고 있음을 역설적으로 드러내는 것이라 할 수 있다. 즉 패배주의와 열등감, 소외감의 무의식적 표출이라고 할 수 있다. 텍스트로 삼은 이들 시들은 한국인의 집단적 에고가 갖고 있는 전체성과 통일성과 안전성을 삭제하고 있다. 다시 말해 우리의 민족정신과 슬픔에 각인된 가장 강력한 언어는 정통성을 고수하는 민족 이데올로기의 최후의 승리라는 환상과는 멀리 떨어져 있는 것이다.

강의 역사성을 읽는데 우리는 텍스트에 작동하고 있는 개인적이고 정치적인 무의식 모두를 발견하게 된다. 필연성을 제거하고 변화와 재생의 가능성을 제시함으로써 그 해석에 이르게 된다. 프로이드의 분열된 에고 개념을 따르는 이데올로기는 민중의 영웅적 모습과 타자의 모습을 섞어 놓는다. 여기서 신하늬와 돌배와 우리들의 아버지의 모습을 통해 민중의 굳어진 개인적 정체성을 마감하고 사회적 리얼리티와 정치적 권위의 구조를 변화시키려 하는 것이다.

『금강』에서 신하늬의 등장은 전봉준이라는 역사적 인물의 경험과 민중의 꿈을 해석하는 데 사용될 수 있는 응축condansation과 전이displacement의 형식을 띠는 환유적 장치라 할 수 있다. 그것은 『남한강』, 『섬진강』의 돌배와

중심화」, Lois Parkinson Zamora and Wendy B. Faris 편, 『마술적 사실주의』, 한국문화사, 2003, 193쪽.

아버지 모두에게 해당되는 것이다. 그러나 그 형식은 집단 무의식적 욕망이라 할 수 있다. 그러므로 그 욕망은 지배적 담론과의 대결로에 해체되거나 수용되고 마는 상징적 행위라 할 수 있다.

강江은 식민주의와 근대성과 산업자본주의 담론을 적층한 채 흐르고 있다. 그것은 재현할 수 없는 역사의 실재이다. 텍스트 층위에서 이러한 제 담론은 의식적으로 탈식민주의와 탈근대주의, 탈산업주의를 표방하게 한다. 그러나 이것은 연대기적 대안이라기보다는 실재 역사적 모순의 대중적 대안에 지나지 않는다. 그러므로 이러한 탈중심적 담론은 중첩되어 있다. 그리고 역사적 단계마다 강은 정치적 무의식을 통해 그 밑바닥에 잠재되어 있는 민중의 소박한 정서를 뒤집어 보이고 있다. 그것은 '연민'과 '흥'과 '정'이라고 하는 민중의 정서적 통시성이다. 이러한 시적 정서는 영웅주의적 환상에서 바라보았던 민중의 비주체적인 소극적 정서가 아니라 민중의 주체적 입장에서 도출해낸 소박한 정체성이다. 궁극적으로 민중의 억압된 욕망을 통해 '강江'은 한반도의 고립적 공간성을 뿌리치고 탈주해야 한다는 역사성을 제시하고 있다.

향후 리얼리즘시의 소재로서 '강'의 역사성이 갖는 모순과 탈주의 가능성은 '산'과 같은 다른 역사적 공간에서도 추구될 수 있다. 이러한 측면에서 한국 리얼리즘시의 보다 확장된 공간성과 시적 주체에 관한 연구를 기약한다.

참고문헌

신동엽,『금강』, 창작과 비평사, 2002.

신경림,『남한강』, 창작과 비평사, 1994.

김용택,『섬진강』, 창작과 비평사, 2003.

김영무,「문학의 '제3세계성'에 대하여」,『시의 언어와 삶의 언어』. 창작
　　　과 비평사, 1990.

김우창,「신동엽의「금강」에 대하여」,『창작과 비평』봄호, 1968.

김재홍,『현대시와 역사의식』, 인하대학교 출판부, 1988.

김종철,「신동엽론; 민족·민중시와 도가적 상상력」,『창작과 비평』봄호,
　　　1989.

김진아, "발터 벤야민의 모더니티 연구", 홍대 석사학위논문, 1997.

민병욱,『한국 서사시의 비평적 성찰』, 지평, 1989.

─── ,「신경림의『남한강』혹은 삶과 세계의 서사적 탐색」,『시와 시학』
　　　봄호, 1993.

박지영,「유기체적 세계관과 유토피아 의식」, 민족문화사연구소편,『1960
　　　년대 문학연구』, 깊은샘, 1998.

반경환,「원형상징의 꿈」,『시와 시인』, 문학과 지성사, 1992.

백낙청,「제3세계와 민중문학」,『창작과 비평』가을호, 1979.

서익환,「신동엽 시와 휴머니즘」,『현대시학』3, 1991.

염무웅,「서사시의 가능성과 문제점」, 김윤수외 편,『한국문학의 현단계Ⅰ』,
　　　창작과 비평사, 1982.

유종호,「슬픔의 사회적 차원」,『동시대의 시와 진실』, 민음사, 1982.

윤영천,「농민공동체 실현의 꿈과 좌절」, 구중서외 편,『신경림 문학의
　　　세계』, 창작과 비평사, 1995.

이가림, 「만남과 동정」, 구중서 편, 『신동엽』, 온누리, 1983.

이건청, 「시적 현실로서의 환경 오염과 생태 파괴」, 『현대시학』 8, 1992.

장시기, 「중심화와 탈중심화」, 『현대시』 8, 1996.

정효구, 「농촌시의 성과와 한계」, 『상상력의 모험』, 민음사, 1992.

정정호, 『탈근대 인식론과 생태학적 상상력』, 한신문화사, 1997.

조남익, 「신동엽론」. 구중서 편, 『신동엽』, 온누리, 1983.

조태일, 「신동엽론」, 『창작과 비평』 가을호, 1973.

————, 「신동엽론」, 구중서 편, 『신동엽』, 온누리, 1983.

강상중, 이경덕 · 임성모 역, 『오리엔탈리즘을 넘어서』, 이산, 2004.

G. 루카치, 반성완 역, 『루카치 소설의 이론』, 심설당, 1998.

머레이 북친, 문순홍 역, 『사회 생태론의 철학』, 솔, 1997.

숀 호머, 이택광 역, 『프레드릭 제임슨』, 문화과학사, 2002.

에드워드 사이드, 김성곤 · 정정호 역, 『문화와 제국주의』, 도서출판 창, 1995.

에드워드 소자, 이무용외 옮김, 『공간과 비판사회이론』, 시각과 언어, 1997.

테오 L. 단, 김규영 역, 「마술적 사실주의와 포스트모더니즘 : 특권화된 중심의 탈중심화」, Lois Parkinson Zamora and Wendy B. Faris 편, 『마술적 사실주의』, 한국문화사, 2003.

G.W.F. 헤겔, 두행숙 역, 『헤겔미학Ⅲ』, 나남출판, 1996.

Girgus. Sam B., *Desire and the Political Unconscious in American Literature.* London : THE MACMILLAN PRESS LTD, 1990.

Jameson, Fredric, *The Political Unconscious : Narrative as a Socially Symbolic Act,* New York: cornell university press, 1981.

JanMohamed, Abdul, "The Economy of Manichean Allegory :The Function of Racial in Colonialist Literature", *Critical inquiry* 12, 1985.

III. 해방기 시문학의 탈식민주의적 전위성과 잡종성

1. 머리말

목적은 해방기 한국 시문학에 나타난 탈식민주의적 전위성과 잡종성을 살피는데 있다. 동시에 해방기 시문학에 대한 편향된 접근과 반영론적이고 결정론적인 이데올로기 비평의 기존 한계를 극복하는 데 있다.

해방기 시문학 연구에 있어서 전위성[1]은 식민성의 극복과 새로운 민족문학 건설이라는 해방기 시문학의 당위적 과제를 생각할 때 당대 시인들의 전위적 사유와 움직임은 좌익과 우익 어느 한 쪽의 전유물만은 아니었다. 해방기 시문학의 전위적 요소는 상호교감적 세계관과 단절의 의식에 있다. 이러한 심리적이고 사회적인 성향들이 해방기에 등단한 신진 시인들 집단 속에 공통된 기질과 정신으로 자리하고 있었다. 이러한 전위적 성향을 탐색함으로써 해방기 시문학이 내포하고 있는 부정의 역설적 성격[2]을 밝히고자 한다.

---

1) 한국 문화예술에서 특히 한국 시문학에서 '전위'의 개념은 착종되어 쓰이고 있다. 기존 논의에서 '전위'라 했을 때 단순히 정치적 전위로 대표되는 프롤레타리아 시문학에 한정시키고 있다. 더 광범위하게 '아방가르드'라는 용어로 '전위'의 개념은 '모더니즘'과 비슷한 뜻으로 쓰이고 있다. 이러한 측면에서 '전위'의 의미는 모호한 상태에 있다. 다시 말해 리얼리즘시를 언급할 때를 제외하고 '전위'와 '모더니즘'은 거의 같은 의미로 사용되고 있다. 그래서 해방기 시문학에서 '전위성'이 단순히 리얼리즘시의 전형적 경향처럼 축소되는 극복하고 해방기 시문학 전체의 특수한 시적 경향으로 인식함으로써 해방기 시문학이 한국 시사에서 새롭게 인식되는 계기가 될 수 있다(이민호, 「해방기 '전위시인'의 탈식민주의 성향 연구」, 『우리말글』 제37집, 우리말글학회, 2006, 369~372쪽 참조).
2) 이는 '동일성 속에서도 동일성을 항상적으로 비껴가는 비동일성'의 미적 인식이다 (T. W. 아도르노, 홍승용 역, 『부정변증법』, 한길사, 1999, 58쪽 참조)

더불어 다루고 있는 잡종성3)은 식민주의 상태로부터 벗어났음에도 진정한 의미의 탈식민적 지위와 의식을 확보하지 못했던 해방기에 중요한 인식론적 가치라 할 수 있다. 그러므로 해방기 시문학 연구에 민족주의와 계급주의 일변도의 시각에서 벗어나 잡종성이라는 탈식민주의적 문화 특성을 통해 새로운 가능성을 모색하고자 한다.

해방기에 형식상 일본제국주의의 해체는 이루어졌을지 몰라도 식민지배의 내면성은 종결되지 않았으며 문화적 변용과 진화를 통해 지속되고 있었다4). 그러므로 전위성과 잡종성을 해방기 시문학의 존재양태로 봄으로써 기존 연구가 관심 두지 않았던 해방기의 문제에 개입하여 이를 현재화할 수 있는 계기를 마련하고자 한다.

이러한 측면에서 해방기 신진 시인들의 시를 텍스트로 삼고자 한다.5) 이들은 정치적 성향을 떠나 해방기에 등단하여 새로운 시 문학의 지평을 열었다는 공시적 공통점이 있다. 해방기 신진 시인들은 세 부류로 나눌 수

---

3) '잡종성'은 해방기 한국민중이 겪은 '정체성'과 관련되어 있다. 해방기 시문학에 있어 민족문학의 복원은 가장 첨예한 과제였지만 그 복원의 양태가 민족주의라는 배타적인 방향으로 전유됨으로써 본질이 훼손되었다. 그것은 과거로의 회귀이며 제국주의와 식민주의로부터 완전한 절연을 기할 수 없는 모순상황이기 때문이다. 그러므로 해방기 시문학의 잡종성은 단순히 저항적 민족주의의 대타적 대응이 라기보다는 정체성을 새롭게 모색한 것으로서 전지구적인 제3세계 양상의 탈식민주의의 일환이라 할 수 있다(Pnina Werbner, "The Dialectics I of Cultural Hybridity", Pniand Werbner & Traiq Modooded., *Debating Cultural Hybridity*, Zed Books in London & New Jersey, 1997, pp.1~24 참조).

4) 식민지 해방으로해서 순식간에 제국주의적 상황이 와해된 것은 아니다(에드워드사이드, 김성곤·정정호 옮김, 『문화와 제국주의』, 창, 2002, 484쪽 참조).

5) 기성시인의 경우 자타 불문하고 식민지배를 수용했다는 점에서 해방기 시문학의 정체성을 담보할 수 없는 취약점이 있음을 부정할 수 없다. 기존 연구는 해방기 정치상황과 역사적 현실을 문학적 내용으로 환치시킴으로써 해방기 시문학의 성격을 규명하는 데 미흡했다. 그러므로 신진 시인들을 연구대상으로 삼는 데는 해방기 시문학을 새로운 각도로 조명할 수 있는 장점이 있다. 기성시인들의 차이와 동일성을 가지고 단순히 첨예한 이데올로기의 대립과 무질서한 정세 국면에 초점을 맞추는 것에서 벗어날 수 있기 때문이다(이민호, 앞의 글, 368쪽).

있다. 첫째는 조선문학가동맹에 소속했던 시인들로 소위 '전위시인'으로 지칭되었던 유진오, 김광현, 김상훈, 이병철, 박산운 등이다. 둘째는 '신시 동인' 혹은 '새로운 시민과 도시의 합창' 그룹에 속했던 김경린, 박인환, 김 수영, 임호권, 양병식 등이다. 셋째는 한국청년문학가협회 소속의 신진시 인들이다. 주로 '백맥白脈' 동인들이 이에 속한다. 즉 김윤성, 정한모, 조남 사, 홍윤숙, 공중인 등이 그들이다. 이외에도 청년문학가협회 경남지부에 서 활동했던 김춘수가 순수하게 해방기에 등단한 시인에 속한다.

2. 기존논의 검토 및 문제 제기

해방기 시문학을 연구하는데 하나의 단일한 개념을 가지고 특수성을 추출해낸 연구는 없다. 특히 해방기 시문학의 주체를 조선문학가동맹의 전위시인으로 국한시키지 않고 좌우이념을 넘어 모든 신진 시인들로 확 대하는 시도 또한 없다. 이는 해방기 시문학 연구가 하나의 키워드를 가 지고 시학적 측면을 제고하지 않았다는 반증이라 할 수 있다. 해방기 시 문학을 전면적으로 다룬 기존 논의를 살펴보면 다음과 같다.

먼저 해방기 시문학에 특수성을 부여하지 않고 근·현대문학의 주변부로 인식한 문학사가들이 백철, 조연현, 김현, 김윤식 등이다.6) 이들은 문학사 기술 체계상 해방 공간을 한 시기로 다루며 개별 작가 중심으로 약술한다.

다음은 문단사나 문학운동사적 관점에서 다룬 김윤식, 권영민의 논의 다7). 김윤식은 『해방공간의 문학사론』에서 당시 문학단체의 이합집산을

---

6) 김현·김윤식, 『한국문학사』, 민음사, 1973.
　백　철, 『조선신문학사조사, 현대편』, 백양당, 1949.
　조연현, 『한국현대문학사』, 성문각, 1957.
7) 김윤식, 『해방공간의 문학사론』, 서울대출판부, 1989.
　권영민, 『해방직후의 민족문학운동연구』, 서울대출판부, 1986.

다루는 데 이념에 따른 선험적 평가에서 벗어나 당대 상황에서 객관적 태도를 보인다. 권영민은『해방직후의 민족문학운동연구』에서 해방 정국의 흐름에 초점을 맞추어 관련 문학단체의 변화과정을 살피면서 주관적 시각에서 이념적 평가를 내린다.

본고와 관련 해방기 시문학을 전면적으로 다룬 연구자로 김용직과 신범순이 있다.[8] 그러나 이들 역시 해방기 시문학의 존재성을 비껴가고 있다. 김용직은 해방기 시단의 양극화 현상을 통해 당시의 시적 전개 양상을 살피고 있다. 특히 시의 모더니즘 경향이 해방 후 어떻게 변화되었는가를 통해 해방기 시문학을 규정짓는다. 반면 신범순은 해방기 시를 리얼리즘의 관점에서 전개 양상을 살피고 있다.[9] 이 두 연구 방향의 차이에도 모두 해방기 시문학의 탈식민주의적 계기성을 간과하고 있다.

그 외 해방기 신진 시인들을 다루는 연구에 있어 조선문학가동맹 소속의 신진 시인에 국한 한다든지 개별적인 작가 연구에 그치고 있어 해방기 시문학의 전면적인 양상을 조감하는데 미흡하다. 특히 소위 전위시인들을 다루는데 일제 강점기 카프 시인들과의 연계성에 치중함으로써 해방기의 전형성을 제대로 고구해 내지 못한다.

연구방법과 관련하여 탈식민주의적 인식론은 국내외에서 열띤 논쟁이 있었고 지금도 진행 중이다. 사이드Edward Said, 바바Homi Bhahha, 스피박Gayatri Spivak의 이론은 주로 영미문학작품 연구에 적용되었지만 한국적 상황에서 우리 작품에 적용하는 경우도 상당수 이루어지고 있다. 특히 바바를 중심으로 언급된 '잡종성hybridity'에 대해 재조명하려는 시도는 기존

---

8) 김용직,『해방기 한국시문학사』, 민음사, 1989.
　 신범순, "해방기시의 리얼리즘연구", 서울대 박사학위논문, 1989.
9) 이때 주목할 것은 모더니즘과 리얼리즘이라는 연구대상의 경향적 차이가 아니라 누구를 해방기 시의 주체로 삼았는가 하는 점이다. 김용직이 해방 이전 시인들의 해방 이후 활동에 초점을 맞추었다면 신범순은 해방기 시문학의 전위적 경향에 주목하였다(이민호, 앞의 글, 367쪽).

포스트모더니즘과 변별력을 보여주고 있다. 식민주의에 대해 선명하게 반대하고 있으며 탈식민주의로의 실천과 지향을 바탕으로 하고 있다. 캘러 Virinder S. Kalra[10] 등은 잡종성이 사회적·정치적 의미에서 매우 문제적인 것으로 파악하고 있다. 크레이디Marwan M. Kraidy[11]는 프레드릭 제임슨Fredric Jameson의 이론을 참조하여 잡종성을 전지구화의 문화논리로 규정한다. 이러한 측면에서 문화의 잡종화 경향을 해방기 사회구조의 맥락 속에서 살펴보고자 한다.

일제 강점기를 거쳤고 내전적 상황을 경험했으며 분단문제가 해결되지 않고 있는 우리 현실에서 탈식민주의 논의는 아직도 유효하다. 그것은 우리의 정체성을 다시금 확인하려고 하는 지적 몸부림이기 때문이다. 특히 일본 제국주의로부터 해방이 되었어도 식민주의적 상태를 벗어나지 못했던 해방기 상황은 탈식민주의적 인식을 더욱 필요로 하고 있다.

탈식민주의 연구의 핵심 개념들인 '헤게모니', '주체화', '호명'을 기반으로 해방기 신진 시인들의 '언어', '장소', '자아'의 문제 속에 내재된 문화적 경험을 통해 이들 시의 전위성과 잡종성을 추적하고자 한다. 그람시가 표명했듯 '헤게모니' 개념은 제국주의의 권위가 제거되고 난 이후에도 계속해서 자아개념, 가치, 정치 체계, 전체 민중들의 성격을 형성하고 있는 권위의 지속적 힘을 설명하는 데 유익하다.[12] '주체화subjectification'와 '호명 interpellation[13]'은 알튀세의 용어로 식민통치자들이 떠나 버린 후 독립을 했음에도 예전과 다름없는 주체와 이들을 호명하는 권위의 내재화 과정을 설명하는데 유용하다.

---

10) Virinde, S. Kalra, Raminder & Kaur and John Hutnyx, "Hybridity and Openness(or, Whose Side Are You On?)", *Diaspora Hybridity*, London : Sage Publication, 2005, pp.87~104 참조.
11) Marwarn M.Kraidy, *Hybridity or the Global Logic of Globalization,* Philadelphia : Temple UP, 1991.
12) 더글러스 로빈슨, 정혜욱 옮김, 『번역과 제국』, 동문선, 2002, 38쪽.
13) 위의 책, 39~40쪽.

3. <전위시인>그룹과 주체주의적 탈식민성[14]

전위시인그룹, 즉 유진오, 김광현, 김상훈, 이병철, 박산운 등은 조선문학가동맹이 주창했던 진보적 리얼리즘의 실현을 통해 민족문학 건설의 전위로서 역할을 자임한다. 이들이 표방한 전위의 내용은 선명한 계급적 인식과 투쟁적 노선, 강한 당파성을 견지하는데 있었다. 그러므로 이들의 시는 시의 미학적 형상화보다는 인민대중과 소통하려는 연대의 수단으로 시의 목적성을 우선하였다.

전위, 즉 아방가르드의 본래의 개념에서 볼 때 이들의 시는 진보적, 혁명적 사회세력이 공격적으로 나오게 되면 띠게 되는 성격이다. 그러므로 이들의 시는 '전투적'이며 '투쟁적인' 요소를 중핵으로 하고 있다. 이들은 공격적인 활동과 더불어 진취적 정신이 충만되어 해방기 시문학의 선두를 달리는 개척적이며 선행적인 시의 모습을 보인다.

> 등짐지기 三千里길 기여넘어/가쁜 숨결로 두드린 아버지의 窓 앞에 무서운 글子있어「共産主義者는 들지말라」/아아 천날을 두고 불러왔거니 떨리는 손 문고리를 잡은채/멀그림이 내 또 무엇을 생각 해야 하는고//태어날 적부터 도적의 領土에서 毒스런 雨路에서 자라 가난해두 祖先이 남긴살림, 하구싶든 사랑을/먹으면 화를 입는 저주받은 과실인듯이/진흙 불길한 땅에 울며 파묻어버리고/내 옹졸하고 마음 약한 식민지의 아들/천근 무거운 압력에 죽엄이 부러우며 살아왔거니/이제 새로운 하늘 아래 일어서고파 용소슴치는 마음/무슨 야속한 손이 불길에 다시금 물을 붓는가//징용사리 봇짐에 울며 늘어지든 어머니/형무소 창구멍에서 억지로 웃어보이든 아버지/머리 씨다듬어 착한 사람 되라고/옛글에 일월같이 뚜렷한 성현의 무리 되라고/삼신판에 물떠놓고 빌고, 말 배울쩍부터 井田法을 祖述하드니/이젠 가야할 길 믿어

---

14) 전위시인 언급은 '이민호, 앞의 글'을 심화하여 수용.

운 기빨아래 발을 맞추랴거니/어이 역사가 역루하고 모든 습속이 부패하는 지점에서/지주의 맞아들로 죄스럽게 늙어야 옳다하시는고/아아 해방된 다음날 사람마다 잊인 것을 찾아 가슴에 품거니/무엇이 가로막어 내겐 나라를 찾든 날 어버이를 잃게 하느냐//형틀과 종문서 지니고, 양반을 팔아 송아지를 사든 버릇/소작료 다툼에 마을마다 곡성이 늘어가든/낡고 불순한 생활 헌신짝처럼 벗어버리고/저기 붉은 시폭 나붓기는 곧, 아들 아버지 손길맞잡고/이 아츰에 새로야 떠나지는 못하려는가/아아 빛도 어둠이런 듯 혼자 넘는고개/스물 일곱해 자란 터에 내 눈물도 남기지 않으리/벗아! 물끝틋 이는 민중의 함성을 전하라/내 잠간 악몽을 물리치고 한거름에 달려가마

　　　　　　　　　　　　　－김상훈, 「아버지의 窓 앞에서」전문

　이 시에서 드러나는 아버지의 몰락은 제국주의의 몰락을 알레고리화한 것이라 할 수 있다. 아버지의 몰락은 언어의 분열 양상에서 확인된다. 아버지의 언어는 '말'이 아니라 '문자'로 소통할 수밖에 없는 상태에 있다. 그것은 앞서 언급했던 해방기 언어 환경을 잘 대변하고 있다. '공산주의자는 들지말라'는 권위적 금지와 '옛글'의 이데올로기적 호명은 시적 주체를 '착한 사람'과 '성현'이라는 환상적 인물로 주체화한다. 이는 전위시인에게 해방기를 식민지배 상태로 인식하게 하는 근거가 될 수 있다. 다시 말해 해방기 한국 민중이 목격하고 있는 실재적 식민지배의 몰락과 식민지배의 상징적 권위 자체의 몰락과는 구분되어야 한다. 아버지의 상징적 권위로 알레고리화된 식민성은 그대로 상존하기 때문이다.

　이처럼 해방기를 지배하고 있는 '무서운 글자'와 '옛글'의 이데올로기는 아버지의 권위가 중심적 기능을 하고 있는 가족의 언어를 통해 전달되고 있다. 시인은 이러한 지배적 언어환경을 악몽으로 인식하고 있다. 이때 '옛글'과 '성현'의 상징성은 우리 전통과 권위를 알레고리한 것으로 볼 수 있다. 그것은 아버지가 과거 식민지의 상징적 권위의 대리자agency이기 때

문이다. 이는 지젝S. Zizex이 말한 초자아로서의 원초적 아버지라 할 수 있다.15) 그런 측면에서 이 시에 등장하는 아버지는 식민지 국가 권위의 알레고리이기도 하지만 식민지 이전의 아버지의 권위 또한 함께 가지고 있다 할 수 있다. 그러므로 해방기의 식민성은 일제 강점기의 상징적 아버지의 불완전한 언어와 봉건적 권위의 언어가 착종되어 있다 할 것이다. 그러나 봉건적 상징은 이미 소멸하여 식민지적 상징 속에 함몰되어 있다. 그러므로 이 시 속의 아버지는 구체적으로 무엇을 원하는지 자신이 어떤 식으로 삶을 영위하는지를 말하지 않고 아들에게 금지Prohibiton를 강요하는 존재에 불과하다. 이 막연한 존재가 해방기 개인 속에 불안의 요소로 자리하고 있다.

이렇게 대체된 호명에 저항하는 '전위시인'의 전위적 전략은 정전화된 권위적 문자 언어와 단절하고 대중의 언어를 획득하는 것이다. 이것을 시에서는 '민중의 함성'이라 적고 있다. 그 원초적 언어는 악몽과 같은 억압으로 드러난 해방기 모순의 실재the Real와 민중의 고통으로 이미 상징화된 현실reality 사이에 존재한다. 이때 실재the Real는 언어로 표현되지 않았거나 공표되지 않은 것이고 현실the reality은 이미 상징화 된 것이다.16) 그리고 그 사이에서 '형틀과 종문서', '소작료 다툼', '낡고 불순한 생활'과 같이 객관적 실체로서 자신을 스스로 구성하지 못하게 하는 장애물에 저항하는 계급투쟁으로 실체화된다.

'전위시인'들은 시적 언어를 혁명의 언어로 전위시키며 해방기 현실을 아날로지한다. 이는 가족의 언어로 변형된 식민주의 지배담론과 단절하려는 욕망에서 비롯된다. 그것은 언어 대중화의 욕망이며 이들의 시 속에

---

15) 홍준기, 「슬라보이제(Slavoj Zizek)의 포스트모던 문화 분석」, 『철학과 현상학연구』, 한국현상학회, 2004, 202쪽 참조.
16) 하수정, 「이데올로기의 정신분석학적 전유-알튀세르와 지젝」, 『영미어문학』 제68호, 한국영미문학회, 2003, 181쪽 참조.

드러난 탈식민주의적 전위의 전략이다. 그러나 이들이 시인의 절반을 차지하는 마법적 기능을 저버리게 되는 순간 시에 등을 돌리게 되고 혁명관리나 대중선동가로 돌변하게 된다. 이때 시의 전위성은 마법적 소명과 혁명적 소명을 함께 가지고 있다. 전위시인들은 이 두 소명 간에 아이러니적 갈등을 한 것이라 할 수 있다[17].

이러한 시의 역동성은 두 가지의 전위적 요소를 가지고 있다. 하나는 이상적 공간을 지향하는 유토피아적 욕망과 죽음 충동과 같은 비극적 정서다. 즉 옥타비오 파스의 언급처럼 이들의 시 역시 매혹과 환멸에서 오는 부정의 역설적 성격을 가지고 있다. 해방은 새로운 세상에 대해 비전을 갖게 하는 역사적 사건이다. 이들은 그러한 혁명적 순간에 환호하였으며 혁명의 소명이 갖고 있는 마법적 분위기에 매혹되어 자신들의 시적 역량 전부를 쏟아 부었다. 그러나 이들은 아이러니 상황 속에 빠져들고 만다. 그것은 혁명의 유토피아적 욕망이 갖고 있는 절망의 부재 때문이다. 이는 또 다른 의미에서 커다란 단절이었으며 그것이 해소되지 않은 식민성에서 비롯되었음은 자명한 것이다.

아무데서나 산이 보이는/티끌 날리는 서울/검푸른 山마루에/그림같은 붉은 구름이 걸리면/어수선한 발자욱들이/바삐 움직여가는 거리//속삭임을 주고받을/동무를 기다려/누렇게 물드는 街路樹에/등을 기대면/갑짝이 시장끼가/벌레처럼 기어내린다//밀려가는 사람들 사이/이따금 얼굴 익은 동무들이/악수도 없이/눈만을 끔벅이고 지내치는/쌍, 가슴아픈 오늘날이다//지난 해 가을 이맘땐/모퉁이 모퉁이 산마다에/횃불이 있었드라만/시방 이 가을엔/그때를 그리우는 마음이/머얼리 어두어가는/산을 노린다//전차, 자동차, 마차, 추럭/찚, 찚 또 찚……목마른 서울 거리엔/몬지만 휘날리느냐//정각이다/동무는 헐덕이며/손을 쥐었

17) 옥타비오파스, 김은중 옮김, 「근대성과 전위주의」, 『흙의 자식들외―낭만주의에서 전위주의까지』, 솔, 2003, 134쪽 참조.

다/집없는 우리들이다/어깨를 부닥드리며/네거리까지 거러가자//재빠른 속삭임이 끝났다/약속한 날까지/우리는 헤어지자//어지러운 거리/숱한 사람들 속에 끼어/동무는 보이지 않는//아아 부푸는 숨결로/더 한층 검푸러/자주빛 구름 휘감아도는/산은 나의 가슴 속 깊이/영웅들의 모습을 그려주는구나//아무데서나 산이 보이는/티끌 날리는 서울/거리거리에/산은 가슴마다에 있고/밤이면 머얼리 아득한/별빛 그리워/마지막 가는 날에도/부를 노래/가만가만 불러보며//어수선히 디디고 간 발자욱/몬지 속에 쌓인 어두운 길 우/타박어리든 발길이 개벼워/간다.

—유진오,「산」전문

　이 시에서 서울의 공간성은 수많은 사회적 관계들로 구성되어 있다.[18] 그리고 그 관계는 자본주의적 생산양식으로 조직되어 있다. 자본주의 헤게모니는 서울의 개인들을 자본주의 생산양식에 합당하게 주체화한다. 그 호명의 핵심은 개인과 개인 간의 연대와 교감을 허용하지 않은 채 도시의 속도감에 동참하는 것이다. 도시는 비자발적 주체들이 모인 곳이다. 도시에 정주하는 개인들은 농촌의 붕괴와 자본 논리에 떠밀려온 이주민의 성격을 갖고 있다. 그러므로 도시는 태생적으로 다양하며 혼성적이다. 그러나 자본의 생산 양식은 도시 사람들을 정태적인 존재로 주체화한다. 자아와 타자, 동일과 차이로. 그러나 자본 이데올로기에 호명된 주체들은 차이화되어 있고 타자화 되어있는 자기 정체성을 인식하지 못한다. 단지 전차나 자동차처럼 바삐 움직이는 기계와 같다. 이 예속적 상황은 식민의 논리와 다를 바가 없다. 징용과 학병으로 비주체적으로 이주했던 식민지인의 삶은 해방 이후 자본의 거리에 그대로 안치된다. 이러한 생산양식은 일제 강점기의 과거뿐만 아니라 미래를 함축하고 있기 때문에 유토피아 충동과 접합된다.

---

18) 공간은 사회적으로 생산되는 것이며 비활성적인 것도 정태적인 것도 아니며 오히려 사회적 관계들로 구성되어 있다(에드워드 소자, 이무용외 옮김,『공간과 비판사회이론』, 시간과 언어, 1997, 21쪽).

이 유토피아 충동을 '전위시인'들이 수행하고 있다. 이들은 서울을 떠나 '산'으로 이주함으로써 자본의 식민성으로부터 탈주하고자 한다. '산'의 공간성은 영웅들의 신화가 존재하는 역사성을 가지고 있다. 특히 혁명적 투쟁의 공간으로 이미지화되어 있다. 그러므로 '전위시인'들은 '산'을 역사의 현장으로 공간화함으로써 자본의 도시에 감금되어 있는 민중의 고정성을 타파하고 변화와 갱신의 가능성을 제시하고 있다.

이때 '전위시인들'이 꿈꾸었던 이상적 공간이나 이들이 추구하는 '산'의 장소적 개념은 식민지 흔적을 모두 지울 수 있다고 생각하는 식민지 이전의 전통적 문화 속으로 돌아가려는 민족주의자들이 상정했던 자연회귀적인 '산'의 공간성과는 판이하게 다른 것이다. 그런 측면에서 전통적 장소와의 단절을 함께 추구하는 전위적 경향을 보인다.

더불어 해방기의 한국은 일본이 물러간 장소에 미국과 소련이라는 또다른 식민주의자가 대체되는 혼성적 '공간'이다. 일본 식민주의를 완전히 극복하지 못했던 해방기 도시는 호미 바바가 말한 흉내내기mimicry의 장소로 공간화된 것이다.[19] 그러므로 역설적으로 탈식민주의적 전위의 전략이 통하는 공간이기도 하다. 그래서 '전위시인'들의 시에 나타난 장소들은 끊임없이 '문화적 차이'와 '타자성'이 출몰하는 공간이다. 그 공간은 식민주의의 재현적 위상과 같은 불안한 분위기에 휩싸인다. 이들이 묘사하는 도시의 풍경이 모두 그러한 색체로 엉켜있다.

> 나는 이제 두 살백이다/지주의 맏아들에서 가난뱅이의 편으로 태생하였다/살부치기를 모조리 작별하고/앵무새처럼 노래부르든 버릇을 버렸다//나는 아무것도 없다 아무것도 모른다/다만 조국을 사랑하는 한가지 길밖에/나는 이래서 시를 쓴다 그리고 가장 자랑스럽다.
> — 김상훈, 「나의 길」에서

19) 김용규, 「포스트 민족 시대 혼종과 틈새의 정치학 : 호미 바바 읽기」, 『비평과 이론』 제10권 제1호, 2005, 34쪽.

밤을 세월 생각하나 진저리 나는 인도 아침 가즈/런히 놓인 구도를
보고 있으면/또한번 다시 힘써보아도 괜찮으이⋯⋯했다.//帽子처럼
이마위 주름ㅅ살을 덮어주지는 않지만⋯⋯/어느때나 알뜰히 기다리
고 있었다./그러면 나는 얼른 두손을 떼고 일어선다.//四方 軍樂소리에
귀를 세우고 어둔 전?에서 날뛰던/구두/할말 다 못하고 돌아간 벗님,
외로운 신체 뒤따르며/삼가 소리를 죽이던 구두,/그리고 그리운이 門
　밖에 큰마음 믿고 갔다간/강아지에 짖거 익살만 부려보인 나의 이
구두−.//아아 구두는, 나의 지낸 마음을 낱낱이 알고 있고있다./밝아
오는 새아침의 넓고도 좋은 신./오늘이야말로 헌 내구두이나 새것없
이 눈웃음이 난다!

−박산운, 「구두」 전문

　'전위시인'들은 스스로 죽고 재생하는 삶의 탄력 속에서 중심적 권위의
호명을 거부하고 주변화된 타자성을 자신의 주체로 인정한다. 그것은 김
상훈의 시에서 보듯 '지주계급'의 중심성을 버리고 '무산계급'으로 거듭나
는 것과 같다. 이때 그의 시쓰기는 식민주의의 타자인 해방기 민중에 가해
진 인식론적 폭력을 알레고리하는 동시에 식민주의적 지배에서 벗어나지
못하고 있는 타자로서의 민중이 시인과 같은 간극의 존재들을 독립적 주
체로 거듭날 수 있도록 만들어주는 시적 형식과 연결된다. 그것을 또한 해
방기 소시민적 '자아'로 주체화되었던 민중의 낡은 타자성에서 발견하게
된다. 박산운의 시에서 '헌 구두'가 '새것'으로 인식되는 전유의 과정은 중
심의 무거운 침묵을 거부하는 유쾌함이라 할 수 있다. 그 유쾌함은 해방기
타자적 민중에게 가해진 윤리적 접근을 차단하는 것이다. 타자로서의 민
중은 늘 소박하며 온순하고 숙명적이다. 이것은 식민주의 이데올로기가
만들어낸 종속적 타자의 환상이다. 그러므로 '헌 구두'에 투사된 자아는 상
상적으로 구성된 타자의 전형성을 해체하는 것이라 할 수 있다.
　이처럼 '전위시인'들은 해방기 민중들이 겪는 단절과 절망의 고통을 함

께하며 가족, 민족, 국가의 이념들을 파괴한다. 이들의 전위성이 유토피아적인 것으로 보이건, 아무 목적이 없는 것으로 보이건 간에 이들의 전위적 명제는 식민주의적 역사와 사회와 문화로부터 벗어나는 완전한 해방이다. 이처럼 총체적인 파괴와 몰락으로부터 자유로운 인간의 모습을 시 속에 담으려 했다.

더불어 이들은 민족문화의 존재론적 진정성에 집착하지 않는다. 새로운 탈식민주의적 상황 속에서 그런 집착에 구애받지 않는 다양한 접합적 실천을 통해 새로운 종류의 자아를 모색한다. 즉 아리엘 트리고가 언급했던 '정체성의 존재론으로부터 정체성의 접합적 실천으로의 이행'[20]을 말한다. 이는 기원이나 진정성의 아우라를 과감히 떨쳐버리고 미래적 수행성 속에서 자신의 정체성을 구성해가려는 것이다.

해방은 그것이 선언되는 그 순간부터 중심의 해체와 상실을 가져왔다. 이때의 중심은 물론 일본 제국주의다. 그러나 해방의 진정한 국면은 말 그대로 선언적인 것에 불과하다. 그러므로 한국의 탈식민적 상태는 또 다른 의미에서 중심의 대체에 불과하다. 일본 제국주의를 대체하여 수많은 세력의 유입을 가져왔기 때문이다. 그 결과 일종의 문화의 잡종화 경향이 나타난다. 그러한 측면에서 전위시인들을 조명한다면 이들의 시가 갖는 전위성은 새로운 저항으로 읽을 수 있을 것이다.

전위시인들은 계급적 측면에서 시인으로서의 자기 정체성을 표방하였다. 다시 말해 식민지배의 논리를 거부하고 계급적 주변으로서의 자기정체성을 분명히 표방하면서 새로운 대안을 찾았던 것이다. 무산계급의 자기정체성을 확립하고 이 자부심을 바탕으로 식민주의 잔재를 청산하고 새로운 민족문학 건설을 도모한 측면에서 이들의 잡종성을 '주체주의적 탈식민주의'로 명명할 수 있다. 이들이 표방한 주체주의적 탈식민주의는

---

20) 김용규, 「문화연구의 전환과 잡종문화론」, 『영미문화』 제5권 2호, 2005, 174쪽.

민족과 계급적 주체 사이에 놓여있는 가치의 모순을 통합할 수 있는 가능성을 제시한다. 이들의 잡종성은 스튜어트 홀이 말한 일종의 비판적 oppositional 전유[21]라 할 수 있다.

4. <신시>동인과 다문화적 탈식민성

김수영, 김경린, 박인환, 임호권, 양병식 등은 기존의 시를 부정하고 피터 뷔르거가 말했듯이[22] 예술로부터 실제 생활을 조직하려고 시도했던 시인들이다. 이들은 삶으로부터 유리된 시들을 비판하며 예술의 자율성을 표방하는 기존 시의 개념을 파괴하려 시도한다. 이것은 진보적 리얼리즘을 표방했던 전위시인그룹과 변별되는 또 다른 의미의 전위적 양상으로서 정치적 성향을 배제하지 않는다는 점에서 전위시인들과 소통할 수 있다.

이들은 자본주의가 만들어내는 모더니티에 민감하게 반응한다. 그것은 일종의 비판적 시각이면서도 새로움을 추구하는 끊임없는 욕망으로 다문화적 잡종성을 보인다. 이들이 탐닉했던 전위의 정체는 보들레르가 언급했던 현대적 삶과 유사하다.[23] 즉 일시적인 것, 순간적인 것, 우연한 것으로 예술의 반을 이루고, 나머지 반은 영원한 것, 불변의 것이다.

> 폭풍이 머문 정거장 거기가 출발점/정욕과 새로운 의욕 아래/열차는 움직인다./격동의 시간/꽃의 秩序를 버리고/空閨한 운명처럼/열차는 떠난다./검은 기억은 전원에 흘러가고/속력은 서슴없이 죽엄의 경사를 지난다// (중략) // 깨진 유리창 밖 황폐한 도시의 잠음을 차고/율동하는 풍경으로/ 활주하는 열차// 가난한 사람들의 슬픈 慣習과/봉건의 터널

---

21) Stuart Hall, "Encoding/decoding", *Culture, Media, Language*, the Center for Contemporary Cultural Studies ed., London : Hutchinson, 1980, pp.137~138.
22) 피터 뷔르거, 최성만 옮김, 『전위예술의 새로운 이해』, 심설당, 1986, 138쪽.
23) 레나토 포지올리, 박상진 옮김, 『아방가르드 예술론』, 문예출판사, 1996, 123~130쪽.

특권의 장막을 뚫고/피비린 언덕 너머 곧/광선의 진로를 따른다.
—박인환, 「열차」에서

전위시인그룹 시인들이 아버지로 상징되는 금기 언어에서 벗어나 봉건적 질서에 저항하고 단절하려는 욕망을 민중의 언어에서 찾았다면 신시동인들은 개인의 언어에서 그 욕망을 충족하고 있다. 이들에게도 해방은 전위시인그룹과 마찬가지로 새로운 삶의 계기다. 이 시에서 드러나듯 갑작스레 폭풍과 같이 해방이 다가온 것이다. 폭풍이 머문 자리에 존재하는 것은 '가난한 사람들의 슬픈 관습'과 '봉건의 터널 특권의 장막'이다. 이미 해체되었을 것으로 생각되었던 봉건적 관습의 장벽은 해방이 되었어도 상존하고 있다. 이들 시인들에게 자리하고 있는 차단의 질서는 '꽃의 질서'로 명명하고 있듯 너무나 익숙한 것이고 때론 침범할 수 없는 순수성을 가지고 있다. 이 정전화된 관습적 질서로부터 일탈하려는 시인들의 전략은 개성적인 언어를 획득하는 것이다. 이것을 이들은 '정욕'과 '새로운 의욕'이라 적고 있다.

이 탈식민주의적 정념의 언어는 기존의 꽃의 형상적 언어가 갖고 있는 관념성을 과감히 해체하고 있다. 이는 과거와의 단절에서 멈추는 것이 아니라 식민적 잔재가 상존하는 현실로부터 이탈하여 질주하는 것이다. 이 시에서는 그 매개체를 '열차'라고 하는 근대적 상징물을 제시하고 있다. '열차'는 '꽃'을 하나의 풍경으로 만들고 지나가 버린다. 이 서슴없는 전위적 행위를 가능하게 하는 것은 열차가 가지고 있는 '속력'이다. 이 속력 때문에 봉건적 관습의 유구한 질서는 순간적으로 사라지고 모든 것은 하나의 장면처럼 순식간에 교체된다.

신시동인들은 시적 언어를 개인적 욕망의 언어로 전위시키며 해방기 현실을 드러낸다. 이는 꽃의 언어로 변형된 식민주의 지배담론과 단절하려는 욕망에서 비롯된다. 그것은 근대화된 개인이 갖는 욕망이며 이들의 시 속에 드러난 탈식민주의적 전위의 전략이다. 이들이 선택한 일시적인 것으로서의 전위성은 사진과 영화예술이 시도했던 일상성과 맞물려 있다. 이는 기존 시들에 존재했던 아우라의 파괴이며 축소이다. 이렇게 파편화된 새로움의 추구에서 얻게 되는 실존의 문제는 항상 현실로부터 벗어나려는 주체의 영원성을 또 다른 전위적 요소로 갖게 된다.

일본 제국주의의 몰락으로 개인이 경험하고 사유했던 '일본'은 모습은 해방공간에서 사라졌다. 그러나 새로운 식민지적 요소의 혼재로 해서 시적 주체는 혼란에 빠져든다. 다음 시는 해방공간의 식민지적 공간성을 잘 보여주고 있다.

> 사진잡지에서 본 香港 夜景을 기억하고 있다/그리고 중일전쟁 때/上海埠頭를 슬퍼했다//서울에서 삼천 킬로를 떨어진 곳에/모든 해안선과 공통되어 있는/인천항이 있다.//가난한 조선의 프로필을/여실히 표현한 인천항구에는/商館도 없고/領事官도 없다//(중략)//그러나 날이 갈수록/銀酒와 阿片과 호콩이 密船에 실려오고/태평양을 건너 무역풍을 탄 칠면조가/인천항으로 나침을 돌렸다.//서울에서 모여든 謀利輩는/중국서 온 헐벗은 동포의 보따리같이/화폐의 큰 뭉치를 등지고/황혼의 埠頭를 방황했다//밤이 가까울수록/星條旗가 퍼덕이는 宿舍와/駐屯所의 네온사인은 붉고/짠그의 불빛은 푸르며/마치 유니온 작크가 날리든/식민지 香港의 야경을 닮아간다//조선의 海港 인천의 埠頭가/중일전쟁때 일본이 지배했던/상해의 밤을 소리없이 닮아간다
>
> —박인환, 「인천항」에서

이 시에서 해방기 한국의 현실을 목도하게 된다. 이는 압둘 잰모하메드가 언급했듯이[24] '헤게모니적hegemonic' 시기에 해당한다. 식민주의의 지배적 시기를 마감하고도 제국주의적 헤게모니가 유지되는 것이다. 일제의 식민통치에서 해방된 후 남한은 미국 문화가 새로운 세력으로 등장한

---

24) Abdul JanMohamed. "The Economy of Manichean Allegory: The Function of Racial in Colonialist Literature", *Critical inquiry* 12, 1985, pp.61~62.

다. 그 상징적 공간이 '인천항'인 것이다. 이 식민주체의 '전치displacement' 속에 시적 주체는 혼란에 빠진다. 위 시에서처럼 과거 지배적인 식민지 시대를 닮아가는 현실로 해서 신시동인들은 자연스럽게 탈식민주의적 인식을 하게 된다. 그 유토피아적 충동을 자극하는 곳이 '국제적인 어떤 곳'이다. 다음 시는 그 이상화된 공간이 어떤 곳인지 보여주고 있다.

> 하이얀 기류를 안고/검은 층계에 올라서면/거꾸로 떨어지는 애정과 함께/아스러히/부서지는 오후의 그림자가 있었다//말없이/찌부러져 가는 나의 시야에/날카로운 눈초리들은/날로 무성하고/가늘어져 가는/국제열차의 폭음이 지나간다./다감한 지역에/푸른 계절이 오면/잊혀진 사람아/검은 층계위에/흰 발자욱을 따라/빛나는 광선이 올 것을 알라
> —김경린, 「빛나는 光線이 올 것을」 전문

새로운 세계를 추구하는 이들의 열망은 역설적으로 현실 인식을 단적으로 보여주는 것이다. 현실은 '검은 층계위' 같이 위태롭고 전도된 곳이다. 신진시인들의 시야에 들어오는 모든 현상은 그처럼 암담하다. 그 식민지적 공간성을 일시에 역전시킬 수 있는 방법은 현실로부터 탈주하는 것이다. 이들이 택한 탈식민의 탈주방식은 매우 근대적인 속성을 가지고 있다. 바로 '기차'다. 박인환의 시에서도 드러나듯 어둡고 지루한 일상에 균열을 가하는 역동적인 삶의 동기를 부여하는 것이 기차라는 근대의 화신이다. 그러므로 이들은 아메리카에 대해 선망의 눈길을 보낸다. 미국의 영화를 보고 잡지를 읽으며 그들의 말을 할 줄 아는 이들이 미국문화에서 보았던 것은 단일하지 않은 다문화적 요소였을 것이다. 이들은 '개인'의 심리와 처지를 세밀히 바라보는 미시적 태도를 보인다. 이는 일본의 잔재를 거둬내고 그 자리에 새로움의 양식으로 다문화적 요소를 가져다 놓은 것이라 할 수 있다.

> 홀러가는 물결처럼/支那人의 衣服/나는 또하나의 海峽을 찾았던 것
> 이 어리석었다/機會와 油滴 그리고 능금/올바로 情神을 가다듬으면서/
> 나는 數없이 길을 걸어왔다/그리하야 凝結한 물이 떨어진다/바위를
> 문다//瓦肆의 政治家여/너는 活字처럼 고웁다/내가 옛날 아메리카에서
> 돌아오던 길/뱃전에 머리 대고 울던 것은 女人을 위해서가 아니다//오
> 늘 또 活字를 본다/限없이 긴 활자의 連續을 보고/瓦肆의 政治家들을
> 凝視한다
>
> — 김수영, 「아메리카 타임 誌」 전문

일제의 잔재를 대체하는 공간적 이동으로서 '기차'가 존재했다면 이들
에게 문화적 혼종을 가능하게 한 것은 '책'이었다. '아메리카 타임지'를 통
해 이들은 '지나인의 의복'에서 묻어나는 식민주의의 잔재를 분명하게 확
인할 수 있었으며 스스로 걸어왔던 길을 반성할 수 있는 계기를 마련하게
되었다. 그래서 헤게모니를 쥐고 있는 정치가들의 식민성을 폭로하고 그
들로부터 벗어나는 길을 찾게 된다. 이들에게 책, 즉 활자의 매력은 현실
을 바로 응시할 수 있게 하는 전위적 도구이기 때문이다. 그 도구의 핵심
은 '지나인의 의복'과 같이 봉건적이며 식민주의적인 색체가 아니라 바위
를 뚫을 정도의 새로운 어떤 것이다. 그들은 그러한 탈식민주의적 힘의
원천이 문화의 전통성을 고수하는 것에 있지 않고 새로운 문화의 다양한
접합 속에서 탄생하는 것임을 인식한다.

이러한 다문화적 탈식민주의는 현실을 개선하기 위하여 억압받고 있
는 인간 다수가 무엇을 해야하는지에 대해 관심이 없다. 이는 해방기 시
단에서 시의 한국적 전통성을 고수했던 시인들과 대립되는 전위적 대응
이다. 호미 바바의 이론을 따른다면 동일성의 원리에 기반한 민족주의적
전략을 넘어서 해방의 가능성을 모색하는 일이다. 그러나 이들에게는 서
양중심주의적이라는 다문화중심주의적 탈식민주의의 위험성을 내포하

고 있다. 그런 측면에서 이들의 잡종성은 스튜어트 홀이 말한 바와 같이 타협적negotiated 전유25)의 성격을 지닌다.

5. <백맥>동인과 보편주의적 탈식민성

'백맥동인'들을 중심으로 한 한국청년작가협회의 일군의 신진 시인들이 해방기에 또 다른 시적 전위성을 보여 준다. 이들은 어떠한 가치, 규범, 혹은 행동들은 보편적으로 진실하거나 당연하며 본질적으로 인간적이라는 믿음을 갖고 있다. 이들의 자유주의 휴머니즘은 탈식민주의적 입장에서 보편주의와 동일시 된다. 이때의 보편주의는 일본 제국주의의 지배적 역사로 인해 보편적인 것으로 보일 뿐이라는 비판이 있을 수도 있지만 해방기에 잔존하는 식민주의를 상대화하는 기능을 담당한다.

> 한결같은 빗속에 서서 젖는/나무를 보며/황금색 햇빛과 개인 하늘을/나는 잊었다.//누가 날 찾지 않는다./또/기다리지도 않는다//한결같은 망각 속에/나는 구태여 움직이지 않아도 좋다./나는 소리쳐 부르지 않아도 좋다./시작도 끝도 없는 나의 침묵은/아무도 건드리지 못한다//무서운 것이 내게는 없다./누구에게 감사 받을 생각도 없이/나는 나에게 황홀을 느낄 뿐이다.//나는 하늘을 찌를 때까지/자라려고 한다./무성한 가지와 그늘을 펴려고 한다.
>
> － 김윤성,「나무」전문

이 시는 '나무'의 속성 중에서 주변의 어떤 것으로부터도 영향받지 않는 자유로운 존재성을 노래하고 있다. 특히 '황금색 햇빛과 개인 하늘'이 함축하는 해방공간의 자유의 분위기와 '나의 침묵'이 함축하고 있는 개인의 존재론적 자유가 대비됨으로써 식민성이 어떤 양상으로 잔존하고 있

---

25) Stuart Hall, *Op. cit.*, pp.137~138.

는 지 보여주고 있다. 이들 시인들은 침묵할 수 없게 만드는 강요된 집단적이고 획일적인 식민성을 인지하고 있다. 그것이 비록 군국주의적인 색채를 띠지 않고 구체적인 행위로 다가오지 않더라도 한 개인에게 요구하는 역사적 당위나 사회적 의무조차도 과거 일제 때 겪었던 모순적 행태와 다르지 않음을 직감하고 있다. 그러므로 이들이 추구하는 언어 형상은 '침묵의 언어'다. 그것은 전위시인그룹과 신시동인이 소유하고 있는 정치적이고 참여적인 목소리와는 또 다른 것이다. 단지 개인이 누려야할 자유의 권리 속에서 스스로의 존재감을 찾는 것을 욕망하고 있다.

이처럼 전위적 측면에서 이들은 휴머니즘적 경향과 더불어 허무주의적 성향을 보인다. 이는 아방가르드 즉 전위성의 중요하고 명백한 역설적 의미를 지닌다. 이러한 허무주의적 성향의 폭발은 모두 시를 위해서이고 가장 본질적이며 진실한 형태로 시를 회복시키겠다는 목적에서 비롯된다. 이들의 생각은 해방기의 지극히 저속한 공동체적 사회 흐름 속에서는 시와 시적인 운명의 전개가 불가능하다는 것이다. 그러므로 이들의 현대적인 전위성은 본래적인 본질의 상태로 되돌아가려는 태도, 시적인 상상력의 순진한 원천인 순수하고 자연스러운 출발상태로 돌아가려는 지울 수 없는 향수를 정확히 주장하고 표현한다.

> (한송이는 바다로 흐르고)/한송이는 바다로 흘러가고)/이상한 말을 하고/사람들은 이 언덕을 넘어갔었다.//낯설은 새들이 울음 울면은/銀참나무 잎사귀선 짜디짠 갯내가 코를 찔렀다/(한송이는 바다로 흐르고/한송이는 바다로 흘러가고)/아는 사람은 다 이 언덕을 넘어갔는데//상기도 너는/하나 둘 꼽아가며/꽃밭에 물을 주고 있는지도 모른다
> — 김춘수, 「언덕에서」 전문

이 시에 등장하는 공간은 분명하지 않다. 그러나 집단적 행동과 개인적 행동이 충돌하는 지점에 시인이 위치하고 있다. 선택의 기로다. 해방공간의 공간적 현실을 함축하는 것이기도 하다. 좌우의 이데올로기대립 속에

서 이들 시인들의 입장에서 보면 그저 바다로 흐르고 흘러가는 한 송이 꽃에 지나지 않는다. 그 흐름 속에서 이들은 끼지 않는다. '아는 사람은 다' 가는 그런 식의 행위가 갖는 집단적 행태가 식민주의적인 것임을 인식하고 있는 것이다. 이들은 그래서 아직도 꽃밭에 물을 주고 있다. 그 공간 꽃밭은 개인적이며 보편적인 탈주의 공간이다. 그렇게 이들의 시에서 발견되는 핵심적인 용어는 '본질', '순수', '자연스러운 근원', '원시적', '자발적', '기본적', '일차적인 표현의 본질' 등이며, 현실의 재구성, 발생론적인 시간의 이상적인 재조직, 재출발, 순수하고 영원한 양식으로의 영원한 회귀 등의 방법이 거듭 거론된다. 이들의 이러한 전위적 순수주의는 절대적인 문학적 경험을 반영하고 그것이 절정에 이른 형태를 시 속에 반영한다.

> 저마다 사람은 임을 가졌으나/임은/구름과 薔薇되어 오는 것//눈 뜨면/물위에서 구름을 담아보곤/밤엔 뜰薔薇와/마주앉아 울었노니//참으로 뉘가 보았으랴?/하염없는 날일쑤록/하늘만 하였지만/임은/구름과 薔薇되어 오는 것//……마음으로 간직하며 살아왔노라
>
> ─김춘수,「구름과 장미」전문

이들의 언어는 단일화된 현실적 가치를 거부하고 양가적 특질 속에서 이루어진 것이다. 이 시 속에서 등장하는 이상적인 '임'의 모습은 구름이 함축하는 '허무'와 장미가 함축하는 '욕망'을 함께 가지고 있는 존재다. 그러므로 이들의 자아는 혼종화되어 있다. 그것은 기존의 틀 속에 존재했던 것이 아니며 인간 본연의 실존적 모습이기도 하다.

해방과 더불어 일본 제국주의 중심의 문화 경향은 다문화적인 경향으로 잡종화된다. 이러한 해방기의 특수한 상황에서 이들 시인들은 서양중심적이거나, 계급중심적이거나, 아니면 민족중심적인 집단적 가치로부터 벗어나 소중심화하는 경향을 보인다. 그럼으로써 나름대로 지배적 주

체성을 회복해 간다. 이는 기존의 중심을 해체하고 주변부에서 이루어낸 잡종화의 상징적 행위라 할 수 있다. 즉 일종의 지배적—헤게모니적 dominant-hegemonic 전유26)라 할 수 있다.

이들은 식민의 잔재나 기억 따위는 문제 삼지 않는다. 그보다는 해방기 한국문화의 빈곤을 인식하면서 강력한 이데올로기적 상황이 지배하고 있는 해방기 흐름 속에서 스스로의 정체성과 의지를 실현하기 위해 그들 나름대로의 모색을 시도한다.

6. 맺음말

해방기 신진 시인들의 역동성은 이상적 공간에 대한 유토피아적 욕망이 갖는 전위적 요소에서 나타난다. 해방은 새로운 세상에 대해 전망을 갖게 하는 역사적 사건이다. 해방은 그것이 선언되는 순간부터 중심의 해체와 상실을 가져왔다. 이때의 중심은 물론 일본 제국주의다. 그러나 해방의 진정한 국면은 말 그대로 선언적인 것에 불과하다. 그러므로 해방기의 탈식민주의적 상태는 또 다른 의미에서 중심의 대체에 불과한 성격을 갖는다. 일본 제국주의를 대체하여 수많은 세력의 유입을 가져왔기 때문이다. 그 결과 일종의 문화의 잡종화 경향이 나타난다. 그러한 측면에서 해방기 시문학을 조명한다면 이들의 시가 갖는 전위성은 현실의 저항이기도 하지만 새로움을 향한 예술적 행보로 읽을 수 있을 것이다.

전위시인그룹은 계급적 측면에서 시인으로서 자기 정체성을 표방하였다. 다시 말해 식민지배의 논리를 거부하고 계급적 주변으로서 자기정체성을 분명히 표방하면서 새로운 대안을 찾았다. 무산계급의 자기정체성을 확립하고 이러한 자부심을 바탕으로 식민주의 잔재를 청산하고 새로

---

26) Stuart Hall, *Op. cit.*, pp.137~138.

운 민족문학 건설을 도모한 측면에서 이들의 전위성을 탈식민주의적인 것으로 명명할 수 있다. 이들이 표방한 탈식민주의 전위성은 민족과 계급적 주체 사이에 놓여있는 가치의 모순을 통합할 수 있는 가능성을 제시한다. 그러므로 해방기 '전위시인'의 시사적 의의는 일제 강점기 카프의 리얼리즘시를 계승했다는 것에 그치는 것이 아니라 그것조차도 단절하여 새로운 세계관을 도모했다는데 있다. 이러한 측면에서 기성시인으로서 오장환과 임화가 수행했던 해방기 시문학의 탈식민성 또한 새롭게 조명할 가치를 갖는다.

신시동인의 언어는 특권적 언어에서 일상어의 획득하려는 질주의 욕망이 자리하고 있다. 또한 그들이 지향했던 공간은 한반도를 벗어나 세계성을 추구했다는 점에서 해방기 탈식민성이 가지는 성격을 국지적인 것에서 벗어나게 하는 독특한 것이다. 이러한 측면에서 해방기 시문학의 좌우대립적 구조를 해체할 수 있는 계기적 존재라 할 수 있다.

백맥동인을 중심으로 한 한국청년문학협회의 신진시인들 또한 또 다른 전위적 요소와 혼종화 경향을 보인다. 이들의 언어에서 비로소 개별적인 언어의 전위적 질감을 획득하게 되고 우리 시문학에서 찾기 힘든 철학적이며 존재론적 특성을 드러낸다.

궁극적으로 해방기 시문학이 정치적이건 예술적이건 기존의 식민성을 탈피하고 새로운 공간으로 나아가고자 했다는 사실을 중요한 의미로 받아들여야 할 것이다. 그 탈식민주의적 양상이 단일하고 획일적인 것이 아니라 다양하게 혼재된 것이라는 사실 또한 그러하다.

참고문헌

『한국 현대 시사 자료 집성』, 태학사, 1988.

『한국현대시이론자료집』, 국학자료원, 1993.

『해방기 자료 선집』, 청구문화사, 1994.

권영민, 『해방직후의 민족문학운동연구』, 서울대출판부, 1986.

김용규, 「포스트 민족 시대 혼종과 틈새의 정치학 : 호미 바바 읽기」, 『비
　　　평과 이론』 제10권 제1호, 2005.

김용직, 『해방기 한국시문학사』, 민음사, 1989.

김윤식, 『해방공간의 문학사론』, 서울대출판부, 1989.

김 현 · 김윤식, 『한국문학사』, 민음사, 1973.

백 철, 『조선신문학사조사, 현대편』, 백양당, 1949.

신범순, "해방기시의 리얼리즘연구", 서울대 박사학위논문, 1989.

이민호, 「해방기 '전위시인'의 탈식민주의 성향 연구」, 『우리말글』 제37집,
　　　2006.

조연현, 『한국현대문학사』, 성문각, 1957.

하수정, 「이데올로기의 정신분석학적 전유—알튀세르와 지젝」, 『영미어
　　　문학』 제68호, 2003.

홍준기, 「슬라보이젝(Slavoj Zizek)의 포스트모던 문화 분석」, 『철학과 현
　　　상학연구』, 2004.

더글러스 로빈슨, 정혜욱 옮김, 『번역과 제국』, 동문선, 2002.

레나토 포지올리, 박상진 옮김, 『아방가르드 예술론』, 문예출판사, 1996.

에드워드사이드, 김성곤 · 정정호 옮김, 『문화와 제국주의』, 창, 2002.

에드워드 소자, 이무용외 옮김, 『공간과 비판사회이론』, 시간과 언어, 1997.

옥타비오파스, 김은중 옮김, 「근대성과 전위주의」, 『흙의 자식들외─낭만주의에서 전위주의까지』, 솔, 2003.

피터 뷔르거, 최성만 옮김, 『전위예술의 새로운 이해』, 심설당, 1986.

T. W. 아도르노, 홍승용역, 『부정변증법』, 한길사, 1999.

M.Kraidy, Marwarn, *Hybridity or the Global Logic of Globalization.* Philadelphia: Temple UP, 1991.

Werbner, Pnina, "The Dialectics I of Cultural Hybridity", Pniand Werbner & Traiq Modooded., *Debating Cultural Hybridity*, Zed Books in London & New Jersey, 1997.

Hall, Stuart, "Encoding/decoding", *Culture, Media, Language*, the Center for Contemporary Cultural Studies ed., London : Hutchinson, 1980.

Virinde, S. Kalra, Raminder & Kaur and John Hutnyx, "Hybridity and Openness(or, Whose Side Are You On?)", *Diaspora Hybridity*, London : Sage Publication, 2005.

JanMohamed, Abdul, "The Economy of Manichean Allegory: The Function of Racial in Colonialist Literature", *Critical inquiry 12*, 1985.

Ⅳ. 해방기 '전위시인'의 탈식민주의 전위성

1. 머리말

해방기 시문학은 존재의 비존재적 실존 상태에 있다. 분명 존재했음에도 실체는 불확실하다. 당시 시인들이 그러한 불확정성을 스스로 결정하거나 수용한 일이 없다. 해방기 시인들의 뜻과 관계없이 역사·사회적 계기가 그들을 무명의 실존상태에 놓이게 한 것이다. 해방기 시문학에 청록파 시인들이 있었고, 미당이 있었으며, 윤동주의 부활이 있었지 않느냐 말한다 해도 해방기 시문학의 정체성을 명확히 해주는 답변으로는 충분하지 않다. 청록파를 위시한 이들 시인들 모두 일제 강점기 시문학의 연속주자들이기 때문이다.

이러한 측면에서 해방기 시문학을 본격적으로 다루었던 김용직의 연구 역시 해방기 시문학의 존재성을 비껴가고 있다. 김용직[1]은 해방기 시단의 양극화 현상을 통해서 당시의 시적 전개 양상을 살피고 있다. 특히 시의 모더니즘 경향이 해방 후 어떻게 변화되었는가를 통해 해방기 시문학을 규정지으려 하고 있다. 이와 대척점에서 신범순[2]은 해방기 시를 리얼리즘의 관점에서 그 전개 양상을 살피고 있다. 이때 김용직과 신범순 연구에서 눈여겨 보아야 할 것은 모더니즘과 리얼리즘이라는 연구대상의 경향적 차이가 아니라 누구를 해방기 시의 주체로 삼았는가 하는 점이다. 김용직이 해방 이전 시인들의 해방 후 활동에 초점을 맞추었다면 신범순은 해방기 시문학의 전위적 경향에 주목하였다.

---

1) 김용직,『해방기 한국시문학사』, 민음사, 1989.
2) 신범순, "해방기 시의 리얼리즘연구", 서울대 박사학위논문, 1989.

이 두 연구는 해방기 시문학을 바라보는 시각의 차이를 극명하게 드러낸다. 즉 해방기 시문학의 정체성이 시적 동일성 추구에 있는가 아니면 비동일성 추구에 있는가 하는 것이다. 이에 해방기 시문학의 미적 인식을 변증법적인 것으로 보고자 한다. 이는 해방기 시인들에게 좌우이데올로기를 불문하고 혁명적 실천을 통해 선험적 인식을 극복하고 새롭게 설정된 미래의 전망을 현실화시키려는 비동일성을 지향하는 강한 의식이 팽배했기 때문이다.3)

해방은 일본 제국주의가 강제한 식민성과 단절하고 새로운 세계로 나아갈 것을 요구하는 탈식민주의적 계기임에 틀림없다. 그러므로 해방기 시문학의 정체성은 탈식민주의적 경향에 있다고 말할 수 있다. 해방과 더불어 문단전체는 좌우를 불문하고 민족문학의 재건을 선언하고 호소한다.4) 이러한 움직임의 중심에 자의든 타의든 식민지배를 수용하였던 사람들, 즉 기성문인들이 다수였음을 볼 때 해방기 시문학의 새로운 경향은 다른 측면에서 이해되어야 한다. 즉 민족문학의 재건은 일제 강점기 이전 과거 중심 세계로 회귀하는 것을 의미하기 때문이다. 더불어 해방이 되었음에도 식민지배는 종결되지 않았으며 문화적 변용과 진화를 통해 지속되었다고 판단된다. 그래서 해방기는 새로운 의미의 식민지배 단계로 들어간 것이라 할 수 있다.5) 이러한 측면에서 해방기 시문학의 정체성은 봉건

---

3) 이는 아도르노가 말했듯이 '동일성 속에서도 동일성을 항상적으로 비껴가는 비동일성'의 미적 인식이다(T. W. 아도르노, 홍승용역, 『부정변증법』, 한길사, 1999, 58쪽 참조).

4) 김광섭, 「시의 당면한 임무」, 경향신문 10월 31일, 1946.
   김기림, 「우리시의 방향」, 『시론』, 백양당, 1947, 193~204쪽.
   김동리, 「조선문학의 지표」, 청년신문 4월 2일, 1946.
   이원조, 「조선문학의 당면과제」, 중앙신문 11월, 1945, 6~12쪽.
   임 화, 「현하의 정세와 문화운동의 당면임무」, 『문화전선』, 1945. 11. 15.

5) 식민지 해방으로 일단 전형적인 제국들의 와해 작업에 시동이 걸렸다고 해서 제국주의가 갑자기 '과거지사'가 된 것은 아니다(에드워드사이드, 김성곤·정정호 옮김, 『문화와 제국주의』, 창, 2002, 484쪽).

주의와 제국주의라는 과거의 중심적 경향과 단절하고 새로운 모색을 추구하는 것에서 찾아야 한다. 그것은 민족의 문제도 계급의 문제도 부차적인 것임을 의미하는 것이다. 이러한 경향을 보인 시인들이 해방기에 등장한 신진시인들이다. 이들의 '본대本隊'인 기성시인은 분명 식민성에서 벗어나지 못한 상태에 있다. 그러므로 이들에게 부여된 '전위前衛'로서의 임무는 탈식민성에 있다. 이러한 점에 착안하여 해방기 시의 주체를 '신진시인'에 두고 그들의 공통된 특성을 탈식민주의적 '전위성'에 두고자 한다.

해방기 신진시인들은 세 부류로 나눌 수 있다. 첫째는 조선문학가동맹에 소속했던 시인들로 소위 '전위시인'으로 지칭되었던 김광현, 김상훈, 박산운, 유진오, 이병철 등이다. 둘째는 '신시동인' 혹은 '새로운 시민과 도시의 합창' 그룹에 속했던 김경린, 김수영, 박인환, 양병식, 임호권 등이다. 셋째는 한국청년문학가협회 소속의 신진시인들이다. 즉, 공중인, 김윤성, 김춘수, 조남사, 정한모, 홍윤숙 등이다. 이들 중 김윤성, 정한모 등은 '백맥白脈' 동인으로 활동한다. 이들 신진시인들은 정치적 성향을 떠나 해방기에 등단하여 새로운 시 문학의 지평을 열었다는 공통점이 있다. 기존 연구는 해방기 정치상황과 역사적 현실을 문학적 내용으로 환치시킴으로써 해방기 시문학의 성격을 규명하는 데 미흡했다. 그러므로 이들이 갖는 차이와 동일성을 통해 단순히 첨예한 이데올로기의 대립과 무질서한 정세 국면에 초점을 맞추는 것에서 벗어나 해방기 시문학을 새로운 각도로 조명할 수 있는 장점이 있다.

이러한 측면에서 해방기 신진시인을 대상으로 하는 총체적인 해방기 시문학 연구에 앞서 그 전단계로 조선문학가동맹 소속의 소위 '전위시인'을 대상으로 탈식민주의적 전위성을 살펴보고자 한다.

2. '전위'의 개념과 재호명

일반적으로 문학·예술연구에 있어서, 비평용어 '전위avant-garde'는 크게 두 가지 맥락을 갖고 있다.6) 하나는 프롤레타리아 문학·예술운동사의 맥락으로, 이때 '전위'가 프롤레타리아트의 지도자적 역할을 맡은 사람들과 그들의 작품을 가리킨다. 또 하나는 다다이즘과 초현실주의와 같은 유럽의 전반적인 예술혁신운동을 가리키고 있다.

그러나 한국 문화예술에서 특히 한국 시문학에서 '전위'의 개념은 착종되어 쓰이고 있는 것이 현실이다. 기존 논의에서 '전위'라 했을 때 단순히 앞서 언급한 두 가지 맥락 중 정치적 전위로 대표되는 프롤레타리아 시문학에 한정시키고 있다. 특히 해방기 시문학을 언급할 때는 더욱 그러하다. 더 광범위하게는 '아방가르드'라는 용어로 '전위'의 개념은 '모더니즘'과 비슷한 뜻으로 쓰이고 있다. 이러한 측면에서 '전위'의 의미는 모호한 상태에 있다. 다시 말해 리얼리즘시를 언급할 때를 제외하고 '전위'와 '모더니즘'은 거의 같은 의미로 사용되고 있다. 그런데 사실 아방가르드, 즉 전위의 시는 근대적 모더니티를 부정하고 극복하는 현상이기 때문에 새로움'의 요소를 가지고 '전위'와 '모더니즘'을 동일한 것으로 한데 묶을 수는 없을 것이다.7)

이러한 측면에서 본고는 앞서 '전위'의 두 가지 맥락의 만남을 모색하고자 한다.8) 그래서 해방기 시문학에서 '전위성'이 단순히 리얼리즘시의

---

6) 이에 대한 설명은 다음 논문을 참조함. 나미가타 쓰요시, 「전위와 아방가르드와의 조우」, 『일본문화연구』 제5집, 동아시아일본학회, 2001, 333쪽.
7) 옥타비오 파스, 김은중 옮김, 「근대성과 전위주의」, 『흙의 자식들외-낭만주의에서 전위주의까지』, 솔, 2003, 246~258쪽 참조.
8) 이러한 측면에서 오문석, 이성혁, 장석원이 전위의 두 가지 맥락의 만남을 김수영의 시를 통해 살피고 있다.
　오문석, "김수영의 시론 연구", 연세대 박사학위논문, 2002.

전형적 경향처럼 축소되는 것을 극복하고 해방기 시문학 전체의 특수한 시적 경향으로 자리 잡게 함으로써 해방기 시문학이 한국 시사에서 새롭게 인식되는 계기를 마련하고자 한다.

김광현, 김상훈, 박산운, 유진오, 이병철 등을 '전위시인'이라 호명한 주체는 오장환과 임화를 비롯한 조선문학가동맹의 본대本隊였다. 오장환은 이들을 시단의 최일선, 결사대로 부르며, 이들이 갖는 전위성을 다음과 같이 언급하고 있다.

> "그들의 노래는 참으로 率直하야 우리 先輩들이 日本總督의 治下에서 作品活動을 하얏을때처럼 누구의 눈치를 본다거나 같은말을 둘러한다거나 하는 일이 없이 一瀉千里格으로 나가는 새로운 活氣를 갖어온것도 기꺼운 現象의 하나 일 것이다.
>
> 前衛란 年齒나 經歷을 云謂함이 아닌 줄도 이들은 잘 안다. 그리고 어떠한 戰鬪에 있어서나 前衛가 져야 될 任務와 그 役割을 이들은 그들 成年期에 있어서의 苦難의 매가 能히 先輩들보다도 많은 鍛鍊을 주었다.9)"

이를 볼 때 '전위시인'들에게 부여된 전위의 개념이 기성시인과 차별된 것으로 임무와 역할이 일제식민주의의 청산에 있음이 분명하다. 그리고 그 개념은 '한 개인의 시의 운명보다도 먼저 민족의 운명이 압도적10)'인 것이라는 공동체적 호명을 담고 있다. 임화11) 또한 이들의 임무를 '우리 시의 확실한 재건의 기원'이 되는 것이라 말한다. 이때 재건의 방향은 조

이성혁, 「시의 모더니티 추구와 그 정치화-김수영 시론의 아방가르드적 성격에 관한 고찰」, 『한국시학연구』 제11호, 2004.

장석원, 「김수영의 '새로움' 연구-전위 의식과 부정의식을 중심으로」, 『한국시학연구』 제8호, 2003.

9) 오장환, 「발」, 이병철외, 『전위시인집』, 노농사, 1946, 71~72쪽.

10) 김기림, 「서」, 위의 책, 4쪽.

11) 임　화, 「서」, 위의 책, 2~3쪽.

선문학가동맹의 창작 지침으로 구체화된다. 즉 '진보적 리얼리즘'이다. 진보적 리얼리즘의 창작 원리는 노동 계급에 대해 표명하는 구체적이고 주체적인 시인의 인식에 있다. 그래서 시인은 '인민의 한 사람으로서 인민과 더불어 호흡하고 절규하고 투쟁[12]'해야 한다.

이처럼 '전위시인'에게 요구된 '전위성'은 온전히 조선문학가동맹의 실천강령에 부합되는 것이다. 이들이 표방한 전위의 내용은 선명한 계급적 인식과 투쟁적 노선, 강한 당파성을 견지하는 데 있다. 그러므로 이들의 시는 미학적 형상화보다는 인민대중과 소통하기 위해 연대의 수단으로서 시의 목적성이 우선시되었다. 이는 앞서 언급했던 '전위'의 개념에서 프롤레타리아 문학·예술운동사의 맥락만을 따르는 것이라 할 수 있다. 그러므로 이러한 맥락에서 '전위시인'의 시를 바라본다면 해석 내용은 큰 차이 없이 동일할 것이다. 다시 말해 '전위시인'의 시는 해방기 당대의 평가와 이후 이루어진 논의 모두에서 유사한 결론에 도달하고 있다. 더 나아가 '전위시인'의 시사적 의의가 일제 강점기 카프문학운동의 해방기 가교 역할 정도로 축소되고 만다.

일본 제국주의의 몰락 이후에도 식민 '헤게모니'[13)]는 잔존한다. 이것이 해방기 문단의 현실인식이다. 그들은 일본 식민통치자들이 떠나 버린 후 겉으로는 독립을 했음에도 일제 강점기와 다름없는 주체들로서 '호명[14)]'된 채 그러한 주체성을 그대로 가지고 있음을 간파하고 있다. 이러한 식

---

12) 한 효, 「진보적 리얼리즘에의 길-새로운 창작노선-」, 신문학, 1946. 4.

13) '헤게모니'는 안토니오 그람시의 탈식민주의 연구의 핵심 개념으로 권위가 제거되고 난 이후에도 계속해서 자아-개념, 가치, 정치 체계, 전체 민중들의 성격을 형성하고 있는 권위의 지속적 힘을 설명하는데 쓰이고 있다(더글러스 로빈슨, 정혜욱 옮김, 『번역과 제국』, 동문선, 2002, 38쪽).

14) '호명interpellation'은 알튀세의 용어로 권위의 내재화가 이루어지는 과정을 말한다. '호명' 혹은 '부름'은 개인을 주체성/종속성으로 불러들이는 것에 대해 명명한 알튀세의 다른 이름이다. 이것은 누군가를 특히 권위 있는 위치에서 무엇이라 불러 줌으로써 당신은 그 이름 붙여진 존재로 변형된다는 생각이다(위의 책, 39~40쪽).

민 헤게모니의 잔존은 해방기 주체들이, 나아가 '전위시인'들이 직면한 가장 해결하기 어려운 문제 중 하나이다. 그러므로 '전위시인'에게 호명된 전위의 주체성을 그대로 수용하기보다는 재호명해야 한다. 나아가 해방기 민중의 주체성을 생산적인 방식으로 변형시키기 위해 '전위시인'들이 작품 속에서 그들을 어떻게 재호명했는지 살펴보아야 한다.

모든 문화적 경험은 언어·장소·자아의 교차로에서부터 생겨나며 해방기 시적 주체의 탈식민주의 경험은 이러한 교차로를 다양한 형태로 파괴하거나 탈안정화시킴으로써 생겨난다.15) 이러한 측면에서 '전위시인'들의 시 속에 나타난 해방기의 언어 환경의 변화, 지배적 장소의 와해, 지배적 세계와 단절된 자아를 추적함으로써 전위시인들을 재호명하고자 한다.

3. 가족의 '언어'와 단절의 욕망

자신이 자신의 삶의 주체이자 어떤 구조나 관계에 주체적인 위치에 있다는 존재감을 갖게 하는 것은 '호명interpellation'이라는 이데올로기 장치에 의해서이다16). 이때 이데올로기의 권위적 장치 혹은 기구17)를 담당하고 있는 것이 '국가'이다. 그러므로 일본 제국주의로부터 벗어난 해방은 한국민중의 탈식민주의적 존재감의 회복이기도 하지만 그동안 국가장치에 호명되었던 개인의 주체 상실을 의미하는 것이기도 하다.

'전위시인'들의 시에 나타난 이와 같은 개인과 국가간의 불확정적인 관계는 국가의 자리를 '가족'이라는 또 다른 이데올로기 기구가 대체함으로

---

15) 위의 책, 42~45쪽 참조.
16) 윤효녕외,『주체 개념의 비판』, 서울대출판부, 2003, 11쪽 참조.
17) 주체의 관념은 구체적 의례가 지배하는 구체적 실행 속에 자리하는 행동이며 구체적 의례 자체는 구체적인 이데올로기 기구에 의해 규정된다(루이알튀세, 이진수 역,「이데올로기와 이데올로기적 국가 장치」,『레닌과 철학』, 백의, 1991, 170~173쪽 참조).

써 변형 된다. 그것은 가족의 언어, 즉 가족 기구의 호명에 따라 주체가 종속되는 것을 의미한다.

등짐지기 三千里길 기여넘어/가뿐 숨결로 두드린 아버지의 窓 앞에 무서운 글子있어「共産主義者는 들지말라」/아아 천날을 두고 불러왔거니 떨리는 손 문고리를 잡은채/멀그럼이 내 또 무엇을 생각 해야 하는고//태어날 적부터 도적의 領土에서 毒스런 雨路에서 자라 가난해두 祖先이 남긴살림, 하구싶든 사랑을/먹으면 화를 입는 저주받은 과실인듯이/진흙 불길한 땅에 울며 파묻어버리고/내 옹졸하고 마음 약한 식민지의 아들/천근 무거운 압력에 죽엄이 부러우며 살아왔거니/이제 새로운 하늘 아래 일어서고파 용소슴치는 마음/무슨 야속한 손이 불길에 다시금 물을 붓는가//징용사리 봇짐에 울며 늘어지든 어머니/형무소 창구멍에서 억지로 웃어보이든 아버지/머리 씨다듬어 착한 사람 되라고/옛글에 일월같이 뚜렷한 성현의 무리 되라고/삼신판에 물떠 놓고 빌고, 말 배울쩍부터 井田法을 祖述하드니/이젠 가야할 길 믿어운 기빨아래 발을 맞추랴거니/어이 역사가 역루하고 모든 습속이 부패하는 지점에서/지주의 맛아들로 죄스럽게 늙어야 옳다하시는고/아아 해방된 다음날 사람마다 잊인 것을 찾어 가슴에 품거니/무엇이 가로막어 내겐 나라를 찾든 날 어버이를 잃게 하느냐//형틀과 종문서 지니고, 양반을 팔아 송아지를 사든 버릇/소작료 다툼에 마을마다 곡성이 늘어가든/낡고 불순한 생활 헌신짝처럼 벗어버리고/저기 붉은 시폭 나붓기는 곳, 아들 아버지 손길맛잡고/이 아츰에 새로야 떠나지는 못하려는가/아아 빛도 어둠이런 듯 혼자 넘는고개/스물 일곱해 자란 터에 내 눈물도 남기지 않으리/벗아! 물끝틋 이는 민중의 함성을 전하라/내 잠간 악몽을 물리치고 한거름에 달려가마
　　　　　　　　　　　　　　－김상훈, 「아버지의 窓 앞에서」전문

　이 시는 해방기 시인들의 언어 환경을 잘 드러내고 있다. 첫째 시인들은 자신의 언어(한국어)로 해방이 가져온 낯선 환경과 새로운 일련의 경험들을 표현한다. 둘째 시인들은 낯선 언어(한국어)로 자신의 사회적·문

화적 유산을 표현한다. 해방기 시인들에게 한국어는 자신의 언어이면서
동시에 낯선 언어다. 이는 '전위시인' 뿐만 아니라 모든 해방기 한국 민중
이 당면한 언어의 자기분열 양상이다. 그것은 식민지 경험에서 비롯된 것
으로 피할 수 없는 것이다. 일제 강점기에 이들은 한국어 대신에 일본어
를 자국어로 사용할 수밖에 없었고 실제로 이들에게 한국어보다 일본어
가 더 친숙했다.

　이 시에서 드러나는 아버지의 몰락은 제국주의의 몰락을 알레고리화
한 것이라 할 수 있다. 아버지의 몰락은 언어의 분열 양상에서 확인된다.
아버지의 언어는 '말'이 아니라 '문자'로 소통할 수밖에 없는 상태에 있다.
그것은 앞서 언급했던 해방기 언어 환경을 잘 대변하고 있다. '공산주의
자는 들지말라'는 권위적 금지와 '옛글'의 이데올로기적 호명은 시적 주체
를 '착한 사람'과 '성현'이라는 환상적 인물로 주체화한다. 이는 전위시인
들에게 해방기를 식민지배 상태로 인식하게 하는 근거가 될 수 있다. 다
시 말해 해방기 한국 민중이 목격하고 있는 실재적 식민지배의 몰락과 식
민지배의 상징적 권위 그 자체의 몰락과는 구분되어야 한다. 아버지의 상
징적 권위로 알레고리화된 식민성은 그대로 상존하기 때문이다.

　이처럼 해방기를 지배하고 있는 '무서운 글자'와 '옛글'의 이데올로기는
아버지의 권위가 중심적 기능을 하고 있는 가족의 언어를 통해 전달되고
있다. 시인은 이러한 지배적 언어환경을 악몽으로 인식하고 있다. 그것은
아버지가 과거 식민지의 상징적 권위의 대리자agency[18]이기 때문이다. 그
러나 그 상징은 이미 소멸한 식민지적 상징이다. 그러므로 이 시 속의 아

---

18) 이는 지젝S. Zizex이 말한 초자아로서의 원초적 아버지라 할 수 있다. 그런 측면에
　서 이 시에 등장하는 아버지는 식민지 국가 권위의 알레고리이기도 하지만 식민지
　이전의 아버지의 권위 또한 함께 가지고 있다 할 수 있다. 그러므로 해방기의 식민
　성은 일제 강점기의 상징적 아버지의 불완전한 언어와 봉건적 권위의 언어가 착종
　되어 있다 할 것이다(홍준기, 「슬라보이젝(Slavoj Zizek)의 포스트모던 문화 분석」,
　『철학과 현상학연구』, 2004, 202쪽 참조).

버지는 구체적으로 무엇을 원하는지 자신이 어떤 식으로 삶을 영위하는 지를 말하지 않고 아들에게 금지Prohibiton를 부과하는 존재에 불과하다. 이 막연한 존재가 해방기 개인 속에 불안의 요소로 자리하고 있다.

이렇게 대체된 호명에 저항하는 '전위시인'의 전위적 전략은 정전화된 권위적 문자 언어와 단절하고 대중의 언어를 획득하는 것이다. 이것을 시에서는 '민중의 함성'이라 적고 있다. 그 원초적 언어는 악몽과 같은 억압으로 드러난 해방기 모순의 실재the Real와 민중의 고통으로 이미 상징화된 현실reality 사이에 존재한다.[19) 그리고 그 사이에서 '형틀과 종문서', '소작료 다툼', '낡고 불순한 생활'과 같이 객관적 실체로서 자신을 스스로 구성하지 못하게 하는 장애물에 저항하는 계급투쟁으로 실체화된다.

> 어머니는 自己보다 더 많이/아들을 위하여/婚談을 끄내시면/아들은 어머니를 위하여/웃음의 소리로 婚談을 끄내고//이러다간 聖人들의 말씀/烈女 孝女 이야기를/하시든 어머니는/아들이 속삭이는 異端의 말에/ 차츰 차츰 끌려들어//눈을 깜박이며 들으시다가/憤慨한 語調로/아들을 激勵하시다간//팔다리가 아프고/뼛골이 쑤시면/불연 듯 婚談을/끄내시는 어머니에게/아들은 너털웃음으로 對答하면//어머니는 다시/옛 이야기로 돌아가는/밤 이러한 밤도 있느니라
>
> —유진오, 「밤」 전문

이 시는 시적 주체의 언어적 아이러니 상황을 통해 해방기 주체가 소유한 식민성을 잘 드러내고 있다. 어머니의 '성인들의 말씀'과 아들의 '이단의 말'은 '분개한 어조'로 비동일적 진행을 통해 통합된다. 시인은 '효녀'와 '열녀' 이데올로기로 개인을 주체화했던 그 침묵과 부재와 배제의 식민성에서 자율적이고 독자적인 영역으로 탈주하려 시도하고 있다. 그래서 어

---

19) 실재the Real는 언어로 표현되지 않았거나 공표되지 않은 것이고, 현실the reality은 이미 상징화된 것이다(하수정, 「이데올로기의 정신분석학적 전유—알튀세르와 지젝」, 『영미어문학』 제68호, 2003, 181쪽 참조).

머니의 이데올로기적 환상을 무너뜨리는 그 '속삭임'의 탈식민주의적 전위성은 순간적으로 어머니를 계급적 주체로 인식하도록 감염시키고 있다. 그러므로 비로소 획득된 '분개한 어조'는 앞서 김상훈의 시에서 획득한 '함성'과 같은 민중 언어의 가락이라 할 수 있다.

그러나 이 혁명적이고 전위적인 진행을 간헐적으로 저지하고 마침내 좌절시키는 것은 시인을 식민주의 헤게모니 질서 속으로 편입시키려는 호명이다. 그것은 '혼담'의 언어 형식을 통해 이루어진다. 이처럼 이 시는 시인을 가족의 혈연적 질서 속에 편입시켜 그곳에 안주하려는 욕망을 부추김으로써 지배적 권위를 계속 유지하려는 해방기 식민주의 담론을 알레고리화 하고 있다.

어머니는 방금까지 벗어났던 지배 담론으로 다시금 회귀를 모색한다. 그러므로 '혼담'은 '전위시인'들의 좌절을 요구하는 가족 기구의 이데올로기이며, 결국은 패배할 수밖에 없는 그들의 전위성이 갖는 아이러니를 내포하고 있다. 그렇게 될 수밖에 없는 조건은 '팔다리가 아프고/뼛골이 쑤시'는 극악한 현실이다. 그러므로 이 시를 통해 시인은 '옛 이야기로 돌아가는 밤'의 낭만적 서정이 곧 비극적 정서와 만나게 될 것을 예견하고 있다.

> 웃을때마다 보조개우물지는 안해를 코ㅅ구멍이 빠곰빠곰한 어린 것들을/洛東江건너마을에 버리고 쫓겨왔다.//하도 바람부는날이기에 자락을 거슬러 젊음을 버티면서/몇몇동무들은 시장한 會館에서 나를 기다릴텐데.//아 이어인 바람이 먼지않어/휘몰리는 발거름을 바로 고누려는 발거름을 비틀거리면서,/바람벽마다 전보ㅅ대에 누덕이진 삐라를 읽는다.//흰손이 좀 부끄러웠음인가 내가 내 등뒤에 숨으려는 나를 헐벗은 틈에서 새/삼 보았니라. 어서 굵다란 첫획을 그을 붓과 잉크를 사가지고 건너가자.
>
> ─이병철, 「거리에서」 전문

전위시인의 언어는 이 시에서처럼 가족과의 결별을 통해 성취된 것으로 비장함과 비애감을 함께 갖고 있다. 그 언어는 가족주의 이데올로기로 위장된 식민지성과 대결하는 탈식민주의적 단절의 이데올로기다. 이 혁명적 거리의 언어는 가족 기구의 호명에서 벗어나 시적 자아 스스로를 주체화하는 과정에서 완성되며 스스로를 재호명 한다. 이처럼 언어의 차원에서 해방기 신진 시인들은 낡은 사회의 조직을 고수하며 기존의 조직을 인정하고, 옹호하여, 전파하는 전통적인 언어의 제도를 공격의 대상으로 삼았다. 전통적인 언어를 공격하면서 이들은 억압에 저항하고 정치적인 반발을 드러내 보인다. 그것은 해방기 한국 내부에서 봉쇄된 혁명적 상황을 활성화시키는 방법이기도 했다.

'전위시인'들은 시적 언어를 혁명의 언어로 전위시키며 해방기 현실을 아날로지한다. 이는 가족의 언어로 변형된 식민주의 지배담론과 단절하려는 욕망에서 비롯된다. 그것은 언어 대중화의 욕망이며 이들의 시 속에 드러난 탈식민주의적 전위의 전략이다. 그러나 이들이 시인의 절반을 차지하는 마법적 기능을 저버리게 되는 순간 시에 등을 돌리게 되고 혁명관리나 대중선동가로 돌변하게 된다[20]. 이것은 시와 혁명의 위축을 초래하여 전위시인들에게 죽음 충동과 같은 비극적 정서에 빠져들게 한다. 이러한 현상은 이들의 후기 시에서 극명하게 드러난다.

4. 자본의 '거리'와 이상적 공간으로 탈주

해석의 두 번째 지평은 해방기의 탈식민주의적 맥락 속에서 중요 문제라 할 수 있는 '장소'에 관한 것이다. 이것은 일본 식민주의가 물러감으로

---

20) 시의 전위성은 마법적 소명과 혁명적 소명을 함께 가지고 있다. 전위시인들은 이 두 소명 간에 아이러니적 갈등을 한 것이라 할 수 있다(옥타비오파스, 앞의 책, 134쪽 참조).

써 그들의 물리적·문화적 장소로서의 한반도가 갖는 장소적 의미가 '탈구 dislocation'되었기 때문이다. 더 이상 일본문화는 우월한 문화로 간주되지도 않는다. 한 때 모국의 문화로 느꼈던 것도 일시에 사라지고 만다. 그러므로 해방기 한국에서 장소의 '전치displacement' 속에 혼란에 빠진 시적 주체의 정체성과 진정성의 신화에 포괄적인 관심을 보이는 것은 모든 해방기 신진 시인들의 탈식민주의적인 시문학의 공통적 특성이기도 하다.

　일본 제국주의의 몰락으로 개인이 경험하고 사유했던 '일본'의 거리는 '자본'의 거리로 대체된다[21]. 그러므로 문학 속에 등장하는 자본의 풍경 역시 새로운 양상을 띠게 된다. 일제 식민지배 하의 자본의 공간성은 병참기지화를 위한 독점 체제에 불과했지만 해방 후의 자본의 성격은 사회주의 확산을 저지하려는 이데올로기적 성격과 소비적 성격을 함께 갖는다. 자본의 공간성을 통해 볼 때 해방의 거리는 새로운 식민지배자인 미국 자본의 소비적 장소로 변화 된다고 할 수 있다. '전위시인'의 시에 등장하는 지주계급과 소수의 관료계급은 과거 일본의 지주자본가를 대체하고 있다. 그리고 이들의 관료적이며 천민적인 부패상이 해방기의 식민지성을 그대로 드러내고 있다. 그러나 그 장소에서 민중은 김광현의 시 「기아선에서」처럼 여전히 '기아'의 문제에서 허덕이고, 시 「거지반 헐벗고」에서처럼 "도적이 버리고 간 옷을 주서 입고/가을 바람을 안으며 거리에 나선다." 일제에게 호명된 주체가 헤게모니 세력을 상실했음에도 현실의 무변화성 속에 놓여 있는 것이다. '전위시인'들은 이러한 아이러니 상황에 균열을 내야 한다는 탈식민주의적 인식을 하고 있다. 그것은 민중을 차별하고 배제했던 식민주의적인 자본 헤게모니의 '차이화의 실천[22]'을 중지 시키는 것이다.

---

21) 한국사회는 일제하에서 식민지적 사회 경제구조로 재생산을 유지하여 오던 재생산의 고리가 8 · 15 이후 끊어지게 된다. 일본과의 관계가 단절되고 한국사회는 미국의 원조에 의지해 미국 중심의 자본주의 체제 속으로 급속히 편입된다(공제욱, 「8 · 15 이후 관료적 독점자본가의 형성」, 『역사비평』 여름호, 1990, 68~83쪽 참조).
22) 일제 강점기 국가 권력과 제도로 문화의 영역 밖으로 밀려나 무질서, 혼란, 비합리,

낡은 城 밑 군풀 욱어진 곳에/해와 바람은 등져도/비에는 명색도 없
는 窓//城넘어 해사한 지붕 아래/쏘는 듯 화끈하는/제마다 수실 달은/
아름다운 窓들//城을 사이에 터를 갈라/窓들과 窓들은/어제도 오늘도
바라만 보고 있다.

-유진오, 「窓」 I 에서

엔징 소리 나면/헤트라일 불길이/굶주린 이리처럼/굽은 城윗길로
달려왔고//大門 소리 찌르릉/여닫는 소리와 함께/혀 꼬부라진 소리 들
린 뒤//이내 석류를 석류를 터트린듯/妓女의 웃음소리/취한 마음 흔들
리는 노래 소리/ 연이어 나고// (중략) //노랫가락이 잦으면/째즈가 풍
척이자/치마 꼬리 휘감고/얼싸안은 사람들의/그림자 그림자// (중략)//
때론 會議가 있어/우와- 물결처럼 이는/歡呼와 拍手 소리/그리곤 술잔
부딪는 소리/장고 소리 웃음 소리

-「窓」 III 에서

낡은 城 넘어/무딘 年輪이 돌아간 숲길/여기 무서운 權力이/눈을 부
릅든 窓과//城 밑 무시로 바스러져 내리는 모래와/千年 묵은 隷屬의 道
德으로/이내 찍어 눌릴듯한/무수한 窓들과 窓들은

-「窓」 IV 에서

과거 식민지 지식인들은 호미 바바의 표현을 따르면 '간극의 존재[23]'였
다. 그들은 식민지 종주국인 일본과 피식민지 조선 사이의 경계에서 끊임
없이 정체성의 동요를 겪었다. '자아와 타자', '동일성과 차이'에서 일제

열등, 열악한 취미, 비윤리적이라 지탄 받게 했던 그 힘 때문에 주체는 끊임없이 스
스로를 차이화 혹은 차별화했다. 그 힘이 해방기에 '자본'으로 전치된 것이다. '차
이화 실천'에 대해 사이드의 언급을 참조(E. W. Said, *The World, the Text and the
Critics*, Cambridge : Harvard Uni. press, 1983, pp.10~13).

23) 호미바바는 '간극의 존재'가 한 사회계층과 다른 사회계층, 집단과 집단, 식민지배
자와 피식민자 사이에 끼여 있는 또 다른 주변적 차원을 상정하는 것이라 하였다.
이에 대한 언급은 다음 논문에서 재인용함(김병구, "1930년대 리얼리즘 장편소설
의 식민성 연구", 서강대 박사학위논문, 2000,11쪽).

의 이데올로기적 호명을 따를 수도 위반할 수도 없는 상태에 있었다. 해방이 되어도 식민지 지식인, 달리 말하면 기성시인들이 갖는 장소의 혼란은 해소되지 않는다. 즉 그들은 자신들이 어디에 위치해 있어야 하는지 계속 물었던 중심권위로부터 일방적으로 소외되었기 때문이다. 이에 비해 '전위시인'들은 민중의 타자성과 차이를 인식하면서 민중의 헤게모니를 통해 스스로를 전위로 재호명한다.

이처럼 유진오의 시 「窓」은 식민주의의 장소적 문화가 와해되고 자본의 문화가 지배하고 있는 것을 보여주고 있다. 일제 강점기의 '거리'는 학병과 징병의 공포를 풍경으로 하고 있지만 해방기 '거리'는 자본의 부패한 풍경이 자리하고 있다. 자본의 거리에서 '전위시인'들은 여전히 상존하는 '차이화의 실천'을 목격하고 있다. 그 장소는 '창'의 이미지를 통해 그려지고 있다.

'창'은 '성'을 경계로 안과 밖, 위와 아래의 차이를 가지고 있다. 자본의 '창'은 쾌락과 아름다움과 권력의 유리로 차단되어 있다. 반면에 민중의 '창'은 도덕이라는 이데올로기에 타자화 되어 있다. 이 관계는 식민지 시대나 해방기나 안정화되어 있다. '전위시인'은 이러한 관계를 탈안정화시키며 이상적 공간으로의 탈주를 시도한다. 그들이 상정한 유토피아적 장소는 '산'이다.

> 아무데서나 산이 보이는/티끌 날리는 서울/검푸른 山마루에/그림같은 붉은 구름이 걸리면/어수선한 발자욱들이/바삐 움직여가는 거리//속삭임을 주고받을/동무를 기다려/누렇게 물드는 街路樹에/등을 기대면/갑짝이 시장끼가/벌레처럼 기여내린다//밀려가는 사람들 사이/이따금 얼굴 익은 동무들이/악수도 없이/눈만을 끔벅이고 지내치는/쌍, 가슴아픈 오늘날이다//지난 해 가을 이맘땐/모퉁이 모퉁이 산마다에/횃불이 있었드라만/시방 이 가을엔/그때를 그리우는 마음이/머얼리 어두

어가는/산을 노린다//전차, 자동차, 마차, 추럭/찚, 찚 또 찚……목마른
서울 거리엔/몬지만 휘날리느냐//정각이다/동무는 헐덕이며/손을 쥐었
다/집없는 우리들이다/어깨를 부닥드리며/네거리까지 거러가자/재빠
른 속삭임이 끝났다/약속한 날까지/우리는 헤어지자//어지러운 거리/
숱한 사람들 속에 끼어/동무는 보이지 않는//아아 부푸는 숨결로/더 한
층 검푸리/자주빛 구름 휘감아도는/산은 나의 가슴 속 깊이/영웅들의
모습을 그려주는구나//아무데서나 산이 보이는/티끌 날리는 서울/거리
거리에/산은 가슴마다에 있고/밤이면 머얼리 아득한/별빛 그리워/마지
막 가는 날에도/부를 노래/가만가만 불러보며//어수선히 디디고 간 발
자욱/몬지 속에 쌓인 어두운 길 우/타박어리든 발길이 개벼워/간다.

—유진오, 「산」전문

이 시에서 서울의 공간성은 수많은 사회적 관계들로 구성되어 있다.[24]
그리고 그 관계는 자본주의적 생산양식에 의해 조직되어 있다. 자본주의
헤게모니는 서울의 개인들을 자본주의 생산양식에 합당하게 주체화한다.
그 호명의 핵심은 개인과 개인 간의 연대와 교감을 허용하지 않은 채 도
시의 속도감에 동참하는 것이다. 도시는 비자발적 주체들이 모인 곳이다.
도시에 정주하는 개인들은 농촌의 붕괴와 자본 논리에 의해 떠밀려온 이
주민의 성격을 갖고 있다. 그러므로 도시는 태생적으로 다양하며 혼성적
이다. 그러나 자본의 생산 양식은 도시 사람들을 정태적인 존재로 주체화
한다. 자아와 타자, 동일과 차이로. 그러나 자본 이데올로기에 호명된 주
체들은 차이화되어 있고, 타자화 되어있는 자기 정체성을 인식하지 못한
다. 단지 전차나 자동차처럼 바삐 움직이는 기계와 같다. 이 예속적 상황
은 식민의 논리와 다를 바가 없다. 징용과 학병으로 비주체적으로 이주했
던 식민지인의 삶은 해방 이후 자본의 거리에 그대로 안치된다. 이러한

---

24) 공간은 사회적으로 생산되는 것이며 비활성적인 것도 정태적인 것도 아니며 오히
려 사회적 관계들로 구성되어 있다(에드워드 소자, 이무용외 옮김, 『공간과 비판사
회이론』, 시간과 언어, 1997, 21쪽).

생산양식은 일제 강점기의 과거뿐만 아니라 미래를 함축하고 있기 때문에 유토피아 충동과 접합된다.

이 유토피아 충동을 '전위시인'들이 수행하고 있다. 이들은 서울을 떠나 '산'으로의 이주를 통해 자본의 식민성으로부터 탈주하고자 한다. '산'의 공간성은 영웅들의 신화가 존재하는 역사성을 가지고 있다. 특히 혁명적 투쟁의 공간으로 이미지화되어 있다. 그러므로 '전위시인'들은 '산'을 역사의 현장으로 공간화함으로써 자본의 도시에 감금되어 있는 민중의 고정성을 타파하고 변화와 갱신의 가능성을 제시하고 있다.

이때 '전위시인들'이 꿈꾸었던 이상적 공간이나 이들이 추구하는 '산'의 장소적 개념은 식민지 흔적을 모두 지울 수 있다고 생각하는 식민지 이전의 전통적 문화 속으로 돌아가려는 민족주의자들과는 판이하게 다른 것이다. 그런 측면에서 전통적 장소와의 단절을 함께 추구하는 전위적 경향을 보인다.

더불어 해방기의 한국은 일본이 물러간 장소에 미국과 소련이라는 또 다른 식민주의자가 대체되는 혼성적 '공간'이다. 일본 식민주의를 완전히 극복하지 못했던 해방기 도시는 호미 바바가 말한 흉내내기mimicry의 장소로 공간화된 것이다25). 그러므로 역설적으로 탈식민주의적 전위의 전략이 통하는 공간이기도 하다. 그래서 '전위시인'들의 시에 나타난 장소들은 끊임없이 '문화적 차이'와 '타자성'이 출몰하는 공간이다. 그 공간은 식민주의의 재현적 위상과 같은 불안한 분위기에 휩싸인다. 이들이 묘사하는 도시의 풍경이 모두 그러한 색체로 엉켜있다.

---

25) 김용규,「포스트 민족 시대 혼종과 틈새의 정치학 : 호미 바바 읽기」,『비평과 이론』 제10권 제1호, 2005, 34쪽.

5. 소시민적 '자아'와 타자의 발견

앞서 언급했던 해방기 시인들이 경험했던 두 가지 언어 범주는 시적 자아와 관련된다. 해방기 한국 민중의 자아는 불확정성에 놓여 있다. 그들은 해방과 더불어 갑자기 자신들의 언어와 자아에 안정성과 확실성의 환상을 부여했던 일본 제국주의의 사회적, 문화적 세계로부터 단절되었기 때문이다. 이러한 가운데 식민지 시대에 시작 활동을 했던 기존 시인들이 '옛' 자아를 재창출하려고 투쟁한 것과는 달리 해방기 신진 시인들은 새로운 자아를 창출하려고 투쟁한다.

일본의 패퇴 이후에도 해방기 한국에는 식민 헤게모니가 잔존한다. 신비적이고 무능력하거나, 야만적이고, 어린 아이 같은 속성으로 주체화되었던 민중들은 그들의 식민통치자들이 떠나 버린 후 겉으로는 독립을 했음에도 다음 시에서처럼 예전과 다름없는 주체들로서 '호명'된 채 예전의 주체성을 그대로 보유한다.

小作爭議가 끝나지 않어/散髮한 볏단이 밭고랑에 누어 있는 들길을 /지쳐 쓰러진 이야기를 담고 牛車바퀴가 게을리 굴러가고,/荒凉하다 賤한 촌 百姓이 사는 이 마을엔/어미가 子息을 헐벗겨 떨리고/삽살개 사람을 물어 혼들고/金錢과 바꾸워진 딸자식을 잊으랴 애썼다./日章旗 가 太極旗로 變했어도/그것은 지친 그들에게 '萬歲'소리로 높이 넬 負 擔밖에/설익은 빵덩이 하나 던져주지 못했다.
　　　　　　　　　　　　　　　　　　　　　－김상훈, 「田園哀話」에서

도적이 버리고간 옷을 주서 입고/가을 바람을 안으며 거리에 나선 다//잃어버린 옷같은건 쉬 도루 작만하려니/하였든것인데/그냥 우는 아기와함께 아침을 건너/인제도 몇차례 쫓겨날지몰으는 회관에의 길 을 간다
　　　　　　　　　　　　　　　　　　　　　－김광현, 「거지반 헐벗고」에서

위 시에서처럼 해방기 '전위시인'들의 시적 자아는 해방기가 갖고 있는 사회적 모순에 과거의 주체를 새롭게 '변형'시키지 못한다. 이는 종속적 의미를 갖는 새로운 의미의 주체화이다. 해방기 민중은 무능과 무책임, 부도덕과 불합리한 상태에 있다. 그것은 중심적 헤게모니에 의해 문화적 교양을 받아야 하는 대상이 됨을 말한다. 즉 소시민적 자아로 호명되어야 하는 대상이 되는 것이다. 식민 헤게모니의 이러한 잔재를 깊이 인식했던 '전위시인'들은 민중의 주체성을 생산적인 방식으로 변형시키기 위해 재호명한다. 이들이 해방기 민중의 무의식 속에서 발견한 것은 위 시에서 드러나듯이 소시민적 부르주아 사회의 도덕적, 합리적인 요청에서 더 이상 자신을 동화시키지 않으려는 민중의 공격성이다. 그러므로 '전위시인'들의 시에서 드러나는 유미주의적 예술성은 새롭게 언급되어야 할 것이다.

> 네가 꽃과 나를 좋아하듯이/나는 너와 또 무수한 너와/꽃과 자유와/정말로 자유로운 자유/꽃보다도 귀한 목숨들/내 일과 내 젊음을 사랑한다
>
> —유진오, 「들 菊花」에서

> 나는 네 눈을 찾을길 없다/ 나의 떨리는 視線이 너를/찾어 헤매일 때/푸르르 날러가버릴 小心한 새인양/얼골 붉히고/고개를 숙이는 너
>
> —유진오, 「무엇을 가르쳐야 옳으냐」에서

> 아픈 숨결이/상한 벌레처럼/왼 몸에 꿈틀거리면/맥없는 팔길을 가슴에 얹고/몸을 틀어 돌아 눕는다
>
> —유진오, 「눈이 멀도록」에서

> 이윽코 말른땅이 터지며, 금가는 소리, 모진 바람소리/슬쓸한 가마귀 울음소리 번갈아 들려오고
>
> —박윤산, 「버드나무」에서

조곰식 서로 닮은/비슷 비슷한 얼골들//모두/해바래기 처럼 싱싱한 포기 포기//바람에 혼들리면서/이지러질듯 바람속에 혼들리면서/붉으레 피빛좋은 얼굴

─이병철,「隊列」에서

돌담을 넘어 짐승의 노린내 풍기여오고/도적의 말굽소리 뒷등 구름다리에 울는듯/아직 어두움에 눌리운 길우에 내가 섰다

─김광현,「새벽길」에서

바람은 낡은 歷史책의 냄새나는 페-지를 넘긴다.// (중략) //大洋에 거만한 帝國主義의 汽船을 삼켜치우고/어느새 도라와 홀어머니의 낮잠을 勤하기에 부지런한

─김상훈,「바람」에서

　이러한 '전위시인'들의 유미주의적 전위성을 '예술을 위한 예술'이나 현실도피적인 예술 같은 것으로 인식하지 않는 것은 이들의 진보적 리얼리즘에 입각한 창작방식 때문만은 아니다. 이는 '목적합리성'의 이데올로기에 바탕을 둔 부르주아적 사회에 대한 공격성으로 인식되기 때문이다.[26] '전위시인'들의 유미주의는 해방기 소시민적 자아를 재호명하려는 전위적 인식에서 비롯된 혼성화된 탈식민적 자아의 존재 양태이기도 하다. 이러한 측면에서 식민주의 헤게모니를 통해 주체화된 해방기 민중의 타자적 존재양태를 '전위시인'들은 다음과 같이 발견하고 재호명하고 있다.

　나는 이제 두 살백이다/지주의 만아들에서 가난뱅이의 편으로 태생하였다/살부치기를 모조리 작별하고/앵무새처럼 노래부르든 버릇을 버렸다//나는 아무것도 없다 아무것도 모른다/다만 조국을 사랑하는 한가지 길밖에/나는 이래서 시를 쓴다 그리고 가장 자랑스럽다.

─김상훈,「나의 길」에서

---

26) 최문규,「아방가르드 미학의 현대적 의미」,『현대시사상』, 1994, 131~132쪽 참조.

밤을 세월 생각하나 진저리 나는 인도 아침 가즈/런히 놓인 구도를
보고 있으면/또한번 다시 힘써보아도 괜찮으이……했다.//帽子처럼
이마위 주름ㅅ살을 덮어주지는 않지만……/어느때나 알뜰히 기다리
고 있었다./그러면 나는 얼른 두손을 떼고 일어선다.//四方 軍樂소리에
귀를 세우고 어둔 전?에서 날뛰던/구두/할말 다 못하고 돌아간 벗님,
외로운 신체 뒤따르며/삼가 소리를 죽이던 구두,/그리고 그리운이 門
밖에 큰마음 믿고 갔다간/강아지에 짖겨 익살만 부려보인 나의 이
구두─.//아아 구두는, 나의 지낸 마음을 낮낮이 알고있고있다./밝아
오는 새아침의 넓고도 좋은 신./오늘이야말로 헌 내구두이나 새것없
이 눈웃음이 난다!

─박산운,「구두」전문

'전위시인'들은 스스로 죽고 재생하는 삶의 탄력 속에서 중심적 권위의
호명을 거부하고 주변화된 타자성을 자신의 주체로 인정한다. 그것은 김
상훈의 시에서 보듯 '지주계급'의 중심성을 버리고 '무산계급'으로 거듭나
는 것과 같다. 이때 그의 시쓰기는 식민주의의 타자인 해방기 민중에 가해
진 인식론적 폭력에 대응하는 알레고리인 동시에 식민주의적 지배에서 벗
어나지 못하고 있는 타자로서의 민중이 시인과 같은 간극의 존재들을 독
립적 주체로 거듭날 수 있도록 만들어주는 시적 형식과 연결된다. 그것을
또한 해방기 소시민적 '자아'로 주체화되었던 민중의 낡은 타자성에서 발
견하게 된다. 박산운의 시에서 '헌 구두'가 '새것'으로 인식되는 전유의 과
정은 중심의 무거운 침묵을 거부하는 유쾌함이라 할 수 있다. 그 유쾌함은
해방기 타자적 민중에게 가해진 윤리적 접근을 차단하는 것이다. 타자로
서의 민중은 늘 소박하며 온순하고 숙명적이다. 이것은 식민주의 이데올
로기가 만들어낸 종속적 타자의 환상이다. 그러므로 '헌 구두'에 투사된 자
아는 상상적으로 구성된 타자의 전형성을 해체하는 것이라 할 수 있다.
  이처럼 '전위시인'들은 해방기 민중들이 겪는 단절과 절망의 고통을 함

께하며 가족, 민족, 국가의 이념들을 파괴한다. 이들의 전위성이 유토피아적인 것으로 보이건, 아무 목적이 없는 것으로 보이건 간에 이들의 전위적 명제는 식민주의적 역사와 사회와 문화로부터의 완전한 해방이다. 이처럼 총체적인 파괴와 몰락으로부터 자유로운 인간의 모습을 시 속에 담으려 했다.

더불어 이들은 민족문화의 존재론적 진정성에 집착하지 않는다. 새로운 탈식민주의적 상황 속에서 그런 집착에 구애받지 않는 다양한 접합적 실천을 통해 새로운 종류의 자아를 모색한다. 즉 아리엘 트리고가 언급했던 '정체성의 존재론으로부터 정체성의 접합적 실천으로의 이행'27)을 말한다. 이는 기원이나 진정성의 아우라를 과감히 떨쳐버리고 미래적 수행성 속에서 자신의 정체성을 구성해가려는 것이다.

6. 맺음말

전위시인들의 시의 역동성은 두 가지의 전위적 요소를 가지고 있다. 하나는 이상적 공간을 지향하는 유토피아적 욕망과 죽음 충동과 같은 비극적 정서이다. 즉 옥타비오 파스의 언급처럼 이들의 시 역시 매혹과 환멸에서 오는 부정의 역설적 성격을 가지고 있다. 해방은 새로운 세상에 대해 전망을 갖게 하는 역사적 사건이다. 이들은 혁명적 순간에 환호하였으며 혁명의 소명이 갖고 있는 마법적 분위기에 매혹되어 자신들의 시적 역량 전부를 쏟아 부었다. 그러나 이들은 아이러니 상황 속에 빠져들고 만다. 그것은 혁명의 유토피아적 욕망이 갖고 있는 절망의 부재 때문이다. 이는 또 다른 의미의 커다란 단절이었으며 그것은 해소되지 않은 식민성에서 비롯되었음은 자명한 것이다.

---

27) 김용규, 「문화연구의 전환과 잡종문화론」, 『영미문화』 제5권 2호., 2005, 174쪽.

해방은 선언되는 순간부터 중심의 해체와 상실을 가져왔다. 이때의 중심은 물론 일본 제국주의다. 그러나 해방의 진정한 국면은 말 그대로 선언적인 것에 불과하다. 그러므로 해방기의 탈식민주의적 상태는 또 다른 의미에서 중심의 대체에 불과한 성격을 갖는다. 일본 제국주의를 대체하여 수많은 세력의 유입을 가져왔기 때문이다. 그 결과 일종의 문화의 잡종화 경향이 나타난다. 그러한 측면에서 전위시인들을 조명한다면 이들의 시가 갖는 전위성은 새로운 저항으로 읽을 수 있을 것이다.

전위시인들은 계급적 측면에서 시인으로서의 자기 정체성을 표방하였다. 다시 말해 식민지배의 논리를 거부하고 계급적 주변으로서의 자기정체성을 분명히 표방하면서 새로운 대안을 찾았다. 무산계급의 자기정체성을 확립하고 이에 자부심을 바탕으로 식민주의 잔재를 청산하고 새로운 민족문학 건설을 도모한 측면에서 이들의 전위성을 탈식민주의적인 것으로 명명할 수 있다. 이들이 표방한 탈식민주의 전위성은 민족과 계급적 주체 사이에 놓여있는 가치의 모순을 통합할 수 있는 가능성을 제시한다. 그러므로 해방기 '전위시인'의 시사적 의의는 일제 강점기 카프의 리얼리즘시를 계승했다는 것에 그치는 것이 아니라 그것조차도 단절하여 새로운 세계관을 도모했다는데 있다. 기성시인들이 식민성을 벗어나지 못한 간극의 존재였음에 비하여 탈식민성에 대해 자기 의식을 갖고 그에 합당한 창작 행위를 수행한 전위적 존재였다.

참고문헌

권환외, 『횃불』, 우리문학사, 1946.

김상훈, 『대열』, 백우서림, 1947.

김상훈, 『가족』, 백우사, 1948.

유진오, 『창』, 정음사, 1948.

이병철외, 『전위시인집』, 노농사, 1946.

조선문학가동맹시부위원회편, 『삼일기념시집』, 건설출판사, 1946.

조선문학가동맹시부위원회편, 『연간조선시집』, 아문각, 1947.

이헌구외, 『해방기념시집』, 중앙문화협회, 1945.

김용직, 『해방기 한국시문학사』, 민음사, 1989.

윤효녕외, 『주체 개념의 비판』, 서울대출판부, 2003.

공제욱, 「8·15이후 관료적 독점자본가의 형성」, 『역사비평』 여름호, 1990.

김광섭, 「시의 당면한 임무」, 경향신문 10월 31일, 1946.

김기림, 「우리시의 방향」, 『시론』, 백양당, 1947.

김동리, 「조선문학의 지표」. 청년신문 4월 2일, 1946.

김병구, "1930년대 리얼리즘 장편소설의 식민성 연구", 서강대 박사학위
　　　　논문, 2000.

김용규, 「문화연구의 전환과 잡종문화론」, 『영미문화』제5권2호, 2005.

김용규, 「포스트 민족 시대 혼종과 틈새의 정치학 : 호미 바바 읽기」, 『비
　　　　평과 이론』제10권 제1호, 2005.

나미가타 쓰요시, 「전위와 아방가르드와의 조우」, 『일본문화연구』, 제5
　　　　집, 2001.

신범순, "해방기 시의 리얼리즘연구", 서울대 박사학위논문, 1989.

오문석, "김수영의 시론 연구", 연세대 박사학위논문, 2002.

이성혁, 「시의 모더니티 추구와 그 정치화-김수영 시론의 아방가르드적 성격에 관한 고찰」, 『한국시학연구』 제11호, 2004.

이원조, 「조선문학의 당면과제」, 『중앙신문』 11월, 1945.

임 화, 「현하의 정세와 문화운동의 당면임무」, 『문화전선』 11월 15일, 1945.

장석원, 「김수영의 '새로움' 연구-전위 의식과 부정의식을 중심으로」, 『한국시학연구』 제8호, 2003.

최문규, 「아방가르드 미학의 현대적 의미」, 『현대시사상』, 1994.

하수정, 「이데올로기의 정신분석학적 전유-알튀세르와 지젝」, 『영미어문학』 제68호., 2003.

한 효, 「진보적 리얼리즘에의 길-새로운 창작노선-」, 『신문학』4월, 1946.

홍준기, 「슬라보이 지젝(Slavoj Zizek)의 포스트모던 문화 분석」, 『철학과 현상학연구』, 2004.

더글러스 로빈슨, 정혜욱 옮김, 『번역과 제국』, 동문선, 2002.

루이 알튀세, 「이데올로기와 이데올로기적 국가 장치」, 『레닌과 철학』, 백의, 1991.

옥타비오 파스, 김은중 옮김, 「근대성과 전위주의」, 『흙의 자식들 외-낭만주의에서 전위주의까지』, 솔, 2003.

에드워드 사이드, 김성곤 · 정정호 옮김, 『문화와 제국주의』, 창, 2000.

에드워드 소자, 이무용외 옮김, 『공간과 비판사회이론』, 시간과 언어, 1997.

T. W. 아도르노, 홍승용 역, 『부정변증법』, 한길사, 1999.

Said, E. W., *The World, the Text and the Critics*, Cambridge : Harvard Uni. press, 1983.

V. 전후 현대시의 크리스토폴 환타지
―김종삼, 김춘수, 송욱의 시를 대상으로

1. 머리말

한국 전쟁은 해방 후 한국시의 양상을 바꾸는데 커다란 역사적 사건이며 한국시의 현대적 성격을 특징짓는 가장 중요한 계기가 된다.[1] 종래의 서정은 내면의식의 추구로 전환되며 감상위주의 서정시의 전통은 적극적으로 쇄신되어 인간의 감각으로 파악된 삶의 현실을 노래하게 된다.[2] 그래서 전후시의 양상은 분단과 전쟁이 초래한 죽음, 허무, 좌절이라는 패배주의와 허무주의의 부정적인 요소와 이러한 공포로부터 탈주하려는 휴머니즘의 발견을 동시에 갖고 있으며 주체의 부정과 긍정을 통한 새로운 방법론의 모색, 구원의식, 극복의지가 함께하고 있다. 그러나 이러한 전후시의 현대성과 내면화를 언급하는 데 기존 논의에서는 언어의 실험성과 세대론적 상황만을 강조함으로써 전쟁이라는 인간실존의 체험공간은 역사성과 현실성을 상실하게 된다. 이러한 측면에서 전후시의 현대적 특질로 언급되고 있는 시의 난해성은 한 시인의 개인적 실험의 산물이라기보다는 사회적 이데올로기를 반영하고 있는 환타지phantasy로 이해되어야 한다.

시의 난해성과 관련하여 그것을 전통적인 시적 상상력 측면에서 이해할 수도 있을 것이다. 코울리지에 따르면 시적 상상력은 한 시인의 독특한 능력과 동일한 개념이다.[3] 즉 대립되는 요소들을 하나의 통일된 세계

---

1) 박철희, 「한국시와 고향상실」, 『굴림문학』 제4호, 1995, 133쪽.
2) 박철희, 「통일을 위한 문학―분단의 주제론」, 『자하』 2월호, 1986, 77쪽.
3) 이승훈, 『시론』, 고려원, 1990, 387쪽.

로 화해하는 종합적인 마술적 능력이라고 할 수 있다. 그것은 서로 대립되거나 일치되지 않는 성질들을 균형화하고 화해시킨다. 그러나 최재서의 지적처럼 상상력은 독특한 양식으로 이해함이 좋을 것 같다.[4] 적어도 현대사회에서 문학은 전통적으로 이해되어온 시적 상상력의 낭만주의적 측면을 벗어나 사회적 상상력과의 결합을 통해 나온 산물이기 때문이다.[5] 그러한 양상이 현대시의 독특한 양식으로 드러난 것이 시의 난해성이라는 불확정적 요소이다. 그것은 상상력의 저급한 차원인 공상fancy의 차원을 넘어 인간의 무의식적 욕망을 이해하는 양식으로서의 환타지라 할 수 있다. 이러한 측면에서 '크리스토폴의 서사'를 시적 상상력이 가지는 '모티프'와 '상징'의 비유적 측면보다는 담론과 이데올로기의 한 양식인 '환타지'로 이해하고자 한다.

환타지가 갖는 양식적 특징은 가시적인 것에 권위를 부여하는 담론적 인식에 문제를 제기하는 데서 출발한다. '실재적인 것'과 '볼 수 있는 것'을 동일시하는 지배적 문화 속에서 보이지 않는 것은 곧 실재하지 않는다는 강요된 인식을 해체하는 것이다.[6] 이러한 측면에서 연구 대상으로 삼는 시인들은 보이지 않는 것을 보이는 것으로 만들고 있으며 말할 수 없는 것을 표현하고 있다는데서 그들의 시는 환타지의 일환으로 볼 수 있다.

환타지는 "주체가 현존하는 상상적인 장면이나 서사를 말하며 그 장면이나 서사는 주체의 욕망 충족을 위해 변형된 것이다."[7] 시에서의 환타지는 꿈에서 경험하는 상대적으로 사적인 환타지와 비교할 때 언제나 이미 사회화되어 있다. 다시 말해 꿈은 그 꿈을 꾼 사람과의 관련 속에서 그 의

---

4) 최재서, 『문학원론』, 춘조사, 1957, 310쪽.
5) 전영태, 「문학적 상상력과 사회학적 상상력」, 문학과사회연구회 엮음, 『현대사회와 문학적 상상력』, 거름, 1997, 18~20쪽.
6) 로즈메리 잭슨, 서강여성문학연구회 옮김, 『환상성-전복의 문학』, 문학동네, 2001, 23~82쪽 참조.
7) Anthony Easthope, *Poetry and Phantasy*, New York : Cambridge UP, 1989, p.11.

미가 파악되지만 심미적인 혹은 미학적인 형식으로서의 시는 그 텍스트가 생산된 사회적이고 역사적인 국면 뿐 아니라 그것을 읽고 해독하는 독자와도 관련된다는 점에서 다분히 사회적이라 할 수 있다. 그러므로 예술의 환타지는 꿈의 환타지가 갖고 있었던 개인적인 특징을 상실함으로써 상호주관적이며 공적인 자질을 띠게 된다. 또한 환타지는 이데올로기적 구조들이나 의미들과 깊이 관련되면서 본질이 변하게 된다.8)

1930년대의 모더니즘시와 구별하여 전후시는 실존주의 문학의 모더니즘적 추구로 읽히고 있다. 실존주의 핵심인 인간실존의 문제를 전후 시인들은 어떤 공간에서 확인하고 구체화하였는가 생각할 때 그것을 단순히 휴머니즘이라고 하기에는 부족한 점이 많다. 그 공간적 체험을 종교적 체험으로 환치하여 본다면 이들의 시에서 보이는 난해성은 새롭게 해석될 수 있을 것이다. 통상 전후시의 난해성은 전쟁이라는 새로운 경험에 기반해서 어휘에 대해 새로운 기능의 발견과 새로운 구성법 때문에 나온 것으로 보았다. 이와 같은 새로운 미학의 성립은 전후 해외 시단의 경우에도 마찬가지였다. 특히 독일의 경우9) 전통을 무시한 새로운 경향을 모색했다. 이러한 실험적 태도는 정통적 입장과 기독교적 입장과 더불어 전후 독일시의 윤곽을 형성하며 서정시의 실험과 언어의 실험을 하였다. 환상이나 꿈으로서의 세계를 그리는 것이 아니라 현실을 보다 철저히 받아들이는 입장이었다. 이처럼 한국의 전후시 역시 형식적 측면과 인식론적 측면이 동반하고 있음을 볼 수 있다. 이에 본고는 전후 시인들이 확인한 인간실존의 문제를 기독교의 종교적 상상력에서 찾고자 한다. 전후의 상황은 신과 인간의 관계가 끊어진 상황과 유사하다. 모두 인간의 실존적 상황이라는 데서 그러하다. 그리고 거기에는 반드시 '죽음'의 문제가 결부되어 있고 공통적으로 '죄의식'이 자리하고 있다.

---

8) 정형근, "서정주 시 연구-판타지와 이데올로기의 문제를 중심으로", 서강대 박사학위논문, 2004, 24~25쪽.
9) 이어령, 『전후문학의 새물결』, 신국문화사, 1973 참조.

한국 시문학에서 기독교사상이 시로서 표현되는 데에는 몇 가지 양상이 있었다.[10] 첫째는 기독교리에 따른 신앙고백적 위주의 것. 둘째는 단순한 성서적 소재 인용으로 관념적 서술에 머문 것. 셋째는 자연현상물의 시적 체험과 내적 정서의 융합을 시로 형상화한 것이다. 이러한 양상과 비교할 때 전후시의 양상은 사뭇 다르다. 이전의 관념적 혹은 범신론적 차원에서 벗어나 비로소 신 앞에 인간의 문제를 본격적으로 드러내 놓고 있음을 보게 된다. 이러한 측면에서 전후의 인간실존의 문제를 기독교적 상상력 속에서 공통으로 펼치고 있는 김종삼, 김춘수, 송욱 시인의 시를 연구 대상으로 삼고자 한다. 이들 시인은 적극적으로 기독교 사상을 표방하지 않으면서도 인간의 원죄의식을 실존적 죄의식의 차원으로 변주시킴으로써[11] 전후의 상황과 사회적 이데올로기를 각기 다른 목소리로 형상화한 특질을 지니고 있다.

2. 원죄의식과 크리스토폴 환타지

도로테 쬘레는 원죄the original sin에 대해 다음과 같이 말하고 있다.

> "(원죄는) 우리가 죄를 일으키는 것이 아니라, 이미 죄 안에 사는 상태들 안에 태어난다는 것을 의미하는 것이다.…… 나는 언어로나 문화로나 유산으로나 죄책과의 관련성 안에 살고 있는 인간 사회에 속해있다. …… 이 객관성이 죄 개념의 일부 인 것이다. 또한 죄는 확실히 나의 결정, 나의 자유의지, 하느님에 대한 나의 '부정'이지만 또한 내가 타고난 나의 운명인 것이다."[12]

---

10) 한영일, "한국현대기독교시 연구─윤동주, 김현승, 박두진 시의 상징성을 중심으로", 성균관대 박사학위논문, 2000, 303쪽.

11) 최종환은 윤동주, 김종삼, 마종기를 다루면서 이들의 공통점을 위와 같이 언급한 바 있다(최종환, "현대시에 나타난 기독교 죄의식의 심리학적 연구─윤동주, 김종삼, 마종기의 시를 중심으로", 경희대 박사학위논문, 2003. 3.).

12) 도로테 쬘레, 서광선 옮김, 『현대신학의 패러다임』, 한국신학연구소, 1993, 81~82쪽.

이러한 측면에서 전쟁은 인간을 원죄의 상태에 놓이게 하는 실존의 문제이다. 그러므로 전쟁의 흉포를 경험한 전후시인들은 모두 원죄상태에 놓여 있으며 이 원죄상태로부터 새로운 시작의 가능성을 모색하고 있음을 확인하게 된다. 즉 전후 시인들의 새로운 자각의 출발점이 원죄의식이다. 전쟁 때문에 빚어진 패배주의와 허무주의에서 벗어나 새로운 시작을 할 수 있게 된 이 변증법적 과정이 곧 용서와 화해를 통해 새로운 시작의 가능성을 갈구하는 종교적 체험과 다르지 않다.

이 새로운 시작의 가능성이 기독교의 본질 중 하나인 그리스도의 구원관이다. 원죄가 실존이라는 측면에서 구원 역시 인간실존으로 성립되는 것이다. 그러므로 기독교의 본질에서 볼 때 전후시의 궁극적 의도는 구원의 추구에 있다. 그러므로 전후시의 난해한 환상성은 구원의 환타지로 이해 될 수 있는 근거를 마련하게 된다. 이때 구원의 환타지는 인간 존재의 불확실성과 위기의식의 시적 반영이며 전쟁 이후의 부조리 상황에 대해 현실부정하는 '내면화의 간접화 방식[13]'이라 할 수 있다. 즉 현실을 직접적으로 언급할 수 없는 상황에 직면한 시적 우회이며 상징화라 할 수 있다. 이 원리는 우리가 그때그때 마주 서게 되는 대상의 내부 속을 파고들어가 마침내는 이러한 대상들이 자신의 내부에 숨겨져 있는 모순들을 스스로 드러낼 수 있도록 해준다. 그러므로 전후시의 난해한 환타지를 해독한다는 것은 근본적으로 우리 의식 속에서 형성된 물신을 인식하고 해체하여 거짓된 사물성 속에 갇혀 있는 인간 영혼의 문제를 다시 생각하게 하는 것이다. 그리고 그 구원의 환타지는 전후 한국 사회의 무의식적 욕망을 담고 있는 기호라 할 수 있다.

이러한 무의식적 욕망을 담고 있는 구원의 상징으로서 전후시에서 발견되는 것이 '크리스토폴'의 서사[14]이다. 어린 예수를 어깨에 메고 강을

---

13) Hartmut Scheible, 김유동 역, 「직접성의 비판」, 『아도르노』, 한길사, 1997, 111~142쪽.
14) 나카마루 아키라, 이원두 옮김, 『성서의 미스터리』, 동방미디어, 1997, '성인열전'

건넜던 이교도 거인의 모티프에서 전후 시인들은 대속代贖의 기의를 차용하고 있다. 크리스토폴의 어원이 희랍어 크리스토포로스Christophoros로서 "그리스도를 어깨에 메고 간다."는 뜻인 것처럼 전쟁의 원죄상태로부터 구원의 상태로 '넘어가는' 데는 통과의례적 과정이 필연적임을 인식하고 있는 것이다. 이 통과의례의 상징적 행위는 다분히 사회적 행위이며 이데올로기적인 것이다.

크리스토폴은 신으로부터 호명된 주체이다. 전후 시인들은 그를 다시 불러내어 자신의 시 속에서 재호명하고 있다. 그것은 국가 기구로부터 이데올로기적으로 호명interpellation됨으로써 종속화된 전후 민중의 주체를 갱신하는 것이다. 크리스토폴 역시 자기 정체성을 갖지 못한 채 중심 권위에 의해 주체화되었던 존재였다. 그러나 신앙의 의미를 내재화함으로써 크리스토폴은 타자화된 자신의 정체성을 인식하고 새로운 존재 양태로 변형되어 또 다른 헌신의 삶을 살았다. 김종삼, 김춘수, 송욱은 그러한 존재 역설의 구조를 전후의 시적 주체를 통해 형상화하고 있다. 이들의 시에서 크리스토폴의 환타지적 징후는 현실의 고통을 치유하고 극복하는 과정에서 드러난다. 크리스토폴 서사의 '넘어감'의 환타지를 공유하는 것이다.

기독교 사상의 측면에서 볼 때 이들 시인에게서 기독교의 구원관인 '원죄의식-거듭남-구원'의 도정 중 '거듭남'의 인식적 과정을 쉽사리 확인할 수는 없다. 그것은 아무래도 종교적 목적성보다는 문학적 예술성이 이들의 삶을 더 지배하고 있기 때문일 것이다. 그럼에도 이들의 시를 통해 '원죄의식'의 드러냄만으로도 이미 '구원'의 인간적 욕망에 다가갈 수 있지 않은가?

참조. 이와 관련된 언급으로 한용운의 「나룻배와 행인」을 크리스토폴의 '짊어짐'의 행위로 해석한 곽명숙의 논문이 있다(곽명숙, 「『님의 침묵』에 나타난 '사랑의 담론'」, 『관악어문연구』23, 1998).

3. 속죄양의식과 망각의 욕망 – 김종삼의 경우

구약시대에 양은 희생제물로 쓰였다. "피 흘리는 일이 없이는 죄를 용서받지 못한다."[15]는 이 속죄양의식은 김종삼 시의 핵심 주제이다. 그래서 크리스토폴 환타지 서사에서 인유하고 있는 시적 대상은 죽음의 강을 건너는 크리스토폴 어깨 위의 어린 예수이다. 어린 예수는 또한 '세상의 죄를 자신이 걸머지고 도살장으로 끌려가는 하느님의 종'[16]으로서 어린 양이다. 김종삼 시인의 시선은 그 속죄양 예수에게로 맞추어져 있다.

> 1947년 봄
> 深夜
> 黃海道 海州의 바다
> 以南과 以北의 境界線 용당浦
>
> 사공은 조심 조심 노를 저어가고 있었다.
> 울음을 터뜨린 한 嬰兒를 삼킨 곳.
> 스무 몇 해나 지나서도 누구나 그 水深을 모른다.
>
> ―「民間人」전문

김종삼 시인이 분단과 전쟁이라는 역사적 현실을 통해 시의 주제로 삼고 있는 것은 그 상황 때문에 배태된 비극성이다. 그러한 비극성은 삶과 죽음 모두에 걸쳐 있는 것으로 실존적 불안 상황과 맞물려 있다. 위 시는 그 대표적인 시이다. 인간 구원의 번제물로 바쳐졌던 그리스도처럼 수장된 영아는 삶과 죽음의 생사의 경계에서 만인의 생존을 위해 희생물이 되었다. 속죄양의 무게는 우주를 어깨에 멘 것과 같은 원죄의 무게로 시인

---

15) 히브리, 9:22.
16) 이사야, 52:13-53:12.

에게 인식된다. 그 결과 희생 사건이 있었던 사실조차 망각하고자 하는 무의식적 욕망을 함께 갖게 된다. 그것은 어느 한 개인의 차원에 국한된 것이 아니라 집단적 무의식의 표출이라 할 수 있다. 전쟁에서 살아남은 자들의 정신적 외상trauma이라 할 수 있다. 그러므로 그것을 망각한 원죄의 대가는 다음과 같이 극명하게 표출된다.

> 苹果 나무소독이 있어
> 모기 새끼가 드물다는 몇 날 후인
> 어느 날이 되었다.
>
> …〈중략〉…
>
> 몇 개째를 집어 보아도 놓였던 자리가
> 썩어 있지 않으면 벌레가 먹고 있었다.
> 그렇지 않은 것도 집기만 하면 썩어 갔다.
>
> 거기를 지킨다는 사람이 들어와
> 내가 하려던 말을 빼앗듯이 말했다.
>
> 당신 아닌 사람이 집으면 그럴 리가 없다고―.
>
> ―「園丁」에서

> 바로크 시대 음악 들을 때마다
> 팔레스트리나 들을 때마다
> 그 시대 풍경 다가올 때마다
> 하늘나라 다가올 때마다
> 맑은 물가 다가올 때마다
> 라산스카
> 나 지은 죄 많아

죽어서도
영혼이
없으리

　　　　　　　　　　－「라산스카」전문

　시「원정」에서 독자는 의미의 불일치를 체감하게 된다. 그것은 '소독으로 모기 새끼가 드문 상태'와 '사과가 썩는 현상'과의 연결관계의 강도가 희박하기 때문이다. 즉 소독한 사과가 썩을 가능성이 희박한데도 불구하고 그 결과는 부패로 나타났기 때문이다. 원인으로 제시된 것이 '당신 아닌 사람이 집으면 그럴 리가 없다고―'한 부분이다. 왜 유독 화자이기 때문일까? 이러한 정보도 부패의 원인을 해결하지 못한다. 단지 '부패의 원인'을 자기 자신에게 돌릴 수밖에 없는 원죄적 상황임을 감지하게 된다. 이러한 원죄의식은 생명과의 고리를 끊지 않으면 구원받지 못한다. 아니 죽어서도 영혼의 부재 때문에 구원은 보장되지 못한다.

　그러한 결과로 김종삼 시인의 시들은 대부분 어린예수의 이미지를 갖고 있는 시적 대상에 바쳐진다. 속죄양에 집착함으로써 오히려 그 희생에 망각의 깊이를 심화시키고 있다. 망각의 집단적 욕망은 전쟁 이후 살아남은 사람들의 무의식적 욕망을 담고 있는 것이다. 그리고 거기에는 망각함으로써 재생 혹은 재건하고자 하는 사회적 이데올로기를 수반하고 있다. 그래서 김종삼의 시는 망각의 징환들이 환상처럼 펼쳐져 있다. 그 환상적 징환의 기표는 서양예술의 고답적 경지와 쉽게 이해할 수 없는 시의 풍경을 통해 나타난다. 그러나 그 고답적인 절대미학을 추구하는 행태는 현실의 비천함과 비극성을 망각하고 재생하고자하는 환타지라 할 수 있다. 다음 시는 그 망각의 깊이와 속죄의 의미를 새롭게 되새기게 한다.

　　내용 없는 아름다움처럼
　　가난한 아희에게 온

서양 나라에서 온
아름다운 크리스마스 카드처럼

어린 羊들의 등성이에 반짝이는
진눈깨비처럼

　　　　　　　　　　　　　　－「북치는 소년」전문

　'내용 없는 아름다움'은 어떤 미학의 소산인가? 그것은 인간실존의 극
악함을 망각하고 난 후의 지상적 의미를 부여하지 않은 새로운 형식의 아
름다움이다. 그것은 아마도 이 세상에 존재하지 않는 '서양나라'와 같은
이국의 것이며 혹은 이상향적인 천국의 가치인지도 모른다. 시「민간인」
에서 수장되었던 영아는 이 시에서 북치는 소년이 되어 재생하였다. 북치
는 소년이 선포하는 성탄의 의미는 시인은 물론 독자에게 어린양의 희생
을 통해 얻게 된 재생의 기적을 체감하게 한다. 그것은 원죄상태로부터
벗어나 구원에 이르는 기독교의 본질적 상상력이며 죄를 용서받고 화해
하는 그리스도의 강림과도 같은 환타지이다. 이는 전쟁이라는 과거의 끔
직한 기억으로부터 벗어나는 평화의 메시지이기도 하다.

4. 성인聖人의식과 무명無名의 욕망 – 김춘수의 경우

　크리스토폴 환타지 서사에 비추어볼 때 김춘수의 시에서 반복해서 등장
하는 인물은 거인 크리스토폴의 이미지를 갖고 있는 존재다. 그것은 역사
적 상황 속에서 속죄양 이미지를 자기화하려 했던 김종삼과 대비되는 것이
다. 시인이 감당해야할 속죄의 무게보다는 우주와 같은 그리스도를 감당하
는 환타지를 구현한 것이다. 우주를 옮기는 그 환타지는 역사를 내면화하
려는 의도의 일환이라 할 수 있다. 그래서 김춘수 시의 시적 주체는 '성인'

속에서 스스로를 내면화한다. 이때 '성인'은 거인의 이미지를 가지고 있다.

> 그을음과 굴뚝을 말하고
> 겨울 습기와
> 한강변의 두더지를 말하라.
> 동체에서 떨어져 나간 새의 날개가
> 보이지 않는 어둠을 혼자서 날고
> 한 사나이의 무거운 발자국이
> 지구를 밟고 갈 때.
>
> — 「시·I」에서

> 남자와 여자의
> 아랫도리가 젖어 있다.
> 밤에 보는 오갈피나무.
> 오갈피나무의 아랫도리가 젖어 있다.
> 맨발로 바다를 밟고 간 사람은
> 새가 되었다고 한다.
> 발다닥만 젖어 있었다고 한다.
>
> — 「눈물」전문

> 볕에 굽히고 비에 젖어
> 쇳빛이 된 어깨를 하고
> 요단강을 건너간 스승
> 랍비여.
>
> — 「겟세마네에서」에서

이 세 편의 시에서 성인은 '지구를 밟고 간 사나이'나 '맨발로 바다를 밟고 간 사람', '요단강을 건너간 스승'으로 형상화된다. 이들의 행위의 공통점은 '건너가다'에 있다. 크리스토폴이 어린예수를 메고 강을 건너간다는 행위는 선과 악, 죽음과 재생, 죄와 구원의 다른 두 차원을 가로지르는 의미를 담고 있다. 그처럼 이들 시 속의 거인들은 인간이 실존적으로 봉착한 공간을 넘어 다른 공간으로 이동하고 있다. 그러므로 시인이 성인의 이미지 속에 스스로를 안치시키려는 의식은 인간존재의 나약함으로부터 벗어나려는 욕망을 일차적 기의로 가지고 있다.

인간존재의 나약함은 부자유에 있다. 부자유는 「시·Ⅰ」에서처럼 두더지의 맹목盲目과 대열을 이탈한 새의 방향상실에서 기인한다. 그래서 현재 인간은 '보이지 않는 어둠' 속에 존재하고 있다. 그리고 「눈물」에서처럼 인간은 수렁 속에 빠져 있다. 아니 모든 사물이 그러한 원죄상태에 놓여져 있다. 그것이 인간이 처한 실존이다. 누가 그 어둠과 수렁의 원죄상태에서 다른 공간으로 이끌고 갈 수 있는가? 시인의 시적 탐색은 그것에 상상력의 원천을 두고 있다. 시인은 오래전에 두 차원을 건너갔던 성인들을 제시하고 있다. 성서 속에 등장하는 성인들 중 한 세계를 마감하고 또 다른 세계를 여는 매개자로서 언급하고 있는 대표적 인물은 「겟세마네에서」의 '세례자 요한'이다.

"나보다 더 큰 능력을 지니신 분이 내 뒤에 오신다"[17]는 세례자 요한의 선포는 인간이 처한 실존에서 벗어나 다른 상황으로 건너간다는 희망의 고지告知이다. 그리고 원죄상태를 해소하고자 죄의 용서를 도모하는 회개의 선포라 할 수 있다. 이것으로 시인을 지배하고 있던 역사의 폭력성은 의미를 상실하게 된다. 이처럼 김춘수 시의 무의미시는 기독교적 상상력 속에서 새로운 의미를 갖게 된다. 그것은 '건너감'의 환타지가 담고 있는 또 하나의 기의 속에서 드러난다. 성인이 되려는 욕망은 무명無名의 욕망과 겹쳐져 있다. 자신의 존재를 삭제하려는 이 피학적 욕망은 자기부정이며 도래할 새 존재에 품고 있는 간절한 신앙고백이라 할 수 있다. 세례자 요한은 스스로를 "나는 몸을 굽혀 그 분의 신발 끈을 풀어 드릴 자격조차

---

17) 마가, 1:7.

없다"18)고 고백한다. 결국 성인이 된다는 것은 스스로를 축소시키는 것임을 다음 시에서 확인하게 된다.

> ―책장을 넘기다보니 은종이가 한 장 끼어 있었다
> 활자 사이를
> 코끼리가 한 마리 가고 있다.
> 잠시 길을 잃을 뻔하다가
> 봄날의 먼 앵두밭을 지나
> 코끼리는 활자 사이를 여전히
> 가고 있다.
> 너무 작아서 잘 보이지도 않는
> 코끼리.
> 코끼리는 발바닥도 반짝이는
> 은회색이다.
>
> ―「은종이」 전문

이 시는 의미파악이 쉽지 않은 시다. '활자 사이를/걸어가고 있는 코끼리'가 전달하는 정보는 단편적이어서 소통의 연속성을 기할 수 없다. 그러나 앞서 성인이 되려는 시인의 욕망 속에서 '활자'와 '코끼리'와 '은종이'가 전달하는 상상력은 구체적으로 드러난다. '활자'의 연속을 역사의 흐름이라고 상정한다면 '코끼리'는 역사 속의 인간 존재일 것이다. 그러나 그인간은 실재의 코끼리처럼 거대한 존재가 아니다. 일차적으로는 역사의 폭력성으로 왜소해지고 축소되어 있다. 그러나 그리스도를 예언하는 선포자로서 세례자 요한이 갖는 축소의 존재성을 이 작은 코끼리가 갖고 있다면 오히려 코끼리의 은회색 발바닥은 왜소한 인간이지만 역사의 장을 작은 발걸음으로 반짝이며 빛내 가는 거대한 모습으로 확장될 수 있다.

---

18) 마가, 1:7.

이처럼 역사의 폭력에 상실했던 인간 존재의 정수는 역사의 책장 속에 빛나는 신의 은총인 구원의 양피지와 같은 '은종이'를 통해 복원됨으로써 자유를 획득하게 된다.

5. 의인義人의식과 재생의 욕망–송욱의 경우

크리스토폴 환타지 서사에서 볼 때 김종삼은 속죄양으로서의 예수라는 인물을 통해, 김춘수는 크리스토폴이라는 인물이 갖는 존재성을 통해 시적 상상력을 전개했다. 이와 대비적으로 송욱은 인물의 존재성보다는 크리스토폴이 추구했던 '힘'에서 시적 상상력을 전개하고 있다. 크리스토폴은 항상 자기보다 더 힘센 사람이 나타나면 그를 주인으로 알고 섬기겠다는 생각을 가지고 있었다. 한 나라의 왕이 두려워했던 것은 마귀였으며 그 마귀가 무서워했던 것은 십자가였다. 그래서 십자가에서 죽은 그리스도의 종이 되기로 한다. 여기서 송욱은 마귀를 물리치는 십자가의 정의로운 힘에서 시적 모티프를 끌어온다.

> 나를 무어라
> 씨앗이라 어둠이라
> 바다를 밟는 발이
> 부르겠는가.
> 生産을 못하며는 居間을 할 것이지
> 政治나 經濟學은 고만두라고
> 위 아래 左右가 모두 총ㅅ부리니까,
> 姓名 運命 判斷學이 뇌까릴 때에
> 두 팔을 추켜들고
> 十字架가 되었다.
> 처음에 말씀이

거둘 이삭이라면
마지막에 나팔이
사를 씨앗이라면
聖人이 盜賊처럼 숨지기 전에
내가 지닌 붉은 피가
부끄럽고 罪스러워
天堂이건 地獄이건
돌려 보내야 했다.
代代가 눈물 방울
孫孫이 피ㅅ줄이라
바다를 밟는 발이
부르겠는가.

— 「어느 十字架」에서

　'바다를 밟는 발', 즉 크리스토폴의 변형된 주체를 통해 시인은 '씨앗'과 '어둠'으로 규정되고 있다. 이 두 자질은 모두 현실의 부조리와 연관되어 불의한 것으로 드러난다. '성인'이 '도적'으로 전락하는 죄를 잉태하고 유혹하고 있기 때문이다. '생산을 못하는' 이 불임의 상황은 전후의 죽음 상태에 직면한 인간실존을 적나라하게 보여주고 있다. 그러므로 시인은 '천당과 지옥'을 불문하고 심판으로 소거掃去되어야할 원죄의 상태에 있을 수밖에 없다. 송욱의 시에서는 그러한 양상이 몸이 해체되는 병적 징후로 나타난다. 시인이 몸으로 체험한 세계는 전쟁이 더럽힌 시대일 뿐이기 때문이다. 게다가 현실은 '영혼을 판 시대'[19]이며, '음란을 주는 시대'[20]이다. '이미 이승이 저승에'[21] 불과하기에 그 결과 시인은 현실에 대해 깊은 혐오에 빠져 자기 정체성을 상실하게 된다.

---

19) 「하여지향 · 5」에서
20) 「하여지향 · 10」에서
21) 「서방님께」에서

문둥이처럼/외딴 섬에서/이 잔을 마시고/비틀 거린다

—「한거름」에서

피 흐르는 목덜미며

—「그냥 그렇게」에서

해골로서 사라진 그대들이다.

—「서방님께」에서

코가/눈이 나오는 나를/쇠바퀴에 깔린 염통을

—「何如之鄕 八」에서

팔 다리/목, 몸둥아리를/갈갈이 찢기운

—「海印戀歌 八」에서

몸에서 떨어진 모가지라도

—「<영원>이 깃들이는 바다는」에서

이러한 몸의 해체와 타락에서 시인이 체감하고 있는 실존적 불안을 읽게 된다. 이때 '바다를 밟는 사람'의 '피눈물'로 부르는 소리는 "내가 의를 이루려고 너를 불렀다"[22]는 성서 속 일성―聲에 비견된다. 이 말은 불의를 의로 변화시키는 힘을 가지고 있다. 그것은 그리스도 십자가의 힘이다. 즉 그리스도의 십자가 안에서 자기 부정과 긍정의 체험을 하게 되며 인간 존재로서 존엄성과 새로운 가치를 경험하게 된다. 의인이 없는 소돔과 고모라의 현현 같은 전후의 상황 속에서 송욱은 역설적으로 의의를 구하고 있는 것이다. 그것은 다른 차원의 삶을 갈구하는 재생의 욕망이기도 하다.

잠을 죽음을 깨고
움트고 꽃이 피듯
눈물이 솟듯
손 발이 묶인대로
壽衣를 두른대로
내 말을 물을 켜라

---

22) 이사야, 42: 6.

눈 뜨고 일어나라,
티끌이 떨면,

―「라사로」에서

크리스토폴 환타지가 담고 있는 힘의 정체는 죽음을 극복한 나사로의 기적에 있다. 송욱이 꿈꾸는 환상은 개인적 욕망의 차원을 뛰어 넘는 사회적인 집단적 무의식이라 할 수 있다. 그래서 '티끌'은 성서 속 '겨자씨'의 비유[23]를 연상시킨다. 티끌과 같은 미세한 떨림이 성취해 내는 천국의 기적은 가히 혁명적이라 할 수 있다. 그러므로 티끌은 전후의 폐허 속에서 간직했던 재생의 혁명의 불씨와 같은 것이라 할 수 있다.

6. 맺음말

신앙은 몇 가지 방식으로 일련의 의미를 권면한다.[24] 첫째, 신앙에는 모방이 있다. 엘리아드Mircea Eliade에 따르면 인간은 성서 시대의 신과 영웅이 수행한 행위를 따라할 수 있다고 한다. 문학은 그것을 입증하고 있다. 독자는 문학 속에서 이미 간직된 가치를 발견하고 다시 증거하며 그것을 모방하는 서사를 읽을 수 있다. 둘째, 신앙은 복잡한 형식의 제의를 기꺼이 행함으로써 신이 행한 가치를 구체화할 수 있다. 그래서 인간이 신앙의 기쁨을 위해서 열악한 상황과 공포를 견뎌내게 된다. 셋째, 신앙의 의미 구조는 반복함으로써 강화된다. 그래서 신앙은 후손에게 유토피아를 만들어주는 것임에 틀림없다. 문학 속에서 그러한 목적이 반드시 일치하는 것은 아닐지라도 작가의 교술적 서사는 흔히 우리들이 그러한 목적을 감지하도록 재촉한다.

---

23) 마태, 13:31-35.
24) Kathryn Hume, Fantasy and Mimesis, Methuen ; New York, 1984, pp.191~192참조.

이러한 점에서 크리스토폴 환타지 역시 신앙의 의미 전달 방식을 통해 전후 시 속에 반복하여 수행됨으로써 독자가 현실의 실존적 고통으로부터 유토피아를 향해가는 신의 목적 안에 있음을 감지하게 한다.

이와 같이 기독교적 상상력을 통해 본 전후 시의 양상은 원죄의식을 인간 실존의 문제로 동일하게 갖고 있다. 전후 시인들은 그러한 원죄상태로부터 탈피하려는 과정에서 시적 환타지를 드러낸다. 그러므로 김종삼, 김춘수, 송욱의 시를 대상으로 크리스토폴 환타지를 통해 인간실존의 측면에서 전후 시의 시적 상상력을 형식화하였다.

크리스토폴 환타지는 '건너감'이라는 이동의 기표를 통해 김종삼의 시는 평화를, 김춘수의 시는 자유를, 송욱의 시는 혁명이라는 기의를 드러내고 있다. 이는 전후 사회의 의식적 가치이기도 하다. 즉 전쟁의 상흔을 치유하는 과정에서 드러나는 일차적 기의라 할 수 있다.

이와 동반하여 전후 시는 전후 사회의 집단적 욕망을 또 하나의 기의로 갖고 있다. 즉 평화의 추구는 과거의 끔찍한 기억을 망각하려는 무의식적 욕망을, 자유의 갈망은 역사의 폭력성으로부터 도피하려는 무의식적 욕망을, 혁명의 모색은 부조리한 현실의 죽음 상태에서 생명을 잉태하려는 재생의 무의식적 욕망을 기의로 갖고 있다.

이러한 두 가지 기의는 기독교적 상상력 속에서 하나의 의미로 통합된다. 그것은 원죄상태로부터 벗어나 구원에 이르는 인간실존의 본질적 승리를 추구하는 믿음이라 할 수 있다.

크리스트폴 환타지는 전후 현대시만의 독점적 징후는 아닐 것이다. 인간 삶의 문제에 있어 구원은 언제나 결부되기 때문이다. 이러한 측면에서 크리스토폴 환타지는 한국 시문학을 통시적으로 살펴볼 수 있는 형식이 될 수 있을 것이다. 전후 현대시에 있어 변별적 의미를 갖는다면 한국전쟁이라는 초유의 비극적 상황을 극복하고자 하는 한국 사회의 공시적인 무의식적 욕망을 드러냈다는 데 있을 것이다.

참고문헌

권명옥 편,『김종삼전집』, 나남출판사, 2005.

김춘수,『김춘수전집』, 현대문학, 2004.

송 욱,『유혹』, 사상계, 1954.

──── ,『하여지향』, 일조각, 1961.

──── ,『월정가』, 일조각, 1971.

──── ,『나무는 즐겁다』, 민음사, 1978.

──── ,『시신의 주소』, 일조각, 1981.

곽명숙,「『님의 침묵』에 나타난 '사랑의 담론'」,『관악어문연구 23』, 1998.

박철희,「한국시의 고향상실」,『귤림문학』제4호,1995, 133.

──── ,「통일을 위한 문학-분단의 주제론」,『자하』2월호, 1996. 77.

이승훈,『시론』, 고려원, 1990.

이어령,『전후문학의 새물결』, 신구문화사, 1973.

전영태,「문학적 상상력과 사회학적 상상력」, 문학과사회연구회엮음,『현대사회와 문학적 상상력』, 거름, 1997.

정형근, "서정주 시 연구-판타지와 이데올로기의 문제를 중심으로", 서강대 박사학위논문, 2004.

최재서,『문학원론』, 춘조사, 1957.

최종환, "현대시에 나타난 기독교 죄의식의 심리학적 연구-윤동주, 김종삼, 마종기의 시를 중심으로", 경희대 박사학위논문, 2003. 3.

한영일, "한국현대기독교시 연구-윤동주, 김현승, 박두진 시의 상징성을 중심으로", 성균관대 박사학위논문, 2000, 303.

Anthony Easthope. *Poetry and Phantasy*, New York : Cambridge UP, 1989.

나카마루 아키라, 이원두 옮김, 『성서의 미스터리』, 동방미디어, 1997.

도로테 쥌레, 서광선 옮김, 『현대신학의 패러다임』, 한국신학연구소, 1993.

로즈메리 잭슨, 서강여성문학연구회옮김, 『환상성 – 전복의 문학』, 문학
동네, 2001.

Hartmut Scheible, 김유동 역, 「직접성의 비판」, 『아도르노』, 한길사, 1997.

Kathryn Hume, *Fantasy and Mimesis*, Methuen : New York, 1984.

VI. 전후 '전통서정시'의 이접성

-이수복 · 이원섭의 시를 대상으로

1. 머리말

전후 현대시는 전통의 회복과 과거 전통으로의 복귀를 거부하는 두 가지 양상으로 전개된다. 전자는 서정시의 전통성을 회복하고 그 토대 위에서 현대성을 추구하는 흐름으로 연결되며 후자는 전통과 단절하여 모더니즘 추구로 나타난다. 이는 한국전쟁이 가져온 기존 정신 질서의 파괴에 따른 문학의 당연한 반응이라 할 수 있다. 그러나 이러한 양상은 표면적인 것으로 그 이면에는 문단의 헤게모니 다툼과 세대론의 담론이 지배하고 있다.

이러한 전후 문단의 흐름 속에서 시의 현대적 추구는 1960년대 '순수'와 '참여'라는 옷을 가라 입고 새로운 분화로 이어진다. 비록 그 이분법적 경직성이 문제가 되기는 하지만 역동적인 힘을 발휘하며 차후 모더니즘과 리얼리즘 논의에 이르기까지 현대시의 흐름을 주도하고 있다.

근래에 전후 시의 현대성 논의는 새로운 국면에 접어들고 있다. 그동안 시의 현대성을 '모더니즘'과 동일한 것으로 인식하고 언급해 온 것에 이의를 제기한 것이다. 전후 시의 현대성을 '모더니즘' 양상과 등가적인 것으로 단순히 연결시키는 것은 '현대성'이 갖고 있는 다양하고 새로운 성격을 감지하지 못한다는 지적이다. 그래서 전후 시의 현대성을 '모더니즘'과 '아방가르드' 두 개의 양상으로 세분화 하여 파악함으로써 '순수/참여' 논의의 이분법을 해체하고 변증법적으로 통합시키고 있다[1]. 이러한 맥락에

---

1) 이에 대한 언급으로 오문석의 다음 논문이 대표적이다.

서 김수영을 순수와 참여로 나누어 가졌던 시각을 현대성이 갖는 모더니즘과 전위주의 속에서 새롭게 통합시키고 있다.[2]

반면 전통서정시 논의는 정체된 채 있다. 해방기에 후반기 시인들이 부정하고 전후에 김규동[3], 이봉래[4]와 같은 모더니스트들이 단절을 선고한 이후 순수/참여시의 다른 한 편에 전통서정시가 놓여 있을 뿐이다. 전통서정시 논의는 구체화된 것이 없다. 김소월, 서정주, 박목월, 박재삼류의 시를 전통시로 본다든지, 아니면 여기에 유치환, 박두진을 포함시키거나 한용운, 이육사의 시까지도 포괄하여 소위 모더니즘과 상이한 모든 시를 전통시에 포함시키고 있다. 전후에는 많은 신진 시인들이 등장했다. 그들은 한국전쟁이라는 역사적 전환기에 시에서 실존적 모색을 펼쳤다. 특히 시의 현대성을 추구했던 김수영, 김춘수, 김종삼, 조향, 송욱을 비롯한 일단의 시인들은 단순히 모더니즘을 벗어나 새로운 시적 영역을 추구했다. 그래서 앞서 언급했듯 그들의 시적 양상은 새로운 조명을 받고 있다. 그러나 전통서정시로 분류된 전후 신진시인들의 위상은 답보상태에 있다. 특히 『현대문학』을 통해 활동했던 이수복, 이원섭과 같은 시인들은 서정주나 청록파의 전통적 경향의 아류처럼 치부되어 제대로 언급조차 되지 않고 있다. 문학사에서 최동호[5]는 전후 시의 전통적 흐름 속에 김윤성, 정한모, 조병화, 이원섭, 이동주, 이형기, 한성기, 박성룡, 박용래 등을 구분

오문석, 「전후 시론에서 현대성 담론 연구」, 『현대문학의 연구』 26집, 2005, 7~32쪽.
2) 이와 관련된 논의로 다음과 같은 논문이 있다.
  남기택, 「김수영 시의 양가성」, 『현대문학이론연구』, 2003, 135~150쪽.
  배개화, 「김수영 시에 나타난 양가적 의식」, 『우리말글』 36집, 2006. 4, 263~296쪽.
  이성혁, 「시의 모더니티 추구와 그 정치화―김수영 시론의 아방가르드적 성격에 관한 고찰」, 『한국시학연구』 제11호, 2004, 321~355쪽.
3) 김규동, 『새로운 시론』, 산호장, 1956.
4) 이봉래, 「전통의 정체」, 『문학예술』 8, 1956.
5) 최동호, 「1950년대의 시적 흐름과 정신사적 의의」, 현대문학사편, 『한국현대문학사』, 현대문학, 1995, 317쪽.

없이 묶고 있다. 이러한 언급은 전후 시의 양상을 전통서정시와 모더니즘 시로 양분[6]하든, 아니면 전통시, 모더니즘시, 신현실주의시라는 세 가지 양상[7]으로 가르든 동일하다.

이처럼 전후 시의 양상을 전통과 현대의 대립에서 비롯되는 세대 간의 헤게모니 싸움으로 접근한다면 전후 시의 성격을 제대로 파악할 수 없게 된다. 그러한 양상은 전후뿐만 아니라 이전 1920, 30년대에도 있었던 것 으로 전후 시만의 특징적 양상이 아니기 때문이다. 이러한 문제의식을 통 해 전후 시의 현대성 연구는 새로운 국면에 접어들고 있지만 전통성 연구 양상은 새 전기를 마련하지 못하고 있다. 이에 전후 시의 양상을 단순히 전통성과 현대성의 대립 양상으로 보는 시각에서 벗어나 소위 '전통서정 시'로 호명되는 시들에 균열을 가하여 그 새로운 형식을 살펴보고자 한 다. 특히 서정주, 조지훈, 박용래, 박재삼, 이동주 중심의 전통서정시 논의 에서 벗어나기 위해 이수복과 이원섭의 시를 대상으로 전후 시의 '전통성' 이 갖는 다양성을 살펴보고자 한다.

2. 서정의 이접離接

시의 서정성은 음악성과 주관적이고 사적인 체험의 표출에 특징이 있 다.[8] 이 지극히 개인적인 체험이 보편성을 획득하는 과정이 서정시의 유 통 조건이라 할 수 있다.[9] 그리고 현대시에 와서 서정시는 각계각층의 독

---

6) 이숭원, 「한국 전후시 연구」, 『인문논총』 1집, 서울여대인문과학연구소, 1995, 118쪽.
　남기혁, 「한국 전후 시의 형성과 전개」, 이숭하외, 『한국현대시문학사』, 소명출판
　사, 2005, 179쪽.
7) 김봉군, 「한국 전후시의 세 양상」, 『국어교육』 114집, 2004, 295~323쪽.
8) 김학동 · 조용훈, 『현대시론』, 새문사, 1997, 38~40쪽 참조.
9) 김창현, 「한국시가에 나타난 서정성의 구현양상」, 『인문과학』, 성균관대인문과학
　연구소. 2005, 104~105쪽.

자들을 얻는 대신 공통의 이념과 공통의 미적 취향을 잃었다.[10] 이 공통의 이념과 미적 취향이 시가 갖는 '전통성'이라 할 수 있다. 전후에 조지훈은 이러한 전통성과 관련하여 다음과 같이 언급한다.

> 대자연의 생명을 현현시키는 시인은 먼저 천분으로 뜨거운 사랑을 가진 사람이 아니면 안 되고, 노력을 사랑하고자 애쓰는 사람이 되지 않으면 안 될 것이다. 왜그러냐 하면, 대자연의 생명은 하나의 위대한 사랑이요, 그 사랑은 꿈과 힘을 지니고 있기 때문이다. 다시 말하자면, 시는 생명 그 것의 표현이요, 인간성 그것의 발현이다.[11]

이는 전후 시의 전통성 계승논리가 동양적 생명사상에 기반하고 있음을 보여 준다[12]. 자연과 인간에 대해 쏟는 절대적 신뢰에 바탕을 둔 전통적 이데올로기는 서정주의 시론으로 구체화된다. 서정주는 한국 시정신의 전통을 신라시대의 도교와 불교의 정신, 고려 이후의 유교의 정신을 통시적으로, 주정주의적 낭만주의와 1933년 이후 이입된 주지적 시정신을 공시적으로 제시한다.[13] 그리고 우리 민족의 전통 정신이 단일한 것이 아니라 이접성이 강한 것임을 주장한다. 그 중에서도 무속의 전통을 중요시 한다. 다시 말해 고대인들이 현대인과는 달리 영혼간의 소통과 혼백간의 교섭을 자유자재로 구사했던 주술적 세계관에서 한국의 전통적 생사관을 인식한다.[14] 이는 전후 시의 전통성의 한 단면이 한국적 생사관에 따른 생활습속에 있음을 보여주는 것이다.

이와 같은 조지훈과 서정주의 전통성 논리를 반영하고 있는 것이 이수

---

10) 위의 글, 108쪽.
11) 조지훈, 「시의 원리」, 『조지훈 전집 3』, 일지사, 1973, 15쪽.
12) 최승호, 「조지훈 순수시론의 몇 가지 이론적 근거」, 『한국적 서정의 본질 탐구』, 다운샘, 1998, 85~92쪽.
13) 서정주, 「한국 시정신의 전통」, 『서정주문학전집 2권』, 일지사, 1972, 115쪽.
14) 엄성원, 「화해와 순응의 시학」, 김학동외, 『서정주연구』, 새문사, 2005, 658쪽 참조.

복과 이원섭의 초기시이다. 서정주는 1955년『현대문학』3월에 2회 추천된 시「실솔蟋蟀」의 추천평에서 이수복의 전통적 서정성을 다음과 같이 언급한다.

「蟋蟀」에서는 비록 얼마 안되는 文字로서나마 韓國人의 情緒生活의 中核을 소리나게 울리는 것이 있다. 民族固有의 生活慣習에서 詩의 感情과 知慧가 멀어져 가고있는 때 그가 하고 있는 것과 같은 詩의 努力들은 精神채린 것이 된다. 漢語屬의 克服만을(어려운 일이 다만은……)꾸준히 해가면 잘 될 것이다.[15]

이처럼 서정주가 언급하고 있는 이수복의 전통적 서정의 내용은 '민족고유의 생활관습'에 있다. 이때 '민족고유의 생활관습'은 서정주가 그의 자서전에서 질마재 마을 사람들의 정신을 유자儒者, 자연주의, 심미파로 나눈 것[16]에서 그 의미를 파악할 수 있다. 그는 유자에 대해 무서움과 인색이라는 이미지를 갖고 있다. 그래서 자연주의를 좋아하게 되는데 그것은 사람을 피하고 자연속에 거하려는 경향 때문이라고 설명한다. 그리고 그것을 문맹이지만 생활 전통이라 칭한다. 심미파에 대해서는 의젓하지 못하고, 숨기고 하는 경향이 있지만 유자에게 품은 반발 때문에 이러한 정신적 경향을 따랐다고 한다. 심미파는 '쌍놈'이라는 계급적 부류로 한정하고 남색을 하는 일탈자들로 인식한다. 그러므로 서정주의 시각에서 볼 때 이수복의 전통적 서정은 유자의 정신과 심미파, 자연주의의 정신을 계승하는 것이라 볼 수 있다.

이원섭의 경우 기존논의는 그의 전통성을 서정주가 언급한 민족고유의 생활관습의 범주를 넘어 동양의 전통적인 노장 사상에서 찾고 있다.

---

15) 서정주,「시천후평」,『현대문학』3, 1955, 167쪽.
16) 서정주,「미당자서전 1」,『서정주전집4』, 민음사, 1994, 44~53쪽.

문덕수[17]는 그것을 인간의 고결성과 영혼의 순수성을 추구하는 철저한 동양인으로서의 삶이라고 언급하고 있다. 김봉군[18]은 이원섭의 전통성을 파토스 편향의 감상성에서 비롯된 전통적 비애미로 보며 거기에 역사성은 부재하다고 판단을 한다. 또한 여지선[19]은 이원섭의 전통성을 율격, 소재, 정서면에서 지적하고 있다. 이때 이들이 언급하는 이원섭의 전통성은 적어도 기존 문학사에서 간단하게 일별했던 순수서정의 전통성은 아니다. 비록 이원섭의 초기시만을 연구대상으로 삼고 있지만 이원섭 시의 전통성이 다른 서정적 요소와 교접하고 있음을 일정정도 언급하고 있다. 교접의 대상은 기독교적 상상력이다. 이에 비해 이수복의 시에서는 그러한 교접의 양상이 전면화되지 않고 내면화되어 있다. 어찌됐든 적어도 전후 시의 전통성은 하나의 공통된 이념과 미적 취향으로 묶을 수 없다. 소위 전통서정시로 분류되는 시들이 초기 출발에 있어 기존의 전통성을 갖고 있다하더라도 곧 바로 상이한 영역과 코드와 만나 새로운 모습으로 변형되었음을 감지할 수 있다.

이렇게 볼 때 이수복, 이원섭 시를 포함하는 전후 시의 소위 전통서정시를 단순히 전통적 서정성으로 확정짓는 것은 전후시를 편협하고 협소하게 바라보는 것이 된다. 이들의 작품연보를 추적하는 가운데 목격하게 되는 것은 이들 시에서 아주 상이한 두 개의 서정이 만나고 있다는 사실이다. 이는 들뢰즈와 가타리가 언급하고 있는 '의미의 논리' 중 접속接續, conjunction의 원리에 해당되며, 그 중 이접離接, disjunction[20]과 유사하다. 그러므로 접속의 원리를 가지고 있는 이수복, 이원섭의 시는 이질성을 당연한 원리로서 포함하고 있다. 전통은 현대와 접속하고 있고, 동양

---

17) 문덕수, 「이원섭론—성서적 체험에서 불교까지」, 『시문학』 9, 1989, 74쪽.
18) 김봉군, 앞의 글, 301~302쪽.
19) 여지선, "1950년대 시의 전통성 연구", 건국대 석사학위논문, 1997.
20) 이진경, 『노마디즘·1』, 휴머니스트, 2003, 191~194쪽.

은 서양과 접속하고 있으며 이상은 환상과 접속하고 있다. 이때 두 개의 상이한 접속은 이접적 종합으로서 각 요소가 차별화되면서도 부정되지 않는다. 이러한 과정에서 이들의 시는 이러한 접속을 방해하고 금지하는 것들로부터 부단히 도피하는 양상을 드러낸다. 그것은 일종의 자기부정이며 실존적으로는 전쟁이 가져온 정신적 외상의 결과라 할 수 있다. 이들 시인들이 무엇인가 다른 것으로 접속을 시도하는 것은 현실 혐오에서 비롯됨을 이들의 생애에서 볼 수 있다. 이는 들뢰즈와 가타리가 언급했듯이 '억압되고, 코드화되며, 차단당하는 삶의 흐름을 해방시키는 방법'[21]으로서 시 쓰기이다.

3. 비주체적 생사관의 실존적 이접 – 이수복의 경우

이수복은 1954년 서정주의 손으로 시 「동백꽃」이 『문예』3월호에 제1회 추천을 받고 1955년 『현대문학』 3월호에 「실솔(蟋蟀)」이, 6월호에 「봄비」가 연이어 추천을 받아 정식으로 문단에 데뷔한다. 초기 이수복의 시를 지배하고 있는 시적 인식은 비어버린 삶의 현장을 어떻게 추스르는가에 있다. 그것이 대표적으로 표현된 이미지가 '빈 하늘'이다. 이러한 초기 이미지에 대해 조연현은 '섬세한 감성이 한국적인 정감을 통하여 형성된 그 조용한 능력'[22]이라고 언급하면서 그 형상화 능력을 높이 평가한다.

아지랑이로, 여릿여릿 타오르는
아지랑이로, 똥 내민 배며
입언저리가, 조금씩은 비뚤리는

---

21) 정형철, 「들뢰즈와 가타리의 노마디즘과 동양적 사유의 방식」, 『비교문학』, 한국비교문학학회, 2006, 187쪽.
22) 조연현, 「발문」, 『봄비』, 현대문학사, 1968.

질항아리를……장꽝에 옹기옹기
빈 항아리를

새댁은 닦아놓고 안방에 숨고
낮달마냥 없는듯기
안방에 숨고.

알길없어 무장 좋은
모란꽃 그늘……
어떻든 빈 하늘을 고이 다루네.

—「모란頌(Ⅰ)」에서

이 시와 관련해서 조연현은 "그의 이와 같은 조용한 겸손이 「빈 하늘」만이 아니라 이 세상 온갖 것을 누구보다도 가장 잘 고이 다룰 것을 생각하면 더욱 놀라운 일이 아닐 수 없다."[23]고 말한다. 이는 서정주가 언급한 '민족고유의 생활관습'에서 우러나는 한국적 정서라 할 수 있다. 여기서 주목할 것은 이러한 한국적 정서를 바탕으로 사물을 다루는 그것도 '고이' 다루는 이수복의 시 형상화 방법이다. 그것은 비어있는 공간에 형상을 입힘으로써 삶의 허무를 스스로 치유하고자 하는 '신운神韻'의 아름다움을 담고 있다. 즉 신비하고 고상한 운치이다.

이 시에서 보이는 '빈 하늘'의 인식은 '고이 다루네'를 통해 확인할 수 있다.[24] 그러나 그 의미는 불확실하다. '빈 하늘'과 '모란꽃'과의 관계를 생각할 때 그것은 분명 '빈 항아리'와 '새댁'의 관계에서 유추가 가능하다. 이들의 관계는 '고이 다루네'라는 행위를 공유하고 있기 때문이다. 이때

---

23) 앞의 글에서.
24) 시 「모란송(Ⅰ)」에 이어지는 설명과 시 「겨울」, 「봄비」의 설명은 다음 글에서 전재함. 이민호, 「상(像)·상(想)의 시학-이수복론」, 『홍포와 와전의 상상력』, 보고사, 2005, 77~79쪽.

'빈 항아리'의 인식은 아지랑이의 선을 통해 형상화되고 있다. 아지랑이의 선은 '입언저리가, 조금씩은 비뚤리는' 굴곡진 것이다. 새댁이 앞으로 전개될 자신의 순탄하지 않을 삶을 그대로 순종하듯 모란꽃 역시 하늘의 이치 아래 '알길 없'지만 좋은 태를 보이고 있다. 그러므로 '빈 하늘'은 허무한 삶의 양태를 상징하는 것이라 하겠다. 이수복은 이러한 삶의 모습을 굴곡진 선으로 그리고 있다. 이 '빈 항아리'의 이미지는 다음과 같이 '빈 들'로 이어진다.

　　　　－전략－

　　　水仙을 두고
　　　새알을 비춰 보다
　　　기러기를 울리다……

　　　밀알들과 빈 들은
　　　눈으로 덮고
　　　눈 산들 너머다는
　　　바다를 붓고.

　　　마지막에 열 줄의 魂을 위하여
　　　鍾처럼 얼 얼 울릴
　　　詩를 위하여
　　　밤이 길사록
　　　깊어 드는 마음……

　　　　　　　　　　　　　　　　　　－「겨울」에서

　'빈 들'은 죽음으로 가득하다. 시인은 부화할 수 없는 죽음의 계절, 겨울에 산란하는 기러기의 운명에서 자신의 존재감을 확인하고 있다. 이 엄혹한 슬픔을 담고 있는 그의 시는 종소리로 울리고 있으며 그것은 시각적으로 악기의 줄처럼 퉁기는 열 줄의 선으로 변주되고 있다. 이처럼 시인이 인식하는 '빈 하늘'은 '죽음'을 상징하고 있다. 다음 시에서 그 절제된 죽음의 실상을 여리고 가느다란 선을 통해 보게 된다.

  이 비 그치면
  내 마음 江나루 긴 언덕에
  서러운 풀빛이 짙어오것다.

  푸르른 보리밭길
  맑은 하늘에
  종달새만 무에라고 지껄이것다.

  이 비 그치면
  시새워 벙글어질 고운 꽃밭 속
  처녀애들 짝하여 새로이 서고

  임 앞에 타오르는
  香煙과같이
  땅에선 또 아지랑이 타오르것다.

  　　　　　　　　　　　　　　　 －「봄비」전문

　이 시는 삶과 죽음이 함께 지배하고 있다. 비와 향연과 아지랑이의 선이 어우러지는 서정의 극치는 빈 하늘의 허무를 참으로 고상하게 어루만지고 있다. '이 비 그치면' 새롭게 서게 될 생명의 환희 앞에서도 죽음을 예견하는 그 자세는 앞서 언급된 시들에서 보였던 순종과 절제의 미덕과 함께 한국적 서정의 진수를 그대로 지니고 있는 것이라 하겠다.
　이때 이 전통적 서정의 핵심은 서정주가 언급했던 한국의 전통적 생사관에 있다. 다시 말해 영혼간의 소통과 혼백간의 교섭을 자유자재로 구사했던 주술적 세계관이다. 전후의 죽음 상황은 이처럼 자연의 순환적 이법 속에서 삶의 의지로 전환된다. 그러나 이러한 전통적 생사관은 주체의 개별성이 허용되지 않는 비주체적인 것이다. 이 비주체적 생사관은 주로 '아지랑이'와 '빈 항아리'의 굴곡진 선線을 통해 형상화된다. 즉 고상한 삶의 태도를 공통된 이념으로 갖고 있다. 그러나 이 선의 형상은 형체가 없는 일종의 균열이다. 그러므로 이수복은 이 선의 서정이 갖는 파열을 새롭게 극복하고자 하는데 그것은 새로운 시간을 구성하는 삶의 패턴이라고 할 수 있다.

이수복은 선線의 서정, 즉 한국적 정감을 통해 지금껏 살아온 삶의 궤적을 조감하고 형상화하였다. 그러나 거기에는 전후의 실존적 상황을 수용할 수 있는 현실적 인식이 부재하였다. 그러므로 그의 시에서 전통적 서정의 주체를 반영했던 '빈 하늘'은 평면적 인식을 벗어나 입체적으로 형상화된다.

> 어쩔한 熱氣보다는 뭐랄까 줏대로써
> 線보다는 形으로써
> 그림자를 잣으며
> 그림자 같은 혼적만을
> 못 綱膜에 다 남긴다.
> 그리고 그럴뿐 말은 없다.
> 실상 言語로써 말짱 달기에는
> 刻刻으로 變容하는
> 變容하여 마지 않는 그림자의
> 농담. 굴신.
>
> —「地理說」에서

이 시는 선과 형의 조형적 차이를 잘 보여주고 있다. 선의 형상화가 가지는 한계는 그림자의 변용을 제대로 표현할 수 없다는 것이다. 그림자가 '빈 하늘'의 이미지의 연속선에 있다고 할 때 그 허무와 죽음의 그림자가 가지는 '농담'과 '굴신'의 입체성을 선으로 표현하기보다는 형形의 미적 체계를 통해 보다 선명하게 드러내야겠다는 의지를 표명하고 있다. 이때 그 형의 미적 체계는 전통적 선의 영토로부터 변형을 모색하며 탈주하는 것에서 시작된다. 다시 말해 이는 전통적 서정의 연속성을 중단하기 위한 비동일성nonidentity의 추구이다. 그런 측면에서 들뢰즈의 사유를 빌리자면25) 새로운 것과의 이접을 뜻하는 신비적 메시아니즘messianism의 일종이라 할 수 있다. 그런 점에서 다음 언술은 그가 생각하는 '빈 하늘'의 죽음의식이 어떤 것인가를 잘 보여주고 있다.

> 돌이켜보면 큰 전쟁이나 난리 말고도
> 地雷線 內外를 白痴처럼 밟군 했구나
>
> —「迎春賦」에서

이수복은 자신이 전쟁과 난리라고 하는 현실적인 죽음말고도 매우 근원적 죽음의식에 싸여 있었음을 고백하고 있다. 그래서 실존적인 죽음이 전통적 죽음과 맞물려 있다고 생각했지만 그것만이 아니었다는 것을 이야기하는 것이다. 앞서 「봄비」에서 확인했던 비의 서정은 봄을 맞는 근원적 슬픔이었다. 그것이 보다 근원적인 곳에서 시작되고 있음을 깨닫게 된 것이다. 그것도 삶과 죽음이 하나가 된 전통적 삶의 태도에서 체감하는 것뿐만 아니라 현실에서는 이해 불가능한 어떤 신비적 차원의 절대적 의지를 확인하는 단계를 체감하는 것이다. 이것은 일종의 신앙 고백이다.

---

25) 존 라이크만, 김재인 옮김, 『들뢰즈 커넥션』, 현실문화연구, 2005, 24~26쪽.

(바늘끝을 꽂으면 쩌릿…… 핏방울이 아니 맺힐까)
紅桃나무 가지마다
젖꼭지같은 꽃 움들을 담뿍 실었다.

봄 물이 먼 連巒의 分水嶺을 넘듯,
마을에선 낮닭들이 울어오는 한참,
나에게 새삼 죽음보다 무서운 誕生을 일깨우다.

－「무서움」에서

이 시는 「봄비」에서 보았던 평면적이고 정적인 서정에서 벗어나 유토피아적인 봄의 정경을 확인하게 된다. 근원에는 죽음의 공포보다는 탄생이 전하는 놀랍고도 신비한 의식이 자리하고 있다. 그 신비함은 '핏방울'의 부정과 '낮닭'의 울음소리가 일깨우는 자탄과 그 때문에 인식하게 된 부활의 증거로 전율하는 시인의 모습을 볼 수가 있다. 이때 '빈 하늘'의 죽음의식은 홍도나무 꽃 움으로 형상화되어 새로운 탄생의 신비를 드러내고 있다. 그것은 일종의 역설이다. 이러한 삶과 죽음의 이접은 삶과 죽음을 통합하는 변증법적 변화원리에 기초하고 있다. 이수복은 그 변화의 원리를 '구름'이미지를 통해 구체화하고 있다. 그것은 앞서 선의 서정이 균형되고 안정된 감각이었던 것과 대비되어 인간의 잣대로는 실측할 수 없는 변화의 속성을 지니고 있다.

깊이 모를 自我와…自我를 쏘고 치고 쏘고 치고
부서지는 물결의 表象
－돌아 앉는 바위의 否定이 아니라,

더듬는 손길에 만지이는
밤ㅅ중 얼라의 알빛 이마며 볼이며
손목 발목이며, 숨 고른 소리며들처럼

가장 깊은 곳을 건드려 주는 切實함이여
오묘한 흐름이여.

—「구름」에서

구름은 바위와 대비된다. 그것은 현상적으로 유동성과 고정성의 대비이며 삶의 태도에 있어 긍정적 의식과 부정적 의식의 대비다. 이러한 실존적 자기 인식의 이접성이 반영된 구름은 스스로를 변화시켜 빈 하늘의 공간을 채우고 있다. 그리고 궁극적으로는 어린 아이의 형상으로 구체화되어 나타난다. 그것은 어린이의 순수한 내면이 영원히 존재하는 신비의 실체임을 보여주는 것이다. 시인은 그 신비한 가치의 구현을 절실하게 지향하고 있다. 이처럼 신비한 영토로의 탈주는 과거부터 존재했던 공간 즉 자연의 이법 속에서 이루어지는 것이 아니라 어디로 흘러갈지 예측할 수 없는 시간의 흐름 속에서 성취된다. 그것은 들뢰즈가 문제시 했던 사유의 문제로서[26] 전통적 주체가 갖는 과거 자기와의 동일성을 지향하는 것이 아니라 실존적 주체가 지금 겪고 있는 전후의 현실적 차이와 비동일성을 창조적으로 생성시키는 것을 지향하고 있다.

4. 동양적 인간성의 기독교적 이접—이원섭의 경우

이원섭은 전 생애를 통해 두 가지 도피적 경험을 한다. 하나는 1940년 17세 때 돌연 학업을 중단한 일이며, 다른 하나는 1950년 27세 때 전쟁을 피해 남해의 고도 가덕도에 유폐되듯 쫓겨 간 일이다. 경기중학교를 중퇴한 이유는 군국주의적 학풍에 적응할 수 없었기 때문이다. 이는 학교라고 하는 권력의 중심선에서 탈주하려는 욕망에서 비롯된 것이라 할 수 있다. 그가 중퇴 후 10년 후에 경험한 전쟁은 그를 새로운 공간으로 밀어내는 작용을 한다.

---

26) 데이비드 노먼 로드윅, 김지훈 옮김, 「시간과 기억, 질서들과 역량들」, 『질 들뢰즈의 시간기계』, 그린비, 2005, 154~219쪽.

기산 깊은 골자기—
솔은 용의 모습을 배우며
그 밑에, 허유는
관도 없이 풀을 깔고 앉아 있었다

구름은 가벼이 하늘을 달리고
산 새 한 마리 날지 않았다

— 너에게 천하를 주리라고

가지에 걸었던
표까지 버렸다
마음을 흔드는 미풍조차 없었다
모든 것은, 태고
현현한 중에 있었다

어디선지 정정히
나무 찍는 소리……

허유는 미소하며
앉아 있었다

—「기산부」전문

이 시는 1948년 「죽림도」와 더불어 『예술조선』에 응모하여 당선된 것
으로 이원섭의 탈주 욕망의 근원을 드러내고 있다. 이 신화적 공간은 두
개의 선으로 분리되어 있다. 하나는 요堯임금의 권력지대이며 다른 하나
는 허유許由의 도피지대이다. 허유는 왜 천하의 권력을 마다하고 기산에
숨어버렸는가. 이것은 이원섭이 스스로에게 제기하는 삶의 의문이다. 이
원섭은 경기중학교의 집단주의적이고 권력적인 학풍을 견디지 못하고 학

업을 포기한다. 그가 경기중학교를 졸업하고 경기중학 출신들이 밟았던 전철을 따라 갔다면 천하의 권력 중심에 가 있었을 것이다. 그러나 이원섭은 문학수업외에는 흥미를 가질 수 없었다고 한다. 이러한 고백을 통해 볼 때 이원섭의 선택에는 두 가지 공간을 드러낸다. 권력적인 것과 비권력적인 영토이다. 들뢰즈와 가타리에 따르면 모든 권력 중심은 세 가지 측면 내지 세 가지 지대를 갖는다고 한다.[27] "첫째, 그 능력의 지대로서, 단단하게 경직된 선의 선분들과 관련된 것이다. 둘째, 그 식별 불가능성의 지대로서, 미시-물리학적 조직체 안에서 그것의 확산과 관련된 것이다. 셋째, 그 무능력의 지대로서, 권력이 통제하지도 결정하지도 못한 채 단지 변환시킬 수 있을 뿐인 흐름 및 양자와 관련된 것이다." 이렇게 볼 때 위의 시는 권력이 지배하는 능력의 지대와 권력으로부터 자유로운 권력 무능력의 지대를 양분하여 보여주고 있다. 허유는 바로 권력 무능력의 지대로 도피한 것이다. 그리고 이원섭 또한 그 세계를 선택한다. 그 지대는 시인의 욕망이 자연스럽게 흐르는 곳이다. 그곳은 태고의 상태가 갖는 무소유의 지대이다. 사물과 사물, 생명과 무생물 간에 권력이 존재하지 않기에 솔과 용이 서로를 배우고, 구름은 하늘을 자유롭게 내달리고, 소유를 지칭하는 모든 이름을 포기한다.

이러한 권력 혐오는 한국전쟁을 겪으며 죽음의 추악한 현장으로부터 탈주하려는 욕망으로 변이된다. 그것은 인간에 대해 체감하는 극도의 절망이다. 이 혐오의 노래가 전반기 이원섭 시의 주조를 이루게 된다.

> 이 놈들. 너희는 웬 놈들이냐.
> 희미한 달빛 아래 어슬렁 어슬렁
> 내게로 자꾸 걸어오는 것은
> 너희들은 이 놈들. 웬 놈들이냐.

---

27) 이진경, 앞의 책, 722쪽.

살이라고는 한 점도 안 붙은
그리고 흉측한 몸뚱아리로
그림자처럼 소리도 없이
왜 내게로 닥아 오는 거냐.

—「망골들」에서

누가 내 무덤 위를
걸어다닌다.
뚜벅 뚜벅 발 소리를 내며
걸어다닌다.

—「누구냐」에서

마침내 그는
그의 삶의 絶頂에 섰도다.

그림자조차 따르지 않는
오직 鴻濛한 기운 서리는 위치로다.
여기서 그는 江건넌양 그 날과
마주 바라보며
恐怖에 뼈와 살을
깍이우리로다.

—「碑銘」에서

　　전쟁을 겪은 시인을 지배하고 있는 것은 '죽음'의 그림자다. 시인은 죽음의 영토에서 죽은 자들의 형해形骸와 교섭하고 있다. 그들은 흉측한 신체로 추측되고 있으며 소리로서만 그 실체를 드러내고 있다. 이 자아의 분열적 모습은 변화의 가능성이 멈춘 인간의 모습을 상징하고 있다. 시인은 이 욕망할 수 없는 인간 신체의 모습에서 죽음의 공포뿐만 아니라 이러한 지경에 이르게 한 인간의 흉포를 혐오한다. 이는 들뢰즈와 가타리가

'기관 없는 신체28)'에서 언급한 욕망의 단절, 새로운 무엇과도 교접할 수 없는 고정성의 상태라 할 수 있다.

시 「비명」은 새로운 종류의 얼굴, 새로운 종류의 형상을 획득할 수 없는 인간 잠재능력의 부재를 선언하고 있다. 그가 건넌 강은 삶과 죽음의 경계를 이루는 '레테의 강'이다. 그러므로 역설적으로 죽음을 통해 삶의 절정을 이룬 시인의 자기부정의 자세를 가져온 것도 전쟁이라 할 수 있다. 전쟁은 이원섭을 남해의 한 섬에 가두었고 그곳에서 탈주하려는 욕망은 부단히 '바다'를 향한다. 다음 시에서처럼 '바다'에 대한 지향은 땅의 고정성으로부터 탈주하는 탈영토화이다.

> 나로 하여 너와 함께 있게 하라.
> 끝 없이 짙은 네 외롬 속에
> 지나가는 기러기가 흘리고 간
> 핏방울처럼 꺼지게 하라.
>
> 임께서 나를 찾아 오시는 날은
> 네 치맛자락 안에 얼굴을 묻고
> 슬픈 노래 부르듯 타신 뱃전에
> 고요히 고요히 바서지리라.
>
> ─「바다」 전문

> 바다야. 너 내게
> 무엇을 주련?
>
> 인경모양 내
> 네 품에 잠기리니

───────────────

28) 위의 책, 423~491쪽.

…중략…

바다야. 나를
네게 주리니.

—「바다」에서

시인의 존재성은 바다를 통해 무화된다. 그리고 바다의 무한성 속에 핏방울로 응축된 시인의 협소한 존재성은 변화를 일으킨다. 이 변화를 통해 임과의 만남을 이루게 되는 성취의 가능성을 도모할 수 있게 한다. 이러한 가능성은 바다와 시인과의 교접에서 이루어진다. 시인은 '나로 하여금 너와 함께 있게 하라'고 자신을 허용한다. 그리고 '나를 네게 주리니' 바다는 시인에게 무엇을 줄 것인가 물음으로써 새로운 차원의 세계를 열어 놓고 있다. 그 세계는 바다를 건너오는 '임'의 존재성을 통해 드러난다. 바다는 권력과 전쟁의 혐오를 속죄하고 하는 침례욕구로서 기독교적 상상력으로부터 나온 새로운 영토의 발굴이다.

이처럼 이원섭의 시는 속박과 전쟁을 혐오하며 무소유와 생명지대로 탈주함으로써 새로운 영토를 구축하려 한다. 그 세계는 '바다'의 이미지를 통해 드러나는데 그것은 생성지향의 욕망이라 할 수 있다. 이 욕망의 근원을 들뢰즈와 가타리가 사유했던 '생성devenir' 혹은 '~되기'의 개념에서 찾는다면 그것은 하나의 존재에서 다른 존재로 변화하고자 하는 탈영토화의 욕구에서 촉발된 것이다. 특히 이원섭은 '동물-되기'[29]를 통해서 이질적인 것과 접속하여 새로운 인식에 도달하고자 한다.

향미사야.
너는 방울을 흔들어라.

---

29) 이진경, 『노마디즘·2』, 휴머니스트, 2002, 57~87쪽.

圓을 그어 내 바퀴를 뺑뺑 돌면서
搖鈴처럼 너는 방울을 흔들어라.

나는 추겠다. 나의 춤을!
사실 나는 花郞의 후예란다.
장미 가지 대신 넥타이라도 풀러서 손에 늘이고
내가 추는 나의 춤을 나는 보리라.

달밤이다.
끝없는 은모랫벌이다.
풀 한 포기 살지 않는 이 사하라에서
누구를 우리는 기다릴 거냐.

향미사야.
너는 어서 방울을 흔들어라.
달밤이다.
끝없는 은모랫벌이다.

註 : 향미사는 사하라 사막에 사는 뱀. 가며는 꼬리에서 방울 소리
　　같은 것이 난다.

―「響尾蛇」 전문

　시인의 변화 욕망은 자기 자신의 정체성에 대한 고백으로부터 시작한
다. "사실 나는 화랑의 후예란다."라는 언표는 '사실'이라는 고백적 기호
를 통해 '지금은 아니다'라는 숨겨진 기호와 만남으로써 화랑의 권력으로
부터 자유롭고자 하는 욕망을 드러낸다. 이 탈주의 욕망은 시 「기산부」에
서 천하를 포기한 '허유'의 탈주선과 동일하다. '허유'가 '기산'으로 도피하
였다면 시인은 '신라'를 탈영토화한 '사막'에 가 있다. '사막'은 죽음의 공
간이다. 전쟁으로 쫓겨 간 남해의 고도 '가덕도' 역시 '사막'과 같은 곳이

다. '기산'은 선택의 공간이지만 '가덕도'는 강제된 유폐의 공간이기 때문이다. 이 사지에서 생성을 꿈꾸는 유일한 길은 무엇으로든 존재의 변화를 통해서만 가능하다. 그것을 이원섭은 '동물-되기'에서 찾는다. '향미사'는 '풀 한 포기 살지 않는' 사하라 사막에서 생존하는 유일한 존재다. 그 생성의 존재 능력과 이접하려는 욕망을 위의 시는 드러내고 있다. 또 한편 신라의 탈영토화는 이원섭이 전통성을 자신의 절대적 존재성으로 여기지 않고 있음을 확인하는 기호라 할 수 있다. 다만 그의 탈영토화는 다분히 원시적이며 고전적인 것의 재해석을 통해 이루어지거나, 혹은 현대성과의 이접을 통해 이루어지는 것임을 짐작하게 한다.

위 시에서 시인이 다른 존재성과 접속하는 것은 무격巫覡이 접신하는 방식을 취함으로써 이루어진다. 환희용약歡喜踊躍하며 춤을 추는 가운데 누군가를 기다리는 행위는 현실의 고정된 존재성으로부터 탈주하여 자유롭게 변용할 수 있는 새로운 영토를 얻고자 하는 욕망인 것이다. 그 변화의 힘은 '달밤'의 시간적 공간에서 활력을 얻고 있다. 이때 '달'의 자기 변신 행위와 방울뱀의 주술적 춤사위와 이접된 시인의 무의식에 자리 잡고 있는 것은 구원의 강렬한 추구다. 이원섭은 구원에 이르는 길을 속죄의 과정에서 찾고 있다. 그 속죄의식이 바로 '동물-되기'라 할 수 있다. 미물微物의 영토에 자신을 밀어 넣음으로써 역설적으로 추함을 극복하고자 하는 생성의 상상력이라 할 수 있다. 다음 일련의 시들은 그러한 양상의 변주들이다.

> 종달이가 운다.
> 종달이가 운다.
> 물결치는 보리의 짙푸르름과
> 터져가는 진달래의 붉은 상처를
> 그리고 順이의 슬픈 소망이며

모두 모두 十字家ㄴ 양 등에 걸머지고

—「종달이」에서

닭이 울었단다.
끝내 닭이 울었단다.
그날 밤 에밀레처럼
닭이 울었단다.

—「닭울음」에서

귀뚜라미가 울고 있다.
귀뚜라미가 울고 있다.
가을을 가져다 놓고
저렇게 저렇게 굴리어다 놓고
둘러 앉아서
모두들 둘러 앉아서
귀뚜라미가 울고 있다.
귀뚜라미가 울고 있다.

—「귀뚜라미」에서

어둠아.
젖과 꿀이 흐르는 자야.
너의 어린 아들을 껴 안아 다오.
내 볼을 흐르는 이 피를 씻어 다오.

—「부엉이의 노래」에서

　이들 시에 등장하는 동물들은 본래 이들 종種이 소유한 특성과는 다른 별종anomal들이다. 이 동물들은 들뢰즈와 가타리가 말했듯이[30], 무리 속의 고독한 존재이다. 다양성 속의 예외적인 존재이며 모순을 안고 있는

---

30) 질 들뢰즈 · 펠릭스 가타리, 김재인옮김, 『천 개의 고원: 자본주의와 정신분열증』 제2권, 새물결, 2003, 463쪽.

존재이다. '종달이'는 십자가를 걸머진 채 '닭'은 에밀레처럼 '귀뚜라미'는 모여서 '부엉이'는 기원祈願 하며 '울고 있다'. 이들의 별종적 가장자리는 가상이나 꿈이 아니라 실체reality이다. 거기에는 현실의 상처와 죄의식과 치유와 구원의 문제가 실존하고 있다. 시인의 심중 또한 이러한 울음의 현장에 있는 것이다. 이처럼 이원섭이 이들 동물들의 별종적인 슬픔의 자질과 결연하여 '동물-되기'할 수 있는 것은 '동물-되기'가 "그 기원에 있어서나 기획에 있어서나, 확립되어 있거나 확립을 추구하는 중심적 제도들과의 단절을 수반하기 때문이다."31)

이 '동물—되기'의 결연 방식은 이원섭 시의 서정의 특질을 드러내고 있다. 그것은 동서양 서정의 이접이다. 시「종달이」에서는 '진달래'의 이미지 속에 담겨 있는 한국적 정한情恨이 십자가의 대속代贖의 기호와, 시「닭울음」에서는 기독교적 죄의식이 에밀레의 경종警鐘의 기호와 만나고 있다. 이들의 이접은 새로운 생성을 소망함으로써 그 욕망의 가지를 뻗쳐나간다. 즉, 시「귀뚜라미」에서 '귀뚜라미'의 가을의 서정은 동양적 흥취에서 벗어나 예수의 죽음을 기리며 애통해하는 기독교인들의 기도소리로 변화되고 있다. 그것은 시「부엉이의 노래」에서처럼 동양의 구도자로서는 낯선 인물에게 소망의 성취를 꿈꾸고 있다. '젖과 꿀이 흐르는 자'의 면모는 기독교적 상상력과 접목된 된 것이다. 이원섭은 이러한 이접을 통해 전쟁의 상처를 치유 받고자 한다. 이 이접의 행위는 환상적인 것이다. 그러나 그것은 실체이다. 비록 이러한 접속이 꿈과 비현실적 기호 속에 재현되는 것이지만 이원섭이 접속한 서양적 치유의 환상은 현실의 실재적 고통을 반영하고 있는 또 다른 기호 체계이기 때문이다. 이는 전통적 서정의 탈영토화라 할 수 있다. 그러므로 이원섭의 시를 전통적 서정성에 가두는 것은 그의 나머지 영토를 부정하는 것이다.

---

31) 위의 책, 469쪽.

5. 맺음말

전후 시의 양상 중에 하나로 분류되는 '전통서정시'는 조지훈과 서정주의 논리를 따르면 '민족고유의 생활관습'과 '동양의 생명사상'을 두 축으로 하고 있다. 기존 논의는 이러한 논리를 그대로 수용하여 전후 시에서 현대성을 추구하는 측과 상반되는 부류의 시를 모두 '전통서정시'로 분류하고 있다. 전후 시의 현대성이 모더니즘의 단일한 틀을 벗어나 다양한 시각 속에서 새로운 분화를 일으키고 있는 것과는 대조적으로 전후 시의 소위 '전통서정시'는 연구 시각이 협소하다. 이러한 연구 배경에는 문단의 세대론적 헤게모니 다툼이 존재하고 있다. 예를 들어 본고가 텍스트로 삼은 이수복과 이원섭의 경우 모두 서정주를 통해 등단했으며 주로『현대문학』을 통해 작품 활동을 한다. 이들은 문학사에서 본격적으로 다루어지지 않고 있다. 그저 단순히 '전통서정시'의 분류 속에 하나의 항목으로 포함될 뿐이다. 이들 연구의 빈곤은 서정주의 아류로서 치부되는 문단의 편견이 지배하고 있기 때문이다.

이러한 측면에서 이수복과 이원섭의 시를 통해 전통서정시의 새로운 양상을 살펴보았다. 이는 앞서 언급한 전통의 두 축에 균열을 가하는 것으로 전통과 현대의 교차점을 새롭게 만들 수 있는 계기가 될 수 있다. 특히 전후 시의 중심에 시적 양상과 지향이 어떻든 간에 동일한 현실 인식 속에 새로운 세계관으로 탈바꿈하려는 모색이 있었음을 확인할 수 있었다. 이것은 과거와 동일시 할 수 없는 전후의 탈주적 양상을 보여주는 것이다. 이는 들뢰즈와 가타리의 해체적 사유에서 볼 때 타자와의 이접적 관계를 지향하는 경향이라 할 수 있다.

이수복의 경우 그가 갖고 있는 전통성은 비주체적인 자연과의 동일성 추구에서 확인된다. 그러나 그는 전후 이러한 전통성에 균열을 가하고 실존적 자기 인식을 시 속에 구현해 낸다. 이원섭의 경우 노장사상에 기반하고 있는 은둔적인 동양적 인간상이 전통성으로 드러난다. 그러나 그 역시 그 관념적이고 절대적인 인간형에서 벗어나 기독교적 세계관과 이접된 새로운 자아를 창조해 낸다. 궁극적으로 전후 전통서정시는 공통적 이념과 미적 취향 아래서 동일한 양상을 취하고 있던 것이 아니라 현대성을 추구했던 시인들과 행보를 같이하면서 개별적이고 독특한 영토를 구축하고 있음을 확인하게 된다.

참고 문헌

이수복, 『봄비』, 현대문학사, 1968.

이원섭, 『향미사』, 문예사, 1953.

이원섭, 『내가 뱉은 가래침』, 문학마을사, 2001.

김규동, 『새로운 시론』, 산호장, 1956.

김학동 · 조용훈, 『현대시론』, 새문사, 1997, 3.

남기혁, 「한국 전후 시의 형성과 전개」, 이승하외, 『한국현대시문학사』, 소명출판사, 2005.

서정주, 「한국 시정신의 전통」, 『서정주문학전집 2권』, 일지사, 1972.

서정주, 「미당자서전 1」, 『서정주전집 4』, 민음사, 1994,

엄성원, 「화해와 순응의 시학」, 김학동외, 『서정주연구』, 새문사, 2005.

이민호, 「상(像)·상(想)의 시학-이수복론」, 『흉포와 와전의 상상력』, 보고사, 2005.

이진경, 『노마디즘·1』, 휴머니스트, 2003.

─────, 『노마디즘·2』, 휴머니스트, 2002.

조연현, 「발문」, 『봄비』, 현대문학사, 1968.

조지훈, 「시의 원리」, 『조지훈 전집3』, 일지사, 1973.

최동호, 「1950년대의 시적 흐름과 정신사적 의의」, 현대문학사편, 『한국현대문학사』, 현대문학, 1995,

최승호, 「조지훈 순수시론의 몇 가지 이론적 근거」, 『한국적 서정의 본질 탐구』, 다운샘, 1998.

김봉군, 「한국 전후시의 세 양상」, 『국어교육』 114집, 2004.

김창현, 「한국시가에 나타난 서정성의 구현양상」, 『인문과학』, 성균관대 인문과학연구소. 2005.

남기택, 「김수영시의 양가성」, 『현대문학이론연구』, 2003.

문덕수, 「이원섭론—성서적 체험에서 불교까지」, 『시문학』, 1989, 9,

배개화, 「김수영 시에 나타난 양가적 의식」, 『우리말글』 36집, 2006.

서정주, 「시천후평」, 『현대문학』 3, 1955.

여지선, "1950년대 시의 전통성 연구", 건국대 석사학위논문, 1997.

오문석, 「전후 시론에서 현대성 담론 연구」, 『현대문학의 연구』 26집, 2005.

이봉래, 「전통의 정체」, 『문학예술』 8, 1956.

이성혁, 「시의 모더니티 추구와 그 정치화—김수영 시론의 아방가르드적
　　　성격에 관한 고찰」, 『한국시학연구』 제11호, 2004.

이숭원, 「한국 전후시 연구」, 『인문논총』 1집, 서울여대인문과학연구소,
　　　1995.

정형철, 「들뢰즈와 가타리의 노마디즘과 동양적 사유의 방식」, 『비교문학』,
　　　한국비교문학학회, 2006.

데이비드 노먼 로드윅, 김지훈 옮김, 「시간과 기억, 질서들과 역량들」,
　　　『질 들뢰즈의 시간기계』, 그린비, 2005.

존 라이크만, 김재인 옮김, 『들뢰즈 커넥션』, 현실문화연구, 2005.

질 들뢰즈·펠릭스 가타리, 김재인옮김, 『천 개의 고원: 자본주의와 정신
　　　분열증』 제2권, 새물결, 2003.

용어 찾아보기

■ 인명 찾아보기

■ 이 민 호

서강대학교 국문과 대학원 졸업
1994년 「문화일보」 시 당선
현재 서울과학기술대학교 기초교육학부 기금조교수로 재직
<거와 미> 동인, <리얼리스트 100> 회원, 『내일을 여는 작가』 편집주간

주요 저서

시집-『참빗 하나』, 『피의 고현학』
연구서-『흉포와 와전의 상상력』, 『김종삼의 시적 상상력과 텍스트성』
평론집-『한국문학 첫 새벽에 민중은 죽음의 강을 건넜다』,
　　　　『도둑맞은 슬픈 편지』
글쓰기와 말하기 책-『기술문서작성법』, 『움직이는 말하기』(공저),
　　　　　　　『유두고도 이래서 졸았다』(공저).

낯설음의 시학

초판 1쇄 인쇄일	2016년 3월 10일
초판 1쇄 발행일	2016년 3월 11일

지은이	이민호
펴낸이	정구형
편집장	김효은
편집/디자인	김진솔 우정민 박재원 김정주
마케팅	정찬용 정진이
영업관리	한선희 이선건 최재영
책임편집	김진솔
인쇄처	으뜸사
펴낸곳	국학자료원 새미(주)

등록일 2005 03 15 제25100−2005−000008호
서울특별시 강동구 성안로 13 (성내동, 현영빌딩 2층)
Tel 442−4623 Fax 6499−3082
www.kookhak.co.kr
kookhak2001@hanmail.net

ISBN	979-11-86478-84-4 *93800
가격	34,000원

* 저자와의 협의하에 인지는 생략합니다.
  잘못된 책은 구입하신 곳에서 교환하여 드립니다.
  국학자료원 · 새미 · 북치는마을 · LIE는 국학자료원 새미(주)의 브랜드입니다.

* 이 연구는 서울과학기술대학교 교내연구비의 지원으로 수행되었습니다.